The Silkworm

ROBERT GALBRAITH

[英] 罗伯特·加尔布雷思 著
马爱农 译

蚕

THE
SILKWORM

ROBERT GALBRAITH

著作权合同登记号　图字 01-2021-0775

Robert Galbraith
THE SILKWORM

First published in Great Britain in 2014 by Sphere
Original title：*The Silkworm*
Copyright © 2014 Robert Galbraith Limited.
The moral right of the author has been asserted.
All characters and events in this publication, other than those clearly in the public domain, are fictitious and any resemblance to real persons, living or dead, is purely coincidental.
All rights reserved.
No part of this publication may be reproduced, stored in a retrieval system, or transmitted, in any form or by any means, without the prior permission in writing of the publisher, nor be otherwise circulated in any form of binding or cover other than that in which it is published and without a similar condition including this condition being imposed on the subsequent purchaser.
'Oh Santa！'：Words and Music by Mariah Carey, Bryan Michael Paul Cox and Jermaine Mauldin Dupri © 2010, Reproduced by permission of EMI Music Publishing Ltd, London W1F 9LD／© 2010 W. B. M. MUSIC CORP. (SESAC) AND SONGS IN THE KEY OF B FLAT, INC. (SESAC) ALL RIGHTS ON BEHALF OF ITSELF AND SONGS IN THE KEY OF B FLAT, INC. ADMINISTERED BY W. B. M. MUSIC CORP. © 2010 Published by Universal／MCA Music Ltd.
'Love You More'：Words &. Music by Oritsé Williams, Marvin Humes, Jonathan Gill, Aston Merrygold, Toby Gad &. Wayne Hector © 2010 BMG FM Music Ltd., a BMG Chrysalis company／BMG Rights Management UK Ltd., a BMG Chrysalis company／EMI Music Publishing Ltd.／All Rights Reserved. International Copyright Secured.／Reproduced by permission of Music Sales Limited／Reproduced by permission of EMI Music Publishing Ltd, London W1F 9LD.

图书在版编目（CIP）数据

蚕／（英）加尔布雷思著；马爱农译．—北京：
人民文学出版社，2015（2021.5 重印）
ISBN 978-7-02-010827-5

Ⅰ．①蚕…　Ⅱ．①加…　②马…　Ⅲ．①推理小说-英国-现代　Ⅳ．①I561.45

中国版本图书馆 CIP 数据核字（2015）第 052937 号

总策划　黄育海
责任编辑　卜艳冰　张玉贞
封面设计　汪佳诗

出版发行　人民文学出版社
社　　址　北京市朝内大街 166 号
邮政编码　100705

印　　刷　上海盛通时代印刷有限公司
经　　销　全国新华书店等

字　　数　425 千字
开　　本　665 毫米×980 毫米　1／16
印　　张　30.5　插页 3
版　　次　2015 年 5 月北京第 1 版
印　　次　2021 年 5 月第 2 次印刷

书　　号　978-7-02-010827-5
定　　价　89.00 元

如有印装质量问题，请与本社图书销售中心调换　电话：01065233595

主要人物表

科莫兰·斯特莱克：本书主人公，阿富汗战争退伍军人，解决了高难度谋杀案（《布谷鸟的呼唤》）后，在私人侦探界有了些名气。

罗宾：斯特莱克的秘书兼助理，渴望成为独立侦探。

欧文·奎因：曾经的"文学反叛者"。

利奥诺拉：奎因的妻子。

凯瑟琳：奎因的女友。

皮帕：奎因的迷恋者。

伊丽莎白：一个失败的作家，后成为文学经纪人。

杰瑞：奎因的编辑。

迈克尔："文学反叛者"，后成为畅销书作家。

丹尼尔：出版公司总裁。

致詹金斯
如果没有他……
　他懂的

……血腥、残暴的场景,死亡的故事,
喋血的宝剑,书写的笔,
诗人是个悲壮而惨烈的人物,
头上的花环不是荣誉,而是燃烧的火柴。

——托马斯·戴克[①],《高贵的西班牙士兵》

[①] 托马斯·戴克(1572—1632),英国伊丽莎白时代的剧作家和评论家,出生于伦敦。共撰写大约四十部戏剧,其中部分是与别人合作的作品。他自己创作的戏剧有《鞋匠的假日》和《老福图内特斯》。戴克擅长描写伦敦的生活和风尚,写作技巧娴熟,富有浪漫色彩。

第一章

> 问
> 你靠什么为生？
> 答
> 断断续续的睡眠。
>
> ——托马斯·戴克，《高贵的西班牙士兵》

"那个大名鼎鼎的家伙，"电话那头的沙哑嗓音说道，"最好让他完蛋，斯特莱克。"

在黎明前的黑暗中，没剃胡子的大块头男人大步走着，手机紧贴在耳边，他咧开嘴唇笑了笑。

"确实跟这事有关。"

"他妈的这才早上六点！"

"已经六点半啦，你如果想要我弄到的东西，就赶紧来拿，"科莫兰·斯特莱克说，"我离你住的地方不远。附近有一家——"

"你怎么知道我住在哪儿？"那个声音问道。

"你告诉过我，"斯特莱克忍着哈欠说，"你在卖房子。"

"哦，"那人放心了，"记性真好。"

"附近有一家二十四小时小餐馆——"

"别费事了。待会儿去办公室——"

"卡尔佩珀，我今天早晨还有一位客户，他出的价可比你高，我一夜都没合眼。如果你想要这材料，现在就得过来拿。"

一声叹息。斯特莱克听见床单窸窸窣窣。

"最好是新鲜玩意儿。"

"长巷的史密斯菲尔德咖啡馆。"斯特莱克说完就挂断了电话。

他顺着坡路朝史密斯菲尔德市场走去，本来就不稳的脚步瘸得更厉害了。市场孤零零地矗立在隆冬的黑暗中，是一座巨大的维多利亚风格的长方形建筑，肉类交易的神殿。每天早晨四点，动物的肉在这里被卸下，分割，打包，卖给伦敦各地的肉商和餐馆，这样的情形已经持续了好几个世纪。斯特莱克听见黑暗中传来人们的说话声、吆喝声和货车卸肉时"哔哔"的倒车声。他走进长巷后，便混迹于许多裹得严严实实的男人中间，他们都在目标明确地忙着星期一早上的营生。

市场大楼一角有一尊狮身鹫首的怪兽石雕在站岗，下面聚集着一伙送快递的人，都穿着荧光外套，用戴手套的双手捧着大杯的热茶。马路对面，史密斯菲尔德咖啡馆像一座敞开的壁炉，在黑暗中散发着光亮。咖啡馆二十四小时营业，一个鸽子笼大的地方，暖意融融，供应油腻的食物。

咖啡馆没有厕所，但跟隔着几个门的赛马事务所有约定，客人可以到那里如厕。赛马事务所还有三个小时才开门，于是斯特莱克绕到一条小巷，在一个黑乎乎的门洞里释放了因熬夜工作猛灌淡咖啡而变得胀鼓鼓的膀胱里的尿液。他又累又饿，终于转过身，带着一个男人突破身体极限时才能体会到的愉悦，走进煎鸡蛋和熏咸肉的油腻氛围。

两个穿羊毛衫和雨衣的男人刚空出一张桌子。斯特莱克移动着庞大的身躯，进入那个狭小的空间，一屁股坐进那张硬邦邦的钢木椅子，如释重负地咕哝一声。意大利老板没等他开口，就把一个白色大杯子放在他面前，里面是热茶，旁边还有抹了黄油的三角形面包。

五分钟不到，放在椭圆形大盘子里的一份完整的英式早餐端到了他眼前。

斯特莱克的模样跟咖啡馆里那些横冲直撞的大汉们差不多。他大块头，黑皮肤，浓密的短短卷发，但已经有点谢顶，圆鼓鼓的额头，下面是拳击运动员般的大鼻子和两道透着乖戾脾气的浓眉。下巴布满胡子茬，看上去脏兮兮的，黑眼圈使那双黑眼睛显得更大了。他一边吃，一边迷迷糊糊地看着对面的市场大楼。夜色逐渐淡去，离得最近的那个二号拱门变得清晰了：一张刻板的石头面孔，年深日久，胡子拉茬，在门洞上方盯视着他。难道真的有过动物尸体守护神？

他刚开始吃香肠，多米尼克·卡尔佩珀就到了。这位记者差不多跟斯特莱克一样高，但是很瘦，面色像唱诗班的少年歌手一样稚嫩。他的脸似乎被人逆时针拧了一下，有一种奇怪的不对称感，使他不至于英俊得有点儿娘气。

"这次最好够料。"卡尔佩珀说着坐下来，脱掉手套，几乎是怀疑地打量了一下咖啡馆。

"想吃点什么吗？"斯特莱克嘴里含着香肠问。

"不用了。"卡尔佩珀说。

"情愿等着吃羊角面包？"斯特莱克咧嘴笑着问。

"废话少说，斯特莱克。"

把这个公学老男生激怒简直太容易了，他带着一股叛逆的劲儿点了热茶，并且（斯特莱克注意到后觉得很好笑）管那个一脸淡漠的侍者叫"伙计"。

"说吧？"卡尔佩珀用苍白修长的双手捧着热气腾腾的杯子，问道。

斯特莱克把手伸进大衣口袋，抽出一个信封，隔着桌子递过去。卡尔佩珀抽出信封里的东西看了起来。

"他妈的。"片刻之后他轻声说。他兴奋地翻动着那些纸，有几张上是斯特莱克亲笔写的内容。"你这是从哪儿弄来的呀？"

斯特莱克嘴里塞满香肠，用一根手指戳着其中一张纸，上面潦草地写着一家办事处的地址。

"他那个该死的私人助理,"他说,终于把香肠咽下去,"那家伙一直在跟她上床,还有另外那两个你知道的女人。她刚发现自己不可能成为下一任帕克夫人。"

"你究竟是怎么发现这个的?"卡尔佩珀问,抬眼盯着斯特莱克,那些纸在他激动的手里微微颤抖。

"通过侦探工作。"斯特莱克嘴里又塞满香肠,含糊不清地说,"你原来不是也干这个吗?后来才外包给我们这样的人。但是她得考虑前途,所以,卡尔佩珀,别让她出现在报道里,行吗?"

卡尔佩珀嗤之以鼻。

"她早该考虑到这点,在她偷取——"

斯特莱克一个敏捷的动作,把那些纸从记者手中抽出来。

"不是她偷的。那家伙叫她今天下午把这些东西打印出来。她唯一不该做的就是把它们拿给我看。如果你准备在报纸上报道她的私生活,卡尔佩珀,我把它们收回。"

"去你的。"卡尔佩珀说着,伸手来抢斯特莱克汗毛浓密的手中攥着的严重偷税漏税的证据。"好吧,我们会把她排除在外的。但那家伙肯定会知道这些材料是从哪儿漏露出去的。他可不是个大笨蛋。"

"他会怎么做?把她拖到法庭,让她把过去五年亲眼目睹的其他见不得人的事全都抖搂出来?"

"这倒也是。好吧,"卡尔佩珀思忖了一会儿,叹了口气,"给我吧。我不会在报道里提到她,但我需要跟她谈谈,行吗?看她是不是靠谱。"

"这些东西绝对靠谱。你不用去跟她谈。"斯特莱克斩钉截铁地说。

他刚离开那个浑身发抖、头脑不清的怨妇,让她跟卡尔佩珀单独待在一起肯定不安全。那个男人曾许诺给她婚姻和孩子,如今她一心只想报复这个男人,在这种强烈愿望的驱使下,她可能会彻底断送自己和前程。斯特莱克没用多少时间就取得了她的信任。她已经快四十二岁了；曾以为自己会为帕克爵士生儿育女；现在，一种杀戮的欲望已经牢牢控制了她。斯特莱克陪她一起坐了几个小时，听她讲述那段错爱的故事，看着她泪流满面地在客厅里走来走去，在沙发上前后摇晃，用双手抵住前额。最后她无奈地同意做背叛者：这意味着她亲手埋葬了自己的所有美梦。

"一个字都不要提到她，"斯特莱克说，用几乎是卡尔佩珀两倍大的拳头牢牢攥着那些纸，说道，"行不行？即使没有她，这篇报道也他妈的够分量了。"

卡尔佩珀迟疑一会儿，做了个苦脸，妥协了。

"好吧，好吧。快给我吧。"

记者把报表塞进衣服内侧的口袋，大口喝茶，心里想着一位英国贵族即将名声扫地，这诱人的前景使他忘记了对斯特莱克短暂的不满。

"彭尼韦尔的帕克爵士，"他愉快地轻声念叨，"你就吃不了兜着走吧，伙计。"

"你的东家会认账吧？"账单放在他俩之间时，斯特莱克问。

"没问题，没问题……"

卡尔佩珀丢了一张十英镑钞票在桌上，两个男人一起离开了咖啡馆。门刚在他们身后关上，斯特莱克就点了一根烟。

"你是怎么让她开口的？"卡尔佩珀问，他们一同冒着严寒往前走，经过那些仍在市场来来往往的货车和摩托车。

"我只是听着。"斯特莱克说。

卡尔佩珀侧眼看了看他。

"我以前用过的那些侦探，都把时间花在获取手机短信上。"

"那可是犯法的。"斯特莱克说，在逐渐淡去的夜色中吞云吐雾。

"可是——"

"你保护你的资源，我也保护我的资源。"

两人默默地走了五十米，斯特莱克每走一步，都瘸得更明显。

5 | 蚕

"这次肯定够料。够料，"卡尔佩珀愉快地说，"那个虚伪的老东西一直哭哭啼啼地抱怨企业家贪婪，原来他自己在开曼群岛藏了二千万……"

"很高兴让你满意，"斯特莱克说，"我会用邮件把付费发票寄给你。"

卡尔佩珀又侧眼看了看他。

"读过上星期报纸上关于汤姆·琼斯儿子的报道吗？"他问。

"汤姆·琼斯？"

"威尔士歌星。"卡尔佩珀说。

"噢，他呀，"斯特莱克毫无热情地说，"我在军队里认识一个汤姆·琼斯。"

"你读过那篇报道吗？"

"没有。"

"精彩的长篇采访。他说他从未见过父亲，也从没有父亲的消息。我估计他得到的报酬可比你的账单高。"

"你还没有见到我的付费发票呢。"斯特莱克说。

"只是随便一说。你接受一个愉快的小采访，就可以休息好几个晚上，不用走访那些秘书。"

"你可别再这么多嘴，"斯特莱克说，"不然我就要停止给你打工了，卡尔佩珀。"

"没问题，"卡尔佩珀说，"我怎么也能写出一篇。摇滚歌星有个儿子，两人关系疏远，儿子不知道父亲是谁，从事私人——"

"教唆别人盗取手机信息也是犯法的，我听说。"

到了长巷的巷口，两人慢下脚步，转身面对彼此。卡尔佩珀的笑声里透着不安。

"那我就等着你的付费发票了。"

"好的。"

他们朝不同的方向走去，斯特莱克直奔地铁站。

"斯特莱克！"他身后的黑暗中传来卡尔佩珀的声音，"你跟她上床了吗?"

"等着看你的报道,卡尔佩珀。"斯特莱克头也不回,疲惫地喊了一声。

他一瘸一拐地走进昏暗的地铁站入口,消失在卡尔佩珀的视线中。

第二章

我们还要战斗多久?我不能久留,
也不会久留!我还有事要做。

——弗朗西斯·博蒙特和菲利普·马辛杰[①],《法国小律师》

地铁里已经人满为患。星期一早晨的脸形色各异:松弛的,憔悴的,无奈的,强打精神的。斯特莱克在一个双眼浮肿的金发姑娘对面找了个座位,姑娘在打瞌睡,脑袋不停地左右摇晃。她一次次突然惊醒,紧张地辨认模糊的站名,生怕坐过了站。

火车哐啷哐啷地行驶,送斯特莱克匆匆返回他称之为家的那个地方:逼仄的两间半房子,屋顶隔热很差。他感到深深的倦意,周围是些冷漠的、毫无表情的脸,他发现自己在思索这些人被带到世间是多么偶然。理性地来看,每个生命的诞生都是偶然的。百万余个精子在黑暗中盲目地游动,能够变成人的几率微乎其微。他累得有点头晕,恍惚地想,地铁里这么多人,有多少是计划的产物呢?又有多少像他一样,是偶然的意外?

[①] 弗朗西斯·博蒙特(1584—1616),英国文艺复兴时期最著名的剧院剧作家,他与约翰·弗莱彻和菲利普·马辛杰多次合作创作剧本。菲利普·马辛杰(1583—1640),英国剧作家,作品多为讽刺的现实主义题材。

他读小学时，学校里有个小姑娘脸上有一块酒红色的胎记，斯特莱克暗地里总对她有一种亲近感，因为他俩都是一出生就带有某种不能消除的与众不同之处，而这并不是他们的过错。他们自己看不见，但别人都看在眼里，并毫无修养地不断提起。完全素不相识的人时常对他着迷，他五岁时以为这与自己的独特之处有关，后来才意识到他们只是把他看作一位著名歌星的一个受精卵，一位名人偶尔出轨的证据。斯特莱克只见过那位生物学上的父亲两次。乔尼·罗克比做了亲子鉴定才承认他们的父子关系。

这些日子，在斯特莱克遇到的人中间，只有很少几个知道这位看上去脾气暴躁的退伍军人跟那位老迈的摇滚歌星有血缘关系，多米尼克·卡尔佩珀是其中最下流的一位，对色欲和捕风捉影的事特别感兴趣。那些人的思路从信托基金一下子跳到印制精美的宣传册，跳到私人飞机和贵宾休息室，跳到亿万富翁随时随地的慷慨解囊。他们为斯特莱克的朴素生活和自虐般的工作热情感到兴奋，不断地问自己：斯特莱克究竟做了什么让父亲疏远了他？他是不是假装清贫，为的是从罗克比那里骗取更多的钱财？他母亲肯定从那位富有的情夫手里敲诈了百万巨款，他把那些钱都弄哪儿去了？

在这种时候，斯特莱克会怀念军队，怀念那段隐姓埋名的军旅生涯，在那里，重要的是一个人的工作能力，其他诸如出身背景、父亲地位，全都无关紧要。在特别调查科的时候，他在自我介绍时碰到的最私人化的问题，是说出他那位极为标新立异的母亲给他起的两个古怪名字。

斯特莱克从地铁里出来时，查令十字街上已经车流滚滚。十一月的黎明，灰蒙蒙的，缺乏热情，有许多滞留不去的暗影。他拐进丹麦街，觉得筋疲力尽，浑身酸痛，期待着在下一位客户九点半到来之前，能挤出时间小睡一觉。平时他在街上抽烟休息时，经常跟吉他店的那位姑娘聊上几句，此刻他朝姑娘挥了挥手，钻进十二号咖啡吧旁边那扇黑色大门，顺着金属楼梯往上爬，楼梯在鸽子笼般的破房子里盘旋而上。经过二楼的平面设计师家，又经过三楼他自己的带雕刻玻璃门的办公室，爬到四楼那个最小的楼梯平台，如今他的家就安在这里。

以前的住户是楼下咖啡馆的经理，他搬到更加有益健康的地方去了，已在办公室睡了几个月的斯特莱克立刻抓住机会，租下这个地方，为轻松解决了无家可归的问题而暗自庆幸。以任何标准来看，屋檐下的这点空间都小得可怜，特别是对于他这个身高一米九的大汉来说。淋浴房里连转身的地方都没有，厨房和客厅局促地合而为一，卧室几乎被那张双人床完全占据。斯特莱克的一些行李仍然打包放在楼梯平台上，虽然房东严厉禁止他这么做。

从他小小的窗户看出去，是一片鳞次栉比的屋顶，以及远远的丹麦街。楼下咖啡馆不断传来有节奏的低音鼓声，在斯特莱克播放的音乐的掩盖下，几乎听不太清。

斯特莱克与生俱来的洁癖到处可见：床铺整整齐齐，餐具一尘不染，每样东西都放得井井有条。他需要刮一刮胡子，冲个澡，但都可以待会儿再说；他挂好大衣，把闹钟调到九点二十，便和衣瘫倒在床上。

他几秒钟就睡着了，又过了几秒——感觉像是这样——又醒了过来。有人在外面敲门。

"对不起，科莫兰，实在对不起——"

他把门打开，他的助手，一位留着长长浅红色金发的高个子姑娘，看上去满脸歉意，但一看到他，她的表情瞬间变为震惊。

"你没事吧？"

"睡着了。熬了一整夜——两整夜。"

"真是太抱歉了，"罗宾又说了一遍，"可是已经九点四十了，威廉·贝克来了，有点——"

"见鬼，"斯特莱克嘟囔道，"连闹钟都没调对——等我五分钟——"

"我还没说完呢，"罗宾说，"还来了个女人。她没有预约。我跟她说你没空接待另外的客户，可是她不肯离开。"

斯特莱克打了个哈欠，揉揉眼睛。

"等我五分钟。给他们倒点茶什么的。"

六分钟后，斯特莱克走进外间办公室，他穿着一件干净的衬衫，浑身散发着牙膏和除臭剂的香味，但胡子仍然没刮。罗宾坐在自己的电脑前。

"好吧，迟来总比不来好，"威廉·贝克皮笑肉不笑地说，"幸亏你有这么一位漂亮的秘书，不然我早就待烦走人了。"

斯特莱克看见罗宾气红了脸，转过身去，假装整理邮件。贝克说"秘书"一词时带着羞辱的口气。这位公司董事长穿着条纹西装，衣冠楚楚，雇用斯特莱克调查他董事会的两位成员。

"早上好，威廉。"斯特莱克说。

"不道个歉吗？"贝克喃喃说，眼睛望着天花板。

"你好，你是谁？"斯特莱克没有理他，而是问那个瘦弱的中年妇女。女人穿着一件褐色的旧外套，坐在沙发上。

"我叫利奥诺拉·奎因。"女人回答，在斯特莱克训练有素的耳朵听来，她有西南部口音。

"我今天早晨忙着呢，斯特莱克。"贝克说。

他不经邀请就走进里间办公室。斯特莱克没有跟进去，他不像平时那么随和了。

"这么不守时，真不知道你在军队里是怎么混的，斯特莱克先生。快进来吧。"

斯特莱克似乎没有听见他的话。

"奎因夫人，你想让我帮你做点什么呢？"他问沙发上那个穿旧衣服的女人。

"嗯，是我的丈夫——"

"斯特莱克先生，我一小时后还约了人呢。"威廉·贝克提高嗓门说。

"——你的秘书说我没有预约，但我说我愿意等。"

"斯特莱克！"威廉·贝克咆哮，像唤自己的小狗。

"罗宾，"疲倦的斯特莱克终于失去耐心，没好气地吼道，"给贝克先生结账，把档案给他。到此为止。"

"什么？"威廉·贝克慌了神，又回到外间办公室。

"他把你给开了。"利奥诺拉·奎因幸灾乐祸地说。

"你的活儿还没干完呢，"贝克对斯特莱克说，"你说过还有一些——"

"会有人替你把活儿干完。会有人愿意接受二手客户。"

办公室里的空气似乎凝固了。罗宾板着脸从文件柜里取出贝克的档案，递给斯特莱克。

"你怎么敢——"

"那个档案里有许多好材料，能在法庭上站得住脚，"斯特莱克说着，把档案递给董事长，"物超所值。"

"你还没有干完——"

"他跟你之间到此为止了。"利奥诺拉·奎因插嘴道。

"你给我闭嘴，你这个蠢女——"威廉·贝克话没说完，猛地后退一步，因为斯特莱克往前逼近半步。没有人说话。这位退役军人的身躯似乎一下子变成了刚才的两倍大。

"去我的办公室坐吧，奎因夫人。"斯特莱克轻声说。

女人照办了。

"你以为她能付得起钱？"威廉·贝克离开时冷笑道，把手搭在门把手上。

"费用是可以商量的，"斯特莱克说，"如果我跟客户有缘。"

他跟着利奥诺拉·奎因走进办公室，"咔嗒"一声关上门。

第三章

……独自承受所有这些病痛……

——托马斯·戴克,《高贵的西班牙士兵》

"他是个笨蛋,是不是?"利奥诺拉·奎因在斯特莱克桌子对面的椅子里落座,评论道。

"是啊,"斯特莱克一屁股坐在她面前,"没错。"

奎因夫人脸上没有什么皱纹,脸色白里透红,浅蓝色的眼睛有着清澈的眼白,但看上去仍有五十岁左右。柔顺的花白头发用两个塑料梳子别在脑后,戴着一副镜框特大的老式塑料眼镜,眨巴着眼睛看着他。她身上的大衣虽然干净,但无疑是八十年代购置的。有垫肩和大大的塑料纽扣。

"奎因夫人,这么说你是为你的丈夫而来?"

"是啊,"利奥诺拉说,"他失踪了。"

"消失了多长时间?"斯特莱克问,下意识地去拿笔记本。

"有十天了。"利奥诺拉说。

"报警了吗?"

"用不着报警,"她不耐烦地说,好像已经厌倦了向人解释这点,"我以前报过一次警,结果大家都冲我发火,因为他原来只是跟一个朋友在一起。欧文有时候会莫名其妙就发火。他是个作家。"她说，似乎这就足以说明一切。

"他以前也失踪过？"

"他很情绪化，"她说，脸色阴沉，"脾气总是说来就来，可是已经十天了。我知道他是真的心烦，但现在家里需要他。奥兰多需要照顾，我还有事要做，而且——"

"奥兰多？"斯特莱克跟着问了一句，疲倦的脑海里想到佛罗里达度假地。他一直没有时间去美国，而这位穿着旧大衣的利奥诺拉·奎因，似乎并没有能力给他买一张机票。

"我们的女儿奥兰多，"利奥诺拉说，"需要有人照顾。我来这里之前托了一个邻居照看她。"

有人敲门，罗宾把金灿灿的脑袋探进来。

"斯特莱克先生，想喝咖啡吗？还有您，奎因夫人？"

他们各自点了想喝的东西，罗宾退出去。利奥诺拉说：

"不会占用你太多时间，因为我应该知道他在哪儿，只是弄不到地址，而且没人肯接我的电话。已经十天了，"她又说了一遍，"家里需要他呢。"

斯特莱克觉得雇用私人侦探查这种事情简直是极度的奢侈，尤其是她的外表透着贫穷和寒酸。

"如果只是打个电话这么简单的事，"他温和地说，"你有没有朋友或者——"

"艾德娜不行。"她说。斯特莱克发现自己得知她在世上还有个朋友时异常感动（身心疲惫有时会让他变得这般敏感）。"欧文叫大家不要透露他在哪儿。我需要一个男人来做这件事，"她直截了当地说，"逼他们说出来。"

"你丈夫叫欧文，是吗？"

"是啊，"她回答，"欧文·奎因。他写了《霍巴特的罪恶》。"

斯特莱克对人名和书名都毫无印象。

"你认为自己知道他在哪儿？"

"知道。我们之前参加过一个派对，有许多出版商之类的人——他本来不想带我去的，但我说：'保姆已经请好了，我可以去'——我在派对上听见克里斯蒂安·费舍尔对欧文说了那个地方，那个作家静修所。后来我问欧文：'他跟你说的是个什么地方？'欧文说：'我不告诉你，妙就妙在这里，要摆脱老婆孩子。'"

利奥诺拉差不多是在邀请斯特莱克跟她丈夫一起来嘲笑她，带着一点骄傲，就像母亲有时假装嘲笑自己孩子的张狂无礼。

"克里斯蒂安·费舍尔是谁？"斯特莱克问，强迫自己集中精神。

"出版商。年轻，时髦。"

"你有没有试过给费舍尔打个电话，问问这个静养所的地址？"

"打了，这星期我每天都给他打电话，他们说给他留言了，他会给我回电话的，但一直没有。我估摸着是欧文叫费舍尔不要透露他在哪里。可是你肯定能从费舍尔那儿把地址问出来。我知道你很厉害，"她说，"卢拉·兰德里的案子就是你给破的，当时连警察都没辙。"

就在短短八个月前，斯特莱克只有一个客户，他的事业岌岌可危，他的前途渺然无望。后来他证明一位大红大紫的年轻女模特不是死于自杀，而是被人从四楼阳台推下来的，这一结果让皇家检察署也感到满意。之后他名声大噪，生意潮水般涌来；他只用几个星期就成了大都会最出名的私人侦探。乔尼·罗克比沦为他故事的一个脚注；斯特莱克凭自己的能力成为了一个名人，虽然大多数人都会把他的名字弄错……

"我刚才打断了你。"他说，拼命想集中精神。

"是吗？"

"是啊。"斯特莱克说，眯起眼睛看着自己在笔记本上草草记录的内容，"你刚才说，'奥兰多需要照顾，我还有事要做，而且——'"

"哦，是啊，"她说，"而且自打他走了以后，老有一些怪事发生。"

"什么怪事？"

"屎，"利奥诺拉·奎因实话实说，"塞到了我们的信箱里。"

"有人把粪便塞到你们的信箱里？"斯特莱克问。

"是啊。"

"自从你丈夫失踪之后?"

"是啊。狗屎。"利奥诺拉说,斯特莱克一秒钟后才反应过来,她说的是粪便,而不是丈夫,"已经三四次了,都是在夜里。一大早看到那玩意儿真够堵心的。还有一个女人找上门来,怪模怪样的。"

她顿了顿,等斯特莱克来催促她。她似乎喜欢被人提问。斯特莱克知道,许多孤独的人觉得成为别人全力关注的焦点是愉快的,便想方设法延长这种新奇的体验。

"这个女人是什么时候找上门来的?"

"上个星期,她想见欧文。我说:'他不在家。'她说:'告诉他,安吉拉死了。'说完就走了。"

"你不认识她?"

"从来没见过。"

"你认识一个叫安吉拉的人吗?"

"不认识。可是欧文有一些女粉丝,她们有时候为他发痴发狂,"利奥诺拉说,突然变得健谈起来,"这个女人好像给欧文写过信,还给欧文寄照片,照片上是她打扮成欧文书里人物的样子。那些给欧文写信的女人,有的以为欧文能理解她们,就因为他写了那些书。傻不傻呀,是不是?"她说,"都是瞎编的呀。"

"粉丝大都知道你丈夫住在哪儿吗?"

"不知道,"利奥诺拉说,"但那女人也可能是个学生什么的。欧文有时候也教写作课。"

门开了,罗宾端着一个托盘走进来。她在斯特莱克面前放了杯黑咖啡,在利奥诺拉·奎因面前放了杯茶,便又退出去,把门关上。

"就发生了这些怪事?"斯特莱克问利奥诺拉,"塞进信箱的粪便,还有这个找上门来的女人?"

"而且我觉得有人跟踪我。一个高高的、黑皮肤的姑娘,肩膀圆圆的。"利奥诺拉说。

"这是另外一个女人——"

"对，找上门来的那个是矮胖子，红色的长头发。这一个皮肤黑，有点驼背。"

"你确定她是在跟踪你？"

"对，没错。我有两三次都看见她在我后面。她不是附近的人，我以前从没见过，而我在兰仆林已经生活了三十多年。"

"好吧，"斯特莱克慢慢地说，"你说你丈夫很烦心？是什么事让他烦心呢？"

"他和他的代理大吵了一架。"

"为什么，你知道吗？"

"为了他的书，最新的那本。利兹①——他的代理——对他说这是他写得最好的一本书，后来，大概一天以后，利兹约他出去吃饭，又说书不能出版了。"

"她为什么改变主意？"

"谁知道她，"利奥诺拉说，第一次显出了怒气，"欧文当然很生气。换了谁都会生气。他为那本书辛苦了两年啊。他回到家里气得要命，走进书房，把东西全抓起来——"

"把什么抓起来？"

"他的书、手稿、笔记，统统抓起来，一边破口大骂，一边把东西全塞进一个包里，然后就走了，我再也没见到他。"

"他有手机吗？你有没有试过给他打电话？"

"打过，他没接。他像这样消失时，从来不接电话。有一次还把手机从车窗扔出去。"她说，口气里又隐隐透出对丈夫气质的骄傲。

"奎因夫人，"斯特莱克说，不管他在威廉·贝克面前怎么说，他的无私必然是有限度的，"跟你实话实说吧，我的价钱可不便宜。"

"没关系，"利奥诺拉执拗地说，"利兹买单。"

"利兹？"

"利兹——伊丽莎白·塔塞尔。欧文的代理。欧文出走都怪利兹。

---

① 伊丽莎白的简称。

利兹可以从她的佣金里拿钱付账。欧文是她最好的客户。利兹明白自己闯了什么祸之后，也会立马希望欧文赶紧回来的。"

利奥诺拉说得那么笃定，斯特莱克却对这番保证将信将疑。他往咖啡里加了三份糖，一饮而尽，琢磨着怎样着手调查才最有效。他隐约为利奥诺拉·奎因感到难过，她似乎习惯了坏脾气丈夫的频繁发作，似乎接受了没人愿意回她电话的事实，似乎确信唯一能帮助她的人肯定会得到报酬。她行为做派略显古怪，倒是有一股子野蛮的诚实。可是，斯特莱克在生意一下子变得火爆之后，一直冷面无情，只接受有钱可赚的案子。有几个人带着苦情故事来找他，指望他本人的艰辛往事（媒体已经做了添油加醋的报道）会使他愿意免费帮助他们，结果都扫兴而去。

利奥诺拉·奎因喝茶的速度不亚于斯特莱克吞下咖啡的速度，这时她站起身来，似乎两人已达成什么协议，一切都商量妥当。

"我得走了，"她说，"不想离开奥兰多太久。她想爸爸呢。我跟她说了，会请个男人去把爸爸找回来。"

斯特莱克最近帮几个年轻富婆摆脱了她们的小白脸丈夫，自从金融危机之后，那些丈夫的魅力大大下滑。现在换换花样，把一个丈夫交还到妻子身边，倒也蛮有意思。

"好吧，"他说，一边打着哈欠一边把笔记本朝利奥诺拉推去，"我需要你的联系方式，奎因夫人。最好还能有你丈夫的一张照片。"

利奥诺拉用圆溜溜的幼稚字体写下住址和电话号码，但似乎对斯特莱克索要照片的话感到意外。

"你要照片做什么？他就在那个作家静修所呢。就让克里斯蒂安·费舍尔告诉你那地方在哪里好了。"

没等浑身疲惫酸痛的斯特莱克从桌子后面走出来，她已经出门去了。斯特莱克听见她快言快语地对罗宾说："谢谢你的茶。"接着，通向楼梯平台的玻璃门忽地打开，关上时产生轻微振动，这位新客户离开了。

第四章

噫，智友世间难求……

——威廉·康格里夫[①]，《两面派》

斯特莱克一屁股坐进外间办公室的沙发。沙发九成新，是一笔必要开销，因为原来放在办公室里的那个沙发被他坐断了。当初他觉得这个仿皮沙发在展销厅里看着挺漂亮的，没想到人坐在上面，屁股挪得不对劲儿，就会发出类似放屁的声音。他的助手——身材高挑，丰满匀称，面色光彩照人，一双明亮的蓝灰色眼睛——端着咖啡杯审视着他。

"你看着状态很差。"

"一夜没睡，从一个歇斯底里的女人那里挖掘一个贵族的桃色事件和经济犯罪。"斯特莱克说着，打了个大大的哈欠。

"帕克爵士？"罗宾吃惊得睁大了眼睛。

"就是他。"斯特莱克说。

"他不是……"

[①] 威廉·康格里夫（1670—1729），英国剧作家，是英国风俗喜剧的杰出代表。主要作品有《老光棍》和《两面派》。

"同时跟三个女人乱搞，还把数千万资产转移到海外。"斯特莱克说，"如果你有一个强大的胃，不妨去看看这个星期天的《世界新闻》。"

"你是怎么挖出这些材料的？"

"熟人托熟人，再托熟人。"斯特莱克拖着长音说。

他又打了个哈欠，嘴张得那么大，看着简直令人难受。

"你应该去睡一觉。"罗宾说。

"是啊，应该睡睡。"斯特莱克说，但并没动弹。

"今天没有别的客户，只是下午两点约了冈弗里。"

"冈弗里，"斯特莱克叹了口气，揉揉两个眼窝，"为什么我所有的客户都是混蛋？"

"奎因夫人看上去不像混蛋。"

他透过粗粗的手指，用模糊的目光看着罗宾。

"你怎么知道我接了她的案子？"

"早就知道你会接，"罗宾说，忍不住得意地笑了起来，"她入得了你的眼。"

"一个八十年代的中年大妈？"

"是你喜欢的那类客户。而且你需要向贝克发泄不满。"

"看来很管用呢，是不是？"

电话响了。罗宾脸上笑意未消，拿起话筒。

"科莫兰·斯特莱克事务所，"她说，"哦，你好。"

是她的未婚夫马修。她侧眼看了看老板。斯特莱克已经闭上眼睛，脑袋后仰，双臂抱在宽阔的前胸。

"听着，"马修在罗宾耳边说，他上班时间打电话来时总没好声气，"我需要把喝酒从星期五改到星期四。"

"哦，马修。"罗宾说，竭力克制自己，不让声音里流露出失望和恼怒。

这大概是第五次调整喝酒的安排了。在相关的三个人中，只有罗宾没有改过时间、日期或地点，而且每次都表现得毫无怨言，服从安排。

"为什么？"她低声问。

沙发上突然传来一声响亮的呼噜声。斯特莱克坐在那里睡着了，大脑袋往后靠在墙上，双臂仍然抱在胸前。

"十九号有工作酒会，"马修说，"我不去不太好。总得露个面。"

罗宾忍住想骂他的冲动。他在一个重要的会计师事务所工作，有时表现得好像这份他强加给自己的社交责任比外交官的职责还重要。

罗宾相信自己知道这个改变背后的真正原因。喝酒曾因斯特莱克的要求推迟过几次；每次他都忙着处理某个急活儿，需要加班，虽然这些理由都是真实的，但还是激怒了马修。马修从来没说什么，但罗宾知道他认为斯特莱克在暗示他的时间比马修的更宝贵，他的工作更重要。

在罗宾帮科莫兰·斯特莱克工作的这八个月里，她的老板和未婚夫从没见过面，甚至在那个极其险恶的夜晚都没见过，当马修到急诊室来接罗宾时，罗宾在陪伴斯特莱克，并用自己的大衣紧紧裹住斯特莱克被一个亡命杀手刺伤的胳膊。罗宾从他们给斯特莱克缝针的地方出来，身上沾着鲜血，微微战栗，她提出把受伤的老板介绍给马修认识，但马修拒绝了。马修对整件事感到愤怒，虽然罗宾一再向他保证，她自己一直很安全。

马修从来不希望她长期在斯特莱克这儿工作，他从一开始就对斯特莱克抱有怀疑，不喜欢他的贫穷，他的无家可归，以及在马修看来荒唐的所谓事业。罗宾带回家的一些零碎信息——斯特莱克曾在特别调查科供职，当过皇家宪兵队的便衣，他逞强好勇，丢了小半截右腿，专业知识涉及一百个领域，而习惯于在罗宾面前以专家自居的马修，对这些领域一无所知或知之甚少——这些信息并未（像罗宾天真地希望的那样）在两个男人之间架起桥梁，反而增加了两人之间的隔阂。

斯特莱克一夜成名，从失败陡然跃入成功，可能加深了马修对他的敌意。罗宾后来才意识到，她指出马修的自相矛盾只能使情况更加糟糕，她说："你不喜欢他穷困潦倒，无家可归，现在又不喜欢他出名了，业务多得做不完！"

但她心里很清楚，在马修眼里，斯特莱克的最大罪状是那件贴身名牌女装，那是他们去过医院之后老板给罗宾买的。斯特莱克本来是想用这份礼物表达感谢和告别，罗宾带着骄傲和喜悦向马修展示过一次，看到他的反应后，就一直没敢穿上身。

罗宾希望用一次面对面的交流解决所有这些问题，可是斯特莱克三番五次地取消约定，只是加深了马修的不满。最后一次，斯特莱克索性就没露面。他的理由是：为了甩掉客户那个疑神疑鬼的配偶派来的跟踪者，他不得不绕了远路。罗宾接受了这个理由，知道那个棘手的离婚案确实错综复杂，可是这更加深了马修对斯特莱克的不满，认为他是个不可一世的傲慢之人。

罗宾费了不少劲，才说服马修同意第四次安排这场喝酒。时间和地点都是马修挑的，罗宾已经又一次获得斯特莱克的同意，可是现在，马修又把日期改了，罗宾觉得他是故意为之，就为了向斯特莱克显示他也有别的事情要做，他也（罗宾忍不住这样想）可以把别人耍得溜溜转。

"没事，"罗宾对着电话叹了口气，"我跟科莫兰商量一下，看星期四是不是可以。"

"听你的声音好像有事。"

"马修，别挑事儿。我去问问他，好吗？"

"那就回见吧。"

罗宾把听筒放回去。斯特莱克喉头堵住了，大张着嘴巴，像一台牵引发动机一样打着鼾，双腿叉开，脚踩在地板上，双臂抱在胸前。

罗宾看着熟睡的老板，叹了口气。斯特莱克从没表现出对马修的半点敌意，也没有以任何方式对马修做出评论。是马修对斯特莱克的存在耿耿于怀，一有机会就指出如果罗宾接受先前的某份工作，收入会高得多，她却决定要跟一个不靠谱的私人侦探混在一起，此人欠了一屁股债，根本无法支付罗宾应得的报酬。如果马修能像罗宾一样看待科莫兰·斯特莱克，能喜欢他，甚至崇拜他，罗宾的家庭生活就会轻松许多。罗宾是乐观的：这两个男人她都喜欢，他们为什么不能互相欣赏呢？

斯特莱克突然喷了一下鼻子，醒了过来。他睁开眼睛，眨巴着眼皮看她。

"我打呼了吧。"他说，一边擦了擦嘴。

"打得不厉害，"罗宾没说实话，"对了，科莫兰，如果我们把喝酒从星期五改到星期四，应该没问题吧？"

"喝酒？"

"跟我和马修一起，"她说，"记得吗？在鲁佩尔街的皇家兵器。我还给你写下来的。"她强作欢笑地说。

"没错，"他说，"好啊，星期五。"

"不，马修希望——他星期五去不了。改成星期四行吗？"

"行，没问题，"他累得东倒西歪地说，"我想我得去睡一会儿了，罗宾。"

"好的。我把星期四的事记下来。"

"星期四的什么事？"

"喝酒，是跟——哦，算了。去睡吧。"

玻璃门关上了，罗宾茫然地盯着自己的电脑屏幕，突然，门又打开，她吓了一跳。

"罗宾，你能给一个名叫克里斯蒂安·费舍尔的家伙打个电话吗？"斯特莱克说，"告诉他我是谁，告诉他我在找欧文·奎因，需要得到他跟奎因说起过的那个作家静修所的地址。"

"克里斯蒂安·费舍尔……他在哪儿工作？"

"见鬼，"斯特莱克嘀咕道，"我竟然没问。真是累昏了头。他是个出版商……时髦的出版商。"

"没问题，我会找到他的。快去睡吧。"

玻璃门第二次关上后，罗宾把注意力转向谷歌。三十秒钟不到，她就发现了克里斯蒂安·费舍尔是一家名为"交火"的小出版社的创始人，出版社总部在埃克斯茅斯市场。

她拨了出版商的电话，心里想着在包里躺了一星期的婚礼请柬。罗宾没有把她和马修的结婚日期告诉斯特莱克，也没有告诉马修她希望邀请老板参加。如果星期四的喝酒进行得顺利……

"这里是交火出版社。"电话那头一个尖厉的声音说。罗宾强迫自己把注意力集中在手头的工作上。

第五章

最无尽的烦恼
是人类自己的思想。

——约翰·韦伯斯特[①],《白色的魔鬼》

那天晚上九点二十,斯特莱克穿着T恤衫和拳击短裤躺在羽绒被上,旁边的椅子上放着吃剩的一份外卖咖喱餐,他在看报纸的体育版,支在床对面的电视机在播新闻。充当他右脚踝的那根金属棒,在床边一个箱子上的廉价桌灯的映照下闪着银光。

星期三晚上,在温布利有一场英法友谊赛,但斯特莱克更感兴趣的是下星期六阿森纳主场对战热刺队的那场比赛。他从少年时代起就效仿特德舅舅,成了阿森纳的球迷。特德舅舅一辈子都生活在康沃尔,怎么会支持阿森纳队呢?这个问题斯特莱克从来没问过。

在旁边那扇小小的窗户外面,夜空弥漫着一种朦胧的亮色,星星挣扎着闪烁光芒。白天睡了几小时,对于缓解他的疲劳完全没起到作用,但他还不想睡觉,因为刚吃了一大份印度羊排香饭,喝了一品脱

[①] 约翰·韦伯斯特(1580—1634),英国詹姆士一世时期的剧作家,最著名的是悲剧《白色的魔鬼》和《玛尔菲公爵夫人》,通常被誉为十七世纪初英国舞台的杰作。

啤酒。身边的床上放着罗宾手写的一张纸条：是他傍晚离开办公室时罗宾交给他的。上面记着两个约会。第一个是：

克里斯蒂安·费舍尔，明天上午九点，交火出版社
埃克斯茅斯市场 ECI

"他为什么想见我？"当时斯特莱克惊讶地问罗宾，"我只想知道他告诉奎因的那个静修所的地址。"

"我明白，"罗宾说，"我也跟他这么说了，可是他好像特别兴奋地想见你。他说就约在明天上午九点，你可一定要答应。"

这是想搞什么？斯特莱克盯着纸条，烦躁地问自己。

那天早晨，他在筋疲力尽中让自己的脾气占了上风，赶跑一个本来可以给他带来更多生意的有钱客户。接着，他又被利奥诺拉·奎因逼着接了她的案子，而报酬很可能是空头支票。现在利奥诺拉不在眼前了，他便很难想起促使他接下案子的那种混合了怜悯和好奇的复杂情绪。他答应找到利奥诺拉那个爱生气的丈夫，此刻，在这个安静、冷清的阁楼间里，这份承诺显得不切实际，而且不负责任。他最重要的不是赶紧还清债务，获得一点自由的时间吗？星期六在酋长球场消磨一个下午，星期天睡睡懒觉。在几乎马不停蹄地干了好几个月之后，他终于开始挣钱了，吸引客户的并不光是那次崭露头角，一夜成名，而是人们的口口相传。难道他就不能再忍威廉·贝克三个星期吗？

斯特莱克又低头看着罗宾手写的纸条，暗自纳闷：这个克里斯蒂安·费舍尔为何这么兴奋，想跟他见面呢？他想见的是斯特莱克本人吗？还是卢拉·兰德里疑案的破案高手，或（更糟糕）乔尼·罗克比的儿子？他真是很难判断自己的名望达到了什么程度。斯特莱克曾认为他那次意外的名声大噪已经逐渐减了势头。当时确实很热闹，但是记者的电话几个月前就偃旗息鼓了，而且早在几个月前，他报出自己的名字时，对方就不再提及卢拉·兰德里。陌生人对他的反应又恢复

到他这辈子多数时候那样，把他的名字错念成"卡梅隆·斯其克"。

不过，说不定出版商知道这位失踪的欧文·奎因的什么情况，急于透露给斯特莱克，可是他为什么不肯告诉给奎因的妻子呢？斯特莱克百思不得其解。

罗宾写给他的第二个约会在费舍尔的那个下面：

十二月十八日，星期四，傍晚六点半，皇家兵器
鲁佩尔街二十五号，SEI

斯特莱克知道罗宾为什么把日子写得这么清楚：她决心已定，这一次——是第三次还是第四次了？——斯特莱克和她的未婚夫终于要见面了。

那位素未谋面的会计师可能不会相信，斯特莱克实际上暗自感谢马修的存在，感谢罗宾无名指上那枚闪闪发光的蓝宝石钻石戒指。听起来马修像个白痴（罗宾怎么也想象不到，斯特莱克对她无意中提及未婚夫的每句话都记得一字不差），但是马修在斯特莱克和一个可能扰乱他平静的姑娘之间竖起了有益的屏障。

斯特莱克无法避免自己对罗宾产生好感，在他最低潮的时候，罗宾对他不离不弃，帮助他扭转了命运；而且，他眼光正常，无法回避这样一个事实：罗宾是个非常漂亮的女人。他认为罗宾的订婚挡住了一股细微而持续的气流，这股气流如果不受阻碍，会严重干扰他的安逸。斯特莱克认为自己处于情感恢复期，那一段长期而动荡的关系以谎言开始，又在谎言中结束。他不愿意改变自己的单身状态，觉得这样很舒服、很自在，这几个月来他成功地避免了任何感情纠葛，虽然妹妹露西多次想给他介绍女人，听起来她们都像是某个相亲网站的恨嫁剩女。

当然啦，一旦马修和罗宾真的结婚，马修很可能会利用自己身份的提高，劝说新婚妻子离开这份他明显不愿意让罗宾做的工作（在这一点上，斯特莱克准确地看穿了罗宾的犹豫和回避）。不过，斯特莱

克相信，婚期一旦确定，罗宾肯定会告诉他的，因此他认为目前危险还很遥远。

他又打了一个大哈欠，把报纸折起来扔在椅子上，让注意力转向电视新闻。他自从搬到这个螺蛳壳大的阁楼间，给自己添置的一个奢侈品就是卫星电视。此刻，他的便携式电视机就放在一个机顶盒上，图像不再依靠微弱的室内天线，便由模糊变得清晰了。律政司司长肯尼斯·克拉克正在宣布法律援助预算大幅削减三亿五千万英镑的计划。斯特莱克睁着困倦的双眼，迷迷糊糊地看着那个面色红润、挺着大肚腩的男人对议会说，他希望"不要鼓励人们一碰到问题就求助于律师，而要鼓励他们考虑更合适的方式解决争端"。

不用说，他的意思是穷人最好放弃寻求法律服务。像斯特莱克的客户那样的人仍然能够请得起昂贵的高级律师。这些日子，他的大部分工作都是为了维护那些天性多疑、屡屡遭到背叛的富人的利益。他把信息提供给他们那些圆滑的律师，使富人能在丑恶的离婚案和激烈的商业争端中赢得更多的利益。有钱的客户不断把他介绍给也遭遇类似困难的类似的男人和女人；这是他在这个特殊行当的特别奖赏，经常是重复劳动，但是获利颇丰。

新闻播完了，他吃力地下了床，收掉床边椅子上的残羹剩餐，一瘸一拐地走进小厨房去洗洗涮涮。这些事情他从不疏忽：在军队里学到的自尊自爱的习惯，即使在他最贫穷的时候也没有丢掉。这些习惯其实也不能完全归功于军旅的训练。他以前就是个爱整洁的孩子，以特德舅舅为榜样，特德舅舅酷爱整洁，从工具箱到船屋，无不井井有条，跟斯特莱克母亲莱达的混乱无序形成鲜明对比。

十分钟后，他在马桶里撒了最后一泡尿——马桶因为紧靠淋浴器，总是湿漉漉的——又在略微宽敞点的厨房水池边刷了牙，回到床前，卸下假肢。

新闻最后是明天的天气预报：气温零度以下，还有雾。斯特莱克在断肢的顶上搽了点粉；今晚比几个月前疼得轻些了。虽然今天吃了全套的英式早餐和外卖的咖喱印度餐，但自从又能自己做饭以来，他还是掉了一些体重，减轻了断腿承载的压力。

他用遥控器指着电视屏幕；一个大笑的金发美女和她代言的洗衣粉隐入黑暗。斯特莱克笨拙地把身体挪到被子下面。

当然啦，如果欧文·奎因就藏在那个作家静修所里，要把他打探出来很容易。听起来这是个自私自利的混蛋，带着自己的宝贝书，赌气躲到了暗处……

在斯特莱克的脑海中，一个发怒的男人背着大帆布袋、气呼呼地扬长而去，这模糊的形象刚一出现就消失了。斯特莱克沉入香甜无梦的深睡眠。下面酒吧间隐约传来低音吉他的节奏声，但很快就被他自己刺耳的鼾声淹没了。

第六章

哦，塔特尔先生，我们知道你的一切都安然无恙。

——威廉·康格里夫①，《以爱还爱》

第二天上午九点差十分，斯特莱克拐进埃克斯茅斯市场的时候，一团团冰冷的浓雾仍附着在建筑物上。这里不像是伦敦的街道，尽管许多咖啡馆都把座位设在人行道上，建筑外墙色彩柔和，还有一座古罗马风格的教堂：最神圣的救世主教堂，金色、蓝色和砖红色相间，笼罩在氤氲的雾气中。寒冷的雾，摆满珍奇小玩意的商店，路边的桌椅；如果能够再加上海水的气息和海鸥惆怅的哀鸣，斯特莱克准会以为自己又回到了康沃尔，他童年较为稳定的时期大部分都是在那儿度过的。

一家面包店旁边是一扇没有明显特征的门，上面的小牌子上印着交火出版社的名字。九点整，斯特莱克摁响门铃，门开后，面前是一道陡峭的粉刷得雪白的楼梯，他费力地往上爬，一次次地用手去扶栏杆。

到了楼梯顶上，一个身材瘦小的男人在那里迎他。男人约莫三十

---

① 威廉·康格里夫（1670—1729），英国剧作家和诗人。

岁,衣着时髦,戴着眼镜,齐肩的波浪发,穿着牛仔裤、马甲,和一件涡纹图案、袖口带有一圈褶边的衬衫。

"你好,"他说,"我是克里斯蒂安·费舍尔。您是卡梅隆吧?"

"科莫兰,"斯特莱克下意识地纠正他,"不过……"

他正要说别人叫他卡梅隆他也答应,这是多年被叫错的现成答复,可是克里斯蒂安·费舍尔立刻回道:

"科莫兰——康沃尔郡的巨人。"

"没错。"斯特莱克很是吃惊。

"我们去年出版了一本童书,讲的是英国民间故事,"费舍尔说着,推开白色双开门,领斯特莱克走进一个杂乱的开放式区域。周围的墙上贴着海报,摆放着许多乱糟糟的书架。斯特莱克走过时,一个邋里邋遢的黑头发年轻女人好奇地抬起头。

"咖啡?还是茶?"费舍尔问,一边把斯特莱克领进自己的办公室,那是远离主要办公区的一个小房间,窗外是浓雾弥漫的朦胧街道,看上去赏心悦目。"我可以让杰德给我们买来。"斯特莱克谢绝了,老老实实地说自己刚喝过咖啡,心里暗自纳闷,费舍尔似乎打算跟他长谈,而斯特莱克觉得这点事不用大费周章。"那就来杯拿铁吧,杰德。"费舍尔朝门外喊道。

"坐吧。"费舍尔对斯特莱克说,开始在墙边那些书架上漫无目的地找来找去,"那个巨人科莫兰,他是住在圣迈克尔山里吗?"

"是啊,"斯特莱克说,"杰克应该已经把他杀死了。就是那个豆荚的传说。"

"我记得就在这儿的,"费舍尔说,仍然在书架间寻找,"《不列颠群岛的民间故事》。你有孩子吗?"

"没有。"斯特莱克说。

"噢,"费舍尔说,"好吧,那就算了。"

他笑嘻嘻地在斯特莱克对面的椅子上坐下。

"那么,我可以问问是谁雇了你吗?我可以猜一猜吗?"

"请便。"斯特莱克说,他的原则是欢迎别人推测。

"不是丹尼尔·查德，就是迈克尔·范克特，"费舍尔说，"我猜得对吗？"

眼镜镜片使他的眼睛显得圆溜溜的，十分专注。斯特莱克感到很意外，但脸上并未表露出来。迈克尔·范克特是个非常有名的作家，最近刚拿了一个文学大奖。范克特为什么会对奎因的失踪感兴趣呢？

"恐怕不对，"斯特莱克说，"是奎因的妻子利奥诺拉。"

费舍尔大吃一惊，那模样堪称滑稽。

"奎因的妻子？"他茫然地学说了一遍，"那个不起眼的、长得像罗斯·韦斯特①的女人？她为什么要雇私人侦探呢？"

"她丈夫失踪了。已经消失了十一天。"

"奎因消失了？可是——可是……"

斯特莱克看得出来，费舍尔本来以为会有一场完全不同的对话，一场他热切期待的对话。

"可是奎因夫人为什么打发你来找我呢？"

"她认为你知道奎因在哪儿。"

"我怎么会知道？"费舍尔问，似乎由衷地感到不解，"奎因不是我的朋友。"

"奎因夫人说，她听见你跟她丈夫谈到一个作家静修所，是在一个派对上——"

"噢，"费舍尔说，"比格利府，没错。可是欧文不可能在那儿！"他笑起来的时候，就变成了一个戴眼镜的顽童：快乐中带着一点促狭，"欧文·奎因即使付钱，他们也不会让他进去的。他是个天生的搅屎棍。经营静修所的那帮女人中间，有一个女人对他深恶痛绝。欧文写了篇特别恶心的文章评论那女人的处女作，那女人一直没有原谅他。"

"你还是把电话号码给我，行吗？"斯特莱克问。

---

① 罗斯·韦斯特，英国的一名女杀人犯，曾伙同丈夫一起杀害十名年轻女子，其中包括自己的女儿。她被英国人称为最恶毒的女人。

"我就记在手机里，"费舍尔说着，从牛仔裤的后兜里抽出手机，"我现在就打电话……"

他把手机放在两人之间的办公桌上，调成扬声状态，让斯特莱克也能听见。铃声响了整整一分钟，一个气喘吁吁的女声说道：

"比格利府。"

"喂，是香农吗？我是交火的克里斯①·费舍尔。"

"哦，你好，克里斯，最近怎么样？"

费舍尔办公室的门开了，那个邋里邋遢的黑头发姑娘从外面走进来，一言不发地把一杯拿铁放在费舍尔面前，离开了。

"香农，"门关上时，费舍尔说，"我打电话是想问一下，欧文·奎因是不是在你们那儿。他没去那儿吧？"

"奎因？"

香农的声音虽然离得很远，而且只说了一个词，但那厌憎和轻蔑的语气在摆满图书的房间里回荡不已。

"是啊，你们见过他吗？"

"有一年多没见了。怎么啦？他不会想到来这儿的，不是吗？而且实话跟你说吧，这儿也不欢迎他。"

"好吧，香农，我想是他妻子搞错了。咱们回头再聊。"

费舍尔没等对方说完再见，就挂断电话，急切地转向斯特莱克。

"听见了吗？"他说，"我说什么来着？他即使想去比格利府也不可能去成。"

"他妻子给你打电话时，你干吗不对她这样说呢？"

"噢，怪不得她一直给我打电话呢！"费舍尔带着恍然大悟的神情说道，"我还以为是欧文让她打的呢。"

"欧文为什么会让妻子给你打电话呢？"

"哦，怎么说呢，"费舍尔说，咧开嘴笑了，看到斯特莱克没有和他一起笑，便只短促地笑了一声，说道，"因为那本《家蚕》。我以为

---

① 克里斯蒂安的简称。

奎因又搞他的那套老把戏，让他妻子给我打电话，探听我的底细。"

"《家蚕》。"斯特莱克重复了一遍，既不想显得茫然不解，也不想显得像在提问。

"是啊，我以为奎因在纠缠我，看是不是还有机会在我这儿出这本书。这种事情他做得出来，让他妻子打电话。但目前即使有人愿意染指《家蚕》，也不会是我。我们是一家小出版社，打不起官司。"

斯特莱克见不懂装懂捞不到什么，便改变策略。

"《家蚕》是奎因的最新小说？"

"是啊，"费舍尔喝了一口外卖咖啡，循着自己的思路往下说道，"这么说他失踪了，是吗？我还以为他会留下来看热闹呢。我还以为这才是最重要的戏码的呢。难道他临阵胆怯了？这听起来可不像欧文呀。"

"你们出版欧文的书多长时间了？"斯特莱克问。费舍尔不敢相信地看着他。

"我从来没出版过他的书！"他说。

"我以为……"

"他最近的三本书——也许是四本？——都是在罗珀·查德出的。事情是这样的，几个月前，我在一个派对上碰到他的代理利兹·塔塞尔，她出于信任告诉我——之前已经告诉了几个人，说不知道罗珀·查德还能容忍奎因多久，于是我就说愿意看看奎因的下一本书。目前奎因属于'可恶，他居然写得不错'那一类作家——我们可以在营销方面弄出一些新花样。而且，"费舍尔说，"他写出过《霍巴特的罪恶》。那是一本好书。当时我就估计他肚子里还有料。"

"利兹把《家蚕》寄给你了？"斯特莱克问，他一边谨慎地探索，一边暗骂自己前一天对利奥诺拉·奎因的询问不够全面。这就是累得半死时接待客户的结果。斯特莱克习惯了在与走访对象面谈时比对方知道得多，此时觉得自己随时都会露怯，非常别扭。

"是啊，她上上个星期五送来一本，"费舍尔说，顽童般得意的笑容显得更狡黠了，"这是可怜的利兹一生中最大的失误。"

"为什么？"

"因为她显然没有好好读一遍,或者是没有读完。我收到书大约两小时后,手机突然接到这条非常恐慌的短信:'克里斯,出状况了,我寄错了书稿。请勿阅读,直接寄还。我会在办公室接收。'我从来没听过利兹·塔塞尔这样说话。她一向是个非常强悍的女人。大老爷们见了都害怕。"

"你把书寄回去了?"

"当然没有,"费舍尔说,"我整个星期六基本上都在读它。"

"后来呢?"斯特莱克问。

"没有人跟你说吗?"

"跟我说……"

"书里写了什么,"费舍尔说,"奎因做了什么。"

"他做了什么?"

费舍尔的笑容隐去了。他放下咖啡。

"伦敦几位最好的律师向我发出警告,"他说,"不许我透露。"

"那些律师是谁雇的呢?"斯特莱克问。他看到费舍尔没有回答,又加了一句,"除了查德和范克特以外?"

"就是查德,"费舍尔说,一下子就落入斯特莱克的圈套,"其实如果我是欧文,会更担心范克特。他坏起来可以坏到极点。特别记仇。不要引用我的话。"他赶紧叮嘱一句。

"你说的那个查德呢?"斯特莱克说,在半明半暗中摸索着。

"丹尼尔·查德,罗珀·查德的执行总裁,"费舍尔带着一丝不耐烦说,"我真不理解,欧文怎么会以为能够轻易骗过出版公司的头头,但欧文就是那样一个奇葩。我从没见过像他那么高傲、那么执迷不悟的混蛋。我猜他以为自己能把查德描绘成——"

费舍尔不安地笑了一声,打住话头。

"我要给自己惹祸了。这么说吧,我很惊讶欧文竟然以为自己能像个没事人儿似的。也许,他后来意识到大家都明白他在暗示什么,就丧失勇气,于是一走了之。"

"诽谤,是吗?"斯特莱克问。

"算是小说里的灰色地带吧，"费舍尔说，"就像用一种荒诞的方式讲述事实——我可没有暗示他说的那些都是真的，"他赶紧撇清，"不可能百分之百真实。但每个人都能对得上号；他给许多人改头换面，做得非常巧妙……感觉很像范克特的早期作品。大量的象征手法，晦涩难懂……有的地方完全不知所云，但是你又想知道，袋子里是什么，炉子里是什么？"

"炉子里——"

"没什么——就是书里的内容。利奥诺拉没有跟你说过这些吗？"

"没有。"斯特莱克说。

"真奇怪了，"克里斯蒂安·费舍尔说，"她肯定知道的。我以为奎因是每次吃饭都给家里人大讲特讲自己作品的那种作家呢。"

"你在不知道奎因失踪的时候，为什么认为查德或范克特会雇用私人侦探呢？"

费舍尔耸了耸肩。

"怎么说呢。我以为他们中间的一个也许想弄清奎因打算怎么处理那本书，以便及时阻止他，或警告别的出版商当心吃官司。或者，他们希望能有办法对付欧文——以火攻火。"

"所以你才这么急于见我？"斯特莱克问，"你有办法对付奎因吗？"

"没有，"费舍尔笑着说，"我只是爱管闲事。比较八卦。"

他看了看表，翻开面前一本书的封面，把椅子向后推了一点。斯特莱克便明白了。

"谢谢你花时间见我，"他说着站了起来，"如果有了欧文·奎因的消息，请告诉我，好吗？"

他递给费舍尔一张名片。费舍尔一边从桌子后面绕出来送他，一边蹙着眉头看名片。

"科莫兰·斯特莱克……斯特莱克……我知道这个名字，是吗……"

费舍尔恍然大悟，一下子活跃起来，好像刚换了电池。

"妈呀,你就是破了卢拉·兰德里案的那个人!"

斯特莱克知道他可以重新坐回去,要一杯拿铁,让费舍尔专心致志地跟他再聊一小时左右。但他客气而坚决地抽身而出,几分钟后,就又独自来到阴冷的、雾蒙蒙的大街上。

第七章

我将发誓，再也不会阅读此类作品。

——本·琼生[①]，《人人高兴》

利奥诺拉·奎因从电话里得知丈夫不在那个作家静修所，顿时显得非常焦虑。

"那他在哪儿呢？"她问，不像是问斯特莱克，更像是自言自语。

"他出走的时候一般去哪里？"斯特莱克问。

"酒店，"她说，"有一次跟个女人住在一起，不过他和那个女人并不熟。奥兰多，"她的嘴离话筒远了一些，厉声说，"放下，那是我的。听见没有，那是我的。你说什么？"她说，声音在斯特莱克耳边震响。

"我没说什么。你想让我继续寻找你丈夫吗？"

"那还用说，不然他妈的还有谁去找他？我离不开奥兰多。你去跟利兹·塔塞尔打听打听他在哪儿。利兹以前找到过他。在希尔顿，"利奥诺拉出人意料地说，"他有一次是在希尔顿。"

[①] 本·琼生（1573—1637），英国抒情诗人与剧作家。他的诗纯朴，富有旋律般的美。剧本《伏尔蓬》《炼金术士》将讽刺喜剧发展到很高的水平，对莎士比亚以及后来王政复辟时期的剧作家均有较大影响。

"哪家希尔顿?"

"不知道,去问利兹。是她害得欧文出走的,就应该他妈的帮着把他找回来。利兹不肯接我电话。奥兰多,快把那放下。"

"你还能想到别的什么人——"

"没有,不然我他妈的早就问了,不是吗?"利奥诺拉气冲冲地说,"你是侦探,你去找他!奥兰多!"

"奎因夫人,我们必须——"

"叫我利奥诺拉。"

"利奥诺拉,我们必须考虑到这样的可能性,你丈夫也许会伤害到自己。如果让警方参与进来,"斯特莱克让自己的声音盖过电话那头家里的噪音,"我们会更快地找到他。"

"我不愿意。上次他失踪一个星期,我报了警,结果他是跟一个女朋友在一起,弄得大家都挺不高兴的。如果我再这么做,他肯定会生气的。而且,欧文也不会——奥兰多,快放下!"

"警方能更有效地散发他的照片,还能——"

"我只想让他安安静静地回家。他为什么不赶紧回来呢?"她气呼呼地加了一句,"这么长时间了,他的火气也该消了。"

"你看过你丈夫的新书吗?"斯特莱克问。

"没有。我总是等印好了再看,封面什么的都齐全。"

"他跟你说过这本书的内容吗?"

"没有,他不喜欢谈论工作上的事——奥兰多,把它放下!"

斯特莱克不知道她是不是故意把电话挂断的。

清晨的雾消散了。雨点啪啪地打在办公室的窗户上。一位客户马上就要到了,又是一个在闹离婚的女人,想知道即将成为前夫的那个人把财产藏在了哪里。

"罗宾,"斯特莱克说着,走进外间办公室,"如果能在网上找到欧文·奎因的照片,能不能给我打印一张?然后给他的代理伊丽莎白·塔塞尔打个电话,问她是否愿意回答几个小问题。"

他刚要返回自己的办公室,突然又想起了什么。

"你能不能帮我查查'家蚕'是什么意思?"

"这两个字怎么写?"

"谁知道呢?"斯特莱克说。

十一点半,快要离婚的那个女人准时来了。她约莫四十岁,却把自己弄得很年轻,散发着一种焦躁不安的魅力,和一股麝香的气味,使罗宾感到房间更加逼仄了。斯特莱克带着她走进自己的办公室,接下来的两个小时,罗宾在持续不断的雨声中只听见他们忽高忽低的谈话声,以及她自己的手指在键盘上的敲击声;都是安宁和平静的声音。罗宾已经习惯了听见斯特莱克的办公室传出突然的痛哭声、呻吟声和喊叫声。声音戛然而止是最凶险的兆头,那次有一位男客户看见斯特莱克用长镜头拍到的妻子和情人在一起的照片,竟然晕了过去(后来他们得知,他是轻微的心脏病发作)。

终于,斯特莱克和客户出来了,女人矫揉造作地跟斯特莱克告别之后,罗宾递给老板一张欧文·奎因的大照片,是从巴斯文学节的网站上扒下来的。

"万能的耶稣基督啊。"斯特莱克说。

欧文·奎因是个脸色苍白的大胖子,年龄六十左右,一头浅黄色的乱发,留着凡·戴克[①]风格的尖胡子。两只眼睛的颜色似乎不一样,这使他的目光显得格外锐利。照片上的他身披一件像是提洛尔风格的大衣,头上是一顶插着羽毛的软毡帽。

"这样的人,他不可能隐姓埋名很长时间。"斯特莱克评论道。"能再打印几份吗,罗宾?我们可能要拿给各家酒店看看。他妻子记得他有一次住在希尔顿酒店,但记不清是哪家了,所以你不妨先打打电话,看他有没有登记入住,好吗?估计他不会用自己的真名,但你可

---

① 凡·戴克(1599—1641),比利时弗拉芒族画家,是英国国王查理一世时期的英国宫廷首席画家。在查理一世一六四九年被砍头前,凡·戴克为其画下了诸多肖像。查理一世的向上翘起的胡须造型,成为十九世纪中叶以后蓄须时代君王模仿的范本。

以形容一下他的相貌……伊丽莎白·塔塞尔那边有什么进展？"

"有，"罗宾说，"信不信由你，我刚要给她打电话，她就把电话打过来了。"

"她往这儿打电话？为什么？"

"克里斯蒂安·费舍尔把你去见过他的事告诉利兹了。"

"然后呢？"

"利兹今天下午有会，希望明天上午十一点在她的办公室跟你见面。"

"这是真的吗？"斯特莱克觉得很滑稽，"越来越有意思了。你有没有问她是否知道奎因在哪儿？"

"问了，她说不知道，但还是固执地想见你。她非常强势，像个女校长。另外，"她最后说道，"'家蚕'是蚕的学名。"

"蚕？"

"是啊，你猜怎么着？我一直以为蚕像蜘蛛一样会织网，可是你知道人们是怎么从茧子里抽丝的吗？"

"不知道。"

"把蚕煮开，"罗宾说，"活活煮死，这样它们就不会破茧而出，把茧子弄坏了。其实由丝构成的是茧子。听上去不太美好，是吗？你为什么打听蚕的事？"

"我想知道欧文·奎因为什么给他的小说起名《家蚕》，"斯特莱克说，"我还是没搞明白。"

下午，他处理一桩盯梢案的繁琐文件，希望天气能够好转：他需要出一趟门，因为楼上已经没有任何吃的东西了。罗宾走后，斯特莱克继续工作，雨越下越大，啪啪地击打着他的窗户。最后，他穿上大衣，在已是倾盆如注的大雨中走上阴暗潮湿的查令十字街，到最近的超市去买食物。最近他吃了太多外卖。

他回来的时候，两只手里都拎着鼓鼓囊囊的购物袋，他一时冲动，拐进一家快要打烊的旧书店。柜台后面的男人不能确定店里是否有《霍巴特的罪恶》——欧文·奎因的第一本书，据说也是他最好的作品。店员不置可否地嘟囔着，在电脑屏幕上浏览了很长时间也不得要领，最后递给斯特莱克一本《巴尔扎克兄弟》——作者的另一部作品。斯特莱克浑身潮湿，又累又饿，付了两个英镑，拿着那本破旧的精装书回到阁楼间。

斯特莱克收拾好买回来的食材，给自己做了一份意大利面，窗外的夜色阴冷幽黑，他在床上躺下，翻开那个失踪男人写的书。

小说的风格华美绚丽，故事是哥特式、超现实主义的。两个兄弟分别名叫静脉瘤和血管，被锁在一个圆顶的房间里，他们长兄的尸体在一个角落里慢慢腐烂。他们醉醺醺地辩论文学、忠诚和法国作家巴尔扎克，并试图一起撰写他们那位正在腐烂的长兄的生平故事。静脉瘤不停地触诊自己疼痛的睾丸，在斯特莱克看来这是笨拙地隐喻作家的写作障碍；大部分的工作似乎都是血管在做。

斯特莱克看了五十页，嘟囔了一句"一派胡言乱语"，便把书扔到一边，开始上床睡觉前的艰难过程。

前一天夜里的酣畅甜美的睡眠一去不复返了。大雨敲打着阁楼间的窗户，他睡得很不安稳；整夜都是乱梦颠倒，噩梦频频。他早上醒来，依然心神不宁，就像宿醉未消。雨水还在敲打窗户，他打开电视，看到康沃尔遭遇严重的洪水；人们被困在车内，或者从家中疏散出来，挤在急救中心。

斯特莱克抓起手机拨打，那个号码熟悉得就像镜子里的自己，对他来说总是代表着安全和稳定。

"喂？"他的舅妈说。

"我是科莫兰。你还好吧，琼？我刚看了新闻。"

"目前我们都没事，亲爱的，海边的情况比较糟糕，"她说，"大雨，风暴，可是比起圣奥斯托尔算好多了。我们也一直在看新闻呢。你怎么样啊，科莫兰？好久没见了。我和特德昨天晚上还在念叨呢，一直都没有你的消息，我们想跟你说，既然你现在又单着了，干吗不上这儿来过圣诞节呢？你认为怎么样？"

斯特莱克捏着手机，没法穿衣服、戴假肢。琼唠叨了半个小时，连珠炮似的，挡都挡不住，她说着当地的闲言碎语，还突然袭击地问斯特莱克不愿触及的私人话题。最后，琼在又盘问一番他的爱情生活、债务和断腿之后，终于放过了他。

斯特莱克到办公室的时候已经晚了，感觉疲惫而烦躁。他穿着深色西装，打着领带。罗宾猜想他是不是打算见过伊丽莎白·塔塞尔之后，跟那个办离婚的黑肤色女人一起吃午饭。

"听到新闻了吗？"

"康沃尔闹水灾？"斯特莱克问，一边给水壶通上电，刚才琼唠叨个没完，他早晨的第一杯茶已经放凉了。

"威廉和凯特订婚了。"罗宾说。

"谁？"

"威廉王子，"罗宾愉快地说，"和凯特·米德尔顿。"

"噢，"斯特莱克淡淡地说，"不错不错。"

几个月前他自己也属于订婚一族。他不知道前未婚妻的新感情进展到什么程度了，也并没有幸灾乐祸地猜想它什么时候结束。他们俩的婚约之所以结束，并不是因为夏洛特挠了他的脸，或透露自己的出轨，而是因为斯特莱克给不了她那种婚礼；就是威廉和凯特无疑即将享受的那种婚礼。

罗宾断定，只有等斯特莱克喝下半杯茶后，才能安全地打破这阴郁的沉默。

"在你下来之前，露西打电话来，提醒你星期六晚上有庆生会，问你想不想带什么人一起去。"

斯特莱克的心情又跌落几个刻度。他完全忘记了去妹妹家吃饭的事。

"好的。"他语气沉重地说。

"你的生日是在星期六吗？"罗宾问。

"不是。"斯特莱克说。

"那是什么时候？"

他叹了口气。他不想要蛋糕、贺卡和礼物，但是罗宾的表情满怀期待。

"星期二。"他说。

"二十三号？"

"对。"

短暂的停顿之后，他才想起有来无往非礼也。

"你是什么时候？"罗宾的迟疑让他紧张起来，"天哪，不会是今天吧？"

她扑哧笑了。

"不是，已经过去了。十月九号。没事，那天是星期六。"她说，仍然笑眯眯地看着他的一脸苦相，"我没有一整天坐在这里等人送花。"

斯特莱克也朝罗宾笑了笑。他觉得应该再多做一些努力，因为他错过了罗宾的生日，而且从没想到去弄清她的生日是几月几号，便又说了一句：

"幸好你和马修的日子还没定。你们至少不会跟王室婚礼相冲突了。"

"哦，"罗宾说着脸红了，"我们已经定了日子。"

"是吗？"

"是啊，"罗宾说，"是在——一月八号。你的请柬在这里。"她赶紧俯身在包里翻找（她还没有问马修是否要邀请斯特莱克，但现在已经晚了）。"给。"

"一月八号？"斯特莱克说着，接过银色的信封，"只有——哎呀——只有七个星期了。"

"是啊。"罗宾说。

短短一阵异样的静默。斯特莱克一时想不起还让罗宾做了些什么；后来想起来了，便公事公办地用银色的信封轻拍着手掌，说道：

"希尔顿酒店打听得怎么样了？"

"问了几家。奎因没有用自己的名字入住，也没有人见过这种相貌的人。连锁酒店太多了，我只能顺着名单一家家地找。你见过伊丽莎白·塔塞尔之后打算做什么？"她不经意地问道。

"假装我想在贵族住宅区买一套房子。似乎有某个丈夫想在妻子的律师出手阻止他之前变卖部分资产，转移到海外去。

"好了，"他说，把没有拆封的婚礼请柬往大衣口袋里塞了塞，"我得走了，还要去找一个垃圾作家呢。"

第八章

我接过书,老人便消失了。

——约翰·黎里①,《恩底弥翁:又名月中人》

斯特莱克乘地铁去伊丽莎白·塔塞尔的办公室,只有一站路,他站着(这样短的路程总是没法让他完全放松,他随时准备用假腿承受压力,留神不要摔倒),突然想起罗宾并未责怪他接下奎因这桩案子。当然,她作为助理,没有资格指责老板,但她拒绝一份高得多的薪水,跟他同甘共苦,因此,她若期待他在还清债务后适当地给她加加薪水也是情有可原。她很少批评别人,或挑剔地保持沉默;在斯特莱克这辈子遇到的女性中,只有罗宾似乎并不想要提升他和纠正他。在他过往的经历中,女人总是期待你能理解她们不遗余力地想要改变你,是体现了她们有多么爱你。

如此看来,她再过七个星期就要结婚了。再过七个星期,她就要成为马修夫人了……她的未婚夫姓什么来着?斯特莱克即使曾经知道,现在也想不起来了。

---

① 约翰·黎里(1554?—1606),英国散文家、诗人、剧作家。其喜剧作品取材于古代希腊、罗马的神话和文学,借以反映当时英国宫廷生活和政治事件,著名剧本有《亚历山大和坎帕斯比》《萨福和法翁》《恩底弥翁》《弥达斯》等。

在高志街等电梯时，斯特莱克突然产生一种疯狂的冲动，想打电话给他那个办离婚的黑皮肤女客户——她已经很清楚地表明非常欢迎发展这样的关系——为了今晚能跟她厮混，他想象着，是在她位于骑士桥的那张洒了大量香水的松软深陷的大床上。可是这个念头刚一出现，就被立刻打消了。这样的行为是缺乏理智的；比明明看不到报酬，还接手一个失踪案还要荒唐……

他为什么要在欧文·奎因的案子上浪费时间呢？斯特莱克问自己，一边低下头抵挡寒冷刺骨的冬雨。因为好奇，他默想片刻，回答道，也许还有一些说不清道不明的东西。他行走在斯托尔街上，在倾盆大雨中眯起眼睛，将注意力集中于脚下，在湿滑的人行道上踩稳每一步，心里想着，每天都要对付那些大款客户带给他的各种没完没了的贪婪和复仇案例，他的鉴赏力有退化的危险。他已经很长时间没有调查失踪案了。如果能把逃跑的奎因交还给他的家人，肯定能获得一种成就感。

伊丽莎白·塔塞尔的文学代理公司在一处黑砖院落里，院子里大多是民宅，是繁忙的高尔街旁边一个出奇安静的死胡同。斯特莱克按响一块古雅铜牌旁边的门铃。轻微的啪嗒声响过后，一个穿着开领衬衫的白肤色年轻人把门打开，里面是一道铺着红地毯的楼梯。

"你就是那个私人侦探吧？"年轻人问，口气里混杂着不安和兴奋。斯特莱克跟着他走上楼梯，一路把雨水滴洒在破旧的地毯上。到了楼上，穿过一扇红木门，进入一片很大的办公区，这里以前大概是一个独立大厅和会客室。

年深日久的典雅逐渐沦为破败。窗户上凝着水珠，看上去雾蒙蒙的，空气里弥漫着浓浓的陈年烟味。四面墙边挤挤挨挨地摆放着塞满书的木头书架，暗淡的墙纸几乎全被镶着镜框的文学漫画和讽刺画遮住了。两个沉重的书桌面对面放在一张磨损的小地毯上，但都没有坐人。

"我给你拿着大衣好吗？"年轻人问，一个瘦瘦的、一脸惶恐的姑娘从一张桌子后面惊跳起来。她手里拿着一块沾着污迹的海绵。

"我没法把它弄出来，拉尔夫！"她焦虑地小声对陪着斯特莱克的年轻人说。

"讨厌，"拉尔夫不耐烦地嘟囔道，"伊丽莎白的那只老狗，在萨利的桌子底下吐了。"他压低声音告诉斯特莱克，一边拿起斯特莱克湿漉漉的克龙比式大衣，挂在一进门旁边的一个维多利亚时代的衣帽架上。"我去告诉她你来了。你接着擦。"他吩咐那个同事，然后走向第二扇红木门，把门打开一道缝。

"斯特莱克先生来了，利兹。"

一声响亮的狗叫，紧接着是某个人低沉嘶哑的咳嗽声，这样的咳嗽，只能是从一个老矿工的肺里发出来的。

"抓住它。"一个沙哑的嗓音说。

代理办公室的门开了，拉尔夫站在门里，紧紧抓住一只年迈、但看上去仍然争强好斗的杜宾狗的项圈，屋里还有一个六十岁左右的人高马大的女人，相貌平平，五官粗大，透着一股强势。完美几何形的铁灰色短发，裁剪精致的黑色西装，猩红色的口红，都使她有那么一种冲劲儿。她散发出端庄华贵的气息，这在成功老女人身上代替了性感的魅力。

"你最好把它牵出去，拉尔夫。"代理说，一双深橄榄绿色的眼睛看着斯特莱克。雨水还在横扫着玻璃窗。"别忘了拿便便袋，它今天有点拉肚子。

"进来吧，斯特莱克先生。"

她的助理一脸厌恶地把大狗牵出她的办公室，大狗的脑袋活像一个貊头人身神。斯特莱克和杜宾狗擦身而过时，杜宾狗激愤地汪汪大叫。

"萨利，倒咖啡。"代理冲那个神色惊慌的姑娘喊道，姑娘已经把海绵藏起来了。她惊得一跃而起，消失在她办公桌后面的一扇门里，斯特莱克希望她能把手彻底洗干净再倒饮料。

伊丽莎白·塔塞尔的办公室十分拥挤，可以说是外间办公室的一个浓缩的翻版：空气里一股烟味和老狗的臭味。她的办公桌下放着一个粗呢的动物小床,墙上挂满老旧的照片和印刷品。斯特莱克认出了其中最大的那幅:一个名叫平克曼的著名老作家,专门创作儿童绘本图书,不知如今是否还健在。代理不出声地示意斯特莱克在她对面落座,斯特莱克不得不先把椅子上的一大摞文件和过期的《书商》杂志搬开才坐下来,代理从桌上的盒子里抽出一根烟,用一个玛瑙打火机点燃,深深地吸了一口,接着爆发一阵呼哧带喘的嘶哑的咳嗽,怎么也停不下来。

"这么说来,"咳劲儿终于过去后,她坐回办公桌后的皮椅子里,沙哑着嗓子说道,"克里斯蒂安·费舍尔告诉我,欧文又一次上演了他著名的消失桥段。"

"没错,"斯特莱克说,"那天晚上你和他为了他的那本书吵过一架后,他就失踪了。"

代理想要说话,可是她的话立刻被一阵新的咳嗽撕扯得支离破碎。她的身体深处发出一种可怕的、撕裂般的声音。斯特莱克默默地等咳嗽过去。

"听声音很严重啊。"他最后说道,代理终于咳好了,安静下来,竟然又深深地吸了一口烟。

"流感,"她用刺耳的嗓音说,"怎么也好不了。利奥诺拉是什么时候去找你的?"

"前天。"

"她能出得起你的价码吗?"她声音沙哑地说,"我估计你的价钱不便宜,你可是侦破兰德里疑案的牛人。"

"奎因夫人说你可以付钱给我。"斯特莱克说。

她粗糙的面颊涨成了猪肝色,因不断咳嗽而变得泪汪汪的黑眼睛眯了起来。

"我看,你可以直接去找利奥诺拉——"她拼命忍着再次咳嗽的欲望,胸腔在精致的黑西服下面一起一伏"——告诉她,我不会出一分钱去找她的丈夫。奎因已经不是——不是我的客户了。告诉她——告诉她——"

她又被新一轮的剧烈咳嗽打倒。

门开了,瘦瘦的女助理走进来,用吃奶的力气端着一个重重的木头托盘,托盘里放着杯子和一个咖啡壶。斯特莱克赶紧起身从她手里接过来;桌上几乎没有地方可放。女孩想腾出点空间,可是太紧张,不小心碰翻了一摞文件。

代理一边咳个不停,一边愤怒地做了个责怪的手势,姑娘吓得赶紧逃出房间。

"不——不中用的——小——"伊丽莎白·塔塞尔呼哧呼哧地说。

斯特莱克把托盘放在桌上,没有理会散落在地毯上的那些纸,重新坐下来。代理的盛气凌人是斯特莱克所熟悉的模式——老女人们有意无意地利用了这样一个事实:她们能在那些天性敏感的人的记忆中,重新唤起童年时那位强势的、无所不能的母亲的形象。斯特莱克对这种恫吓是有免疫力的。首先,他自己的母亲虽然有这样那样的缺点,却是年轻的、爱心四溢的;其次,他感觉到这种虚张声势背后的脆弱。一根接一根地抽烟,墙上的老照片,桌下的旧狗篮,都显示了这是一个多愁善感、缺乏自信的女人,她根本不是她那些年轻的雇员所想的那样。

终于,代理咳完了,斯特莱克倒了一杯咖啡递给她。

"谢谢。"她粗声粗气地嘟囔了一句。

"这么说来,你把奎因给开了?"斯特莱克问,"你们一起吃饭的那天晚上,你把这事告诉他了吗?"

"记不清了,"她哑着嗓子说,"事情很快就变得白热化了。欧文站到饭店中央,就为了冲我嚷嚷,然后气冲冲地一走了之,留下我来买单。如果你想知道当时他说了什么,可以找到一大堆证人。欧文非要在公共场合大出洋相。"

她又伸手摸了一根烟,然后想了想,递给斯特莱克一根。把两根烟都点燃后,她说:

"克里斯蒂安·费舍尔对你说了什么?"

"没说什么。"斯特莱克说。

"替你们俩考虑,但愿如此。"她不客气地说。

斯特莱克没有说话,自顾自地抽烟,喝咖啡,伊丽莎白等待着,显然希望再听到点什么信息。

"他提到《家蚕》了吗?"她问。

斯特莱克点点头。

"他是怎么说的?"

"他说奎因在书里写了许多人,明眼人一下就能看出来是谁。"

片刻紧张的沉默。

"我希望查德真的起诉他。这样才能让他闭嘴,是不是?"

"你有没有试着跟奎因联系,自从他那天晚上走出——你和他在哪儿吃饭来着?"斯特莱克问。

"河滨餐厅,"她用哑嗓子说道,"没有,我没试着联系他。已经没什么可说的了。"

"他也没有跟你联系?"

"没有。"

"利奥诺拉说,你告诉奎因那本书是他写得最好的一本,后来又改变主意,不肯代理它了。"

"她说什么?我压根儿就不是——不是——不是那么——"

这是她最厉害的一次咳嗽发作。看到她那样连咳带喘,斯特莱克有一种强烈的冲动,想强行夺下她手里的香烟。最后,发作平息了,她一口喝掉半杯滚热的咖啡,似乎得到了一些缓解。再说话时底气足了一些:

"我不是那么说的。'是他写得最好的一本书'——他是这么告诉利奥诺拉的?"

"是的。那么你实际上是怎么说的?"

"我当时病了,"她没有理会这个问题,只顾沙哑地说道,"流感。一星期没有上班。欧文给办公室打电话,说小说写完了;拉尔夫对他说我在家病倒了,欧文就把书稿直接快递到我家里。我不得不起床签收。他一贯就是这么做事的。我当时发烧四十度,站都站不起来。他的书写完了,我就得立时三刻来读它。"

她又灌了一口咖啡,说:

"我把书稿扔在客厅的桌上,又回床上躺着了。欧文就开始给我打电话,几乎每小时都打,问我对书的看法。从星期三一直打到星期四,不停地纠缠我……

"我干这行三十年了,以前从没这么做过,"她呼哧呼哧地说,"那个周末我本来应该出去的。我一直盼着呢。我不想取消计划,也不愿意欧文在我外出时每隔三分钟就给我打一个电话。于是……就为了让他别再来烦我……而且我当时仍感觉特别难受……我就把书快速浏览了一遍。"

她深深吸了一口香烟,连着咳了一阵,镇定下来说道:

"看起来并不比他的前两本书写得糟糕,倒好像还有所提高。一个非常有趣的假说。有些描写很吸引人。一部哥特式的神话故事,一本恐怖版的《天路历程》。"

"在你读到的那些片段里,你认出了什么人吗?"

"书里的人物似乎都有象征意义,"她有点儿提防地说,"包括那个圣徒般的自画像。大量的性变态描写,"她又停下来咳嗽,"我当时就想,跟以前一样是个大杂烩……但是我——我没有仔细读,这点我首先得承认。"

斯特莱克可以看出,她不习惯承认自己有错。

"我——怎么说呢,跳过了最后四分之一,就是他写到迈克尔和丹尼尔的那些部分。我扫了一眼结尾,很荒诞,还有点儿莫名其妙……

"如果我不是病得那么重,如果我把书好好地读了,肯定会直接告诉他,这么写是会给自己惹麻烦的。丹尼尔是个——是个怪人,非常敏——敏感——"她的声音又嘶哑了;呼呼地喘着气,咬着牙把话说完,"——而那个迈——迈克尔是天下——天下第一恶人——"又爆发了一连串咳嗽。

"奎因先生为什么要出版一本注定会给他惹上官司的书呢?"斯特

莱克等她咳完才问道。

"因为欧文认为自己不像社会上其他人一样受法律制约，"她声音粗哑地说，"他认为自己是个天才，是个'叛逆神童'。他以冒犯别人为骄傲，认为这是大无畏的英雄主义。"

"你看完那本书之后，是怎么处理它的？"

"我给欧文打了电话，"她说，闭了闭眼睛，似乎在克制自己内心的怒火，"我说：'不错，写得很好。'然后我叫拉尔夫把那该死的东西从我家里拿走，并叫他复印两份，一份寄给杰瑞·瓦德格拉夫，他是欧文在罗珀·查德出版公司的编辑，另一份寄给，上——上帝啊，寄给克里斯蒂安·费舍尔。"

"你为什么不通过电子邮件把书稿直接发到办公室呢？"斯特莱克好奇地问，"你没有把它拷进储存卡什么的？"

她把香烟捻灭在一个装满烟头的玻璃烟灰缸里。

"欧文坚持使用他写《霍巴特的罪恶》的那台旧电动打字机。我不知道这是矫情还是愚笨。他对技术特别无知。也许他试过使用笔记本电脑，可是没能搞定。他也许只是想用这种方式让自己显得更格格不入吧。"

"你为什么把复印件寄给两家出版公司？"斯特莱克问，其实心里已经知道了答案。

"因为杰瑞·瓦德格拉夫虽说是出版界的圣人和大善人，"她又喝了几口咖啡，回答道，"但即使是他，最近对欧文和他的怪脾气也失去了耐心。欧文的上一本书是在罗珀·查德出的，卖得很差。我当时觉得做两手准备比较明智。"

"你是什么时候发现书里究竟写了什么的？"

"那天傍晚，"她哑哑地说，"拉尔夫给我打了电话。他寄走了两份复印件，然后草草浏览了一下原件。他给我打电话，说道：'利兹，你有没有好好读过？'"

斯特莱克完全能够想象，那个脸色苍白的年轻助理打这个电话时是怎样胆战心惊，鼓足了多大的勇气，他在做出这个决定前是怎样痛苦地和那个女同事反复商量。

"我不得不承认我没有……没有从头到尾读过，"她低声说，"拉尔夫给我念了几个我漏掉的片段……"

她拿起玛瑙打火机，心不在焉地打着，然后抬头看着斯特莱克。

"我紧张起来了。赶紧给克里斯蒂安·费舍尔打电话，可是电话直接转到语音信箱，我就给他留了言，告诉他寄去的书稿是一份初稿，他不用看，是我弄错了，麻烦他尽快把它寄回——越快越好。我接着给杰瑞打电话，可是也打不通。他跟我说过那个周末要和妻子一起出去过纪念日。我当时希望他没有时间看稿子，就给他留了跟费舍尔那条类似的语音消息。

"然后我给欧文回了电话。"

她又点燃一根烟。吸烟时粗大的鼻孔翕动着，嘴巴周围的皱纹加深了。

"我简直没法把话说出来，即使说出来了也没什么用。他不让我说话，只顾自己说个不停，这只有欧文才做得出来。他别提多得意了。他说我们应该一起吃顿饭，庆祝一下书的完稿。

"于是我挣扎着穿好衣服，到了河滨餐厅，坐下来等着。接着欧文来了。

"他甚至没有迟到。平常总是迟到的。他一副飘飘然的样子，兴奋得要命。真以为自己做了一件勇敢的、惊世骇俗的事情。我还没能插进一句话，他就开始谈起电影改编的事。"

烟从她鲜红的嘴唇间喷出来，再加上一双亮闪闪的黑眼睛，看上去像龙一样吓人。

"后来我对他说，我认为他的作品很差，居心不良，不能出版，他一下子跳了起来，把椅子甩到一边，开始嚷嚷。他在侮辱了我的人格和事业之后，对我说，如果我没有勇气继续做他的代理，他就自己出版那玩意儿——做成电子书。说完就气冲冲地一走了之，留下我来买单。其实，"她低吼着说，"他一贯都是那副德——德行——"

情绪激动又激起比先前更厉害的一阵猛咳。斯特莱克都担心她要

窒息了。他从椅子里探起身,但她挥挥手让他别管。最后,她脸色发紫,眼泪汪汪,用砂砾般的嗓音说:

"我想尽一切办法补救。在海边度假的周末彻底毁了;我不停地打电话,想联系上费舍尔和瓦德格拉夫。短信发了一条又一条,为了能收到信号,一直守在圭提安该死的悬崖上——"

"你是那里的人?"斯特莱克问,微微有些吃惊,他没有从她的口音里听出童年记忆中的康沃尔方言。

"我的一个作者住在那里。我跟她说,我已经四年没有离开伦敦了,她就邀请我过去度周末。想带我去看看她书中写到的所有那些美丽的地方。有些景色美极了,我这辈子都没见过,可是我满脑子都想着那本该死的《家蚕》,想阻止每个人去读它。我睡不着觉,心情糟到极点……

"终于,在星期天吃午饭的时候,我得到了杰瑞的回音。杰瑞周末根本就没出去过纪念日,声称没有收到我的信息,所以他就决定读一读那本该死的书。

"他感到厌恶和愤怒。我向杰瑞保证,我会尽自己的一切力量阻止那个破玩意儿……但我不得不对他承认,我同时寄了一份给克里斯蒂安,杰瑞听了这话,直接就把电话挂断了。"

"你有没有告诉他,奎因威胁说要把那本书弄到网上去?"

"没有,"她沙哑着嗓子说,"我暗暗祈祷他是光打雷不下雨,因为欧文其实对电脑一窍不通。但我还是担心……"

她的声音低了下去。

"你担心什么?"斯特莱克催促道。

她没有回答。

"自己出版的说法能说明一些问题,"斯特莱克随意地说道,"利奥诺拉说奎因那天晚上消失时,带走了他自己那份手稿,以及所有的笔记。我当时怀疑他是不是打算一把火烧掉或扔进河里,现在看来他可能是想把它变成一本电子书。"

这个信息没有使伊丽莎白·塔塞尔的情绪有任何好转。她咬牙切齿地说：

"他有个女朋友。是教写作班时认识的。那女人的书都是自己出版的。我之所以知道她，是因为欧文想让我对她那些该死的情色幻想小说感兴趣。"

"你跟她联系过吗？"斯特莱克问。

"说实在的，我联系过。我想把她吓跑，我想告诉她，如果她帮欧文把那本书改换格式，或在网上销售，她可能也会成为案件当事人。"

"她是怎么说的？"

"我没有联系上她。试了好几次。也许她已经不用那个号码了，谁知道呢。"

"可以把她的联系方式给我吗？"斯特莱克问。

"拉尔夫有她的名片。我叫拉尔夫不停地给我拨她的电话。拉尔夫！"她大声叫道。

"他牵着宝宝出去还没回来！"门外传来那个姑娘惊慌失措的尖细嗓音。伊丽莎白·塔塞尔翻翻眼珠，慢吞吞地站起身来。

"叫她找是没用的。"

代理刚出去把门关上，斯特莱克就腾地站起来，走到办公桌后面，弯腰审视墙上吸引他目光的一张照片，他不得不先把书架上的一张合成照挪开，照片上是一对杜宾狗。

他感兴趣的那张照片有A4纸那么大，是彩色的，但已发黄褪色。从照片上四个人的服装款式看，至少是二十五年前照的，地点就在这座大楼外。

一眼就能认出伊丽莎白来，她是四个人中唯一的女性，人高马大，相貌平平，黑头发被风吹乱，穿着一件深粉红色和青绿色的低腰连衣裙，显得很呆板。她的一侧站着一个身材修长的浅黄色头发的年轻男子，英气逼人；另一侧是一个皮包骨头、脸色阴沉的矮个子男人，脑袋大得与身体不成比例。他看着有点面熟。斯特莱克猜想可能在报纸或电视上见过。

在这个身份不详、但可能很有名的男人身边，就站着比现在年轻得多的欧文·奎因。他是四个人中最高的，穿着一件皱巴巴的白西服，发型用最形象的说法是尖嘴梭子鱼。斯特莱克忍不住想象出大卫·鲍伊[①]变胖后的样子。

门开了，抹了润滑油的铰链发出轻微的呼呼声。斯特莱克没有试图掩饰自己在做什么，而是转过身面对代理。代理手里拿着一张纸。

"那是弗雷切，"她说，眼睛看着斯特莱克手里狗的照片，"去年死了。"

斯特莱克把狗的照片放回书架上。

"噢，"她这才明白过来，"你是在看另一张照片。"

她走到褪色的照片前，跟斯特莱克并肩站着。斯特莱克注意到她差不多有一米八二，身上散发着JPS香烟和艾佩芝香水的气味。

"那是我代理公司开张的第一天。这些是我第一批的三个客户。"

"他是谁？"斯特莱克问的是那个漂亮的黄发青年。

"约瑟夫·诺斯。是他们中间最有才华的。不幸的是，英年早逝。"

"这位是——"

"迈克尔·范克特，这还用说。"她说，口气里透着惊讶。

"我就觉得看着眼熟。你还代理他吗？"

"不了！我还以为……"

虽然话没说完，但斯特莱克听见了后面的半句：我还以为大家都知道呢。隔行如隔山：也许整个伦敦文学界确实知道为什么大名鼎鼎的范克特不再是利兹的客户，但斯特莱克并不知情。

"你为什么不再代理他了呢？"他问，重新坐了下来。

伊丽莎白把手里的那张纸隔着桌子递给了他；这是一份影印件，原件可能是一张又薄又脏的商业名片。

[①] 大卫·鲍伊（1947—2016），英国著名摇滚音乐家，其音乐影响现今众多西方乐坛歌手，与披头士、皇后乐队并列为英国二十世纪最重要的摇滚明星。

"多年以前，我必须在迈克尔和欧文之间做出选择，"她说，"我真是个该——该死的傻瓜——"她又开始咳嗽，声音变成了支离破碎的喉音"——竟然选了欧文。

"凯瑟琳·肯特的联系方式，我只有这些。"她不由分说地加了一句，停止讨论范克特。

"谢谢，"斯特莱克说，把纸折起来塞进钱夹，"奎因跟她相好有多久了，你知道吗？"

"有一阵子了。利奥诺拉在家里陪奥兰多，奎因带凯瑟琳去出席派对。简直是丢人现眼。"

"你知道奎因有可能藏在哪里吗？利奥诺拉说你曾经找到过他，以前他——"

"我没有去'找'，"她没好气地说，"他在酒店住了一星期左右，然后给我打电话，问我要一笔预付金——他称之为礼金——去支付小冰箱酒水的账单。"

"你付给他了吗？"斯特莱克问。利兹看上去绝不是轻易受人摆布的人。

她做了个苦脸，似乎承认了某种令自己羞愧的弱点。斯特莱克并没指望她回答。

"你见过奥兰多吗？"

"没有。"

她张开嘴想往下说，却又似乎改变了主意，只是说道：

"我和欧文认识很久了，曾经是很好的朋友……曾经。"她加了一句，语气十分苦涩。

"在这次之前，他一般住在哪些酒店？"

"我记不全了。有一次是肯辛顿的希尔顿。圣约翰林的达纽比斯。都是毫无个性的大酒店，能提供他在家里得不到的物质享受。欧文并不是个放浪形骸的人——除了他的卫生状况。"

"你对欧文很了解。你认为他有没有可能——"

她带着淡淡的冷笑替他把话说完：

"——'做傻事？'当然不会。他做梦也不会想到这世界能少得了天才作家欧文·奎因。不会，准是藏在什么地方算计着报复我们大家呢，为没有开展全国大搜捕而愤愤不平。"

"他经常这样玩失踪，难道还指望别人搜捕他？"

"没错，"伊丽莎白说，"每次他玩这种消失的小伎俩，都指望自己能上头条。问题是他第一次这么干的时候成功了。那是很多很多年前，他跟他的第一位编辑大吵一架后人间蒸发，引起了人们的一些关注，媒体也确实有过点响动。从那以后，他就一直抱着那样的希望。"

"他妻子一口咬定，如果她报警，欧文会很生气的。"

"我不知道她是打哪儿来的这个想法，"伊丽莎白说着，又给自己点了一根烟，"欧文会以为，要寻找他这样一位大人物，国家至少得动用直升机和警犬。"

"好吧，耽误你的时间了，"斯特莱克说着就准备站起来，"谢谢你愿意见我。"

伊丽莎白·塔塞尔举起一只手说道：

"别忙。我还想求你点事。"

斯特莱克耐心地等待着。利兹不习惯求人帮忙，这是很明显的。她默默地抽了几秒钟烟，又激起一阵压抑的猛咳。

"这——这……《家蚕》的事给我带来很大伤害，"她终于哑着嗓子说道，"星期五的罗珀·查德周年纪念晚会取消了对我的邀请。我交付给他们的两部书稿也被退了回来，连句谢谢也没有。我还为可怜的平克曼的最新作品感到担忧，"她指着墙上那位年迈的童书作家，"到处都在流传一个令人恶心的谣言，说我跟欧文互相勾结，我怂恿他把迈克尔·范克特的一桩旧丑闻改头换面，挑起大家的争论，目的是希望各家出版社来竞争这本书。

"如果你还要走访什么认识欧文的人，"她开始说到要点了，"拜托你告诉他们——特别是杰瑞·瓦德格拉夫，要是能见到他的话——就说我根本不知道小说写了什么。我若不是病得那么厉害，绝对不会把它寄出去，更不会寄给克里斯蒂安·费舍尔。我当时，"她迟疑了一下，"疏忽了，仅此而已。"

怪不得她这么急着想要见斯特莱克。她用两家酒店和一个情妇的地址提出这样一个请求，似乎倒也不算过分。

"有机会的话我肯定会说的。"斯特莱克说着便站起身来。

"谢谢你，"她粗声说道，"我送你出去。"

一出办公室，迎面就是一阵狂吠。拉尔夫和老杜宾狗散步回来了。拉尔夫的湿头发整齐地拢在脑后，他拼命抓住戴着灰色口套、冲斯特莱克汪汪大叫的杜宾狗。

"它一向不喜欢陌生人。"伊丽莎白·塔塞尔淡淡地说了一句。

"有一次还咬过欧文。"拉尔夫主动说道，似乎这能让斯特莱克感觉舒服点，因为杜宾狗看样子想要加害于他。

"是啊，"伊丽莎白·塔塞尔说，"真可惜——"

但她又被一阵突如其来的咳喘缠住了。另外三个人静静地等她恢复。

"真可惜没有把他咬死，"她终于喘着气说，"不然能省我们多少麻烦啊。"

她的两位助手一脸惊愕。斯特莱克跟她握了握手，轻声说了句再见。门在杜宾狗的狂吠和咆哮声中关上了。

第九章

夫人，暴君先生在吗？

——威廉·康格里夫，《如此世道》

斯特莱克在湿淋淋的黑砖院落的尽头停下，给罗宾打电话，是忙音。他竖起大衣领子，靠在潮湿的墙上，每隔几秒钟就摁一下"重拨"键，无意间看到对面一座房子上钉着的一个蓝色牌子，写着纪念文学沙龙女主人奥托琳·莫莱尔① 女士。毫无疑问，这些围墙里也曾有人讨论过粗制滥造的影射小说……

"喂，罗宾，"电话终于打通了，斯特莱克说道，"我有点晚了。麻烦你替我给冈弗里打个电话，跟他说我已经定了明天跟猎物见面。再告诉卡洛琳·英格尔斯，暂时没有新的活动，但我明天会给她电话，汇报最新情况。"

他这样调整了自己的日程之后，把圣约翰林的达纽比斯酒店的名字告诉了罗宾，让她想办法打听一下欧文·奎因是否住在那儿。

"那些希尔顿酒店怎么样了？"

---

① 奥托琳·莫莱尔（1873—1938），英国贵族社交界的女主人。她对艺术和知识界的赞助影响深远，在她的沙龙里有作家赫胥黎、萨松、T. S. 爱略特、D. H. 劳伦斯，以及多位知名艺术家。

"不太乐观,"罗宾说,"只剩下两家了。什么消息也没有。如果他入住了其中一家,肯定是用了假名或做了伪装——要么就是酒店的人都太不注意观察了。按理说他们不会忽略他的,特别是他穿着那样一件斗篷。"

"肯辛顿那家试过了吗?"

"试了。没消息。"

"好吧,我又有了一个线索:一个自己出书的女朋友,名叫凯瑟琳·肯特。我以后会去找她。今天下午我不能接电话了,要跟踪布鲁克赫斯特小姐呢。如果有什么事就给我发短信吧。"

"好的,跟踪愉快。"

然而,这个下午既乏味无趣,又一无所获。斯特莱克在监视一个收入颇丰的主管,她那多疑的老板和情夫认为,她跟一个竞争对手不仅关系暧昧,而且分享商业秘密。布鲁克赫斯特小姐请了一下午假,声称要去脱毛、美甲和美黑肌肤,以取悦自己的恋人,事实证明她说的全是真话。斯特莱克在水疗馆对面的尼罗咖啡馆里坐了差不多四个小时,透过雨水斑斑的窗户盯着水疗馆的大门,招来那些推着婴儿车、想找地方闲聊的女人们的厌憎。最后,布鲁克赫斯特小姐出现了,古铜色的皮肤,估计脖子以下几乎一根毛也没有了,斯特莱克跟了她一小段距离后,看到她上了一辆出租车。虽然是雨天,斯特莱克竟奇迹般地在她消失前叫到了第二辆出租车。他在大雨冲刷的拥挤的街道上静静地跟踪着,直到前面那辆车停在那个患疑心病的老板自己家门口,刚才斯特莱克看到出租车行驶的方向就料到会是这个结果。可惜他还一路偷拍了那么多照片。他付了出租车费,在脑子里记下结束的时间。

时间刚过四点,太阳正在落山,没完没了的雨更加寒冷刺骨。他走过一家饮食店,里面圣诞节的灯光从窗户照出来,使他的思绪飘向了康沃尔。康沃尔已在短时间内连续三次侵入他的脑海,对他呼唤,对他低语。

他已经多久没有回到那个美丽的海边小镇了?四年?五年?他曾

在那里度过童年最平静的一些时光。他在舅妈和舅舅到伦敦来的时候跟他们见面，他们腼腆地说自己是"进城"，总是住在他妹妹露西家里，享受一下大都市的种种。上次，斯特莱克带舅舅去酋长球场看了阿森纳队主场对曼彻斯特城队的比赛。

口袋里的手机在震动，是罗宾，像平常一样严格遵照他的吩咐，给他发短信而没有打电话。

    冈弗里先生要求明天上午十点在他办公室再碰一次面。有新情况相告。罗。

谢谢。斯特莱克回了短信。

除了对妹妹和舅妈，他从来不在短信后面加亲密的话。

在地铁里，他仔细盘算下一步行动。欧文·奎因的下落简直成了他的一块心病；那个作家竟然这么难找，这让他既恼怒，又好奇。他从钱夹里抽出伊丽莎白·塔塞尔给他的那张纸。在凯瑟琳·肯特的名字下面，是富勒姆一座塔楼的地址和一个手机号码。纸张底部写着四个字：独立作者。

斯特莱克对伦敦某些地段的熟悉不亚于出租车司机。他小时候虽未真正深入高档地区，却跟着他那已故的、永远都在流浪的母亲，在伦敦的许多地方住过：通常都是违章建筑或福利住宅，但是偶尔，如果母亲当时的男朋友能付得起钱，也会住住较为宜居的地段。他知道凯瑟琳·肯特的地址在什么地方：由旧会议楼组成的克莱曼·艾德礼府，其中的许多楼房已廉价卖给了私人。丑陋的、方方正正的砖砌塔楼，每层都有阳台，离富勒姆的那些价值几百万的豪宅不过几百米。

家里没有人等他，下午在尼罗咖啡馆坐了那么久，肚子里塞满了咖啡和点心。他没有乘北线地铁，而是坐区域线到了西肯辛顿，在暮色中来到北城路，经过一些咖啡屋，和许多因经济不景气而倒闭的用木板封住的小店。斯特莱克来到他寻找的塔楼时，天已经黑了。

斯塔夫·克里普斯故居是最靠近马路的一座楼，在一个低矮的现代医疗中心后面。那位乐观的建筑设计师可能被社会主义理想冲昏了头脑，给每座楼都留出了小小的阳台区。难道他们幻想快乐的住户会侍弄窗台花箱，或在栏杆上探出身子，愉快地跟邻居打招呼？实际上这些外部空间都被当成了存东西的地方：旧床垫、童车、厨房用具，还有一堆堆的脏衣服全都暴露在外，好像塞满破烂的柜子被横着切开，以便大家都能看见。

一群戴着兜帽的年轻人在大塑料垃圾桶旁边抽烟，他经过时他们揣测地打量着他。他比他们中的任何一个都高大结实。

"大色鬼。"他走出他们视线时，听见其中一个说道。他没有理会那个肯定出了故障的电梯，朝水泥楼梯走去。

凯瑟琳·肯特的公寓在四楼，要绕过楼外一圈暴露在风中的砖砌阳台。斯特莱克注意到，凯瑟琳跟周围的邻居不同，她在窗户上挂了真正的窗帘。他开始敲门。

没有回音。没有开灯，也没有任何动静。如果欧文·奎因在里面，肯定打定主意不暴露自己。一个嘴里叼着烟、满脸怒气的女人从隔壁的门里探出头，动作快得颇有喜剧效果，她探寻地盯了斯特莱克一眼，又把头缩回去。

寒风呼呼地扫过阳台。斯特莱克的大衣上闪着雨滴，但他知道没戴帽子的脑袋看上去还跟平常一样：那头短短的紧密卷发，丝毫不受雨水的影响。他把双手深深插进口袋，摸到一个已被忘却的硬信封。凯瑟琳·肯特家门外的灯坏了，斯特莱克往前挪了两个门，找到一个好灯泡，打开银色的信封。

迈克尔·埃勒克特夫妇
诚邀阁下
参加小女
罗宾·威尼霞
与
马修·约翰·康利弗先生

的婚礼
二〇一一年一月八日星期六
下午两点
马沙姆的圣母玛利亚教堂
之后转至斯温顿公园

这份请柬透着一种军令状般的权威性：婚礼将按请柬所描述的样子进行。他和夏洛特的关系从未发展到这一步，派发这种印着闪亮的黑色草书的、硬挺的乳黄色请柬。

斯特莱克把请柬塞回口袋里，回到凯瑟琳家的深色木门旁等着，缩起身子，凝视着外面黑暗的黎里路，车辆的前照灯、尾灯和反光在路上闪过，形成一道道红宝石和琥珀般的光影。地面上那群戴兜帽的年轻人时而聚在一起，时而分开，随后又有其他人加进来，重新聚拢。

六点半时，这支壮大了的队伍慢慢跑开了。斯特莱克注视着他们的背影，就在他们快要在视线中消失时，对面走来一个女人。她走过一个路灯的光圈时，斯特莱克看见一把黑伞下面有一头浓密的鲜红色头发在风中飘舞。

女人走路时身子有些歪斜，因为不撑伞的那只手里拎着两个沉甸甸的购物袋，但是隔着这么远的距离，她给人的感觉倒有几分迷人，时不时地甩一下浓密的卷发，在风中飘舞的红发十分耀眼，宽松大衣下面的双腿也很纤细。女人浑然不觉斯特莱克就在四楼上审视着她，兀自越走越近，穿过前院的水泥地，消失了。

五分钟后，她出现在斯特莱克站着的阳台上。再走近时，可以从她绷紧的大衣纽扣看出厚实的、苹果形状的身材。她低垂着头，没有注意到斯特莱克，直到几步开外时，她抬起头来，斯特莱克看见一张有许多皱纹的浮肿的脸，比他预想的苍老得多。女人突然停住脚步，倒抽一口冷气。

"你！"

斯特莱克意识到，因为灯坏了，女人只能看到他的轮廓。

"你这个该死的混蛋！"

购物袋砸在水泥地上，发出玻璃破碎的声音。女人全速朝他冲来，双手攥成拳头挥打着。

"你这混蛋，混蛋，我永远不会原谅你，永远不会，你给我滚！"

她发疯般地挥了几拳，斯特莱克被迫抵挡。他后退几步，女人尖声大叫，徒劳地挥舞双拳，想突破曾经当过拳击手的斯特莱克的防线。

"你等着——皮帕肯定会把你干掉——你他妈的等着吧——"

邻居的门又开了，还是那个嘴里叼着香烟的女人。

"哟！"她说。

门厅的灯光洒在斯特莱克身上，照亮了他。红头发的女人发出半是惊叫、半是抽冷气的声音，跟跟跄跄地后退几步，离开了他。

"这他妈是怎么回事？"邻居问道。

"好像是认错人了。"斯特莱克和颜悦色地说。

邻居砰地把门关上，侦探和袭击他的人重新陷入黑暗。

"你是谁？"女人轻声问，"你想干什么？"

"你是凯瑟琳·肯特吗？"

"你想干吗？"

她突然紧张起来，"如果我猜得不错，告诉你，那事儿我压根儿没参与！"

"你说什么？"

"那你到底是谁？"她问，听声音比刚才更害怕了。

"我叫科莫兰·斯特莱克，是私人侦探。"

他已经习惯了人们意外发现他在门口等他们时的反应。凯瑟琳的反应——惊讶得说不出话来——是很典型的。她从他身边连连后退，差点儿被自己扔下的购物袋绊倒。

"谁派私人侦探来调查我？肯定是那女人，对不对？"她恶狠狠地说。

"有人雇我寻找作家欧文·奎因，"斯特莱克说，"他已经失踪快两星期了。我知道你是他的朋友……"

"不，我不是。"说着，她弯腰去捡那两个袋子。它们发出重重的、金属碰撞的声音。"你可以替我把这话告诉那个女人。她尽管去找他好了。"

"你不再是欧文的朋友了？你不知道他在哪儿？"

"我根本不关心他在哪儿。"

一只猫高傲地在石头阳台的边缘走过。

"我能不能问问你上次是什么时候……"

"不能问。"她一边说，一边做了个愤怒的手势，把手里一个购物袋抡了起来，斯特莱克吓得缩了一下，以为已经走到跟她并排的那只猫会被砸到阳台外面去。猫嘶嘶叫着跳开了。说时迟那时快，女人狠狠地踢了猫一脚。

"该死的东西！"她说。猫迅速跑走了。"请你让开。我要进我的家。"

斯特莱克从门口退了几步，让她上前。女人找不到钥匙了。她手里拎着袋子，非常别扭地在口袋里摸索了几秒钟，只好又把袋子放在脚下。

"奎因先生跟他的代理为他那本新书大吵一架后就失踪了，"斯特莱克趁凯瑟琳在大衣里摸索时说道，"我就猜想是不是——"

"我根本不关心他的书。也没读过。"她加了一句，两只手在发抖。

"肯特夫人——"

"女士。"她说。

"肯特女士，奎因先生的妻子说，一个女人到他们家里去找他。根据描述，我觉得……"

凯瑟琳·肯特找到了钥匙，可是又掉在地上。斯特莱克俯身替她捡起来。她一把从斯特莱克手里抢过去。

"我不知道你在说些什么。"

"你上个星期没有去他家找他吗?"

"我告诉过你了,我不知道他在哪儿,我什么都不知道。"她气呼呼地说,把钥匙猛地插进锁眼,拧了一下。

她抓起两个购物袋,其中一个又发出重重的、金属碰撞的声音。斯特莱克看出是当地一家五金商店的袋子。

"看上去挺重的。"

"我的水箱浮球阀坏了。"女人怒气冲冲地告诉他。

然后,她就当着斯特莱克的面把门重重关上了。

第十章

> 维多纳：我们是来战斗的。
> 哥勒门：你们将会战斗，先生们，痛快地战斗，
> 　　　　但是一两个小转弯……
>
> ——弗朗西斯·博蒙特和菲利普·马辛杰，《法国小律师》

第二天上午，罗宾从地铁里出来，抓着一把多余的雨伞，觉得身上汗淋淋的，很不舒服。这几天连续下大雨，地铁车厢里一股潮衣服的气味，人行道又湿又滑，窗户上水迹斑斑，现在突然天色放晴，阳光灿烂，倒让她感到有些意外。别人可能会为摆脱了暴雨和黑压压的乌云而心情愉快，可是罗宾没有。她和马修吵架了。

罗宾打开刻着斯特莱克姓名和职业头衔的玻璃门，发现老板已经把自己关在办公室里打电话时，她几乎是松了口气。她暗暗觉得自己需要振作起精神才能面对他，因为斯特莱克正是他们昨晚吵架的原因。

"你邀请他来参加婚礼了？"马修当时厉声问道。

罗宾担心斯特莱克会在那天晚上喝酒时提到请柬的事，如果不事先告知马修，斯特莱克就要直接面对马修的不快了。

"我们从什么时候开始不通知对方就请人了？"马修说。

"我是想告诉你的。我以为已经说过了。"

罗宾说完就开始生自己的气。她从没对马修撒过谎。

"他是我的老板,他准以为自己会受到邀请的!"

这也不是实话。罗宾怀疑斯特莱克根本就不关心这事。

"而且,我也希望他参加。"她说,最后这句倒是实话。罗宾想把她的工作跟私人生活拉近一些,她从没像现在这样喜欢工作,而私生活目前却无法与工作融而为一。她想把这两者缝缀成一个令人满意的整体,想看到斯特莱克在教堂里赞许(赞许?凭什么要得到他的赞许?)她和马修缔结姻缘。

罗宾就知道马修会不高兴,但她希望那时候两个男人已经见过面,互相产生了好感,然而这事还没有发生,这不能怪她。

"当初我要邀请莎拉·夏德罗克时,瞧你那不依不饶的劲儿。"马修说——罗宾觉得这个指责有失公允。

"那就邀请她好了!"她气愤地说,"但这完全是两码事——科莫兰从来没想跟我上床——你哼一声是什么意思?"

就在两人吵得不可开交时,马修的父亲打来电话,说马修的母亲上星期犯的怪毛病被确诊为小中风。

过后,罗宾和马修都觉得为斯特莱克吵架太无聊了,便不情不愿地在一种理论上的和解中上床睡觉,罗宾知道两个人心里都怒气未消。

快到中午时,斯特莱克才从他的办公室出来。他今天没穿西服,而是穿了一件有许多破洞的脏兮兮的毛衣,下面是牛仔裤和运动鞋。脸上胡子拉碴,他如果二十四小时不刮胡子,就会密密地长出一大片。罗宾忘记了自己的烦恼,吃惊地盯着他:即使在斯特莱克睡办公室的日子里,她也没发现他的样子这么穷困潦倒。

"一直在打电话为英格尔斯建档案,给朗曼找几个号码。"斯特莱克告诉罗宾,一边递给她几个老式的牛皮纸文件夹,每个夹子的侧面都有手写的序列号,是他在特别调查科时用过的,他一直最喜欢用这种方式整理信息。

"你是——你是故意穿成这样的?"罗宾盯着他牛仔裤膝盖上像是

油迹的污渍问道。

"是啊。是给冈弗里看的。说来话长。"

斯特莱克给两人倒了茶，他们便开始讨论目前手头三个案子的细节。斯特莱克告诉罗宾他获取的最新信息，以及下一步的调查重点。

"欧文·奎因的事怎么样了？"罗宾接过茶杯时问道，"他的代理怎么说？"

斯特莱克在沙发上坐下，屁股下的皮革又像往常一样发出放屁的声音，他把拜访伊丽莎白·塔塞尔和凯瑟琳·肯特的经过原原本本地告诉了罗宾。

"凯瑟琳第一眼看到我时，我敢发誓她把我当成了奎因。"

罗宾笑了起来。

"你没那么胖。"

"谢了，罗宾，"他淡淡地说了一句，"后来发现我不是奎因，但又不知道我是谁的时候，她说：'那事儿我压根儿没参与。'你认为这话是什么意思？"

"不知道……可是，"她怯生生地接着说道，"我昨天倒是找到了跟凯瑟琳·肯特有关的一些东西。"

"是什么？"斯特莱克吃惊地问。

"是这样的，你对我说她是个独立作者，"罗宾提醒他，"我就琢磨着是不是可以在网上看看有什么，结果发现——"她用鼠标点了两下，调出网页，"——她开了一个博客。"

"太好了！"斯特莱克说，高兴地从沙发上站起身，绕过桌子，站在罗宾身后看着电脑。

那个很业余的网页名为"我的文学生活"，装饰着几幅羽毛笔图画，和一张凯瑟琳的照片，照片比本人漂亮，斯特莱克估计肯定是十年前拍的。博客里有大量的帖子，像日记一样按日期排列。

"许多帖子说的都是传统出版商不识货，即使好书砸在头上他们也看不出来。"罗宾说着，把网页慢慢地往下拉，让斯特莱克浏览。"她写了三本小说，称之为情色幻想系列，名叫《梅丽娜世家》。可以下载到电子阅读器上。"

"我可再也不想读垃圾图书了。那个《巴尔撒开兄弟》已经让我倒了胃口,"斯特莱克说,"有关于奎因的内容吗？"

"有不少呢,"罗宾说,"如果他就是凯瑟琳称为'著名作家'的那个男人。简称'名家'。"

"我不相信她会同时跟两个作家睡觉,"斯特莱克说,"肯定就是奎因了。不过'著名'这个词有点夸张了。在利奥诺拉来找我们之前,你听说过奎因吗？"

"没有,"罗宾承认,"看,这儿写到他了,十一月二号。"

今晚跟名家有一段精彩对话,谈到情节和叙事,这两者当然不是一码事。有不明白的吗？情节是发生的事,叙事是你给读者看多少,以及怎么拿给他们看。

就拿我的第二本小说《梅丽娜的牺牲》来举例吧。

他们朝哈德威尔森林走去时,兰多尔抬起他帅气的侧脸,看他们离森林还有多远。他那保持得很好的身材,因骑马和射箭而格外有型有款——

"往上翻,"斯特莱克说,"看还有什么地方写到奎因。"
罗宾照办了,停在十月二十一号的一篇博客上。

所以名家打电话来说他不能见我（又是这套）。家庭矛盾。我除了说一句理解还能咋办？我就知道一旦我们相爱事情就复杂了。我不能把话说得太白,只是说他因为一个第三方而跟自己不爱的妻子绑在一起。这不是他的错。也不是第三方的错。妻子不肯放他,其实放手对每个人都是最好的,于是大家就都困在里面,有时感觉真像炼狱。

那个妻子知道我,假装不知道。我真不懂她怎么受得了跟一个想跟别人过的男人在一起生活,反正我知道我受不了。名家说她总是把第三方的利益放在其他一切事物的前面,也包括他。奇怪,人们经常用"陪护者"的身份掩盖内心的自私。

有人会说,一切都怪我不该爱上一个已婚男人。这些话不用你们说,我的朋友、姐妹和老妈整天都在跟我唠叨。我也想跟他断,可是我只能说,心有它自己的理由,什么理由不知道。今晚我因为一个全新的理由为他哭得停不下来。他对我说他那本杰作快写完了,说那是他写得最好的一本书。"希望你会喜欢。里面还写到了你呢。"

一个著名作家把你写进他自己认为最好的书里,你会怎么说?我明白他给我的东西,不是作家的人是给不了的。这让你觉得既骄傲又谦卑。我们当作家的,可以让一些人走进我们心里,可是,走进我们的书里?!那可不一般。那可太特别了。

忍不住爱着名家。心有它自己的理由。

下面是一些网友的评论。

> 如果我对你说他念了一些给我听,你会怎么说?皮帕2011
> 你准是在开玩笑,皮帕,他才不会念!!!凯瑟
> 你等着吧。皮帕2011 么么哒

"真有意思,"斯特莱克说,"太有意思了。昨天晚上肯特跟我动手时,告诉我一个名叫皮帕的人想要杀奎因。"

"那你再看看这个!"罗宾兴奋地说,把页面滑到十一月九日。

第一次见到名家时,他对我说:"除非有人流血,也许就是你自己,你才能写好。"本博主的追随者都知道,从**比喻**上来说我已经打开了我这里和我小说里的血管。可是今天我感觉被一个我已信赖的人刺了致命一刀。

"哦,麦奇思!你夺去我的宁静——看到你受折磨我心生

喜悦。"

"这段引文出自哪里？"斯特莱克问。
罗宾灵巧的手指在键盘上跳动。
"约翰·盖伊①的《乞丐歌剧》。"
"对于一个满篇病句、乱用大小写的女人来说，这可真够博学的。"
"我们不可能都是文学天才。"罗宾责怪地说。
"幸亏如此，从我对他们的了解来说。"
"可是你看看引文下面的评论吧。"罗宾说着，回到凯瑟琳的博客。她点了一下链接，只出现了一句话。

　　凯瑟，我要转动××的绞刑架的把手。

这句评论也是皮帕2011留的。
"皮帕像是个不好对付的人，是吗？"斯特莱克说，"这里提到肯特靠什么为生吗？我估计她没法靠那些色情幻想的玩意儿付账单。"
"是挺奇怪的。看看这个。"
十月二十八日，凯瑟琳写道：

　　像大多数作家一样，我白天也有一份工作。出于安全原因，我不能多说。这个星期我们部门又加强了保安，也就意味着我那个爱管闲事的同事（又是基督徒出身，假装对我的私生活感兴趣）有借口建议管理部门好好检查博客，以免敏感信息泄露出去。幸亏大家头脑清醒，没有采取什么行动。

---

① 约翰·盖伊（1685—1732），英国诗人兼剧作家。最有名的叙事歌剧是《乞丐歌剧》(1728)，是一篇小偷和拦路强盗的讽刺故事，意在反映社会道德的堕落，此剧是音乐戏剧史上的一个里程碑。

"蹊跷，"斯特莱克说，"加强保安……难道是女子监狱？精神病院？或者，说的是产业机密？"

"再看看这个，十一月十三日。"

罗宾翻到博客里最近的一个帖子，这是凯瑟琳声称自己遭到致命刺伤之后的唯一一个帖子。

> 三天前，我亲爱的姐姐在与乳腺癌的长期抗争中败下阵来。感谢大家的良好祝愿和支持。

下面有两条评论，罗宾把它们打开。

皮帕2011写道：

> 得知这消息我很难过，凯瑟。送给你全世界的爱，么么哒。

凯瑟琳回复：

> 谢谢皮帕，你是一个真朋友，么么哒。

凯瑟琳预先对许多留言表示感谢的那句话，凄凉地悬在这条短短的评论上面。

"为什么？"斯特莱克语气沉重地问。

"什么为什么？"罗宾说，抬起头看着他。

"人们为什么这么做？"

"你是指博客？我不知道……不是有人说过，未经审视的生活没有价值？"

"对啊，柏拉图说的，"斯特莱克说，"但这不是审视生活，而是在展览。"

"哦，天哪！"罗宾心虚地惊了一下，把茶洒在了自己身上，"我忘了，还有件事呢！昨晚我正要出门时，克里斯蒂安·费舍尔打来电话。他想知道你有没有兴趣写本书。"

"他说什么？"

"一本书，"罗宾说，看到斯特莱克脸上厌恶的表情，她强忍着想笑的冲动，"关于你的生活。你在军队里的经历，还有卢拉·兰德里那个案子——"

"给他回电话，"斯特莱克说，"告诉他不行，我对写书没兴趣。"

他一口喝光杯里的茶，朝墙上的挂钩走去，他的黑大衣旁边挂着一件不知何年何月的旧皮夹克。

"今晚的事你没忘吧？"罗宾说，心里那个暂时松开的结又揪紧了。

"今晚？"

"一起喝酒呀，"罗宾焦虑地说，"我，马修。在皇家兵器。"

"噢，没忘，"斯特莱克说，不明白罗宾为什么显得这么紧张和难过，"不过我今天下午都在外面，就到那里跟你们碰头吧。是八点吧？"

"六点半。"罗宾说，比刚才更紧张了。

"六点半。没问题。不见不散……威尼霞。"

她愣了一下才恍然大悟。

"你怎么知道——"

"请柬上写着呢，"斯特莱克说，"挺别致的。什么出处？"

"我——怎么说呢，我好像是在那儿怀上的，"她说，脸上泛出红晕，"在威尼斯。你的中名是什么？"她在斯特莱克的笑声中半顽皮半愠怒地问，"C.B. 斯特莱克——B 代表什么？"

"我得走了，"斯特莱克说，"八点钟见。"

"六点半！"罗宾冲着正在关上的房门嚷道。

斯特莱克那天下午的目的地是伏尾区一家卖电子器材的店铺。偷来的手机和笔记本电脑在后面的密室里解锁，里面的个人信息被提取，然后，这些信息和清除了内存数据的器件卖给需求不同的人。

这家生意兴隆的店铺的老板，给斯特莱克的客户冈弗里先生带来了不小的麻烦。冈弗里先生从各方面来说都是个搞歪门邪道的家伙，跟斯特莱克追到他大本营的这个家伙半斤八两，但是冈弗里先生更大佬、更张扬，他不小心犯了个错，走错了一步棋。斯特莱克认为冈弗里需要趁早全身而退。他知道那个对手能干出什么事来，斯特莱克和此人有一个共同的熟人。

目标在楼上一间办公室迎候斯特莱克，这里的空气跟伊丽莎白·塔塞尔那儿一样难闻，两个穿休闲套装的年轻人待在不显眼的地方，清理自己的指甲。斯特莱克冒充职业歹徒，由他们共同的熟人介绍来应聘，听未来的雇主跟他透露打算对冈弗里先生十几岁的儿子下手，对于那个孩子的行踪他已尽数掌握。最后他提出让斯特莱克去干这个活，以五百英镑的酬劳去绑架那个男孩。（"我不想取人性命，就给他父亲发个短信，明白吗？"）

斯特莱克从店里抽身出来时，已经过了六点。他确信没有人跟踪后，第一个电话是打给冈弗里先生本人的，对方惊愕的沉默告诉斯特莱克，他终于意识到了自己在跟什么人打交道。

然后，斯特莱克拨通罗宾的电话。

"对不起，要晚一点到了。"他说。

"你在哪儿？"罗宾问，语气显得很紧张。斯特莱克可以听见她身后酒吧里的声音：说话声，大笑声。

"伏尾区。"

"哦，天哪！"斯特莱克听见罗宾低声说，"过来要花很长时间——"

"我打个出租车，"他让她放心，"尽快赶过去。"

斯特莱克坐在出租车里缓缓经过阿佩尔街时，心里暗想，马修为什么要选一家位于滑铁卢的酒吧呢？就为了让斯特莱克跑远路吗？因为斯特莱克在前几次安排中挑了对自己方便的酒吧，所以这次马修要报复一下？斯特莱克希望皇家兵器里有食物供应。他突然感到很饿。

他花了四十分钟才到达目的地，一部分原因是酒吧所在地的那些十九世纪棚户区阻碍了交通。坏脾气的出租车司机想弄清那些看似毫无逻辑可循的街道编号，斯特莱克便决定下车步行，他怀疑地方难找也是马修选择这家酒吧的一个原因。

终于到了，皇家兵器是一家很有特色的维多利亚风格的街角酒吧，门口聚集着许多人，有穿西装的职业男性，也有学生模样的人，都在抽烟、喝酒。斯特莱克走来时，那伙人自动给他让路，即使对他这样高大魁梧的男人来说，他们留出的空当也太大了。斯特莱克迈过门槛，走进这家小酒吧，怀疑别人会因为他衣服太脏而对他下逐客令，其实心里倒隐约希望这样的事发生。

与此同时，在闹哄哄的里间——一个玻璃天花板的院子，别别扭扭地挤满各种小摆设，马修在看手表。

"已经过了差不多一刻钟了。"他对罗宾说。

他西服领带，衣冠楚楚——像平常一样——是整个屋里最帅的男人。罗宾已经习惯了女人们看见他经过时眼睛都跟着他转，她一直没能断定马修是否意识到她们火辣辣的眼神。此刻，他们不得不跟一伙叽叽喳喳的学生合坐一张桌子，马修一米八六的身高，坚毅的凹字形下巴，明亮的蓝眼睛，完全是一副鹤立鸡群的样子。

"就是他。"罗宾说，她松了口气，却又无端地心生恐慌。

斯特莱克离开办公室后似乎变得更加强壮和粗糙了。他在拥挤的空间里毫不费力地朝他们走来，眼睛看着罗宾金灿灿的脑袋，一只大手抓着一品脱醉鬼啤酒。马修站了起来。他似乎在振作起精神。

"科莫兰——你好——你终于找到了。"

"你是马修？"斯特莱克说着伸出一只手，"对不起，我来晚了，我想早点脱身的，但当时跟我在一起的那个家伙，他要不发话你可不敢一走了之。"

马修回了一个空洞的笑容。他就猜到斯特莱克会有一大堆这样的说辞：显摆自己，让自己做的事显得神神秘秘。可是瞧他这副样子，像是刚给汽车换过轮胎。

"坐下吧。"罗宾紧张地对斯特莱克说,一边往板凳那头挪动,差点儿从那头摔下去,"你饿吗?我们正在商量要些吃的呢。"

"他们这里东西做得不错,"马修说,"泰国菜。虽然不是芒果树,但也还凑合。"

斯特莱克淡淡地笑了笑。他就知道马修会是这个样子:说一些上流住宅区高档餐馆的名字,以显示自己虽然刚在伦敦待了一年,已是个老资格的都市人了。

"今天下午怎么样?"罗宾问斯特莱克。她想,只要马修听了斯特莱克所做的事情,肯定会像她一样对侦探过程深深着迷,然后所有的成见便会烟消云散。

可是斯特莱克只是轻描淡写地说了下午的事,那些有意思的细节都省略掉了,明眼人一下就能看出马修不以为然。然后,斯特莱克提出给他们俩去买酒,因为他们手里的杯子都空了。

"你可以表现出一点兴趣嘛。"斯特莱克刚走到听不见她说话的地方,罗宾就压低声音对马修说。

"罗宾,他不过是在一家店里见了个人,"马修说,"我认为他们的故事不会很快就售出电影改编权。"

他为自己的机智感到得意,把注意力转向对面墙壁黑板上的菜单。

斯特莱克端着酒水回来了,罗宾坚持要自己挤到吧台去给他们点餐。她有点不放心让两个男人单独待在一起,同时又希望她不在场时,他们能想办法找到适合他们的位置。

就在罗宾离开的这点工夫,马修刚刚产生的良好的自我感觉消失了。

"你原来当过兵?"他发现自己在问斯特莱克,其实他已打定主意不让斯特莱克的个人经历占据谈话的上风。

"没错,"斯特莱克说,"特别调查科。"

马修不清楚那到底是什么。

"家父原来是皇家空军的,"他说,"是啊,他和杰夫·扬是同时代的人。"

"谁？"

"是威尔士橄榄球联合会的球员吧？二十三次入选国家队？"马修说。

"没错。"斯特莱克说。

"是啊，我老爸当上了中队长。一九八六年退役，然后开办了自己的物业管理公司。白手起家，一路顺风顺水。虽然比不上你家老爷子，"马修有点敏感地说，"但也很不错了。"

呸，斯特莱克想。

"你们在聊些什么？"罗宾重新坐下，担忧地问道。

"聊了聊老爸。"马修说。

"可怜的人。"罗宾说。

"有什么可怜的？"马修立刻发问。

"哎呀——他替你妈妈操心呀，不是吗？小中风？"

"噢，"马修说，"是说那个啊。"

斯特莱克在军队里见过马修这样的人：都是军官级别，光鲜的外表下面隐藏着小小的安全感缺失，他们需要过度补偿，一不小心就做过了头。

"劳瑟法国公司怎么样了？"罗宾问马修，希望他能向斯特莱克展示自己是一个多么优秀的男人，展示一个真正的、她所爱的马修，"马修在给一家特别奇葩的小出版公司做审计呢。他们非常可笑，是不是？"她对未婚夫说。

"我不会用'可笑'这个词，他们完全是一片混乱。"马修说，他一直谈到上菜的时候，话里不时冒出"九万""二十五万"这样的字眼，每句话都故意摆得像一个镜子，照出他最光耀的一面：他的机智，他的思维敏捷，他怎样比那些缓慢愚钝的老同事高出一筹，以及他正在审计的那家公司的笨蛋们怎样仰仗着他。

"……想办一个圣诞节晚会，两年了，总算收支相抵，实际上就是为了庆祝一下。"

马修信心十足地对那家小公司肆意褒贬，但食物端上来后，桌上便沉默下来。罗宾也想不出该说什么，她本来希望马修能更加热情和友善地向斯特莱克讲述一些事情，比如他经常说给罗宾听的那家小出版公司的种种怪癖。不过，斯特莱克听马修提到出版界的晚会，倒突然有了个主意。斯特莱克慢慢咀嚼着食物。他想，要打探欧文·奎因的下落，这可能是个极好的机会，于是他那容量超强的记忆库便献出了一个他以为早已忘记的小信息。

"科莫兰，你有女朋友吗？"马修直截了当地问斯特莱克。这是他迫切想弄清的一件事。罗宾对此总是含糊其辞。

"没有，"斯特莱克心不在焉地说，"抱歉——去打个电话，很快就回。"

"好吧，没问题。"马修等斯特莱克走到听不见他说话的地方，才气恼地说，"你迟到了四十分钟，又在饭吃到一半时溜号。我们只好在这里等着你赏脸回来。"

"马修！"

斯特莱克来到黑黢黢的人行道上，掏出香烟和手机。他把烟点着，离开其他抽烟者，走到幽静的小巷深处，站在石头拱门下的黑影里。拱门上面就是铁路线。

铃响到第三声，卡尔佩珀接了。

"斯特莱克，"他说，"最近怎么样？"

"很好。打电话想请你帮个忙。"

"说吧。"卡尔佩珀淡淡地说。

"你有个表妹叫妮娜，在罗珀·查德工作——"

"你他妈的怎么知道的？"

"你跟我说的。"斯特莱克耐心地说。

"什么时候？"

"五个月前，当时我正在为你调查那个狡猾的牙医。"

"你这该死的记性，"卡尔佩珀说，听上去不像佩服，倒更像是不安，"真是奇葩。她怎么啦？"

"能不能让我跟她联系上?"斯特莱克问,"罗珀·查德明天晚上有个周年庆祝晚会,我想去参加。"

"为什么?"

"我手头有个案子。"斯特莱克闪烁其词地说。他从来不跟卡尔佩珀谈论他正在调查的那些上流社会离婚案和业务破裂案的细节,虽然卡尔佩珀经常向他打听,"而且我刚给了你助你飞黄腾达的独家情报。"

"好吧,好吧,"记者短暂地迟疑了一下,满不情愿地说,"这个忙我应该能帮得上。"

"她是单身吗?"斯特莱克问。

"怎么,你还想约炮?"卡尔佩珀说,斯特莱克注意到,卡尔佩珀对于斯特莱克想泡他的表妹似乎没觉得恼火,只觉得好笑。

"哪里,我想知道如果她带我去参加晚会,别人会不会产生怀疑。"

"噢,好吧。她好像刚跟某个男人分手。不清楚。我发短信把号码给你。等着瞧吧,"卡尔佩珀带着未经克制的喜悦又说道,"星期天帕克大人就会遭遇从天而降的狗屎海啸。"

"先替我给妮娜打个电话,好吗?"斯特莱克说,"告诉她我是谁,让她明白是怎么回事,好吗?"

卡尔佩珀同意了,随即便挂了电话。斯特莱克并不急于回到马修身边,把那根香烟抽完了才返回酒吧。

他在拥挤的房间里穿行,不时低下脑袋,闪避挂着的花盆和路牌,他不由地想,这个房间就像马修:用力过度。室内装饰包括一个老式的壁炉和一个古色古香的钱柜,各种各样的购物筐,古旧的印刷品和金属铭牌;垃圾小店里的破玩意儿应有尽有,显得非常做作。

马修本希望在斯特莱克回来前把面条吃完,以强调他离开了很长时间,可是这个计划没有成功。罗宾一副很可怜的样子,斯特莱克纳闷自己不在时他俩之间发生了什么,他从心里为罗宾感到难过。

"罗宾说你是个橄榄球运动员,"他对马修说,暗自决定做一些努力,"应该代表郡里参加过比赛吧?"

他们又勉为其难地聊了一个小时:马修只要能讲他自己的事,谈话就毫不费力。斯特莱克注意到罗宾习惯于给马修提示,每次都故意打开一个谈话领域,让马修能展示风采。

"你们俩在一起多久了?"斯特莱克问。

"九年了。"马修说,先前那种好斗的情绪又回来了一点。

"那么长时间了?"斯特莱克吃惊地说,"怎么,你们大学时就在一起?"

"中学,"罗宾笑眯眯地说,"六年级时。"

"学校不大,"马修说,"有脑子又性感的女生只有她一个。别无选择。"

混蛋,斯特莱克想。

回去时他们一起走到滑铁卢地铁站。三个人在夜色中行走,继续有一搭没一搭地聊着,然后在地铁口分手。

"怎么样,"罗宾和马修朝自动扶梯走去时,罗宾绝望地说,"他还不错吧?"

"时间观念太差。"马修说,他也找不到别的不显失态的话来指责斯特莱克,"他很可能会晚来四十分钟,把整个仪式都给毁了。"

这等于是默许斯特莱克来参加婚礼了,虽然缺乏诚挚的热情,但罗宾认为已经很不错了。

与此同时,马修在默默盘算他不愿对人承认的事情。罗宾对她老板相貌的描述很准确——细密的卷发,拳击运动员的体格——可是马修没料到斯特莱克会这么魁梧。马修一直为自己是办公室里最高的男人而沾沾自喜,可斯特莱克比他还高六七厘米。更重要的是,如果斯特莱克大肆吹嘘自己在阿富汗和伊拉克的经历,或跟他们大谈他那条腿被炸飞的经过,或炫耀他是怎么赢得了那块令罗宾敬佩不已的奖章,马修肯定会感到厌恶,可是他避而不谈这些话题,似乎更令马丁恼火。斯特莱克的英勇事迹,他丰富多彩的生活,他的旅行和冒险经历,简直就像幽灵一样盘旋在他们的谈话之上。

地铁车厢里，罗宾坐在他身边一言不发。这个晚上罗宾过得一点也不开心。以前她从不知道马修是这副样子；至少，她从没见过马修这副样子。列车载着他们颠簸前进，她苦苦思索着这件事，心想，都怪斯特莱克。不知怎的，似乎斯特莱克让罗宾用他的眼光来看马修。她不知道斯特莱克是怎么做到这一点的——那样询问马修橄榄球的事——可能有人会以为是礼貌的提问，但罗宾知道不是这么回事……或者，她只是因为斯特莱克迟到了而生气，为他无意中做下的事而责怪他？

就这样，这对已经订婚的人坐地铁回家，心里都藏着没有表达出来的恼怒，而他们所怨恨的那个人，正在北线地铁里打着响亮的鼾，迅速地离他们越来越远。

第十一章

请告诉我

我为何如此受到忽视。

——约翰·韦伯斯特,《玛尔菲公爵夫人》

"是科莫兰·斯特莱克吗?"第二天上午八点四十,一个中上阶层的娇滴滴的声音问道。

"是。"斯特莱克说。

"我是妮娜。妮娜·拉塞尔斯。多米尼克把你的号码给了我。"

"啊,没错。"斯特莱克说,他光着膀子站在剃须镜前。淋浴间又挤又暗,他一般都把剃须镜放在厨房的水池旁。他用小臂擦去嘴边的泡沫剃须膏,说道:

"妮娜,他跟你说了是怎么回事吗?"

"说了,你想潜伏进罗珀·查德的周年纪念晚会。"

"'潜伏'这个字有点过了。"

"可是说'潜伏'多带劲儿呀。"

"这倒是的,"斯特莱克被逗乐了,"看来你是愿意的了。"

"哦,愿意,多好玩啊。我可以猜一猜你为什么要来侦察每个人吗?"

"'侦察'这个词也有点——"

"别让人扫兴嘛。我可以猜一猜吗？"

"那就猜吧。"斯特莱克说，从杯子里喝了一口茶，眼睛望着窗外。又起雾了，短暂的阳光已被雾气遮挡。

"《家蚕》，"妮娜说，"我猜对了吗？猜对了，是不是？快说我猜对了。"

"你猜对了。"斯特莱克说，妮娜高兴地尖叫一声。

"我被禁止谈论这件事。简直是一级防范啊，公司里电子邮件传来传去，律师们在丹尼尔的办公室出出进进。我们在哪儿见面？是不是应该先找个地方沟通一下再一起露面，你说呢？"

"没错，当然，"斯特莱克说，"你去哪儿方便？"

斯特莱克从挂在门后的大衣里掏出一支笔，内心十分渴望晚上待在家里，美美地睡上一大觉，获得一些安宁和平静，星期六一早还要去跟踪那个黑美人客户的负心汉丈夫呢。

"你知道家乡柴郡奶酪吗？"妮娜说，"舰队街的那家？下班后没人会去那儿，从我们办公室走过去很近。我知道有点土气，但我喜欢。"

他们约在七点半碰头。斯特莱克继续刮脸，一边问自己，在奎因出版商的晚会上，他有多少可能会碰到某个知道奎因下落的人。问题是，斯特莱克暗暗责骂圆镜子里的自己，镜里镜外的两个人下巴上都有密密的胡茬，你总以为自己还在特别调查科工作。国家不再付钱让你这么投入了，伙计。

但是他不知道有别的方式。成年以后，陪伴他的一直都是那个简短但不可改变的职业道德守则：做就要做好。

斯特莱克打算这一天基本上待在办公室，正常情况下他很喜欢这样。他和罗宾一起整理文件档案。罗宾很聪明，她的想法经常对斯特莱克很有帮助，而且对调查的过程还像刚来时那样痴迷。然而今天，斯特莱克下楼时有点勉强，果然，他训练有素的直觉觉察到罗宾的问候有点不自然，他担心这份不自然很快就会爆发成"你认为马修怎么样"。

斯特莱克躲进里间办公室，推说要打几个电话，关上了门。他想，正因为这一点，在八小时之外跟你唯一的员工见面才是下下策。

几个小时后，他饿得不行了才出来。罗宾像往常一样买了三明治，但没有敲门叫他出来吃。这似乎也说明了前一天晚上见面后带来的尴尬。斯特莱克为了拖延那个肯定会提出的问题，甚至希望如果他拖延的时间够久，罗宾就不会再把问题提出来了（不过他从不认为这个计谋在女人身上能行得通），他如实地告诉罗宾，他刚跟冈弗里先生通过电话。

"他要报警吗？"罗宾问。

"呃——不会。冈弗里不是那种一有人惹他就去报警的家伙。他和那个想害他儿子的家伙一样丧心病狂。不过他意识到这次自己麻烦大了。"

"你没有想过把那歹徒花钱雇你做的事录下来，自己拿去报警？"罗宾不假思索地问。

"没有，罗宾，因为谁都会明白警方的情报是哪儿来的，如果我盯梢时要时刻躲避职业杀手，那干这行的压力就太大了。"

"可是冈弗里不可能永远把儿子关在家里呀！"

"他用不着。他准备带全家去美国享受一个惊喜度假，然后从旧金山打电话给我们那个喜欢动刀的朋友，就说经过反复考虑，他已经改变主意，不想再干扰他的商业利益了。应该不会引起太多怀疑。那家伙已经干了不少见不得人的勾当，也应该冷静冷静了。他的挡风玻璃被砖头砸过，他老婆接到过恐吓电话。

"恐怕我下星期要再去一趟伏尾区，就说那个男孩一直没露面，然后把那只猴子还回去，"斯特莱克叹了口气，"不太合乎情理，但我实在不想让他们来找我。"

"他给了你一只——"

"猴子——五百英镑呀，罗宾，①"斯特莱克说，"约克郡的人是怎

---

① 在英语俚语中，猴子指五百英镑。

么说的？"

"刺杀一个少年，这点钱也太少了，"罗宾语气激烈地说，然后突然令斯特莱克猝不及防地发问，"你觉得马修怎么样？"

"不错的人。"斯特莱克不假思索地说。

他没有多加形容。罗宾不是傻瓜；在此之前他十分佩服罗宾对假话和不实之言的直觉。尽管如此，他还是忍不住匆匆转向另一个话题。

"我在琢磨，也许到了明年，如果我们的利润还不错，你已经得到加薪了，我们可以再雇一个人来。我现在干得太辛苦了，不可能永远这样。你最近回绝了多少客户？"

"两三个吧。"罗宾冷冷地回答。

斯特莱克猜想是因为自己在马修的问题上不够热情，可是他又绝不愿意再虚伪地多说什么，便很快就退回自己的办公室，又把门关上了。

然而，这次斯特莱克只猜对了一半。

罗宾确实对他的回答感到失望。她知道如果斯特莱克真心喜欢马修，绝不会这样明确地来一句"不错的人"。他会说"啊，挺好的"，或者"没想到你眼光还行"。

真正让她恼火甚至委屈的，是斯特莱克提议再招一个人进来。罗宾回到自己的电脑屏幕前，开始疯狂地快速打字，手指格外用力地敲着键盘，为那个闹离婚的黑美人整理这星期的账单。她曾经以为——看来是想错了——她在这里不仅仅是个秘书。她帮斯特莱克弄到了证明卢拉·兰德里的凶手有罪的证据；有些证据甚至是她主动去找、独自找到的。后来的几个月里，她几次超越了助理的本分，陪同斯特莱克完成侦察工作，因为两人共同行动显得更自然，能迷惑看门人和不肯合作的证人，证人看到斯特莱克的大块头和阴郁的表情会本能地产生抵触情绪，更别说她还冒充各种各样的女人打电话，就凭斯特莱克那样的大粗嗓门，是根本没法模仿的。

罗宾本来以为斯特莱克的想法跟她一样：他偶尔说过"这对训练

你的侦探能力有好处"或"你可以上一堂反侦察的课"。罗宾本来以为，一旦公司站稳脚跟（她完全有理由声称自己功不可没），她就会获得她知道自己需要的培训。然而现在看来，那些暗示都只是随口说说的，是逗弄她这个打字员的。那么她还赖在这儿做什么呢？她凭什么放弃了待遇好得多的职位？（盛怒之下，罗宾忘记了她多么不喜欢那份人力资源的工作，虽然薪水很高。）

也许新来的人是个女的，能够胜任这些有价值的事，而她，罗宾，将会成为他们俩的前台和秘书，再也不会离开她的办公桌。她可不是为了这个才待在斯特莱克这里，放弃了薪水高得多的工作，还给感情生活带来了一个不断制造紧张气氛的根源。

五点钟一到，罗宾一个句子刚打到一半便立刻停下，穿上自己的短风衣扬长而去，并格外用力地把玻璃门砰地关上。

声音惊醒了斯特莱克。他枕着胳膊在桌上睡着了。他看了看表，发现是五点钟，纳闷刚才是谁进了办公室。他打开里外间的门，看见罗宾的衣服和包都不见了，她的电脑屏幕也是黑的，才意识到她连一句再见都没说就走了。

"哦，真是见鬼。"他不耐烦地说。

罗宾一向脾气很好。这也是他喜欢她的诸多优点之一。就算他不喜欢马修又怎么样呢？要跟马修结婚的又不是他。斯特莱克烦躁地低声嘟囔着，锁上门，上楼来到自己的阁楼间，打算吃点东西，换好衣服，就去跟妮娜·拉塞尔斯见面。

第十二章

她是一个极度自信、十分幽默风趣和伶牙俐齿的女人。

——本·琼生,《爱碧辛,又名安静的女人》

那天晚上,斯特莱克双手握拳深深地插在口袋里,顺着黑暗、寒冷的河岸朝弗林特大街走去,虽然已经很累了,而且右腿越来越酸痛,但他的步子还是很轻快。他后悔离开那间安静而明亮舒适的卧室兼起居室;对这个晚上的出行能否有收获也并无把握,但在寒霜凛冽的冬夜的薄雾中,他还是再次被这座古老城市的沧桑美所震撼,从童年起,他的心有一部分是属于这里的。

在十一月这个寒冷刺骨的夜晚,人工旅游景点的痕迹已被抹去:十七世纪门脸的老钟小酒馆,菱形的窗玻璃闪着灯光,散发出一种高贵的古朴韵味;圣殿酒吧标记顶上的那条龙的剪影屹然挺立,在群星璀璨的夜空衬托下,轮廓那么鲜明、勇猛;远处,圣保罗教堂的圆顶在迷雾中闪耀,如同一轮正在升起的月亮。斯特莱克朝目的地走去时,旁边高高的砖墙上的那些名字诉说着弗林特大街的黑暗历史——《人民的朋友报》《教提信使报》——可是卡尔佩珀和他的记者同僚们早就被逐出他们原来的家园,搬到了沃平和金丝雀码头。如今霸占这一地区的是法律,皇家法院虎视眈眈地盯着下面这个匆匆走过的侦探,它是斯特莱克这一行当的最高殿堂。

斯特莱克怀着这种宽容而又莫名伤感的情绪,朝马路对面标志着家乡柴郡奶酪正门的那个黄色圆灯泡走去,然后经过狭窄的通道走进店门,一边低头避开那个低矮的门楣。

一进门是一个贴着护墙板的逼仄空间,墙上挂着一排古色古香的油画,通向一间小小的前厅。斯特莱克猫腰进去,躲闪着那个破旧的"本酒吧只欢迎绅士"的木头牌子,立刻就有一个脸色白皙、身材娇小的姑娘朝他热情地打招呼。她裹着一件黑大衣蜷缩在壁炉旁,脸上最突出的是一双褐色的大眼睛,两只白白的小手捧着一个空酒杯。

"妮娜?"

"我就知道是你。多米尼克对你的形容一点不差。"

"我可以给你买杯酒吗?"

她要了一杯白葡萄酒。斯特莱克给自己买了一品脱的萨姆·史密斯啤酒,挤过来跟她一起坐在那张不舒服的木板凳上。房间里充斥着伦敦口音。妮娜好像读出了他的想法,说道:

"这是个原汁原味的正宗酒吧。只有从没来过这儿的人才以为里面都是游客。狄更斯曾经来过,还有约翰逊和叶芝……我喜欢这里。"

妮娜笑容满面地看着他,他也报以微笑,喝了几口啤酒之后,心头才涌起真正的暖意。

"你的办公室离这儿多远?"

"走路大概十分钟,"她说,"就在河岸边。是座新楼,有一个屋顶花园。那儿肯定会冷得要命,"她想象着那种寒冷,打了个哆嗦,把大衣裹得更紧了,"可是老板总能找到借口不去别处租房子。出版业不景气呀。"

"你说《家蚕》带来了一些麻烦,是吗?"斯特莱克切入正题,一边在桌子底下尽量把假肢伸直。

"麻烦这个词说得太轻了,"她说,"丹尼尔·查德都快气疯了。怎么能把丹尼尔·查德写成一本龌龊小说里的坏人呢。从没有过的事。真的。脑子进水了吧。丹尼尔·查德是个怪咖。他们说他被卷进了家族企业，实际上他原来想当一位画家。真像希特勒。"她咯咯笑着又加了一句。

酒吧的灯光在她的大眼睛里跳跃。斯特莱克认为她就像一只警觉而兴奋的老鼠。

"希特勒？"他问，觉得有点好笑。

"他生气时就像希特勒一样破口大骂——我们是这星期才发现这点的。在这之前，所有的人都只听见过丹尼尔小声嘟囔。他朝杰瑞咆哮，大声嚷嚷；我们隔着几道墙都能听见。"

"你看过那本书吗？"

妮娜迟疑了一下，嘴角浮起调皮的笑容。

"没有正式看过。"她终于说道。

"那么非正式地……"

"我可能偷偷瞟过两眼。"她说。

"不是被锁起来了吗？"

"是啊，锁在杰瑞的保险柜里。"

她顽皮地朝旁边看看，邀请斯特莱克跟她一起善意地取笑那个无辜的编辑。

"问题是，杰瑞把密码告诉了我们大家，因为他总是记不住，想让我们提醒他。杰瑞是世界上最可爱、最没心眼的男人，我猜他从没想过我们明知不该看还会去偷看。"

"你是什么时候看的？"

"他拿到书稿后的那个星期一。那时候谣言已经开始起来了，因为克里斯蒂安·费舍尔周末给五十多个人打电话，在电话里念书中的片段。我听说他还把那些内容扫描了，用电子邮件到处寄发。"

"那肯定是在律师介入之前吧？"

"是啊。律师把我们都召集起来，荒唐地给我们训话，吓唬说如果我们谈论那本书，就会怎么样。简直莫名其妙，律师还告诉我们如果总裁遭到取笑，公司的名誉就会受损——公司很快就要上市了，但也许只是传言——最后我们连饭碗都会保不住。我不知道律师说这话时怎么能忍住不笑的。我老爸是王室法律顾问,"妮娜漫不经心地说,"他说,公司外面都有这么多人知道这事了,查德是很难找某一个人发难的。"

"查德是个好老板吗?"斯特莱克问。

"应该是吧,"妮娜不安地说,"但是他很神秘,而且有架子……嘿,想来真滑稽,奎因竟然写到了他。"

"是哪个人物……"

"在那本书里,查德叫白鬼笔——"

斯特莱克差点被啤酒呛着,妮娜咯咯地笑了。

"他叫'白骨皮'?"斯特莱克笑着问,用手背擦了擦嘴。妮娜放声大笑,她模样像一个热情的小女生,笑起来的声音却粗嘎得令人吃惊。

"你学过拉丁文?我放弃了,不喜欢——但我们都知道白鬼笔是什么,对吗?我查了字典,实际上白鬼笔是一种名叫'臭角菌'的毒蘑菇的学名。它们似乎有一股臭味,而且……怎么说呢,"她又咯咯笑了几声,"看上去就像腐烂的树疙瘩。这是典型的欧文风格:净起些令人恶心的名字,弄得大家作呕。"

"白鬼笔干了什么?"

"嘿,他走路像丹尼尔,说话像丹尼尔,模样像丹尼尔,杀死了一位帅气的作家,还玩了一把恋尸癖。绝对的血腥和恶心。杰瑞总是说,欧文一天不让他的读者呕吐至少两次,就会觉得那天是白过了。可怜的杰瑞。"她轻轻地加了一句。

"为什么说'可怜的杰瑞'?"斯特莱克问。

"他也被写进书里了。"

"他是个什么鬼呢?"

妮娜又咯咯笑了。

"我没法告诉你。写杰瑞的内容我没看。我只是挑着找丹尼尔,因为每个人都说那部分特别血腥和滑稽。杰瑞只离开办公室半个小时,我没有多少时间——但我们都知道书里有他,因为丹尼尔把杰瑞扯了进来，逼着他去见那些律师，还在所有可笑的邮件上加了杰瑞的名字，那些邮件告诉我们，如果我们胆敢谈论《家蚕》，天就会塌下来。我想，丹尼尔看到欧文连杰瑞也没放过，会感觉好受一些。他知道大家喜欢杰瑞，所以我想，他认为我们为了保护杰瑞也会保持沉默的。

"可是，天知道欧文为什么要对杰瑞下手，"妮娜接着说道，笑容隐去了一点，"杰瑞在世界上没有一个敌人。欧文是个混蛋，十足的混蛋。"她想了想又轻声加了一句，垂眼望着空空的酒杯。

"想再喝一杯吗？"斯特莱克问。

他回到吧台。对面墙上的一个玻璃匣子里有一只灰色的鹦鹉标本。这是他能看到的硕果仅存的一件真家伙，他对这个正宗伦敦老物件抱有一种宽容的情绪，希望它以前真的曾在这个房间里聒噪过、学舌过，而不是被人们买来的一个肮脏的小摆设。

"你知道奎因失踪了吗？"斯特莱克又回到妮娜身边，问道。

"是啊，我听到传言了。我并不感到意外，瞧他闹得这么鸡犬不宁。"

"你认识奎因吗？"

"不太认识。他有时会来办公室，跟你调调情什么的，裹着那件傻乎乎的斗篷，显摆自己，总想把别人给震住。我觉得他有点可怜，一向很讨厌他写的书。杰瑞劝我读读《霍巴特的罪恶》，我认为写得糟透了。"

"你知道最近有谁得到过奎因的消息吗？"

"不知道。"妮娜说。

"也没有人知道他为什么要写一本肯定会给他惹来官司的书？"

"大家都认为他跟丹尼尔大吵了一架。他会跟每个人都吵翻。这么多年，天知道他换了多少个出版商。"

"我听说，丹尼尔之所以给欧文出书，是认为这样会显得欧文已经原谅了丹尼尔过去那样对待约瑟夫·诺斯。其实欧文和丹尼尔并不真的喜欢对方，这是大家都知道的事实。"

斯特莱克想起伊丽莎白·塔塞尔墙上那张照片里漂亮的金发青年。

"查德对诺斯怎么不好了?"

"具体细节我也不太清楚,"妮娜说,"只知道他对约瑟夫不好。我知道欧文曾经发誓永远不给丹尼尔写书,可是他在别的出版商那儿转了一圈回来,不得不假装错怪了丹尼尔,丹尼尔也就把他接下来,认为这样会显得自己像个好人。反正大家都是这么说的。"

"据你所知,奎因跟杰瑞·瓦德格拉夫吵架了吗?"

"没有,所以事情才这么匪夷所思。凭什么要攻击杰瑞呢?杰瑞这么可爱!虽然从我听到的所有情况来看,其实不能——"

在斯特莱克看来,妮娜第一次停下来思忖了片刻,才较为冷静地继续说道:

"怎么说呢,我也说不清楚欧文在书里是怎么写到杰瑞的,我刚才说了,那部分内容我没看。可是欧文影射了一大堆人呢,"妮娜说道,"我听说他还写到自己的妻子,而且似乎对利兹·塔塞尔也没留情面,利兹可能是个贱人,可是大家都知道她不管风风雨雨都一直支持欧文的。利兹以后是再也别想跟罗珀·查德合作了;每个人都恨死她了。我知道丹尼尔下令取消了今晚对她的邀请——这真够羞辱人的。两个星期后还有一场为拉里·平克曼举办的晚会,平克曼是利兹代理的另一位作者,他们不可能不邀请利兹——拉里是个非常可爱的老宝贝,每个人都喜欢他——可是天知道利兹露面会受到什么样的对待。

"不管它了,"妮娜说,甩了甩浅褐色的刘海,突然改变话题,"我们一起去参加晚会,那我们是怎么互相认识的呢?你是我的男朋友还是什么?"

"搭档可以参加吗?"

"行啊,可是我还没跟人说过认识你,所以我们不应该交往了很长时间。就说我们上个周末一起参加了一个派对,好吗?"

斯特莱克听出她在杜撰他俩并不存在的幽会时,语气里充满热情，不由感到既隐隐不安，但又有虚荣心的满足。

"走之前需要上个厕所。"斯特莱克说着，慢慢地从木板凳上站起身，妮娜把她的第三杯酒一饮而尽。

家乡柴郡奶酪通向下面厕所的楼梯令人眩晕，而且天花板那么低，他虽然弯着腰，还是撞了脑袋。斯特莱克揉着脑门，不出声地骂着，又觉得好像是因为脑袋遭到天赐的一击，突然想起一个绝妙（也许是极糟）的主意。

第十三章

> 据说，你有一本书
> 里面机智地提到了
> 潜伏在城市四处
> 所有臭名昭著的罪犯的名字。
>
> ——约翰·韦伯斯特，《白色的魔鬼》

斯特莱克凭经验知道，他在某一类女人面前特别有魅力。这类女人的共同特点是非常机智，并像线路有问题的路灯一样精光四射。她们大都很迷人，而且大都"绝对精灵古怪"——这是他的老朋友戴夫·普尔沃斯喜欢用的词。至于是他身上的什么东西吸引了这一类女人，斯特莱克从未花时间去仔细考虑，不过普尔沃斯是个一肚子精辟理论的男人，他认为这样的女人（神经质，家教过严），都在潜意识里寻找所谓的"血性男儿"。

斯特莱克的前未婚妻夏洛特，可以说是这类女人的杰出代表。漂亮，机灵，反复无常，受过伤害，她一次次地回到斯特莱克身边，不顾家里人的反对和朋友们几乎毫不掩饰的厌恶。两人分分合合十六年，终于在三月份时，斯特莱克结束了这段感情，夏洛特几乎立刻就跟她的前男友闪电订婚，多年前在牛津时斯特莱克正是从那个人手里横刀夺爱，赢得了夏洛特的芳心。与夏洛特分手后，斯特莱克自愿选择清心寡欲的生活，只有一个晚上例外。工作几乎占据了他醒着的全部时间，而且他成功地拒绝了像妖艳黑美人客户那样的女人或暧昧或公开的示爱，这些即将离婚的女人有大把的时间，急于排解内心的寂寞。

但是他总会产生危险的冲动，想要束手就范，去面对一两个晚上的销魂带来的后续麻烦。此刻，妮娜·拉塞尔斯跟他一起在黑暗的河岸边匆匆行走，她要迈两步才赶得上他的一步。妮娜告诉斯特莱克她在圣约翰林的具体地址，"这样别人会觉得你曾经来过。"妮娜的个头还不到他的肩膀，他从没觉得身材十分娇小的女人有魅力。她滔滔不绝地讲着罗珀·查德的事，不管该笑不该笑都咯咯笑个不停，有一两次为了强调某个观点，还碰了碰他的胳膊。

"我们到了。"她终于说道，这时他们来到一个现代化的大楼前，玻璃转门，石墙上有一块亮晶晶的橘色有机玻璃，上面醒目地印着"罗珀·查德"的字样。

一间宽敞的大厅，三三两两的人们穿着晚礼服面对着一排金属滑门。妮娜从包里抽出一张请柬，递给那个像是雇来帮忙、身上燕尾服很不合体的人，然后，她和斯特莱克便随着另外二十来个人一起走进很大的镜面电梯。

"这一层是开会用的。"妮娜大声对他说。他们出了电梯，随人流进入一个拥挤的开放式区域，一支乐队正在演奏，但舞池里没有几个人跳舞。"平常是隔开的。那么——你想见谁呢？"

"熟悉欧文、有可能知道他下落的人。"

"那就只有杰瑞了……"

身后的电梯里又送上来一批人，他们被推撞着挤进人群。斯特莱克似乎感觉到妮娜像孩子一样拉着他衣服的后摆，但他没有投桃报李地牵起她的手，或以任何方式加强他们假的男女朋友关系。有一两次他听见妮娜跟经过的人打招呼。终于，他们挤到对面墙边，一张张桌子上堆满晚会的食物，穿白衣服的侍者给大家提供服务。这里较为安静，不用大声喊叫就能交谈。斯特莱克拿了两块精致的蟹肉饼吃掉了，心里哀叹还不够塞牙缝的，妮娜只顾东张西望。

"怎么看不见杰瑞呀，他可能在屋顶上抽烟呢。我们上去好吗？哟，快看那儿——丹尼尔·查德，正混在人群里呢！"

"是哪一个？"

"秃顶的那个。"

公司老板周围的人们恭敬地跟他保持着一点距离，如同直升机起飞时周围倒伏一圈的玉米，他在跟一个穿紧身黑裙、身段婀娜多姿的年轻女人说话。

白鬼笔，斯特莱克忍不住被逗笑了，不过查德的秃顶倒跟他整个人挺般配。他比斯特莱克预想的要年轻和健壮，有一股独特的帅气，深陷的眼睛上面是两道漆黑的浓眉，鹰钩鼻，薄嘴唇。他的炭灰色西服倒是普普通通，可是豆沙色的领带比一般领带宽得多，上面印着人鼻子的图案。斯特莱克的着装品位一向都很传统，又经过军旅生活的磨炼，此刻忍不住感到好奇，一位总裁竟然这样含蓄而有力地发表他的反传统宣言，并不时引来人们惊讶或饶有兴趣的眼光。

"酒水在哪里？"妮娜说，一边徒劳地踮着脚尖。

"在那儿。"斯特莱克说，他看见窗前有个吧台，窗外是黑黢黢的泰晤士河，"你在这儿等着，我去拿。白葡萄酒？"

"香槟吧，如果丹尼尔讲究排场的话。"

斯特莱克故意在人群中穿梭，这样可以不引人注目地接近查德。查德主要在听身边那个女人说话。女人属于那种话痨，明知对方不感兴趣，还要不顾一切地往下说。查德手里抓着一杯水，斯特莱克注意到他的手背上布满鲜红色的湿疹。斯特莱克在查德身后停住脚步，假装让对面一群年轻女人先过。

"……真是太有意思了。"穿黑裙的女人紧张地说。

"是啊，"查德的声音里透着深深的厌倦，"肯定是的。"

"纽约是不是很棒？我的意思是——不应该说棒不棒——应该很有收获吧？很有趣？"年轻女人问。

"很忙,"查德说,斯特莱克虽然看不见总裁,但觉得他似乎打起了哈欠,"全是关于数字化的讨论。"

一个穿三件套西服的矮胖男人,刚八点半就好像已经喝醉了,他停在斯特莱克面前,过于礼貌地让他先走。斯特莱克别无选择,只好接受他哑剧般的夸张邀请,离开丹尼尔·查德身边,听不见他说话了。

"谢谢。"几分钟后妮娜说,从斯特莱克手里接过香槟,"那我们就去空中花园吧?"

"太好了。"斯特莱克说。他也拿了香槟,不是因为喜欢,而是因为没有别的他想喝的东西。"跟丹尼尔·查德说话的那个女人是谁?"

妮娜一边领斯特莱克朝一道螺旋形金属楼梯走去,一边伸着脖子张望。

"乔安娜·瓦德格拉夫,杰瑞的女儿。刚写了自己的第一部小说。怎么啦?是你喜欢的类型?"她用气声笑着问。

"不是。"斯特莱克说。

他们爬上网格楼梯,斯特莱克又一次在很大程度上依赖栏杆。来到楼顶,夜晚清冽的空气冲洗着他的肺部。一片片天鹅绒般的草坪,一缸缸鲜花和小树,到处都放着长凳,甚至还有一个泛光灯照明的池塘,火红的鱼儿在黑色的睡莲下游来游去。室外取暖器像一个个巨大的铁蘑菇,三五成群地安放在平整的草坪之间,人们聚集在取暖器下,背对人工合成的田园景色,面朝着和他们一起抽烟的人,手里的烟头闪着红光。

从这里俯瞰全城非常漂亮,城市如同镶嵌着珠宝的黑色天鹅绒,伦敦眼闪亮的蓝色霓虹灯,氧化塔红宝石般的窗户,南岸中心、大本钟和西敏寺宫都在远处闪烁着金光。

"快来。"妮娜说,她大胆地抓起斯特莱克的手,领他走向三位女性,她们未吐烟雾时,呼出的气也是一团团白雾。

"嗨,你们好,"妮娜说,"有谁见过杰瑞吗?"

"他喝醉了。"一个红头发姑娘率直地说。

"哦，真糟糕，"妮娜说，"他一向都这么乖的！"

一个过分瘦高的金发女郎扭头看看，低声说道：

"他上星期在杨梅酒吧可出洋相了。"

"都是《家蚕》闹的，"一个黑短发、一脸烦躁的姑娘说，"周末在巴黎的周年纪念也泡汤了。我猜菲奈拉准又大发脾气了。杰瑞什么时候才能离开她呀？"

"那女人来了吗？"金发女郎热切地问。

"应该来了吧，"黑短发姑娘说，"你不给我们介绍介绍吗，妮娜。"

一阵乱糟糟的介绍，斯特莱克还是没弄清那些姑娘谁是米兰达，谁是萨拉，谁是艾玛，四个女人便开始深入剖析杰瑞·瓦德格拉夫的不幸和酗酒。

"他早就该甩了菲奈拉的，"黑头发姑娘说，"恶毒的女人。"

"嘘！"妮娜发出警告，四个姑娘不自然地沉默下来，一个几乎跟斯特莱克一样高的男人慢慢朝他们走来。一张圆圆的包子脸，被角质框大眼镜和乱糟糟的褐色头发挡住了一半。手里那杯满满的红葡萄酒眼看就要洒出来了。

"心虚的沉默。"男人亲切地微笑着说。他的声音响亮而迟缓，在斯特莱克听来显示出一种老酒鬼的特色。"你们在谈什么？我猜三次：家——蚕——奎因。你好，"他看着斯特莱克打了个招呼，伸出一只手；他们俩的眼睛在同一个水平上，"我们没见过面，是吗？"

"杰瑞——科莫兰，科莫兰——杰瑞，"妮娜立刻说道，"我男朋友。"她补充了一句，与其说是告诉高个子编辑，不如说是讲给三个姑娘听的。

"卡梅隆，是吗？"瓦德格拉夫用一只手拢住耳朵，问道。

"差不多。"斯特莱克说。

"对不起，"瓦德格拉夫说，"一侧耳背。你们这些女士就在一个黑大个儿陌生人面前嚼舌头？"他带着一种呆板的幽默说道，"查德先生不是说得很清楚吗，公司以外的任何人都不得了解我们那个罪恶的秘密。"

"哎呀,你不会告发我们吧,杰瑞?"黑头发姑娘问。

"如果丹尼尔真的不想张扬那本书的事,"红头发不耐烦地说,不过还是迅速扭头看看老板在不在附近,"就不会派律师满大街捂盖子了。好多人给我打电话,问到底是怎么回事。"

"杰瑞,"黑头发姑娘鼓足勇气说,"你为什么要去跟律师谈话呀?"

"因为我陷进去了呀,萨拉,"瓦德格拉夫挥了一下酒杯,一些酒洒在修剪过的草坪上,"一直深陷到我失聪的耳朵。我被扯进了那本书里。"

几个女人纷纷发出震惊的声音,表明自己的态度。

"奎因会说你什么呢?你一直对他那么够意思。"黑头发姑娘问道。

"欧文想表达的意思是,我对他的那些杰作下手太狠。"瓦德格拉夫说着,用不拿酒杯的那只手比划出剪刀。

"哦,仅此而已吗?"金发女郎说,语气里有一丝隐约的失望,"这有什么大不了的。就他那个调调儿,有人给他出书就该烧高香了。"

"他好像又转入地下了,"瓦德格拉夫说,"谁的电话都不接。"

"怂包。"红头发说。

"说真的,我挺替他担心的。"

"担心?"红头发不敢相信地问,"你是在开玩笑吧,杰瑞?"

"你要是读过那本书,也会感到担心,"瓦德格拉夫说着,打了个小小的嗝,"我认为欧文崩溃了。那本书读起来像一篇绝命书。"

金发女郎发出一声轻笑,瓦德格拉夫朝她一看,她赶紧忍住。

"我不是开玩笑。我认为他的精神垮了。在所有那些稀松平常的怪诞描写下面,潜藏着这样的意思:每个人都跟我作对,每个人都想来抓我,每个人都恨我——"

"确实,每个人都恨他。"金发女郎插嘴道。

"任何一个理智的人都不会幻想那本书能出版。现在他失踪了。"

"不过他一贯都是这么做的,"红头发不耐烦地说,"这是他的保留节目,是不是?苗头不对就溜之大吉?戴维斯-格林公司的黛西·卡特告诉我,他们给他出版《巴尔扎克兄弟》时,他两次负气一走了之。"

"我还是为他担心。"瓦德格拉夫固执地说。他喝了一大口葡萄酒,说,"没准已经割腕了——"

"欧文不会寻短见的!"金发女郎嘲笑道。瓦德格拉夫低头看着她,斯特莱克认为那目光中既有怜悯,又有反感。

"人真的会寻短见,米兰达,当他们认为活着的全部理由已经不成立之后。即使别人认为他们的痛苦只是个笑话,也不足以使他们摆脱那样的想法。"

金发女郎一副不敢相信的神情,扫了一圈其他人寻求帮助,可是没有人出来为她说话。

"作家与众不同,"瓦德格拉夫说,"我见过的有点才气的作家都有点疯癫。该死的利兹·塔塞尔对此肯定记忆深刻。"

"利兹声称不知道书里写了什么,"妮娜说,"她跟谁都说自己病了,没有认真地读——"

"我太了解利兹了。"瓦德格拉夫低声咆哮着说。斯特莱克看到这位喝醉了酒的好脾气编辑脸上闪过一丝真正的怒气,不禁十分好奇。"她把这本书寄出去时,很清楚自己在做什么。她认为这是从欧文身上赚钱的最后机会,而且正好可以把范克特的丑闻张扬出去,她恨范克特不是一年两年了……现在见事情闹大了,她又急着撇清。真是极端恶劣的行为。"

"丹尼尔取消了今晚对她的邀请,"黑头发姑娘说,"我只好打电话告诉她。真是可怕。"

"杰瑞,你知道欧文可能去了哪儿吗?"妮娜问。

瓦德格拉夫耸了耸肩。

"哪儿都有可能,是不是?我希望他不管在哪儿都好好的。虽然如此这般，我还是忍不住有点喜欢这个傻傻的混蛋呢。"

"他书里写到的范克特的那个大丑闻是什么呀？"红头发问，"我听人说好像跟一篇书评有关……"

除了斯特莱克，他们几个人同时开始说话，但是瓦德格拉夫的声音盖过了其他人，姑娘们便安静下来，女人面对有身体残疾的男人本能地会表现出礼貌。

"我还以为大家都知道那个故事呢，"瓦德格拉夫说着，又打了一个小嗝，"简单地说吧，迈克尔的第一任妻子埃尔斯佩思写了一部很蹩脚的小说。一本文学杂志上登出一篇匿名仿作。她就把仿作剪下来别在自己的衣服上，像西尔维娅·普拉斯[①]那样，开煤气自杀了。"

红头发大吃一惊。

"她自杀了？"

"是啊，"瓦德格拉夫说着，又喝了一大口酒，"作家都是疯子。"

"那篇仿作是谁写的？"

"大家都以为是欧文。他不承认，如果他猜到后面发生的事，我猜他会承认的，"瓦德格拉夫说，"自从埃尔斯佩思死后，欧文和迈克尔就没说过话。可是在《家蚕》里，欧文用一种巧妙的方式暗示那篇仿作的真正作者是迈克尔本人。"

"天哪。"红头发惊愕地说。

"说到范克特，"瓦德格拉夫说着，看了一眼手表，"我本来是要告诉你们，九点钟楼下要宣布一件重要的事。你们这些姑娘肯定不愿意错过。"

他踱着步走开。两个姑娘蹍灭烟头，跟着他走了。金发女郎溜达过去加入另一伙人。

"杰瑞很可爱，是不是？"妮娜问斯特莱克，一边缩在羊毛大衣里

[①] 西尔维娅·普拉斯（1932—1963），美国女诗人。一九六三年她最后一次自杀成功时，年仅三十一岁。这位颇受争议的女诗人因其富于激情和创造力的诗篇留名于世，又因其与英国诗人休斯婚变之后自杀的戏剧化人生，成为英美文学界一个长久的话题。

瑟瑟发抖。

"非常宽宏大量，"斯特莱克说，"除了他，别人似乎都不相信奎因不知道自己在做什么。想回去暖和暖和吗？"

斯特莱克的意识深处袭来一丝疲惫。他多么想回到家里，费尽九牛二虎之力安顿自己的伤腿上床入睡（他在心里是这么描述的），闭上眼睛，扎扎实实地睡上八个小时，然后起床，再次近距离跟踪某个出轨的丈夫。

楼下的房间里比刚才更拥挤了。妮娜几次停下来对着熟人的耳朵大声嚷嚷。斯特莱克被介绍给一个矮胖的浪漫小说作家——他似乎被廉价香槟酒和吵闹的乐队弄得有点五迷三道，还被介绍给杰瑞·瓦德格拉夫的妻子——那女人披散着一头乱糟糟的黑发，醉醺醺地、热情洋溢地跟妮娜打招呼。

"她总是讨好巴结别人，"妮娜冷淡地说，一边脱出身来，领着斯特莱克靠近那个临时舞台，"她娘家很有钱，总说自己是下嫁给了杰瑞。讨厌的势利眼。"

"令尊王室法律顾问的名头把她给镇住了？"斯特莱克问。

"你记性好得吓人啊。"妮娜说，显出敬佩的神情，"不是，我认为……怎么说呢，实际上我也是尊敬的妮娜·拉塞尔斯呢①。嗨，谁在乎这个呀？也就菲奈拉这样的人吃这一套。"

一位下属正在把麦克风按在吧台附近舞台的一个木头讲台上。一道横幅上印着罗珀·查德的标识——两个名字之间有一个绳结——和"百年华诞"的字样。

接着是十分钟沉闷的等待，斯特莱克礼貌地对妮娜的叽叽喳喳做出恰当的回应，他这么做十分费劲，因为妮娜比他矮得太多，而且房间里越来越吵。

"拉里·平克曼来了吗？"他问，想起伊丽莎白·塔塞尔墙上那位年迈的童书作家。

---

① "尊敬的"在英国一般是冠于伯爵以下贵族子女名字前的尊称。

"哦，没有，他不喜欢派对。"妮娜欢快地说。

"你们不是准备给他办一个吗？"

"你怎么知道的？"妮娜惊讶地问。

"你不久前告诉我的，在酒吧里。"

"哇，你真的注意听了，是吗？没错，我们要办个宴会庆祝他的圣诞节故事书再版，但规模很小。拉里不喜欢人多，他其实很害羞的。"

丹尼尔·查德终于走上舞台。人们的谈话变成窃窃私语，最后彻底安静下来。查德拿着几页讲话稿，清了清嗓子，斯特莱克察觉到一种紧张的气氛。

斯特莱克想，查德一定经过大量的练习，但当众说话的能力还是很差。他每过一会儿就抬起头，机械地看着众人头顶上一个固定的位置；目光不与任何人对视；有时候他的声音低得几乎听不见。他带领听众简单回顾了一下罗珀出版公司的辉煌历史，又谦虚地提及查德图书社的那些前辈——查德图书社是他祖父的公司，然后他叙述了两家公司的强强联合，以及他自己卑微的喜悦和骄傲，并用那种一成不变的单调嗓音，介绍说自己近十年来担任这家全球公司的总负责人。他的小玩笑赢得人们的阵阵大笑，斯特莱克认为这笑声是受到不安情绪和酒精的双重刺激。斯特莱克发现自己在盯着查德那双红肿的、像是被烫伤的手。他以前认识一个年轻士兵，那个士兵在压力过大时湿疹严重发作，不得不住院治疗。

"毫无疑问，"查德说着，转向斯特莱克，斯特莱克是房间里的几个高个子之一，而且靠近舞台，能看见查德已经念到讲话稿的最后一页，"出版界目前正经历一个迅速变化和全新挑战时期，但是有一点今天跟一个世纪前完全一样：内容为王。罗珀·查德公司宣称拥有世界上最好的作家，将会一如既往地乘风破浪，为读者提供更多精彩的内容。说到这里——"高潮即将来临，但他突然不再激动，而是显得如释重负，因为痛苦的煎熬快要结束了，"——我非常荣幸和喜悦地告诉大家，本星期我们获得了全球最优秀作者之一的佳作。女士们先生们，请欢迎迈克尔·范克特！"

像微风吹过一样，人群中响起一片抽冷气的声音。一个女人兴奋地尖叫起来。房间后面什么地方爆发出一阵喝彩，随即像燎原之火一样传到前面。斯特莱克看见远处一道门开了，露出一颗硕大的脑袋和一张刻板的面孔，随后范克特便被热情洋溢的雇员们包围。几分钟后，他才登上舞台，跟查德握手。

"哦，我的上帝，"妮娜一边拼命鼓掌，一边不停地说，"哦，我的上帝。"

杰瑞·瓦德格拉夫像斯特莱克一样，比基本上由女性组成的人群高出整整一头，他站在舞台的另一边，几乎就在他们对面，手里又端着满满一杯酒，因此没有鼓掌。他把酒杯举到唇边，面无笑容，注视着范克特在麦克风前示意大家安静。

"谢谢丹尼尔，"范克特说，"话说，我真没想到自己会站在这里，"这些话赢得了一阵哄堂大笑，"但是感觉就像回家了一样。我先给查德写书，后来又给罗珀写书，那些日子都很美好。当年我是个小愤青——"众人窃窃私语，"——如今我是个老愤青——"又是一片笑声，就连丹尼尔·查德也面露微笑，"——我期待着为你们怒发冲冠——"查德和听众都开怀大笑；整个房间里似乎只有斯特莱克和瓦德格拉夫不为所动"——我很高兴回来，我会尽自己的力量——怎么说来着，丹尼尔？——让罗珀·查德一如既往地乘风破浪，为读者提供更多精彩的内容。"

暴风雨般的鼓掌和喝彩声响起，两个男人在照相机的闪光灯中握手。

"估计今晚能搞到五十多万。"斯特莱克身后一个喝醉了的男人说。

范克特走下舞台，径直站在斯特莱克身前。他习惯性的阴沉表情并没有因拍照而有所改变，但人们纷纷跟他握手时，他显得高兴了一些。迈克尔·范克特并不拒绝阿谀奉承。

"哇，"妮娜对斯特莱克说，"你能相信吗？"

范克特硕大的脑袋消失在人群里。曲线玲珑的乔安娜·瓦德格拉夫出现，想靠近这位大名鼎鼎的作家。她父亲突然走到她身后；杰瑞一个醉步趔趄，伸出一只手，有点粗暴地抓住女儿的上臂。

"他要跟别人说话呢，乔，别去找他。"

"妈妈就走了捷径，你为什么不抓住她？"

斯特莱克注视着乔安娜大步甩开她父亲，明显是生气了。丹尼尔·查德也消失了，斯特莱克怀疑他是趁众人忙着围堵范克特的时候，从一扇门溜了出去。

"你们老总不喜欢抛头露面。"斯特莱克对妮娜说。

"据说他现在好多了呢，"妮娜说，仍然朝范克特那边凝望着，"十年前，他的眼睛几乎不离开讲稿。不过他是个出色的商人，你知道的。非常敏锐。"

好奇心和疲惫感在斯特莱克的内心搏斗。

"妮娜，"他说，拉着同伴离开范克特周围挤挤挨挨的人群；妮娜心甘情愿地跟着他，"你说《家蚕》的书稿在哪儿来着？"

"在杰瑞的保险柜里，"她说，"就在楼下。"她喝了一口香槟，大眼睛闪闪发亮，"难道我猜中了你的想法？"

"会给你带来多大的麻烦？"

"数不清的麻烦，"妮娜漫不经心地说，"但我带着门禁卡，而且大家都忙着呢，不是吗？"

斯特莱克残忍地想，她父亲是王室法律顾问，他们也不敢轻易把她解雇。

"你说，我们能复印一份吗？"

"说干就干。"妮娜说，一口喝光杯里的酒。

电梯里没有人，楼下也是空荡荡的，漆黑一片。妮娜用她的门禁卡打开编辑部的门，自信地领着他穿过那些关着的电脑和空无一人的办公桌，朝角落里的一间大办公室走去。唯一的光源是窗外的伦敦不夜城，以及近旁一台电脑偶尔闪烁的橘黄色小灯。

瓦德格拉夫的办公室没有上锁，但是位于一个铰链式书柜后面的保险柜却有键盘锁。妮娜输入一个四位数密码。柜门开了,斯特莱克看见里面乱糟糟地堆着许多纸。

"就是这个。"妮娜高兴地说。

"你小声点。"斯特莱克警告她。

斯特莱克望风,妮娜在门外的复印机上替他复印书稿。没完没了的嗡嗡声和翻页声有一种奇特的镇静作用。没有人过来,没有人看见;十五分钟后,妮娜把书稿重新放回去,锁上保险柜。

"给你。"

她把用几根结实的橡皮筋捆着的复印稿交给斯特莱克。斯特莱克接过时,她把身子探过来几秒钟,微醺似的轻轻摇晃着,在他身上蹭了几下。斯特莱克应该回赠点什么给她,可是他感到倦意排山倒海般袭来;返回她圣约翰林的那套公寓,或带她去丹麦街上他的阁楼间,这两者对他都没有吸引力。也许,明天晚上约她一起喝酒,聊作补偿?突然他想起明天晚上要在妹妹家参加他的生日宴。露西说他可以带人一起过去。

"明天晚上想去参加一个乏味的晚宴吗?"他问妮娜。

她笑了,明显心情大好。

"为什么会乏味呢?"

"各种原因。你可以把气氛搞活跃。好吗?"

"嗯——好的。"她高兴地说。

这个邀请似乎把账给平了。他感觉到妮娜对身体姿态的要求消退了。他们在友好的、同志般的气氛中走出黑暗的编辑部,《家蚕》的复印稿藏在斯特莱克的大衣底下。斯特莱克记下妮娜的地址和电话号码,把她安全地送上出租车,感到自己松了口气,如释重负。

第十四章

> 有时他一坐就是一个下午,读那些无聊恶心、卑鄙下作的诗歌(像瘟疫一样,我无法忍受!)。
>
> ——本·琼生,《人人高兴》

第二天,人们举行游行,抗议那场害斯特莱克丢了条腿的战争,几千人举着标语牌,蜿蜒行走在寒冷的伦敦市中心,走在最前面的是军人家属。斯特莱克从他和加利共同的战友那里听说,示威人群里有加利·托普莱的父母,加利在那次夺去斯特莱克一条腿的爆炸中丧生。可是斯特莱克根本没想过跟他们一起去游行。他对战争的感情,不可能被黑框围住,印在方方正正的白色标语牌上。做一件事就要把它做好,这在当时和现在都是他的信条,而参加游行就暗示某种悔恨,其实他心里无怨无悔。因此,他戴上假肢,穿上那套最好的意大利西装,直奔邦德街。

他追踪的那个花心丈夫,一口咬定与自己分居的妻子,也就是斯特莱克的那位黑美人客户,在夫妻俩下榻酒店后,因为酒后粗心,丢失了几件非常昂贵的珠宝首饰。斯特莱克碰巧知道那位丈夫今天上午在邦德街与人有约,他有一种预感,几件据称已经丢失的珠宝很可能会意外浮出水面。

斯特莱克打量商店橱窗时，目标进了马路对面的那家珠宝店。半小时后，他离开了，斯特莱克去喝了一杯咖啡，消磨掉两个小时，然后大步走进珠宝店，声称妻子酷爱祖母绿，在这样的借口下，他花了半小时假装考虑各种不同的首饰，目的是引出黑美人怀疑丈夫顺手牵羊的那串项链。斯特莱克果断地买下项链，因为他的客户已经为此预付了一万英镑。用一万英镑证明丈夫欺骗，这对于一个有望获得几百万赔偿的女人来说，实在不算什么。

斯特莱克在回家的路上买了一块土耳其烤肉。他把项链锁在办公室的一个小保险柜里（保险柜通常用来存放作为证据的照片），然后上楼，给自己沏了一杯浓茶，脱掉西装，打开电视机，以便随时留意阿森纳队和热刺队的比赛。他舒舒服服地躺倒在床上，开始阅读前一天夜里偷来的书稿。

正像伊丽莎白·塔塞尔告诉他的，《家蚕》是邪恶变态版的《天路历程》，故事发生在一个传说中的无人地带，与书同名的男主人公（一位天才作家）因为他那个岛上的人都是白痴，看不到他的才华，便愤然离开，朝着遥远的国度开始了一场具有无比宏伟意义的旅行。斯特莱克浏览过那本《巴尔扎克兄弟》，因此对书中奇异华丽的语言和比喻并不陌生，但吸引他读下去的是小说的主题。

在浓墨重彩的描写和大量色情的语句中，浮现出的第一个熟悉的人物是利奥诺拉·奎因。年轻有为的家蚕在充斥着各种危险和野兽的国度里游历时，遇到了魔女，一个被简单描述为"老娼妓"的女人，她抓住家蚕，把他捆绑起来，成功强奸了他。对利奥诺拉的描绘非常逼真：瘦精精的，衣着邋里邋遢，戴着大框眼镜，一副木讷、呆板的样子。家蚕被持续凌辱几天之后，劝说魔女把他释放了。魔女为家蚕的离开感到非常郁闷，家蚕就同意把她也带上：书里频频出现这种奇怪的、梦境般的惊天逆转，这是第一例。本来令人恐惧的反派人物，突然之间，没有任何理由或歉意，就变成了通情达理的正面角色。

再往下几页，家蚕和魔女遭到一个名为嘀嗒的怪物袭击，斯特莱克一眼就认出这个怪物正是伊丽莎白·塔塞尔：方下巴，声音低沉，性格彪悍。怪物刚结束对家蚕的侵犯，家蚕就对它产生恻隐之心，允许它与自己一路同行。嘀嗒有一个令人恶心的习惯，总在家蚕睡觉时吸他的奶。家蚕逐渐变得消瘦、憔悴。

家蚕的性别似乎不可思议地变化不定。他除了能哺乳，还很快显示出怀孕的迹象，同时仍在继续取悦路上经常碰到的各种显然害着花痴病的女人。

斯特莱克在华丽而淫秽的文字间穿行，不知道自己漏掉了多少处对真实人物的描写。家蚕跟其他人物相遇时的暴力行为令他看了难受；变态和残暴几乎无处不在；完全是一种疯狂的虐恋。然而家蚕本质的无辜和纯洁是一个不变的主题，就因为他天生有才，读者便都应该赦免他跟周围那些所谓的恶魔一起肆意犯下的罪孽。斯特莱克翻着书页，想起杰瑞·瓦德格拉夫认为奎因的心理出了问题；他也开始赞同这个观点了……

球赛快要开始了，斯特莱克放下书稿，感觉自己仿佛在一个黑暗、肮脏、没有自然光和空气的地下室里被囚禁了很长时间。此刻他心里只有一种欣喜的期待。他坚信阿森纳队会赢——十七年来热刺队从未在主场打败过他们。

四十五分钟里，斯特莱克愉快地观看比赛，时不时地发出激昂的吼叫，看着他支持的球队一路踢到二比零。

中场休息时，他满不情愿地把电视机调成静音，重新回到欧文·奎因那个诡异的幻想世界。

他没有再认出别人。后来，家蚕即将到达他想去的那座城市。在城墙周围护城河的一座桥上，站着一个步态蹒跚、眼睛近视的大块头：切刀。

切刀没戴角质框眼镜，而是戴了一顶压得低低的帽子，肩上扛着一个蠕动的、血迹斑斑的麻袋。切刀提出带领家蚕、魔女和嘀嗒从一道暗门进入城市，家蚕接受了。斯特莱克已对性暴力的描写见怪不怪，因此读到切刀想要阉割家蚕并不觉得意外。在随之而来的搏斗中，麻袋从切刀背上滚落，里面钻出一个侏儒般的女性怪物。切刀忙着去追侏儒，就由着家蚕、魔女和嘀嗒逃跑了；家蚕和同伴们好不容易在城墙上找到一个裂缝钻进去，回头看见切刀把那个小怪物扔在护城河里淹死。

斯特莱克读得太入迷了，没有发现比赛早已开始。他抬头看了被调成静音的电视机一眼。

"妈的！"

二比二平：真不敢相信，热刺队竟然把比分追平了。斯特莱克惊呆了，把书稿扔到一边。阿森纳队的防守竟然在他眼前成了一盘散沙。他们应该获胜的。他们一直雄心勃勃要拿冠军的。

"妈的！"十分钟后，一个头球从法比安斯基身边飞过，斯特莱克怒吼一声。

热刺队赢了。

斯特莱克又爆了几句粗口，关掉电视机，看了看手表。只有半小时的时间冲澡和换衣服，然后就得去圣约翰林接妮娜·拉塞尔斯；到布鲁姆利跑这一趟肯定花费不低。他厌恶地想着还要读完奎因书稿的最后四分之一，心里无比同情跳过最后几章的伊丽莎白·塔塞尔。

他不知道除了满足一下好奇心外，自己为何要读它。

他怀着沮丧而又烦躁的心情，朝淋浴房走去，满心希望能整晚都待在家里，同时恼怒地感到，如果他没让自己的注意力被《家蚕》里的那个淫秽的、噩梦般的世界所吸引，阿森纳队兴许就赢了。

第十五章

我告诉你，现在不流行城里有亲戚。

——威廉·康格里夫，《如此世道》

"那么，你认为《家蚕》怎么样？"两人搭乘他还能勉强坐得起的出租车离开妮娜的公寓时，妮娜问他。如果没有邀请妮娜，斯特莱克会乘公共交通往返布罗姆利，不过那样既耗时又不方便。

"一个精神病人的作品。"斯特莱克说。

妮娜笑了起来。

"可是你还没有读过欧文的其他书呢，差不多都一样糟糕。我承认这一本确实口味太重了。你认为丹尼尔那个化脓的瘤子怎么样？"

"我还没读到那儿呢。看来值得期待。"

妮娜在昨晚那件厚羊毛大衣里面穿了一件黑色紧身吊带裙。她邀请斯特莱克进入她在圣约翰林的公寓，等候她收拾手包和钥匙时，斯特莱克便已充分欣赏过这件衣服。妮娜手里还提着一瓶红酒，是她看到斯特莱克两手空空时从厨房里临时抓来的。一个漂亮、机灵的女孩，举止文雅，可是刚认识当天晚上就欣然想要见他，还有星期六的约会，他们的上两次见面暗示出她的某种轻率，也可能是饥渴。

斯特莱克又一次问自己，他到底在玩什么游戏，这时出租车离开伦敦市中心，朝着私房拥有者的领地驶去，那里宽敞的豪宅里放着咖啡机和高清电视，那里的东西他从来不曾拥有，而妹妹却焦虑地认定那是他追求的最高目标。

在自己家办生日宴，这是露西的典型做派。露西基本上没有什么想象力，她在家里的烦恼似乎比在别的任何地方都多，却把家的吸引力看得高于一切。这就是典型的露西，坚持要给斯特莱克办一个他并不想要的生日宴，她不能理解斯特莱克为何不想要。在露西的世界里，生日是一定要庆祝的，绝对不能忘记：必须有蛋糕、蜡烛、贺卡和礼物；这个时间必须花，这个规矩必须守，这个传统不能丢。

出租车穿过黑暗隧道，载着他们从泰晤士河底下迅速驶往伦敦南部。斯特莱克意识到，带妮娜去参加家庭生日会无异于一则离经叛道的宣言。妮娜虽然腿上放着一瓶传统的葡萄酒，但她十分兴奋，热切地想要寻找机会冒险。她一个人生活，热衷于谈论图书而不是孩子；简而言之，妮娜不是露西喜欢的那类女人。

离开丹麦街将近一个小时之后，斯特莱克捏着少了五十英镑的钱夹，搀扶妮娜下车，走进露西家所在的那条黑暗寒冷的街道，然后领着她穿过前院那棵大木兰树下的一条小路。斯特莱克在按门铃前，有点勉强地说道：

"我应该告诉你的：这是一个生日宴会。我的生日。"

"哦，你应该早说的！祝你生日——"

"不是今天，"斯特莱克说，"没什么要紧的。"

然后他按响门铃。

斯特莱克的妹夫格莱格把他们让进去。立刻响起一片拍手声，众人看到妮娜后都是夸张的喜悦表情。面无喜色的露西在一家人中异常突出，她手里抓着一把小铲子，像挥舞着宝剑一样风风火火冲进门厅，她宴会服的外面系着一条围裙。

"你没说要带人来呀！"斯特莱克俯身亲吻露西的面颊时，露西在他耳边压低声音说。露西矮个子，黄头发，圆脸盘；谁也不会猜到他们是一家人。露西是他们的母亲跟一位著名音乐人玩暧昧的产物。里克是个节奏吉他手,他跟自己的孩子一直保持着友好的关系,这点跟斯特莱克的父亲不同。

"我记得你叫我带个客人来的。"斯特莱克轻声对妹妹说,那边格莱格把妮娜让进了客厅。

"我是问你会不会带客人来,"露西生气地说,"哦,天哪——我得去再添一副——唉,可怜的玛格丽特——"

"谁是玛格丽特?"斯特莱克问,可是露西已经高举着小铲子,匆匆朝餐厅走去,把贵宾单独留在门厅里。斯特莱克叹了口气,跟着格莱格和妮娜走进客厅。

"给你个惊喜!"一个有点谢顶的浅头发男人从沙发上站起来说,他那戴眼镜的妻子在沙发上笑微微地看着斯特莱克。

"我的天哪。"斯特莱克说,三步两步走过去,欣喜若狂地握住那只伸过来的手。尼克和伊尔莎是他交情最久的两个朋友,只有在他们那儿,他早年生活被割裂的两个半圆——伦敦和康沃尔——才能愉快地结合在一起。

"没人跟我说过你们要来!"

"是啊,就是想给你个意外之喜嘛,肥猫,"尼克说,斯特莱克吻了一下伊尔莎,"你认识玛格丽特吗?"

"不,"斯特莱克说,"不认识。"

怪不得露西想要核实他是否会带人来,这就是露西想象他会喜欢的那种女人,他会跟这种女人在前院有棵木兰树的房子里过一辈子。玛格丽特油性皮肤,肤色较黑,神色阴郁,穿着一件亮闪闪的紫色裙子,看上去像是在她较瘦一些时候买的。斯特莱克相信她是一个离异的女人。他在这方面已经练就了超人的眼力。

"你好。"她说,那边骨感的、穿黑色吊带裙的妮娜跟格莱格聊得正欢;这声短短的问候里包含着整个世界的怨恨。

于是,他们七个人坐下来用餐。斯特莱克自从因负伤而退役后,就没怎么见过平民朋友。他自愿加班加点地工作,模糊了工作日和周末的界限,然而此时此刻,他又一次意识到自己多么喜欢尼克和伊尔莎,如果他们三个人单独找个地方享受咖喱美味,不知会比现在快活多少倍呢。

"你们是怎么认识科莫兰的?"妮娜热切地问他们。

"在康沃尔时我跟他同校,"伊尔莎说,在桌子对面笑眯眯地看着斯特莱克,"断断续续,时来时往,是不是这样,科莫兰?"

大家吃着烟熏三文鱼,讲述斯特莱克和露西支离破碎的童年,他们随着居无定所的母亲旅行,经常回到圣莫斯的舅妈和舅舅家里,在整个童年和少年时期,舅妈和姨夫充当代理父母。

"后来科莫兰又被他母亲带到伦敦,那一年他,多少岁来着,十七岁?"伊尔莎说。

斯特莱克可以看出露西不喜欢这番对话:她最讨厌谈论他们不同寻常的成长方式,和他们那位名声不好的母亲。

"后来他竟然跟我进了同一所特别棒的综合学校,"尼克说,"多么美好的时光啊。"

"认识尼克对我帮助太大了,"斯特莱克说,"他对伦敦城了如指掌,他老爸是开出租车的。"

"你也是开出租车的吗?"妮娜问尼克,显然被斯特莱克朋友们的独特情趣弄得兴奋不已。

"不是,"尼克语气欢快地说,"我是个消化科医师。那一年肥猫和我一起开了个十八岁生日派对——"

"——科莫兰邀请他的朋友戴夫和我从圣莫斯过来参加。那是我第一次来伦敦,兴奋极了——"伊尔莎说。

"——我们就是这样相遇的。"尼克说,对妻子咧嘴笑着。

"这么多年过去,仍然没有孩子?"格莱格问,他是一位得意的父亲,有三个儿子。

短短一瞬间的静默。斯特莱克知道尼克和伊尔莎这几年一直努力想要孩子,然而没有成功。

"还没有,"尼克说,"你是做什么的,妮娜?"

听到罗珀·查德的名字,玛格丽特焕发出一些活力。她一直从桌子的另一头阴着脸端详斯特莱克，似乎他是一份美食，被残酷地放在了她够不着的地方。

"迈克尔·范克特刚转到罗珀·迈克尔公司，"玛格丽特一本正经地说，"我今天早晨在他的网站上看到的。"

"妈呀，昨天才公布的事。"妮娜说。这句"妈呀"使斯特莱克想起多米尼克·卡尔佩珀称侍者为"伙计"；他想，妮娜这是为了照顾尼克，也或许是为了让斯特莱克看到，她也能愉快地跟无产阶级打成一片。斯特莱克的前未婚妻夏洛特，不管置身于什么地方，绝不会改变自己的词汇或口音。她也从来没有喜欢过他的朋友。

"哦，我是迈克尔·范克特的超级粉丝，"玛格丽特说，"《空心房子》是我最喜欢的一部小说。我崇拜俄罗斯作家，范克特有某种东西让我联想到陀思妥耶夫斯基……"

斯特莱克猜想，露西告诉过玛格丽特他上过牛津，非常聪明。他希望玛格丽特离他十万八千里，希望露西能更理解他。

"范克特不会写女人，"妮娜不以为然地说，"他努力了，但做不到。他写的女人都闹脾气、爆乳，用卫生棉塞。"

尼克听到出乎意料的"爆乳"一词，笑得酒都喷出来了；斯特莱克看到尼克笑了也忍俊不禁；伊尔莎咯咯笑着说：

"拜托，你们俩都三十六啦。"

"反正，我认为他非常出色。"玛格丽特又说了一遍，脸上一丝笑容也没有。她已经被掠夺了一个潜在的情侣，虽然缺了一条腿，体重还超标；她可不能再放弃迈克尔·范克特了。"真的是魅力四射。既深沉，又聪明，我一向对这种人没抵御力。"她岔开话头对露西叹道，显然是指往日的悲催情史。

"他身子小脑袋大，"妮娜说，兴致勃勃地否认自己前一天晚上见到范克特时的兴奋劲儿，"而且那么趾高气扬。"

"我总是觉得特别感人，他能为那个年轻的美国作家做那样的事情。"玛格丽特说，露西把开胃菜撤下，示意格莱格到厨房去给她打下手，"帮他把小说写完——那个死于艾滋病的年轻小说家，他叫什么名——"

"乔①·诺斯。"妮娜说。

"你今晚还有心情出来,真让我吃惊,"尼克轻声对斯特莱克说,"今天下午发生了这样的事。"

说来遗憾,尼克是热刺队的球迷。

格莱格端着羊肉回来,听见尼克的话,立刻抓住不放。

"晕菜了吧,嗯,科莫兰?大家都以为他们稳操胜券呢!"

"怎么回事?"露西问,像小学老师在命令同学们遵守纪律,一边把几盘土豆和蔬菜放在桌上,"哦,求求你了,格莱格,别谈足球。"

于是玛格丽特又拿到了谈话的主动权。

"是啊,《空心房子》的灵感来自那座房子,就是那位死去的朋友留给范克特的房子,他们年轻时曾在那里幸福地生活。简直感人得一塌糊涂。这个故事深刻地表现了缺憾、痛失所爱、野心受挫——"

"实际上,乔·诺斯把房子同时留给了迈克尔·范克特和欧文·奎因,"妮娜毫不含糊地纠正玛格丽特,"他们俩都以此为灵感写了小说。迈克尔的作品得了布克奖——欧文的作品却遭到大家的痛批。"妮娜对斯特莱克解释道。

"那座房子怎么样了呢?"斯特莱克问妮娜,这时露西递给他一盘羊肉。

"哦,那是很久以前的事了,房子肯定已经被卖掉了,"妮娜说,"自从埃尔斯佩思·范克特因为那篇仿作寻了短见,范克特和奎因这么多年一直彼此仇恨,不会愿意共同拥有任何东西的。"

"你知道房子在哪儿吗?"

"他不在那儿。"妮娜用耳语般的声音说。

"谁不在哪儿?"露西问,几乎毫不掩饰内心的烦躁。她为斯特莱克做的安排都泡汤了。她永远也不可能喜欢妮娜。

"我们的一位作家失踪了,"妮娜告诉她,"他妻子请科莫兰帮着

---

① 乔是约瑟夫的简称。

寻找。"

"成功人士？"格莱格问。

毫无疑问，格莱格烦透了妻子大张旗鼓地为她那优秀但贫穷的哥哥操心，斯特莱克虽然没日没夜地工作，也只是勉强维持生意，可是"成功"一词，加上它所蕴含的种种深意，经由格莱格的嘴说出，令斯特莱克感到芒刺在身。

"不，"他说，"我认为奎因不能说是成功的。"

"科莫兰，是谁雇的你？出版商？"露西担忧地问。

"奎因的妻子。"斯特莱克说。

"她能付得起账单，是吗？"格莱格问，"赔钱的买卖咱可不做，科莫兰，这应该是你做生意的第一原则。"

"你竟然没有把这些至理名言写下来，真让我吃惊。"尼克压低声音对斯特莱克说，露西则又把桌上的食物往玛格丽特面前递（以弥补她不能把斯特莱克领回家，然后嫁给他，住在两条街以外，家里放着一台露西和格莱格送的崭新锃亮的咖啡机）。

吃过饭，他们回到客厅的米黄色三件套沙发上，拿出礼物和贺卡。露西和格莱格给他买了一块新手表。"因为我知道你的那块表裂了。"露西说。真难为她还记得，斯特莱克一阵感动，心头热乎乎的，暂时忘记了对露西的恼怒：露西今晚把他拖到这里，唠唠叨叨地指责他的生活选择，而且她当初居然嫁给了格莱格……他摘掉给自己买的那块廉价但实用的替代品，戴上露西送的表：亮晶晶的大表盘，金属表带，简直是格莱格那块表的复制品。

尼克和伊尔莎给他买了"你喜欢的威士忌"：艾伦单一麦芽。这使他一下子想到夏洛特，他是和夏洛特一起第一次品尝这种酒的，可是就在这时，门口突然出现三个穿睡衣的身影，一下子赶跑所有感伤和怀旧的情绪，其中最高的一个问道：

"上蛋糕了吗？"

斯特莱克从来都不想要孩子（这种态度遭到露西的谴责），很少见到这几个外甥，所以不怎么认识。最大和最小的孩子跟着妈妈走出屋子去拿生日蛋糕，中间的那个却径直跑到斯特莱克面前，递过来一张自制的贺卡。

"这是你，"杰克指着图画说，"在领奖章。"

"你得到奖章了？"妮娜问，满脸带笑，眼睛睁得大大的。

"谢谢你，杰克。"斯特莱克说。

"我想当兵。"杰克说。

"都怪你，科莫兰，"格莱格说，斯特莱克忍不住觉得他的语气里带有一丝敌意，"给他买了玩具兵。跟他讲了你的那支枪。"

"是两支枪，"杰克纠正父亲，"你当时有两支枪，"他对斯特莱克说，"可是不得不交了回去。"

"记性真好，"斯特莱克对他说，"你会有出息的。"

露西端来自制的蛋糕，上面燃着三十六根蜡烛，装饰着似乎好几百颗聪明豆。格莱格关掉灯，大家开始唱歌。斯特莱克突然产生一种想要离开的强烈冲动。只要能逃出这间屋，他就打电话叫出租车；然而，他无奈地赔着笑脸，躲避着玛格丽特的目光，吹灭了蛋糕上的蜡烛，玛格丽特坐在近旁的一张椅子上，毫不克制地怒视着他，看得他心里发毛。他被这些善良的朋友和亲人弄来，扮演给弃妇装点门面的伴侣，这也不能怪他呀。

斯特莱克在楼下的卫生间里打电话叫了出租车，半小时后便得体地做出遗憾的表情，宣布他和妮娜不得不告辞了，因为第二天还得起早呢。

来到外面拥挤而吵闹的门厅，斯特莱克麻利地躲过玛格丽特的唇吻，几个外甥人来疯大发作，并因为深夜吃糖而兴奋不已，格莱格过分殷勤地伺候妮娜穿上大衣，尼克悄声对斯特莱克说：

"我原以为你不喜欢小个子女人呢。"

"现在也不，"斯特莱克轻声说，"她昨天帮我偷了点东西。"

"是吗？好吧，为了表达你的谢意，你得让她在上面，"尼克说，"不然你会把她像甲虫一样压扁了的。"

第十六章

……我们晚饭不吃生肉，因为你腹胀胃满，尝够了血腥。

——托马斯·戴克和托马斯·米德尔顿，《诚实的娼妓》

第二天早晨一醒来，斯特莱克立刻知道不是睡在自己床上。床太舒服了，床单太滑溜了；被子上洒落的斑斑点点的阳光，来自房间的另一侧，雨点噼噼啪啪敲打窗扉的声音被拉紧的窗帘挡在外面。他一撑身子坐了起来，眯眼打量妮娜的卧室，前一天夜里只就着路灯匆匆瞥了一眼，他在对面的镜子里看见自己赤裸的身躯，浓密的黑色胸毛在身后浅蓝色墙壁的衬托下，呈现为一团乌黑。

妮娜不在，但斯特莱克能闻到咖啡的香味。正如他所料，妮娜在床上生龙活虎，干劲冲天，驱散了从生日宴会开始威胁着他的那一点点感伤情绪。不过，他此刻只想知道他应该怎么迅速脱身而去。逗留下去只会唤起对方的期待，而他还没有做好迎合的准备。

假肢靠在床对面的墙上。他正要下床去取，又突然缩回来，因为卧室门开了，妮娜走进来。她穿戴整齐，头发湿漉漉的，胳膊底下夹着报纸，一只手里端着两杯咖啡，另一只手里是一盘羊角面包。

"我出去了一趟，"她气喘吁吁地说，"天哪，外面真可怕。你摸摸我的鼻子，我都快冻死了。"

"用不着费事的。"斯特莱克说,指了指羊角面包。

"我饿坏了,而且这条路上有一家特别棒的糕饼店。看看这个——《世界新闻》——多米尼克的爆炸性独家新闻!"

那位名誉扫地的贵族的照片,占据了报纸头版的中心位置,他照片的三边是他两位情妇和开曼群岛文件的照片,贵族的私匿账簿是斯特莱克帮卡尔佩珀搞到的,开曼群岛的文件是斯特莱克从贵族的女秘书那里好不容易弄来的。醒目的大标题是"财源滚滚的帕克爵士"。斯特莱克从妮娜手里拿过报纸,浏览那篇报道。卡尔佩珀倒是信守承诺:报道通篇都没提到那位心碎的女秘书。

妮娜挨着斯特莱克在床上坐下,跟他一起看那篇报道,时而轻声地评论几句:"哦,天哪,怎么做得出来,你瞧瞧。""哇,真恶心。"

"不会给卡尔佩珀带来什么危险。"两人都看完后,斯特莱克说,把报纸合起来。头版顶部的日期吸引了他的目光:十一月二十一日。前未婚妻的生日。

腹腔神经丛下面突然隐痛了一下,一段鲜活的、令人不快的回忆涌上心头……一年前,差不多就在这个时候,在荷兰公园大道,他在夏洛特身边醒来。他记得夏洛特长长的黑色秀发,大大的褐绿色眼睛,以及再也不会看见、再也不会允许他触摸的胴体……那天早晨,他们是快乐的:床像一个救生筏,颠簸在由层出不穷的烦恼构成的汹涌海面之上。他曾经送给夏洛特一个镯子,为了买那个镯子他不得不(但夏洛特并不知道)以高得吓人的利息去贷款……两天后,轮到他自己过生日,夏洛特给了他一套意大利西装,两人一起出去吃饭,最后竟然还敲定了缔结姻缘的日子,在他们初次见面的十六年后……

然而,日子的确定,标志着他们的感情进入了一个新的、可怕的阶段,婚约似乎破坏了他们所习惯的生活中那种悬而未决的紧张感。夏洛特一步步变得越来越任性,越来越反复无常。吵架,发脾气,摔盘子砸碗,责骂他的不忠(如今他知道了,实际上是夏洛特自己一直跟她现在与之订婚的那个男人偷偷约会)……他们挣扎着维持了将近四个月,终于,在一次大发雷霆、相互指责的总爆发中,一切都彻底结束了。

棉布床单窸窣作响，斯特莱克扭头看去，吃惊地发现自己仍在妮娜的床上。妮娜正要脱去上衣，打算回到床上陪他。

"我不能留在这儿。"斯特莱克对妮娜说，一边又探身去拿他的假肢。

"为什么呀？"妮娜问，她双臂抱在胸前，抓住衬衫的衣角。"别闹了——今天是星期天！"

"我得去工作，"斯特莱克编了句谎话，"星期天也需要搞调查。"

"噢。"妮娜想说得轻描淡写，但脸上已是一副沮丧的模样。

斯特莱克喝了咖啡，让谈话保持既欢快又冷淡的基调。妮娜看着他戴上假腿，走向卫生间，他回来穿衣服时，妮娜蜷缩在一张椅子里，微微有些惆怅地啃着一个羊角面包。

"你确实不知道那房子在哪儿？就是奎因和范克特继承的房子？"他一边提裤子一边问妮娜。

"什么？"妮娜迷惑地问，"哦——天哪，你不会要去找那房子吧？我告诉过你，它肯定很多年前就被卖掉了！"

"我应该跟奎因的妻子打听一下。"斯特莱克说。

他告诉妮娜会给她打电话，但话说得很轻快，以便让妮娜明白这只是礼节上的虚应故事，然后便离开她家，心里怀着一丝淡淡的感激，但并无愧疚。

斯特莱克顺着这条不熟悉的街道朝地铁站走去，雨水无情地抽打着他的脸和手。妮娜刚才买羊角面包的那家糕饼店里，圣诞节的小彩灯熠熠闪烁。他庞大身躯的影子在雨迹斑斑的地面闪过，冰冷的拳头里攥着塑料购物袋，那是露西体贴地送给他的，里面装着贺卡、生日威士忌，和那块新手表的包装盒。

他的思绪不可遏止地回到夏洛特身上，三十六岁，但看上去只有二十五，正在跟新的未婚夫庆祝生日。没准儿她收到了钻石，斯特莱克想。她总是说自己不在乎这些东西，可是他们吵架时，她有时就会当面指责他没能耐送她那些华丽耀眼的奢侈品……

成功人士？格莱格这样打听欧文·奎因，意思是："名车？豪宅？巨额银行存款？"

斯特莱克走过披头士咖啡店，乐队四人组的黑白头像从店里快活地凝视着他。他走进地铁站，觉得暖和了一些。在这个阴雨绵绵的星期天，他不想独自待在丹麦街的阁楼房间里。在夏洛特·坎贝尔生日的这一天，他想让自己忙碌起来。

他停下来掏出手机，拨通利奥诺拉·奎因的号码。

"喂？"她直愣愣地说。

"你好，利奥诺拉，我是科莫兰·斯特莱克——"

"你找到欧文了吗？"她问。

"恐怕没有。我给你打电话是因为我刚听说你丈夫有个朋友给他留了一座房子。"

"什么房子？"

她的语气疲惫而烦躁。斯特莱克想到他职业生涯中遇到的各种各样的有钱男人，那些人为了躲老婆住进单身公寓，他怀疑自己泄露了奎因一直瞒着家里人的什么秘密。

"难道不是真的？不是有个名叫乔·诺斯的作家把一座房子同时赠与——"

"噢，那个呀，"她说，"在塔尔加斯路，没错。不过那是三十多年前的事了。你打听这个做什么？"

"房子被卖掉了，是吗？"

"没有，"她忿忿地说，"因为该死的范克特不让卖。为了泄私愤，因为他从来不用那房子。房子就那么杵在那儿，对谁都没用，慢慢地腐烂。"

斯特莱克背靠在售票机旁边的墙上，眼睛盯着蛛网形框架支撑的圆形天花板。这就是在状态不佳时接客户的后果，他又一次对自己说。他应该问问他们是否拥有什么财产并核实一下。

"奎因夫人，有没有人去看过你丈夫是否在那儿？"

她发出一声嗤笑。

"他不会去那儿的!"她说,好像斯特莱克说她丈夫藏在白金汉宫,"他讨厌那房子,从来都不肯靠近它!而且,我认为里面连家具什么的都没有。"

"你有钥匙吗?"

"不知道。可是欧文绝不会去那儿的!他有许多年不往那儿去了。那地方太可怕,不是人待的地方,破旧,空荡荡。"

"麻烦你找一下钥匙——"

"我不可能跑到塔尔加斯路去,还要照顾奥兰多呢!"她说,不出斯特莱克所料,"而且,我告诉你,他绝不会——"

"我可以现在过去,"斯特莱克说,"如果你能找到钥匙,我上门来取,然后过去查看一下。只是为了确保到处都找过了。"

"嗯嗯,可是——今天是星期天呀。"她说,显得有点吃惊。

"我知道。你觉得你能找到钥匙吗?"

"那好吧,"她停顿一下说,"可是,"最后她的情绪又爆发了一下,"他不会去那儿的!"

斯特莱克坐上地铁,换了一次车前往西邦尔公园,然后他竖起衣领抵挡寒冷刺骨的雨水,大步朝利奥诺拉第一次见面时草草留给他的那个地址走去。

这又是伦敦的一个奇怪地段,百万富翁和工人阶级家庭相距一步之遥。他们在这里已经住了四十多年。雨水冲刷过的景物像是一幅奇异的透视画:安静的、没有特征的门廊后面,是新崭崭的公寓楼,新的奢华,旧的舒适。

奎因家在南条路,一条安静的小巷,竖立着一些小小的砖房,从一家名叫冰冻爱斯基摩人的白墙酒吧走过去很近。斯特莱克浑身又冷又湿,一边走,一边抬头眯眼打量头顶上的那块牌子;上面画着一个快乐的因纽特人在捕鱼洞旁休息,背对着冉冉升起的太阳。

奎因家的门漆成淤泥般的绿色,油漆已经剥落。房子的正面一副破败的样子,大门只剩下一个铰链。斯特莱克摁响门铃时,想起奎因对舒适的酒店套房的偏爱,不由对这个失踪的男人又多了几分厌恶。

"你来得够快的，"利奥诺拉打开门，生硬地招呼道，"进来吧。"

斯特莱克跟着她走过一道昏暗、狭窄的走廊。左边一扇微开的门显然通向欧文·奎因的书房，书房里看上去乱糟糟的，很邋遢。抽屉都敞开着，一台旧的电动打字机斜放在书桌上。斯特莱克可以想象，奎因在对伊丽莎白·塔塞尔的恼怒中，把书页从打字机上扯走的情形。

"钥匙找到了吗？"斯特莱克问利奥诺拉，他们走进门厅尽头那间昏暗的、一股隔夜饭气味的厨房。厨房用具看上去至少有三十年的历史。斯特莱克觉得，他的琼舅妈上世纪八十年代曾拥有一台完全一样的深褐色微波炉。

"喏，我找到了这些，"利奥诺拉说，指着摊在厨房桌上的六七把钥匙，"也不知道究竟是哪一把。"

那些钥匙都没有拴钥匙链，其中一把看上去实在太大，只能用来开教堂的门。

"塔尔加斯路多少号？"斯特莱克问她。

"一百七十九号。"

"你最后一次是什么时候去的？"

"我？我从来没去过，"她说，那份漠不关心不像是装出来的，"不感兴趣。真是莫名其妙。"

"为什么这么说？"

"把房子留给他们，"面对斯特莱克很有礼貌的疑惑的脸，她不耐烦地说道，"那个乔·诺斯，把房子留给欧文和迈克尔·范克特。说是给他们在里面写东西。后来他们从没使用过。没用。"

"你没有去过那儿？"

"没去过。他们得到那房子时，我刚生了奥兰多。不感兴趣。"她又说了一遍。

"奥兰多是那时候生的？"斯特莱克惊讶地问。他曾模模糊糊地想象奥兰多是个患有多动症的十岁孩子。

"是啊，一九八六年生的，"利奥诺拉说，"但她是个残废。"

"噢，"斯特莱克说，"明白了。"

"在楼上生闷气呢,因为我不得已教训了她一顿,"利奥诺拉说,又一阵滔滔不绝,"她偷东西。明知道这不对,但就是改不了。隔壁的艾德娜昨天过来时,我看见奥兰多把她的皮夹子从包里拿了出来。其实不是为了钱,"她赶紧申明,似乎斯特莱克已经指责了奥兰多,"她就是喜欢那个颜色。艾德娜倒是理解,因为认识她,但不是每个人都能懂。我告诉她这样不对,她也知道不对。"

"我可以把这些钥匙拿去试试吗?"斯特莱克把钥匙抓在手里,问道。

"随你的便,"利奥诺拉说,又倔犟地补充一句,"他不会去那儿的。"

斯特莱克把钥匙装进口袋,利奥诺拉这时候才想起问他要不要喝茶或咖啡,他谢绝了,回到外面阴冷的雨地里。

他朝西邦尔公园地铁站走去,发现腿又瘸了,这段路很短,对腿伤没有什么损害。先前急着离开妮娜的公寓,安假肢时不像平常那样仔细,也没有涂抹有助于保护假肢上皮肤的舒缓膏药。

八个月前(就在那天,他的上臂被刺伤了),他从几节楼梯上摔下去,摔得很惨。之后给他检查的医生说,这给截肢后的膝关节的内侧韧带造成了新的伤害,不过也许可以恢复,建议他用冰敷,多休息,再做进一步的检查。可是斯特莱克没有时间休息,也不愿意再接受更多的检查,就用带子把膝盖绑起来,并在每次坐下时不忘举起伤腿。疼痛已经减轻一大半,但是偶尔,如果走路太多,伤处便又开始隐隐作痛,肿起来。

斯特莱克走的这条路往右拐去。一个高高瘦瘦、有点弯腰驼背的人跟在他身后,低低地埋着脑袋,只能看见黑色兜帽的顶部。

不用说,眼下最明智的做法是回家,让膝盖休息休息。今天是星期天。他没有必要冒着大雨满伦敦城转悠。

他不会去那儿的,斯特莱克的脑海里想起利奥诺拉的话。

可是如果选择返回丹麦街,听雨点啪啪地敲打床边屋檐下歪歪扭扭的窗户,夏洛特的写真相册近在手边,就在楼梯平台上的那些箱子里……

最好动起来，去工作，琢磨别人的问题……

他在雨中眨了眨眼睛，抬头看了一眼经过的那些房屋，眼角的余光瞥见那个跟在后面二十米开外的人。虽然那件黑大衣没款没形，但是斯特莱克从那短促的脚步得出了印象：那是一个女人。

这时，斯特莱克注意到她走路的样子有点奇怪，有点不自然。不像是一个寒冷雨天里的独行者那样若有所思。她没有低下头抵挡凄风苦雨，也没有为了赶往一个目的地而迈着稳健的步伐。她不停地调整速度，虽然幅度很小，但斯特莱克可以察觉到，每走几步，藏在兜帽下的脸便会暴露在狂风骤雨中，随即又消失在阴影里。她不让斯特莱克离开她的视线。

利奥诺拉第一次跟他见面时是怎么说的？

我觉得有人在跟踪我。高个子、黑皮肤的姑娘，肩膀圆圆的。

为了试验一下，斯特莱克略微加快速度，然后又放慢脚步。他们之间的距离始终保持不变；一片模糊的浅粉红色闪现，是躲在兜帽里的脸更频繁地抬起来又低下去，以确定他的位置。

她在跟踪方面毫无经验。换了斯特莱克这样的老手，便会走在街对面的人行道上，假装打手机，掩饰自己对跟踪目标的专注和独特的兴趣……

为了给自己找点乐子，斯特莱克假装突然犹豫不决，似乎对方向是否正确产生了怀疑。黑色的人影猝不及防，一下子停在原地，呆若木鸡。斯特莱克又继续往前走，几秒钟后，就听见她的脚步声在身后湿漉漉的人行道上回荡。她太傻了，竟没有意识到自己被识破了。

西邦尔公园地铁站在不远处出现了：一长溜低矮的黄砖建筑。他想在那儿跟她正面相对，问她时间，好好看看她的脸。

他拐进车站，迅速走到入口处的另一侧，躲在暗处等着她。

大约三十秒钟后，他瞥见那个高大的、黑乎乎的身影在闪烁的雨水中朝地铁口走来，双手仍然插在口袋里；她担心把斯特莱克给跟丢了，担心他已经上了车。

他自信地迅速朝门口跨了一步，想要面对她——假脚在潮湿的瓷砖地上没站稳，往旁边一滑。

"妈的！"

他刹不住脚，做了个难看的小劈叉，失去重心，摔倒在地。他倒向肮脏潮湿的地面，屁股在购物袋里那瓶威士忌上硌得生疼，在倒地前那漫长的、慢动作般的几秒钟里，他看见那个姑娘的侧影在地铁口凝固，然后便像一头受惊的鹿一样消失了。

"真是该死！"他喘着气说，躺在湿乎乎的瓷砖地上，售票机旁的人们都盯着他看。他摔倒时又把腿给扭了；感觉好像一根韧带被撕裂了；本来只是隐隐作痛的膝盖，现在尖叫着发出抗议。斯特莱克暗自责骂地板没有拖干、假肢的脚踝设计僵硬，一边试着从地上站起来。没有人愿意接近他。毫无疑问，他们以为他喝醉了——尼克和伊尔莎的那瓶威士忌从购物袋里钻出来，正在地上笨重地滚动。

最后，一位伦敦地铁工作人员扶他站了起来，一边嘀咕着说，那儿竖着一块"小心地滑"的警告牌，难道先生没有看见吗，难道还不够醒目吗？他把威士忌递给斯特莱克。斯特莱克无地自容，低声说了句谢谢，便一瘸一拐地朝检票口走去，只想赶紧逃离数不清的瞪视的目光。

他终于上了一辆南行的列车，伸直那条疼痛的腿，隔着西服裤子尽量仔细地检查膝盖。又酸又疼，跟从楼梯摔下去时的感觉完全一样。竟然有个姑娘在跟踪他，他非常恼火，想弄清到底是怎么回事。

那个姑娘是什么时候跟上他的？她是不是一直盯着奎因家，看见斯特莱克走了进去？她会不会（这种可能性是贬抑了斯特莱克）把斯特莱克错当成了欧文·奎因？凯瑟琳·肯特在黑暗里就曾看错……

在哈默史密斯站换车前的几分钟，斯特莱克站了起来，提前做好准备，应付危险的下车动作。终于到达目的男爵府时，他腿瘸得很厉害，满心希望有根拐杖。他费力地走出铺着维多利亚风格浅绿色瓷砖的售票大厅，把脚小心地踩在布满湿脚印的地板上。不一会儿，他就离开了给他遮风挡雨的宝贵的小车站，离开了它新奇的美术花体字和三角形石头楣饰，继续在无情的大雨中前行，走向近旁那条车流滚

130

滚的双车道。

斯特莱克欣慰地发现，他出地铁口的地方，正是塔尔加斯路上他寻找的那座房子所在的那一段。

虽然伦敦到处充斥着这样的奇葩建筑，但他从没见过建筑物跟周围环境如此格格不入的。一排非常独特的老房子，仿佛是一个更加自信、更富有想象力的时代留下的深色红砖遗迹，而繁忙的车流铁面无情地在一扇扇门前来回穿梭，因为这里是从西边进入伦敦的交通要道。

这些房子是维多利亚晚期风格的、华丽的艺术家工作室，底层的拱形窗户十分宽敞，格子结构，空格很大，楼上的窗户是朝北的，如同消失的水晶宫殿的碎片。斯特莱克虽然又冷又湿，腿脚酸痛，还是停了几秒钟，抬头打量一百七十九号宅邸，惊叹它独特的建筑风格，并猜想如果范克特改变主意，同意出售房子，奎因夫妇会得到多少钱。

他挣扎着爬上白色台阶。前门有个挡雨的石砖罩棚，石头上面雕刻着华丽的垂花饰、卷花饰和各种徽章。斯特莱克用冰冷麻木的手指把钥匙一把把地掏出来。

第四把钥匙毫不费力就插了进去，转动自如，就好像许多年来一直都在开这把锁似的。咔嗒一声轻响，前门开了。斯特莱克迈过门槛，把门关上。

他像被人扇了一记耳光，又像被兜头浇了一桶凉水，摸索着抓住大衣领子，把它拽上去捂住嘴巴和鼻子，抵挡那股气味。这里本应该只闻到灰尘和旧木头的气息，不料却有一股刺鼻的化学气味扑面而来，钻进他的鼻子和喉咙。

他本能地去摸身边墙上的开关，打开天花板上悬挂着的两个没有灯罩的灯泡。狭窄的、空无一物的门厅，蜂蜜色的护墙板。几根同样材质的麻花形柱子支撑着门厅中央的一道拱门。第一眼看去，这里幽静、雅致、错落有致。

可是斯特莱克眯起眼睛，慢慢看清了原来的木结构上有大片烧灼般的痕迹。一种气味刺鼻的腐蚀性液体——使得凝固的、灰扑扑的空气都有了焦灼味——被泼洒在各个地方，像是一种极度荒唐的破坏行为；它灼蚀了年深日久的地板上的清漆，烧毁了前面木头楼梯上的光泽，甚至被泼洒在墙上，使彩色涂料出现大片大片的泛白和褪色。

斯特莱克隔着厚厚的哔叽呢大衣领子喘息了几秒钟，突然想到，作为一座无人居住的房子，这里的温度太高了。暖气被调得很高，使得浓烈的化学气味挥发得更加刺鼻呛人，而如果是在寒冷的冬天自然慢慢发散，这种化学液体不应该有这么大气味。

脚下有纸张沙沙作响。他低头一看，是一张外卖菜单的残片，和一个写着"致住户/管理人"的信封。他俯身捡起来。是隔壁邻居用愤怒的笔迹写的一封短信，抗议这房子里的气味。

斯特莱克把短信扔回门垫上，迈步走进门厅，发现凡化学物质泼洒到的地方，都留下了满目疮痍。他打开左边的一扇门。房间里黑黢黢的，空无一物，没有受到那种漂白剂般的物质的侵蚀。除此之外，一楼仅有一个破败的厨房，也几乎没有什么家具。洪水般肆虐的化学物质没有放过厨房，就连餐具柜上的半块陈面包上也有那种液体。

斯特莱克朝楼上走去。有人曾在楼梯上行走，把那种腐蚀性的有毒物质从一个超大的器皿中倾倒出来，泼溅得到处都是，甚至溅到楼梯平台的窗沿上，使那里的油漆开裂、起泡。

到了二楼，斯特莱克站住了。即使隔着厚厚的羊毛大衣，他也能闻到另外一种气味，一种浓烈的工业化学物质掩盖不住的气味。甜丝丝的腐臭味：是肉体腐烂发出的恶臭。

他没有打开二楼那些关闭的房门，而是慢慢地循着那个泼洒腐蚀性液体的人的脚步，往三楼走去。那瓶生日威士忌酒在购物袋里笨重地晃动着。楼梯上斑斑驳驳，清漆被腐蚀掉了，雕刻栏杆上蜡一般的光泽也被烧灼殆尽。

斯特莱克每走一步，那股腐烂的气味就更浓烈一分。这使他想起在波斯尼亚时，他们把长长的棍子插进土里，再拔出来闻一闻，那是一种寻找乱葬岗的万无一失的措施。到了顶楼，他把大衣领子更紧地捂在口鼻上，走向那间画室，这里曾有一个维多利亚时期的画家，在北窗恒定不变的光线下作画。

斯特莱克在门口没有迟疑,只花了几秒钟便将衬衫袖子扯了下来,盖住没戴手套的手,这样推门时就不会在木门上留下指纹。铰链发出轻微的吱呀一声,随即便是一大群四散飞舞的苍蝇。

他想过会有死亡,但没料到会是这样。

一具尸体:被捆绑着,正在腐烂发臭,内脏被完全掏空,尸体不是挂在金属钩上,而是躺在地板上,但原来无疑是被悬挂着的。看上去像一头被屠宰的猪,却穿着人的衣服。

尸体躺在高高的拱形横梁下,沐浴着罗马风格的大窗户透进来的日光。虽然这是一座私人住宅,而且玻璃窗外仍有车辆在雨地里行驶,但斯特莱克觉得自己是站在一座神庙里,干呕着目睹祭祀屠杀,目睹一次邪恶的亵渎行为。

七个盘子和七副刀叉摆放在腐烂的尸体周围,似乎那是一块大大的肉。躯干从喉咙到骨盆被切开,斯特莱克凭着高大的个头,即使站在门口,也能看到那个残留的黑洞洞的空腔。内脏都不见了,似乎是被瓜分吃掉了。尸体上的肉和组织都被烧毁,更加深了它曾被烹煮、分食的邪恶印象。这具被焚烧、分解的死尸上有几处地方闪闪发亮,看上去像是液体。四个嘶嘶作响的暖气片加速了腐败的进程。

距离他最远的是那张腐烂的脸,在靠近窗户的地方。斯特莱克没有动弹,只屏住呼吸,眯起眼睛仔细查看。一缕泛黄的胡子仍然粘在下巴上,一只被烧焦的眼睛依稀可见。

斯特莱克虽然见识过死尸和各种断肢残骸,但此时化学物质和腐尸交织的气味几乎令他窒息,他不得不强忍着呕吐的欲望。他把购物袋挪到粗粗的小臂上,从口袋里掏出手机,站在原地,没有再往房间里走,尽量从多个角度拍了现场照片。然后他从画室退出来,让门自己关上,拨打了九九九。门虽然关上了,那股浓得化不开的腐臭气味并未减弱丝毫。

斯特莱克急于重新呼吸清新的、被雨水冲刷过的空气,但仍然走得很慢、很稳,生怕踩空、摔倒。他顺着失去光泽的楼梯走下来,到街上等待警察。

第十七章

活着时尽量痛快地呼吸，

死后将再也无法畅饮。

——约翰·弗莱彻[①]，《血腥兄弟》

斯特莱克不是第一次应官方要求拜访伦敦警察厅。前一次接受讯问也与一具尸体有关。他坐在一间审讯室里等候了几个小时，经过这几小时的强制静止状态之后，膝部的疼痛不那么剧烈了。他突然意识到他上一次也是在享受了床笫之欢后发现尸体的。

他独自待在这间比普通的文具柜大不了多少的房间里，思绪像苍蝇一样，执着地纠缠他在画室发现的那具腐尸。那种恐惧依然挥之不去。在过去的职业生涯中，他曾见识过尸体被摆放成各种形状以伪装成自杀或意外事故；他检查过的一些遗骸上留有试图掩盖死者断气前遭受过的酷刑的伪装；他也曾见过被残害或肢解的男人、女人和孩子。然而，他在塔尔加斯路一百七十九号目睹的那一幕，真的完全不同。那种令人发指的行为简直像是一种邪恶的纵欲狂欢，施虐狂精细

[①] 约翰·弗莱彻（1579—1625），英国詹姆斯一世时期的剧作家，著有十余部剧本，尤以悲喜剧著称，主要有《菲拉斯特》《少女的悲剧》等。

量化的公开表演。更让他思之极恐的,是泼洒酸性物质和肢解尸体的次序:有过酷刑吗?凶手在奎因周围摆放餐具时,奎因是活着还是已经死了?

毫无疑问,奎因尸体横陈的那个巨大的拱形房间,此刻肯定挤满了全身穿着防护服的人,他们在收集法庭证据。斯特莱克希望自己也在其中。在有这样的重大发现之后却无所作为,让他感到恼恨。职业化的焦虑让他内心煎熬。警察一来,他就被排斥在外,他们以为他只是一个粗心大意的人,误打误撞进入了现场(他突然想到,"现场"一词还有其他含义:尸体被捆绑和摆放在那个教堂般的大窗户洒进的光线里……像是献给某种邪恶力量的祭品……七个盘子,七套餐具……)。

结着霜花的审讯室玻璃窗把一切都挡在外面,他只能看见天空的颜色,此刻已是一片墨黑。斯特莱克已经在这个小房间里待了很久,可是警察还没有给他做完笔录。很难估量他们这样延长询问时间,是出于真正的怀疑多一点,还是因为敌意。当然,发现谋杀案受害者的人肯定应该接受全面彻底的询问,因为他们经常知道一些情况却不愿说出来,而且常常对案情了如指掌。可是,在侦破卢拉·兰德里一案时,斯特莱克可以说是羞辱了官方警察,他们当时那样言之凿凿地宣布卢拉是死于自杀。斯特莱克断定刚离开审讯室的那位短发女探长是故意态度强硬,想让他出点冷汗,他认为这种感觉并非空穴来风。而且他认为女探长的那么多同事没必要都跑来看他,他们待着不走,有几个只是朝他瞪眼睛,其他人则说了些冷嘲热讽的话。

如果他们以为这样做给他带来了不便,那可就想错了。他反正没地方去,况且他们还给他吃了一顿像样的晚饭。如果他们能让他抽烟就太舒服了。刚才询问了他一小时的那个女人对他说,他可以由人陪着到外面的雨地里去抽烟,可是他出于怠惰和好奇,坐在椅子上没动。那瓶生日威士忌还在他身边,就放在那个购物袋里。他想,如果他们还让他在这里待下去,他就把酒瓶打开。他们给他留了一个塑料水杯。

身后的门在灰色的厚地毯上沙沙滑过。

"神秘的鲍勃。"一个声音说道。

伦敦警察厅和英国地方自卫队的理查德·安斯蒂斯笑嘻嘻地走进房间,头发被雨水浸湿,胳膊底下夹着一包文件。他的一侧脸颊伤痕累累,右眼下的皮肤紧绷绷的。在喀布尔的野战医院,他们挽救了他的视力,当时斯特莱克人事不知地躺在那里,医生们奋力保住他那条断腿的膝盖。

"安斯蒂斯!"斯特莱克说,握住警察伸过来的手,"你怎么——"

"滥用职权,伙计,这件事我管了。"安斯蒂斯说着,一屁股坐在那个棺材板面孔女侦探刚空出来的座位上。"你也知道,你在这儿可不受欢迎。算你走运,有迪基大叔① 跟你站在一边,给你担保。"

安斯蒂斯总是说他这条命是斯特莱克给的,这也许是实情。当时他们在阿富汗一条黄土路上遭遇火力袭击。斯特莱克自己也不清楚,是什么使他感觉到即将发生爆炸。他看见前面有个年轻人带着像是他弟弟的男孩匆匆逃离路边,他们也许只是躲避枪林弹雨。斯特莱克只记得自己大喊着让"北欧海盗"驾驶员刹车,对方没有听从他的指令——也许是没听见——他还记得自己探身向前,一把抓住安斯蒂斯衬衫的后背,徒手将他拖进车的后部。如果安斯蒂斯待在原来的地方,或许就会遭遇跟年轻的加利·托普莱同样的命运,托普莱就坐在斯特莱克前面,后来只找到他的头颅和残缺的躯干,被草草掩埋。

"还需要把这个故事再讲一遍,伙计。"安斯蒂斯说,在面前摊开那份肯定是从女警官那里拿来的笔录。

"我可以喝酒吗?"斯特莱克疲倦地问。

在安斯蒂斯饶有兴味的目光注视下,斯特莱克从购物袋里拿出艾伦单一麦芽酒,往塑料杯的温水里倒了两指高。

"好吧。死者的妻子雇你寻找死者……我们假定尸体就是那位作

---

① 迪基是安斯蒂斯的教名理查德的简称。

家，那位——"

"欧文·奎因，没错，"斯特莱克插言道，安斯蒂斯眯眼审读着同事的手写笔录，"他妻子是六天前雇我的。"

"当时他已经失踪了——"

"十天。"

"他妻子没有报警吗？"

"没有。奎因经常做这种事：没来由地玩失踪，不告诉任何人他在哪里，然后又回到家中。他喜欢撇下老婆，自己去住酒店。"

"他妻子这次为什么找到了你？"

"家里日子难过。有个残疾的女儿，钱也不够用了。奎因出走的时间比以前长。他妻子以为他去了一个作家静修所。她不知道那地方的名字，但我核实过了，奎因不在那儿。"

"我还是不明白她为什么去找你，而不来这里报警。"

"她说以前有一次奎因出走，她向你们报过警，惹得奎因大发雷霆。奎因那次好像是跟一个女朋友在一起。"

"我会核实的，"安斯蒂斯说着，做了点记录，"你是怎么想到去那座房子的？"

"我昨天晚上发现奎因与别人共同拥有那座房子。"

短暂的沉默。

"他妻子没有提到？"

"没有，"斯特莱克说，"她的说法是，奎因讨厌那地方，从来都不去。那女人给我的印象是，她差不多忘了他们拥有那房子——"

"这可能吗？"安斯蒂斯挠着下巴，喃喃地说，"他们不是穷光蛋吗？"

"情况很复杂，"斯特莱克说，"另一位房主是迈克尔·范克特——"

"我听说过他。"

"——奎因的妻子说范克特不让他们卖房子。范克特和奎因之间有仇。"斯特莱克喝了口威士忌，顿时感到喉咙和胃里暖乎乎的。（奎因的胃，还有整个消化道，都被切除了。在哪儿呢？）"于是，我午饭的时候过去，就发现了他——准确地说是他的残骸。"

威士忌使他比以往任何时候都更想抽烟。

"从我听说的来看，尸体的情况简直惨不忍睹。"安斯蒂斯说。

"想看看吗？"

斯特莱克从口袋里掏出手机，调出尸体照片，隔着桌子递过去。

"真他妈的！"安斯蒂斯说。他端详着腐烂的尸体，一分钟后，厌恶地问道，"他周围的这些是什么……盘子？"

"没错。"斯特莱克说。

"你明白是什么意思吗？"

"不明白。"斯特莱克说。

"你知道有人最后看见他活着是什么时候吗？"

"他妻子最后一次看见他是五号的晚上。当时他刚和代理吃过饭，代理告诉他，他新写的那本书不能出版，因为天知道有多少人遭到了他的诽谤，其中包括两个特别爱打官司的人。"

安斯蒂斯低头看着罗林斯警官留下的笔录。

"这点你可没告诉布里奇特。"

"她没有问。我们相处得不太融洽。"

"这本书上市多久了？"

"没有上市，"斯特莱克说着，又往杯里倒了些威士忌，"还没有出版呢。我告诉过你，奎因跟代理大吵了一架，因为代理对他说书不能出版。"

"你读过吗？"

"读了一大半。"

"书稿是他妻子给你的？"

"不是。她说她从没读过。"

"她忘了自己拥有第二套住房，而且不读丈夫写的书。"安斯蒂斯说，语气并未加重。

"她的说法是，要等有了正式的封面她才会去读，"斯特莱克说，"反正，她这话我是信的。"

"嗯，嗯，"安斯蒂斯说，一边在斯特莱克的笔录上草草添加一些内容，"你是怎么弄到书稿的？"

"无可奉告。"

"可能会有麻烦？"安斯蒂斯说，抬头看了他一眼。

"不是怕给我惹麻烦。"斯特莱克说。

"我们可能还要再问到这个问题，鲍勃。"

斯特莱克耸了耸肩，然后问道：

"他妻子知道了吗？"

"这会儿应该得到消息了。"

斯特莱克没有给利奥诺拉打电话。必须由接受过必要培训的人当面通知她丈夫的死讯。他做过这种事很多次，但已经荒疏很长时间了；不管怎么说，他这个下午的重要任务是守住欧文·奎因的被亵渎的遗骸，将它安全地交至警察手里。

他在伦敦警察厅接受审讯时，没有忘记利奥诺拉将会经历什么。他曾想象她打开门面对警官——也许是两位警官——想象她看到制服那一刻的惊慌失措；他们平静、体贴、满含同情地请她回到屋内时，她内心所受的打击；噩耗宣布时的震惊（当然，他们不会——至少一开始不会——告诉她她丈夫被粗粗的紫色绳索捆绑，凶手把他的胸腔和腹腔掏空，留下黑乎乎的空洞；他们不会说他的脸被酸性物质烧毁，也不会说他周围摆放着餐盘，就好像他是一大块烤肉……斯特莱克想起差不多二十四小时前露西递给大家的那盘羊肉。他不是个神经过敏的男人，但麦芽酒似乎一下子堵在喉咙里，于是他放下水杯）。

"据你估计，有多少人知道这本书的内容？"安斯蒂斯语速缓慢地问。

"不清楚，"斯特莱克说，"现在大概有不少了。奎因的代理，伊丽莎白·塔塞尔——拼法跟读音一样，"安斯蒂斯在草草记录，斯特莱克给他提示，"把书稿寄给交火出版社的克里斯蒂安·费舍尔，那是个喜欢八卦的男人。律师也被牵扯进来，想制止人们谈论这件事。"

"越来越有趣了，"安斯蒂斯低声嘟囔道，一边飞快地记着笔录，"你还想吃点什么吗，鲍勃？"

"我想抽烟。"

"很快就可以了，"安斯蒂斯向他保证，"他诽谤了谁？"

"关键的问题是，"斯特莱克活动着酸痛的腿说道，"那究竟是诽谤还是揭露了别人的底细。我认出来的几个人物是——给我一支笔和一张纸，"他说，因为写比口述快多了。他大声说出那几个名字，同时潦草地写在纸上："迈克尔·范克特，作家；丹尼尔·查德，奎因那家出版公司的老板；凯瑟琳·肯特，奎因的女朋友……"

"还有个女朋友？"

"是啊，好像交往有一年多了。我去找过那个女的——在斯塔夫·克利普斯故居，在克莱曼·艾德礼府——她声称奎因不在她的公寓里，她没有见过他……利兹·塔塞尔，奎因的代理；杰瑞·瓦德格拉夫，他的编辑，还有——"稍微迟疑了一下，"——他的妻子。"

"他把自己的妻子也写进了书里？"

"是啊，"斯特莱克说，把名单推给桌子对面的安斯蒂斯，"可是还有其他许多人物我无法识别。如果你想寻找他在书里写到的某个人，那范围可就大了。"

"你手里还有书稿吗？"

"没有。"斯特莱克早就料到会有这个问题，轻松地撒了个谎。让安斯蒂斯自己去弄书稿吧，他弄来的书稿上不会有妮娜的指纹。

"你还能想到其他什么有价值的情况吗？"安斯蒂斯说着，坐直了身子。

"嗯，"斯特莱克说，"我认为不是他妻子干的。"

安斯蒂斯盯了斯特莱克一眼，眼神疑惑但不乏暖意。斯特莱克是安斯蒂斯儿子的教父，那个孩子就出生在他们俩被炸出"北欧海盗"的两天前。斯特莱克没见过提摩西·科莫兰·安斯蒂斯几次，还没有给孩子留下很深的印象。

"好吧，鲍勃，帮我们签个名，我可以开车送你回家。"

斯特莱克仔细看了一遍笔录，愉快地纠正了罗林斯的几处拼写错误，然后签上名字。

斯特莱克和安斯蒂斯顺着长长的走廊朝电梯走去，他的膝盖一阵阵疼痛难忍，突然，他的手机响了。

"我是科莫兰·斯特莱克，请问你是哪位？"

"是我，利奥诺拉。"她说，语气听上去跟平常几乎完全一样，只是声音似乎不那么单调了。

斯特莱克向安斯蒂斯示意他还不打算进电梯，然后转身离开他，走向一个昏暗的窗口，窗下车辆仍在绵绵不绝的雨水中蜿蜒行驶。

"警察去找你了吗？"斯特莱克问她。

"找了。我现在跟他们在一起呢。"

"我很难过，利奥诺拉。"他说。

"你没事吧？"她粗声粗气地问。

"我？"斯特莱克惊讶地说，"我很好呀。"

"他们没有刁难你吧？他们说你在接受问询。我对他们说：'是我叫他去找欧文，他才找到的，凭什么逮捕他？'"

"他们没有逮捕我，"斯特莱克说，"只是做个笔录。"

"可是他们这么长时间都不让你走。"

"你怎么知道有多长时间——"

"我就在这儿呢，"她说，"在楼下的大厅里。我想见你，他们就带我过来了。"

斯特莱克空着肚子灌了威士忌，惊愕之下，脑子里想到什么就说了出来：

"谁在照顾奥兰多？"

"艾德娜，"利奥诺拉说，把斯特莱克对她女儿的关心视为理所当然，"他们什么时候才放你走？"

"我这会儿正往外走呢。"他说。

"是谁呀？"斯特莱克挂断电话后，安斯蒂斯问，"夏洛特在为你担心？"

"天哪，不是。"他们一起走进电梯时，斯特莱克说。他完全忘记了没有把分手的事告诉安斯蒂斯。作为他在警察局的朋友，安斯蒂斯像是被封闭在一个隔离空间里，听不到那些流言蜚语，"我们分手了。几个月前就结束了。"

"真的？太不幸了。"安斯蒂斯说，看上去真心感到遗憾，这时电梯开始下降。但斯特莱克认为安斯蒂斯的失望一部分是为他自己。他是斯特莱克那些被夏洛特吸引的朋友之一，迷恋她惊人的美貌和淫荡的笑声。这两个男人摆脱了医院和军队，回到家乡城市后，"带夏洛特过来玩"便成了安斯蒂斯经常挂在嘴边的一句话。

斯特莱克本能地不希望安斯蒂斯看见利奥诺拉，然而这是不可能的。电梯的门刚打开，就看见利奥诺拉站在那里，瘦瘦的，缩头缩脑，软塌塌的头发梳成两个抓髻，身上裹着旧大衣，脚上虽然穿着磨损的黑皮鞋，但给人的感觉好像还趿拉着卧室的拖鞋。她身边站着两个穿制服的警察，其中一个是女性，显然是她把奎因的死讯告诉了利奥诺拉，并把她带到了这里。斯特莱克看到他们投向安斯蒂斯的谨慎目光，断定利奥诺拉给了他们怀疑的理由：她对丈夫死讯的反应，在他们看来不同寻常。

利奥诺拉面容呆板，神色平淡，看到斯特莱克似乎松了口气。

"你来了，"她说，"他们凭什么留你这么长时间？"

安斯蒂斯好奇地看着她，但斯特莱克没有介绍他们认识。

"我们去那边好吗？"他问利奥诺拉，指着墙边的一张板凳。他在她身边一瘸一拐地走过去，感觉到身后三位警官聚拢到了一起。

"你怎么样？"他问利奥诺拉，隐约希望她能多少表现出一些悲哀，减轻那些目光里的好奇。

"不知道，"她说，一屁股坐在塑料板凳上，"我没法相信。从来没想过他会去那儿，那个笨蛋。估计是某个强盗溜进去干的。他应该像以前那样去住酒店的，是不是？"

看来他们没有告诉她多少。斯特莱克认为她受到的惊吓比她表现出来的要大，但她自己并不知道。跑来找他，似乎就是心烦意乱的一种表现，不知道自己该做什么，只能求助于貌似能够帮到自己的人。

"你想让我送你回家吗？"斯特莱克问她。

"我想他们会让我搭车回去的。"她说，还是那样当仁不让地主张自己的权利，就像她认定伊丽莎白·塔塞尔会支付斯特莱克的账单一样，"我来见你就是想看到你一切都好，我没有给你惹麻烦，另外我还想问你，你是不是愿意继续为我工作。"

"继续为你工作？"斯特莱克不解地问。

在那一瞬间，斯特莱克怀疑她是不是并未完全明白发生了什么事，以为奎因还藏在什么地方，需要寻找。莫非她的略显怪异的举止，掩盖了某种更重要、更根本的认知问题？

"他们以为我知道点什么情况，"利奥诺拉说，"这我看得出来。"

斯特莱克迟疑着要不要说"我相信不是这样"，但这肯定是一句谎言。他清楚地意识到，利奥诺拉肯定是第一个、也是最重要的怀疑对象，作为一个不负责任、有外遇的丈夫的妻子，她故意不去报警，直到过了十天以后，才假装开始寻找，她手里拿着发现奎因尸体的那座空房子的钥匙，毫无疑问可以趁他不备时对他下手。不过，斯特莱克还是问道：

"你为什么那样想？"

"我看得出来，"她又说了一遍，"他们对我说话的那副态度。还说要去我们家看看，看看他的书房。"

这是惯例，但斯特莱克看得出来，她感觉这是一种侵犯，是不祥的征兆。

"奥兰多知道发生了什么事吗？"他问。

"我跟她说了，但她好像没明白，"利奥诺拉说，斯特莱克第一次在她眼里看到泪水，"奥兰多说，'就像傻先生一样'——傻先生是我们家的猫，被车轧死了——但我估计她可能没理解，没有真正理解。奥兰多的事永远说不清。我没有告诉她有人害死了欧文。我不敢往这方面想。"

短暂的停顿，斯特莱克没来由地希望自己不要喷出酒气。

"你能继续为我工作吗？"利奥诺拉直截了当地问他，"你比他们强，所以我一开始就找了你。行吗？"

"好吧。"他说。

"因为我看出他们认为这事儿跟我有关系，"她又说了一遍，从凳子上站起来，"根据他们对我说话的那种腔调。"

她把身上的大衣裹得更紧些。

"我得回去照看奥兰多了。很高兴你没事。"

她拖着脚又走向护送她的两个警官。女警官得知自己被当成了出租车司机，露出惊讶的神情，但她看了安斯蒂斯一眼之后，同意利奥诺拉搭车回家的请求。

"这是怎么回事？"等两个女人走远了，安斯蒂斯问他。

"她担心你们把我抓起来了。"

"她有点儿古怪，是不是？"

"是啊，有点儿。"

"你什么也没告诉她吧？"安斯蒂斯问。

"没有。"斯特莱克说，对这个问题有点恼火。他不会那么无知，把犯罪现场的情况透露给一个嫌疑者。

"你可得小心点儿，鲍勃，"安斯蒂斯不自然地说，他们穿过转门，来到外面的雨夜里，"不要挡了别人的路。现在是谋杀案，你在这个领域可没有多少朋友，伙计。"

"人缘没那么重要吧。好了，我去叫出租车——不用送我，"他坚决地说，盖过安斯蒂斯反对的声音，"我要先抽根烟才能去别的地方。非常感谢，理查德。"

他们握了握手；斯特莱克竖起衣领挡雨，对安斯蒂斯挥手告别，然后一瘸一拐地顺着漆黑的人行道走去。他庆幸甩脱了安斯蒂斯，那感觉几乎像美美地抽第一口烟时一样欣慰。

第十八章

我发现，在嫉妒滋生的地方，
内心的角比头上的角更可怕。

——本·琼生，《人人高兴》

斯特莱克完全忘记了，罗宾星期五下午是带着他所认为的愠怒离开办公室的。他只知道自己想跟罗宾谈谈刚才发生的事，而周末他一般避免给她打电话，考虑到情况特殊，他觉得有必要给她发个短信。他在阴冷、潮湿的街道上摸黑走了十五分钟，打到一辆出租车，在车里发了短信。

罗宾正蜷缩在家中的一把扶手椅里，读着她从网上购买的一本书：《调查讯问：心理学与实践》。马修坐在沙发上，用固定电话跟约克郡的母亲聊天，母亲又觉得不舒服了。每当罗宾提醒自己抬起头，对他的焦虑报以同情一笑时，他便转动一下眼珠子。

手机震动了，罗宾烦躁地扫了一眼；她还想集中思想读《调查讯问》呢。

奎因已被发现遇害。科。

她发出抽冷气和尖叫混合的声音，吓了马修一跳。书从膝头滑落到地上，她也没有理会，兀自一把抓起手机，冲进卧室。

马修又跟母亲聊了二十分钟，然后走到关着的卧室门口倾听。他听见罗宾在提问题，对方的回答似乎错综复杂、一言难尽。罗宾音调里的某种成分使马修相信电话那头是斯特莱克。马修不由绷紧了方下巴。

罗宾终于从卧室里出来，一副大惊失色的样子，她告诉未婚夫，斯特莱克找到了他正在寻找的那个失踪男子，那人已经被害。马修与生俱来的好奇心把他往一边拉，他对斯特莱克的不满——竟敢在星期天晚上联系罗宾——把他往另一边拉。

"好吧，我很高兴今晚终于有了让你感兴趣的事，"他说，"我知道你因为妈妈的病而无聊得要死。"

"你这该死的伪君子！"罗宾气恼地说，被这不公正的指责气得喘不过来。

争吵以惊人的速度升级。斯特莱克被邀请参加婚礼；马修对罗宾这份工作的讥讽态度；两人未来共同生活的模式；互相之间的亏欠。罗宾被惊呆了，想不到他们的感情基础这么快就被拉出来供检验、指责，但是她没有退让。对生命中男人的那种失望和愤怒占据了她的心——她恨马修，竟然看不到这份工作对她有多么重要；也恨斯特莱克，竟然认识不到她的潜力。

（可是斯特莱克发现尸体后给她打了电话……她刚才好不容易插进去问道，"你还告诉谁了？"他回答道，"没有谁，只有你。"但他似乎并不知道这话对罗宾意味着什么。）

与此同时，马修也觉得特别愤愤不平。他最近注意到一些事情，知道自己不应该为此发牢骚，但被迫忍气吞声又使他更加难以忍受：罗宾为斯特莱克工作之前，每次吵架总是她先让步，先道歉，但她温驯的性格似乎被那个该死而愚蠢的工作给扭曲了……

他们只有一间卧室。罗宾从衣柜顶上抽出备用毯子，又从衣柜里抓了几件干净衣服，表明她打算睡沙发。她肯定很快就会屈服的（沙发又硬又不舒服），马修没有试着去哄她。

然而他的期盼落空了，罗宾的态度并未缓和。马修第二天早晨醒来，发现沙发上空空的，罗宾不见了。他的怒气迅速上升。毫无疑问，罗宾比往常提早一小时去上班，马修想象着——他的想象力不是很丰富——那个丑陋的大块头混蛋打开的是公寓的门，而不是楼下办公室的门……

第十九章

> ……我将向你打开
> 我心深处的黑罪之书。
> ……我的病在灵魂里。
>
> ——托马斯·戴克,《高贵的西班牙士兵》

斯特莱克把闹钟定早了一小时,想有一段安静的、不受打扰的时间,没有客户也没有电话。闹钟一响他就起来了,冲了澡,吃了早饭,非常小心地把假肢戴在明显肿胀的膝盖上。起床四十五分钟后,他一瘸一拐地走进自己的办公室,胳膊底下夹着《家蚕》没有读完的那部分。他心里存有一个怀疑没有对安斯蒂斯吐露,这怀疑驱使他尽快地把书读完。

他给自己沏了一杯浓茶,便坐在光线最好的罗宾桌旁,开始阅读。

家蚕逃离切刀,进入曾经是他目的地的那座城市,决定甩掉漫长旅途中的伴侣:魔女和嘀嗒。他把她们带到一个妓院,她们似乎都愿意在那里工作。家蚕独自离开,去寻找虚荣狂,一位著名作家,家蚕希望他能成为自己的导师。

家蚕在一条黑乎乎的小巷里走到一半,一个红色长发、面目狰狞的恶妇过来跟他搭讪,恶妇拿着一把死耗子回家当晚饭。恶妇得知家蚕的身份后，把家蚕邀请到她家。那是一个到处散落着动物骷髅的山洞。斯特莱克草草扫过长达四页的性爱描写，其中写到家蚕被吊在屋顶上鞭打。然后，恶妇像嘀嗒一样，想吮吸家蚕的奶，家蚕虽然被捆绑着，还是成功地赶走了她。家蚕的乳头渗出一种超自然的耀眼强光，恶妇哭泣着袒露自己的乳房，里面流出某种深褐色的胶状物质。

看到这番描写，斯特莱克皱起了眉头。奎因的风格呈现出一种拙劣的模仿，让斯特莱克感到厌腻，而且那场面读起来就像是邪恶的总爆发，是被压抑的施虐狂的一次大发泄。难道奎因用生命中的好几个月，甚或好几年，致力于制造尽可能多的痛苦和不幸吗？他头脑清醒吗？一个人能这样自如地掌控自己的风格——虽然这风格斯特莱克不喜欢，可以被归类为疯狂吗？

他喝了口茶，欣慰地感到自己的环境暖和而干净，便继续往下读。家蚕正要因厌恶而离开恶妇的家，突然另一个人物破门而入：阴阳人，哭泣的恶妇介绍说是她的养女。阴阳人是个年轻姑娘，敞开的衣袍里却露出一根阴茎，她一口咬定她和家蚕是孪生的灵性伴侣，能够同时理解男女双性。她邀请家蚕品尝她雌雄同体的身躯，但首先要听她唱歌。她显然认为自己的歌喉很美妙，却发出海豹一般的狂吠，最后家蚕捂着耳朵逃离了她。

后来，家蚕在城市中央的一座山顶上，第一次看见了一座光的城堡。他顺着陡峭的山路朝城堡走去，然后一个男性侏儒从漆黑的门洞里出来迎接他，侏儒介绍说自己就是作家虚荣狂。他有着范克特的眉毛，范克特的阴郁表情和轻蔑的样子，他让家蚕在他那里过夜，"听说过你惊人的才华"。

家蚕惊愕地发现房子里有个被链条拴着的女人，在一张卷盖式书桌上写作。炉火里躺着几块烧得白热的烙铁，上面连着用金属扭曲成的词组，如"执拗的活塞"和"金色的口交"。虚荣狂显然希望能引起家蚕的兴趣，解释说他安排年轻的妻子埃菲杰[①]自己写一本书，这

[①] 埃菲杰（Effigy）的意思是雕像、稻草人。

样他创作下一部杰作时,埃菲杰就不会来烦他。虚荣狂说,不幸的是埃菲杰毫无天赋,因此必须受到惩罚。他从火里拿出一块烙铁,家蚕见此情景,赶紧逃离那座房子,耳边传来埃菲杰痛苦的惨叫。

家蚕飞速奔往光之城堡,幻想着能在那儿避难。门上刻着"白鬼笔"的名字,可是家蚕敲门却无人应答。于是家蚕绕着城堡边缘行走,从一扇扇窗户往里看,最后看见一个浑身赤裸的秃顶男人,站在一个金色男孩的尸体旁,尸体上布满刀刺的伤口,每个伤口都喷出家蚕自己乳头里喷出的那种耀眼强光。白鬼笔勃起的阴茎似乎正在腐烂。

"嗨。"

斯特莱克惊了一下,抬起头来。罗宾穿着短风衣站在那里,面颊红扑扑的,金红色的长发披散着,在窗口洒进的清晨阳光里显得乱蓬蓬的,闪烁着金光。一时间,斯特莱克觉得她很美。

"你怎么到得这么早啊?"他听见自己问道。

"想知道事情的进展。"

罗宾脱掉短风衣,斯特莱克移开目光,在心里谴责自己。他刚才满脑子都是赤裸的秃顶男人、袒露的腐败阴茎……罗宾不期然地出现,自然看上去容貌姣美。

"你想再喝一杯茶吗?"

"太好了,谢谢,"他说,眼睛并未从书稿上抬起,"稍等片刻,我想把这看完……"

他带着即将再次潜入污水的感觉,又一次沉浸于《家蚕》的怪诞世界。

家蚕从城堡窗户往里望,被白鬼笔和尸体的可怖画面惊呆了。突然,他发现自己被一伙戴兜帽的奴仆粗暴地抓住,拖进城堡,并在白鬼笔的面前被扒得精光。这时候,家蚕的肚子已经硕大无比,看上去快要临盆了。白鬼笔用心险恶地对奴仆吩咐了几句,使天真的家蚕以为自己将是一场宴会的贵宾。

斯特莱克认出的六个人物——魔女、嘀嗒、切刀、恶妇、虚荣狂、白鬼笔——此时又加上了阴阳人。七位客人围着一张大桌子坐下。桌上放着一个大罐子，里面的东西在冒烟，旁边还有一个跟人差不多大的盘子。

家蚕走进大厅，发现没有他的座位。其他客人站起身，拿着绳索朝他走来，制服他，把他绑起来放在盘子里，开膛破肚。他肚子里长的那团东西露了出来，是一个超自然的光球，白鬼笔用力把它扯出来，锁进一个匣子里。

冒烟罐子里的东西原来是硫酸，七个攻击者喜滋滋地把它浇在仍然活着、惨叫不已的家蚕身上。他终于不出声了，他们便开始吃他。

书的最后，客人们鱼贯走出城堡，津津有味地谈论对家蚕的记忆，丝毫没有负罪感，留在他们身后的是一座空空的城堡、仍在桌上冒烟的尸体残骸，和像一盏灯一样挂在残骸上方的那个锁在匣子里的光球。

"妈的。"斯特莱克轻声骂道。

他抬起头。罗宾早已在他不注意时把一杯新沏的茶放在他身边。罗宾坐在沙发上，安安静静地等他读完。

"这里面都写着呢，"斯特莱克说，"奎因的遭遇。都在这儿。"

"什么意思？"

"奎因书里的男主角，死法跟奎因一模一样。被捆绑起来，开膛破肚，全身洒满酸性物质。在书里，他们把他给吃了。"

罗宾惊愕地看着他。

"那些盘子、刀叉……"

"一点不错。"斯特莱克说。

他没有多想，从口袋里掏出手机，调出他拍的照片，却突然看到罗宾惊骇的表情。

"哟，"他说，"对不起，忘记了你不是——"

"给我吧。"罗宾说。

他忘记了什么？忘记了她没有经过培训，没有经验，不是警察，没当过兵？罗宾不想辜负他一时的健忘。她想挺身而出，超越自我。

"我想看。"她打肿脸充胖子。

斯特莱克把手机递过去，脸上明显带有疑虑。

罗宾没有退缩，可是当她凝视着尸体敞开的胸腔和腹腔时，似乎惊惧得心都缩成了一团。她把杯子举到唇边，却发现根本不想喝。最可怕的是那张带角度的脸部特写镜头，脸被泼在上面的酸液侵蚀，变得黑乎乎的，还有那个烧焦的眼窝……

她觉得摆放那些盘子是一种猥亵行为。斯特莱克用近镜头拍了一张照片，餐具摆放得非常整齐。

"上帝啊。"她呆呆地说了一句，把手机递回去。

"你再读读这个。"斯特莱克说，把相关的几页稿子递给她。

她默默地读着，读完后，抬头看着斯特莱克，眼睛似乎比平常大了一倍。

"上帝啊。"她又说了一遍。

她的手机响了。她从身边沙发上的手袋里掏出手机，看了一眼。是马修。罗宾仍然在生他的气，便按了"忽略"。

"在你看来，"她问斯特莱克，"有多少人读过这本书？"

"现在可能有不少了。费舍尔用电子邮件把书的片段到处寄发。在他和那些律师的信里，这已经成为热点话题。"

斯特莱克说话时，一个奇怪的念头突然在脑海里掠过：奎因即使处心积虑，也不可能设计出比这更好的宣传效果了……可是他被捆绑着，是不可能往自己身上泼酸液，或给自己开膛破肚……

"书稿存放在罗珀·查德的一个保险柜里，似乎公司一半的人都知道保险柜密码，"他继续说道，"我就是这样弄到手的。"

"可是，难道你不认为凶手有可能是书里的什么人——"

罗宾的手机又响了。她低头扫了一眼：马修。又一次按了"忽略"。

"不一定，"斯特莱克回答了她没有说完的问题，"可是警察开始调查后，他写到的那些人肯定首当其冲。在我认出的那些人物里，利奥诺拉声称没有读过这本书，凯瑟琳·肯特也这么说——"

"你相信她们的话？"罗宾问。

"我相信利奥诺拉。对凯瑟琳·肯特没把握。那句话怎么说来着？'见你受折磨我心生欢喜'①？"

"我不相信一个女人能做出这样的事。"罗宾立刻说道，扫了一眼此刻放在他俩之间桌上的斯特莱克的手机。

"你没有听说那个澳大利亚女人的事吗？她把情人剥皮、斩首，将脑袋和臀部煮熟了，想喂给那男人的孩子。"

"你在开玩笑吧？"

"一点也没有。你在网上查一下。女人翻起脸来，六亲不认。"斯特莱克说。

"奎因是个大块头……"

"如果那是他信任的一个女人呢？一个他约炮认识的女人？"

"我们现在确信有谁读过这本书？"

"克里斯蒂安·费舍尔，伊丽莎白·塔塞尔的助理拉尔夫，塔塞尔本人，杰瑞·瓦德格拉夫，丹尼尔·查德——他们都是书中人物，除了拉尔夫和费舍尔。还有妮娜·拉塞尔斯——"

"谁是瓦德格拉夫和查德？谁是妮娜·拉塞尔斯？"

"他们分别是奎因的编辑，出版公司的老板，和帮我偷到这个的姑娘。"斯特莱克拍了一下书稿，说道。

罗宾的手机第三次响起。

"对不起，"她不耐烦地说，然后接通电话，"喂？"

"罗宾。"

马修的声音异样地哽咽着。他从没哭过，吵架时也从没表现出特别悔恨的样子。

"怎么啦？"罗宾问，声音不那么尖刻了。

"妈妈又犯病了。她——她——"

罗宾的心陡然往下一沉。

---

① 此句摘自约翰·盖伊的剧本《乞丐歌剧》。

"马修?"

马修在哭。

"马修?"罗宾焦急地又喊。

"她死了。"马修说,如同一个小孩子。

"我这就来,"罗宾说,"你在哪儿?我马上过来。"

斯特莱克注视着她的脸。他看到了死亡的消息,暗自希望不是她所爱的人,不是她的父母,她的兄弟……

"好的,"罗宾说,已经站了起来,"待着别动。我这就来。"

"是马修的母亲,"她对斯特莱克说,"去世了。"

这简直太不真实了。罗宾无法相信。

"他们昨天晚上还通电话来着。"她说。想起马修转动眼珠的样子,以及刚才听到的哽咽声,她内心已被怜悯和温情填满。"真是对不起,我——"

"去吧,"斯特莱克说,"替我向他表示哀悼,好吗?"

"好的。"罗宾说,一边扣上手袋的扣子,焦急中手指不听使唤。她从小学起就认识康利弗夫人了。她把雨衣搭在胳膊上,玻璃门一闪,在她身后关上了。

斯特莱克的目光在罗宾消失的地方停留了几秒。然后,他低头看了看手表。刚刚九点。闹离婚的黑美人要半个多小时后才到办公室,她的祖母绿首饰就在保险柜里躺着呢。

他把茶杯收走、洗净,拿出找回的项链,把《家蚕》书稿锁进保险柜,在壶里重新灌满水,坐下来检查邮件。

他们会推迟婚礼。

斯特莱克不想为此幸灾乐祸。他掏出手机,拨了安斯蒂斯的电话,对方几乎立刻就接了。

"鲍勃?"

"安斯蒂斯,我不知道你是不是已经得到了消息,但有件事情应该告诉你。奎因在最新那本小说里写到了自己被害。"

"你再说一遍?"

斯特莱克作了解释。他说完后，对方一阵沉默，显然安斯蒂斯还没有得知这个消息。

"鲍勃，我需要一份书稿。如果我派人过去——"

"给我四十五分钟。"斯特莱克说。

黑美人客户到来时，他还在复印。

"你的秘书呢？"黑美人一进门就问，惊讶地转向他，一副卖弄风情的样子，似乎确信他是故意安排他俩单独在一起的。

"请了病假。上吐下泻，"斯特莱克说，遏制她的胡思乱想，"我们看看案子吧？"

第二十章

对老兵来说，良心是一位战友吗？

——弗朗西斯·博蒙特和约翰·弗莱彻，《冒牌者》

那天晚上，外面的车辆在雨中隆隆驶过，斯特莱克独自坐在书桌旁，用一只手吃着新加坡米粉，另一只手给自己草草列一个名单。这天的其他工作都做完了，他可以把注意力全部转向欧文·奎因的谋杀案，用他那尖尖的、难以辨认的笔迹，列出接下来必须完成的事情。有几件事的旁边他写了个"A"，是给安斯蒂斯的任务。不知斯特莱克是否想过，他身为一个无权开展调查的私人侦探，竟然幻想自己有权给负责这一案件的警官分派任务，这恐怕会被认为是傲慢或鬼迷心窍，不过他即使想到了这点，也并没有放在心上。

斯特莱克在阿富汗跟安斯蒂斯一起工作过，对这位警官的能力不是特别欣赏。他认为安斯蒂斯能胜任工作，但缺乏想象力。他非常善于辨识各种模式，扎实可靠地追逐显而易见的线索。斯特莱克并不轻视这些特质——显而易见的线索通常就是答案，而证明这个答案需要那些程式化的工作方法——可是，这起谋杀案离奇、复杂、怪诞、令人发指，充满文学灵感，手段极其残忍。凶手在奎因本人想象力的腐臭土壤里设想出了谋杀计划，安斯蒂斯能够理解那个人的想法吗？

斯特莱克的手机突然响起，划破沉寂。他把手机贴在耳边，听到利奥诺拉·奎因的声音时，才意识到自己暗自希望是罗宾打来的电话。

"你好吗？"他问。

"警察在这儿呢，"她打断礼节性的寒暄，开门见山地说，"他们把欧文的书房翻了个遍。我不愿意，可是艾德娜说应该让他们翻。发生了这样的事，就不能让我们平静地待着吗？"

"他们有理由展开搜查，"斯特莱克说，"欧文的书房里或许有什么东西能给他们提供找到凶手的线索。"

"比如什么呢？"

"我不知道，"斯特莱克耐心地说，"但我认为艾德娜说得对。最好让他们进去翻。"

对方没有说话。

"你还在听吗？"斯特莱克问。

"在啊，"她说，"现在他们把书房锁起来了，连我都进不去。他们还要再来。我不愿意让他们来。奥兰多也不喜欢。其中一个人，"她语气很恼怒，"还问我愿不愿意暂时搬出这房子。我说，'不行，绝对不行。'奥兰多从没在别的地方住过，她肯定受不了。我们哪儿也不去。"

"警察没说要审问你吧？"

"没有，"她说，"只问能不能进书房。"

"好吧。如果他们想问你什么——"

"我应该去找个律师，是的。艾德娜是这么说的。"

"明天上午我过去看你好吗？"他问。

"好啊，"她听上去很高兴，"十点左右来吧，我需要先去买东西。不能整天都在外面。我不愿意我不在时他们跑到家里来。"

斯特莱克挂断电话，心里又一次思忖，利奥诺拉的态度不可能给警察留下什么好印象。利奥诺拉反应有点迟钝，不能做出别人觉得合适的举动，固执地不去看自己不愿意看的东西——可以说正是这些特质，使她能够忍受跟奎因共同生活的痛苦煎熬，那么安斯蒂斯能否像斯特莱克一样看到，这些特质也使利奥诺拉不可能杀害奎因呢？安斯蒂斯是否明白，她的古怪，她因为某种固有的，但也许是不明智的诚实，而拒绝表现出正常的悲伤反应，反而成了引起别人怀疑的原因？这份怀疑也许已经在安斯蒂斯平庸的脑海里扎下了根，不断膨胀，抹去了其他的可能性？

斯特莱克左手仍然往嘴里划拉着米粉，右手继续潦草地在纸上记着，思想那么集中，近乎一种狂热。一个个想法排着队拥来，他记下想问的问题，想去踩点的地方，想跟踪的线索。他给自己制定了行动计划，还要想办法把安斯蒂斯推到正确的方向，帮助他擦亮眼睛，认清事实：丈夫遇害，凶手并不一定是妻子，即使这个男人不忠、出轨、不负责任。

最后，斯特莱克放下笔，用两大口吃完米粉，清理干净桌子。他把笔记放进那个牛皮纸文件夹，文件夹侧面写着欧文·奎因的名字，"失踪"两个字已经划去，换上了"谋杀"。他关上灯，正要锁上玻璃门，突然想起了什么，又回到罗宾的电脑前。

果然有了，在BBC网页上。当然不是头版头条，不管奎因自己怎么想，他都算不上一个非常有名的人。在欧盟同意紧急援助爱尔兰共和国的重要新闻下面，隔了三篇报道才是这条消息。

> 在伦敦塔尔加斯路一座房子里发现疑似五十八岁作家欧文·奎因的尸体。尸体是昨天被他家的一位友人发现的，目前警方已经针对这起谋杀案展开调查。

没有奎因穿提洛尔大衣的照片，也没有尸体遭受的恐怖残害的细节。现在为时尚早，还有时间。

斯特莱克上楼来到自己的公寓，感到有点累了。他一屁股坐在床上，疲惫地揉了揉眼睛，然后和衣向后躺倒，假肢仍然连在腿上。一直控制着不想的那些思绪开始朝他逼来……

他当时为什么没有通知警方奎因失踪了近两个星期呢？为什么没有怀疑奎因可能已经死了呢？当罗林斯向他提出这些问题时，他做出了回答，合理的、明智的回答，可是他发现要让自己满意就困难得多。

他不需要把手机拿出来调看奎因的尸体照片。那具被捆绑的腐尸似乎牢牢地印在他的视网膜上。把奎因的文学毒瘤变成现实，这需要怎样的狡狯、怎样的仇恨、怎样的偏执变态呢？什么样的人能够做到割开一个人的身体，往他身上泼洒酸性液体，掏出他的内脏，并在被掏空的尸体周围摆放餐盘呢？

斯特莱克无法摆脱那种不切实际的想法：他应该远远地嗅到案发现场的气味，就像一只以腐肉为生的禽鸟，他曾接受过这样的训练。难道他——曾经对奇怪、危险、可疑的事情有着超强的直觉——没有意识到，那不甘寂寞、喜欢作秀、喜欢宣传自己的奎因，失踪的时间太长，而且太过沉默了吗？

因为那个愚蠢的傻瓜不停地鬼哭狼嚎……因为我已疲惫不堪。

他翻身下床，朝卫生间走去，可是思绪总是固执地回到那具尸体：狰狞可怖的空腔，烧焦的眼窝。凶手曾在那个仍在流血的怪物周围走来走去，轻轻地把刀叉摆正，而当时奎因的惨叫声也许还在那个拱顶大房间里回荡未绝……斯特莱克开列的单子上还有一个问题：如果有动静的话，邻居是否听见了奎因临死前的动静？

斯特莱克终于上床了，用汗毛森森的粗壮手臂挡住眼睛，倾听内心的想法，那些想法像他的也是工作狂的双胞胎一样对他喋喋不休，不肯闭嘴。法医鉴定已经超过二十四个小时。虽然全部检查结果还没出来，但肯定会形成一些观点。他必须给安斯蒂斯打电话，弄清那些结果说明了什么……

够了，他对自己疲倦的、过分活跃的大脑说，够了。

当兵的时候，不管是在光光的水泥地上，岩石嶙峋的泥土地上，还是在他的重压下一动就吱呀作响的凹凸不平的行军床上，他都能依靠意志力立刻入睡。此刻，他也凭着这种意志力，像一艘战舰轻轻滑入漆黑的水域一样，轻松地沉入梦乡。

第二十一章

> 他那时死了吗?
> 什么,终于死了,真的、真的死了吗?
>
> ——威廉·康格里夫,《悼亡的新娘》

第二天上午九点差一刻,斯特莱克慢慢地走下金属楼梯,心里又一次问自己,为什么不想想办法把鸽子笼电梯修好。摔伤后的膝盖仍然红肿酸痛,因此他预留了一个多小时前往兰仆林,他可没有钱老打出租车。

一开门,一股凛冽的冷空气扑面而来,接着便是一片白光,一个闪光灯在他眼前几寸远的地方闪了一下。他眨眨眼睛——三个男人的轮廓在他面前晃动——他举起手挡住新一轮的闪光灯齐发。

"你为什么没有把欧文·奎因失踪的事告诉警方,斯特莱克先生?"

"你当时知道他死了吗,斯特莱克先生?"

一刹那间,他考虑退回来,对着他们把门关上,可是那就意味着要被困在这里,而且待会儿还得面对他们。

"无可奉告。"他冷冷地说,径直走向他们中间,不肯改变自己的路线丝毫,逼得他们只好闪身给他让路,其中两个连连发问,另一个跑着后退，啪啪地照个不停。平常斯特莱克出来抽烟时经常陪他一起站在吉他店门口的那个姑娘，隔着玻璃惊讶地看着这一幕。

"你为什么没有告诉任何人他已经失踪了两星期，斯特莱克先生？"

"你为什么没有报警？"

斯特莱克一言不发地大步往前走，双手插在口袋里，神色冷峻。他们慌慌张张跟在他身边，想让他开口说话，如同两只尖嘴海鸥朝一艘拖网渔船发起俯冲袭击。

"想再给他们露一手吗，斯特莱克先生？"

"比警察更胜一筹？"

"出名对生意有好处是吗，斯特莱克先生？"

他当兵时打过拳击。他想象着自己猛地回转身，对准肋骨的位置来一记左勾拳，打得那个小瘪三弯下腰去……

"出租车！"他喊道。

他钻进车里时，闪光灯一直闪个不停；幸好前面路口是绿灯，出租车轻快地驶离人行道，他们追了几步便作罢了。

笨蛋，斯特莱克想，在出租车拐弯时扭头看了一眼。肯定是警察局的某个混蛋把他发现尸体的消息透露了出去。不可能是安斯蒂斯，他不会正式公布这个情报，而是某个怀恨在心的混蛋，因为卢拉·兰德里的案子一直对他耿耿于怀。

"你是名人？"司机从后视镜里望着他，问道。

"不是，"斯特莱克不愿多说，"请把我放在牛津广场。"

司机对这么短的距离感到不满，不出声地抱怨了几句。

斯特莱克掏出手机，又给罗宾发了短信。

> 我离开时门外有两个记者。你就说是给克劳迪打工的。

然后他给安斯蒂斯打电话。

"鲍勃。"

"我被人堵在门口了。他们知道我发现了尸体。"

"怎么搞的?"

"你还问我?"

沉默。

"事情总会传出去的,鲍勃,但不是我告诉他们的。"

"是啊,我看见了'他家的一个友人'那句话。他们试图说明我没有告诉你们是想自己出名。"

"伙计,我可从来——"

"最好通过官方渠道透露出去,理查德。烂事如泥,沾上洗不清,我还要在这一行混饭吃呢。"

"我会搞定的,"安斯蒂斯保证道,"听着,今晚过来一起吃饭行吗?法医给出了初步想法,咱们最好谈一谈。"

"行啊,太好了,"斯特莱克说,这时出租车驶向牛津广场,"什么时间?"

他在地铁车厢里一直站着,因为坐下就意味着必须重新站起来,给酸痛的膝盖增加负担。穿过皇家橡树街时,他感觉到手机在震动,是两条短信,第一条来自妹妹露西。

  长命百岁,斯迪克!吻你。

他完全忘了今天是自己的生日。再打开第二条短信。

  你好,科莫兰,谢谢你提醒我有记者,刚才碰到他们了,仍然在门外逗留。待会儿见。罗宾。

斯特莱克庆幸今天暂时没有下雨,他在十点前到达了奎因家。在惨淡的阳光下,房子跟他上次来时一样黯淡、压抑,但有一点不同:门口站着一个警察。一个高个子年轻警察,长着争强好斗的下巴,他看见斯特莱克微瘸着腿朝他走来，便蹙起眉毛。

"先生，请问你是谁？"

"没错，我料到了。"斯特莱克说，从他身边走过，摁响门铃。虽然安斯蒂斯邀请他共进晚餐，但他现在对警察并无好感。"这应该在你们的能力范围内。"

门开了，斯特莱克发现自己面对着一个瘦长难看的姑娘，她满脸菜色，一头蓬松的浅褐色卷发，一张大嘴，表情单纯。两只浅绿色的大眼睛分得很开，眼白清澈。身上穿着的不知是长运动衫还是短连衣裙，齐到瘦骨嶙峋的膝盖上面，下面是毛茸茸的粉红色短袜，平坦的胸前抱着一个大猩猩毛绒玩具。猩猩脚爪上贴着魔术贴，吊挂在她的脖子上。

"你好。"她说，轻轻地左右摇晃，把重心先放在一个脚上，又放到另一个脚上。

"你好，"斯特莱克说，"你是奥兰——"

"请你把名字告诉我好吗，先生？"那个年轻的警察大声问。

"噢，好的——但是请问你为什么站在这房子外面？"斯特莱克微笑着说。

"有媒体对这里感兴趣。"年轻的警察说。

"来了一个男人，"奥兰多说，"带着相机，妈妈说——"

"奥兰多！"利奥诺拉在屋里喊道，"你在做什么？"

她踩着脚从女儿身后的门厅走来，面色苍白，形容憔悴，穿着一件老气的藏青色裙子，裙边都垂下来了。

"噢，"她说，"是你。进来吧。"

斯特莱克跨过门槛，朝那个警察笑了笑，对方怒目而视。

"你叫什么名字？"前门关上后，奥兰多问斯特莱克。

"科莫兰。"他说。

"这名字真好玩。"

"是啊。"斯特莱克说，不知怎的又加了一句，"跟一个巨人同名。"

"真好玩。"奥兰多摇晃着身子说。

"进来，"利奥诺拉短促地说，示意斯特莱克去厨房，"我要上厕所，很快就回来。"

斯特莱克顺着狭窄的过道往前走。书房的门关着，他怀疑仍上着锁。

到了厨房，他吃惊地发现访客不止他一个。杰瑞·瓦德格拉夫，罗珀·查德的那位编辑，正坐在厨房桌旁，手里捏着一束深紫色和蓝色的鲜花，苍白的脸上焦虑不安。另一束仍包着玻璃纸的鲜花，从堆着许多脏锅脏碗的水池里竖出来。旁边放着超市买回的几袋没有打开的食物。

"嗨。"瓦德格拉夫说，慌忙站起身来，从角质框镜片后面真诚地朝斯特莱克眨巴着眼睛。他显然没有认出这位侦探是他上次在黑暗的屋顶花园里见过的，只见他伸出一只手问道："你是这家里的人？"

"家庭友人。"斯特莱克说，他们握了握手。

"真是可怕，"瓦德格拉夫说，"必须过来看看我能否做些什么。从我来了以后，她就一直在上厕所。"

"没错。"斯特莱克说。

瓦德格拉夫重新坐下。奥兰多侧着身子走进厨房，怀抱她的毛绒大猩猩。她显然一点也不拘束，大大咧咧地盯着他们俩，足足盯了有一分钟。

"你的头发很漂亮，"最后她大声对杰瑞·瓦德格拉夫说，"像头发干草堆。"

"我想也是。"瓦德格拉夫说，笑微微地看着她。她又侧着身子走了出去。

一时短暂的沉默，瓦德格拉夫焦躁地摆弄着手里的花，目光在厨房里扫来扫去。

"真不敢相信。"他最后说道。

他们听见楼上厕所传来响亮的冲水声，接着楼梯上响起脚步声，利奥诺拉回来了，奥兰多跟在她后面。

"对不起，"她对两个男人说，"我有点不舒服。"

显然是指她的肚子。

"是这样，利奥诺拉，"杰瑞·瓦德格拉夫非常不自在地说，从椅子上站起来，"你有朋友在这里，我就不打扰了——"

"他？他不是朋友，他是侦探。"利奥诺拉说。

"什么？"

斯特莱克想起瓦德格拉夫有一只耳朵是聋的。

"他跟一个巨人同名。"奥兰多说。

"他是个侦探。"利奥诺拉盖过女儿的声音说。

"噢，"瓦德格拉夫吃了一惊，说道，"没想到——为什么——"

"因为我需要，"利奥诺拉干脆地说，"警察以为是我对欧文下的手。"

沉默。瓦德格拉夫的不安显而易见。

"我爸爸死了。"奥兰多对着整个屋子说。她的目光直接而热切，寻求别人的反应。斯特莱克觉得他们中间需要有人说点什么，便道：

"我知道，很令人难过。"

"艾德娜也说令人难过。"奥兰多说，似乎希望听到更加独到的评论，然后她便又飘飘然地离开房间。

"坐下吧，"利奥诺拉邀请两个男人，"这些是送给我的？"她指的是瓦德格拉夫手里的鲜花。

"是的，"他说，笨手笨脚地把花递了过去，但没有坐下，"这样吧，利奥诺拉，我现在不想占用你的时间，你肯定很忙——忙着安排各种事情，还要——"

"他们不肯把尸体给我，"利奥诺拉带着那种无遮无拦的坦诚说，"所以我目前没什么要安排的。"

"噢，这是一张卡片，"瓦德格拉夫无奈地说，在口袋里摸索着，"给……嗯，利奥诺拉，如果需要我们做什么，随便什么——"

"看不出有谁能做什么。"利奥诺拉简慢地说，接过他递来的卡片。她在桌旁坐了下来，斯特莱克已经抽了把椅子坐下，为伤腿的负担减轻而松了口气。

"好吧，那我就不打搅你，告辞了，"瓦德格拉夫说，"还有，利奥诺拉，本来在这种时候不该问的，那本《家蚕》……你这里有备份稿吗？"

"没有，"利奥诺拉说，"欧文带走了。"

"真是遗憾，但如果……会对我们有帮助的。我能不能看看他有没有留下点什么？"

她透过那两个老式的大镜片盯着他望。

"警察把他留下的东西都拿走了，"她说，"昨天他们像扫荡一样把书房翻了个遍。最后把门一锁，把钥匙拿走了——现在连我自己也进不去了。"

"噢，好吧，既然警察需要……没事，"瓦德格拉夫说，"应该这样。没事，我自己离开，别站起来了。"

他走进门厅，他们听见他把前门关上了。

"不知道他为什么来，"利奥诺拉绷着脸说，"大概是让自己觉得在做好事吧。"

她打开瓦德格拉夫给的那张卡片。正面是一幅紫罗兰水彩画。卡片上有许多人的签名。

"现在都来做好人了，因为心里有愧。"利奥诺拉说，把卡片扔在塑料贴面的桌上。

"有愧？"

"他们从来都不欣赏他。图书得去推销啊，"她出人意外地说道，"得去宣传推广啊。出版公司有责任把书推出去。他们从来都不让他上电视，也不提供他需要的机会。"

斯特莱克猜想她的这些抱怨都是从丈夫那里听来的。

"利奥诺拉，"他说，拿出笔记本，"我可以向你提几个问题吗？"

"好吧。不过我什么都不知道。"

"自从欧文五号出走之后，你有没有听说有人跟他说过话，或者看见过他呢？"

她摇了摇头。

"朋友？家人？"

"没有，"她说，"你想喝杯茶吗？"

"好啊，太棒了。"斯特莱克说，其实他对这个肮脏厨房里做出的东西不感兴趣，只是想让她继续往下说。

"你跟欧文那家出版社的那些人熟悉吗？"他在往壶里注水的声音中问道。

利奥诺拉耸了耸肩。

"不怎么认识。在欧文的一次签售会上见过那个杰瑞。"

"你跟罗珀·查德的那些人关系都不近，是吗？"

"是啊。我凭什么要跟他们接近？跟他们合作的是欧文，不是我。"

"你没有读过《家蚕》，是吗？"斯特莱克随意地问道。

"我已经告诉过你了。只有等书出版了我才愿意读。为什么大家都不停地问我这个？"她说，抬起头，她正摸索着在一个塑料袋里掏饼干。

"尸体是怎么回事？"她突然问道，"欧文遭遇了什么？他们不肯告诉我。拿走了他的牙刷，说要查DNA鉴定身份。他们凭什么不让我见他？"

斯特莱克以前碰到过这个问题，来自别的妻子，别的心神焦虑的父母。他像以前经常做的那样，只提供部分事实。

"他在那里躺了有一段时间。"他说。

"多长时间？"

"他们还不知道。"

"他是怎么被害的？"

"我认为他们还不是非常清楚。"

"可是他们必须……"

她打住话头，因为奥兰多拖着脚走了回来，手里不仅拿着毛绒大猩猩，还有一沓色彩鲜艳的图画。

"杰瑞到哪儿去了？"

"回去上班了。"利奥诺拉说。

"他的头发真漂亮。我不喜欢你的头发，"她对斯特莱克说，"毛卷卷的。"

"我也不太喜欢。"斯特莱克说。

"渡渡，他现在不想看图画。"利奥诺拉不耐烦地说，可是奥兰多不理会妈妈，把她的图画摊在桌上让斯特莱克看。

"是我画的。"

是一些可以辨认的花、鸟、鱼。其中一张背后印着儿童菜单。

"画得很好，"斯特莱克说，"利奥诺拉，你是否知道，昨天警察搜查书房时，有没有找到跟《家蚕》有关的什么东西？"

"有，"她说，一边把茶叶包扔进缺了口的茶杯，"两个旧的打字机色带。它们掉到写字台后面去了。警察出来问我，其余的色带在哪里，我说欧文离开时都拿走了。"

"我喜欢爸爸的书房，"奥兰多大声说，"因为他拿纸给我画画。"

"那书房像个垃圾堆，"利奥诺拉，给水壶接上电，"他们花了好长时间仔细搜查。"

"利兹阿姨也进去了。"奥兰多说。

"什么时候？"利奥诺拉手里拿着两个杯子，瞪着女儿问道。

"她来的时候你在上厕所。"奥兰多说，"她走进爸爸的书房。我看见了。"

"她有什么权利进去！"利奥诺拉说，"她乱翻东西了吗？"

"没有，"奥兰多说，"她只是走进去，然后走出来，看见我就哭了。"

"是啊，"利奥诺拉说，似乎放了心，"她跟我在一起也是眼泪汪汪的。又是一个心里有愧的人。"

"她是什么时候来的？"斯特莱克问利奥诺拉。

"星期一早晨就来了，"利奥诺拉说，"想看看能不能帮忙。帮忙！她造的孽够多了。"

斯特莱克的茶淡而无味，而且浑浊不清，似乎根本尝不出茶叶包里是何物，他喜欢的是颜色如木焦油般的浓茶。他礼貌地、象征性地喝了一口，想起伊丽莎白·塔塞尔曾公然宣称，希望欧文被她那只杜宾犬咬了之后一命呜呼。

"我喜欢她的口红。"奥兰多大声说。

"你今天喜欢每个人的每样东西，"利奥诺拉淡淡地说，端着自己那杯淡茶重新坐了下来，"我问她为什么要那么做，为什么要告诉欧文那本书不能出版，惹得他那么生气。"

"她是怎么说的呢？"斯特莱克问。

"她说欧文把一大堆人都写进了书里，"利奥诺拉说，"我不明白他们为什么对此这么生气。欧文总是这么干的，"她喝了一口茶，"在许多书里都写到了我。"

斯特莱克想到魔女，那个"老妓女"，发现自己在暗暗鄙视欧文·奎因。

"我想问问你塔尔加斯路的事。"

"我不知道他为什么要去那儿，"她不耐烦地说，"他讨厌那房子。这么多年一直想把它卖掉，可是那个范克特不让。"

"是啊，我也一直想不明白。"

奥兰多轻轻坐在斯特莱克旁边的椅子里，一条赤裸的腿垫在身子底下，开始给一幅画上的一条大鱼添上色彩斑斓的鳍，那盒蜡笔仿佛是她凭空变出来的。

"这么多年，迈克尔·范克特怎么能一直阻止你们卖房呢？"

"这跟那个乔当年把房子留给他们的条件有关。好像是规定了怎么使用。我也不清楚。你得去问利兹，她什么都知道。"

"据你所知，欧文上一次去那里是什么时候？"

"许多年前了，"她说，"我不知道。许多年了。"

"我还想要纸来画画。"奥兰多大声说。

"我没有了，"利奥诺拉说，"都在爸爸的书房里呢。用这个的背面画吧。"

她从乱糟糟的操作台上抓起一张产品宣传单，在桌上推过来给奥兰多，可是女儿一把扫到一边，懒洋洋地走出厨房，大猩猩在她的脖子上晃悠。他们几乎立刻就听见她拼命想踹开书房的门。

"奥兰多，不许这样！"利奥诺拉吼道，从椅子上跳起来，冲进门厅。斯特莱克趁她不在，仰身把大半杯浑浊的茶水倒进水池。茶水溅在执拗地粘在玻璃纸上的花束上。

"不许这样，渡渡。不能这么做。不许。我们不可以——我们不可以，快停下——"

一声尖利的哀号，接着是砰的一声巨响，表明奥兰多跑到楼上去了。利奥诺拉满脸通红地回到厨房。

"我这一天都不得安生了，"她说，"她情绪不稳定。不喜欢警察上家里来。"

她紧张地打了个哈欠。

"你睡眠好吗？"斯特莱克问。

"没怎么睡着。因为我一直在想，是谁呢？是谁对他下的毒手？他得罪了一些人，这我知道，"她心烦意乱地说，"可他就是那样的人。喜怒无常。为一些小事大发雷霆。他一直都是那样的，根本没什么恶意。谁会为了这个杀害他呢？

"迈克尔·范克特肯定还有那房子的钥匙，"她跳到另一个话题，把手指头扭在一起，"昨天夜里我睡不着觉，就想到了这点。我知道迈克尔·范克特不喜欢欧文，但那是很久以前的事了。而且，欧文从来没做过迈克尔说的那件事。绝对不是他写的。可是迈克尔·范克特不会杀害欧文的。"她抬头看着斯特莱克，两只清澈的眼睛像女儿的一样天真。"他很有钱，是不是？而且有名……他不可能。"

斯特莱克总是惊叹公众赋予名人们的这种奇怪的神圣感，尽管报纸在诋毁他们、通缉他们、追寻他们。不管有多少名人被判有强奸罪或谋杀罪，这种信念仍然顽固存在，几乎像邪教一样执着：不是他，不可能是他，他是个名人。

"那个该死的查德，"利奥诺拉愤愤地说，"给欧文寄恐吓信。欧文从来都不喜欢他。结果他还在卡片上签名，还说什么如果有什么需要他做的……那张卡片呢？"

印着紫罗兰图画的卡片从桌上消失了。

"她拿走了，"利奥诺拉说，脸一下子气得通红，"她拿走了。"接着冲着天花板大吼一声，"渡渡！"声音那么响，把斯特莱克吓了一跳。

这是人在悲伤初期非理性的愤怒，就像她的闹肚子，显示了在她乖戾的表面背后，正在经受怎样的痛苦。

"渡渡！"利奥诺拉又喊了一声，"我跟你怎么说的？不许拿走不属于你的——"

令人吃惊的是，奥兰多突然又出现在厨房里，仍然抱着她的大猩猩。她肯定是像小猫一样悄没声儿地溜下楼来的，他们都没听见。

"你拿走了我的卡片！"利奥诺拉气呼呼地说，"我不是跟你说过吗？不属于你的东西不许动！卡片呢？"

"我喜欢花。"奥兰多说着，拿出那张泛着光泽、但已是皱巴巴的卡片，她妈妈一把夺了过去。

"这是*我的*，"利奥诺拉对女儿说，"你看看，"她继续对斯特莱克说，指着精美的铜版纸上那行最长的手书文字："'如果需要我做什么，请一定告知。丹尼尔·查德。'该死的伪君子。"

"爸爸不喜欢丹尼查，"奥兰多说，"他跟我说过。"

"他是个该死的伪君子，我知道。"利奥诺拉说，眯着眼睛端详其他签名。

"他给了我一支画笔，"奥兰多说，"在他摸完我之后。"

一阵短暂的、意味深长的沉默。利奥诺拉抬头看着女儿。斯特莱克杯子举到唇边，呆住了。

"什么？"

"我不喜欢他摸我。"

"你在说些什么呀？谁摸了你？"

"在爸爸的办公室。"

"别胡说八道。"她妈妈说。

"爸爸带我去的时候,我看见——"

"一个多月前,欧文带她去过,因为那天我约了要看医生,"利奥诺拉紧张、慌乱地告诉斯特莱克,"我不知道她在说些什么。"

"——我看见他们给书画的图画,都是彩色的,"奥兰多说,"然后丹尼查就摸了——"

"你连丹尼尔·查德是谁都不知道。"利奥诺拉说。

"他没有头发,"奥兰多说,"后来爸爸带我去看那个女人,我把我最好的图画给了她。她的头发很漂亮。"

"哪个女人?你在说些什——"

"丹尼查摸我时,"奥兰多大声说,"他摸我,我就喊,后来他给了我一支画笔。"

"这样的事情你可不许到处乱说,"利奥诺拉说,紧张得声音都颤抖了,"我们的麻烦还不够——别说傻话了,奥兰多。"

奥兰多脸涨得通红,气冲冲地瞪着母亲,离开了房间。这次她把门摔得山响。门并没有关上,又弹了开来。斯特莱克听见她跺着脚往楼上走,刚走几步,就开始不可理喻地尖叫起来。

"唉,她生气了。"利奥诺拉沮丧地说,泪水从浅色的眼睛里滚落。斯特莱克探身从旁边那卷粗糙的厨房卷纸上撕了几张递给她。利奥诺拉不出声地哭着,单薄的肩膀不住抖动,斯特莱克默默地坐着,喝着杯中所剩的难喝的茶水。

"我跟欧文是在酒吧认识的,"她忽然嘟囔道,把眼镜推上去,用纸吸干脸上的泪水,"他在那儿参加艺术节。海伊小镇。我以前从没听说过他,但看得出来他是个人物,穿着和说话都不一般。"

她疲惫的眼睛里再次隐约流露出对英雄的崇拜,这种崇拜几乎已经被生活磨灭殆尽,这么多年遭受冷落和不幸,容忍他的臭架子和坏脾气,在这座破旧的小房子里勉强支付吃穿用度,照顾他们的女儿。也许因为她心目中的英雄跟所有最优秀的英雄一样,已经死了,所以又重新唤起了她的崇拜;也许这种崇拜会像永恒的火焰一样,从此不熄地燃烧，她会忘记种种的不快，缅怀她曾经爱慕的那个欧文……只要别读到他最后的那部杰作，读到欧文对她的那些恶劣的描写……

"利奥诺拉，我还想再问你一件事，"斯特莱克温和地说，"问完我就离开。上个星期，还有狗屎塞到你家的信箱里吗？"

"上个星期？"她沙哑着声音说，仍在擦拭眼泪，"有过。好像是星期二，也许是星期三？但肯定有过。又有过一次。"

"那个你认为跟踪你的女人，你见过她吗？"

她摇摇头，擤了擤鼻子。

"也许是我看错了，我也说不清……"

"你现在缺钱用吗？"

"不缺，"她擦着眼睛说，"欧文有人寿保险。是我让他投保的，为了奥兰多。所以应该没问题。在我拿到索赔之前，艾德娜会借钱给我。"

"那我就告辞了。"斯特莱克说着，把椅子一推，站了起来。

利奥诺拉跟着他来到昏暗的门厅，仍然抽着鼻子，斯特莱克刚一出门，就听见她在大喊：

"渡渡！渡渡！快下来，我不是故意的！"

门外那个年轻警察把斯特莱克的路挡住一半。他一脸怒气。

"我知道你是谁了，"他说，手机仍攥在手里，"你是科莫兰·斯特莱克。"

"你很了不起嘛！"斯特莱克说，"让开，小伙子，别人还有正经事要做呢。"

第二十二章

……这是怎样的刽子手、恶魔、撒旦啊？

——本·琼生，《阴阳人，又名沉默的女人》

斯特莱克忘记了膝盖酸痛时站起来会很费劲，他上了地铁就在角落里一个座位上坐下，给罗宾打电话。

"喂，"他说，"那些记者走了吗？"

"没有，还在外面转悠呢。你上新闻了，知道吗？"

"我看见BBC网站了。我给安斯蒂斯打了电话，请他帮我把事情冲淡。他做了吗？"

他听见罗宾的手指啪啪地敲着键盘。

"有了，这儿引用了他的话：'尸体由私家侦探科莫兰·斯特莱克发现，这一传言得到警官理查德·安斯蒂斯的证实，斯特莱克先生今年早些时候成了新闻人物，因为——'"

"这段就算了。"

"'斯特莱克被奎因先生的家人雇用去寻找他，奎因先生经常不告而别，不向任何人透露自己的去向。斯特莱克没有受到怀疑，警察对他发现尸体的陈述感到满意。'"

"好样儿的老迪基，"斯特莱克说，"今天早晨他们暗示我为了推动业务发展而隐瞒尸体。真奇怪，媒体竟然对一个死去的五十八岁过气作家这么感兴趣。就好像他们知道杀人的手法有多可怕似的。"

"他们感兴趣的不是奎因，"罗宾告诉他，"而是你。"

罗宾的这个想法并未让斯特莱克感到高兴。他不愿意自己的脸出现在报纸或电视上。卢拉·兰德里案真相大白后他被公布出来的照片都很小（版面要留给惊艳的模特，最好是半裸的）；他黝黑、阴郁的面容，印在墨迹斑斑的报纸上不是很清楚，而且他在出庭提供兰德里案凶手的证据时，没有让人拍到正面照。他们挖出了他穿军装的旧照片，但那是好多年前拍的，当时的他比现在瘦几十磅。自从他一夜成名后，还没有人认出他的模样，他不愿意这种现状受到威胁。

"我不想碰到一帮狗仔队。唉，"感受着膝盖的阵阵隐痛，他又补了一句，"即使给我钱，我也碰不起了。你能不能过来见我——"

他最喜欢的地方是托特纳姆，但又担心会遭到新一轮的媒体堵截。

"——就在剑桥，大约四十分钟后，好吗？"

"没问题。"罗宾说。

斯特莱克挂断电话后才想起，第一，他应该问问刚刚痛失母亲的马修的情况；第二，应该请罗宾把他的拐杖带来。

那家十九世纪的酒吧位于剑桥广场。斯特莱克发现罗宾坐在楼上的皮面长凳上，周围是黄铜枝形吊灯和镀金框的镜子。

"你还好吧？"看到斯特莱克一瘸一拐地走来，罗宾关切地问。

"我忘记了还没有告诉你，"斯特莱克说着，慢慢坐进她对面的椅子里，疼得呻吟了一声，"星期天我把膝盖又摔了一下，当时是想抓住一个跟踪我的女人。"

"什么女人？"

"她从奎因家一直跟踪我到地铁站，我像个傻瓜一样摔倒后，她就溜了。看她的模样好像就是利奥诺拉说的那个女人，自从奎因失踪后总在奎因家附近转悠。我真想喝一杯。"

"我给你买，"罗宾说，"因为今天是你的生日。我还给你准备了礼物呢。"

她把一个盖着玻璃纸、扎着丝带的小篮子拎到桌上,里面是康沃尔特色食品和饮料:啤酒、苹果酒、糖果和芥末。他产生一阵莫名的感动。

"没必要费事的……"

可是罗宾已经去了吧台,听不见了。她回来时端着一杯葡萄酒和一品脱伦敦之巅啤酒。斯特莱克说:"非常感谢。"

"不客气。这么说,你认为那个奇怪的女人在监视利奥诺拉家?"

斯特莱克贪婪地喝了一大口伦敦之巅。

"是啊,没准儿还往她的信箱里塞了狗屎,"斯特莱克说,"不过我不明白她跟踪我会有什么好处,除非她以为我能带她找到奎因。"

他把伤腿抬到桌子底下的一个板凳上,疼得龇牙咧嘴。

"我这星期应该去侦察布鲁克赫斯特和伯内特的丈夫的。真是该死,这个时候把腿摔坏了。"

"我可以替你跟踪他们。"

罗宾还没反应过来就脱口说出了这个兴奋的建议,可是斯特莱克好像压根儿没有听见。

"马修怎么样了?"

"不太好。"罗宾说。她无法断定斯特莱克是否听到了她的提议。"他回家去陪他的爸爸和姐姐了。"

"是在马沙姆吧?"

"是的,"罗宾迟疑了一下,说道,"我们的婚礼不得不推迟了。"

"真遗憾。"

罗宾耸了耸肩。

"不能这么快就办事……马修母亲的事对全家是个可怕的打击。"

"你以前跟马修的母亲相处得好吗?"斯特莱克问。

"还行,当然。她这个人……"

实际上,康利弗夫人一直很难相处;总是疑神疑鬼,至少罗宾曾这么认为。在最近的二十四小时里,她时时为此感到内疚。

"……很随和,"罗宾说,"对了,可怜的奎因夫人怎么样了?"

斯特莱克讲述了他去看望利奥诺拉的经过,包括杰瑞·瓦德格拉夫的短暂出现,以及他对奥兰多的印象。

"她到底有什么问题?"罗宾问。

"据说是学习障碍吧。"

他顿了顿,想起了奥兰多天真无邪的笑容,和她那可爱的大猩猩。

"我在那儿时,她说了些奇怪的话,似乎她母亲也没听到过。她告诉我们,有一次她和爸爸一起去上班,奎因那家出版公司的老板摸了她。那人叫丹尼尔·查德。"

在罗宾的脸上,他又看见了这句话曾在那间肮脏的厨房里引起的不敢相信的恐惧。

"怎么回事,摸她?"

"她没有具体说。只是说'他摸我'和'我不喜欢被人摸'。后来那男人给了她一支画笔。也可能不是那样,"斯特莱克看到罗宾沉默不语,神色凝重,便又继续道,"那人可能无意间撞到了她,就给她一件东西安慰安慰她。我在那里时,奥兰多不停地发脾气,尖叫,就因为不能得到自己想要的东西,或者她妈妈批评了她。"

他感到饿了,就撕开罗宾送的礼物上的玻璃纸,抽出一块巧克力棒,拆开包装,罗宾若有所思地坐着,一言不发。

"关键是,"斯特莱克打破沉默,说道,"奎因在《家蚕》里影射查德是个同性恋。至少我是这么认为的。"

"噢,"罗宾不为所动地说,"奎因那本书里写的你都相信?"

"从查德找律师起诉奎因这一点来看,他是被惹恼了,"斯特莱克说着,掰下一大块巧克力放进嘴里,"请注意,"他含糊不清地继续说,"《家蚕》里的查德是个杀人犯,也许还是个色魔,他的阴茎正在烂掉,因此,令他恼火的也许不是同性恋的内容。"

"性的二元性,这一直是奎因作品里不变的主题。"罗宾说,斯特莱克嚼着巧克力,扬起眉毛,惊讶地看着她,"我上班路上去了一趟富瑶书店，买了一本《霍巴特的罪恶》，"她解释道，"完全是讲一个阴阳人的。"

斯特莱克吞咽了一下。

"他肯定特别喜欢这类东西；《家蚕》里也有一个，"他说，一边端详着巧克力棒的硬纸包装，"这是穆利恩生产的，那片海滩离我小时候待过的地方不远……《霍巴特的罪恶》怎么样——有什么收获？"

"如果不是因为作者刚被谋杀，我读了几页肯定就不会再往下读了。"罗宾承认道。

"他被人干掉了，也许他的书倒会大卖特卖。"

"我的观点是，"罗宾固执地继续说道，"如果涉及其他人的性生活，你不能完全相信奎因的话，因为他笔下的人物好像都在跟人睡觉什么的。我在维基百科上查过他。他作品的重要特点之一就是人物不停地变换性别或性取向。"

"《家蚕》就是这样，"斯特莱克嘟囔道，又给自己掰了一块巧克力，"真好吃，你也来点？"

"我应该节食的，"罗宾郁闷地说，"为了婚礼。"

斯特莱克认为她根本不需要减轻体重，但嘴上什么也没说，罗宾接过一块巧克力。

"我一直在琢磨，"罗宾迟疑地说，"琢磨那个凶手。"

"我总是特别愿意听听心理学家的想法。接着说。"

"我可不是什么心理学家。"罗宾轻笑着说。

她读心理学时退学了。斯特莱克从来没有追问她原因，她也没有主动说起。他们在这方面有共同点，都是从大学退学的。斯特莱克退学是因为母亲突然死于蹊跷的用药过量，也许正因为此，他一直断定罗宾是因为某种创伤而离开学校的。

"我刚才还在想，凶手为什么要把对奎因的谋杀这样明显地跟这本书捆绑在一起。表面上看，这像是一种蓄意的复仇和敌意行为，向世人显示奎因是咎由自取，因为他写了那个东西。"

"像是这么回事。"斯特莱克赞同道。他仍然很饿，就探身从邻桌拿了一本菜单,"我想要牛排和土豆条,你想要点什么?"

罗宾随便点了一份沙拉,为了让斯特莱克的膝盖不再受罪,她起身到吧台去点餐。

"可是另一方面,"罗宾坐下来继续说道,"模仿书中的最后场景,似乎也是掩饰另一种动机的好办法,对吗?"

罗宾强迫自己用就事论事的口吻说话,似乎他们在谈论一个抽象问题,其实她无法忘记奎因尸体的那些画面:躯体被掏心剜肺后的黑洞洞的空腔,嘴巴和眼睛被烧灼后的缝隙。她知道,如果仔细去想奎因遭受的暴虐,她可能就吃不下午饭,而且会让斯特莱克看到她内心的恐惧,对方正用黑色的眼睛注视着她呢,那眼神犀利得令人心里发毛。

"可以承认,他的遭遇确实让人想要呕吐。"斯特莱克嘴里含着巧克力说道。

"没有没有。"罗宾下意识地撒谎道。接着她又说,"说实在的,显然——我的意思是,确实令人发指——"

"是啊,没错。"

如果跟特别调查科的同事们在一起,他这会儿已经拿这事开玩笑了。斯特莱克记得许多个下午他们都玩这样的黑色幽默:某些调查只有用这个办法才能做完。但罗宾还没能用这种职业性的麻木来保护自己,她想一本正经地谈论一个内脏被掏空的男人,就足以证明这点。

"动机是很难确定的,罗宾。十有八九你想探究'为什么'的时候,却发现了'是谁'。我们需要搞清的是手段和机会。我个人认为,"他喝了一大口啤酒,"我们要寻找的可能是一个具有医学知识的人。"

"医学——"

"或解剖学知识。奎因的遭遇,看上去不像业余者所为。业余者可能会把他大卸八块,取出他的内脏,但我在这案子里没有看到一个败笔:刀法非常干净、自信。"

"是啊,"罗宾说,努力保持客观、冷静的态度,"确实如此。"

"除非我们是跟一个不折不扣的狂人打交道,他手里正好拿了一本详尽的教科书,"斯特莱克沉思地说,"像是一种炫技,可是谁知道呢……如果欧文被捆绑、药翻,他们又有足够的胆量,或许能把这当成一节生物课呢……"

罗宾无法克制自己。

"我知道你总是说动机是律师要考虑的事,"她说,有点儿气恼了(自从在斯特莱克手下工作以来,他三天两头把这句话挂在嘴边),"可是请你暂且听我说。凶手肯定觉得,用书里写的那种方式杀害奎因,其理由超过了显而易见的不利因素——"

"什么不利因素?"

"怎么说呢,"罗宾说,"这种——这种精雕细刻的谋杀手段在运筹上的困难,还有,怀疑对象将仅限于那些读过那本书的人——"

"或听说过书中细节的人,"斯特莱克说,"你说'仅限于',我倒认为我们要调查的不只是少数几个人。克里斯蒂安·费舍尔专门把书里的内容大肆传播。罗珀·查德有一部备份稿锁在保险柜里,公司里一般的人都能拿得到。"

"可是……"罗宾说。

她顿住了,一个脸色阴沉的侍者走过来,把餐具和餐巾纸扔在他们桌上。

"可是,"侍者心不在焉地走开后,她继续说道,"奎因不可能是最近刚被害的,是不是?我的意思是,我虽然不是专家……"

"我也不是,"斯特莱克说,吃完最后一块巧克力,不感兴趣地打量着那包花生糖,"但我明白你的意思。从尸体的样子看,它已经在那儿至少一个星期了。"

"而且,"罗宾说,"凶手阅读《家蚕》和动手杀害奎因之间肯定还隔了一段时间。有许多细节需要规划。要把绳子、酸性液体和餐具带进一座没人居住的房子……"

"除非他们已经知道奎因打算去塔尔加斯路,不然还得追踪他的下落,"斯特莱克说,决定不吃花生糖,因为他要的牛排和土豆条已经端来了,"或把他引诱到那儿去。"

侍者放下斯特莱克的餐盘和罗宾的那碗沙拉,漫不经心地回应一声他们的感谢,便走开了。

"因此,如果把筹划和实施谋杀的时间计算在内,凶手必须是在奎因失踪后的两三天内读到那本书的。"斯特莱克说着,用叉子挑起食物,"麻烦在于,我们把凶手开始筹划谋杀奎因的时间设定得越早,对我的客户来说就越不利。利奥诺拉只要顺着过道走几步就能看到书;奎因刚一写完,利奥诺拉就能读到书稿。仔细想想,奎因说不定早在几个月前就告诉她打算怎么写结尾了。"

罗宾食不知味地吃着沙拉。

"利奥诺拉·奎因看起来是不是……"她试探地说道。

"像一个会给丈夫开膛破肚的女人?不像,但是警察盯上她了。如果要找动机,她有一大堆呢。奎因是个混账的丈夫:不负责任,到处拈花惹草,还喜欢在书里用令人恶心的方式描写利奥诺拉。"

"你不认为是利奥诺拉干的,是吗?"

"是的,"斯特莱克说,"可是要让她免受牢狱之灾,光靠我的想法是不管用的。"

不等斯特莱克开口,罗宾就端着他们的空杯子回到吧台。她把另一杯酒放在斯特莱克面前时,他顿时对她充满好感。

"我们还需要考虑这样一种可能性,有人害怕奎因会在网上自行出版他的书,"斯特莱克说,一边往嘴里塞着土豆条,"据说他是在坐满人的餐厅里发出这个威胁的。这在适当的条件下,可能会构成杀害奎因的动机。"

"你的意思是,"罗宾语速很慢地说,"如果凶手在书稿里看到了一些不愿让更多人知道的内容?"

"一点不错。书中有些地方写得晦涩难懂。万一奎因得知某人的什么严重问题,把它隐晦地写在书里了呢?"

"嗯,那就说得通了,"罗宾慢悠悠地说,"因为我一直在想,为什么要杀他呢?事实是,那些人几乎都有更有效的办法去对付一本诋毁他们的书，是不是？他们可以告诉奎因不能代理或出版他的书，也可以警告他要提起诉讼，就像那个姓查德的人。对于被写进书里的人，奎因的死只会让事情变得更糟，是不是？知道的人已经够多，这样一来，就更闹得沸沸扬扬了。"

"同意，"斯特莱克说，"但你是在假定凶手的思维健全。"

"这不是冲动犯罪，"罗宾回应道，"是经过精心设计的。凶手全都考虑到了。肯定也准备好承担后果。"

"这也没错。"斯特莱克吃着土豆条说。

"我今天早晨看了一点《家蚕》。"

"在厌倦了《霍巴特的罪恶》之后？"

"是啊……这不，书稿就在保险柜里……"

"把它都读完，越读越开心，"斯特莱克说，"你读到哪儿了？"

"我是跳着读的，"罗宾说，"读到魔女和嘀嗒的内容。写得挺恶毒的，但好像并没有什么……怎么说呢……隐藏的意思。总的来说，他是在骂妻子和代理是他身上的寄生虫，对吗？"

斯特莱克点点头。

"可是后来，读到雌雄同——同——怎么说来着？"

"雌雄同体？那个阴阳人？"

"你认为确有其人吗？唱歌是怎么回事？他谈到的似乎并不是真正的唱歌，对吗？"

"他的女朋友恶妇为什么住在满是耗子的山洞里？是象征手法还是什么？"

"还有切刀肩上扛的那个血迹斑斑的麻袋，"罗宾说，"和他想淹死的那个侏儒……"

"还有虚荣狂家炉火里的烙铁，"斯特莱克说，可是罗宾一脸茫然，"你还没读到那儿？杰瑞·瓦德格拉夫在罗珀·查德的晚会上对我们几个人说起过这个。是关于迈克尔·范克特和他的第一任——"

斯特莱克的手机响了。他掏出来，看见多米尼克·卡尔佩珀的名字。他轻声叹口气，接了。

"斯特莱克？"

"请讲。"

"这他妈的到底怎么回事？"

斯特莱克没有浪费时间假装不知道卡尔佩珀在说什么。

"咱不谈这事儿，卡尔佩珀。会妨碍警察办案的。"

"去他妈的——我们已经弄了个警察谈过了。他说，这个奎因的遇害跟他最近一本书里某个家伙被弄死的方式一模一样。"

"是吗？你们给了那个笨蛋多少钱，让他信口胡说，把事情搞砸？"

"斯特莱克，你这该死的，你搅进这么一桩谋杀案里，却没想过给我打个电话？"

"我不知道你把我们的关系想哪儿去了，伙计，"斯特莱克说，"对我来说，我为你干活，你付我工钱。仅此而已。"

"我让你跟妮娜搭上关系，你才能混进那个出版公司的晚会。"

"我没等你开口就交给你搞臭帕克的那么多材料，你为我做这点事是最起码的，"斯特莱克说，一边用另一只手叉起一根根土豆条，"我完全可以不给你，而去兜售给那些街头小报。"

"如果你想要钱——"

"不，我不是想要钱，笨蛋。"斯特莱克不耐烦地说，罗宾知趣地用自己的手机刷起BBC网站。"我可不想把《世界新闻》扯进来，帮着搞砸对一起谋杀案的调查。"

"如果你答应接受采访，我可以开价一万英镑。"

"再见吧，卡尔——"

"等等！你告诉我是哪本书——他在哪本书写到了这种谋杀。"

斯特莱克假装在迟疑。

"《巴尔……巴尔扎克兄弟》。"他说。

他得意地笑着挂断电话，伸手拿过菜单，查看上面的布丁。估计卡尔佩珀会在佶屈聱牙的文字和阴囊触诊中度过这个漫长的下午。

"有什么新闻吗？"罗宾从手机上抬起头时，斯特莱克问道。

"没有，只是《每日邮报》说，亲朋好友认为皮帕·米德尔顿[①]比凯特更适合做妻子。"

斯特莱克对她皱起眉头。

"我不过是趁你打电话时随便看看。"罗宾为自己辩解道。

"不是，"斯特莱克说，"不是这个。我突然想起了——皮帕2011。"

"我没有——"罗宾迷惑不解地说，仍然想着皮帕·米德尔顿。

"皮帕2011——凯瑟琳·肯特的博客里的。她声称听说过《家蚕》的一些内容。"

罗宾抓起手机开始查找。

"在这儿呢！"几分钟后她说道，"'如果我对你说他读了一些给我听，你会怎么说？'那是……"罗宾把页面往上翻，"十月二十一日。十月二十一日！她可能在奎因失踪前就知道书的结尾了。"

"没错，"斯特莱克说，"我想要苹果脆，你要什么？"

罗宾又去吧台点餐回来后，斯特莱克说：

"安斯蒂斯今晚请我吃饭。说他从法医那儿拿到了一些初步的结论。"

"他知道今天是你生日？"罗宾问。

"天哪，不知道。"斯特莱克说，他说起生日时口气那样厌恶，逗得罗宾笑了起来。

"有那么糟糕吗？"

"我已经参加过一个生日宴了，"斯特莱克闷闷不乐地说，"我从安斯蒂斯那儿能得到的最好礼物就是死亡时间。推测死亡时间越早，可供怀疑的人就越少：是那些很早就拿到书稿的人。不幸的是，其中包括利奥诺拉，还有这位神秘的皮帕，克里斯蒂安·费舍尔——"

"为什么有费舍尔呢？"

"手段和机会，罗宾：他早就拿到书稿了，肯定榜上有名。还有

[①] 皮帕·米德尔顿，出生于一九八三年。英国王储威廉王子的妻子凯特·米德尔顿的妹妹。

伊丽莎白·塔塞尔的助理拉尔夫、伊丽莎白·塔塞尔本人和杰瑞·瓦德格拉夫。丹尼尔·查德大概是在瓦德格拉夫之后不久看到的。凯瑟琳·肯特否认看过那本书，但我认为她的话不可全信。然后还有迈克尔·范克特。"

罗宾惊讶地抬起头来。

"他怎么会——"

斯特莱克的手机又响了，是妮娜·拉塞尔斯。他迟疑了一下，接着想到妮娜的表哥可能告诉她刚跟斯特莱克通过话，便接听了。

"喂。"他说。

"你好啊，大名人。"她说。斯特莱克听出她用气喘吁吁的兴奋掩饰的一丝愠怒，"我一直不敢给你打电话，生怕你被媒体采访和追星族什么的团团包围。"

"没那么夸张，"斯特莱克说，"罗珀·查德现在怎么样啊？"

"一片慌乱。谁都不干活了，都在谈论这事儿。那是真的吗，真的是谋杀吗？"

"好像是的。"

"上帝啊，真不敢相信……但我知道你什么也不能告诉我，是吗？"她问，质问的语气几乎毫不掩饰。

"目前警方不希望透露具体细节。"

"案子跟那本书有关，是吗？"她说，"《家蚕》。"

"我不能说。"

"丹尼尔·查德把腿给摔断了。"

"什么？"斯特莱克说，这句没来由的话令他摸不着头脑。

"发生了这么多稀奇古怪的事。"她说，声音听上去紧张而又兴奋，"杰瑞简直心烦意乱。刚才丹尼尔从德文郡给他打电话，又冲他嚷嚷来着——全公司的人一半都听见了，因为他不小心摁了免提，又找不到键把声音关掉。他因为腿断了，没法离开他的周末度假别墅，我指的是丹尼尔。"

"他为什么冲瓦德格拉夫嚷嚷？"

"因为《家蚕》的安全问题,"她说,"警察不知从什么地方搞到了一份完整的备份稿,丹尼尔对此特别生气。

"反正,"她说,"我是想打电话向你表示祝——我想侦探发现尸体是应该祝贺一下的,对吗?有空的时候给我打电话吧。"

她不等斯特莱克再说什么就挂了电话。

"妮娜·拉塞尔斯,"他说,这时侍者端着他的苹果脆和罗宾的咖啡过来了,"就是那个姑娘——"

"她帮你偷到了书稿?"罗宾说。

"你这么好的记性,做人事工作真是屈才了。"斯特莱克说着,拿起叉子。

"你说迈克尔·范克特的话是当真的吗?"她轻声问道。

"当然,"斯特莱克说,"丹尼尔·查德肯定把奎因的所作所为告诉了他——他不希望范克特从别人那里听到,是不是?范克特是他们钓到的大鱼。不错,我认为我们必须假设范克特很早就知道书里——"

这次是罗宾的手机响了。

"喂。"马修说。

"喂,你怎么样?"罗宾担忧地问。

"不怎么样。"

在酒吧的什么地方,有人把音乐声调大了。"First day that I saw you, thought you were beautiful..."①

"你在哪儿?"马修尖刻地问。

"哦……在一家酒吧。"罗宾说。

突然,空气里似乎充斥着酒吧的声音:叮当作响的玻璃杯、吧台那儿的粗嘎大笑。

"今天是科莫兰的生日。"她不安地说。(毕竟,马修同事过生日时,他们也一起去泡酒吧……)

---

① 我第一次见到你,认为你美若天仙。

"好吧,"马修说,声音里透着怒气,"我待会儿再打。"

"马修,别——等等——"

斯特莱克嘴里塞满苹果脆,用眼角的余光注视着罗宾站起身,毫无理由地朝吧台走去,显然是想给马修重拨电话。会计师生气了:未婚妻竟然跑出来吃饭,不在家给他母亲服丧。

罗宾重拨了一次又一次,终于打通了。斯特莱克吃完苹果脆,又喝光第三杯酒,才意识到自己需要上个厕所。

刚才喝酒、吃东西、跟罗宾说话时,膝盖没有找他的麻烦,此刻站起来却又是一阵剧烈疼痛。他回到座位上时,疼得微微出了点汗。从罗宾的脸色来看,她仍在试图安抚马修。终于,她挂断电话回到他身边,问他的腿要不要紧,他只是简单地回了一句:

"你知道,我可以帮你跟踪布鲁克赫斯特小姐的,"她又一次主动说道,"如果你的腿实在——"

"不用。"斯特莱克干脆地拒绝。

他为自己感到恼火、烦躁,生马修的气,并且突然感到有点恶心。不该吃完巧克力又吃牛排、土豆条、苹果脆,并一口气喝掉三杯酒。

"我需要你回办公室,打出冈弗里的最近一份账单。如果那些该死的记者还在,就给我发个短信,那样的话,我就从这儿直接去安斯蒂斯那儿了。"

"我们真的需要考虑再进一个人了。"他压低声音加一句。

罗宾的表情顿时变得僵硬。

"那我就去打字了。"她说,一把抓起大衣和手包,离开了。斯特莱克瞥见她脸上气愤的表情,但是他因为一股莫名的恼怒,没有把罗宾叫回来。

第二十三章

> 对我来说，我不认为她有这样黑的心肠，
> 　能做出这样血腥的事情。
>
> ——约翰·韦伯斯特，《白色的魔鬼》

跷着脚在酒吧待了一下午，并没能缓解斯特莱克膝盖的肿痛。在去地铁的路上，他买了止痛药和一瓶便宜的红酒，然后便出发去格林威治，安斯蒂斯和他妻子海伦就住在那儿，一般大家都管海伦叫海丽。斯特莱克因为城中线的延误，花了一个多小时才到达他们在阿什伯纳姆树林的家。他在地铁里一直站着，把重心放在左腿上，心里再一次为去露西家来回打车花的那一百英镑感到痛惜。

他在码头区轻轨铁路站下车时，雨点又洒在他的脸上。他竖起领子，一瘸一拐地走进夜色中，本来五分钟就能走到的，花了差不多十五分钟。

斯特莱克拐进那条干净的、前门花园平整的坡状街道时，才想起或许应该给教子买一份礼物。他一方面急切地想跟安斯蒂斯讨论法医提供的信息，另一方面，对这个晚上的应酬提不起丝毫兴趣。

斯特莱克不喜欢安斯蒂斯的妻子。那份时常令人倒胃口的热情，掩盖不住骨子里的好管闲事，她的本性就像一把弹簧刀，时不时地会

从皮毛大衣里突然冒出来。每次斯特莱克进入她的势力范围，她都要滔滔不绝地表示感谢和关心，但是斯特莱克看得出来，她渴望探知他饱经沧桑的过往的具体细节，探知他那位摇滚巨星的父亲和嗑药成瘾的亡母的情况。斯特莱克还可以想象她渴望知道他跟夏洛特分手的详细内幕，她跟夏洛特在一起总是唠叨个没完，却无法掩饰私底下的厌憎和猜忌。

提摩西·科莫兰·安斯蒂斯的受洗推迟到出生十八个月之后，因为父亲和教父要乘直升机从阿富汗过来，并且要在各自的医院请假。在受洗之后的那个派对上，海丽坚持做了一个声泪俱下的发言，说斯特莱克怎样救了孩子父亲的命，还说斯特莱克答应做提摩西的守护天使对她来说意味着什么。斯特莱克没能想出什么令人信服的理由拒绝做孩子的教父，在海丽说话时只能低头望着桌布，小心地不去看夏洛特的眼睛，以免被逗得笑出声来。夏洛特穿着——他记得非常清楚——他最喜欢的那条孔雀蓝褶子连衣裙，把她玲珑有致的身材勾勒得曲线毕露。他虽然还挂着双拐，但挽着这样一个尤物般的女人，也算是弥补了尚未安装假肢的那半条断腿，使他从"独脚男人"变成一个胜利者，奇迹般地——他知道每个见过夏洛特的男人差不多都会这么想——捕获这样一个美貌惊人的未婚妻，每当她走进房间，正在说话的男人们都会停住话头。

"科米，亲爱的，"海丽打开门，轻言细语地说，"你瞧你，这么个大名人……我们还以为你把我们给忘了呢。"

从来没有人管他叫科米。他也一直懒得告诉海丽他不喜欢这个称呼。

她给了斯特莱克一个温柔的拥抱，斯特莱克没有回应，他知道这个拥抱是对他的单身状态表示怜悯和遗憾。从外面寒冷刺骨的冬夜走进来，感觉到屋里暖洋洋的，灯火明亮，让他很高兴。他从海丽那儿挣脱出来时，安斯蒂斯大步走了过来，端着一杯毁灭酒吧啤酒作为见面礼。

"里奇①，快让他进屋吧。说实在的……"

可是斯特莱克已经接过酒杯，心满意足地喝了几口，才开始脱大衣。

斯特莱克那三岁半的教子冲进门厅，嘴里发出刺耳的蒸汽机的声音。他长得很像母亲，五官虽然又小又精致，却奇怪地挤在脸的中间。提摩西穿着超人的睡衣，用一把塑料激光剑对着墙乱砍乱劈。

"哦，提米，亲爱的，不能这样，我们漂亮的新涂料……他不肯睡觉，想看看他的科莫兰叔叔。我们一直跟他谈到你。"海丽说。

斯特莱克毫无热情地打量着那个小身影，发现教子对他也同样没什么兴趣。在斯特莱克认识的孩子中间，只有提摩西的生日他有希望记住，但并没有因此而给他买过礼物。男孩是在"北欧海盗"在阿富汗那条土路上爆炸的两天前出生的，那次爆炸夺去了斯特莱克的右小腿和安斯蒂斯的部分脸颊。

斯特莱克从没跟任何人吐露，他在病床上度日如年时曾问自己，为什么他当初是将安斯蒂斯一把抓住，拖到车子后面。他在脑海里反复琢磨：那种奇怪的预感越来越强，逐渐使他确信马上就要发生爆炸，他伸手一把抓住安斯蒂斯，其实他同样可以抓住加利·托普莱中士的。

是因为安斯蒂斯前一天通过网络给海伦打电话，欣赏他差一点就见不到的新生儿子，而斯特莱克在旁边都听见了？所以斯特莱克的手才毫不犹豫地伸向年龄稍长的地方自卫队警察，而不是那个订了婚但还没孩子的英国宪兵托普莱？斯特莱克不知道。他对孩子没有什么感觉，而且不喜欢差点成为寡妇的这个妻子。他知道自己只是几百万或死或活的士兵之一，他们千钧一发之际的行动，无论是出于训练还是本能，都使其他人的命运发生了永远的改变。

"你想给提米念他的睡前故事吗，科米？我们刚买了一本新书，是不是，提米？"

---

① 里奇是安斯蒂斯的教名理查德的昵称。

这是斯特莱克最不喜欢做的事了，尤其还是个非常活跃的男孩坐在他腿上，他没准儿还会踢到他的右膝。

安斯蒂斯领头走进开放式的厨房和餐厅。墙壁是乳白色的，地板上没铺地毯，一张长长的木头桌子放在房间那头的法式窗户旁边，周围是蒙着黑布罩的椅子。斯特莱克模模糊糊记得，上次跟夏洛特一起来的时候，椅子是另一种颜色。海丽跟在他们身后进来，把一本色彩鲜艳的图画书塞进斯特莱克手里。斯特莱克别无选择，只好坐在餐厅的一把椅子里，开始读《喜欢蹦蹦跳的袋鼠凯拉》里的故事，书竟然就是罗珀·查德出版的（换了平常他肯定不会注意）。教子提摩西被稳稳地放在旁边的座位上，他似乎对凯拉的滑稽行为并不感兴趣，一直在玩手里的激光剑。

"该上床睡觉了，提米，亲科米一下。"海丽对儿子说，提摩西带着斯特莱克的默默祝福，滑下椅子，大声抗议着跑出厨房。海丽跟过去。母亲和儿子噔噔噔地跑上楼去，互相嚷嚷的声音逐渐听不清了。

"他会把提丽吵醒的。"安斯蒂斯预言道。果然，海丽再次出现时，怀里抱着号啕大哭的一岁宝宝。她把孩子塞进丈夫手里，转向炉子。

斯特莱克不动声色地坐在厨房的桌旁，觉得越来越饿了，暗自深深地庆幸他自己没有孩子。安斯蒂斯夫妇花了差不多四十五分钟，才把提丽重新哄上床睡觉。终于，砂锅端上桌，同时还有另一杯毁灭酒吧啤酒。斯特莱克本来应该松弛下来的，却隐隐感觉海丽·安斯蒂斯正准备朝他发起进攻。

"听说了你和夏洛特的事，我觉得实在是太遗憾了。"海丽对他说。

斯特莱克嘴里塞得满满的，只能用动作大致表示一下感谢。

"里奇！"看到丈夫正要给她倒葡萄酒，她佯装恼怒地说，"这可不行哦！我们又有了。"她一只手按在肚子上，骄傲地告诉斯特莱克。

他咽了口唾沫。

"祝贺祝贺。"他说，看到他们这么高兴即将拥有另一个提摩西或提丽，他感到很惊讶。

果然不出所料，他们的儿子又出现了，宣布他饿了。令斯特莱克失望的是，安斯蒂斯离开餐桌去对付儿子，留下海丽举着一叉子红酒炖牛肉，目光炯炯地盯着斯特莱克。

"她四号就要结婚了，我真难以想象你会是什么感觉。"

"谁要结婚了？"斯特莱克问。

海丽一脸诧异。

"夏洛特呀。"她说。

从楼梯那儿模模糊糊传来教子的哭喊声。

"夏洛特十二月四号结婚。"海丽说，她意识到自己是第一个把消息告诉他的，不由地显出一脸兴奋。接着，斯特莱克的表情似乎让她看了心里发虚。

"我……我听说的。"她说，垂眼看着自己的盘子，这时安斯蒂斯回来了。

"小坏蛋，"他说，"我跟他说了，如果再敢下床，我就打他屁股。"

"他就是人来疯，"海丽说，仍然为她感觉到的斯特莱克的怒气而慌乱不安，"因为科米在这儿。"

砂锅炖菜在斯特莱克嘴里变成了橡胶和塑料。海丽·安斯蒂斯怎么知道夏洛特要结婚了？安斯蒂斯夫妇很少进入夏洛特和她未来丈夫的圈子，那男人是（斯特莱克恨自己记得这么清）十四世克洛伊子爵的儿子。海丽·安斯蒂斯对绅士私人会所、撒佛街高档成衣店、吸毒的超级名模能有多少了解？而靠信托基金生活的杰戈·罗斯先生是所有这些东西的常客。海丽对那个阶层的了解并不比斯特莱克多。那是夏洛特的本土领地，夏洛特和斯特莱克在一起时，进入了一个社交的无人区，彼此在对方的社交圈子里都不自在，因为两人截然不同的标准发生碰撞，时时处处都为寻找共同点而斗争。

提摩西又回到厨房，哭得很厉害。这次他的爸爸妈妈都站了起来，一同把他劝回卧室，斯特莱克几乎没有意识到他们离开，兀自沉浸在往事的回忆中。

夏洛特特别反复无常，她的一个继父甚至想过要把她送进精神病院。她撒谎就像别的女人呼吸一样，张嘴就来。她已经彻底被损害了。她和斯特莱克维持的最长一段时间是两年，他们对彼此的信任经常破裂，却又经常被吸引到一起，每次两人关系（在斯特莱克看来）都比之前更加脆弱，但是对彼此的思念却不断增强。十六年来，夏洛特不顾亲朋好友的怀疑和蔑视，一次又一次地回到一个大块头私生子、后来还废了一条腿的大兵身边。如果换成他的任何朋友，斯特莱克肯定会劝他抽身离开，别再回头，可是他逐渐看到夏洛特就像他血液中的某种毒素，恐怕永远也无法清除，他唯一能希望的就是控制它的症状。最后一次决裂是八个月前，就在他通过兰德里一案成为媒体红人的前夕。夏洛特终于说了一个无法原谅的谎言，斯特莱克便彻底离开了她，她重新回到那个男人仍然猎杀红松鸡、女人在家族墓穴佩戴冠状头饰的世界，她曾告诉斯特莱克她鄙视那个世界（然而那似乎也是一句谎言……）。

安斯蒂斯夫妇回来了，提摩西没来，换了抽抽搭搭、不停打嗝的提丽。

"我猜你在庆幸自己没有孩子，是不是？"海丽快言快语地说，在桌旁重新坐下，让提丽坐在她腿上。斯特莱克刻板地笑了笑，没有反驳她的话。

曾经有过一个孩子，准确地说只是虚幻的影子，他以为有个孩子，后来又推测那孩子死了。夏洛特曾对他说她怀孕了，但拒绝去看医生，在日期上改来改去，后来宣称一切都结束了，却没有丝毫证据证明真的有过。这样一个谎言，几乎任何男人都会觉得无法原谅，对斯特莱克来说——夏洛特肯定也知道，这个谎言结束了所有的谎言，也扼杀了多年来在她的说谎癖中残存的那一点点信任。

十二月四日结婚，还有十一天……海丽·安斯蒂斯是怎么知道的？

此刻，面对两个孩子的哭闹和发脾气，他倒暗自感到庆幸，这吵闹声有效地破坏了他们吃大黄布丁和奶油冻时的对话。安斯蒂斯提议他们拿上啤酒，到他的书房里去讨论法医报告，这是斯特莱克一整天来最爱听的一句话。海丽留下来照顾已是昏昏欲睡的提丽和依然清醒、令人生畏的提摩西，提摩西刚才又跑进来，大声说他喝水时洒得满床都是。海丽闷闷不乐，显然觉得没有从斯特莱克这里捞到什么有价值的东西。

安斯蒂斯的书房是门厅那端一间摆满书的小房间。他将电脑椅让给斯特莱克，自己坐在一个旧蒲团上。窗帘没有拉上，斯特莱克能看见在橙黄色的路灯映照下，蒙蒙细雨像粉尘一样洒落。

"法医说他们从没碰到这样棘手的工作，"安斯蒂斯说，斯特莱克的注意力顿时被他吸引过去，"记住，这些都是非官方的，我们还没有全部集齐呢。"

"他们能确定到底是什么令他丧命的吗？"

"脑部遭击，"安斯蒂斯说，"他的后脑勺被打破了。可能不是瞬间毙命，单是脑外伤不足以令他死亡。他们无法确定他被开膛破肚时是否已死，但几乎可以肯定是没有意识的。"

"不幸中的万幸。那么他被捆绑是在昏迷之前还是昏迷之后呢？"

"对此有一些争论。在他的一只手腕上，绳索下的一块皮肤有淤青，他们认为这说明他是在死前被捆绑的，但没有迹象能证明他被绳子绑住时是否还有意识。麻烦在于，那些该死的酸性物质抹去了所有的痕迹，地板上看不出是否有过挣扎，尸体是否被拖拽过。他是个身材魁梧的大块头——"

"如果被捆绑着，就比较容易对付，"斯特莱克赞同道，想到矮小瘦弱的利奥诺拉，"但最好知道他挨那一击的角度。"

"是从上面打来的，"安斯蒂斯说，"但我们不知道他当时是站着、坐着还是跪着……"

"我认为可以肯定他是在那个房间遇害的，"斯特莱克说，追循着自己的思路，"我认为谁也没有那么大力气，能把那么重的一具尸体搬上那些楼梯。"

"他们一致认为，他差不多就死在尸体被发现的那个位置。那是酸性物质最集中的地方。"

"你知道那是哪一种酸性物质吗？"

"哦，我没说吗？是盐酸。"

斯特莱克拼命回忆化学课上学过的知识。"用来给钢镀锌？"

"也算它的用途之一吧。这是能合法买到的一种腐蚀性物质，大量用于工业生产，还是强力清洁剂。奇怪的一点是，它能在人体内自然生成。在我们的胃酸里。"

斯特莱克小口喝着啤酒，思索着。

"在书里，他们往他身上倒的是硫酸。"

"盐酸是从硫酸里提取出来的。对人体组织具有很强的腐蚀作用——这你也看到了。"

"凶手究竟是从哪儿弄到了那么多这种东西？"

"信不信由你，盐酸似乎早就在那房子里了。"

"那为什么——"

"还没有人能告诉我们。厨房地板上有一些空的一加仑容器，楼梯下的储藏间也有几个灰扑扑的同样的容器，里面装满盐酸，尚未打开。它们来自伯明翰的一家工业化学品公司。空容器上有一些痕迹，似乎是戴着手套的手留下的。"

"很有意思。"斯特莱克挠着下巴说道。

"我们还在核实这些盐酸是什么时候买的，怎么买的。"

"击打他头部的钝器是什么？"

"画室里有一个老式的制门器——是实心铁，形状像熨斗，有一个把手，几乎可以肯定就是它。跟死者颅骨的印记相吻合。那个制门器上也都泼洒了盐酸，和其他所有东西一样。"

"死亡时间是怎么估计的？"

"唉，是啊，这是最棘手的。昆虫学家不肯对此负责，说尸体情况不适用于所有平常的计算方法。单是盐酸的烟就能暂时阻止昆虫靠近，因此无法通过害虫侵扰来判断死亡日期。没有一个自尊自爱的绿头苍蝇会在酸液中产卵。我们在尸体没有被盐酸浸透的部分找到了一两条蛆，但没有发现通常的害虫侵扰。

"另一方面，房子里的暖气一直开得很高，尸体腐烂的速度会比晾放在这种天气里快一些。可是盐酸又会干扰正常的腐烂。他身上的有些部分已经烧焦到骨头。

"决定性的因素应该是内脏，死者吃的最后一餐，等等，可是内脏完全被掏空了。看样子是被凶手带走了，"安斯蒂斯说，"我以前从没听说过这种事，你呢？几磅血淋淋的内脏被拿走。"

"没有，"斯特莱克说，"我也是头一次听说。"

"结论是：法医拒绝提供一个时间框架，只说他已经死了至少十天。但是我跟昂德希尔私下里聊了几句，他是他们中间最优秀的，他悄悄跟我说，他认为奎因已经死了整整两星期。不过据他估计，即使什么都不缺了，证据仍然会显得模棱两可，有许多空子让辩护律师去钻。"

"药理分析怎么样？"斯特莱克问，他的思绪又兜回到奎因笨重的身躯上，要摆弄那么大的一具尸体是很困难的。

"嗯，他可能被下了药，"安斯蒂斯说，"验血结果还没有拿到，我们还在分析厨房里那些瓶瓶罐罐里的东西。可是——"他喝完啤酒，夸张地把杯子放下，"——奎因还有一个特点会给凶手提供便利。他喜欢被捆绑——玩成人游戏。"

"你怎么知道的？"

"那个女朋友，"安斯蒂斯说，"凯瑟琳·肯特。"

"你们已经跟她谈过了？"

"是啊，"安斯蒂斯说，"我们找到一个出租车司机，他五号那天九点钟时，在离奎因家两条街的地方拉上奎因，然后把他放在黎里路。"

"就在斯塔夫·克里普斯宅邸旁边，"斯特莱克说，"这么说，他离开利奥诺拉直接去找了女朋友？"

"噢，没有。肯特不在家，去陪她那奄奄一息的姐姐了，我们有确切的证据——肯特那一晚是在临终关怀医院度过的。她说已经一个月没见过奎因了,但令人吃惊的是,她对他们的性生活倒是直言不讳。"

"你们问细节了吗?"

"我感觉她以为我们知道很多事。不用催,她就自动坦白交代了。"

"有意思,"斯特莱克说,"她对我说她从没读过《家蚕》——"

"她跟我们也是这么说的。"

"——可是在书里,她那个角色是把男主角捆起来施暴的。也许她会强调把人捆起来是为了性,而不是为了酷刑或谋杀。利奥诺拉说的奎因带走的那份书稿呢?还有所有的笔记和旧打字机色带?你们找到了吗?"

"没有,"安斯蒂斯说,"除非我们能确定奎因去塔尔加斯路之前是否在别的地方逗留,不然就只能假设是凶手拿走了书稿。那座房子里空空的,只是厨房里有一些食物和饮料,还有一间卧室里有一套露营床垫和睡袋,看样子奎因临时在那儿睡过。盐酸也泼洒过那个房间,奎因的床上到处都是。"

"没有指纹?脚印?无法解释的毛发、泥土?"

"什么都没有。我们安排了人在那里搜查,可是盐酸所到之处,所有的痕迹都被抹去了。我们的人都戴着面罩,以免被烟雾灼伤咽喉。"

"除了那个出租车司机,还有没有人确认在奎因失踪后看见过他?"

"没有人看见他进入塔尔加斯路,但是一百八十三号有个邻居发誓说看见奎因凌晨一点从那里离开。六号凌晨。当时那个邻居刚参加完一个篝火晚会回家。"

"天色那么黑,又隔着两个门,究竟能看见什么……"

"一个穿斗篷的高大人影,手里拿着一个大帆布袋。"

"大帆布袋。"斯特莱克念叨。

"是的。"安斯蒂斯说。

"穿斗篷的人影上了汽车?"

"没有,走远看不见了,但显然拐角那儿可能停着一辆车。"

"还有别人吗?"

"帕特尼有一个老头儿,他发誓说在八号那天见过奎因。给当地警察局打了电话,准确描述了奎因的模样。"

"当时奎因在做什么?"

"在布里德灵顿书店买书,那老头就在书店工作。"

"他的证言可信吗?"

"确实,他年岁不小了,但他声称记得奎因买了什么书,对外貌的描述也靠谱。还有另外一个女人,住在案发现场马路对面的公寓里,她说也是在八号那天,她在路上看见迈克尔·范克特走过那座房子。你知道吧,就是那个大脑袋作家,那个名人。"

"嗯,知道。"斯特莱克慢悠悠地说。

"证人声称她扭头盯着范克特看,因为认出了他。"

"范克特只是路过吗?"

"证人是这么说的。"

"还没有人去跟范克特核实过吗?"

"他在德国呢,不过说回来后愿意配合我们调查。积极主动地提供帮助。"

"塔尔加斯路附近还有什么可疑动静吗?监控摄像头?"

"唯一的摄像头拍不到那座房子,是监视道路交通的——但我把最好的消息留在了最后。还有一位邻居——是房子另一侧的,隔着四个门——声称四号下午看见一个穿罩袍的胖女人进了房子,手里提着一个清真外卖食品的塑料袋。邻居说他之所以注意到这点,是因为房子空了很长时间。他声称女人在那儿待了一个小时,然后离开了。"

"他确信女人当时是在奎因的房子里?"

"他是这么说的。"

"女人有钥匙?"

"这只是他的一面之词。"

"罩袍,"斯特莱克念叨着,"真他妈的。"

"我估计这位证人的视力不是很好,戴着厚厚的眼镜。他告诉我,他不知道那条街上住着伊斯兰教徒,所以这引起了他的注意。"

"如此说来,有两个人声称在奎因离开妻子后见过他:六号凌晨,和八号在帕特尼。"

"是啊,"安斯蒂斯说,"但我对这两段证词都不敢寄予太大希望,鲍勃。"

"你认为他在失踪的那天晚上就遇害了。"斯特莱克说,与其说是提问,不如说是陈述,安斯蒂斯点点头。

"昂德希尔也是这么认为。"

"发现了什么刀子吗?"

"没有。厨房里唯一的刀子是一把锈迹斑斑的日常用刀。肯定干不了那活儿的。"

"我们知道还有谁拿着房子的钥匙?"

"你那个客户,"安斯蒂斯说,"这是显而易见的。奎因本人肯定有一把。范克特有两把,他已经在电话里告诉过我们。奎因把他的一把钥匙借给了代理,当时代理正安排给房子做一些维修。代理说把钥匙还回去了。隔壁邻居也有一把,如果房子出了什么问题,他可以进去看看。"

"臭味越来越浓时,他进去了吗?"

"房子另一侧的邻居倒是往门缝里塞了一张纸条,抱怨气味难闻,但拿钥匙的邻居两星期前去了新西兰,要在那儿待两个月。我们跟他通过电话。他最后一次进那座房子大概是五月份,收取了几个工人送来的两个包裹,把它们放在门厅里。奎因夫人也说不清这么多年来还把钥匙借给了谁。"

"奎因夫人是个古怪的女人,"安斯蒂斯语气随意地说,"是不是?"

"这我倒没想过。"斯特莱克没说实话。

"你知道吗?在奎因失踪的那天,邻居们听见奎因夫人把他赶出来。"

"我不知道。"

"没错,奎因夫人追着他从房子里跑出来,大声嚷嚷。邻居们都说——"安斯蒂斯专注地看着斯特莱克,"——她大喊道,'我知道你要去哪儿,奎因!'"

"是啊,她以为她知道,"斯特莱克耸了耸肩说,"她以为奎因要去克里斯蒂安·费舍尔告诉他的那个作家静修所。比格利府。"

"她不肯从家里暂时搬出来。"

"她有个弱智的女儿,从来没在别处过过夜。你能想象利奥诺拉把奎因给制服了?"

"想象不出,"安斯蒂斯说,"但我们知道奎因喜欢被捆绑,他们结婚三十多年,我不相信奎因夫人不知道这点。"

"你认为他们大吵一架,然后利奥诺拉跟过去找到奎因,提议玩一局捆绑游戏?"

听了这话,安斯蒂斯象征性地轻轻笑一声,说道:

"形势对她来说可不妙啊,鲍勃。愤怒的妻子,拿着房子的钥匙,很早就能接触到书稿,如果她知道那个情妇的存在,特别是如果她怀疑奎因会为了肯特抛弃她和女儿,那她就有足够的动机。只是她那句'我知道你要去哪儿'指的是作家静修所,不是塔尔加斯路的那座房子。"

"你这么一说倒很令人信服。"斯特莱克说。

"但你并不这么认为。"

"她是我的客户,"斯特莱克说,"花了钱让我考虑各种可能性。"

"她有没有跟你说过她以前在哪儿工作?"安斯蒂斯问,带着一副即将亮出王牌的神气,"在他们结婚前,在海里小镇的时候?"

"你说。"斯特莱克说,心里隐约有一丝不安。

"在她舅舅家的肉店打工。"安斯蒂斯说。

书房门外,斯特莱克听见提摩西·科莫兰·安斯蒂斯又噔噔噔下楼来了,一边又为什么不如意的事大喊大嚷。斯特莱克和这个男孩不咸不淡地认识了这么长时间,斯特莱克第一次由衷地同情他。

第二十四章

所有教养良好的人都会撒谎——而且,你是个女人,
绝不能怎么想就怎么说……

——威廉·康格里夫,《以爱还爱》

白天喝了毁灭酒吧啤酒,谈了血腥、盐酸和绿头苍蝇,那天夜里斯特莱克的梦境便奇异而丑陋。

梦中,夏洛特要结婚了,他,斯特莱克,跑向一座怪异的哥特式教堂,两条腿是完整、健全的,他知道夏洛特刚产下他们的孩子,他需要看到孩子并把他救出来。在黑暗、空旷的大教堂里,他看见夏洛特独自站在祭坛旁,费力地穿上一件血红色的衣袍,在看不见的什么地方,也许是一间冰冷的法衣室里,躺着他的孩子,全身赤裸,被遗弃了,无依无助。

"他在哪儿?"他问。

"你不能见他。你本来就不想要他。而且他有毛病。"夏洛特说。

他不敢想如果执意去找孩子会看见什么。夏洛特的新郎不见踪影,但夏洛特戴着厚厚的红色面纱,为婚礼做好了准备。

"别去找他,很难看的,"夏洛特冷冷地说,推开他,独自离开祭坛,顺着甬道朝远处的门洞走去,"你不能碰他,"她扭头大声说道,

"我不想让你碰他。你最后总会看见他。肯定会公布的，"她用渐渐隐去的声音说道，身影在门洞透进的亮光中变成一道舞动的红色细条，"在报纸上……"

斯特莱克在昏暗的晨光中突然醒来，嘴里发干，虽然休息了一夜，膝盖却不祥地抽痛着。

夜里，严寒像冰河一样偷偷在伦敦漫延。阁楼玻璃窗的外面结了一层硬硬的冰，屋里气温急剧下降，因为门窗关不严，而且屋顶下面没铺任何保温材料。

斯特莱克起床，伸手去拿放在床脚的毛衣。他装假肢时，发现在去了一趟格林威治之后，膝盖肿得特别严重。淋浴的水热得比平常慢，他把恒温器调高，心里担心热水管爆炸，排水管冻裂，住处降到零度以下，最后要花大价钱请管子工上门维修。他擦干身子，从楼梯平台上的箱子里翻出以前的运动绷带，绑在膝盖上。

斯特莱克知道海丽·安斯蒂斯是如何获悉夏洛特婚礼计划的了，他知道得清清楚楚，就好像整夜都在琢磨这件事。真是愚蠢，竟然没有早点想到。其实他的潜意识里已经知道了。

洗漱干净，穿好衣服，吃过早饭，他便下了楼。看了一眼书桌后面的窗户，他发现刺骨的严寒已经逼走昨天徒劳地等他回来的那一小簇记者。雨夹雪拍打着窗户，他回到外间办公室，在罗宾的电脑前坐下，在搜索引擎里输入：夏洛特·坎贝尔和杰戈·罗斯婚礼。

搜索结果立刻无情地跳了出来。

《尚流Tatler》二〇一〇年十二月期：封面女郎夏洛特与未来的克洛伊子爵的婚礼……

"《尚流Tatler》。"斯特莱克在办公室里大声说。

他知道这本杂志的存在，只是因为其社交专栏里充斥着夏洛特的那些朋友。夏洛特有时会买回来，当着他的面炫耀地翻看，评论那些她曾睡过，或曾在其豪宅参加过派对的男人。

现在她成了圣诞专刊的封面女郎。

他虽然绑了绷带，但走下金属楼梯，走到外面的雨夹雪中时，膝盖还是发出抗议。报亭那儿大清早就有人排队。他平静地扫视着架子上的杂志：廉价杂志上是肥皂剧明星，高档杂志上是电影明星。虽然十一月还没过完，但十二月份的杂志已经差不多卖完了。《Vogue》（"巨星特刊"）封面上是一袭白衣的艾玛·沃森①，《嘉人》（"魅力特刊"）上是粉红打扮的蕾哈娜②，而《尚流 Tatler》的封面上……

白皙、完美的肌肤，黑色的发丝拂过高高的颧骨和栗褐色的大眼睛，脸上像粗皮苹果一样雀斑点点。两颗硕大的钻石挂在她的耳朵上，第三颗戴在那只轻贴面颊的手上。斯特莱克心脏受到一记钝击，深深地痛，表面上却不露丝毫痕迹。他拿过架子上的最后一本杂志，付了钱，返回丹麦街。

九点二十分。他走进办公室，关上门，坐在桌旁，把杂志放在自己面前。

嫁入克洛伊豪门！从前的"坏孩子"摇身变为未来的子爵夫人，夏洛特·坎贝尔。

这条简介顺着夏洛特天鹅般的脖颈排列。

自从夏洛特在这间办公室里挠伤他的脸，从他身边跑开，径直投入尊贵的杰戈·罗斯的怀抱之后，这是斯特莱克第一次看见她。他猜想这些照片都经过电脑修饰。她的皮肤不可能这样毫无瑕疵，她的眼白不可能这样纯净，但除此之外并无夸张的成分，她的骨骼就是这样精致，她手指上的钻石（他相信）就是这么大。

---

① 艾玛·沃森（1990— ），英国女演员和模特，因扮演《哈利·波特》系列电影中的赫敏·格兰杰而成名。
② 蕾哈娜（1988— ），巴巴多斯女歌手，为环球唱片公司旗下艺人。二〇〇五年以专辑《太阳之歌》开始走红，二〇〇八年荣获第五十届格莱美奖，是首位获格莱美奖的巴巴多斯女歌手。

他慢慢地翻开杂志，找到那篇文章。夏洛特的一幅跨页照片，穿着银光闪闪的曳地长裙，站在一条挂满壁画的长长的走廊中央，显得非常纤瘦；在她旁边，靠在一张牌桌上，看上去像一只放荡的北极狐的，正是杰戈·罗斯。这一页上还有几张别的照片：夏洛特坐在一张古色古香的四柱床上，扬起脑袋大笑，纯乳白色衬衫里露出那样白皙修长的脖颈；夏洛特和杰戈穿着牛仔服和防水长筒靴，手拉手走在他们未来的家宅前的开阔草地上，脚边是两只杰克罗素梗犬；夏洛特迎风站在城堡主楼上，穿着子爵格子呢衣服，回眸张望。

毫无疑问，海丽·安斯蒂斯认为买这杂志的四英镑十便士花得很值。

今年十二月四日，克洛伊的城堡（**不是"克洛伊城堡"**——这家人对此极为恼怒）将要收拾一新，迎接一个多世纪来的第一场婚礼。夏洛特·坎贝尔，六十年代女明星图拉·克莱蒙特和著名学者及播音员安东尼·坎贝尔的美貌惊人的女儿，将要嫁给尊贵的杰戈·罗斯，新郎将继承这座城堡和父亲的爵位，成为克洛伊子爵。

对于这位未来的子爵夫人，克洛伊的罗斯一家并非毫无争议，然而杰戈对这种说法一笑置之，认为家人都非常欢迎这个从前的坏孩子进入他那古老的、地位显赫的苏格兰家族。

"实际上，我母亲一直希望我们结婚，"他说，"我们在牛津的时候就是男女朋友，但我猜想当时我们只是太年轻了……后来在伦敦又找到彼此……正好两人都是空窗期……"

"是吗？"斯特莱克想，"是你们俩都是空窗期？还是你跟我同时在和她上床，所以她不知道谁是她担心可能怀上的那个孩子的父亲？为了掩盖各种可能性而不停地改怀孕时间，保留选择权……"

年轻时就上过报纸头条，当时她从比黛尔学院失踪七天，导致了一次全国性搜寻……二十五岁时被送去戒毒所……

"都是过时新闻,没什么可看的,"夏洛特语气轻快地说,"瞧,我年轻时玩得很开心,现在该安定下来了,说实在的,我都等不及了呢。"

"开心?是吗?"斯特莱克对着她惊艳的照片发问,"开心?站在屋顶,威胁着要往下跳?开心?从精神病院里给我打电话,求我把你弄出来?"

罗斯,刚从一场非常棘手的、让街头小报忙乎不已的离婚案中脱身……"真希望当初不请律师就能把事情搞定。"他叹着气说……"我已经等不及当继母了!"夏洛特激动得声音发颤。

("如果还要再跟安斯蒂斯家那两个讨厌的孩子待一晚上,科米,我敢发誓我会打爆其中一个的脑袋。"后来在郊区露西家的后花园里,看着斯特莱克的外甥们踢足球,夏洛特又说,"这些孩子为什么这么垃圾?"露西不经意间听到这话,圆脸庞上的表情……)

他自己的名字从杂志上跳了出来。

……包括跟乔尼·罗克比的长子科莫兰·斯特莱克的一段令人意外的短暂恋情,此人去年曾名噪一时……

"……跟乔尼·罗克比的长子的一段短暂恋情……"
"……乔尼·罗克比的长子……
他以一个突然的、条件反射般的动作,把杂志扔进垃圾桶。
断断续续十六年。十六年的折磨、疯狂和偶尔的欢欣。然后——经过这么多次的分分合合,夏洛特离开了他,投入其他男人的怀抱,就如同别的女人投身铁轨一样——他抽身离去。面对不可原谅的错误,他终于痛下决心,要知道这么多年来,他一直被认为应该坚如磐石，一次次被抛弃，又一次次接纳对方的回归，从不退缩，从不放弃。可是那天晚上，他面对夏洛特关于腹中胎儿的那些纠缠不清的谎言，眼看她变得歇斯底里、暴跳如雷，大山终于挪开：他出门而去，后面砸来一个烟灰缸。

他的黑眼圈还没有痊愈，夏洛特就宣布跟罗斯订婚了。仅用了三个星期，因为她只知道用一个办法来回应痛苦：去伤害那个罪魁祸首，伤得越深越好，根本不考虑会给自己带来什么后果。虽然朋友们说斯特莱克多么多么倨傲，其实他深深地知道，夏洛特在《尚流Tatler》上刊登这些照片，用最能伤害他的方式谈论他们的关系（他可以想象她怎样给社交杂志介绍："他是乔尼·罗克比的儿子"），还有该死的克洛伊的城堡……所有这些，所有这些，都只是为了伤害他，想让他目睹，让他看到，让他后悔和遗憾。夏洛特知道罗斯是什么货色，曾经跟斯特莱克讲过罗斯暴露无遗的酗酒和暴力倾向，因为上流社会的八卦传言使她这么多年来一直知道罗斯的消息。她曾经为自己的侥幸逃脱而大笑。大笑。

身穿礼服的自我牺牲。*看我燃烧吧，流浪汉*。还有十天就是婚礼了，如果斯特莱克这辈子对什么事坚信不疑，那就是如果他此刻给夏洛特打电话，说"跟我一起逃跑吧"，她肯定会一口答应，尽管他们吵得那样不可开交，她骂了他那些不堪入耳的话，还有最终导致他们关系破裂的那么多的谎言、混乱，和重达几吨的行李。逃跑是她生命中不可缺少的东西，而斯特莱克是她最喜欢的目的地，集自由和安全于一身。如果感情的创伤会流血，他们早就失血而死了，而在一次次吵架之后，她总是对斯特莱克说："我需要你。你是我的一切，你知道的。只有在你这里，我才感到安全，流浪汉……"

他听见通向楼梯平台的玻璃门开了又关上，接着是罗宾进入办公室、脱大衣和灌水壶的熟悉声音。

工作一直是他的救赎。夏洛特最讨厌的就是两人刚刚疯狂地大吵一架，他就能不顾她的眼泪、乞求和威胁，立刻全身心地投入一个案子。她从没能制止他换上制服，没能阻拦他回去工作，也没能成功地强迫他放弃一次调查。夏洛特谴责他的专注，他对军队的效忠，他把她关闭在外的能力，认为这是一种背叛，一种抛弃。

此刻，在这个寒冷的冬日早晨，斯特莱克坐在办公室里，身边的垃圾桶里扔着夏洛特的照片。他发现自己渴望得到命令，渴望开始调查案子，渴望被迫在另一片陆地停留。他不想去跟踪出轨的丈夫或女友，也不愿介入奸商们的无聊争端。只有一个任务能跟夏洛特对他的诱惑相匹配：非正常死亡。

"早上好，"他说，一瘸一拐地走进外间办公室，罗宾正在沏两杯茶，"我们得抓紧时间。要出去呢。"

"去哪儿？"罗宾惊讶地问。

雨夹雪顺着玻璃窗往下流淌。罗宾仍能感觉到刚才走在湿滑的人行道上、急于进入室内时雨雪打在脸上的阴冷。

"关于奎因的案子，有些事情要做。"

这是一句谎话。警察拥有全部的权力，不管他做什么，警察都会做得比他更好。然而他深深地知道，安斯蒂斯缺乏那种感知异常和乖谬之处的敏锐，而要找到这位凶手，这点是不可缺少的。

"你十点钟还要接待卡洛琳·英格尔斯呢。"

"见鬼。好吧，我把她推掉。是这样的，法医们认为奎因是在失踪后不久就死亡的。"

他喝了一口滚烫的浓茶。罗宾已经有一段时间没见到他这样目标明确、干劲十足了。

"这就需要我们把注意力集中在那些很早就读到书稿的人身上。我想弄清他们都住在哪里，是否独自生活。然后我们去侦察他们的家，弄清扛着一袋内脏在那里进进出出有多大难度，有没有地方可以掩埋或焚烧证据。"

都是小事，但今天只能做这些，而他急不可耐地想做点事情。

"你也一起来，"他又说道，"你做这些事总是很拿手的。"

"怎么，做你的华生？"她说，似乎有点无动于衷。前一天她离开剑桥时的那股怒气并未完全消失，"我们可以在网上查找他们住在哪里，就在谷歌地球上找。"

"嗯，好主意，"斯特莱克反驳道，"看看那些过时的照片就行了，何必还去踩点呢？"

罗宾顿时恼了，说道：

"我愿意奉陪——"

"很好。我去把英格尔斯推掉。你上网查查克里斯蒂安·费舍尔、伊丽莎白·塔塞尔、丹尼尔·查德、杰瑞·瓦德格拉夫和迈克尔·范克特的地址。我们赶紧去克莱曼·艾德礼府，从隐藏证据的角度再仔细看看。根据我那天晚上看到的情况，那儿有许多垃圾桶和灌木丛……哦，再给帕特尼的布里德灵顿书店打个电话，我们可以找声称八号那天看见奎因的那个老头谈谈。"

他大步走回自己的办公室，罗宾在电脑前坐下。刚挂起的那条围巾往地板上滴着冰冷的水珠，她并不在意。奎因残缺不全的尸体在她脑海里挥之不去，但是她怀有一种冲动（像一个不可告人的秘密一样，隐藏着不让马修知道），想要弄清更多的真相，弄清一切。

令她恼怒的是斯特莱克，他本来应该最理解她，却看不到她心里藏着与他同样的渴望。

第二十五章

因此,当一个男人无端地管闲事、献殷勤,却不知道为什么……

——本·琼生,《阴阳人,又名沉默的女人》

在突然飘起的鹅毛般的雪片中,他们离开办公室,罗宾手机里存着她从网上姓名地址录里查到的各种地址。斯特莱克想先重访塔尔加斯路,罗宾便把从网上搜到的结果告诉了他,此时他们正站在地铁车厢里,高峰期快要过去了,车厢里人不少,但已不那么拥挤。湿羊毛、污泥和雨衣混合的气味扑鼻而来,他们跟三个狼狈不堪的意大利背包客抓着同一根杆子,站在那里交谈着。

"在书店工作的那个老头休假了,"罗宾对斯特莱克说,"要下星期一才能回来。"

"好吧,那就到时候再找他。我们的嫌疑人是什么情况?"

罗宾听了这话,惊讶地扬起一根眉毛,但紧接着说:

"克里斯蒂安·费舍尔跟一个女人住在卡姆登,女人三十二岁——大概是女友吧,你说呢?"

"有可能,"斯特莱克赞同道,"那就不方便了……我们的凶手需要安静和独处的环境,才能处理血衣——更不用说还有好几磅重的人体内脏。我在寻找某个进出不会被人看见的地方。"

"嗯,我在谷歌街景上看了那房子的照片,"罗宾带着一丝不服气说,"他们家跟另外三家共用一个入口。"

"而且离塔尔加斯路好几公里。"

"但你并不真的认为是克里斯蒂安·费舍尔干的,对吗?"罗宾问。

"确实有点夸张了,"斯特莱克承认道,"他几乎不认识奎因,也没被写进书里——至少我没看出来。"

他们在霍尔本下车,罗宾巧妙地放慢脚步,迁就斯特莱克的速度,看到他用上半身推动自己一瘸一拐地往前,她没有发表任何评论。

"伊丽莎白·塔塞尔怎么样呢?"斯特莱克边走边问。

"独自住在富勒姆宫路。"

"很好,"斯特莱克说,"我们去侦察侦察,看她的花圃有没有新翻过土。"

"难道警察不会这么做吗?"罗宾问。

斯特莱克皱起眉头。他完全清楚自己是一只徘徊在案子外围的土狼,指望着狮子们会在一根小骨头上留下一丝残肉。

"也许会,"他说,"也许不会。安斯蒂斯认为是利奥诺拉干的,他不会轻易改变自己的看法。这我知道,我跟他在阿富汗一起办过一桩案子。说到利奥诺拉,"他不经意地加了一句,"安斯蒂斯发现她曾在一家肉店打过工。"

"哦,妈哎。"罗宾说。

斯特莱克咧嘴笑了。偶尔紧张的时候,罗宾的约克郡口音就会变得更明显一些:他还听她说过"娘哎"。

他们搭乘皮卡迪利线去往男爵府。地铁里人少多了,斯特莱克松了口气,坐在座位上。

"杰瑞·瓦德格拉夫和他妻子一同生活,是吗?"他问罗宾。

"是的,如果他妻子叫菲奈拉的话。他们住在肯辛顿的黑兹利特路。还有一个乔安娜·瓦德格拉夫住在地下室——"

"是他们的女儿，"斯特莱克说，"刚出道的小说家，罗珀·查德的晚会她也去了。丹尼尔·查德呢？"

"皮姆利科的沙瑟街，合住的还有一对名为内妮塔和曼尼·拉莫斯的男女——"

"听上去像是仆人。"

"——他在德文郡还有一处房产：泰邦府。"

"大概就是他目前养他那条断腿的地方。"

"范克特不在姓名地址录上，"罗宾最后说，"不过网上有许多关于他生平的材料。他在丘马格纳外面有一座伊丽莎白时期的房产，名叫恩泽府。"

"丘马格纳？"

"在萨摩赛特。他跟他的第三任妻子住在那里。"

"有点远，今天去不成了，"斯特莱克遗憾地说，"塔尔加斯路附近有没有单身公寓，可以让他把内脏藏在冰箱里的？"

"我没找到。"

"那么他跑去盯着犯罪现场时，住在什么地方呢？或者，他那天只是过去怀旧一下？"

"如果真的是他。"

"是啊，如果真的是他……另外还有凯瑟琳·肯特。我们知道肯特住在哪里，知道她是一个人。安斯蒂斯说，奎因五号那天夜里在她家附近下车，但她不在家。也许奎因忘记肯特去陪她姐姐了，"斯特莱克沉思地说，"也许奎因发现她不在家，就转而去了塔尔加斯路？肯特从临终关怀医院回来可能去那儿跟他碰头。我们接下来在肯特家周围仔细看看。"

地铁往西行驶时，斯特莱克告诉罗宾，有几个证人声称在十一月六号那天，看见一个穿罩袍的女人进入那座房子，还看见奎因本人在六号凌晨从房子里离开。

"可能其中一个证人看错了或没说实话，也可能他们都不靠谱。"他最后说。

"一个穿罩袍的女人。你说那个邻居会不会，"罗宾犹豫不决地说，"是个变态的伊斯兰恐惧症患者？"

在斯特莱克手下打工使罗宾开阔了眼界，看到公众内心的恐惧和怨恨有多么复杂和强烈，这是她以前没有意识到的。斯特莱克侦破兰德里一案后名声大噪，大量信件涌到罗宾的办公桌上，令她时而感到烦恼，时而感到有趣。

有个男人请求斯特莱克利用他杰出的才智，去调查"国际犹太人集团"对世界银行系统的钳制，他为自己无法支付斯特莱克的费用而遗憾，但深信斯特莱克会因此而享誉世界。一个年轻女人从一家戒备森严的精神病院写来满满十二页长信，请求斯特莱克帮她证明她家里的每个人都被神秘拐走，换成了一模一样的冒牌货。一个性别不明的匿名作家要求斯特莱克帮助他们揭露一项恶意滥用职权的全国性运动，他们知道这种运动正在公民咨询局的每个部门展开。

"他们可能是疯子，"斯特莱克赞同道，"疯子爱谋杀。他们对谋杀案有感觉。人们必须先听听他们的意见。"

对面座位上一个戴伊斯兰头巾的女人注视着他们谈话。她有一双甜美的、水汪汪的褐色大眼睛。

"假设四号那天确实有人进入那座房子，必须承认穿罩袍是一个特别好的办法，进进出出都不会被认出来。你还能想到别的办法把脸和身体都藏起来，又不会引起别人怀疑吗？"

"还拿着一份清真外卖食品？"

"据说是这样。他吃的最后一顿饭是清真的？所以凶手才要把内脏掏走？"

"还有这个女人——"

"也可能是男人……"

"——一小时后被人看见离开了房子？"

"安斯蒂斯是这么说的。"

"这么说来，凶手没有在里面等候奎因？"

"没有，但可能在摆放餐盘。"斯特莱克说，罗宾吓得缩了一下。

戴头巾的年轻女人在格洛斯特路下了车。

"书店里可能会有闭路摄像头。"罗宾叹了口气说。自从兰德里一案之后,她对闭路监视系统便非常着迷。

"我本来以为安斯蒂斯会提到这一点的。"斯特莱克赞同道。

他们在男爵府下了地铁,出来又见大雪纷飞。他们在鹅毛般的雪片中眯着眼睛往前走,在斯特莱克的指点下前往塔尔加斯路。他比任何时候都渴望能有一根拐杖。他当年出院时,夏洛特送给他一根华贵的马六甲古董手杖,声称原来是她曾祖父的。古董手杖漂亮归漂亮,对斯特莱克来说却太短了,害得他走路时要把身子歪向右边。后来夏洛特把他的东西打包,让他搬离她的住处时,那根手杖不在其中。

他们走近那座房子时,发现法医团队还在那里忙着调查。入口处贴了胶带,一个女警官站在外面守着,紧紧抱着双臂抵御严寒。他们走来时,警官转过脸来,盯住斯特莱克,眯起眼睛。

"斯特莱克先生。"她用犀利的语气说。

一个姜黄色头发的便衣男警察正站在门里跟人说话,这时突然转过身,看见斯特莱克,便快步走下湿滑的台阶。

"早上好。"斯特莱克腼着脸说。罗宾心里很矛盾,既佩服他的鲁莽,又感到有些害怕。她对法律有一种与生俱来的敬畏。

"你来这儿做什么呀,斯特莱克先生?"姜黄色头发的男人温文尔雅地问。他把目光移到罗宾身上,罗宾隐约觉得他的眼神有些讨厌。"你们不能进去。"

"真遗憾,"斯特莱克说,"那我们只能在外围考察考察了。"

斯特莱克不顾那两个警察注视着他的一举一动,兀自瘸着腿从他们身边走向一百八十三号,穿过大门,走上前门的台阶。罗宾别无选择,只能跟了过去。她走得很不自然,后面的两双眼睛如芒刺在背。

"我们在做什么呀?"她轻声嘟囔,这时他们来到砖砌的顶棚下面,脱离那两个警察凝望的视线。房子里似乎没人,但罗宾隐约担心会有人来开门。

"设想一下,住在这里的女人凌晨两点能不能看见一个穿斗篷的身影拎着一个大帆布袋离开一百七十九号，"斯特莱克说，"你知道吗？我认为她能看见，除非那个路灯坏了。好吧，我们试试另一边。

"真冷，是不是？"斯特莱克和罗宾重新走过皱着眉头的警察及其同伴身边时，对他们说，"过去四个门，安斯蒂斯说的，"他又轻声对罗宾说，"那就是一百七十一号……"

斯特莱克又一次大步走上前门台阶，罗宾又一次傻乎乎地跟在后面。

"知道吗，我怀疑他是不是弄错了房子，可是一百七十七号门口放着红色的塑料垃圾桶。穿罩袍的人是在垃圾桶后面走上台阶的，这应该不容易看错——"

前门开了。

"请问有何贵干？"一个戴着厚眼镜、言辞文雅的男人说。

斯特莱克道歉说走错了门，这时那个姜黄色头发的警察站在一百七十九号外的人行道上喊了几句听不清楚的话。他见没人回应，便跨过拦住房子入口处的塑料胶带，朝他们跑过来。

"那个人，"他指着斯特莱克，滑稽可笑地喊道，"不是警察！"

"他并没说他是警察。"戴眼镜的男人微微有些吃惊地回答。

"好吧，我想这儿没什么事了。"斯特莱克对罗宾说。

"你难道不担心吗？"走回地铁站时，罗宾问道，他们觉得有点好笑，但还是巴不得赶紧离开这里，"你的朋友安斯蒂斯对于你这样在案发现场周围转悠会怎么说呢？"

"估计他不会高兴，"斯特莱克说，一边东张西望地寻找闭路摄像头，"但是让安斯蒂斯高兴不属于我的工作范围。"

"他也够大方的，把法医鉴定的材料拿出来跟你分享。"罗宾说。

"他那么做是为了警告我别插手这个案子。他认为所有的证据都指向利奥诺拉。麻烦的是，目前确实如此。"

路上挤满了车，据斯特莱克观察，只有一个摄像头，但是旁边还有许多条岔道，一个人如果穿着欧文·奎因那样的提洛尔大衣或穆斯林罩袍，很容易滑出视线之外，谁也无法辨别其身份。

斯特莱克在车站大楼里的地铁咖啡厅买了两杯外卖咖啡，然后穿过浅绿色的售票厅，出发去西布朗普顿。

"你必须记住，"他们站在公爵府站等候换车时，斯特莱克说，罗宾注意到他一直把重心放在那条好腿上，"奎因是在五号失踪的。那天是焰火节。"

"天哪，真的哎！"罗宾说。

"闪光和爆炸。"斯特莱克说，一边大口喝着咖啡，想在上车前把杯子喝空。地上结了薄冰，又湿又滑，他担心自己端着杯子没法保持身体平衡。"焰火射向四面八方，吸引了大家的注意。那天晚上没有人看见一个穿斗篷的身影进入房子，倒也并不令人惊讶。"

"你是说奎因？"

"不一定。"

罗宾思忖了一会儿。

"你认为书店那人说奎因八号那天去买过书是在撒谎？"

"不知道，"斯特莱克说，"现在下结论为时尚早，是不是？"

但他意识到自己相信这点。一座荒废的房子在四号和五号突然有了动静，这是非常耐人寻味的。

"说来滑稽，人们竟能注意到这些事情，"罗宾说，他们顺着西布朗普顿站红绿相间的楼梯往上爬，斯特莱克每次放下右腿都疼得龇牙咧嘴，"记忆真是个奇怪的东西，是不——"

斯特莱克的膝盖突然一阵锐痛，他顿时瘫倒在轨道上方铁桥的栏杆上。身后那个穿西装的男人发现一个大块头障碍物突然挡住去路，不耐烦地骂了一句，罗宾嘴里说着话，往前走了几步才发现斯特莱克不在身边。她赶紧返回来，发现斯特莱克脸色苍白地靠在栏杆上，疼得满头大汗，那些乘客都只好从他身边绕着走。

"我的膝盖，"他紧咬着牙关说，"好像出了问题。该死……该死！"

"我们打车吧。"

"这种天气打不到车的。"

"那就回去坐地铁，回办公室。"

"不，我还想——"

斯特莱克站在格构铁桥上，拱形的玻璃天花板上白雪正在堆积，他从来没有像此刻这样强烈地感觉到资源匮乏。过去总有一辆车给他开。他可以把证人召来见他。他是特别调查科的，大权在握，掌控全局。

"如果你还想做事，我们就需要叫出租车，"罗宾坚决地说，"从这里走到黎里路很远的。你没有——"

她迟疑了。他们从没谈过斯特莱克的残疾，偶尔提及也是转弯抹角。

"你没有拐杖之类的东西吗？"

"我倒希望有呢。"他嘴唇麻木地说。硬撑着有什么用呢？他连走到铁桥那头都感到害怕。

"我们可以买一根，"罗宾说，"药店有时候能买到。我们去找找。"

接着，她迟疑片刻，说道：

"靠在我身上。"

"我太重了。"

"为了平衡。就把我当拐棍好了。快来。"她坚决地说。

斯特莱克把胳膊搭在她肩膀上，两人慢慢地走过铁桥，停在地铁口旁边。雪暂时停了，但天气竟比刚才更冷了。

"怎么没有坐的地方呢？"罗宾瞪着眼睛东张西望，问道。

"欢迎来到我的世界。"斯特莱克说，他们刚停住，他就把胳膊从她肩膀上抽回来。

"你认为是怎么回事？"罗宾问，低头看着他的右腿。

"不知道。今天早晨突然就肿了起来。大概不应该把假肢装上，可是我讨厌用双拐。"

"唉，在这样的雪天里，你怎么可能走到黎里路。我们打一辆车，你回办公室——"

"不,我还要做事呢,"他气恼地说,"安斯蒂斯相信是利奥诺拉干的。其实不是。"

在这种程度的疼痛下,一切都简化到了最基本。

"好吧,"罗宾说,"我们兵分两路,你坐出租车去。好吗?好吗?"她追问道。

"好吧,"他败下阵来,说,"你去克莱曼·艾德礼府。"

"我要寻找什么?"

"摄像头。藏血衣和内脏的地方。如果是肯特拿的,她不可能把它们藏在公寓里。用手机拍照——看上去有用的都拍下来……"

他说的时候都觉得这点事少得可怜,但又必须做点什么。不知怎的,他不停地想起奥兰多,想起她那大大的、空洞的笑容,和那个可爱的毛绒大猩猩。

"然后呢?"罗宾问。

"去沙瑟街,"斯特莱克思索了几秒钟后说,"还是这些事。然后给我打个电话,我们找地方碰头。你最好把塔塞尔和瓦德格拉夫的住址号码告诉我。"

罗宾给了他一张纸。

"我帮你叫辆车。"

没等他说声谢谢,罗宾已经迈开大步,朝冰冷的街道走去。

第二十六章

> 我必须注意脚下：
> 在这样滑溜溜的结冰的路面
> 每一步都必须踩稳
> 不然可能会摔断脖子……
>
> ——约翰·韦伯斯特，《玛尔菲公爵夫人》

幸好，斯特莱克的钱夹里还有五百英镑现金，是别人付给他让他去伤害一个十几岁男孩的。他叫出租车司机送他去富勒姆宫路，伊丽莎白·塔塞尔就住在那里。他仔细留意路线，本来只要四分钟就能到达的，可是在路上看见一家布茨药店，他就让司机停车等候。片刻之后，他从药店出来，手里拄着一根可调节拐杖，走起路来轻松多了。

他估计，一个四肢健全的女人走这段路用不了半个小时。伊丽莎白·塔塞尔住得离谋杀现场比凯瑟琳·肯特更远一些，但是斯特莱克非常熟悉这片地区，知道伊丽莎白·塔塞尔肯定可以避开摄像头，从一些非常偏僻的住宅小巷穿过来，她即使开车也可以做到不被发觉。

在这个萧条荒凉的冬日，她的家看上去阴冷而了无生气。也是一座维多利亚时期的红砖房屋，却没有塔尔加斯路的那种华贵和卓尔不俗。房子位于街角，前面是一座阴湿的花园，一簇簇过分茂密的金链花投下大片阴影。斯特莱克站在那里望着花园门，雨夹雪又开始下起来，他用手拢住香烟，以免被雨雪浸灭。房屋前后都有花园，黑黢黢的灌木被积雪压得微微颤抖，挡住了路人的视线。从楼上的窗户能看到富勒姆宫路公墓，还有一个月就是隆冬了，惨白的天空衬托着光秃秃的树枝，古旧的墓碑排着队向远方延伸，完全是一幅肃杀压抑的景象。

他能否想象伊丽莎白·塔塞尔穿着考究的黑色西服，搽着鲜红色的口红，带着对欧文·奎因的毫不掩饰的愤怒，在夜色的掩护下回到这里，身上沾着血迹和盐酸，手里提着满满一袋人体内脏？

寒冷无情地啃噬着斯特莱克的脖子和手指。他碾灭烟头，叫出租车司机载他去肯辛顿的黑兹利特路。刚才他审视伊丽莎白·塔塞尔的住房时，司机一直既好奇又怀疑地盯着他。斯特莱克重重地坐在后座上，用他从布茨药店买的一瓶水吞下几粒止痛片。

车里很闷，有一股不新鲜的烟草味、陈年污垢味和旧皮革的气味。雨刷器像喑哑的节拍器一样刷刷地响着，有节奏地扫清视线，前面是宽阔、繁忙的哈默史密斯路，一座座小办公楼和一排排带平台的房屋比肩而立。斯特莱克从车里看着拿撒勒府老人院：也是红砖建筑，像教堂一样安静肃穆，却设有安全门和门房，把被看护者和其他人坚决地隔开。

透过雾蒙蒙的车窗，布莱斯府映入眼帘，那是一座气派的宫殿式建筑，带有白色的圆屋顶，在灰暗的雨夹雪中像一块大大的粉红色蛋糕。斯特莱克隐约记得当年它曾是一家大博物馆的仓库。出租车往右一拐，驶进黑兹利特路。

"多少号？"司机问。

"我就在这儿下吧。"斯特莱克说，他不想到了房子跟前再下车，而且心里惦记着此刻挥霍的钱以后都得还上。他吃力地拄着拐杖，庆幸杖头上包着橡胶，能牢牢地扒住湿滑的人行道。他付了车钱，顺着街道走去，想从近处看看瓦德格拉夫的住处。

这些都是真正的联排别墅，加上地下室共四层楼高，金黄色的砖，经典的白色三角墙，楼上的窗户下镌刻着花环，还有铸铁的栏杆。这些别墅大多被改造成了公寓。门前没有花园，只有通向地下室的台阶。

街上弥漫着一种淡淡的衰败气息，一种轻微的中产阶级的摇摆不定，比如，一个阳台上放着杂乱的盆栽植物，另一个阳台是一辆自行车，第三个阳台则是一堆忘了收回去的洗净的衣服，被雨夹雪淋得湿漉漉的，可能很快就会结冰。

瓦德格拉夫跟他妻子居住的房屋是少数几家没有改造成公寓的。斯特莱克抬头望着它，不知道一位顶级编辑能挣多少钱，想起妮娜说过瓦德格拉夫的妻子"娘家很有钱"。瓦德格拉夫家的二楼阳台（他为了能看清楚不得不走到马路对面）有两把湿透了的沙滩椅，上面印着旧企鹅平装书封面的图案，中间是一把小铁桌子，像是巴黎小酒馆里能看到的那种。

斯特莱克又点燃一根烟，重新穿过马路，盯着瓦德格拉夫女儿居住的那个地下室公寓，一边考虑奎因是否有可能在送出书稿前跟编辑讨论过《家蚕》的内容。他是否对瓦德格拉夫吐露过他对《家蚕》最后场景的构想？那个戴角质框眼镜的和蔼可亲的男人，是否兴奋地连连点头，帮助奎因推敲打磨那个荒谬而血腥的场景，知道奎因有朝一日会把它演出来？

地下室公寓的门前堆着一些黑色的垃圾袋。乔安娜·瓦德格拉夫似乎在进行彻底的大扫除。斯特莱克转过身，打量着对面那些俯瞰瓦德格拉夫家两道前门的窗户，据保守估计，那些窗户共有五十扇。瓦德格拉夫在众人眼皮底下的这座房子里进进出出，必须运气非常好才能不被人看到。

然而问题在于，斯特莱克郁闷地想，即使杰瑞·瓦德格拉夫被人看见在凌晨两点溜进自己家门，胳膊底下夹着一个可疑的、鼓鼓囊囊的袋子，陪审团也要经过反复说服才会相信当时欧文·奎因已不在人世。关于死亡时间的疑点太多了。如今凶手有足足十九天处理证据，这么长的时间，做什么都来得及。

欧文·奎因的内脏能去哪儿呢？斯特莱克问自己，你会怎么处理一大堆刚从人体上切割下来的脏器呢？埋掉？扔进河里？丢进公用垃圾桶？它们肯定不容易焚烧……

瓦德格拉夫家的前门开了，一个眉头紧锁的黑头发女人走下前门台阶。她穿着红色短大衣，一脸怒气。

"我一直从窗户里看着你，"她走过来冲着斯特莱克大声说，斯特莱克认出是瓦德格拉夫的妻子菲奈拉，"你在做什么？你为什么对我们家这么感兴趣？"

"我在等中介，"斯特莱克的谎话张嘴就来，没有流露出丝毫的尴尬，"这就是要出租的那间地下室，对吗？"

"噢，"她感到有些意外，"不是——隔了三个门呢。"她指点着说。

斯特莱克看出她在犹豫要不要道歉，后来决定多一事不如少一事。她踩着对这种下雪天来说很不合适的精致细高跟鞋，嗒嗒地走向停在不远处的一辆沃尔沃。黑头发下面露出了灰色的发根，两人擦肩而过时，飘来一股带有酒味儿的口臭。斯特莱克担心她会从后视镜里看到自己，便一瘸一拐地朝她指的方向走去，等她把车开走——差点撞上前面那辆雪铁龙——然后，他小心翼翼地走到马路尽头，拐进一条小巷，从那里能越过墙头看到一排长长的私家后花园。

瓦德格拉夫家的花园里除了一个旧棚子，没什么值得注意的。草地都快被踩平了，灌木丛生，远处惨兮兮地放着一套粗糙的家具，看样子是很早以前被丢弃的。斯特莱克看着这乱糟糟的花园，沮丧地思索着是否还有他不知道的储藏间、小块土地和车库。

想到还要冒着严寒，在湿滑的路上走那么远，他不禁暗暗叫苦，心里盘算着各种选择。这里离肯辛顿奥林匹亚最近，可是他要搭乘的城区线路只在周末才开。哈默史密斯是一个地上车站，交通比男爵府便利一些，于是他决定多走一些路，去哈默史密斯站。

他每迈一下右腿就疼得龇牙咧嘴，刚走进布莱斯路，手机响了：安斯蒂斯。

"你在搞什么鬼，鲍勃？"

"什么意思？"斯特莱克问，一边瘸着腿往前走，膝盖像被刀刺了一样。

"你在案发现场转来转去。"

"回去看看。每人都有通行权。这没什么可挑理的。"

"你还想跟一个邻居面谈——"

"我没想到他会开门，"斯特莱克说，"我一句都没提奎因的事。"

"听我说，斯特莱克——"

侦探注意到安斯蒂斯改用了他的原名称呼他，但心中并不感到遗憾。他从来都不喜欢安斯蒂斯给他起的那个昵称。

"我告诉过你，你不能妨碍我们办事。"

"那可做不到，安斯蒂斯，"斯特莱克实事求是地说，"我有个客户——"

"忘记你的客户吧，"安斯蒂斯说，"我们得到的每一个情报都表明，她越来越像凶手了。我的建议是，趁早收手吧，因为你正在给自己树好多敌人。我警告过你——"

"你确实警告过，"斯特莱克说，"说得再清楚不过。没有人能够怪罪你的，安斯蒂斯。"

"我警告你不是因为想把自己撇清。"安斯蒂斯气恼地说。

斯特莱克继续一言不发地往前走，手机别扭地贴在耳朵上，短暂的沉默过后，安斯蒂斯说：

"我们的病理报告出来了。血液里有少量酒精，别的没有什么。"

"好的。"

"今天下午我们派警犬去了乱沼地。想赶在恶劣天气之前。据说还有一场大雪。"

乱沼地，斯特莱克知道，是英国最大的垃圾填埋点，负责处理伦敦的公共和商业垃圾，然后装在丑陋的驳船上顺着泰晤士河运走。

"你们认为内脏被扔进了垃圾桶，是吗？"

"是一辆装卸车。塔尔加斯路的拐角有一座房子在装修，八号之前有两辆装卸车停在那儿。这么冷的天气，内脏大概不会招苍蝇。我们核实过了，建筑商拖走的所有垃圾都去了一个地方：乱沼地。"

"好吧，祝你们好运。"斯特莱克说。

"我是想省省你的时间和精力，伙计。"

"是啊。非常感谢。"

斯特莱克假意地感谢安斯蒂斯前一天晚上的款待，便挂断电话。他停住脚靠在墙上，拨打一个新的号码。一个娇小的亚洲女人推着一辆折叠式婴儿车走在他身后，他却没有听见，此刻女人绕道避让，但并未像西布朗普顿桥上的那个男人一样骂骂咧咧。拐杖就像罩袍一样，赋予了一种受保护的身份。女人经过时朝他浅浅一笑。

利奥诺拉·奎因在铃响三下后接听了电话。

"该死的警察又来了。"她一上来就说。

"他们想干什么？"

"这会儿他们又要求检查整个房子和花园，"她说，"我非得让他们进来吗？"

斯特莱克迟疑了一下。

"我认为最好让他们想做什么就做什么。听我说，利奥诺拉，"他一下子变得像在军队里一样专横，但心中并无愧疚，"你有律师吗？"

"没有，怎么啦？我又没被逮捕。暂时没有。"

"我认为你需要一个。"

对方停顿一下。

"你认识什么好律师吗？"她问。

"认识，"斯特莱克说，"给伊尔莎·赫伯特打电话。我现在就发短信把号码告诉你。"

"奥兰多不喜欢警察到处乱翻——"

"我发短信把这个号码告诉你，希望你立刻给伊尔莎打电话。明白吗？*立刻就打。*"

"好吧。"她闷闷不乐地说。

斯特莱克挂断电话，在手机里找到老同学的号码，发给利奥诺拉。然后他打电话给伊尔莎,满含歉意地解释刚才的事情。

"我不明白你为什么要说对不起,"伊尔莎语气欢快地说,"我们喜欢那些跟警察有麻烦的人,我们以此为生的啊。"

"她应该有资格获得法律援助。"

"如今几乎没有人够资格了,"伊尔莎说,"但愿她够穷。"

斯特莱克的手冻僵了,肚子饿得咕咕叫。他把手机放回大衣口袋,一瘸一拐地朝哈默史密斯路走去。对面人行道上有一家看着很温馨的酒吧,黑色的外墙,圆圆的金属牌上印着一艘扬帆远航的西班牙大帆船。他直奔那儿而去,注意到当人拄着拐杖时,司机们停下来等候就显得耐心多了。

连着两天都去酒吧……可是天气这么恶劣,膝盖疼痛难当。斯特莱克没有生出多少负疚感。阿比恩酒吧内部像外面所显示的一样温馨舒适。窄窄的长条屋,那头的开放式壁炉里燃着旺火,楼上的走廊围着栏杆,木头锃光发亮。在通向二楼的黑色螺旋形铁楼梯下面,有两个扩音器和一个麦克风架子。乳白色的墙上挂着一溜音乐大腕的黑白照片。

火边的座位都有人坐了。斯特莱克给自己买了杯啤酒,拿起一本酒水菜单,朝临街窗户边的那张高高的桌子走去,桌旁有一圈高脚凳。他坐下后才注意到,夹在艾灵顿公爵[①] 和罗伯特·普兰特[②] 的照片中间的,是他那长头发的父亲,父亲刚结束演出,满脸汗津津的,似乎正在跟贝司手一起说笑话,据斯特莱克的母亲说,他曾经想要勒死这个贝司手。

("乔尼对速度总把握不好。"莱达推心置腹地告诉她那一头雾水的九岁儿子。)

---

① 爱德华·肯尼迪·艾灵顿(1899—1974),出生于美国华盛顿特区,美国著名作曲家、钢琴家、乐队队长。主要代表作品有《芳心之歌》《巴黎狂恋》《上帝与舞蹈之赞》等。

② 罗伯特·安东尼·普兰特(1948—),英国摇滚歌手与创作人,曾是著名摇滚乐团齐柏林飞船的主唱,单飞生涯仍十分成功。专辑《聚沙成塔》获得二〇〇九年格莱美奖年度唱片奖。

手机又响了。他眼睛看着父亲的照片,接听电话。

"喂,"罗宾说,"我回办公室了。你在哪儿?"

"哈默史密斯路上的阿比恩酒吧。"

"有个奇怪的电话打给你。我回来时看到了留言。"

"接着说。"

"是丹尼尔·查德,"罗宾说,"他想见你。"

斯特莱克皱起眉头,把目光从父亲的皮衣皮裤上移开,看着酒吧里跳动的炉火。"丹尼尔·查德想见我?丹尼尔·查德怎么会知道我的存在?"

"看在上帝的分上,是你发现尸体的呀!新闻上都吵得沸沸扬扬了。"

"噢,对了——确实如此。他有没有说为什么?"

"他说他有个建议。"

斯特莱克脑海里突然像放幻灯片一样闪过一个生动的画面,一个秃顶的裸体男人挺着一根溃烂的阴茎。这画面刹那间就消失了。

"我好像记得他摔断了腿,躲在德文郡呢。"

"确实如此。他想知道你是否愿意过去看他。"

"哦,是吗?"

斯特莱克考虑着这个建议,想到了自己的工作负担和这星期安排的约见。最后,他说道:

"如果把贝内特推掉,我可以星期五过去。他到底想干什么?我需要租一辆车。一辆自动挡的车,"桌子下的腿阵阵隐痛,于是他又补了一句,"你能替我租车吗?"

"没问题。"罗宾说。斯特莱克听见她在纸上记着。

"我有许多事要告诉你,"斯特莱克说,"你想过来跟我一起吃午饭吗?他们的菜单蛮不错的。如果打车的话,应该二十分钟就到了。"

"连着两天?我们可不能总是打车、在外面吃饭啊。"罗宾说,不过听上去还是蛮高兴的。

"没关系。贝内特喜欢花她前任的钱。我就把这顿饭记在她账上好了。"

斯特莱克挂了电话,决定点一份牛排啤酒馅饼,便一瘸一拐地去吧台点餐。

回到座位上,他的目光不经意间又落到穿紧身皮衣的父亲身上,父亲正在大笑,头发贴在窄窄的脸上。

妻子知道我,假装不知道……她不肯放过他,其实放手对每个人都是最好的……

我知道你想去哪儿,欧文!

斯特莱克的目光扫过对面墙上那一排巨星的黑白照片。

我被蒙骗了吗?他默默地问约翰·列侬[①],列侬透过圆圆的夹鼻眼镜,讥讽地看着他。

为什么他仍不相信是利奥诺拉杀害了自己的丈夫,哪怕面对着那些他不得不承认的与他想法相反的种种蛛丝马迹?为什么他仍相信利奥诺拉来办公室找他不是为了掩饰什么,而是真的为奎因像孩子一样赌气逃跑而感到生气?斯特莱克可以发誓,利奥诺拉从来没想过丈夫会命丧黄泉……他陷入沉思,不知不觉喝光一杯啤酒。

"你好。"罗宾说。

"真快啊!"斯特莱克看到她很觉意外。

"其实也不快,"罗宾说,"交通挺拥挤的。我可以点餐吗?"

她走向吧台时,许多男人扭头看她,但斯特莱克没有注意。他仍然在想利奥诺拉·奎因,那个瘦弱、难看、头发花白、深受迫害的女人。

罗宾回来了,给斯特莱克又端来一杯啤酒,给自己买了西红柿汤,她给斯特莱克看了那天早晨她用手机在丹尼尔·查德的城市住宅拍的照片。那是一座白色的带栏杆的灰泥别墅,乌黑锃亮的前门两边

[①] 约翰·温斯顿·列侬(1940—1980),英国著名摇滚乐队"披头士"成员,摇滚史上最伟大的音乐家之一,披头士乐队的灵魂人物,诗人,社会活动家,反战者,以身为披头士乐队创团团员扬名全球。一九八〇年,列侬在纽约自己的寓所前被一名据称患有精神病的歌迷枪杀,年仅四十岁。

矗立着石柱。

"有个奇怪的小院子，从街上看不到。"罗宾说，一边给斯特莱克看一张照片。几个希腊大肚古瓮里生长着灌木。"我猜查德可以把内脏扔在其中一个古瓮里，"她大大咧咧地说，"把灌木拔起来，把内脏埋进土里。"

"真没法想象查德能做出这种肮脏的、需要体力的事，但你这样不断思考是可取的，"斯特莱克说，想起出版商一尘不染的西服和艳丽的领带，"克莱曼·艾德礼府怎么样——是不是有很多藏东西的地方，就像我记得的那样？"

"确实有很多，"罗宾说，又给他看了一批照片，"公用垃圾箱，灌木丛，各种地方。只有一个问题，我实在没法想象在那里做事能不被人看见，至少很快就会有人注意到你。到处都是人，每时每刻都有人，你不管走到哪儿，上面都有一百多个窗户盯着你。也许夜半三更可以不被人看见，但是还有摄像头呢。

"不过，我确实发现了一些别的东西。嗯……其实只是一个想法。"

"接着说。"

"房子前面就有一家医疗中心。他们有时候可能会处理——"

"医用垃圾！"斯特莱克说，放下了酒杯，"该死，想得不错。"

"那我是不是去应该调查一下？"罗宾说，她感觉到斯特莱克赞许的表情，努力掩饰内心的骄傲和喜悦，"弄清什么时候，怎么——"

"完全正确！"斯特莱克说，"这比安斯蒂斯的那些线索强多了。他认为，"斯特莱克看到她眼里的疑问，解释道，"那些内脏被扔进了塔尔加斯路附近的一辆装卸车，凶手只拎着它们拐了个弯，就随手扔掉了。"

"嗯，也有可能啊。"罗宾说，可是斯特莱克皱起了眉头，那样子就跟马修听她提到斯特莱克的某个想法或意见时完全一样。

"这起谋杀案百分之百是精心策划的。我们要对付的凶手，绝不会拎着一个装满人体内脏的帆布袋，离开尸体后拐个弯就把它给扔了。"

他们默默地坐着，罗宾无奈地想，斯特莱克不喜欢安斯蒂斯的意见，与其说这种不喜欢是客观的评价，不如说是因为天性中的争强好胜。罗宾对男性的自尊心略知一二，她除了马修，家里还有三个兄弟呢。

"那么，伊丽莎白·塔塞尔和杰瑞·瓦德格拉夫的住房是什么样子的？"

斯特莱克告诉她，瓦德格拉夫的妻子以为他在监视他们家。

"气得要命。"

"真怪，"罗宾说，"如果我看见有人盯着我们家房子，我不会一下子就得出结论，他们是在——你知道的——是在监视。"

"她像她丈夫一样是个酒鬼，"斯特莱克说，"我能闻到她身上的酒气。另一方面，伊丽莎白·塔塞尔的家倒像个理想的杀人犯藏匿处。"

"什么意思？"罗宾问，既觉得好笑，又觉得有些不安。

"非常隐蔽，没有什么人能看到。"

"可是，我仍然认为不会是——"

"——女人干的。这话你说过了。"

斯特莱克默默地喝了一两分钟啤酒，考虑着行动方案，他知道这个方案会更加激怒安斯蒂斯。他没有权力审问嫌疑人。他已经被告知不要妨碍警方办案。

他拿起手机，考虑片刻，拨打了罗珀·查德出版公司的号码，要求与杰瑞·瓦德格拉夫通话。

"安斯蒂斯叫你不要妨碍他们的！"罗宾惊慌地说。

"是啊，"斯特莱克说，耳边的电话里没有声音，"他刚才又把这条忠告说了一遍，但是有一半的事情我还没告诉你呢。待会儿——"

"喂？"杰瑞·瓦德格拉夫在电话那头说。

"瓦德格拉夫先生，"斯特莱克说，接着介绍自己的身份，虽然刚才已经把名字告诉了瓦德格拉夫的助理，"我们昨天上午匆匆见过一面，在奎因夫人那儿。"

"哦，没错没错。"瓦德格拉夫说。他的声音听上去既礼貌又疑惑不解。

"我想奎因夫人告诉过你，她雇用了我，因为她担心警察在怀疑她。"

"我觉得那不可能是真的。"瓦德格拉夫立刻说道。

"是指警察怀疑她，还是她杀死了她丈夫？"

"嗯——两者都有。"瓦德格拉夫说。

"丈夫死了，妻子一般都会受到严密审查。"斯特莱克说。

"肯定是这样的，可是我无法……嗯，实际上这些都让我无法相信，"瓦德格拉夫说，"整个事情实在骇人听闻，令人难以置信。"

"是啊，"斯特莱克说，"我在想，我们能不能见一面？我想问你几个问题。我很愿意去你府上，"侦探说着看了罗宾一眼，"下班以后——看你的方便。"

瓦德格拉夫没有立刻回答。

"当然，我愿意不遗余力地帮助利奥诺拉，可是你觉得我能告诉你什么呢？"

"我对《家蚕》很感兴趣，"斯特莱克说，"奎因在书里贬损了许多人。"

"没错，"瓦德格拉夫说，"确实如此。"

斯特莱克不知道警察是否已经找瓦德格拉夫谈过，是否已经要求他解释血迹斑斑的麻袋里是什么东西，以及被溺死的侏儒有什么象征意义。

"好吧，"瓦德格拉夫说，"我愿意跟你见面。我这星期的日程安排比较满。你能否……让我想想……星期一一起吃午饭？"

"太好了。"斯特莱克说，一边阴郁地想到这意味着他要买单，其实他更愿意到瓦德格拉夫家里去见面，"在哪儿？"

"我想离上班的地方近一些，下午还有许多事。你觉得浅滩辛普森怎么样？"

斯特莱克眼睛看着罗宾，认为这个地点选得有点奇怪。"下午一点？我让秘书去预订。到时候见。"

"他愿意见你？"斯特莱克刚挂了电话，罗宾就问道。

"是啊，"斯特莱克说，"真可疑。"

罗宾摇摇头，轻声笑了。

"从我听到的来看，他好像并不是特别积极。你说，他同意跟你见面，是不是说明心里没鬼呢？"

"不，"斯特莱克说，"我以前跟你说过，许多人在调查人员周围转悠，揣测调查的进展情况。他们总觉得必须不停地为自己辩解。"

"我要上个厕所……你等我一会儿……还有事要跟你说……"

罗宾小口喝着西红柿汤，斯特莱克拄着新拐杖慢慢走开。

又是一阵雪花在窗外飘过，迅速散开。罗宾抬头看着对面墙上的那些黑白照片，认出了乔尼·罗克比，斯特莱克的父亲，不禁小小地吃了一惊。两人除了都是六英尺多的大个儿，其他方面一点也不像，他们不得不做了亲子鉴定才确定父子关系。在维基百科的"罗克比"词条上，斯特莱克被列为摇滚巨星的子嗣之一。斯特莱克告诉罗宾，他和父亲只见过两次。罗宾盯着罗克比那条暴露的紧身皮裤看了一会儿，强迫自己把目光重新转向窗外，担心斯特莱克看见她盯着他父亲的腹股沟。

斯特莱克回到桌旁时，他们的食物也送上来了。

"目前警察正在彻底搜查利奥诺拉的房子呢。"斯特莱克大声说，一边拿起刀叉。

"为什么？"罗宾问，叉子悬在半空。

"你说为什么呢？寻找血衣呗。看看花园里有没有新挖的坑，里面塞满她丈夫的内脏。我给她请了一位律师。他们还没有足够的证据逮捕她，但打定主意要找到点什么。"

"你真的认为不是她干的？"

"真的认为。"

斯特莱克把盘子里的东西吃光，才又说道：

"我特别想跟范克特谈谈。我想知道他为什么要加入罗珀·查德，他明知道奎因在那儿，而且他应该是讨厌奎因的。他们免不了要低头不见抬头见。"

"你认为范克特把奎因杀了，这样就不会在公司晚会上碰到他了？"

"想得不错。"斯特莱克讥讽地说。

他喝光杯里的啤酒，再次拿起手机，拨了电话号码查询台，很快，就被转接到伊丽莎白·塔塞尔文学代理公司。

伊丽莎白的助理拉尔夫接了电话。斯特莱克报出自己的名字后，小伙子显得既害怕又兴奋。

"哦，我不知道……我去问问。按一下保持通话键。"

但是他似乎对电话的功能不太熟悉，咔嗒一声之后，电话仍是通的。斯特莱克听见拉尔夫在远处告诉老板，斯特莱克打电话过来，接着听见伊丽莎白不耐烦地大声回答：

"该死的，他这次又想做什么？"

"他没说。"

重重的脚步声，桌上的听筒被一把抓起。

"喂？"

"伊丽莎白，"斯特莱克语气欢快地说，"是我，科莫兰·斯特莱克。"

"嗯，拉尔夫跟我说了。有什么事？"

"我在想我们能不能见一面。我还在为利奥诺拉·奎因工作。她认为警察怀疑是她杀害了她的丈夫。"

"你为什么要找我谈呢？我可没法告诉你是不是她干的。"

斯特莱克可以想象拉尔夫和莎利在臭烘烘的办公室里听着这些话，一脸惊愕。

"我还有几个关于奎因的问题要问你。"

"哦，看在上帝的分上，"伊丽莎白粗声恶气地说，"好吧，我想明天中午可以一起吃个午饭。不然的话，我就要一直忙到——"

"明天绝对没问题，"斯特莱克说，"但不一定是吃午饭，我可不可以——"

"吃午饭对我合适。"

"太好了。"斯特莱克立刻说道。

"夏洛特街的佩斯卡托里饭店,"她说,"十二点半,有变化再通知你。"

她挂断电话。

"这些做书的人,怎么这么喜欢吃该死的午饭,"斯特莱克说,"他们不想让我去他们家,是不是怕我看到冰箱里藏着奎因的内脏,我这么说可能太夸张了吧?"

罗宾的笑容隐去了。

"知道吗,你这样会失去朋友的,"她一边说一边穿上大衣,"就这么给人打电话,要求审问他们。"

斯特莱克嘟囔一声。

"你不在乎吗?"罗宾问,这时他们离开温暖的酒吧,走到寒冷刺骨的室外,雪花刺痛了他们的脸。

"我还有很多朋友呢。"斯特莱克并没有夸大其词。

"我们应该每天吃午饭时都喝杯啤酒,"他说,用拐杖支撑着沉重的身体,两人低头抵挡漫天飞舞的雪花,朝地铁站走去,"在工作日让自己歇口气。"

罗宾为了迁就他调整了自己的步子,听了这话脸上露出笑容。自从给斯特莱克打工以来,就数今天过得最开心,不过,马修还在约克郡帮着筹划他母亲的葬礼,可千万不能让他知道她连着两天都去了酒吧。

第二十七章

我应该相信一个人,虽然我知道他背叛朋友!

——威廉·康格里夫,《两面派》

  大雪像一幅巨大的地毯,缓缓覆盖整个不列颠。早间新闻显示,英国东北部已是白雪皑皑,汽车像许多不幸的白羊一样陷在雪地里,车灯微弱地闪着光。伦敦在黑云压城中等待着大雪来袭,斯特莱克一边穿衣服,一边扫了一眼电视上的天气图,不知道第二天驾车去德文郡的计划能否实现,甚至不知道五号公路到时候能否通行。他虽然打定主意要去跟行动不便的丹尼尔·查德见面,认为查德的这番邀请十分奇特,但是眼下腿疼得这么厉害,即使开自动挡的车也让他心里打鼓。

  警犬应该还在乱沼地搜寻。膝盖肿痛得比任何时候都厉害,他一边戴假肢,一边想象着那些警犬,它们敏感的、不断颤动的鼻子在新近填埋的垃圾里寻寻觅觅,头顶上是逐渐逼近的滚滚乌云,以及在半空盘旋的海鸥。由于冬季日短,警犬可能已经开始搜寻了,拽着它们的训练员在冻成冰的垃圾堆里跑来跑去,搜寻欧文·奎因的内脏。斯特莱克曾经跟嗅探犬一起工作过。它们蠕动的臀部和摇晃的尾巴,给搜寻增添了一种不协调的愉快色彩。

下楼的过程痛苦不堪，让他心生恐慌。当然，在理想的情况下，他前一天会在断肢上敷一个冰袋，把腿高高翘起，而不是在伦敦城里走来走去，就为了让自己不去想夏洛特和她的婚礼——婚礼即将在克洛伊的城堡那座修复一新的教堂里举行……要说克洛伊的城堡，不能说克洛伊城堡，那该死的家族听了会生气。还剩九天……

他刚打开玻璃门的锁，罗宾办公桌上的电话响了。他龇牙咧嘴地赶过去接。是布鲁克赫斯特小姐那个多疑的情人兼老板，他告诉斯特莱克，他的女秘书患了重感冒，在他的床上养病，所以斯特莱克不用去跟踪监视了，等秘书病好了再说。斯特莱克刚把话筒放回去，电话又响了。是另一个客户卡洛琳·英格尔斯，她用激动的声音宣布跟她那出轨的丈夫和解了。斯特莱克言不由衷地表达了祝福，就在这时罗宾进来了，脸冻得通红。

"外面越来越糟糕了，"斯特莱克挂上电话后，她说，"是谁呀？"

"卡洛琳·英格尔斯。她跟鲁伯特和好了。"

"什么？"罗宾惊讶地说，"在他搞了那么多脱衣女郎之后？"

"他们要为了孩子把婚姻维持下去。"

罗宾难以置信地哼了一声。

"约克郡的雪情很严重，"斯特莱克说，"如果你想明天请假，早点动身——"

"不用，"罗宾说，"我已经给自己订了星期五晚上的卧铺，应该没事。既然英格尔斯的事不用管了，我要不要给一个正在排队的客户打电话——"

"先别忙。"斯特莱克说着，一屁股坐在沙发上，没能阻止一只手滑向肿胀的膝盖，那里又是一阵剧痛。

"还疼吗？"罗宾怯生生地问，假装没有看见他疼得满脸抽搐。

"是啊，"斯特莱克说，"但这不是我不想再接客户的原因。"他尖锐地补了一句。

"我知道，"罗宾说，背对着他，给电水壶通上电，"你想集中精力调查奎因的案子。"

斯特莱克不能确定她的语气里是否含有责备。

"奎因太太会付我钱的，"他短促地说，"奎因买了人身保险，是奎因太太让他投保的。所以现在有钱了。"

罗宾听出他防备的口吻，心里有些不快。斯特莱克是在假设她把钱放在第一位。难道她没有证明自己根本不是这样的人吗？当初她就是为了斯特莱克拒绝了报酬高得多的工作。难道他没有注意到，她是多么心甘情愿地帮助他证明利奥诺拉·奎因没有杀害丈夫吗？

罗宾把一杯茶、一杯水和扑热息痛片放在他面前。

"谢谢。"他咬着牙说，被止痛片弄得有些恼火，虽然他很想吞下双倍的剂量。

"我叫一辆出租车，十二点送你去佩斯卡托里饭店，好吗？"

"拐个弯就到了。"他说。

"要知道，过分的自尊就是愚蠢。"罗宾说，这是斯特莱克第一次看到她露出发脾气的迹象。

"好吧，"他扬起眉毛说，"我就坐那该死的出租车。"

事实上，当他三小时后吃力地拄着已被压弯的廉价拐杖，一瘸一拐地走向等在丹麦街口的出租车时，心中暗暗为此庆幸。他现在知道了，今天压根儿就不该戴假肢。夏洛特街几分钟就到了，他从车里出来时非常费事，司机很不耐烦。终于进了喧闹而温暖的佩斯卡托里饭店，斯特莱克才松了一口气。

伊丽莎白还没到，但用她的名字预订了座位。斯特莱克被引到一张两人桌旁，紧挨着镶嵌着卵石的粉白墙壁。古朴的原木横梁在天花板上纵横交错，一条帆船悬挂在吧台上空。对面墙边是一些鲜艳的橘黄色皮革小包间。斯特莱克出于习惯点了一杯啤酒，享受着周围轻快、明亮的地中海氛围，注视着雪花从窗外飘过。

没过多久，代理来了。她朝桌子走来时，斯特莱克想站起来打招呼，却一下子又坐了回去。伊丽莎白似乎并未留意。

上次见面之后，伊丽莎白好像掉了一些体重。裁剪精致的黑色西装，猩红色的口红，青灰色的短发，今天却并未给她增添锐气，反倒显得她像是选错了的伪装。她脸色发黄，皮肉似乎也松弛了。

"你好吗？"斯特莱克问。

"你说我好不好？"她粗暴地哑声说道，"什么？"她厉声对一位等在旁边的侍者说，"噢。水。纯净水。"

她拿起菜单，像是后悔自己暴露了太多秘密，斯特莱克看得出来，不管表达同情还是关心都只会自讨没趣。

"就来一份汤好了。"侍者回来让他们点餐时，她说。

"谢谢你又来见我。"侍者走后，斯特莱克说。

"唉，上帝知道，利奥诺拉需要她能得到的所有帮助。"伊丽莎白说。

"你为什么这样说？"

伊丽莎白眯起眼睛看着他。

"别装糊涂了。她告诉我，一得到欧文的消息，她就坚持要人把她带到警察局去见你。"

"是啊，没错。"

"她认为那会给人留下什么印象呢？警察大概以为她听到噩耗会瘫倒在地，结——结果呢，她只想去见她的侦探朋友。"

她拼命忍住咳嗽。

"我认为利奥诺拉不太考虑她给别人留下什么印象。"斯特莱克说。

"是啊是啊，你说得对。她一直都不大拎得清。"

斯特莱克暗想，伊丽莎白·塔塞尔认为她自己给别人留下的是什么印象呢？她是否意识到别人都不怎么喜欢她呢？她让先前一直抑制着的咳嗽尽情地释放出来，斯特莱克等这阵海豹般的剧咳过去后才问道：

"你认为她应该假装更悲哀一些？"

"我没说要装，"伊丽莎白没好气地说，"我相信她也以她有限的方式感到难过。我只是说，适当地扮演一个悲伤的寡妇没什么坏处。这是人们期望的。"

"我想你已经跟警察谈过了吧?"

"当然。我们谈了河滨餐厅的那次争吵,还反复谈了我没有好好读那本该死的书的原因。他们还想知道我最后一次看见欧文之后的行踪。特别是我见他之后的那三天。"

她疑问地瞪着斯特莱克,斯特莱克面无表情。

"我想,他们认为他是在我们吵架后的三天内遇害的。"

"我不知道,"斯特莱克没说实话,"关于你的行踪,你是怎么跟他们说的?"

"我说,在欧文怒气冲冲地离我而去后,我就直接回家了,第二天早晨六点钟起床,打车去了帕丁顿,在多克斯那儿住了一阵。"

"是你的一位作者,我记得你说过。"

"是啊,多克斯·彭杰利①,她——"

伊丽莎白注意到斯特莱克微微咧开嘴笑了,于是,她的脸从他们相识以来第一次放松下来,露出一丝短暂的笑容。

"信不信由你,这是她的真名,不是笔名。她写的是伪装成历史演义的色情文学。欧文对她的书嗤之以鼻,却对书的销量嫉妒得要命。她的书确实好卖,"伊丽莎白说,"像刚出锅的馅饼一样。"

"你是什么时候从多克斯那儿回来的?"

"星期一傍晚。本来应该是一个美妙的长周末,可是,"伊丽莎白焦虑地说,"拜《家蚕》所赐,毫无美妙可言。

"我一个人生活,"她继续说道,"没法证明我回家了,我并未一回伦敦就去谋杀欧文。其实倒真想这么做呢……"

她又喝几口水,接着说:

"警察主要是对那本书感兴趣。他们似乎认为它使许多人有了作案动机。"

这是她第一次毫不掩饰地想从他这里套取消息。

---

① 在英语里,多克斯(Dorcus)的意思是一种锹形虫,彭杰利(Pengelly)来源于康沃尔语,意思是岬顶灌木林。

"一开始确实好像有许多人,"斯特莱克说,"但如果他们得到的死亡时间是正确的,如果欧文是在河滨餐厅跟你吵架之后的三天内遇害的,嫌疑者的人数就非常有限。"

"怎么会?"伊丽莎白尖锐地问道,斯特莱克想起他在牛津时有一位非常严厉的老师,总喜欢把这三个字的问句当成一根巨大的针,刺向缺乏依据的推理。

"恐怕这点我无法奉告,"斯特莱克和颜悦色地说,"绝对不能影响警察办案。"

隔着小桌看去,她苍白的皮肤毛孔粗大、纹理粗糙,深橄榄色的眼睛十分警觉。

"他们问我,"她说,"在我得到书稿、还没有寄给杰瑞和克里斯蒂安之前的那几天里,我还拿给谁看过——回答是:谁也没给。他们还问我,欧文写作时会跟谁讨论书稿。我不明白为什么要这么问,"她用发黑的双眸盯着斯特莱克的眼睛,"难道他们以为是有人怂恿了他?"

"不知道,"斯特莱克又没说实话,"他一般写书时跟别人讨论吗?"

"可能会跟杰瑞·瓦德格拉夫透露一点内容。欧文连书名都不屑于告诉我。"

"真的吗?他从来不征求你的意见?你没有说你曾在牛津读过文学——"

"第一时间就说了,"她气呼呼地说,"可是这在欧文看来什么都不算,他是在拉夫堡大学之类的地方另辟蹊径,从来没拿到过学位。没错,迈克尔有一次善意地告诉欧文,我们当年做同学时,我作为一个作家,作品都是'拙劣的衍生品',欧文就把这话牢牢记住了。"想起过去受到的轻视,她发黄的脸上泛起些许紫色。"欧文跟迈克尔一样,在文学方面对女人存有偏见。他们俩都不把称赞他们作品的女人当回事儿,其——其实——"她用餐巾捂着嘴咳嗽,再次抬起头来时面色通红,满脸怒气,"大多数作者都贪婪地想得到别人的夸赞,而欧文的胃口比我认识的所有作者都大。"

食物端上来了：伊丽莎白的是西红柿汤，斯特莱克的是鳕鱼和油炸土豆条。

"上次见面时你告诉我，"斯特莱克咽下满满一大口食物，说道，"有一个时期你必须在范克特和欧文之间做选择。你为什么选了欧文呢？"

伊丽莎白吹了吹一勺汤，似乎认真思考了一番才说话：

"我觉得——在那个时候——觉得他似乎受到了过于严重的惩罚。"

"这跟某人写的那篇模仿范克特妻子小说的戏谑之作有关吗？"

"不是'某人'，"她轻声说，"是欧文写的。"

"你能确定？"

"他向杂志投稿前拿给我看了。对不起，"伊丽莎白带着冷冷的挑衅跟斯特莱克对视，"那文章把我逗笑了。真是惟妙惟肖，别提多滑稽了。欧文一直非常擅长模仿别人的文字。"

"可是后来范克特的妻子就自杀了。"

"这当然是个悲剧，"伊丽莎白说，没有流露出什么明显的情绪，"不过谁也不可能预料到。坦白地说，任何一个因为一篇差评便想要自杀的人，一开始就不该去写小说。不用说，迈克尔对欧文非常恼怒，我认为，后来欧文听说埃尔斯佩思自杀后一下子怂了，不敢承认那文章是他写的，范克特就更生气了。对于一个被认为是天不怕地不怕、无法无天的男人来说，这也许是一种令人意外的懦夫表现。

"迈克尔希望我别再给欧文做代理了。我拒绝了。后来迈克尔就不跟我说话了。"

"当时奎因帮你赚的钱比范克特带来的利润多吗？"斯特莱克问。

"仁慈的上帝啊，才不是呢，"她说，"我坚持代理欧文，不是为了金钱上的好处。"

"那为什么——"

"我刚才跟你说了，"她不耐烦地说，"我信仰言论自由，叫人头疼的人也有言论自由。后来,在埃尔斯佩思自杀后不久,利奥诺拉生下一对早产的双胞胎。分娩时出了严重的状况,男孩死了,奥兰多……我想你已经见过她了吧?"

斯特莱克点点头,突然又想起那天晚上的梦境:夏洛特诞下那个孩子,却不让他看……

"大脑受损,"伊丽莎白继续说道,"因此,当时欧文也在经历他自己的人生悲剧,他不像迈克尔,他从来不给——不给——自己找——"

她又咳了起来,看见斯特莱克露出淡淡的惊讶,便用手做了个不耐烦的手势,示意他先别说话,她咳完后自会解释。终于,在又喝了一口水之后,她哑着嗓子说:

"迈克尔之所以鼓励埃尔斯佩思写作,只是希望自己工作时她不要来打扰。他们俩没有共同语言。迈克尔娶她是因为对自己中产阶级下层的出身特别敏感。埃尔斯佩思是伯爵的女儿,以为嫁给迈克尔就意味着可以参加各种各样的文学派对,和充满思想火花的睿智的谈话。她没有意识到在迈克尔写作时,她大部分时间都是独自待着。"伊丽莎白轻蔑地说,"她是一个没有什么才情的女人。

"但成为一个作家的想法让她非常兴奋。你知不知道,"代理声音粗哑地说,"有多少人以为自己能写作?你简直没法想象每天我收到的那些垃圾作品。在正常情况下,埃尔斯佩思的小说应该被直接回绝的,太低俗、太装腔作势了,但那不是在正常情况下。迈克尔鼓励她写出那部该死的作品,没有勇气告诉她写得很烂。他把书稿交给自己的出版商,他们为了取悦迈克尔就接受了。书出版刚一星期,那篇仿作就出现了。"

"奎因在《家蚕》里暗示其实是范克特写了那篇仿作。"斯特莱克说。

"我知道他是这样暗示的——我可不想去激怒迈克尔·范克特。"她自言自语地加了一句,显然希望被对方听见。

"什么意思?"

短暂的停顿，斯特莱克几乎能看出伊丽莎白在决定告诉他什么。

"我认识迈克尔，"她慢慢地说道，"是在一个研究詹姆斯一世时期复仇悲剧的讨论小组里。可以说复仇是他的本能。他崇拜那些作家，他们病态的残忍，对复仇的贪欲……强奸、食人，穿着女人衣服的中毒的骨架……迈克尔痴迷虐恋性的复仇。"

她抬头看了斯特莱克一眼，斯特莱克凝神注视着她。

"怎么了？"她短促地问。

他想，奎因被害的细节什么时候会在报纸上全面曝光？应该快了，有卡尔佩珀在关注这个案子。

"你在他们俩中间选择奎因之后，范克特有没有进行残忍的复仇？"

她低头看着那碗红色的汤，突然把它往旁边一推。

"我们是关系不错的朋友，走得很近，但是，从我拒绝跟欧文解约的那天起，迈克尔就再也没跟我说过一句话。他还想方设法警告别的作家远离我的代理公司，说我是个没节操、没原则的女人。

"但我始终恪守一个神圣的原则，他也知道，"伊丽莎白语气坚决地说，"欧文写那篇仿作，其实只是做了迈克尔对其他作家做过一百次的事。当然啦，我为这件事的后果感到深深的遗憾，但我有那么几次——这是其中一次——我觉得欧文从道德上来讲是清白的。"

"不过肯定还是伤害了范克特，"斯特莱克说，"你认识他的时间比奎因长。"

"现在算来，我们做仇人的时间比做朋友长。"

斯特莱克注意到，这不是一个恰当的回答。

"你千万别以为……欧文并不总是——他其实没那么坏，"伊丽莎白不安地说，"你知道的，他对男性生殖力很痴迷，不管是在生活中还是他的作品里。有时这象征着一种创作天赋，但也有些时候，这种痴迷会被看作是艺术成就的绊脚石。《霍巴特的罪恶》的故事塑造了霍巴特，他既是男性又是女性，必须在生儿育女和成就作家梦之间做出选择：让腹中胎儿流产，或放弃自己的文学作品。

"但是涉及现实中的父亲身份——你知道的,奥兰多不是个……你不会选择让自己的孩子这……这……但是奎因爱她,她也爱奎因。"

"只是奎因经常会离家出走,跟情人乱搞,或把钱挥霍在酒店。"斯特莱克说。

"好吧好吧,他不会赢得年度好父亲的称号,"伊丽莎白没好气地说,"但确实有爱存在。"

餐桌上沉默下来,斯特莱克决定不打破这种沉默。他相信伊丽莎白·塔塞尔之所以最后同意这次见面,肯定有她自己的理由,他很想听一听。于是他一边吃鱼,一边等待。

"警察问过我,"就在他盘子里的食物快要吃光时,伊丽莎白终于说道,"欧文是不是在以某种方式敲诈我。"

"是吗?"斯特莱克说。

饭店里充满嘈杂的说话声和餐具碰撞声,窗外的雪下得更大了。眼前又是他跟罗宾说过的一种常见现象:嫌疑人担心他们的第一次自我澄清做得不够到位,希望再做一番辩解。

"他们注意到这么多年有大量资金从我的账上转给了欧文。"伊丽莎白说。

斯特莱克什么也没说。他们上次见面时,他就觉得她愿意为奎因住酒店买单有点不合常理。

"他们凭什么认为有人敲诈我呢?"她扭动着猩红色的嘴唇问斯特莱克,"我在职业生涯中诚实守信。我也没有任何私生活可言。我是个百分之百的清白老处女,是不是?"

斯特莱克认为对于这样一个问题,不管回答得多么漂亮,也会触怒对方,便什么话也没说。

"从奥兰多出生时就开始了,"伊丽莎白说,"欧文竟然把他挣到的钱花得精光,利奥诺拉分娩后在重症监护室住了两个星期,迈克尔·范克特在外面到处叫嚣欧文害死了他的妻子。

"欧文是个弃儿。他和利奥诺拉都没有亲人。我作为朋友借钱给他买婴儿用品。后来又预支给他一笔钱按揭一座更大的房子。接着,奥兰多被发现生长发育不正常，我便又花钱请专家给她看病，请治疗师帮助她。不知不觉中，我成了这家人的私人提款机。欧文每次拿到版税，都会嚷嚷着说要还钱给我，有时我也能收回几千块钱。

"从本质上说，"代理滔滔不绝地说道，"欧文只是个长不大的孩子，这使他既讨厌得让人难以忍受，又别有一种魅力。不负责任，做事冲动，自私自利，特别没有良心，但他同时又滑稽、热情、令人愉快。他身上有一种凄美的东西，一种可笑的脆弱，不管他的行为有多恶劣，他都能让别人想要保护他。杰瑞·瓦德格拉夫有这种感觉。女人们有这种感觉。我也有这种感觉。事实上，我一直希望，甚至相信，有朝一日他能再创作出一部《霍巴特的罪恶》。他写的每一本血腥而可怕的书里都有某种东西，这东西意味着你不能完全把他一笔抹杀。"

一个侍者过来收他们的盘子。他关切地询问伊丽莎白汤是不是不合口味，伊丽莎白挥挥手不予理会，兀自要了一杯咖啡。斯特莱克接过侍者递过来的甜品菜单。

"不过奥兰多挺可爱的，"伊丽莎白粗声粗气地补了一句，"奥兰多非常可爱。"

"是啊……她好像记得，"斯特莱克说，一边密切地注视着她，"她看见你那天进了奎因的书房，当时利奥诺拉在上厕所。"

斯特莱克认为她没料到会有这个问题，而且似乎不愿意回答。

"她看见了，是吗？"

她小口喝着水，迟疑了一下，说道：

"我想，任何一个被写在《家蚕》里的人，若有机会看到欧文留下的其他卑鄙下作的笔记，都会抓住机会去看看的。"

"你发现了什么吗？"

"没有，"她说，"因为那地方像个垃圾堆。我一眼就看出找东西需要很长时间，"她挑衅地扬起下巴，"坦白地跟你说吧，我不想留下指纹。所以我刚进去就赶紧溜了出来。其实——说起来很不光彩——我只是一时冲动。"

她似乎把自己要说的话都说完了。斯特莱克要了一份苹果草莓酥，然后来了个先发制人。

"丹尼尔·查德想见我。"他告诉伊丽莎白。她惊讶得睁大了深橄榄色的眼睛。

"为什么？"

"我不知道。如果雪情不是太严重，我明天要到德文郡去拜访他。在去见他之前我想知道，他在《家蚕》里为什么被描写成杀害一个金发小伙子的凶手。"

"我可没法向你提供解读那本淫秽书的钥匙，"伊丽莎白回答，先前那种咄咄逼人和疑神疑鬼又都回来了，"不行，我办不到。"

"真可惜，"斯特莱克说，"因为大家都在议论。"

"我把那本破书寄出去就已经大错特错了，难道我还要继续传闲话，使这个错误变得更严重吗？"

"我很谨慎的，"斯特莱克说，"没有人会知道我的消息从何而来。"

但她只是狠狠地瞪着斯特莱克，目光冰冷、阴郁。

"凯瑟琳·肯特是怎么回事？"

"什么怎么回事？"

"在《家蚕》里，她住的山洞里为什么都是耗子骨头？"

伊丽莎白什么都没说。

"我知道凯瑟琳·肯特就是魔女，我见过她，"斯特莱克耐心地说，"你的解释会节省我的一些时间。我猜你很想知道是谁杀害了奎因吧？"

"你太直接了，"她专横地说，"这办法通常管用吗？"

"是的，"他不动声色地说，"管用。"

她皱起眉头，突然说起话来，但斯特莱克并不感到意外。

"好吧，说起来我也没必要护着凯瑟琳·肯特。如果你一定想知道，那我告诉你，欧文是在比较粗鲁地暗示凯瑟琳·肯特在一家动物实验工厂工作。他们在那里对老鼠、狗和猴子做一些令人恶心的事情。我是在一个派对上听说的，欧文把她也带去了。当时她衣冠不整，还想给我留下好印象，"伊丽莎白轻蔑地说，"我看过她的作品。跟她一比，多克斯·彭杰利简直成了艾丽丝·默多克①。典型的糟粕——糟粕——"

她又用餐巾捂着嘴咳嗽，斯特莱克勉强吃了几口草莓酥。

"——互联网给我们的糟粕，"她终于把句子说完了，眼睛泪汪汪的，"而且似乎更糟糕，她似乎希望我跟她站在一边，反对那些攻击他们实验室的屌丝学生。我是一个兽医的女儿，我和动物一起长大，喜欢它们超过喜欢人。我发现凯瑟琳·肯特是个可怕的人。"

"你知道魔女的女儿阴阳人应该是谁吗？"斯特莱克问。

"不知道。"伊丽莎白说。

"切刀麻袋里的侏儒呢？"

"关于那本讨厌的书，我一个字也不会再解释了！"

"你知道奎因认识一个名叫皮帕的女人吗？"

"我从没见过什么皮帕。但是奎因在教创意写作课，中年妇女都想寻找自己的'存在感'。他就是在那儿勾搭上凯瑟琳·肯特的。"

她喝着咖啡，看了看手表。

"你能跟我说说乔·诺斯的事吗？"斯特莱克问。

她怀疑地看了斯特莱克一眼。

"为什么？"

"好奇。"斯特莱克说。

他不知道伊丽莎白为什么决定回答，也许是因为诺斯已经死了很久，也许是出于斯特莱克曾在她乱糟糟的办公室里揣测到的那一点点多愁善感。

---

① 艾丽丝·默多克（1919—1999），战后英国文坛最具影响力的小说家之一，同时她还是一位伦理道德哲学家，拥有广泛的国际声誉。总共发表小说、剧本和哲学著作近四十部，其中小说有《在网下》《黑王子》《海，海》等二十六部。

"他来自加利福尼亚，"伊丽莎白说，"到伦敦来寻找他的英国根基。他是同性恋，比迈克尔、欧文和我都小几岁，正在写一本小说处女作，非常坦诚地讲述他在旧金山的生活。

"迈克尔把乔介绍给我。迈克尔认为他写的东西非常棒，确实如此，但他不是个快手。乔到处参加派对。我们两年以后才知道，他是个艾滋病病毒携带者，却不好好照顾自己。后来，就发展成了艾滋病晚期，"伊丽莎白清了清嗓子，"唉，你应该记得，艾滋病刚出现时，大家都是谈艾色变。"

人们经常以为斯特莱克比他的实际年龄至少大十岁，对此斯特莱克早已习以为常。实际上，他曾经听母亲（从来不会为照顾孩子的感受而管住自己的舌头）讲过那种致命的疾病，知道它在威胁那些滥交和共用注射器的人。

"乔的身体完全垮了，在他前途无量、聪明漂亮时想要巴结他的那些人，纷纷作鸟兽散，除了——说来值得称赞——"伊丽莎白满不情愿地说，"——迈克尔和欧文。他们齐心协力地帮助乔，然而他小说没写完就死了。

"迈克尔病了，没有去参加乔的葬礼，欧文是抬棺人。乔为了感谢他们的照顾，把那座非常漂亮的房子留给他们俩，他们曾经在里面开派对，通宵达旦地讨论作品。我也去过几个晚上。那时候……非常开心。"伊丽莎白说。

"诺斯死后，他们经常使用那座房子吗？"

"迈克尔我说不好，乔的葬礼后不久他就跟欧文闹翻了，我怀疑之后他大概没去过那儿，"伊丽莎白耸了耸肩，"欧文从来不去，生怕在那儿撞上迈克尔。乔遗嘱里的条件很特别：好像是所谓的限制性条款。乔规定，那座房子只能作为艺术家避难所。所以迈克尔这么多年来一直能够阻止房子售出，奎因夫妇始终没找到艺术家买下这座房子。一位雕塑家租了一阵子，后来就不让他住了。当然啦，迈克尔一直对租户非常挑剔，千方百计不让欧文获利，而且他能请得起律师实施他的那些古怪想法。"

"诺斯没写完的那本书怎么样了?"斯特莱克问。

"噢,迈克尔丢开自己的小说,在乔死后把那本书完成了。书名叫《朝着路标》,由哈罗德·韦弗公司出版,是一部经典之作,一直在重印。"

她又看了看手表。

"我得走了,"她说,"两点半还有个会。对不起。我的大衣。"她大声招呼一位经过的侍者。

"有人告诉我,"斯特莱克说,清楚地记得那是安斯蒂斯,"你曾在塔尔加斯路监督施工?"

"是啊,"她漠然地说,"作为欧文的代理,这又是一件要帮他搞定的稀奇古怪的事情。实际上就是协调维修,安排工人。我把一半的账单寄给迈克尔,他通过律师支付了。"

"你有钥匙吗?"

"我交给工头了,"她冷冷地说,"后来还给了奎因夫妇。"

"你没有亲自去监工?"

"当然去了。活儿干完以后我需要去验收。我记得去过两次。"

"据你所知,装修时用到盐酸了吗?"

"警察也问我盐酸的事,"她说,"为什么呀?"

"我不能说。"

她瞪着眼睛。斯特莱克估计很少有人拒绝向伊丽莎白·塔塞尔透露信息。

"好吧,我只能把我跟警察说的话告诉你:那大概是托德·哈克尼斯留下来的。"

"谁?"

"就是我跟你说的那个租了画室的雕塑家。是欧文发现的他,范克特的律师找不到理由反对。可是没人知道哈克尼斯的雕塑材料主要是生锈的金属,和一些腐蚀性很强的化学物质。他对画室造成了很大的破坏,后来被下了逐客令。那次清理工作是范克特那一方做的,他们把账单寄给了我们。"

侍者拿来她的大衣，上面沾着几根狗毛。她起身时，斯特莱克听见她剧烈起伏的胸腔里传出轻微的哨音。伊丽莎白·塔塞尔强硬地跟他握了握手，离开了。

斯特莱克又打了一辆出租车回办公室，心里隐约想着可以借此安抚一下罗宾。那天早晨，两人不知怎的闹了点儿不痛快，他也弄不清到底是怎么回事。终于，他来到外间办公室，膝盖疼得他直冒汗，罗宾的第一句话就顿时驱散他脑海里所有关于两人和解的想法。

"租车公司刚才打来电话。他们没有自动挡的车了，但可以给你——"

"必须是自动挡的！"斯特莱克断然说道，一屁股坐在沙发上，皮革发出放屁的声音，更使他心生恼火，"我这该死的状态，没法开手动挡的！你有没有打电话——"

"我当然也试了别的公司，"罗宾冷冷地说，"到处都试过了。明天谁也给不了你自动挡的车。而且，天气预报说得很可怕，我认为你最好——"

"我必须去见查德。"斯特莱克说。

疼痛和担心使他怒火中烧。他担心自己不得不放弃假肢，重新拄上双拐，把一条裤腿别起，引来路人同情的目光。他讨厌消毒走廊里的硬邦邦的塑料椅，讨厌那一大摞的病历被重新翻出来仔细审读，讨厌别人低声议论要对假肢做哪些修改，讨厌心平气和的医生建议他多休息，好好呵护他的那条腿，就好像那是一个他走到哪儿都得带着的病孩子。在他的梦里，他没有缺一条腿；在他的梦里，他是个健全人。

查德的邀请是一份意料之外的礼物，他打算牢牢抓住。他有许多问题要问奎因的这位出版商。这份邀请本身就透着明显的诡异。他想听查德说说，是什么理由把他拽到了德文郡去。

"你听见我说话了吗？"罗宾问。

"什么？"

"我说：'我可以开车送你去。'"

"不，不行。"斯特莱克态度粗野地说。

"为什么不行？"

"你要去约克郡。"

"我明天晚上十一点赶到国王十字车站就行。"

"雪会下得很大。"

"我们早点出发。或者，"罗宾耸了耸肩说，"你可以取消跟查德的约定。不过预报说下星期的天气也很糟糕哦。"

罗宾那双冷冰冰的灰蓝色眼睛盯着他，使他很难从刚才的不识好歹来个一百八十度转弯。

"好吧，"他不自然地说，"谢谢了。"

"那我就需要去取车了。"罗宾说。

"好的。"斯特莱克从牙缝里说。

欧文·奎因不承认女人在文学中有任何地位，他，斯特莱克，心里也藏着一个偏见——可是，膝盖疼得这样要死要活，又租不到自动挡的车，他还有什么别的选择吗？

第二十八章

……自从我在敌人面前拿起武器，这是最危险、最生死攸关的一次壮举……

——本·琼生，《人人高兴》

　　第二天早晨五点钟，罗宾捂得严严实实，戴着手套，坐上当天的第一班地铁。她发间闪烁着雪花，背着小小的双肩包，手里拎着一个周末旅行袋，里面装着参加坎利夫夫人葬礼需要的黑西装、大衣和鞋子。她不敢指望从德文郡回来后再回家一趟，打算把汽车还给租车公司后直奔国王十字车站。

　　坐在几乎空无一人的车厢里，她审视一下自己心里对这一天的感觉，发现五味杂陈。她的主要情绪是兴奋，因为相信斯特莱克肯定有确凿的理由，要刻不容缓地去拜访查德。罗宾已经非常信赖老板的判断和直觉。这也是让马修万分恼火的事情之一。

　　马修……罗宾戴黑手套的手不觉抓紧身边旅行袋的把手。她不断地对马修撒谎。罗宾是个诚实的人，在他们交往的九年时间里，从来没说过谎，但最近却谎话频频。有时是刻意隐瞒一些事情。星期天晚上，马修打电话问她那天上班做了什么，她简单汇报了自己的活动，这个汇报是经过大量编辑加工的，省略了和斯特莱克一起去奎因被害的房子，在阿比恩酒吧吃午饭，当然啦，还有穿过西布朗普顿车站过街桥，斯特莱克把沉重的胳膊搭在她肩膀上等细节。

但是也有一些彻头彻尾的谎言。就在昨天晚上，马修像斯特莱克一样问她，能不能请一天假，搭乘早一点的火车去约克郡。

"我试过了，"她说，想都没想，谎话就脱口而出，"票都卖光了。这种天气，你说呢？我想人们都情愿乘火车，不敢冒险开车。我只能乘卧铺车。"

我还能怎么说呢？罗宾想，漆黑的车窗里映出她紧张的面容，他知道了事实肯定会大怒的。

事实是她想去德文郡，想帮助斯特莱克，想从电脑后面走出来，参与案件的调查，虽然她把公司管理工作做得井井有条，也获得了很大的成就感。这有错吗？马修认为有错。这不是他所希望的。他希望罗宾去广告公司，进入人力资源部门，拿几乎两倍的薪水。在伦敦生活开销太大了。马修想住一套大点的房子。罗宾猜想他是恨铁不成钢……

还有斯特莱克。一种熟悉的失望感又抓住她的心：我们需要再进一个人了。他屡屡提到这个未来的搭档，罗宾假定这个人具有某种神话般的特质：一个面容犀利的短发女人，就像守卫在塔尔加斯路案发现场外的那个女警官一样。各方面都能力超强，有专业素质，令罗宾望尘莫及，而且（在这间空荡荡的、灯火明亮的地铁车厢里，外面的世界漆黑一片，耳边灌满了嘈杂的噪音，她第一次把这句话说了出来）没有一个马修那样的未婚夫拖她的后腿。

然而马修是她生活的轴心，是固定不变的中心。她爱马修，一直都爱。在她人生最艰难的时候，许多年轻男人都离开了她，马修却始终不离不弃。她愿意嫁给马修，而且很快就要嫁给他了。只是他们以前从未有过任何根本性的分歧。不知怎的，她的工作，她继续给斯特莱克打工的决定，以及斯特莱克这个人，似乎使他们的关系出现了某种危险的因素，某种新的、不祥的东西……

罗宾租的那辆丰田陆地巡洋舰，昨天夜里泊在唐人街的立体停车场，那是离丹麦街最近的停车场之一，丹麦街是不能停车的。罗宾在黑暗中匆匆赶向多层大厦，脚下那双平跟时装鞋一步一滑，周末旅行袋在右手摇晃，她克制自己别再去想马修，别再去想如果马修知道她和斯特莱克单独驱车六小时会怎么想、怎么说。罗宾把旅行袋放在后备箱里，坐进驾驶座，设定好导航仪，调整暖气，让发动机转动着给冰窖般的车内加热。

斯特莱克迟到了一会儿，这可不像他的做派。罗宾为了消磨时间，开始熟悉车里的各种控制装置。她喜欢车，一直酷爱开车。十岁的时候，只要有人帮她松开手刹，她就能开着拖拉机在舅舅的农场里转悠。她考驾照一次通过，不像马修。她已经学乖了，不拿这事去取笑他。

她瞥见后视镜里有动静，便抬起头来。斯特莱克穿着黑西装，挂着双拐，费力地朝车子走来，右腿的裤脚别了起来。

罗宾的心突然往下一沉，感到很难受，不是因为那条断腿——她以前见过，而且是在更令她尴尬的情况下，而是因为从两人认识以来，这是斯特莱克第一次在公开场合不戴假肢。

她下了车，一眼看见斯特莱克眉头紧蹙，便后悔自己不该下车。

"想得真周到，租了辆四轮驱动。"他说，含蓄地警告罗宾不要谈论他的腿。

"是啊，我想这种天气最好这样。"罗宾说。

斯特莱克绕到副驾驶座位。罗宾知道不能主动提供帮助。她可以感觉到斯特莱克在自己周围设定了一片禁区，似乎在无声地拒绝所有帮助和同情，但是罗宾担心他靠自己的力量没法顺利坐进车里。斯特莱克把双拐扔到后座上，摇摇晃晃地站立片刻，然后，展示出罗宾从未见过的膂力，轻松地把自己送进车里。

罗宾赶紧钻回到座位上，关上车门，系好安全带，把车倒出停车位。斯特莱克先发制人地拒绝了她的关切，这如同一堵墙横在他俩之间，使她在同情之外又添一丝怨恨，他竟然在这么小的程度上都不能接受她。她什么时候对他大惊小怪，或像妈妈一样过度关心他？她最多不过是递给他扑热息痛片……

斯特莱克知道自己不可理喻，但意识到这点后他更加恼怒。早上醒来，膝盖又红又肿，疼得要命，显然硬把假肢装上是一种愚蠢的行为。他被迫像个小孩子一样背着身子走下金属楼梯。拄着双拐穿过查令十字街结冰的路面时，那寥寥几个冒着零度以下的严寒、一大早摸黑出来的路人都盯着他看。他真心不想回到这种状态，可是有什么办法呢，都是因为一时疏忽，忘记了他不像梦里的斯特莱克一样，是个四肢健全的人。

至少，罗宾开车技术不错，斯特莱克注意到了。他妹妹露西开起车来注意力不集中，很不靠谱。夏洛特开她那辆雷克萨斯时总是给斯特莱克带来身体上的痛楚：极速闯红灯，驶入单行线，抽烟，打手机，经常差点撞上自行车和刚刚停好的车打开的车门……自从"北欧海盗"在那条黄土路上、在他身边爆炸之后，斯特莱克就发现他坐别人开的车很不自在，除非那人是专业司机。

良久的沉默之后，罗宾说：

"背包里有咖啡。"

"什么？"

"背包里——有个旅行小瓶。我想如果没必要的话我们就不停车了。还有饼干。"

雨刷器刮过片片雪花。

"你真是神了！"斯特莱克说，他的矜持土崩瓦解。他没有吃早饭；试图安装假肢却没有成功，找一根别针把裤腿别起来，翻出双拐，挣扎着走下楼梯，这些花了他双倍的时间。罗宾忍不住露出一丝微笑。

斯特莱克给自己倒了咖啡，吃了几块酥饼，饥饿感减轻后，他越来越欣赏罗宾驾驭这辆陌生车子的娴熟技术了。

"马修开的什么车？"车子驶上波士顿庄园高架桥时，斯特莱克问道。

"没开车，"罗宾说，"我们在伦敦没买车。"

"噢，不需要。"斯特莱克说，暗自想道，如果付给罗宾她应得的工资，他们或许就能买得起车了。

"那么，你打算问丹尼尔·查德什么呢？"罗宾问。

"许多问题呢，"斯特莱克说，一边掸掉黑色西服上的饼干屑，"首先，他是不是跟奎因吵过架，如果吵过，是为什么而吵。我想不明白奎因——虽然他明显是个彻头彻尾的傻瓜——为什么要去攻击一个掌握着他的生计大权、并有钱把他告得翻不了身的人呢。"

斯特莱克嚼了一会儿酥饼，咽下去后说道：

"除非杰瑞·瓦德格拉夫说得对，奎因写这本书时真的精神崩溃了，把他认为造成他书卖不好的每个人都狂轰滥炸一番。"

罗宾前一天在斯特莱克跟伊丽莎白·塔塞尔一起吃午饭时读完了《家蚕》，此刻她说：

"对于一个精神崩溃的人来说，这书写得也太条理分明了吧？"

"语法可能没问题，但我相信许多人都会认为书中的内容过于疯狂了。"

"他的另外几本书也差不多是这样。"

"别的都不像《家蚕》这样不可理喻，"斯特莱克说，"《霍巴特的罪恶》和《巴尔扎克兄弟》都是有情节的。"

"这本书也有情节。"

"是吗？也许，家蚕的徒步旅行只是为了能把对那些人的诽谤攻击串起来？"

经过希斯罗机场的出口时，雪下得又大又密，他们谈论着小说里各种光怪陆离的内容，为那些跳跃的逻辑、荒谬的思路而发笑。高速公路两边的树木看上去就像被洒了好几吨糖霜。

"也许奎因是晚生了四百年，"斯特莱克说，一边继续吃着酥饼，"伊丽莎白·塔塞尔告诉我，有一部詹姆斯一世时期的复仇剧，描写一具装扮成女人的中了毒的骨架。大概是有人与之性交，然后死了。这有点像白鬼笔准备去——"

"别说了。"罗宾似笑非笑地说，打了个寒战。

可是斯特莱克打住话头不是因为罗宾的抗议,也不是因为反感厌恶。他说话时潜意识深处有什么东西忽地一闪。有人告诉过他……有人曾经说过……可是记忆像一道恼人的银光,一闪而过,如同一只小鲤鱼嗖的钻进水草。

"一具中了毒的骨架。"斯特莱克喃喃地说,想抓住那神出鬼没的记忆,然而已经无迹可寻。

"我昨晚把《霍巴特的罪恶》也读完了。"罗宾说着,超过一辆慢吞吞的普锐斯。

"你真是自讨苦吃,"斯特莱克说,一边去摸第六块饼干,"我认为你不会爱读的。"

"不喜欢,通篇都没有。都是关于——"

"一个阴阳人怀孕然后堕胎,因为孩子会干扰他在文学方面的抱负。"斯特莱克说。

"你也读过!"

"没有,伊丽莎白·塔塞尔告诉我的。"

"书里有个血淋淋的麻袋。"罗宾说。

斯特莱克转头望着她苍白的侧脸,她严肃地望着前面的道路,眼睛时而扫一下后视镜。

"里面是什么?"

"那个流产的胎儿,"罗宾说,"太可怕了。"

斯特莱克仔细思考着这个信息,这时车子经过梅登黑德镇的路口。

"奇怪。"他最后说道。

"荒诞。"罗宾说。

"不,奇怪,"斯特莱克坚持道,"奎因在重复他自己。把《霍巴特的罪恶》里的东西放进《家蚕》,这是第二件了。两个阴阳人,两个带血的麻袋。为什么呢?"

"其实,"罗宾说,"它们并不完全一样。在《家蚕》里,带血的麻袋不属于阴阳人,里面也没有流产的胎儿……也许奎因的创造力枯竭了，"她说，"也许《家蚕》就像——就像他全部思想的最后一堆篝火。"

"应该说是他职业生涯的火葬柴堆。"

斯特莱克陷入沉思，车窗外的景色越来越富有乡村气息。从树木的间隙可以看到大片大片的雪野，白皑皑地横陈于珠灰色的天空下，而大雪还在密集地朝汽车涌来。

"是这样，"斯特莱克终于说道，"我认为有两种可能。要么奎因真的精神崩溃了，完全不知道自己在做什么，只相信《家蚕》是一部杰作——或者，他想尽可能地制造麻烦，重复那些内容是有原因的。"

"什么原因？"

"是一把钥匙，"斯特莱克说，"他想通过参考他的其他作品，帮助人们理解他想在《家蚕》里表达的东西。他想表达，又不想惹上诽谤罪。"

罗宾的目光没有离开积雪覆盖的高速公路，却把脸朝他倾过去，皱起眉头。

"你认为他完全是故意的？你认为他希望惹出这么些麻烦？"

"如果仔细想想就会发现，"斯特莱克说，"对于一个自私自利、感觉迟钝、书卖不出去的男人来说，这是一个不错的商业计划。尽量制造出麻烦，让整个伦敦都在议论这本书，受到法律诉讼的威胁，弄得许多人大为恼火，不指名不道姓地影射一位著名作家……然后突然消失，让法院的传票找不到他，最后，没等有人出来阻止，就把它弄成电子书。"

"可是，当伊丽莎白·塔塞尔告诉他不能给他出版时，他非常恼怒。"

"是吗？"斯特莱克若有所思地说，"也许他是装的？他没有缠着伊丽莎白赶紧读书，就因为他准备上演一出轰轰烈烈的公开争吵？他似乎是个有严重裸露癖的人。也许这都是他图书促销计划的一部分。他认为罗珀·查德没有充分地宣传他的作品——我听利奥诺拉说的。"

"所以，你认为他在去见伊丽莎白·塔塞尔之前，就计划好了要气冲冲地离开饭店?"

"有可能。"斯特莱克说。

"然后去塔尔加斯路?"

"也许。"

太阳已经高高升起,银装素裹的树梢熠熠闪烁。

"他如愿以偿了,对吗?"斯特莱克说,眯眼看着挡风玻璃上闪闪烁烁的千百个小冰点,"他再怎么努力,也不可能给他的书策划出比这更好的营销了。只可惜没能活着看到自己上BBC新闻。"

"哦,该死。"他突然低声骂一句。

"怎么了?"

"我把饼干都吃光了……对不起。"斯特莱克懊悔地说。

"没关系,"罗宾说,觉得有点好笑,"我吃过早饭了。"

"我没吃。"斯特莱克坦白地说。

因为热乎乎的咖啡、愉快的交谈,以及罗宾对他无微不至的关心,他对谈论伤腿的抵触情绪渐渐消散。

"没法把那该死的假肢装上来。膝盖肿得跟什么似的,看来必须去找医生看看了。我花了好长时间才把自己弄好。"

罗宾其实猜到了,但仍感谢他坦言相告。

他们经过一处高尔夫球场,一眼望不到头的绵延起伏的白色,上面插着一些旗子,在冬日的天光下,积满水的小坑如同擦得锃亮的白蜡。车子快到斯温登时,斯特莱克的电话响了。他看了看号码(隐约以为是妮娜·拉塞尔斯又打来电话)发现是他的老同学伊尔莎。他还看见利奥诺拉·奎因六点半打来一个未接电话,不由心生忧虑,他当时肯定挂着双拐,艰难地行走在查令十字街上。

"伊尔莎,你好,什么事?"

"实际上事情还挺多的。"她说。声音显得尖细而遥远,斯特莱克听出她是在车里。

"利奥诺拉·奎因星期三给你打电话了吗?"

"打了,那天下午我们见了面,"她说,"我刚才又跟她通话了。"

她告诉我,她今天早晨想跟你说话,但电话打不通。"

"是啊,我很早就出发了,没接到她的电话。"

"她允许我告诉你——"

"发生了什么事?"

"他们把她带去审讯了。我正在去警察局的路上。"

"妈的,"斯特莱克说,"妈的。他们找到了什么?"

"她告诉我,他们在她和奎因的卧室发现了照片。看样子奎因喜欢被捆绑,还希望在被绑住时拍照留影,"伊尔莎用尖细的、不带感情的声音说,"利奥诺拉跟我说这些时就好像在聊园艺。"

他能听见那边伦敦市中心的车水马龙声。而在这里的高速公路上,最响的声音就是雨刷器的沙沙声、大功率马达持续不断的嗡嗡声,和偶尔某个莽撞的司机在满天飞雪中超车的呼啸声。

"别人还以为她能明智地把那些照片处理掉呢。"斯特莱克说。

"我就假装没听见你这个销毁证据的建议吧。"伊尔莎佯装严厉地说。

"那些照片不是最要命的证据,"斯特莱克说,"万能的上帝啊,他们俩的性生活肯定很变态——不然利奥诺拉凭什么能抓住奎因这样的男人呢?安斯蒂斯的思想太纯洁了,这才是问题的关键,他认为除了传教士式体位,其他的一切都是犯罪倾向的有力证据。"

"你对调查官的性生活习惯有哪些了解?"伊尔莎打趣地说。

"他就是我在阿富汗时一把拽到车后的那个家伙。"斯特莱克嘟囔道。

"噢。"伊尔莎说。

"他打定主意要把利奥诺拉拿下。如果他们只找到这些,只有淫秽照片——"

"不止这些。你知道奎因家有个带锁的储藏间吗?"

斯特莱克紧张地听着,突然非常担心。难道他错了,彻头彻尾地错了——

"他们找到了什么?"他问,不再油腔滑调,"不是肠子吧?"

"你说什么？听起来像是'不是肠子'！"

"他们找到了什么？"斯特莱克纠正自己的话。

"不知道，估计我到了那儿就能弄清。"

"她还没有被捕？"

"只是被带去审讯，但看得出来，他们确信是她干的，我认为她还没有意识到事态已经多严重。她给我打电话时，口口声声说女儿留在邻居家了，女儿不高兴了——"

"那个女儿二十四岁，有学习障碍。"

"噢，"伊尔莎说，"真不幸……好了，我快到了，先挂了。"

"有消息告诉我。"

"估计不会这么快。我有一种感觉，恐怕时间不会短。"

"妈的。"斯特莱克挂上电话时又骂了一句。

"出什么事了？"

一辆巨大的油罐车从慢车道驶出来，想超过一辆后窗上贴着"车内有婴儿"的本田思域。斯特莱克注视着油罐车庞大的银色子弹头车身在冰雪路面上急速摇摆，注意到罗宾放慢速度，留出更多的刹车空间，不由得暗自赞赏。

"警察把利奥诺拉带去审讯了。"

罗宾大吃一惊。

"他们在奎因家的卧室里找到奎因被捆绑的照片，还在一个带锁的储藏间找到些别的东西，但伊尔莎还不知道是什么——"

斯特莱克曾经有过这种体验。瞬间从安静转为灾难。时间像是放慢了速度。突然之间，每个感官都绷得紧紧的，都在尖叫。

油罐车失控了。

他听见自己大喊一声："刹车！"上次生死关头他就是这么做的。

可是罗宾一脚猛踩油门。汽车轰地冲出去。前面根本没有空间可以通过。油罐车侧翻在结冰的路面上，原地打转，本田思域撞上油罐车，翻倒，车顶贴着道路一侧往前滑行，一辆高尔夫和一辆奔驰重重地撞在一起，难解难分，同时飞速冲向油罐车车身——

他们朝道路一侧的壕沟猛冲过去。他们的车与翻了个身的本田思域擦身而过。斯特莱克紧紧抓住车门把手，陆地巡洋舰如风驰电掣一般撞在颠簸的泥土地上——车子眼看就要扎进壕沟，也许会翻个底朝天——油罐车的车尾晃晃悠悠地朝他们扑来，形势十分危险，然而他们的速度太快了，在千钧一发之际躲过了油罐车——一记重重的颠簸，斯特莱克的脑袋撞在车顶上，他们又拐回到结冰的柏油马路上，毫发无伤，已到了数车相撞现场的另一边。

"我靠——"

罗宾终于踩了刹车，不慌不忙地把车停在安全停车带上，她的脸白得像飘在挡风玻璃上的雪花。

"那辆本田思域上有个孩子。"

没等他再说一个字，罗宾就走了，把车门砰的一声关上。

斯特莱克靠在椅背上，想去抓他的双拐。他从没像此刻这样痛苦地感到自己是个废物。刚把双拐拽到前座上，他就听见警笛声。他透过洒满积雪的后窗，依稀看见远处闪烁的蓝光。警察已经来了。他是个缺了腿的累赘。斯特莱克骂骂咧咧地把双拐扔回去。

十分钟后，罗宾回到车里。

"没事，"她气喘吁吁地说，"那小男孩好好的，他坐在安全座椅里。油罐车司机满身是血，但还清醒着——"

"你没事吧？"

罗宾在微微发抖，但听了这个问题微微一笑。

"嗯，没事。我只是害怕会看见一个惨死的孩子。"

"好吧，"斯特莱克深深吸了口气，说道，"你究竟是在哪儿学会这样开车的？"

"哦，我上过几个高级驾驶课程。"罗宾耸了耸肩说，拂去挡住眼睛的湿发。

斯特莱克瞪着她。

"什么时候的事？"

"我从大学退学后不久。当时我……我的状态很糟糕，不怎么出门。是我爸爸的主意。我一向都很喜欢车。"

"就是为了有点事做,"她说,系上安全带,打开点火开关,"在家的时候,我有时会到农场去练车。我舅舅有一大片地,他让我在里面开车。"

斯特莱克仍然呆呆地望着她。

"你真的不想再等一会儿——"

"不用,我把姓名和电话留给他们了。我们该上路了。"

她换挡,把车缓缓驶上高速公路。斯特莱克盯着她平静的侧脸,怎么也无法把目光挪开。她又专注地看着前面的道路,双手自信而松弛地放在方向盘上。

"我在军队里见过的一些防御驾驶员都没你刚才的技术好,"他对罗宾说,"那些人给将军开车,还专门接受过烈火逃生训练,"他回头看了一眼,那几辆车被撞得横七竖八,挡住了路,"我还是不知道你刚才是怎么脱险的。"

差点发生的车祸没能让罗宾流泪,但听了这些赞许和欣赏的话,她突然觉得自己很想不管不顾地痛哭一场。她强忍住情绪,轻轻笑了一声,说道:

"你也明白如果我当时刹车,车子就会直接撞上那辆油罐车。"

"是啊,"斯特莱克说着也笑了,"真不明白我当时干吗那么说。"他遮掩道。

第二十九章

> 你左边有一条小路，
> 从良心的谴责
> 通往怀疑和恐惧的丛林——
>
> ——托马斯·凯德[①]，《西班牙悲剧》

虽然差点撞车，斯特莱克和罗宾还是十二点刚过就到了德文郡的蒂弗顿镇。罗宾跟着导航仪的指示，驶过那些覆盖着皑皑积雪的安静的乡村别墅，一条色如燧石的河流上的漂亮小桥，经过小镇远端一座气派得令人吃惊的十六世纪教堂，它的电动对开大门不显山不露水地藏在远离公路的地方。

一个英俊的菲律宾小伙子，脚上穿的好像是平底帆布鞋，身上是一件过于宽大的外套，正在用手把那两扇门撬开。他一看见陆地巡洋舰，就示意罗宾把车窗摇下来。

"冻住了，"他简单地告诉罗宾，"请稍等。"

他们在车里坐了五分钟，最后小伙子终于把冻住大门的冰化开，

[①] 托马斯·凯德（1558—1594），与莎士比亚同时代的英国戏剧家，以复仇悲剧《西班牙悲剧》著名。

在不断飘落的大雪中清理出一片空地，让大门能够打开。

"你愿意搭车去房子那儿吗？"罗宾问他。

他上了车，坐在后座上，挨着斯特莱克的双拐。

"你们是查德先生的朋友？"

"他在等我们。"斯特莱克含糊其辞地说。

顺着一条长长的、蜿蜒曲折的私家车道，陆地巡洋舰吱吱嘎嘎地轻松碾过昨夜堆起的厚厚积雪。车道两边杜鹃花闪亮的墨绿色叶子，托载不住积雪的重压，因此一路看去不是黑就是白，一簇簇茂密的植物挤在布满雪粉的白生生的车道边。罗宾眼前开始冒金星。距离早饭已经过去很长时间了，而且，唉，斯特莱克把饼干都吃光了。

她感到恶心，还有一种轻微的恍惚，挣扎着下了本田车，抬头看着泰邦府。泰邦府旁边是一座黑黢黢的树林，与房子的一侧挨得很近。矗立在他们眼前的这座宏伟的长方形建筑，经过一位有冒险精神的建筑师的改造，半边屋顶换成了玻璃，另外半边似乎覆盖着太阳能电池板。罗宾看着建筑物里那些透明的地方，和明亮的灰色天空衬托下的框架结构，觉得眩晕得更厉害了。她想起斯特莱克手机里那张恐怖的照片，那个充满日光的拱形玻璃画室里，躺着奎因残缺不全的尸体。

"你还好吧？"斯特莱克关切地问。她的脸色煞白。

"没事。"罗宾说，想在他面前维持自己的英雄形象。她大口呼吸着寒冷的空气，跟着斯特莱克沿砾石车道朝房门走去，斯特莱克拄着双拐走得出奇的敏捷。刚才搭车的小伙子一言不发地消失了。

丹尼尔·查德亲自打开房门。他穿着一件中式领的黄绿色丝绸罩衫和宽松的亚麻裤子，像斯特莱克一样，也拄着双拐。他的左脚和小腿都套在一个厚厚的医疗矫正靴里，外面缠着绑腿。查德低头看着斯特莱克悬在那儿的空荡荡的裤腿，似乎好几秒钟都无法将目光移开。

"你以为你的日子不好过。"斯特莱克说着，把手伸了过去。

这句轻松的玩笑话白说了。查德没有笑。公司晚会时笼罩他的那种尴尬的、格格不入的气氛，仍在他身上挥之不去。查德跟斯特莱克握手，却并不与他对视，说出口的欢迎词是：

"我一上午都以为你会取消这次见面。"

"这不，我们过来了，"斯特莱克不必要地说，"这是我的助理，罗宾，是她开车送我来的。我希望——"

"不，她不能坐在外面的雪地里，"查德说，但并未表露出丝毫热情，"进来吧。"

他挂着双拐后退一步，让他们跨过门槛，走到蜂蜜色的、擦得光洁锃亮的地板上。

"你们可以把鞋子脱掉吗？"

一个健壮结实的菲律宾中年妇女，黑色的头发绾成一个发髻，从镶嵌在他们右边砖墙里的两扇转门走出来。她一身黑衣黑裤，手里拿着两个白色的亚麻袋子，显然希望斯特莱克和罗宾把鞋子脱下来装在里面。罗宾把自己的鞋子递过去，光脚站在地板上使她感到一种异样的柔弱无助。斯特莱克只是单腿站在那里。

"噢，"查德又盯着他看了看，说道，"不用了，我想……还是让斯特莱克先生穿着鞋子吧，内妮塔。"

女人无声地退回厨房。

不知怎的，到了泰邦府内部，罗宾那种不舒服的眩晕感更强烈了。宽敞的内部空间没有隔墙。通过一道钢铁和玻璃的旋转楼梯通往上面，整个二层是靠高高天花板上垂下的金属粗缆悬挂着。查德那张宽大无比的双人床，似乎是用黑色皮革做成的，可以看见床上方高高的砖墙上挂着一个带刺铁丝做的巨大十字架。罗宾赶紧垂下目光，觉得比刚才更恶心了。

底层的大多数家具都带着无数个黑色或白色的方块皮革。垂直的金属散热片之间，很艺术地点缀着木头和金属的简约书架。家具不多的房间里，占据最醒目位置的是一个真人大小的白色大理石天使雕像，放在岩石底座上，身体被解剖了一半，露出半个颅骨、一部分内脏，和腿上的一根骨头。罗宾的目光被雕像吸引着无法挪开，看到雕像的乳房露出一堆脂肪颗粒，下面是一圈像蘑菇褶纹的肌肉。

为这个感到恶心太可笑了，这具被解剖的身体是冰冷的石头做的，没有生命，根本不像斯特莱克手机里存着的那具腐尸……别往那儿想……应该让斯特莱克至少留一块饼干的……她的上唇和头皮突然开始冒汗……

"你没事吧，罗宾？"斯特莱克严肃地问道。罗宾从两个男人脸上的神情知道，自己的脸色肯定很难看，她为自己成了斯特莱克的累赘而感到尴尬，而担心晕倒又加重了这种尴尬。

"对不起，"她嚅动着麻木的嘴唇说，"开了长途车……如果能有一杯水……"

"嗯——好吧，"查德说，好像他家里很缺水似的，"内妮塔？"

一袭黑衣的女人又出现了。

"这位年轻女士需要一杯水。"查德说。

内妮塔示意罗宾跟她走。罗宾走进厨房时，听见出版商的双拐在她身后的木地板上发出轻微的声音，哒，哒。她恍恍惚惚地看见不锈钢的厨具和刷得粉白的墙壁，刚才搭车的那个年轻男子正用铲子戳一个大炖锅，接着，她就发现自己坐在一个小矮凳上。

罗宾以为查德跟过来是看看她要不要紧，可是，当内妮塔把一杯凉水递到她手里时，她听见查德在她头顶上说话。

"谢谢你把门修好，曼尼。"

年轻男子没有回答。罗宾听见查德挂着双拐离开，厨房的门关上了。

"这都怪我。"出版商查德回来后，斯特莱克对他说。他真心觉得内疚，"我把她带的干粮都吃光了。"

"内妮塔会给她一些吃的东西，"查德说，"我们坐下好吗？"

斯特莱克跟着他走过大理石天使雕像，雕像在温暖的木地板上映出倒影。两人挂着四根拐杖，走向房间那头，一个黑色的大铁炉里燃着木头，释放出温馨的暖意。

"这房子不错。"斯特莱克说，慢慢地在一个黑色皮革立方体上坐下来，把双拐放在身旁。这句恭维话不是发自内心的。他其实更喜欢实用舒适的风格，觉得查德的房子都是表面文章，花架子。

"是啊，我跟建筑师密切合作，"查德带着突然闪现的一丝热情说道，"还有一间工作室——"他指向另一道低调简约的对开门，"——和一个游泳池。"

查德也坐下了，把那条绑着厚厚的矫正靴的腿在面前伸直。

"是怎么受伤的？"斯特莱克问，冲那条断腿点了点头。

查德用拐杖头指着金属和玻璃螺旋楼梯。

"真惨。"斯特莱克说，用目光估量着摔下来的高度。

"骨头折断的声音响彻整个房子，"查德说，是一种奇怪的津津乐道的口气，"以前没想到这种声音竟然能听得见。

"你想喝茶还是咖啡？"

"就喝茶好了。"

斯特莱克看见查德把那只没受伤的脚放在座位旁的一块小铜牌上。轻轻一压铜牌，曼尼便又从厨房里出来了。

"曼尼，请来杯茶。"查德带着他惯常所没有的热情说。年轻男子又消失了，还是那样阴沉着脸。

"那是圣迈克尔山吗？"斯特莱克指着挂在火炉旁边的一幅小画问道。那是一幅稚朴的画作，好像是画在硬纸板上的。

"是阿尔弗莱德·瓦利斯[①]的作品，"查德说，又闪现出一阵热情，"风格简单……原始而稚朴。我父亲认识他。瓦利斯是在七十岁才正式开始绘画的。你熟悉康沃尔郡吗？"

"我是在那儿长大的。"斯特莱克说。

然而查德更感兴趣的是谈论阿尔弗莱德·瓦利斯。他又提到那位画家是在晚年才发现自己真正的专长，接着便开始长篇大论地阐述画家的作品。斯特莱克对这个话题完全不感兴趣，但查德并未发觉。出版商不喜欢跟人对视。他的目光从画作游离到砖屋内部的各个角落，

[①] 阿尔弗莱德·瓦利斯（1855—1942），康沃尔郡的渔民兼画家，是稚朴绘画（naïve painting）的代表画家。

似乎偶尔才会扫斯特莱克一眼。

"你刚从美国回来,是吗?"斯特莱克趁查德喘气的机会问道。

"是的,开了三天的会。"查德说,那股子热情消失了。下面的话好像只是在重复他的老生常谈,"充满挑战的时代。电子阅读设备的出现改变了游戏规则。你读书吗?"他直截了当地问。

"有时候读。"斯特莱克说。他房间里有一本破破烂烂的詹姆斯·艾罗瑞①的作品,本来打算花四个星期读完的,可是大多数夜晚都累得难以集中精力。他最喜欢的一本书在平台上没打开的行李箱里睡大觉。那本书陪伴了他二十年,但他已很久没有翻开。

"我们需要读者,"丹尼尔·查德喃喃地说,"读者多一些。作家少一些。"

斯特莱克很想回敬一句,是啊,至少你已经摆脱了一个,但他克制住了这个冲动。

曼尼又进来了,手里端着一个亮晶晶的带腿的有机玻璃托盘,他把托盘放在雇主面前。查德探身把茶倒进高高的白色瓷杯。斯特莱克注意到,查德的皮革家具不像他办公室的沙发那样发出令人恼火的屁音,可是话说回来,价钱估计要贵上十倍呢。查德的手背还和公司晚会上时一样红肿,惨不忍睹,在头顶上悬空的二层楼底部的内置灯光映照下,他显得比上次在远处看到时苍老。大约六十岁了,但是他深陷的黑眼睛、鹰钩鼻、薄嘴唇,严厉中透着英俊。

"他忘记拿牛奶了,"查德审视着托盘说,"你要加牛奶吗?"

"要加。"斯特莱克说。

查德叹了口气,他没有再去按地板上的铜牌,而是挣扎着靠那只好脚和双拐站起来,转身朝厨房走去,留下斯特莱克若有所思地盯着他的背影。

那些跟丹尼尔·查德共过事的人觉得他古怪,不过妮娜曾形容他

---

① 詹姆斯·艾罗瑞(1948—),美国著名电影演员、编剧、制片,作品有《白色爵士》《堡垒》等。

267 | 蚕

精明世故。他对于《家蚕》的控制不住的恼怒，在斯特莱克看来像是一个过度敏感、判断力有问题的男人的反应。斯特莱克想起那天纪念日晚会上，查德嘟嘟囔囔讲话时人群中出现的轻微的尴尬感。一个怪人，很难读懂……

斯特莱克的目光往上移动。雪轻轻地落在大理石天使上方的高高的透明屋顶上。斯特莱克想，为了防止雪堆积起来，肯定想办法对玻璃加热过了。他又想起奎因，被捆绑着掏空了内脏，在一扇拱形的大窗户下受到炙烤，渐渐腐烂。他像罗宾一样，发现泰邦府高耸的玻璃天花板令人产生了不快的联想。

查德从厨房返回，拄着双拐走过来，手里晃晃悠悠地端着一小罐牛奶。

"你可能纳闷我为什么请你上这儿来。"查德重新坐下来，两人终于端起了茶，他才说道。斯特莱克让自己露出一副欣然接受的表情。

"我需要一个我能信任的人，"查德不等斯特莱克回答，就兀自说道，"一个公司之外的人。"

他朝斯特莱克扫了一眼，又让目光安稳地落在阿尔弗莱德·瓦利斯的那幅画上。

"我想，"查德说，"可能只有我一个人发现欧文·奎因不是独立操作的。他有一个同伙。"

"一个同伙？"斯特莱克终于问了一句，因为查德似乎希望他做出回应。

"是啊，"查德急煎煎地说，"没错。你看，《家蚕》的风格是欧文的，可是另一个人也参与其中了。有人帮了他。"

查德发黄的脸上泛起红晕。他抓住身边的一根拐杖把玩着。

"如果这点能被证实的话，我想警察会感兴趣吧？"查德说，终于能正面直视斯特莱克了，"如果欧文是因为《家蚕》的内容而被害的，同伙是不是难辞其咎呢？"

"难辞其咎？"斯特莱克回应道，"你认为这个同伙说服奎因往书里写了一些东西，希望某个第三者会为了报复而杀害他？"

"我……唉，我也说不好，"查德说着，皱起了眉头，"准确地说，他也许没料到会发生这种事——但他肯定想制造乱子。"

他紧紧抓住拐杖的把手，指关节都发白了。

"你怎么会想到有人帮助了欧文？"斯特莱克问。

"《家蚕》里影射的一些内容，欧文是不可能知道的，除非有人告诉了他。"查德说，两眼望着石雕天使的侧面。

"在我看来，警察对一个同伙感兴趣，"斯特莱克慢悠悠地说，"主要是因为那个人为凶手做了引导。"

这是实情，同时也提醒了查德，这个男人是在极其诡异的情形下被害的。但凶手的特点似乎并未让查德产生兴趣。

"你这么认为？"查德微微蹙着眉头问。

"是啊，"斯特莱克说，"没错。如果他们能看清书里一些更为隐晦的段落，就会对那个同伙感兴趣了。警察肯定会遵循的一个论点是，凶手杀害奎因是为了阻止他透露《家蚕》里影射的某件事。"

丹尼尔·查德用出神的表情看着斯特莱克。

"是啊。这我倒……是啊。"

令斯特莱克吃惊的是，查德拄着双拐吃力地站起身，开始前后踱步，在双拐上微微摇晃，像在模仿斯特莱克多年前在野战医院接受的最初的试探性理疗练习。斯特莱克这才看清他是个身材健硕的男人，肱二头肌在丝绸袖子里凸显。

"那么凶手——"查德说，"——怎么啦？"他瞪着斯特莱克的肩膀后面，尖厉地问道。

罗宾已从厨房里出来，脸上的气色好多了。

"对不起。"她说，接着心虚地顿住了。

"这是机密谈话，"查德说，"对不起，请你回厨房去好吗？"

"我——好吧。"罗宾吃惊地说，斯特莱克看出她被触怒了。她看了他一眼，希望他说点什么，但他只是沉默着。

弹簧门在罗宾身后关上后，查德气恼地说：

"现在我找不到自己的思路了。彻底消失了——"

"你刚才说到凶手。"

"是了，是了，"查德焦躁地说，又开始前后踱步，挂着双拐摇晃，"说到凶手，如果警察知道那个同伙，会不会把他也定为怀疑对象呢？也许他想到了这点，"查德不像是对斯特莱克说，更像是自言自语，眼睛盯着脚下昂贵的地板，"也许这就能说明问题……没错。"

透过离斯特莱克最近的那扇镶嵌在墙内的小窗，只能看见房子旁边那座黑黢黢的树林。在这黑色的映衬下，白色的雪花如梦境中一般飘落。

"背信弃义，"查德突然说道，"竟然那样攻击我。"

他不再焦躁地踱来踱去，而是转过来面对侦探。

"如果，"他说，"如果我告诉你我怀疑是谁帮助了欧文，并请你帮我拿到证据，你会觉得必须把这个向警方汇报吗？"

这是个棘手的问题，斯特莱克想，一边漫不经心地用手抚摸着早上匆匆忙忙离开时没刮干净的下巴。

"如果你请我查明你的怀疑是否属实……"斯特莱克语速很慢地说。

"是的，"查德说，"正是如此。我想证实一下。"

"那就没问题，我认为不需要告诉警方我在做什么。但如果我发现确实有一个同伙，而且他有可能杀害了奎因——或知道凶手是谁——我毫无疑问会认为自己有责任向警方汇报。"

查德重新坐回到一个大皮革立方体上，双拐咔嗒一声落到地板上。

"该死。"他说，一边俯身去查看光洁的地板有没有被砸出凹坑，他的沮丧在周围许多坚硬的物体表面产生回音。

"你知道吗？我还受雇于奎因的妻子，去调查是谁杀害了奎因。"斯特莱克问。

"我倒是有所耳闻。"查德说，仍在查看柚木地板有没有损坏，"不过两项调查并不冲突，对吗？"

斯特莱克想，他的专注力真是惊人。他想起查德在那张紫罗兰卡片上的工整的字迹：如果有什么需要的，请一定告诉我。也许是他向秘书口述的。

"你愿意告诉我，那个所谓的同伙是谁吗？"

"说起来真是令人痛苦。"查德含混地说，目光从阿尔弗莱德·瓦利斯的画作移向石雕天使，又移向旋转楼梯。

斯特莱克什么也没说。

"是杰瑞·瓦德格拉夫，"查德说着，扫了一眼斯特莱克，又把目光挪开了，"我来跟你说说我为什么怀疑——我是怎么知道的。

"他行为古怪已经好几个星期了。我第一次注意到是他打电话跟我谈《家蚕》的事，告诉我奎因的所作所为。既没有尴尬，也没有道歉。"

"你认为瓦德格拉夫应该为奎因所写的东西道歉吗？"

这个问题似乎令查德感到意外。

"咦——欧文是杰瑞的作者，所以，我当然以为杰瑞会表示歉意，因为欧文竟然把我描写成——描写成那样。"

狂放的想象力使斯特莱克又一次看到白鬼笔站在一个射出超自然亮光的年轻男子的尸首旁。

"你和瓦德格拉夫关系不好？"他问。

"我已经对杰瑞·瓦德格拉夫表现出了足够的忍耐，足够的宽容，"查德没有理睬这个直接的问题，"一年前，他去一个医疗机构做治疗，我给他发全薪。也许他觉得有点委屈，"查德说，"但我一直是站在他一边的，有些时候，换了另一个明哲保身的人，可能就会保持中立了。杰瑞个人生活的不幸又不是我造成的。他有怨气。是的，我承认肯定有怨气，不管多么没道理。"

"对什么的怨气呢？"斯特莱克问。

"杰瑞不喜欢迈克尔·范克特，"查德低声说，眼睛盯着炉子里的火苗，"很久以前，迈克尔跟杰瑞的妻子菲奈拉有过一些暧昧。其实，我出于跟杰瑞的友情，是警告过迈克尔的。没错！"查德点点头，似乎对自己当年的行为深为赞叹，"我告诉迈克尔，这是不善良、不明智的,就算他的状况……迈克尔在那不久前刚痛失第一任妻子。

"迈克尔不理解我的苦口婆心。他生气了,跳槽去了另一家出版公司。董事会大为不满,"查德说,"我们花了二十多年才把迈克尔重新吸引回来。

"经过这么长时间,"查德说,秃脑袋像那些玻璃、抛光地板和不锈钢一样,也是一个反光的表面,"杰瑞就不能指望用他的个人恩怨去主宰公司的决策了。自从迈克尔答应回归罗珀·查德之后,杰瑞就一门心思想要——诋毁我,用各种上不得台面的小动作。

"我相信事情是这样的,"查德说,偶尔扫一眼斯特莱克,似乎想判断他的反应,"杰瑞向欧文透露了迈克尔回归的事,而我们本来是想尽量保密的。不用说,四分之一个世纪以来,欧文一直是范克特的死对头。欧文和杰瑞就决定策划这本……这本可怕的书,对我和迈克尔进行——进行令人恶心的诽谤,以转移大家对迈克尔回归的注意,并以此报复我们俩,报复整个公司,报复他们想要诋毁的其他人。

"最明显的,"查德说,声音在空旷的房间里发出回音,"在我明确地告诉杰瑞一定要把书稿锁起来之后,他还让每个想看书的人都能拿到,并弄得整个伦敦城都议论纷纷,他辞职一走了之,留下我来面对——"

"瓦德格拉夫什么时候辞职的?"斯特莱克问。

"前天,"查德说,接着又说道,"而且他特别不愿意跟我一起对奎因提起诉讼。这本身就表明了——"

"也许他认为让律师卷进来更会吸引大家的注意力?"斯特莱克猜测道,"瓦德格拉夫自己也被写进《家蚕》里了,不是吗?"

"那算什么!"查德嗤笑一声。这是斯特莱克第一次看到他表现出一点幽默,但效果却是令人讨厌的。"斯特莱克先生,你看问题可不能只看表面。欧文不可能知道那件事。"

"什么事?"

"切刀这个人物是杰瑞自己创造出来的——我读第三遍的时候悟到了这点,"查德说,"非常、非常高明:表面像是攻击杰瑞自己,实际上是为了让菲奈拉痛苦。你知道,他们还是两口子,但过得非常不幸福。非常不幸福。

"是的,我反复再读的时候全看清楚了。"查德说。他点头时,悬吊式天花板里的聚光灯在他头顶上微微反光。"切刀不是欧文写的。他几乎不认识菲奈拉,不知道那件旧事。"

"那么带血的麻袋和那个侏儒到底是什么——"

"去问杰瑞吧,"查德说,"让他告诉你。我凭什么要帮他散布丑闻?"

"我一直在想,"斯特莱克说,顺从地不再追问,"迈克尔·范克特明知道奎因在你们这儿,为什么还答应加入罗珀·查德呢?他们关系这么不和。"

短暂的沉默。

"从法律上来说,我们没有义务一定要出版欧文的新书,"查德说,"我们有优先选择权。仅此而已。"

"因此,你认为杰瑞·瓦德格拉夫告诉奎因,公司为了取悦范克特准备跟他终止合同?"

"是的,"查德盯着自己的指甲说,"确实如此。而且,我上次见到欧文时把他得罪了,因此,我准备跟他终止合同的消息,无疑使他对我残存的最后一点情分彻底消失,当年全英国的出版商都对他不抱希望,是我接受了他——"

"你是怎么得罪他的?"

"哦,是他最后一次来办公室的时候。他把女儿也带来了。"

"奥兰多?"

"他告诉我,起的是弗吉尼亚·伍尔夫小说里人物的名字,"查德迟疑道,眼睛飞快地看了一下斯特莱克,又转回自己的指甲,"她——不太对劲儿,奎因的女儿。"

"是吗?"斯特莱克说,"哪一方面?"

"脑子有问题,"查德咕哝着说,"他们进来的时候,我正在美术部巡视。奎因对我说准备带女儿到处看看——其实他没权那么做，但奎因总是像在自己家里一样随便……总是有一种优越感，自命不凡……

"他女儿要去抓一个封面草样——手很脏——我一把攥住她的手腕，不让她糟蹋封面——"他用手模仿那个动作，想起奥兰多近乎亵渎的行为，脸上露出厌恶的神情，"你知道，我是本能地想要保护封面，却惹得她非常生气。大吵大闹。我被弄得非常尴尬和不舒服，"查德嘟囔道，似乎往事不堪回首，"她变得近乎歇斯底里。欧文气坏了。毫无疑问都是我的罪过。那件事，再加上又让迈克尔·范克特回归罗珀·查德。"

"在你看来，"斯特莱克问道，"谁最有理由对自己被写进《家蚕》感到恼怒呢？"

"这我可真说不好。"查德说。顿了顿又说道，"嗯，我估计伊丽莎白·塔塞尔不会高兴看到自己被描绘成寄生虫，她这么多年一次次护送欧文离开派对，不让他喝醉了酒出洋相，不过，"查德冷冷地说，"我恐怕并不怎么同情伊丽莎白。竟然看都不看就把那本书寄出来。这么粗心，简直罪大恶极。"

"你读完书稿后，跟范克特联系了吗？"斯特莱克问。

"也得让他知道奎因干了什么呀，"查德说，"最好由我来告诉他。当时他从巴黎领取普鲁斯特奖回来。我是硬着头皮打那个电话的。"

"他是什么反应？"

"迈克尔倒是挺想得开，"查德喃喃地说，"他叫我别担心，说欧文是损人不利己，对自己的伤害更大。迈克尔对欧文的敌意欣然接纳。表现得非常平静。"

"你有没有告诉他，奎因在书里是怎么说他或影射他的？"

"当然说了，"查德说，"我不能让他从别人嘴里听到。"

"他没有表示恼怒？"

"他说：'到此为止吧，丹尼尔，到此为止。'"

"你是怎么理解的？"

"哦，怎么说呢，迈克尔是个出名的剑子手，"查德浅浅一笑说，

"几句话就能把人伤得体无完肤——我说'刽子手',"查德突然可笑地担忧起来,"当然是指文学方面——"

"当然当然,"斯特莱克让他放心,"你有没有叫范克特跟你们一同起诉奎因?"

"迈克尔鄙视把法庭作为这种事情的补救措施。"

"你认识已故的约瑟夫·诺斯,是吗?"斯特莱克闲聊天般地问道。

查德脸上的肌肉绷紧了,阴沉的脸色下藏着一个面具。

"很久了——那是很久以前的事了。"

"诺斯是奎因的朋友,是吗?"

"我拒绝了乔·诺斯的小说,"查德说,薄薄的嘴唇在嚅动,"仅此而已。另外六七家出版公司也是这么做的。从商业角度来说这是个错误。书在诺斯死后获得了一些成功。当然啦,"他不以为然地加了一句,"我认为迈克尔在很大程度上把它改写了一遍。"

"奎因因为你拒绝了他朋友的作品而对你心生怨恨?"

"是的。他为这事嚷嚷得很厉害。"

"但他还是投到罗珀·查德门下?"

"我拒绝乔·诺斯的书不是出于个人恩怨,"查德说,双颊绯红,"后来欧文终于明白了这点。"

又是一阵令人不自在的沉默。

"那么……当有人雇你寻找一个——一个这样的罪犯,"查德显然努力想改变话题,"你是跟警方合作呢,还是——"

"是这样的,"斯特莱克说,苦涩地想起最近在警察那儿遭遇的敌意,但又为查德这么方便让自己钻空子而高兴,"我在警察局有很硬的关系。你的活动似乎并没有引起他们的关注。"他说,微微强调了人称代词。

这句圆滑的、诱导性的话完全达到了效果。

"警察调查了我的活动?"

查德说话时像一个吓坏了的小男孩,没有为了保护自己而强作镇静。

"是啊,你知道的,《家蚕》里写到的每个人肯定都会进入警方的审查范围,"斯特莱克一边喝着茶,一边漫不经心地说,"五号之后你们这些人做的每件事,都会引起他们的兴趣,奎因就是五号那天带着那本书离开妻子的。"

让斯特莱克大为满意的是,查德立刻开始一件件细数他的活动,显然是为了让自己放心。

"嗯,我是直到七号才知道这本书的事,"他说,目光又盯住那只被束缚的脚,"我就在这儿接到了杰瑞的电话……然后我直接赶回伦敦——曼尼开车送我去的。那天晚上我在家,曼尼和内妮塔可以证实……星期一,我在办公室见我的律师,跟杰瑞谈话……那天晚上去参加一个晚宴——诺丁山的好朋友——然后又是曼尼开车送我回家……星期二我很早就上床了,因为星期三一早要去纽约。我在那儿待到十三号……十四号一整天都在家里……十五号……"

查德的喃喃自语归于沉默。也许他发现根本没必要向斯特莱克澄清自己。他投向侦探的目光突然变得谨慎。查德本来是想花钱买个同盟者的。斯特莱克看出他突然意识到这种关系的双重特性。斯特莱克并不担心。他从这次见面得到的东西超过预期。即使查德不雇他了,也不过就是少挣些钱。

曼尼脚步轻轻地走过来。

"你想吃午饭吗?"他直愣愣地问。

"过五分钟吧,"查德淡淡地笑着说,"我得先跟斯特莱克先生告别。"

曼尼踩着橡胶底的鞋子走开了。

"他不高兴,"查德告诉斯特莱克,不自然地轻笑了一声,"他们不喜欢这儿,更愿意待在伦敦。"

他从地上捡起双拐,挣扎着站起来。斯特莱克更加费力地做了跟他同样的动作。

"那个——嗯——奎因夫人怎么样了?"查德说,看样子像是弥补礼节上的疏忽。他们俩像奇怪的三条腿动物一样,摇摇晃晃地朝前门走去。"大块头、红头发的女人,是吗?"

"不是,"斯特莱克说,"瘦瘦的,头发花白。"

"噢,"查德说,并未表示多大的兴趣,"我见到的是别人。"

斯特莱克在通向厨房的转门旁停住脚步。查德也停下来,一副恼恨的样子。

"恐怕我需要回去了,斯特莱克先生——"

"我也是,"斯特莱克愉快地说,"但如果我把我的助手扔在这里,估计她是不会感谢我的。"

查德先前毫不客气地把罗宾赶走,后来显然忘记她的存在。

"哦,对了,对了——曼尼!内妮塔!"

"她在卫生间呢。"那个壮硕的女人说,从厨房走出来,手里拿着装罗宾鞋子的亚麻布袋。

他们默默地等着,气氛略微有些尴尬。终于,罗宾出来了,阴沉着脸,把鞋子穿上。

前门打开,斯特莱克跟查德握手告别,凛冽的空气刺痛他们热乎乎的脸。罗宾直接走到车旁,坐进驾驶座,没有跟任何人说话。

曼尼穿着厚大衣又出现了。

"我跟你们一起过去,"他对斯特莱克说,"检查一下大门。"

"如果门封住了,他们会给这里打电话的,曼尼。"查德说,可是年轻男子没有理会,像先前一样钻进车里。

在纷纷飘落的雪花中,三个人默默地驱车驶过黑白相间的车道。曼尼按下随身带的遥控器,大门顺顺当当地滑开了。

"谢谢,"斯特莱克说着,转脸去看后座上的曼尼,"恐怕你得冒雪走回去了。"

曼尼抽了抽鼻子,下了车,把门砰的关上。罗宾刚挂到一挡,曼尼出现在斯特莱克的车窗旁。罗宾赶紧把车刹住。

"有事吗?"斯特莱克摇下车窗问道。

"我没有推他。"曼尼语气强硬地说。

"你说什么?"

"摔下楼梯，"曼尼说，"我没有推他。他在说谎。"

斯特莱克和罗宾呆呆地看着他。

"你们相信我吗？"

"相信。"斯特莱克说。

"那就好，"曼尼说着，朝他们点点头，"那就好。"

他转回身，朝房子走去，脚下的橡胶底鞋子有点打滑。

第三十章

……出于真诚的友情和信任，我想让你了解我的一个意图。实话实说，互相坦诚布公……

——威廉·康格里夫，《以爱还爱》

在斯特莱克的坚持下，他们在蒂弗顿服务站的汉堡王快餐店停车吃午饭。

"你需要吃点东西，我们才能继续上路。"

罗宾几乎一言不发地跟他走进店里，甚至没有提及曼尼刚才那句令人惊愕的声明。对她这副冷冰冰的、貌似忍辱负重的态度，斯特莱克并不完全意外，但感到有点不耐烦。罗宾去排队买汉堡，因为挂着双拐的斯特莱克没法端托盘，当罗宾把装着食物的托盘放在塑料贴面的小桌上时，斯特莱克为了缓解紧张的气氛，说道：

"我知道，查德把你当成一个打杂的，你希望我把他教训一顿。"

"我无所谓。"罗宾下意识地反驳他。（听他把这话明说出来，她觉得自己任性、孩子气。）

"随你的便吧。"斯特莱克烦躁地耸耸肩，拿起一个汉堡咬了一大口。

他们生着闷气，默默地吃了一两分钟，最后罗宾与生俱来的坦诚占了上风。

"好吧,我确实有点在意。"她说。

斯特莱克吃了高脂肪的食物,又被罗宾的坦白所感动,便说道:

"我当时正从他嘴里套干货呢,罗宾。在对方滔滔不绝时,挑起争端就不适合了。"

"对不起,我的表现太业余了。"罗宾说,一下子又敏感起来。

"哦,天哪,"斯特莱克说,"谁说你——"

"你雇我的时候是什么打算?"罗宾突然质问,把还没有拆封的汉堡扔回到托盘上。

几个星期来潜伏的不满情绪突然爆发。她不管会听到什么,只想知道真相。她是个打字员兼接待员,还是另有更大的作用?她留在斯特莱克身边,帮他摆脱困境,难道只为了像个家政人员一样被排挤到一边?

"打算?"斯特莱克瞪着她,摸不着头脑,"什么意思,打算——"

"我以为你打算让我——我以为我会得到——某种培训,"罗宾说,面颊绯红,眼睛异常明亮,"你以前提过两次,结果最近又念叨说要再雇人。当初我接受减薪,"她声音颤抖地说,"回绝待遇更好的工作。我以为你打算让我——"

压抑了这么久的愤怒使她几乎落泪,但她打定主意不向眼泪屈服。她幻想出来的斯特莱克那个搭档绝不会哭鼻子,那个严肃的女警察也不会,她能刚毅、冷漠地战胜各种危机……

"我以为你打算让我——没想到只是接接电话。"

"你不止是接电话,"斯特莱克说,他刚吃完第一个汉堡,两道浓眉下的眼睛注视着强忍愤怒的罗宾,"你这星期跟我一起侦察谋杀案嫌疑犯的房子来着。刚才还在高速公路上救了我们俩的命。"

可是罗宾不依不饶。

"你把我留下时是指望我做什么的?"

"我好像并没有什么具体计划,"斯特莱克言不由衷地慢慢说道,"当时我不知道你对工作这么认真——想要得到培训——"

"我怎么可能不认真?"罗宾大声质问。

坐在小餐馆角落里的一个四口之家惊讶地看着他们。罗宾毫不在乎。她突然大怒。冒着严寒开了这么长时间的车,斯特莱克吃光所有的饼干,他对她的车技感到惊讶,她被赶到厨房与查德家的仆人为伍,还有此刻——

"你给我的工资,只有人力资源那份工作的一半——一半!你说我凭什么要留下来?我帮助了你。我帮你侦破了卢拉·兰德里——"

"打住,"斯特莱克说,举起一只毛茸茸的大手,"打住,我明白了。可是,如果我说了你不爱听的话,可不要怪我。"

罗宾瞪着他,挺直身子坐在塑料椅上,涨红了脸,碰也没碰她的汉堡。

"我当初雇你的时候,确实考虑我可以把你训练成才。我那时没有钱送你去上课,但我想你可以先在工作中学,直到我能付得起培训费。"

罗宾没听到有实质内容的话不肯妥协,她什么也没说。

"你具有做这项工作的许多资质,"斯特莱克说,"可是你要嫁人了,而对方不愿意你干这行。"

罗宾张了张嘴又闭上了。她意外地被击中软肋,一时间哑口无言。

"你每天准时下班——"

"没有!"罗宾气冲冲地说,"也许你没注意到,我今天有假不休,专门过来开车送你去德文郡——"

"因为他不在,"斯特莱克说,"因为他不会知道。"

被击中软肋的感觉更强烈了。斯特莱克怎么知道她对马修撒了谎?至少是故意隐瞒了事实?

"即便如此——不管是不是实情,"她慌不择言地说,"是我自己说了算——不是由马修来决定我要做什么事业。"

"我和夏洛特交往了十六年,断断续续,"斯特莱克说,拿起他的第二个汉堡,"大部分时间是断的。她讨厌我的工作。这总是让我们闹分手——是我们闹分手的原因之一，"为了尊重事实，他纠正自己的说法，"她不理解什么是使命。有些人就是不明白，对他们来说，工作充其量就是有地位、拿支票，本身是没有价值的。"

他开始打开汉堡，罗宾气呼呼地瞪着他。

"我需要一个能跟我一起加班的搭档，"斯特莱克说，"周末也能上班。我不怪马修替你担心——"

"他没有。"

罗宾没来得及思索，这句话就脱口而出。她只想着斯特莱克说什么她都要反驳，竟没注意他说出了一个令人不快的事实。实际上马修的想象力很差。他没见过斯特莱克在被卢拉·兰德里案中的凶手刺伤后满身鲜血。马修每次听到跟斯特莱克有关的事就怒火中烧，就连罗宾描述的欧文·奎因被开膛破肚的陈尸场面，他也因为被嫉妒模糊了双眼，难以看得真切。他对罗宾工作的反感，跟对她的保护毫无关系，罗宾以前从未对自己明明白白地承认过这一点。

"我做的事可能很危险。"斯特莱克咬了一大口汉堡，说道，似乎没有听见她的反驳。

"我曾经对你有过帮助。"罗宾说，虽然嘴里没吃东西，但声音比斯特莱克的更含混。

"这我知道。要不是你，我今天不会是这个样子，"斯特莱克说，"对于那个临时工中介公司的失误，没有人比我更心存感激了。你的表现非常出色，我不可能——拜托，别哭了，那家人已经瞪大了眼。"

"我才不在乎呢。"罗宾用一把餐巾纸捂着脸说，斯特莱克笑了起来。

"如果你希望，"他对着罗宾金红色的头顶说道，"等我有钱了就送你去上侦察课。但如果你是一位边干边学的搭档，我会经常要求你做一些马修可能不喜欢的事。我把话放在这儿，由你来做决定。"

"我愿意，"罗宾克制着号啕大哭的冲动，说道，"这是我想要的。我就是为这个才留下来的。"

"那就给我高兴一点，把你的汉堡吃了。"

罗宾嗓子眼里梗了一大块，觉得食物很难下咽。她全身无力，但心中十分欣喜。她没有弄错：斯特莱克在她身上看到了跟他一样的素质。他们不是那种只为钞票工作的人……

"好了，跟我说说丹尼尔·查德吧。"她说。

在他讲述的时候，那好管闲事的一家四口收拾东西离开了，边走边朝这对男女偷偷瞥了几眼，依然摸不着头脑。(是恋人拌嘴？夫妻吵架？何以这么快就风平浪静了？)

"偏执狂，有点古怪，自恋，"五分钟后斯特莱克总结道，"但可能不止于此。杰瑞·瓦德格拉夫可能跟奎因串通。另一方面，他也可能是因为受够了查德才辞职的，我估计在查德手下工作可不是什么美差。

"你想喝咖啡吗？"

罗宾看了看表。雪仍在下着，她担心高速公路上的耽搁会使她赶不上开往约克郡的火车，但是在刚才的谈话之后，她决计证明自己对这份工作有献身精神，便同意喝一杯咖啡。而且，趁着此刻坐在斯特莱克对面，她还有话要对他说。等开车时再告诉他有点不过瘾，因为看不见他的反应。

"我也发现了查德的一些疑点。"她买了两杯咖啡和一份给斯特莱克的苹果派，回来后说道。

"从仆人们的聊天中听到的？"

"不是，"罗宾说，"我在厨房时，他们基本上没跟我说话。他们俩好像心情都很恶劣。"

"根据查德的说法，他们不喜欢德文郡，更喜欢伦敦。他们是兄妹吗？"

"好像是母子，"罗宾说，"那男仆管女人叫妈妈。

"是这样，我提出要上厕所，员工卫生间就在画室隔壁。丹尼尔·查德对解剖学非常了解，"罗宾说，"墙上贴满了达·芬奇画的解剖图，墙角还有一个解剖模型。真吓人——是蜡做的。画架上，"她说,"是男仆曼尼的一幅非常详细的素描图。躺在地上,赤身裸体。"

斯特莱克放下咖啡。

"这些信息很有意思。"他慢慢地说。

"我就猜到你会喜欢。"罗宾说,脸上带着矜持的笑容。

"间接地说明曼尼那个没把老板推下楼梯的说法很有意思。"

"他们特别不喜欢你登门,"罗宾说,"但这可能怪我。我说你是个私人侦探,可是内妮塔——她的英语没有曼尼好——没听明白,所以我就说你跟警察差不多。"

"结果他们就以为查德请我来是为了控诉曼尼对他施暴。"

"查德提到这件事了吗?"

"一个字都没提,"斯特莱克说,"他更关心瓦德格拉夫所谓的背叛。"

他们去过卫生间后,来到寒冷的户外,迎着大雪眯起眼睛,穿过停车场。丰田车顶上已经积了一层薄霜。

"你要准时赶到国王十字车站,对吗?"斯特莱克说着看了看表。

"来得及,除非我们在高速公路上遇到麻烦。"罗宾说,偷偷摸了一下车门里面的木头镶边①。

到了四号公路,每个牌子上都闪着天气警报,限速降到六十,这时斯特莱克的手机响了。

"伊尔莎?什么事?"

"嗨,科莫兰。是这样,情况还好。他们没有逮捕她,只是集中审问了一番。"

为了照顾罗宾,斯特莱克把手机调成免提,两人一起听着,脸上露出同样蹙眉专注的表情,汽车在旋舞的雪花中前行,雨刷器来回摆动。

"他们百分之百确定是她。"伊尔莎说。

"根据是什么?"

---

① 英国人迷信摸木头可以消灾免难。

"机会，"伊尔莎说，"和她的态度。她真的是在给自己找事儿。被审问时脾气特别不好，不停地说到你，弄得他们很生气。她说你会查出真正的凶手的。"

"真是混账，"斯特莱克恼火地说，"那个带锁的储藏间里是什么？"

"哦，对了。是一块烧焦的、血迹斑斑的破布，裹在一堆破烂里。"

"该死的，"斯特莱克说，"可能多年前就在那儿了。"

"法医鉴定会弄清楚的，但我同意你说的，现在连内脏都没找到，也没什么可检查的。"

"你知道内脏的事？"

"现在每个人都知道内脏的事了，科莫兰。新闻上都播了。"

斯特莱克和罗宾快速交换了一下目光。

"什么时候？"

"午间新闻。我认为警察知道快要瞒不住了，就把利奥诺拉带去审问，看能不能在闹得人尽皆知之前，从她嘴里挤出点什么。"

"准是他们内部的人泄露了消息。"斯特莱克气愤地说。

"这个罪名可不小。"

"我是从一个花钱买警察消息的记者那儿听说的。"

"你认识不少有意思的人呢，是吗？"

"这是难免的。谢谢你打电话来，伊尔莎。"

"没问题。可别让她蹲监狱，科莫兰。我挺喜欢她的。"

"谁的电话？"伊尔莎挂断电话后，罗宾问道。

"康沃尔的老同学，是个律师。她嫁给了我的一个伦敦老友，"斯特莱克说，"我把她介绍给了利奥诺拉，因为——该死。"

他们拐过一个弯，发现前面堵得死死的。罗宾一踩刹车，他们停在一辆标致车后面。

"该死。"斯特莱克又骂了一声，瞥了一眼罗宾的侧脸。

"又出车祸了，"罗宾说，"我看见有光一闪一闪的。"

如果她打电话告诉马修她没赶上卧铺车,不能去约克郡……她想象出马修脸上的表情。他母亲的葬礼……谁会错过葬礼呢?她应该已经到了,在马修父亲家里,帮着做一些安排,分担一部分压力。她的周末旅行包应该已经放在老家的旧卧室里,参加葬礼的衣服熨好了挂在她的旧衣柜里,一切准备就绪,只等明天早晨走去教堂。他们将要安葬康利弗夫人,她未来的婆婆,可她却决定跟斯特莱克一起冒雪开车,眼下他们被堵死了,困在离马修母亲将要安息的那座教堂二百英里以外的地方。

他永远不会原谅我。如果我因为这个错过葬礼,他永远不会原谅我……

为什么要让她做这种艰难的选择,而且偏偏是今天?为什么天气要这么恶劣?罗宾急得心烦气躁,车子还是一动不动。

斯特莱克没有说话,打开收音机。接招合唱团①的歌声在车里回荡,唱的是"以前没进展,现在有进步"。歌声折磨着罗宾的神经,但她什么都没说。

车流往前挪动了几英尺。

哦,上帝保佑,让我准时赶到国王十字车站吧,罗宾暗自祈祷。

他们在雪地里缓缓挪动了四十五分钟,下午的天光很快就暗了下来。罗宾本来觉得夜车出发前还有大把的时间,但现在时间仿佛是迅速排干的游泳池里的水,她很快就会孤零零地困在池里,一筹莫展。

这时他们看到前面的撞车事故:警察,车灯,一辆被撞坏的大众保罗。

"能赶上,"斯特莱克说,这是他打开收音机后第一次开口说话,他们等着交警招手让他们通过,"时间很紧,但你能赶上。"

罗宾没有回答。她知道只能怪她自己,不能怪斯特莱克:他已经准了她一天假。是她坚持要陪斯特莱克去德文郡,是她向马修撒谎说

---

① 接招合唱团(Take That),一九九〇年创立的英格兰男子流行演唱组合,接招合唱团于一九九六年宣布解散,总共售出一千九百万张唱片。

今天火车没有座位。哪怕从伦敦一路站到哈罗盖特，她也不应该错过康利弗夫人的葬礼。斯特莱克跟夏洛特在一起十六年了，断断续续，后来因为工作而分手。她不想失去马修。她为什么要这么做，为什么要提出开车送斯特莱克？

车辆拥挤，行驶缓慢。五点钟的时候，他们在雷丁外围遇到晚高峰，又堵在那儿走不动了。斯特莱克打开收音机听新闻。罗宾想关注一下他们怎么说奎因那个案子，可是她的心已经在约克郡了，她的心飞越了拥挤的交通，飞越了无情地横亘在她和家之间的广袤雪地。

"警方今天证实，六天前在伦敦男爵府一座住宅里被发现尸体的作家欧文·奎因，其被害方式跟他尚未出版的最后一部作品里的主人公一样。目前尚无人员被捕。

"负责本案调查的稽查员理查德·安斯蒂斯今天下午早些时候回答了记者的提问。"

斯特莱克发现安斯蒂斯说话的声音有点紧张和生硬。他肯定不愿意以这种方式发布消息。

"希望接触过奎因先生最后一部作品书稿的人跟我们联系——"

"请问稽查员，你能告诉我们奎因先生究竟是怎么遇害的吗？"一个男性声音急切地问。

"我们在等完整的法医报告。"安斯蒂斯说，却立刻被一位女记者打断。

"你能否证实奎因先生尸体的某些部分已被凶手取走？"

"奎因先生的部分内脏被人从现场取走了，"安斯蒂斯说，"目前在追踪几条线索，我们在此呼吁大家，有任何信息请随时报告。这是一起令人发指的案件，我们认为凶手极其危险。"

"不会吧，"罗宾焦虑地说，斯特莱克抬头一看，前面又是一排红灯，"不会又出车祸了吧……"

斯特莱克啪的关掉收音机，摇下车窗，把脑袋伸到外面飞旋的雪花中。

"不是，"他大声告诉罗宾，"有人卡在路边……陷在雪堆里……

我们很快就能开动起来。"他安慰罗宾。

然而又过去四十分钟,障碍才清除。三条车道都挤满了车,他们重新动起来后,车速慢得像蜗牛爬。

"我肯定赶不上了。"罗宾说,她嘴里发干,终于进入伦敦市了,时间已是十点二十分了。

"能赶上,"斯特莱克说,"把那该死的玩意儿关掉,"他啪的一下关掉导航仪,"别走那个出口——"

"但我得把你送到——"

"别管我了,你不需要送我——往左——"

"我不能往那儿走,那是单行线!"

"往左!"他吼道,使劲一拽方向盘。

"别这样,危险——"

"你想错过那该死的葬礼吗?把脚踩下去!第一个路口往右——"

"这是哪儿呀?"

"我知道自己在做什么。"斯特莱克说,眯眼透过大雪张望,"直走……我哥们儿尼克的爸爸是出租车司机,他教了我一些东西——再往右——别理那该死的'禁止通行'牌子,在这样的夜晚,谁会从那里面出来?继续直走,看到红绿灯往左拐!"

"我不能把你撇在国王十字车站!"罗宾说,盲目地执行他的指令,"你开不了这车,到时候拿它怎么办呢?"

"别管这该死的车了,我会想办法的——注意,第二个路口往右——"

十一点差五分,圣潘克拉斯的高塔在大雪中出现,在罗宾看来就像天堂的幻境一样。

"停车,下去,赶紧跑,"斯特莱克说,"赶上了给我打个电话。如果没赶上,我在这儿等你。"

"谢谢你。"

她在雪地里飞奔而去,旅行袋在手里来回晃动。斯特莱克注视着她消失在黑暗中,想象她在车站湿滑的地板上脚下一滑,但没有摔倒，焦急地东张西望，寻找站台……她根据斯特莱克的指令，把车停在一条双行线的马路边。如果罗宾赶上火车，他就被困在了一辆租来的、他开不了的汽车里，这辆车最后肯定只能被拖走。

圣潘克拉斯大钟的金色指针无情地朝十一点靠近。斯特莱克仿佛看见火车的车门重重地关闭，罗宾在站台上狂奔，金红色的头发随风飘舞……

一分钟过去了。他眼睛盯着车站入口处，等待着。

罗宾没有出来。他继续等待。五分钟过去了。六分钟过去了。

手机响了。

"你赶上了吗？"

"好险哪……车刚要开……科莫兰，谢谢你，太谢谢你了……"

"没事，"他说，看着外面黑黢黢的寒夜和越来越稠密的大雪，"一路平安。我得想办法处理这烂摊子。祝你明天一切顺利。"

"谢谢你！"罗宾大声说，斯特莱克挂断电话。

是他亏欠罗宾的，斯特莱克想，一边伸手去拿双拐，但双拐对眼前的事并无多少帮助，他要独腿穿越积雪皑皑的伦敦城，还会拿到一张巨额罚单，因为把一辆租来的汽车丢弃在市中心。

第三十一章

危险，是所有伟大精神的鞭策。

——乔治·查普曼①，《布西·德·昂布阿的复仇》

斯特莱克想，丹尼尔·查德肯定看不上丹麦街楼上这个租来的阁楼间，除非他能从旧面包炉或台灯上找到一些稚朴原始的魅力，可是如果你碰巧是个独腿的男人，这地方就可圈可点了。星期六早晨，斯特莱克的膝盖还没完全恢复，不能装假肢，但要用的东西随手就能拿到，单腿跳几步就能覆盖他的活动范围，冰箱里有食物，热水和香烟也不缺。斯特莱克今天对这地方有一种发自内心的喜爱，玻璃窗上凝结着水汽，外面的窗台上可见朦胧的积雪。

吃过早饭，他躺在床上抽烟，当床头柜用的箱子上放着一杯浓茶。他眉头紧蹙，不是因为生气，而是因为太专心。

整整六天，一无所获。

没有奎因失踪内脏的任何线索，也没有可以锁定潜在凶手的任何法庭证据（他知道，但凡有一根毛发、一个脚印，警方昨天都不会把

---

① 乔治·查普曼（1559？—1634），英国戏剧家、诗人。具有深厚的古典文学修养，曾把荷马的两部史诗译成英文。创作的最出色戏剧是两部悲剧：《布西·德·昂布阿》和《布西·德·昂布阿的复仇》。

利奥诺拉叫去做那番毫无结果的审讯)。也没有那个所谓在奎因被害前不久进入房子的蒙面身影的更多消息(难道警方认为那是严重近视的邻居凭空臆想出来的?)。没有凶器,没有进入塔尔加斯路的不速之客的不法之徒的录像,没有多疑的散步者注意到新翻动的泥土,没有腐烂的内脏包在一件黑罩袍里浮出水面,更没有发现奎因的旅行包,里面装着《家蚕》的笔记。什么都没有。

整整六天。他曾经用短短六小时抓住凶手,当然啦,那些都是亡命之徒在一时冲动下犯罪,鲜血横流,到处都是线索,那些紧张或低能的罪犯,逢人就用谎话喋喋不休地为自己辩白。

这起奎因遇害案不同,它更离奇,更凶险。

斯特莱克把茶杯端到唇边时,眼前又浮现那具尸体,像他查看手机照片时一样清晰。那是一件戏剧物品,舞台上的一个道具。

斯特莱克虽然苛责罗宾,却也忍不住问自己:这一切的原因是什么?复仇?疯狂?杀人灭口(为什么?)?法庭证据被盐酸腐蚀,死亡时间模糊,凶犯进出犯罪现场无人发现。精心策划。每个细节都考虑到了。整整六天,没有任何线索……斯特莱克不相信安斯蒂斯已经掌握了几条线索。当然啦,这位老朋友不再跟他分享情报了,自从上次严厉警告斯特莱克不要插手,不要多管闲事之后,就不再把消息告诉他了。

斯特莱克漫不经心地掸去旧毛衣胸前的烟灰,用烟蒂又点燃一根香烟。

我们认为凶犯极其危险,安斯蒂斯对记者说,在斯特莱克看来,这句话既浅显直白,又特别容易让人产生误解。

他突然想起一件往事,想起戴夫·普尔沃斯十八岁生日的那次大冒险。

普尔沃斯是斯特莱克交情最久的朋友,他们从光屁股时候就互相认识了。斯特莱克的整个童年和青春期,因为母亲的心血来潮,经常从康沃尔离开又回去,每次都能跟普尔沃斯续上旧情。

戴夫有个叔叔,年少时去了澳大利亚,如今已是千万富翁。他邀请侄子去过十八岁生日，还可以带一个小伙伴。

两个少年漂洋过海地飞过去，那是他们青葱岁月里最精彩的一次经历。他们住在凯文叔叔的海边大别墅里，玻璃幕墙，亮闪闪的家具，客厅有个吧台；大海在耀眼的阳光下如钻石般熠熠闪烁，烤肉签上串着粉红色的大虾；各种不同的口音，源源不断的啤酒，在康沃尔从未见过的玉腿金发美女，还有，在戴夫生日那天看到的鲨鱼。

"它们被激怒时才危险，"喜欢潜水的凯文叔叔说，"别去触摸，孩子，懂吗？别在周围逗留。"

可是戴夫·普尔沃斯喜欢大海，在家时就经常冲浪、钓鱼和划船，在海里消磨时间是他的一种生活方式。

杀手出现了，一双呆滞的细长眼，两排锋利的牙齿，他们游过它身边时，斯特莱克领略了这头黑鳍鲨的慵懒和冷漠，并惊叹于它光滑流畅的轮廓。他知道，若不是戴夫铁了心去摸一把，它肯定会满足于游弋在蔚蓝色的大海。

那道伤疤今天还在：鲨鱼咬掉了戴夫小臂上的一大块肉，他右手的大拇指一直有点不听使唤。但这并不妨碍他干活儿：戴夫如今是布里斯托尔的一位土木工程师，他和斯特莱克每次回家仍去维多利亚酒馆喝酒，那里的人都称他"哥们儿"。普尔沃斯从骨子里固执、任性、喜欢猎奇，空闲时间还去潜水，但不再去招惹大西洋的姥鲨了。

斯特莱克床上方的天花板有一道细细的裂缝。好像以前从未留意过。他目光追寻着裂缝，脑海里却浮现出海底的黑影和突然涌现的一股黑血，以及戴夫无声惨叫时剧烈挣扎的身体。

他想，欧文·奎因的凶手就像那头黑鳍鲨。案子里的那些嫌疑者中间并无疯狂、任性的嗜血者。他们谁都没有从事暴力活动的前科。一般尸体出现时，经常可以通过追踪有前科者找到嫌疑人，但在这个案子中，所有嫌疑人都没有血迹斑斑的过往可供警方像饿狗一样追寻。这个凶手是更罕见、更离奇的禽兽：隐藏自己的本性，直至被激惹到一定的程度。欧文·奎因像戴夫·普尔沃斯一样，不小心戏弄了一个沉睡的凶手，惹火烧身。

斯特莱克曾多次听到这句老生常谈：每个人都有杀戮的本性。他知道这纯属无稽之谈。诚然，对有些人来说，杀人易如反掌，能够带来快感：他就遇到过几个。几百万人被成功训练去结束别人的生命，他，斯特莱克，就是其中一个。人们一般因机会而杀人，为获得好处，或为保护自己，在别无选择的情况下发现自己有杀戮的能力，但也有一些人，即使在极度的压力下，也会戛然而止，无法利用优势，抓住机会，打破那个最关键的最后禁忌。

斯特莱克非常清楚捆绑、攻击和肢解欧文·奎因需要什么样的心理素质。凶犯竟然在不被察觉的情况下完成作案，并成功消除证据，而且似乎未表露出很大的压力或负罪感，引起别人的注意。所有这些都说明凶犯具有危险的人格特征，一旦被激怒，会变得高度危险。但他们相信自己没有受到察觉和怀疑，所以不会对周围的人构成新的威胁。但如果再次触碰……比如说，触碰到欧文·奎因曾经触碰的地方……

"该死。"斯特莱克低声骂一句，赶紧把烟扔进旁边的烟灰缸，不知不觉中烟已烧到手指。

那么下一步做什么呢？斯特莱克想，既然"逃脱罪案"的线索不存在，他就必须查寻"走向犯罪"的线索。既然从奎因之死的结果中找不到任何蛛丝马迹，就应该好好看看他生前的最后几天。

斯特莱克拿起手机看着，深深叹了口气。他问自己，能用其他方式获得他寻找的第一个情报吗？他在脑海里过了一遍熟人名单，飞快地做出取舍。最后，他没有太大热情地断定，首选的那个人最有可能给他带来收获：他那同父异母的弟弟亚历山大。

他们共有一个父亲，但从未生活在一个屋檐下。阿尔比斯特莱克小九岁，是乔尼·罗克比的婚生子，这就意味着他们俩的生活没有交集。阿尔曾在瑞士接受私立教育，现在有可能在任何地方：在罗克比位于洛杉矶的宅邸，在某个说唱艺人的游艇，甚至也可能在澳大利亚的某个海滩，因为罗克比的第三任妻子是悉尼人。

阿尔虽说是他的同父异母弟弟，却表现得比任何人都更愿意跟这位哥哥缔结关系。斯特莱克记得腿被炸断后阿尔到医院来看望他；那次见面很尴尬，但想起来心里还是暖暖的。

阿尔到医院时带来了罗克比的提议，其实发邮件也能说清楚的。罗克比提出资助斯特莱克开办侦探事务所。阿尔宣布这个提议时很得意，认为这证明了父亲的慷慨无私。斯特莱克则非常清楚父亲不是这样的人。他怀疑罗克比或他的智囊团担心这个独腿老兵会到处兜售自己的故事，所以想用这份大礼堵住他的嘴。

斯特莱克没有接受父亲的慷慨赠与，后来申请贷款时遭到每家银行的拒绝。他十分不情愿地打电话给阿尔，拒绝接受金钱馈赠，拒绝去见父亲，只问能不能获得贷款。这显然把对方给得罪了。后来，罗克比的律师带着最贪婪银行家的所有干劲，追着斯特莱克索要月息。

斯特莱克若不是雇用了罗宾，贷款早已经还清了。他决定在圣诞节前偿还，决定不欠乔尼·罗克比的人情，所以最近才这样超负荷地工作，每星期连轴转，每天工作八九个小时。因此，想到要请弟弟帮忙他就觉得心里不舒服。阿尔显然很爱父亲，斯特莱克能理解他对父亲的忠诚，但罗克比一旦在他们中间出现，气氛就会紧张。

阿尔的号码响了几次，最后转到语音邮箱。斯特莱克失望的同时也松了口气，留了一条简短的语音，叫阿尔给他回电话，然后便挂断了。

斯特莱克点燃早餐后的第三根烟，又开始端详天花板上的那道裂缝。"走向犯罪"的线索……很大程度上取决于凶犯是什么时候看见书稿，并意识到可以重现书中的谋杀……

他又一次过滤那些嫌疑者，好像他们是他手里的一副牌，仔细研究各种可能性。

伊丽莎白·塔塞尔，毫不隐瞒《家蚕》给她带来的愤怒和痛苦。凯瑟琳·肯特，声称从未读过书稿。那个至今不知何许人的皮帕2011，奎因十月份曾给她读过书中某些片段。杰瑞·瓦德格拉夫，五号拿到书稿，但如果查德的话可信，他可能早就知道书的内容。丹尼尔·查德，一口咬定七号才看到书，迈克尔·范克特，从查德那儿得知书的情况。是的，还有其他各种各样的人，对书中最色情的片段偷偷地看了又看，暗自发笑，而那些人收到的都是克里斯蒂安·费舍尔用电子邮件发的书稿片段，斯特莱克很难对费舍尔、塔塞尔办公室的年轻人拉尔夫和妮娜·拉塞尔斯产生怀疑，他们都没有被写进《家蚕》，而且跟奎因素不相识。

斯特莱克想，他必须走得更近一些，去扰动其生活曾被欧文·奎因嘲笑或扭曲的那些人。他带着比刚才给阿尔打电话时稍多一点的热情，在通讯录里翻找，拨通妮娜·拉塞尔斯的电话。

三言两语就搞定了。妮娜很高兴。没问题，他今晚可以过去。她做饭。

斯特莱克想不出还有别的办法去刺探杰瑞·瓦德格拉夫的私生活，或调查迈克尔·范克特作为一个文学界刀客的名声，但他想到重新装上假肢的痛苦过程就心有余悸，更不用提明天早晨还要费力地从妮娜·拉塞尔斯的热情挽留中摆脱出来。还好，离开前可以看一场阿森纳对阿斯顿维拉的比赛，还有止痛药、香烟、咸肉和面包。

斯特莱克充分享受着这份舒适，脑子里同时想着足球和谋杀案，没顾上看一看下面积雪覆盖的街道。刺骨的严寒没有阻挡购物者的热情，他们在音像店、乐器行和咖啡馆进进出出。如果斯特莱克往街上瞥一眼，可能会看见那个穿着黑大衣、戴着兜帽的苗条身影，靠在六号和八号之间的墙上，抬眼盯着他的公寓。斯特莱克视力虽好，也不可能看见在修长的手指间那把有节奏转动着的斯坦利木工刀。

第三十二章

> 醒来吧，我的好天使
> 用圣洁的曲调
> 打败那推我臂肘的邪灵……
>
> ——托马斯·戴克，《高贵的西班牙士兵》

虽然轮胎上缠着防滑链，但罗宾母亲开的那辆家用旧路虎，从约克郡火车站到马沙姆走得仍很艰难。雨刷器在玻璃上刮出的扇形，很快又被雪花模糊，那些道路是罗宾小时候就熟悉的，却被多年未见的严冬改变了模样。风雪无情，本来一个小时的路，走了差不多三个小时。有几次罗宾以为最终还是赶不上葬礼了。但至少可以用手机给马修打电话，解释说她就在附近。马修告诉她另外几个人还在很远的路上，他担心从剑桥过来的舅妈可能赶不上葬礼了。

到了家里，罗宾躲开深褐色拉布拉多老狗的口水滴答的迎接，三步两步上楼，跑进自己的房间，来不及熨烫就把黑礼服和黑大衣套在身上，匆忙中，她的第一双连裤袜刮断了丝。她急匆匆地跑回楼下的大厅，父母和兄弟正在那里等她。

他们打着黑伞，在漫天飘舞的雪花中走上平缓的山坡——罗宾上小学时每天都翻过这座小山，然后穿过作为家乡小镇心脏的那个大场院，背对当地酿酒厂的粗大烟囱。星期六的集市取消了。早晨走过场院的那几位开路先锋,在积雪里踩出深深的通道,脚印在教堂附近汇合,罗宾看见那里聚集着一群穿着黑衣的送葬者。场院周围那些浅金色的乔治时期风格的房屋,屋顶上覆盖着一层耀眼的冰霜,而雪还在不断地下着。公墓里的方形大墓碑被掩埋在越来越厚的皑皑白雪之下。

罗宾打着哆嗦,随家人一起朝圣母玛利亚教堂走去,经过那个九世纪圆柄十字架的残骸,不知怎的它看上去有点异教色彩,终于,她看见马修了,和父亲、姐姐一起站在门廊里,脸色苍白,穿着黑西装,帅气得令人窒息。罗宾眼巴巴地看着,隔着排队的人群想与马修对视,然而就在这时,一个年轻女子上前与他拥抱。罗宾认出是萨拉·夏德罗克,马修大学时代的朋友。或许,她的问候有点过于轻浮,不合时宜,但是罗宾差十秒钟险些错过晚班火车,心中存有内疚,而且将近一星期没见到马修了,就觉得自己没权利感到不满。

"罗宾。"马修一看见她就急切地说,把三个要跟他握手的人抛到脑后,朝她张开双臂。两人拥抱时,罗宾感到泪水刺痛她的眼睑。这才是真实的生活,马修和家……

"去坐在前面。"马修对她说,她照办了,让家人留在教堂后面,自己走过去坐在第一排长凳上,旁边是马修的姐夫,正在逗弄膝头的小女儿,看到罗宾,他神色凝重地点点头。

这是一座美丽的古老教堂,罗宾再熟悉不过,曾多少次跟同学和家人一起在这里参加圣诞节、复活节和丰收节的仪式。她的目光慢慢地从一件熟悉的物品转向另一件熟悉的物品。在头顶高处的圣坛拱门上,是乔舒亚·雷诺兹爵士[①]的一幅画作(至少是乔舒亚·雷诺兹那个画派的作品),罗宾盯着它看,想让自己镇静下来。画面朦胧而神秘,小天使凝望着远处一个散发金光的十字架……到底是谁画的

[①] 乔舒亚·雷诺兹(1723—1792),英国十八世纪后期最负盛名且颇具影响力的历史肖像画家和艺术评论家,英国皇家美术学院的创办人。雷诺兹强调绘画创作的理性一面,他的许多观点是英国十八世纪美学原理最典型的体现。

呢？她问自己，是雷诺兹还是画室里的某个学徒？接着，她感到一阵内疚，她没有哀悼康利弗夫人，而是沉溺于自己多年来的这份好奇心……

她曾以为再过几个星期就要在这里结婚。婚纱已经挂在客房的衣柜里，然而，康利弗夫人的棺材顺着教堂的甬道过来了，黑亮亮的，带着银把手，欧文·奎因还躺在停尸房里……他那腐烂、烧焦、残缺不全的尸体，还没有安放进闪亮的棺木……

别往那儿想，罗宾严厉地告诫自己，这时马修在她身边坐下，腿贴着她的腿，热乎乎的。

这二十四个小时发生了这么多事，罗宾简直不敢相信自己是在家乡，在这里。她和斯特莱克很可能被送进医院，他们差点迎头撞上那辆翻倒的油罐车……司机满身是血……康利弗夫人躺在铺着丝绸的棺材里大概毫发未损……别往那儿想……

她的眼睛似乎没法舒舒服服地把东西看清。也许看过被捆绑、被肢解的尸体之后，人就会变得不正常，就会改变对世界的看法。

片刻之后，她跪下祈祷，粗糙的十字绣的跪垫硌着她冻僵的膝盖。可怜的康利弗夫人……只是马修的母亲一直都不怎么喜欢她。仁慈点吧，罗宾祈求自己，虽然事实就是如此。康利弗夫人不愿意马修这么长时间守着同一个女朋友。她曾当着罗宾的面提到，年轻小伙子应该脚踩几只船，尽情寻乐……罗宾知道，在康利弗夫人眼里，那样从大学辍学是她的一个污点。

马默杜克·怀韦尔爵士①的雕像就在罗宾面前几英尺的地方。罗宾起身唱赞美诗时，爵士似乎紧紧地盯着她，穿着詹姆士一世时期的服装，跟真人一般大小，躺在大理石架子上，用胳膊撑着脸，面对教堂里的会众。他妻子以同样的姿势躺在他下面。这种不敬的姿势倒使他们显得很真实，胳膊肘下放着垫子，以免他们大理石做的骨头感到不适，在他们上方的拱肩上刻着一些象征死亡的形象。直到死亡把我

---

① 马默杜克·怀韦尔（1542—1617），英国政治家。

们分开……她又走神了：她和马修，从此捆绑在一起，直到死亡……不，不是捆绑……别去想捆绑……你这是怎么了？她感到心力交瘁。火车太热，颠簸得厉害。她准时醒来，担心会被大雪困住。

马修摸到她的手，捏住她的手指。

雪下得很大，在不失礼节的前提下，安葬尽可能从速。人们没有在墓旁逗留，不止罗宾一个人明显冷得发抖。

大家都回到康利弗家的大砖房里，在温暖的室内转悠。康利弗先生一向就是高门大嗓，不停地给人斟酒，跟人打招呼，弄得像在开派对一样。

"我想你了，"马修说，"没有你，真是难熬。"

"我也想你，"罗宾说，"希望能在这里陪你。"

又是谎言。

"今晚是苏舅妈守夜，"马修说，"我本来想去你家的，暂时摆脱一下。这个星期真是够呛……"

"太好了，来吧。"罗宾说，捏了捏他的手，庆幸自己不用留在康利弗家。她发现马修的姐姐不好相处，康利弗先生盛气凌人。

但是你可以忍受一晚的，她严厉地对自己说。这似乎是一种问心有愧的逃脱。

于是他们回到离场院不远的埃勒克特家。马修喜欢罗宾的家人。他很高兴把西装换成牛仔服，在厨房里帮罗宾的妈妈摆桌子。埃勒克特夫人是个丰满的女人，跟罗宾一样的金红色头发盘成一个利索的发髻，待马修非常亲切温和。她是个兴趣广泛、充满热情的女人，正在开放大学里读英语文学。

"功课怎么样，琳达？"马修帮她把沉甸甸的大砂锅从炉子上端下来，问道。

"我们在学韦伯斯特，《玛尔菲公爵夫人》：'我简直要为它疯狂。'"

"很难吧？"马修问。

"那是一句引文，亲爱的。哦，"她咔嗒一声把汤勺放在一边，

"你倒提醒了我——我准是错过了——"

她走到厨房那头,拿起一份家里随时都有的《广播时报》。

"还好,九点开始。我要看迈克尔·范克特的一次访谈。"

"迈克尔·范克特?"罗宾转过头去问道,"为什么?"

"他深受所有那些复仇悲剧的影响,"母亲说,"我希望他能解释他为什么如此。"

"看见这个了吗?"罗宾的弟弟乔纳森刚应母亲要求从街角小店买了牛奶回来,说道,"在第一版上,罗宾。那个作家的肠子都被掏空了——"

"乔!"埃勒克特夫人厉声喝道。

罗宾知道,母亲斥责儿子不是因为怀疑马修不愿听到提及罗宾的工作,而只是习惯性地反感在葬礼过后谈论某个人的暴死。

"怎么?"乔纳森说,全然不顾这些清规戒律,把《每日电讯》塞到罗宾的鼻子底下。

现在媒体都知道了欧文·奎因的遭遇,他终于上了头条。

恐怖作家写出自己的遇害。

恐怖作家,罗宾想,他可算不上……不过这个标题很给力。

"你说,你的老板能把这案子破了吗?"乔纳森翻着报纸问她,"再让警察瞧瞧他的厉害?"

罗宾想从乔纳森身后读那篇报道,却与马修的目光不期而遇,便转身走开了。

罗宾的手包放在石板地厨房墙角的一把塌陷的椅子上,吃炖肉和烤土豆时,包里传出震动声。罗宾没有理会。大家吃完饭后,马修尽职尽责地帮她母亲收拾桌子时,罗宾才走到手包那儿查看短信。她十分惊讶地看到斯特莱克打来的一个未接电话。她偷偷看了马修一眼,见他正忙着把盘子摞在洗碗机里,便趁别人都在聊天的当儿打开语音信箱。

你有一条新语音,收于今晚七点二十分。

语音接通了,却只有杂音,没有人说话。

接着砰的一声。模模糊糊地传来斯特莱克的大喊：

"不，不，你这该死的——"

一声痛苦的吼叫。

沉默。线路接通的杂音。含混的嘎吱声、拖拽声。粗重的喘息声，一声刺耳的摩擦声，接着线路断了。

罗宾惊愕地站在那里，手机紧紧贴在耳边。

"怎么回事？"正朝碗柜走去的父亲停下来问道，他手里拿着刀叉，眼镜滑到鼻梁上。

"我觉得——觉得我的老板好像——好像出事了——"

她用颤抖的手指拨了斯特莱克的号码。电话直接被转到语音信箱。马修站在厨房中间看着她，毫不掩饰内心的不快。

第三十三章

苦命啊，女人不得不主动求爱！

——托马斯·戴克和托马斯·米德尔顿，《诚实的娼妓》

斯特莱克没有听见罗宾的电话，因为他不知道自己的手机十五分钟前被撞落时已经变成了静音。他也没有意识到手机从指间滑脱时，大拇指触到了罗宾的号码。

事情发生时他刚离开大楼。他来到街上，把门在身后关上，手里拿着手机（他满不情愿地叫了辆出租车，正在等对方回电），就在这短短的两秒钟内，那个穿黑大衣的高个儿身影从黑暗中朝他跑来。兜帽和围巾下闪过惨白的脸色，她胳膊往前伸着，晃动的手中紧紧抓着刀子，动作虽然笨拙但无比坚决，直向他逼来。

斯特莱克振作起精神迎向她，情急之中差点又滑倒，赶紧一把撑住门，站稳脚跟，手机掉落在地。斯特莱克不知道对方是谁，但她的跟踪已对他的膝盖造成严重损害，他又惊又怒，大吼一声——对方愣了一瞬间，立刻又朝他冲来。

斯特莱克挥起拐杖，击向他已看见拿着木工刀的那只手，这时膝盖又扭了一下。他负痛发出一声咆哮，对方往后一跳，以为已在不知不觉中刺中了他，然后，她第二次惊慌失措，转身逃跑，在雪地里没命地跑远了，斯特莱克气恼万分，却又感到无奈，没法去追赶，只能在雪地里摸索着寻找手机。

该死的腿！

罗宾打来电话时，他正坐在一辆缓缓行驶的出租车里，疼得大汗淋漓。虽然跟踪者手里闪亮的三角木工刀并没有刺中他，但这并不能给他带来多少安慰。他在出发去见妮娜之前，觉得必须装上假肢，此刻膝盖又开始剧烈疼痛，同时他还为没能追捕那个疯狂的偷袭者而窝火。他从未对女人动过手，从未故意伤害过女人，但是看到那把刀子在黑暗中朝他刺来，这些顾虑都不存在了。出租车司机正从后视镜里注视着这个满脸怒气的大块头乘客，惊愕地看到斯特莱克在座位上扭来扭去。斯特莱克正在星期六晚上拥挤的人行道上寻找那个女人的身影，圆肩膀，穿着黑大衣，刀子藏在口袋里。

出租车在牛津街的圣诞节彩灯下驶过，彩灯做成精致的银色大包裹形状，打着金色的蝴蝶结。一路上，斯特莱克使劲按捺心头的怒气，对即将到来的晚餐约会没有半点欣喜的感觉。罗宾一次又一次地给他打电话，但是手机在大衣口袋深处，大衣放在身边的座位上，他感觉不到它的震动。

"嗨。"超过约定时间半小时后，妮娜打开公寓的门，勉强挤出一丝笑容。

"对不起，来晚了，"斯特莱克说，瘸着腿跳过门槛，"离家的时候出了点事。我的腿。"

他发现自己什么也没给妮娜带，穿着大衣空手站在那里。应该带瓶红酒或带盒巧克力的，妮娜的大眼睛上下打量着他，使他觉得她注意到了这点。妮娜是个很讲礼节的人，他突然觉得自己有点寒酸。

"我给你买了瓶红酒，忘记拿来了，"他编了句谎话，"真不像话。把我赶出去吧。"

妮娜笑了，笑得有些勉强。斯特莱克感到手机在口袋里震动，本能地把它掏了出来。

罗宾。他不明白罗宾为什么星期六给他来电话。

"对不起，"他对妮娜说，"得接一下——有急事，是我的助理——"

妮娜的笑容隐去了。她转身走出门厅，留下斯特莱克穿着大衣站在那儿。

"罗宾？"

"你还好吧？发生了什么事？"

"你怎么——"

"我收到一段语音，好像是你遭到袭击的录音！"

"天哪，我给你打电话了吗？准是手机掉落时误碰的。是啊，当时就是那样——"

他把发生的事给罗宾讲了一遍。五分钟后，他挂好大衣，凭着本能找到客厅，妮娜已在桌上摆好两个人的餐具。屋里开着灯，妮娜彻底收拾了一番，到处摆放着鲜花。空气里有一股浓浓的烧焦的蒜味儿。

"对不起，"妮娜端着一道菜回来时，他又说了一遍，"有时真希望干一份朝九晚五的工作。"

"自己倒红酒吧。"妮娜冷淡地说。

这场景太熟悉了。有多少次了，坐在对面的女人因为他的迟到、分神和漫不经心而感到恼火？至少今天这一幕还表现得比较低调。如果他跟夏洛特吃饭迟到了，或刚坐下就接了另一个女人的电话，可能就会有一杯红酒迎面泼来，盘子和碗扔得到处飞。想到这里，他对妮娜平添了一份好感。

"侦探是最差劲的约会对象。"他坐下时对妮娜说道。

"我不想用'差劲'这个词，"她回答，态度有所缓和，"我知道这工作没法扔下不管。"

她用那双大大的老鼠眼睛盯着斯特莱克看。

"我昨晚做了一个噩梦，跟你有关。"她说。

"梦见我们大吉大利？"斯特莱克说，妮娜笑了起来。

"其实，并不真的跟你有关。我们一起寻找欧文·奎因的肠子。"

她喝了一大口红酒，凝视着他。

"找到了吗？"斯特莱克尽量轻描淡写地问。

"找到了。"

"在哪儿？目前我对任何线索都来者不拒。"

"在杰瑞·瓦德格拉夫办公桌的最底一格抽屉里，"妮娜说，斯特莱克似乎看到她打了个冷战，"真是太恐怖了。我一开抽屉，又是血，又是肠子……然后你打了杰瑞。我一下子惊醒，太逼真了。"

她又喝了几口红酒，碰也没碰食物。斯特莱克已经狼吞虎咽吃了几口（蒜太多了，但他真是饿了），觉得自己没有表现出足够的同情。他赶紧把食物咽下肚，说道：

"听起来真吓人。"

"都是昨天的新闻闹的，"妮娜盯着他说道，"谁也没想到，谁也不知道他会——他会以那种方式遇害。跟《家蚕》里写的一样。你没告诉我。"她说，一丝责怪的怨气越过蒜味儿飘过来。

"我不能说，"斯特莱克说，"那样的消息只能由警方发布。"

"登在今天《每日电讯》的头版。欧文肯定会很高兴。终于上了头条。我真后悔读了书稿。"她说，偷偷看了斯特莱克一眼。

这样的忧惧他以前碰到过。有些人一旦意识到斯特莱克曾见过、做过或接触过什么，就会感到害怕退缩。似乎他身上带着死亡的气息。经常有女人被军人或警察吸引：她们感同身受地体会那种刺激，沉溺于对一个男人可能目睹或做出的暴力行为的意淫。另一些女人则对此十分反感。斯特莱克怀疑妮娜曾经属于前者，但此刻在残忍、变态、令人厌恶的现实的压迫下，她发现自己从根本上来说属于第二阵营。

"昨天上班一点也没意思，"她说，"因为我们听到了那个消息。每个人都……就是说，如果他是以那种方式遇害的，如果凶手照搬书里的做法……嫌疑人的范围就限定了，对吗？我可以告诉你，没有人再笑话《家蚕》了。奎因遇害的方式就像迈克尔·范克特写的一个老掉牙的剧情，当时评论界说他的作品太恐怖了……还有，杰瑞辞职了。"

"我听说了。"

"我不明白为什么,"妮娜不安地说,"他在罗珀·查德干了这么长时间。他现在一点也不正常。总是在生气,可他一向脾气那么随和的。而且又开始喝酒了。喝得很多。"

她仍然什么都没吃。

"他和奎因关系近吗?"斯特莱克问。

"我认为比他自己想的近,"妮娜语速缓慢地说,"他们一起工作了很长时间。欧文把他逼疯了——欧文把大家都逼疯了——但我看得出来,杰瑞是真的很难过。"

"我无法想象奎因愿意让别人来编辑自己的作品。"

"我认为欧文有时候确实很难相处,"妮娜说,"可是杰瑞现在听不得一句欧文的坏话。他死守着欧文精神崩溃的那套说法。你在派对上也听见了,他认为欧文脑子出了问题,《家蚕》的事其实不能怪他。此外,他还在因为伊丽莎白·塔塞尔让书流传出来而气愤不已。伊丽莎白那天过来谈论她代理的另一位作者——"

"多克斯·彭杰利?"斯特莱克问,妮娜吃惊地笑了一声。

"你该不会读那些垃圾吧!大胸女人,沉船事故?"

"我忘不了这名字,"斯特莱克咧嘴笑着说,"继续说瓦德格拉夫吧。"

"他看见利兹来了,就在利兹经过时把他办公室的门重重关上。你见过的,是玻璃门,差点就被他撞碎了。完全没必要,而且做得太明显了,弄得每个人都大吃一惊。她脸色可难看了,"妮娜又补充道,"利兹·塔塞尔。难看极了。她如果状态好,肯定会冲进杰瑞的办公室,告诉他不许这样粗鲁无礼——"

"她会吗?"

"你没事吧?利兹·塔塞尔的脾气可是众所周知的。"

妮娜看了一眼手表。

"迈克尔·范克特今晚接受电视采访,我要把它录下来。"她说,把两人的酒杯重新斟满。她仍然没有碰食物。

"看看也无妨。"斯特莱克说。

妮娜向他投来奇怪的审视目光,斯特莱克猜测她是想判断,斯特莱克到这里来是为了窃取她的思想呢,还是觊觎她这苗条的、男孩子般的身体。

手机又响了。在那几秒钟内,斯特莱克犹豫不决,如果接了会得罪妮娜,如果不接,说不定会错过比妮娜对杰瑞·瓦德格拉夫的看法更有价值的消息。

"对不起。"他说,把手机从口袋里掏了出来。是他的弟弟阿尔。

"科莫!"嘈杂的线路中传来阿尔的声音,"真高兴听到你的消息,哥!"

"嗨,"斯特莱克克制地说,"你怎么样?"

"我很好!在纽约,刚接到你的短信。你需要什么?"

阿尔知道斯特莱克只在需要什么时才打电话,但他不像妮娜,他对此似乎并不计较。

"不知道这个星期五能不能一起吃饭,"斯特莱克说,"但既然你在纽约——"

"我星期三就回来了,太棒了。需要我订个地方吗?"

"好的,"斯特莱克说,"就在河滨餐厅吧。"

"我这就办。"阿尔没有问为什么,也许他认为斯特莱克只是酷爱意大利料理,"我发短信告诉你时间,行吗?期待见到你!"

斯特莱克挂断电话,道歉的话刚涌到唇边,却发现妮娜已经起身去了厨房。气氛明显变得凝固了。

第三十四章

哦,上帝!我说了什么?我这倒霉的舌头!

——威廉·康格里夫,《以爱还爱》

"爱情是海市蜃楼,"迈克尔·范克特在电视屏幕上说,"是海市蜃楼,是空想,是虚幻。"

罗宾坐在褪色、塌陷的沙发上,夹在马修和她母亲中间。褐色拉布拉多犬躺在壁炉前的地上,酣睡中尾巴懒洋洋地拍打着地毯。接连两个夜晚睡眠不足,加上白天压力巨大、情绪激动,罗宾感到昏昏欲睡,但她强打精神,把注意力集中在迈克尔·范克特身上。坐在她身边的埃勒克特夫人,曾满怀希望地说范克特或许会说出一些珠玑妙语,帮助她完成那篇关于韦伯斯特的论文,因此,她腿上放着钢笔和笔记本。

"确实如此——"主持人刚要说话,范克特又抢过话头。

"我们并不爱对方,我们爱的是自己头脑中的对方。很少有人明白这点,或有勇气正视这点。他们盲目地相信自己的创造力。所有的爱情,说到根本,都是自恋。"

埃勒克特先生睡着了,仰着脑袋坐在离壁炉和狗最近的那把扶手椅里。他轻声打着鼾,眼镜滑落到鼻梁上。罗宾的三个兄弟早已偷偷溜出家门。这是星期六的夜晚,伙伴们正在场院的枣红马酒吧等着他们呢。乔从大学回家参加葬礼,但觉得没必要为了姐姐的未婚夫而放弃跟兄弟们坐在篝火旁坑坑洼洼的铜桌边,开怀畅饮黑羊啤酒的机会。

罗宾怀疑马修并不愿意跟她们一起看电视,只是出于礼貌才坐在这里。被迫看这样一个文学节目,如果是在家里,他肯定不会忍受。肯定连问也不问罗宾就换台了,想当然地认为罗宾绝不可能对这个满脸刻薄、好为人师的男人说的话感兴趣。迈克尔·范克特确实不招人喜欢,罗宾想。他嘴唇和眉毛的曲线都透着一种根深蒂固的优越感。那位著名的主持人看上去有点紧张。

"那么这就是您新作品的主题——"

"对,是其中一个主题。主人公意识到他的妻子只是自己幻想出来的,他没有责怪自己愚蠢,而是选择去惩罚那个有血有肉的女人,深信是对方欺骗了他。他复仇的欲望推动着情节发展。"

"啊哈。"罗宾的母亲轻声说,拿起笔。

"我们中间的许多人——也许是大多数人,"主持人说,"都认为爱情是纯美的理想,无私的根源,而不是——"

"一种自我辩白的谎言,"范克特说,"我们是哺乳动物,需要性,需要伴侣,为了生存和繁殖而寻求家庭的安全保护。我们选择所谓的爱人,是出于最原始的理由——我的主人公偏爱梨形身材的女人,我认为这足以说明问题。爱人的笑声和气味都酷似抚养你长大的父母,除此之外,别的都是构想出来的,都是凭空臆想的——"

"那么友谊——"主持人有点绝望地插言。

"如果我能说服自己跟某个男性朋友性交,我肯定会有一个更幸福、更多产的人生,"范克特说,"不幸的是,我被设定为渴望女性形态,不管这是多么没价值。因此我告诉自己,这个女人比那个女人更有魅力,更适合我的需要和欲望。我是一个高度进化、想象力丰富的复杂的生物,因此我的选择必须建立在最天然的基础上。这个真理,我们用温文尔雅的废话埋藏了一千年。"

罗宾想，不知范克特（罗宾仿佛记得他已婚）的妻子看了这次采访作何感想。身边的埃勒克特夫人在笔记本上写了几个字。

"他没有谈到复仇。"罗宾低声说。

母亲把笔记本拿给她看。上面写的是：他真是垃圾。罗宾咯咯地笑了。

另一边的马修探身去拿乔纳森丢在椅子上的《每日电讯》。在欧文·奎因那篇报道旁边的文章中，斯特莱克的名字出现了好几次。马修翻过前三版，开始读一篇关于一家公路连锁店禁播克里夫·理查德① 圣诞歌曲的报道。

"有人批评您对女人的描述，"主持人鼓足勇气说，"特别是——"

"我们在这里说话时，我就能听见批评家们像蟑螂一样找他们的笔，"范克特说，嘴唇勉强扭曲成一个笑容，"恐怕我最不感兴趣的就是批评家如何评论我和我的作品了。"

马修翻过一版报纸。罗宾侧眼一扫，看见照片上有一辆侧倒的油罐车、一辆底朝天的本田思域和一辆损坏的梅赛德斯。

"我们差点卷进这场车祸！"

"什么？"马修说。

她不经考虑就把话说出了口。顿时大脑一片空白。

"那是四号公路上发生的事。"马修说，笑话她竟然以为这事跟自己有关，她连什么是高速公路都分辨不出来。

"哦——哦，是啊。"罗宾说，假装细读照片下面的文字。

可是马修皱起眉头，醒过味来了。

"你真的昨天差点遭遇车祸？"

他说话声音很轻，不想打扰正在看范克特采访的埃勒克特夫人。犹豫必死。快做决定。

"是啊。我不想让你担心。"

---

① 克里夫·理查德爵士（1940— ），英国演员、歌手、商人。信奉基督教后，音乐风格由摇滚作主调变为流行音乐作主调。

马修瞪着她。罗宾感觉到坐在另一边的母亲又在做笔记。

"是这起车祸?"马修指着照片说,她点点头,"你怎么会在四号公路上?"

"我开车送科莫兰去询问一个人。"

"我说的是女人,"主持人说,"你对女人的看法——"

"到哪儿去询问那个人?"

"德文郡。"罗宾说。

"德文郡?"

"他又把腿弄伤了,自己没法去。"

"你开车送他去德文郡?"

"是的,马修,我开车送他去——"

"所以你昨天没能过来?所以你——"

"马修,当然不是。"

他把报纸一甩,起身走出房间。

罗宾觉得一阵难受。她扭头看去,马修没有使劲摔门,但门关上的声音很响,熟睡的父亲动了动,嘟囔了几句,拉布拉多犬被惊醒了。

"别管他。"母亲眼睛仍然盯着屏幕,给了句忠告。

罗宾扭过身体,心里十分焦虑。

"科莫兰要去德文郡,他只有一条腿,没法开车——"

"在我面前你无需给自己辩解。"埃勒克特夫人说。

"可是他认为我在昨天没能回家的事上撒了谎。"

"你撒谎了吗?"母亲问,眼睛仍然紧紧盯着迈克尔·范克特,"坐下,朗特里,你挡着我了。"

"唉,如果买的是头等票,我就回来了,"罗宾承认道,拉布拉多犬打了个哈欠,伸了个懒腰,重新趴在地毯上,"可是我已经付钱买了卧铺票。"

"马修总是说,如果你做了那份人力资源的工作,工资会提高多少多少,"母亲眼睛望着电视屏幕说,"我认为他会欣赏你这样省钱的。好，别说话了，我想听听复仇的事。"

主持人正在努力设计一个问题。

"但是，在女人的问题上，您并不总是——当代的风格，所谓的政治正确性——特别是您曾经断言女性作家——"

"又说这个？"范克特说，双手一拍膝盖（主持人明显吓了一跳），"我说过，最伟大的女性作家，无一例外，都没有孩子。这是事实。我还说过，女人，由于渴望当母亲，一般做不到百分之百的专注，而文学创作，真正的文学创作，是必须一心一意、全神贯注的。我不会收回一个字。这是事实。"

罗宾转动着手指上的订婚戒指，又想追过去找马修，好言好语地说自己没有做错什么，同时又恼火马修需要这样哄劝。他自己的工作永远需要排在第一位，她从没见过他因为这些事而道歉：加班，到伦敦城的那一头办事，晚上八点才回家……

"我本来想说，"主持人急切地说，脸上挂着讨好的笑容，"这本书可能会让批评家们暂时闭嘴。我本以为女主角会得到充分的理解和真正的同情。当然啦——"他低头看了看笔记，又抬起头来，罗宾能感觉到他的紧张，"——人们肯定会做类比——在处理一位年轻女子的自杀时，您是否有心理准备——您肯定知道——"

"愚蠢的人会认为我在写自传，写的是我第一任妻子的自杀？"

"呃，这本书必然会引起这种看法——它必然会勾起一些疑问——"

"那我就说一说吧。"范克特说完，停住话头。

他们坐在一扇长长的玻璃窗前，外面是阳光照耀、北风吹拂的草坪。罗宾刹那间疑惑这节目是什么时候拍的——显然是下雪之前——可是马修占据了她的思想。她应该去找马修，不知怎的却坐在沙发上没动。

"埃菲——埃丽死的时候，"范克特说道，"她死的时候——"

特写镜头看上去令人不安。他闭上眼睛时，眼角的皱纹加深了，一只大手突然把脸捂住。

迈克尔·范克特似乎在哭泣。

"都是废话，爱情是海市蜃楼，是虚幻，"埃勒克特夫人把笔一扔，叹了口气说，"根本没用。我想听血腥的，迈克尔。血腥的，暴力的。"

罗宾再也没法坐着不动了，她站起身朝客厅的门走去。情况特殊，马修的母亲今天刚下葬。她应该道歉，应该做出弥补。

第三十五章

我们都可能犯错,先生;如果您承认这点,就没必要再道歉了。

——威廉·康格里夫,《老光棍》

第二天,星期日的报纸在客观评价欧文·奎因的生平及作品,和报道他那惊悚而野蛮的遇害方式之间,挣扎着寻找某种体面的平衡。

"文学界的一个小人物,偶尔引人关注,最近沦落到自我模仿的地步,一直在同行中间黯然逊色,但始终另辟蹊径,特立独行。"《星期日泰晤士报》在头版这样写道,并暗示后面还有更令人激动的内容:一个虐待狂的计划:详见第十到十一版。在一张肯尼斯·哈利威尔①的小照片旁边,写着:书和写书人:文学杀手,详见第三版文化专栏。

"据说那本尚未出版的书诱发了他的遇害,这样的传言已蔓延到伦敦文学圈外,"《观察者》这样告诉读者,"若不是为了保持品位,罗珀·查德肯定立刻就能有一本畅销书。"

怪癖作家在性游戏中被开膛,《星期日人民报》这样宣称。

斯特莱克从妮娜·拉塞尔斯那儿回家的路上,把每种报纸都买了

---

① 肯尼斯·哈利威尔是英国著名戏剧家乔·奥顿(1933—)的同性终身伴侣。

314

一份，抱着这么多报纸，拄着拐杖走在积雪的人行道上，真是步履维艰。他挣扎着朝丹麦街走去时，突然想到不应该给自己增加这么多负担，万一前一天晚上那个想要伤害他的人再次出现呢？还好，他没有看见那人的身影。

那天晚上，他躺在床上，一边吃薯条，一边翻看那些新闻报道，谢天谢地，假肢终于又卸下来了。

透过媒体的失真镜头来审视事实，特别能刺激他的想象力。最后，斯特莱克读完《世界新闻》上卡尔佩帕的那篇文章（"据知情人士证实，奎因喜欢被其妻捆绑，但其妻不承认知道怪癖作家去了他们家的另一处房子"），把报纸从床上划拉到地上，伸手去拿床边的笔记本，草草写下第二天的备忘录。他没有在那些任务或问题旁边添加安斯蒂斯的姓名缩写，但在"书店男子"和"迈·范采访何时拍摄？"后面都加了个大写字母"R"①。然后他给罗宾发了短信，叫她明天上班路上提防一个穿黑大衣的高个子女人，如果发现她在，就不要进入丹麦街。

第二天，罗宾从地铁走过来的那点路上，没看见符合这番描述的人。她九点钟来到办公室，发现斯特莱克坐在她的办公桌旁，用着她的电脑。

"早上好。外面没有疯子吧？"

"没有。"罗宾说，把大衣挂了起来。

"马修怎么样？"

"很好。"罗宾没说实话。

他们因为她开车送斯特莱克去德文郡而吵了一架，吵架的余波像烟味一样附着在她身上。在开车返回克拉彭的路上，他们不停地辩论、争吵，罗宾因为哭泣和睡眠不足，到现在眼睛还是肿的。

"他也不容易，"斯特莱克嘟囔道，仍然蹙眉看着显示器，"他母

---

① R是罗宾名字的首写字母。

亲的葬礼。"

"嗯。"罗宾说,走过去把水壶灌满,她觉得有点恼火,斯特莱克今天竟然同情马修了,而她巴不得别人一口咬定马修是个不可理喻的笨蛋。

"你在找什么?"她问,把一杯茶放在斯特莱克的肘边,他嘟囔一句表示感谢。

"想弄清迈克尔·范克特的采访是什么时候拍的,"他说,"他上个星期六晚上上电视了。"

"我看了那期节目。"罗宾说。

"我也看了。"斯特莱克说。

"傲慢的蠢货。"罗宾说着,在仿皮沙发上坐下来,不知何故,她坐下时没有发出放屁的声音。斯特莱克想,也许是因为自己太重了吧。

"他谈论已故的妻子时,你注意到什么蹊跷之处吗?"斯特莱克问。

"鳄鱼的眼泪有点过分,"罗宾说,"他刚说过爱情是虚幻的东西,以及诸如此类的一堆废话。"

斯特莱克又看了她一眼。她白皙、精致的皮肤似乎饱受情绪激动的折磨,红肿的眼睛更能说明问题。斯特莱克猜想,她对迈克尔·范克特的敌意,应该换一个也许更该骂的对象。

"认为他装腔作势,是吗?"斯特莱克问,"我也这么想。"

他看了手表一眼。

"半小时后卡洛琳·英格尔斯要来。"

"她和丈夫不是和解了吗?"

"消息过时啦。她想见我,因为周末在丈夫手机里发现了一条短信。所以,"斯特莱克说,从桌旁站起身,"需要你去弄清那个采访是什么时候拍的,我呢,去翻翻案情记录,这样我就会显得还没忘记她到底是怎么回事。然后,我还要跟奎因的编辑一起吃午饭。"

"我得到一点新消息，是关于凯瑟琳·肯特公寓外的诊所如何处置医疗垃圾的。"罗宾说。

"接着说。"斯特莱克说。

"有一家专业公司每星期二过来收集。我跟他们联系过了，"罗宾说，斯特莱克听到她的叹气声，便知道她的询问以失败告终，"他们没有注意到星期二凶案之后收集的几袋垃圾有什么异样或反常。我想，"她说，"如果一个袋子里有人体内脏，他们不可能不注意到。他们告诉我，一般都是棉签和针头什么的，而且都是用专用袋密封的。"

"不过也需要查查清楚，"斯特莱克鼓励她道，"这是好侦探的做法——排除所有的可能性。如果你能冒雪出去，还有另一件事需要做呢。"

"我喜欢出去，"罗宾说，立刻高兴起来，"什么事？"

"帕特尼书店的那个人自认为八号那天见过奎因，"斯特莱克说，"他现在该度假回来了。"

"没问题。"罗宾说。

这个周末，她没有机会跟马修商量斯特莱克希望训练她侦察能力的事。葬礼前说这个不合适，而在星期六晚上吵架之后，这个话题似乎只能刺激对方，甚至火上浇油。今天，她特别渴望走到大街上，去侦察，去调查，然后回家把自己做的事原原本本告诉马修。马修需要坦诚，那么她就坦诚以待。

那天上午，迟暮的金发美女卡洛琳·英格尔斯在斯特莱克办公室待了一小时。她泪眼婆娑但意志坚决地离开之后，罗宾给斯特莱克带来了消息。

"对范克特的那次采访是十一月七号拍的，"罗宾说，"我给BBC打了电话。花了好长时间，最后终于打通了。"

"七号，"斯特莱克沉吟着，"那是星期天。是在哪儿拍的？"

"节目组去了他在丘马格纳的别墅，"罗宾说，"你看采访时注意到了什么让你这么感兴趣？"

"你再看一遍，"斯特莱克说，"试试 YouTube 上能不能看到。真奇怪你当时竟没发现。"

这话刺痛了罗宾，她想起当时马修坐在身边，盘问她四号公路的那起车祸。

"我要换衣服去辛普森了，"斯特莱克说，"我们把门锁上，一起出发，好吗？"

四十分钟后，他们在地铁站分手，罗宾直奔帕特尼的布里德灵顿书店，斯特莱克要去斯特兰德的餐馆，他打算走着去。

"最近打车花钱太多了。"他粗声粗气地对罗宾说，不愿告诉她星期五晚上他被困在那辆丰田陆地巡洋舰里，花了多少钱才摆脱了困境。"时间有的是。"

斯特莱克离开时，罗宾看着他的背影，魁梧的身体拄着拐杖，腿瘸得厉害。罗宾和三个兄弟一起长大，童年时的观察使她有一种异常敏锐的洞察力，能看出男性对于女性表露的关怀经常产生逆反心理，但是她担心斯特莱克的膝盖支撑不了多久，恐怕再过几天他就彻底无法行动了。

差不多快到午饭时间了，在开往滑铁卢的列车里，两个女人坐在罗宾对面大声聊天，膝盖间放着大包小包的圣诞节物品。地铁的地面又湿又脏，又一次充斥着潮衣服和人体的气味。罗宾一路上大部分时间都试着在手机上看迈克尔·范克特的采访片段，但始终没有看到。

布里德灵顿书店位于帕特尼的干道上，古色古香的玻璃窗，从上到下堆满五花八门的新书和二手书，全都横着放。随着铃铛的轻响，罗宾迈过门槛，步入一种温馨的、散发着淡淡霉味的氛围。书架里塞满横放的书，一直堆到天花板，两把梯子斜靠在书架上。屋里亮着几个灯泡，灯泡悬得很低，斯特莱克如果在肯定会撞到脑袋。

"早上好！"一位年迈的绅士穿着一件过大的花呢夹克衫，从一间玻璃门已不平整的办公室里走出来，几乎可以听见他的关节在吱嘎作响。他走近时，罗宾闻到一股浓浓的体味。

她已经准备好简单的问话，便立刻向他询问店里有没有欧文·奎因的书。

"哈！哈！"他会意地说，"我想，不用问为什么大家突然对他感兴趣！"

这是一个自以为是的男人，离群索居、不谙世事，他领着罗宾往书店的里面走，不等罗宾提问，便自顾自地大讲特讲奎因的写作风格和他越来越差的可读性。只认识不到两秒钟，他就似乎断定罗宾想买一本奎因的书只是因为奎因最近被害了。虽然这是不争的事实，但罗宾还是感到恼火。

"你这儿有《巴尔扎克兄弟》吗？"她问。

"看来你知道得蛮多，不光想要《家蚕》，"店主说，用衰老的双手挪动梯子，"我已经接待了三位年轻记者，都想要那本书。"

"记者上这儿来做什么？"罗宾假装不解地问，店主开始往梯子上爬，旧粗革皮鞋上方露出一截深黄色的袜子。

"奎因先生遇害前不久到这里来过，"老人说，打量着罗宾头顶约六英尺上方的那些书脊，"《巴尔扎克兄弟》，《巴尔扎克兄弟》……应该就在这儿……天哪，天哪，我肯定有一本的……"

"他真的来过这儿，来过你的店里？"罗宾问。

"没错。我一眼就认出他来了。我特别崇拜约瑟夫·诺斯，他俩有一次同时出现在干草艺术节的活动上。"

他从梯子上下来，每跨一步双脚都在发颤。罗宾真担心他会摔倒。

"我查查电脑，"他说，重重地喘着气，"我这里肯定有一本《巴尔扎克兄弟》。"

罗宾跟着他，心想，如果老人那次见到欧文·奎因是八十年代中期，那么他再次认出奎因的可信程度就要打问号了。

"我想你不会不注意到他的，"罗宾说，"我见过他的照片。穿着提洛尔大衣，看上去非常显眼。"

"他两只眼睛颜色不一样。"老人说，看着一台早期麦金塔经典款电脑的显示器，罗宾估计这台机器已有二十年历史：粗笨的米黄色大键盘像一颗颗太妃糖。"你凑近了看就会发现,他的眼睛一只褐色,一只蓝色。估计警察会对我的观察力和记忆力感到惊讶。我战争年代在情报部门干过。"

他看着罗宾,脸上带着得意的笑容。

"我没说错,我们确实有一本——二手的。这边来。"

他踢踢踏踏地朝一个乱糟糟的、堆满书的箱子走去。

"那对警察来说是个很重要的情报呢。"罗宾跟在他身后说。

"那还用说,"老人得意地说,"死亡时间。没错,我可以向他们保证,他八号那天还活着。"

"我想,你大概不记得他进来想买什么书吧?"罗宾轻声笑一下问道,"我真想知道他读些什么。"

"噢,记得,记得,"店主立刻说道,"他买了三本小说:乔纳森·弗兰岑①的《自由》,约书亚·菲里斯②的《无名者》和……第三本我不记得了……他告诉我,他打算出门散散心,需要读点东西。我们谈论了数字出版现象——他对电子阅读设备的容忍度比我强……好像就在这里。"他嘟囔着在箱子里翻找。罗宾也心不在焉地帮着一起搜寻。

"八号,"罗宾说,"你凭什么这么肯定是八号呢?"

她想,在这光线昏暗、散发霉味的环境里,是很容易把一天天日子过混了的。

"那天是星期一,"店主说,"有个愉快的小插曲,谈到约瑟夫·诺斯,奎因对他有一些非常美好的记忆。"

罗宾仍然不明白他凭什么确信那个星期一就是八号,但没等她继续追问,店主就得意地大喊一声,从箱子底部抽出一本平装本的旧书。

"找到了,找到了。我就知道店里有嘛。"

---

① 乔纳森·弗兰岑(1959—),美国著名小说家、随笔作家。
② 约书亚·弗里斯(1974—),美国当代作家,重要作品有小说《无名者》《曲终人散》等。

"我对日期永远记不清，"他们拿着战利品返回收银台时，罗宾言不由衷地说，"既然来了，顺便问一句，你这儿有约瑟夫·诺斯的书吗？"

"只有过一本，"老人说，"《朝着路标》。对，我知道店里有，是我个人最喜欢的书之一……"

说着，他又一次朝梯子走去。

"我总是把日期搞混。"罗宾面对再次显露的深黄色袜子，顽强地继续说道。

"许多人都是这样，"店主得意地说，"但我最擅长推断事情的前后次序，哈哈。我记得那天是星期一，因为我总是在星期一买新鲜牛奶，那天我刚买了牛奶回来，奎因先生就进了店门。"

罗宾等着店主在她头顶上方的书架上搜索。

"我向警察解释说，我之所以能确定那个星期一是几号，是因为那天晚上我去我的朋友查尔斯家了，我几乎每个星期一都要去他家，我清楚地记得我跟查尔斯说了欧文·奎因到我店里的事，并且还谈到那天五个圣公会主教叛逃到罗马的事。查尔斯是圣公会教堂的非神职牧师。他对此感触很深。"

"明白了。"罗宾说，暗自计划查一查主教叛逃的日期。老人找到诺斯的书，正慢慢从梯子上下来。

"没错，我还记得，"店主热情勃发地说道，"查尔斯给我看了几张精彩的照片，是德国施马尔卡登一夜之间出现的大坑。战争期间我就驻扎在施马尔卡登附近。没错……我记得那天晚上，我说起奎因光临小店的时候，我的朋友打断了我——他对作家没什么兴趣——'你当年不是在施马尔卡登吗？'他说，"此时，瘦弱的、骨节突出的双手在收银台上忙碌，"然后告诉我出现了一个巨大的弧坑……第二天报纸上就登出了非凡的照片……

"记忆真是个神奇的东西。"他得意洋洋地说，把装着两本书的一个牛皮纸袋递给罗宾，接过她的十英镑钞票。

"我记得那个大坑。"罗宾说，这又是一句谎话。她从口袋里掏出手机,一边按了几个键,一边认真地点了点找回的零钱,"没错,找到了……施马尔卡登……真是惊人,凭空出现那么大的一个坑。"

"可是,"罗宾说着,抬起头来看着他,"那发生在十一月一号,不是八号。"

老人眨了眨眼睛。

"不对,就是八号。"他说,因为不愿意承认自己弄错而格外斩钉截铁。

"可是你看,"罗宾说,把手机的小屏幕拿给他看,店主把眼镜推到额头上,仔细看着,"你清楚地记得是在同一次聊天里谈到欧文·奎因光临小店和那个大坑的?"

"可能弄错了。"他嘟囔道,不知是指《卫报》网站、他自己,还是罗宾。他把手机塞还给罗宾。

"您不记得——"

"还要买别的吗?"他慌乱地大声说,"那就请慢走,再见。"

罗宾看出一位以自我为中心的老头受到冒犯时的那份倔强,便随着铃铛的一声轻响离开书店。

第三十六章

丑闻先生，我很高兴与您商量一下他说的那些事
——他的说法非常神秘，令人费解。

——威廉·康格里夫，《以爱还爱》

斯特莱克本来就认为杰瑞·瓦德格拉夫想在辛普森河畔餐馆碰面吃饭有点奇怪，当他朝餐馆走去，看到威严气派的石头门脸、旋转木门、黄铜标牌和悬挂的灯笼时，这种好奇心越发强烈了。入口处周围的瓷砖上装饰着象棋图案。这是一座年深日久的伦敦建筑，但他以前从未来过。他一直以为这里是阔气的生意人和开洋荤的外地人光临的地方。

可是一走进大厅，斯特莱克就感觉像在家里一样自在。辛普森餐馆十八世纪时曾是一家绅士象棋俱乐部，它用古老而熟悉的语言向斯特莱克讲述着阶层、秩序和高贵的礼仪。在这里男人无需顾忌女人的感受，装潢富有黑暗、邋遢的俱乐部色彩：粗粗的大理石柱，敦实的、足以支撑一个烂醉的花花公子的皮扶手椅，衣帽间的女侍者，双开门里面满屋都是乌木镶板。他感觉自己像是回到了军旅生涯中经常光顾的军队食堂。只要再加上军装的颜色和一幅女王肖像，就真的仿佛故地重游了。

结实的木背椅，雪白的桌布，银托盘上盛放着硕大的牛排，斯特莱克在墙边的双人桌旁坐下时，发现自己在猜测罗宾会对这个地方作何感想，她对这种招摇的传统风格是觉得好笑还是不以为然。

他坐下十分钟后，瓦德格拉夫出现了，用一双近视眼打量着餐馆。斯特莱克举起一只手，瓦德格拉夫步履蹒跚地朝他们的桌子走来。

"你好，你好。很高兴又见到你。"

他浅褐色的头发还是那么蓬乱，皱巴巴的外套的翻领上沾着一抹牙膏。斯特莱克闻到小桌子对面飘来一股淡淡的酒味。

"感谢你来见我。"斯特莱克说。

"这没什么。愿意帮忙。希望你不介意上这儿来。我之所以挑这个地方，"瓦德格拉夫说，"是因为不会碰到我认识的人。许多年前，我父亲带我来过一次。好像什么都没变。"

透过角质框的镜片，瓦德格拉夫的圆眼睛扫过乌木镶边顶上的厚厚的嵌压灰泥。上面有一些赭色的痕迹，似乎是长年累月被香烟熏的。

"上班时间受够了那些同事，是吗？"斯特莱克问。

"他们也没什么错，"杰瑞·瓦德格拉夫说，把眼镜往鼻梁上推了推，招手唤来一个侍者，"可是刚才的气氛真糟糕。请来一杯红酒，"他对应召而来的年轻人说，"管它呢，我不在乎。"

侍者胸前绣着一个小小的象棋里的马，他克制地回答：

"我去叫斟酒服务员，先生。"说完就离开了。

"你进来时看见门上的那个钟了吗？"瓦德格拉夫问斯特莱克，一边又把眼镜往鼻梁上推了推，"据说，一九八四年，店里进来第一个女人时，钟就停了。这是圈内人才懂的幽默。他们不说'菜单'而说'菜肴'。你知道，因为'菜单'是个法国词。我父亲喜欢这类玩意儿。当时我刚进入牛津，所以他带我上这儿来。他不喜欢外国菜。"

斯特莱克可以感觉到瓦德格拉夫的紧张不安。他已经习惯了自己对别人产生这种影响。在这样的时候，问瓦德格拉夫是否帮助奎因撰写了和他自己之死一样的谋杀桥段就不合适了。

"你在牛津读什么?"

"英语,"瓦德格拉夫叹了口气说,"我父亲只能鼓起勇气面对,他想让我学医来着。"

瓦德格拉夫右手的手指在桌布上弹奏和弦。

"办公室的气氛很紧张,是吗?"斯特莱克问。

"可以这么说吧,"瓦德格拉夫回答,又扭脸寻找斟酒服务员,"大家都明白过来了,知道欧文是怎么遇害的。人们像白痴一样删除邮件,假装从未看过那本书,不知道故事结尾。现在已经不好玩了。"

"以前好玩吗?"斯特莱克问。

"怎么说呢……算是吧,那时大家以为欧文只是开溜逃跑了。人们喜欢看到强势的人受到嘲笑,是不是?他们两人缘都不怎么样,范克特和查德。"

斟酒服务员来了,把酒水单递给瓦德格拉夫。

"我要一瓶,行吗?"瓦德格拉夫看着单子说,"今天是你买单吧?"

"没问题。"斯特莱克说,内心不无恐惧。

瓦德格拉夫要了一瓶拉戈城堡,斯特莱克十分担忧地看到它的价格接近五十镑,不过单子上另外几种酒差不多二百镑一瓶呢。

"那么,"斟酒服务员退去后,瓦德格拉夫突然虚张声势地说,"有什么线索了吗?知道是谁干的了吗?"

"还没头绪。"斯特莱克说。

接着是一种令人不安的节奏。瓦德格拉夫把眼镜往汗津津的鼻梁上推了推。

"对不起,"他嘟囔道,"真不像话——自我防御的本能。这——我简直没法相信。没法相信发生了这种事。"

"没人能相信。"斯特莱克说。

瓦德格拉夫突然推心置腹地说道:

"我没法摆脱这个荒唐的念头,认为是欧文自己干的,是他一手策划的。"

"是吗？"斯特莱克说，仔细端详着瓦德格拉夫。

"我知道他不可能办到，我知道，"编辑的两只手都在桌子边娴熟地弹奏着，"这太——太戏剧性了，他——他遇害的方式。太——诡异了。可怕的是……他的知名度一下子超过了所有作者。上帝，欧文喜欢出名。可怜的欧文。他有一次告诉我——我不是说笑话——他有一次非常严肃地告诉我，他喜欢让女友采访他。说这能让他理清思路。我说：'你们用什么当麦克风呢？'我只是打趣，你知道的，你猜那傻瓜是怎么回答的？'多半用圆珠笔。是圆的就行。'"

瓦德格拉夫爆发出一阵连咳带喘的笑声，听起来像在啜泣。

"可怜的家伙，"他说，"可怜的傻瓜。最后彻底失败了，是不是？好吧，但愿伊丽莎白·塔塞尔感到高兴。把奎因给激怒了。"

原先的那个侍者拿着一个本子回来了。

"您要什么？"编辑问斯特莱克，将近视眼凑近打量那些菜肴。

"牛排。"斯特莱克说，他刚才注视着牛排在迂回穿行的小推车上的银托盘上被切下来。他已经多年没吃约克郡布丁了，实际上，自从上次去圣莫斯看望舅妈和舅舅之后就再没吃过。

瓦德格拉夫要了多佛比目鱼，然后又扭着脖子看斟酒服务员回来了没有。看到那人拿着红酒过来，他明显放松下来，让自己在椅子里坐得更舒服些。酒杯斟满了，他喝了几口，像得到紧急治疗的人一样舒了口气。

"你刚才说伊丽莎白·塔塞尔故意激怒奎因？"斯特莱克说。

"什么？"瓦德格拉夫用右手拢住耳朵。

斯特莱克想起他有一侧耳聋。餐馆已经坐满了人，越来越嘈杂。他把问题大声重复了一遍。

"哦，是的，"瓦德格拉夫说，"是的，关于范克特。他们俩喜欢计较范克特做的那些对不起他们的事。"

"什么事呢？"斯特莱克说，瓦德格拉夫又喝了几口酒。

"范克特多年来一直在说他们的坏话，"瓦德格拉夫漫不经心地隔着皱巴巴的衬衫挠挠胸口,又喝了几口酒,"攻击欧文,因为那篇嘲笑他亡妻小说的仿作,攻击利兹,因为利兹支持欧文——说真的,谁也没有因范克特离开利兹·塔塞尔而责怪他。那女人是个泼妇。现在只剩下两个客户了。性格扭曲。也许每天晚上都在算计自己损失了多少:范克特版权的百分之十五可是很大一笔钱哪。布克奖晚宴,电影首映式……到头来她只捞到了用圆珠笔采访自己的奎因,和多克斯·彭杰利后花园的烤香肠。"

"你怎么知道有烤香肠?"斯特莱克问。

"多克斯告诉我的,"瓦德格拉夫说,他已经喝光第一杯酒,正在倒第二杯,"多克斯想知道利兹为什么没去参加公司的周年纪念派对。我跟多克斯说了《家蚕》的事,她一再跟我说利兹是个可爱的女人。可爱。利兹不可能知道欧文书里写了什么。她从未伤害过任何人的感情——连一只该死的苍蝇都不忍心伤害——哈!"

"你不同意?"

"我当然不同意。我认识一些最初在利兹·塔塞尔公司工作的人。他们说起那段经历,就像被救赎的遭绑架者一样。盛气凌人。脾气狂暴。"

"你认为她唆使奎因写了那本书?"

"嗯,不是直接唆使,"瓦德格拉夫说,"但那是一个被蒙骗的作家,认为自己的作品之所以不畅销,是因为人们嫉妒他,或没有把该做的事情做好,把他跟利兹绑在一起,而利兹总是气势汹汹,脾气暴躁,喋喋不休地唠叨范克特如何对不起他们俩,欧文将愤怒变成文字,也不奇怪吧?

"利兹都不肯把欧文的书好好读一读。如果欧文没死,我可以说利兹是自作自受。那个愚蠢的疯子不仅攻击了范克特,是不是?还攻击了利兹,哈哈!攻击了该死的丹尼尔,攻击了我,攻击了每一个人。每一个人。"

杰瑞·瓦德格拉夫像斯特莱克认识的其他酒鬼一样,两杯酒下肚就跨越界限,进入醉态。他的动作突然变得更笨拙,神态也更夸张。

"你认为伊丽莎白·塔塞尔怂恿奎因攻击范克特？"

"毫无疑问，"瓦德格拉夫说，"毫无疑问。"

"可是我跟伊丽莎白·塔塞尔见面时，她说奎因写的关于范克特的内容是胡编的。"斯特莱克对瓦德格拉夫说。

"什么？"瓦德格拉夫又拢着耳朵问。

"她告诉我，"斯特莱克提高声音说，"奎因在《家蚕》里写范克特的那些内容是假的。那篇让他妻子自杀的仿作不是范克特写的——是奎因写的。"

"我说的不是这个，"瓦德格拉夫摇着头说，似乎斯特莱克反应迟钝，"我没说——算了，不提了。"

他那瓶酒已经喝了一半多。酒精激发了一定程度的信任。斯特莱克往后靠在椅背上，知道追问只能使酒鬼变得像花岗岩一般固执。最好用一只手轻轻操舵，任他随波逐流，想说什么就说什么。

"欧文喜欢我，"瓦德格拉夫告诉斯特莱克，"没错。我知道怎么对付他。激起那家伙的虚荣心，你想让他做什么都不成问题。夸他半小时，就能让他在书稿上做任何修改。再夸他半小时，再让他做另一番修改。只有这个办法。

"他不是真心想伤害我。这傻瓜思路不正常。还想再上电视。以为每个人都跟他作对。没有意识到自己在玩火。脑子有问题。"

瓦德格拉夫往椅子里一瘫，后脑勺撞到坐在后面的那个衣着考究的大块头女人。"对不起！对不起！"

女人扭头瞪着他，瓦德格拉夫赶紧把椅子往前拉，桌布上的餐具碰得叮当响。

"那么，"斯特莱克问，"切刀是怎么回事？"

"嗯？"瓦德格拉夫说。

这次，斯特莱克可以肯定拢耳朵的动作是装的。

"切刀——"

"切刀就是编辑，显而易见。"瓦德格拉夫说。

"还有那个沾血的麻袋，以及你想把他淹死的那个侏儒呢？"

"都是象征手法。"瓦德格拉夫说着,手在空中一挥,差点打翻了酒杯,"我压制了他的一些思想,还想扼杀他精心创作的一些文字。伤害了他的感情。"

斯特莱克曾听到上千种排练过的回答,觉得他的话太过熟练、流畅和不假思索。

"仅此而已?"

"怎么说呢,"瓦德格拉夫喘着气笑了一声,"我可从来没淹死过侏儒,如果你想说的是这个。"

喝醉了的被审讯者总是很难对付。在特别调查科时,酗酒的嫌疑犯或证人很少见。斯特莱克还记得那个酒鬼上校,他十二岁的女儿向在德国的学校举报自己遭到性侵。当斯特莱克赶到她家时,上校拿着一个破酒瓶子朝他挥来。斯特莱克把他痛骂一顿。但这里是平民社会,斟酒服务员在附近转悠,这个微醺的、态度温和的编辑可以选择起身离去,对此斯特莱克将毫无办法。他只希望能有机会再把话题拐到切刀上,希望能让瓦德格拉夫安坐在椅子上,不停地说话。

这时,手推车庄严地来到斯特莱克的身边。一块苏格兰牛排被隆重地切割下来,而端给瓦德格拉夫的是多佛比目鱼。

三个月不能打车,斯特莱克严厉地告诫自己,一边垂涎欲滴地看着盘子里堆得满满的约克郡布丁、土豆和欧洲萝卜。小推车又离开了。瓦德格拉夫的那瓶红酒已经喝掉三分之二,他盯着比目鱼发呆,似乎弄不清它是怎么出现在自己面前的,然后用手指拈了一个小土豆放进嘴里。

"奎因一般在递交书稿前跟你商量写作内容吗?"斯特莱克问。

"从来没有,"瓦德格拉夫说,"写《家蚕》时,他只跟我说过蚕象征着作家,必须经历痛苦才能得到好东西。仅此而已。"

"他从不征询你的忠告或意见?"

"没有。欧文总认为自己知道得最清楚。"

"这种情况常见吗?"

"作家各种各样,"瓦德格拉夫说,"欧文一向属于神神秘秘那一类的。你知道，他喜欢一鸣惊人。痴迷于戏剧感。"

"我想，警察可能会问你拿到书之后的活动。"斯特莱克随意地说。

"是啊，已经问过了。"瓦德格拉夫漫不经心地回答。他不小心要了带骨头的多佛比目鱼，此刻正费力地想把鱼骨挑出来，但并不成功。"我星期五拿到书稿，直到星期天才看——"

"你本来要出门的，是吗？"

"去巴黎，"瓦德格拉夫说，"周末有庆祝会。后来没去。"

"出什么事了吗？"

瓦德格拉夫把瓶中的酒全倒进杯里。几滴深红色的酒洒在洁白的桌布上，蔓延开来。

"吵架了，在去希斯罗机场的路上，吵得很凶。掉转头，直接回家。"

"真是不幸。"斯特莱克说。

"磕磕绊绊多少年了，"瓦德格拉夫说，放弃跟比目鱼力量悬殊的较量，咔哒一声扔下刀叉，惊得周围的就餐者都扭头张望，"珠珠长大了。没必要再维持。索性分开。"

"我深表同情。"斯特莱克说。

瓦德格拉夫伤心地耸了耸肩，又喝了几口酒。角质框眼镜的镜片布满手指印，衬衫领子脏兮兮的，已经磨损。斯特莱克经历过这种事，觉得瓦德格拉夫的样子像个晚上和衣而睡的人。

"吵架后就直接回家了，是吗？"

"房子很大。如果不想见面，我们就没必要碰头。"

那几滴酒像红花一样在雪白的桌布上绽放。

"这让我想起了黑斑，"瓦德格拉夫说，"你知道的，《金银岛》……黑斑。读过那本该死的书的每个人都受到怀疑。每个人都偷偷打量别人。凡是知道结尾的人都是嫌疑犯。警察闯进我该死的办公室，人人都盯着看……

"我是星期天读那本书的，"他说，突然回到斯特莱克的问题上，

"我把对利兹·塔塞尔的看法告诉了利兹——然后生活继续。欧文不接电话。我以为他大概精神崩溃了——我自己也一脑门子官司呢。丹尼尔·查德大发雷霆……

"去他的吧。老子辞职了。受够了。指控。再也不忍了。他妈的当着整个公司的人冲我嚷嚷。不忍了。"

"指控？"斯特莱克问。

他感觉自己的讯问技巧有点像足球游戏里的球员那么灵活了。恰到好处地轻轻一触，摇摇晃晃的被讯问者就能被随意调遣。（斯特莱克有一套七十年代的阿森纳球队模型，用它来对抗戴夫·普尔沃斯的那套穿队服的普利茅斯球队模型，两个男孩都趴在戴夫妈妈家壁炉前的地毯上。）

"丹尼尔认为我跟欧文说了他的闲话。真他妈笨蛋。还以为大家都不知道……闲话已经传了好多年了。根本用不着我告诉欧文。尽人皆知。"

"是说查德是同性恋？"

"同性恋，谁在乎呀……而且被压抑着呢。可能丹尼尔都不知道他自己是同性恋。但他喜欢长得帅的年轻男人，喜欢给他们画裸体画。大家都知道。"

"他提出给你画过吗？"斯特莱克问。

"天哪，没有，"瓦德格拉夫说，"是乔·诺斯告诉我的，很多年前。哈！"

他捕捉到斟酒服务员的目光。

"请再来一杯这种酒。"

斯特莱克只能庆幸他没有再要一瓶。

"对不起，先生，我们不按——"

"那就随便什么吧。只要是红酒，什么都行。

"那是很多年前了，"瓦德格拉夫继续说，捡起刚才的话头，"丹尼尔想让乔给他当模特，乔叫他滚蛋。大家都知道，许多年了。"

他往后一靠，又撞到后面那个大块头女人，不巧的是女人正在喝

汤。斯特莱克注视着女人的同伴气愤地找来一位路过的侍者,提出抗议。侍者俯下身,对瓦德格拉夫歉意而坚决地说:

"先生,麻烦您把椅子往前拉一点好吗?后面那位女士——"

"对不起,对不起。"

瓦德格拉夫又往斯特莱克跟前靠了靠,把胳膊肘撑在桌上,拂开挡住眼睛的乱发,大声说道:

"去他妈的蛋。"

"谁?"斯特莱克问,意犹未尽地吃完这么长时间以来最美味的一餐。

"丹尼尔。把该死的公司拱手相送……在里面摸爬滚打了一辈子……只要他喜欢,就让他住在乡下,画他的男仆吧……真是受够了。自己创业……办一个我自己的公司。"

瓦德格拉夫的手机响了。他花了一些时间才把手机找到。接电话前,他从镜片上方看了看来电显示。

"什么事,珠珠?"

餐馆虽然嘈杂,但斯特莱克听见了电话里的回答,模糊的尖声叫嚷。瓦德格拉夫一脸惊恐。

"珠珠?你——"

那张肥胖、和蔼的脸突然绷紧,令斯特莱克难以相信自己的眼睛。瓦德格拉夫脖子上的血管暴起,嘴巴扯成丑陋的样子,发出咆哮。

"混蛋!"他说,声音响亮地传向周围的餐桌,五十个人突然抬起脑袋,停止谈话。"别用珠珠的号码给我打电话!不,你这该死的醉鬼——听见吗——我喝酒是因为我他妈的跟你结了婚,就是因为这个!"

瓦德格拉夫身后的大块头女人怒气冲冲地扭过头。侍者们不满地瞪着眼睛。一位侍者正在把约克郡布丁放进一个日本商人的盘子,惊愕得停住手。这家装潢精致的绅士俱乐部肯定见识过其他醉汉的咆哮,但在乌木镶板、玻璃枝形吊灯和菜肴册之间,在这刻板、平静、透着英国式淡漠超然的地方,人们还是忍不住大吃一惊。

"好吧,他妈的那是谁的错?"瓦德格拉夫吼道。

他摇摇晃晃地站起来,又撞到那个倒霉的邻座,但这次女人的同伴没有抗议。餐馆的人都安静下来。瓦德格拉夫迂回地往外走,在一瓶外加三分之一红酒的作用下,对着手机破口大骂,斯特莱克被困在桌旁,他好笑地发现自己像在军队食堂一样,对不胜酒力的男人心生反感。

"买单。"斯特莱克对近旁那个瞠目结舌的侍者说。他很遗憾还没来得及品尝在菜肴册上看到的葡萄干布丁,可是必须尽快追上瓦德格拉夫。

就餐者都用眼角的余光看着他,窃窃私语,斯特莱克付了账,从桌旁站起身,拄着拐杖,循着瓦德格拉夫笨拙的脚步追去。斯特莱克看到领班脸上恼怒的表情,听到门外传来瓦德格拉夫仍在咆哮的声音,怀疑他已被人劝出餐馆。

斯特莱克发现编辑靠在餐馆大门左边冰冷的墙上。周围下着纷纷大雪。行人们全身裹得严严实实,踩得人行道的积雪嘎吱作响。离开豪华气派的背景之后,瓦德格拉夫看上去不再像个略微有些不修边幅的学者。他邋遢,醉醺醺,衣冠不整,冲着捂在大手里的手机高声大骂,活像一个精神崩溃的疯子。

"……他妈的不是我的错,你这愚蠢的贱货!那该死的东西是我写的吗?你他妈最好去找她谈谈,不是吗?如果你不去,我就……你别威胁我,你这该死的臭婊子……如果你当初把腿夹紧点……你他妈的听见没有——"

瓦德格拉夫看见斯特莱克。他愣怔几秒钟,挂断电话。手机从他笨拙的手指间滑出,落在积雪的人行道上。

"去他妈的。"杰瑞·瓦德格拉夫说。

狼又变成绵羊。他用没戴手套的手在脚边的雪泥中摸索手机,眼镜滑落。斯特莱克替他捡了起来。

"谢谢。谢谢。真是抱歉。抱歉……"

瓦德格拉夫胡乱把眼镜戴上，斯特莱克看见他浮肿的面颊上有泪痕。他把摔裂了的手机塞进口袋，转过身，一脸绝望地看着侦探。

"它毁了我该死的生活，"他说，"那本书。我本以为欧文……有一样东西他视为神圣。父亲和女儿。有一样东西……"

瓦德格拉夫又做了个拉倒的手势，转身离开，他脚步踉跄，看来是彻底醉了。侦探猜测，他在见面之前就至少有一瓶酒下肚。再追过去也没有用了。

斯特莱克目送瓦德格拉夫踏着人行道上的雪泥，经过拎着大包小包的蹒跚的圣诞购物者们，在漫天的雪花中渐渐走远。斯特莱克想起一只手急迫地抓住某人的上臂，一个严厉的男声在说话，随后响起一个火气更大的年轻女人的声音。"妈妈就走了捷径，你为什么不抓住她？"

斯特莱克竖起大衣领子，认为他终于知道了那是什么意思：血染麻袋里的侏儒，切刀帽子下的犄角，以及最残忍的，试图把人溺死。

第三十七章

……当我被激怒时,不可能再有耐心和理智。

——威廉·康格里夫,《两面派》

斯特莱克在脏兮兮、灰蒙蒙的天空下朝办公室走去,雪仍然下得很大,他艰难地在越来越厚的积雪中迈步前行。虽然刚才只喝了水,但那顿丰盛的午餐使他感到些微醉意,并产生了一种虚假的幸福感,瓦德格拉夫上午可能在办公室也小酌了一番,让自己飘飘欲仙。从辛普森河畔餐馆,走到丹麦街上他那间四面透风的小办公室,一个四肢健全的成年人可能只需要一刻钟。斯特莱克的膝盖仍旧酸痛、乏力,可是刚才一顿饭就干掉了整个一星期的伙食费还不止。他点燃一根烟,低头迎着大雪,在刺骨的严寒中一瘸一拐地走着,暗自猜想罗宾在布里德灵顿书店会有什么发现。

斯特莱克走过兰心大戏院的凹槽柱时,默默地思忖,丹尼尔·查德相信杰瑞·瓦德格拉夫协助奎因写了那本书,而瓦德格拉夫认为伊丽莎白·塔塞尔利用了奎因的积怨,使其最终将怒火落实到文字。他想,这些都仅仅是找错了对象的怨恨吗?奎因恐怖地死于非命,查德和瓦德格拉夫未能报复真正的元凶,他们是不是在寻找活着的替罪羊,以发泄因挫败产生的怨气?或者,他们觉得《家蚕》受到外部影响的说法是对的？

走到威灵顿街时，"教练和马"酒吧的鲜红色门脸对他产生了强烈的诱惑，现在膝盖疼得要命，他很大程度上依赖手里的拐杖。啤酒，暖意，舒服的椅子……可是一星期内三次光顾酒吧……可不能养成这样的习惯……杰瑞·瓦德格拉夫就是一个活生生的反面教材……

走过酒吧时，他忍不住羡慕地往里看了几眼，流光溢彩的黄铜啤酒泵，那些不像他这么自律的快乐男人——

他眼角的余光看见那个女人。高个子，黑大衣，双手抄在口袋里，在他身后的雪地里快步行走：正是星期六晚上跟踪他并袭击未遂的那个人。

斯特莱克脚步毫无变化，也没有扭头去看她。这次他不再玩游戏了。不会停下来试探她笨拙的跟踪技巧，也不会让她知道她已被发现。斯特莱克继续往前走，没有回头看，只有同样精通反跟踪术的人，才会注意到他偶尔漫不经心瞥一眼位置恰到好处的窗户或反光的黄铜门牌，也只有他们才会发现貌似迟钝的外表下隐藏着高度的警觉。

大多数杀手都是粗心大意的生手，所以才被抓获。对方在星期六晚上短兵相遇之后，仍然坚持跟踪，说明她不是一般的莽撞，而这正是斯特莱克想要利用的。他在威灵顿街上继续走着，表面上对身后那个口袋里藏着刀子的女人毫无察觉。他穿过罗素街时，女人闪身躲起来，假装进了安格赛侯爵府的大门，但很快又出来，在一座办公大楼的方石柱间闪出闪进，又躲到一个门洞里，让斯特莱克走到前面去。

斯特莱克此时几乎感觉不到膝盖的疼痛。他浑身上下全神贯注，高度警觉。这次女人没有任何优势，不可能再打他个措手不及。如果女人是有计划的，斯特莱克猜想多半是想伺机下手。那他就需要给她一个不敢放过的机会，然后确保她失手。

走过皇家歌剧院，走过那些古典风格的门廊、石柱和雕像。到了温德尔街，女人躲进一个破旧的红色电话亭，无疑是在鼓足勇气，再次确认斯特莱克没有发现她。斯特莱克继续走着，脚步没有变化，眼睛目视前方。女人有了信心，从电话亭闪出，又来到拥挤的人行道上，跟踪斯特莱克，撞得行人们手里的购物袋左右摇晃，街道越来越窄，她在一个个门洞闪进闪出，拉近了跟斯特莱克的距离。

靠近办公室时，斯特莱克做出决定。他从丹麦街左拐，进入通向丹麦广场的弗里特克罗夫特街，那里有一条贴满乐队海报的光线昏暗的小道，能绕回他的办公室。

她敢来吗？

进入小巷后，脚步声在潮湿的墙壁上传出回声，他渐渐放慢脚步。接着听见女人来了——朝他跑来。

他靠健全的左腿猛然转身，挥出拐杖——随着一声惨叫，拐杖打中女人的手臂——斯坦利木工刀从她手里被打落，撞在石墙上，弹回来差点打中斯特莱克的眼睛——这时他一把钳住女人，疼得她失声尖叫。

斯特莱克担心会有某个男主角出来相救，但并未看到有人出现，此刻速度是最关键的——女人比他预想的更强悍，正在凶猛地挣扎，拼命想踢他下身，挠他脸庞。斯特莱克的身体巧妙地一转，夹住女人的头，她的双脚在湿漉漉的地面打滑，乱蹬乱踹。

女人在斯特莱克的怀里扭动，想来咬他，斯特莱克弯腰捡起木工刀，把女人也拖拽得几乎失去平衡，然后，他扔掉妨碍他制服女人的拐杖，拖着女人朝丹麦街走去。

他速度很快，女人挣扎得上气不接下气，没有气力发出喊叫。他押着女人朝沿街的办公室前门走去，这段寒冷的小街上没有购物者，而查令十字街上的行人也没有注意到任何异样。

"我要进来，罗宾！快！"斯特莱克冲着对讲机喊道，罗宾刚把门打开，他就猛力挤进去。他拽着女人走上金属楼梯，右膝疼得火烧火燎，女人开始尖叫，叫声在楼梯井里回荡。斯特莱克看见那扇玻璃门后面有了动静，是在他楼下办公的那个阴郁而古怪的平面设计师。

"没事，闹着玩的！"斯特莱克朝玻璃门喊道，拖着跟踪者上了楼。

"科莫兰？怎么——哦，上帝！"罗宾站在楼梯平台上，睁大眼睛瞪着下面说，"你不能——你这是在搞什么？放开她！"

"她刚才——又他妈的——想对我——行刺。"斯特莱克喘着粗气说，他最后猛一发力，把跟踪者拽过门槛。"把门锁上！"他对罗宾喊道，罗宾赶紧跟进屋来，锁上门。

斯特莱克把女人扔在仿皮沙发上。兜帽滑落下去，露出一张苍白的长脸，一双褐色的大眼睛，浓密的波浪形黑发散落在肩头。女人的指甲涂着猩红色蔻丹。她看上去不满二十岁。

"你这混蛋！混蛋！"

女人想站起身，可是人高马大的斯特莱克站在她身边，看上去气势汹汹，她便打消念头，重新跌进沙发，揉着自己白皙的脖子，刚才斯特莱克抓她的地方，留下了深粉色的印迹。

"愿不愿意交待你为什么要行刺我？"斯特莱克问。

"去你妈的！"

"算你有种，"斯特莱克说，"罗宾，给警察打电话——"

"不——"黑衣服的女人像狂吠的狗一样号叫起来，"他弄疼了我，"她喘着气对罗宾说，可怜巴巴地扯下上衣，露出结实的白色脖颈上的伤痕，"他拽我，拖我——"

罗宾手放在电话上，眼睛望着斯特莱克。

"你为什么跟踪我？"斯特莱克说，在女人身边喘着粗气，口气令人胆寒。

女人缩进吱吱作响的靠垫里，罗宾的手没有离开电话，但她在女人的恐惧中觉察到一丝快感，从女人扭动着摆脱斯特莱克的身姿里捕捉到一种隐约的风情。

"最后再问一次，"斯特莱克咆哮道，"你为什么——"

"上面在做什么呢？"楼下传来抱怨的询问声。

罗宾跟斯特莱克对了一下眼神。她匆匆走到门口，打开门走到楼梯平台上，斯特莱克守住俘虏，他咬着牙关，攥紧一只拳头。他从女人那双像紫罗兰一样泛着紫光的黑色大眼睛看出，她想大喊救命，随即又改变主意。她浑身发抖，哭了起来，牙齿露在外面，斯特莱克断定她的眼泪里愤怒多过悲切。

"没事，克劳迪先生，"罗宾喊道，"只是闹着玩儿。对不起，声音太响了。"

罗宾回到办公室，又把门锁上。女人僵硬地坐在沙发上，泪水顺着面颊往下淌，爪子般的指甲抓住沙发边缘。

"他妈的，"斯特莱克说，"你不肯说是吗——我这就给警察打电话。"

女人显然相信了他的话。斯特莱克刚朝电话走了两步，她就哭出声来：

"我想阻止你。"

"阻止我什么？"斯特莱克说。

"别假装不知道！"

"他妈的少跟我玩这套！"斯特莱克喊道，攥着两只大拳头朝她俯下身。他感觉到受伤的膝盖疼得格外钻心。都怪这个女人，他摔了那一跤，把韧带又拉伤了。

"科莫兰。"罗宾坚决地说，插到他们俩中间，逼得他退后了一步。"听我说，"她对那个姑娘说，"听我说。你告诉他为什么要这么做，他可能就不会——"

"你他妈是在开玩笑吧，"斯特莱克说，"她两次想来行刺——"

"——他可能就不会报警。"罗宾不予理会，只管大声说道。

女人一跃而起，想要夺门而逃。

"你休想逃跑。"斯特莱克说，瘸着腿飞快地绕过罗宾，一把抓住偷袭者的腰，丝毫也不温柔地把她扔回到沙发上。"你是谁？"

"你又弄疼我了！"女人喊道，"你真的弄疼我了——我的肋骨——你敢对我下手，我要找你算账，你这混蛋——"

"那我就管你叫皮帕，好吗？"斯特莱克说。

女人颤抖着抽了口冷气，恶狠狠地瞪起眼睛。

"你——你——我操你——"

"好吧，好吧，操我，"斯特莱克不耐烦地说，"快说你的名字。"

女人的胸膛在厚大衣下剧烈起伏。

"就算我告诉你，你怎么知道我说没说实话？"她喘着气说，又露出一股顽抗的劲头。

"我就把你留在这儿，等核实清楚了再说。"斯特莱克说。

"这是绑架！"她喊道，声音像码头工人一样粗糙响亮。

"公民有权自行逮捕罪犯，"斯特莱克说，"你他妈的想对我行刺。好了，我这是最后一次——"

"皮帕·米奇利。"她没好气地说。

"终于开口了。有身份证吗？"

女人又冒出满嘴污言秽语，把一只手伸进口袋，掏出一张公交卡，扔给斯特莱克。

"上面写的是菲利普·米奇利。"

"废话。"

罗宾看到斯特莱克被骂得一愣神，虽然房间里空气紧张，仍突然产生想放声大笑的冲动。

"双性人，"皮帕·米奇利气冲冲地说，"你弄不懂吗？对你来说太复杂了吧，白痴？"

斯特莱克仔细看她。被抓伤的脖子上喉结仍然凸出。她又把双手插进口袋。

"明年我的证件上就是皮帕了。"她说。

"皮帕，"斯特莱克说，"你是'我来帮你转动该死的刑架'的作者，是吗？"

"哦。"罗宾说，她恍然大悟，长吸一口气。

"呵呵，你可真聪明，粗大汉先生。"皮帕轻蔑地模仿说。

"你认识凯瑟琳·肯特本人吗？或者你们只是网友？"

"怎么？认识凯瑟琳·肯特也成了罪过？"

"你是怎么认识欧文·奎因的？"

"我不想谈论那个混蛋，"她说，胸口剧烈起伏，"他那么对待我……他做的那些事……假装……说谎……该死的骗子……"

又是成串的泪水从脸上滚落，她陷入歇斯底里。染着红指甲的手扯着头发，双脚跺着地板，不断地前仰后合，放声痛哭。斯特莱克厌恶地看着她，三十秒钟后说道：

"你他妈的能不能闭——"

可是罗宾用目光制止他，然后从桌上的纸巾盒里抽了几张，塞到皮帕手里。

"谢——谢——"

"想喝茶还是咖啡，皮帕？"罗宾温和地问。

"咖……咖啡……谢……"

"她刚才还想对我行刺呢，罗宾！"

"她并没有得手，不是吗？"罗宾说，一边忙着用水壶烧水。

"在法律上，"斯特莱克怀疑地说，"低能他妈的不能成为辩护的理由吧！"

他又对皮帕发起责难，皮帕刚才目瞪口呆地听着他们的对话。

"你为什么要跟踪我？你想阻止我做什么？我可警告你——别以为罗宾看不得你哭哭啼啼就——"

"你是给那女人干活的！"皮帕嚷道，"那个变态的臭女人，那个寡妇！现在她拿到他的钱了，不是吗——我们知道她给钱让你这么做的，我们他妈的不是傻瓜！"

"'我们'是谁？"斯特莱克问，可是皮帕的黑眼睛又往门那儿瞟。

"我发誓，"斯特莱克说，饱经磨难的膝盖此刻疼得他想把牙齿咬得咯咯响，"如果你他妈的再往门口跑，我就给警察打电话，我来作证，我巴不得看到你因谋杀未遂而被捕。皮帕，坐牢可不是儿戏，"他又吓唬道，"不是闹着玩的。"

"科莫兰！"罗宾厉声喝道。

"老实交代。"斯特莱克说。

皮帕已经缩回到沙发上，她带着毫不掺假的恐惧盯着斯特莱克。

"咖啡。"罗宾沉稳地说，从桌后走出来，把杯子递到那只留着长指甲的手中。"看在上帝的分上，把事情都告诉他吧，皮帕。告诉他吧。"

皮帕看上去情绪不稳定，咄咄逼人，但罗宾却忍不住对她心生怜悯，她似乎根本没想过拿刀袭击一个私人侦探会带来什么样的后果。罗宾只能断定皮帕具有跟她弟弟马丁同样的特点，但更加极端。在他们家里，马丁是出了名的缺乏远见和喜欢冒险，这导致他进抢救室的次数比其他兄弟姐妹加在一起还多。

"我们知道她出钱雇你陷害我们。"皮帕声音嘶哑地说。

"谁？"斯特莱克咆哮地问，"谁是她，谁是我们？"

"利奥诺拉·奎因！"皮帕说，"我们知道她是什么德行，我们知道她能做出什么事！她恨我们，恨我和凯瑟琳，为了报复我们什么事都做得出来。她杀害了欧文，想嫁祸到我们身上！你尽可以摆出那副样子！"她冲斯特莱克嚷道，斯特莱克的两道浓眉差点插进茂密的发际线里。"她是个下贱的疯婆子，嫉妒心重得要命——受不了丈夫来看我们，现在又派你来探头探脑，想找把柄来祸害我们！"

"不知道你是否真的相信这种偏执的胡思乱想——"

"我们知道是怎么回事！"皮帕大喊。

"闭嘴。你开始跟踪我时，除了杀手谁都不知道奎因已经死了。我发现尸体的那天你就跟踪我了，而且我知道在那之前你跟踪了利奥诺拉一个星期。为什么？"看她没有回答，斯特莱克又问，"最后一次机会：我从利奥诺拉家出来时你为什么跟踪我？"

"我以为你会把我带到他那儿去。"皮帕说。

"你为什么想知道他在哪儿？"

"那样我他妈的就能干掉他！"皮帕嚷道，罗宾更确定了刚才的印象，皮帕跟马丁一样，几乎完全没有自我保护意识。

"那你为什么想干掉他呢？"斯特莱克问，似乎皮帕并未说什么反常的话。

"因为他在那本可怕的狗屁书里那样写我们！你知道的——你看过书的——阴阳人——那个混蛋，混蛋——"

"他妈的镇静！这么说，你那时就读过《家蚕》？"

"是啊，当然读过——"

"那时候就开始把粪便塞进奎因家的信箱？"

"狗屎换狗屎！"皮帕喊道。

"机智。你是什么时候读到那本书的？"

"凯瑟琳在电话里读了关于我们的那些片段，后来我就过去——"

"她什么时候在电话里给你读了那些片段？"

"她——她回家发现书稿散在门垫上。整个一部书稿。她连门都推不开了。奎因把书稿从门缝里塞进来，还附了张纸条，"皮帕·米奇利说，"凯瑟琳给我看了。"

"纸条上写了什么？"

"写了'我们俩的报应来了。祝你幸福！欧文'。"

"'我们俩的报应来了'？"斯特莱克重复一遍，皱起眉头，"你知道这是什么意思吗？"

"凯瑟琳不肯告诉我，但我知道她心里明白。她简直——简直惊呆了，"皮帕说，胸口剧烈地起伏着，"她是个——是个非常好的人。你不了解她。她一直像母——母亲一样待我。我们是在奎因的写作课上认识的，我们就像——后来变得就像——"她哽咽了，泣不成声，"奎因是个混蛋。他对我们说了谎，关于他的写作，关于——关于所有的一切——"

她又哭了起来，又是啜泣又是哀号，罗宾担心克劳迪先生有意见，便温和地说：

"皮帕，告诉我们他在什么事情上撒了谎。科莫兰只想知道事实真相，他没有陷害任何人……"

她不知道皮帕是否听到或相信了她的话，也许皮帕只是想放松一下自己过度紧张的情绪，她颤抖着深吸一口气，开始滔滔不绝地说了起来：

"他说我就像他的第二个女儿，他亲口跟我说的。我把一切都告诉了他，他知道我妈妈抛弃了我，他什么都知道。我把我——我——我写的生平故事拿给他看，他那么好，那么感——感兴趣，说会帮我出书，他还告诉我们俩，我和凯瑟琳，说把我们俩写进了他的新——新书里，说我是——是一个'迷失的美丽灵魂'——他亲口对我这么说的，"皮帕抽抽搭搭地说，嘴唇灵活地动个不停，"有一天他还假装念了一点给我听，在电话里，写得可——可动人了，后来我读——读了书，他却是那么写的……把凯瑟琳写成个疯——疯子……还有山洞……恶妇和阴阳人……"

"也就是说，凯瑟琳回到家，发现书稿散落在门垫上，是吗？"斯特莱克说，"她从哪儿回家？是下班回家吗？"

"从临终关怀医院，她去照料病危的姐姐了。"

"那是什么时候？"斯特莱克第三遍问道。

"谁在乎那是什么——"

"他妈的我在乎！"

"是九号吗？"罗宾问。她在电脑上调出凯瑟琳·肯特的博客，并把屏幕换个角度，不让坐在那里的皮帕看到。"是不是九号，星期二，皮帕？篝火夜之后的那个星期二？"

"嗯……没错，应该就是那天！"皮帕说，显然因罗宾猜得这么准而惊呆了，"没错，篝火夜凯瑟琳出去了，因为安吉拉病得那么厉害——"

"你怎么知道那是篝火夜？"斯特莱克问。

"因为欧文告诉凯瑟琳，那天晚上不能来看她，因为要陪女儿放烟火，"皮帕说，"凯瑟琳很生气，本来欧文是要离开那个家的！欧文答应过她，这么长时间了，他终于答应离开家里那个黄脸婆，可是又说要去玩烟火，陪那个——"

她突然顿住，斯特莱克替她把话说完。

"陪那个傻子？"

"只是说着玩的，"皮帕喃喃地说，满脸羞愧，她为使用这个词所表现出的后悔，超过对行刺斯特莱克产生的悔恨，"就是我和凯瑟琳之间说说。欧文总是拿他女儿当借口，说自己不能离开家，跟凯瑟琳在一起……"

"凯瑟琳那天晚上没跟奎因见面,她做了什么呢?"斯特莱克问。

"我去了她家。后来她接到电话,说她姐姐安吉拉病情恶化,就赶紧走了。安吉拉得了癌症。转移得全身都是。"

"当时安吉拉在哪儿?"

"在克拉彭的临终关怀医院。"

"凯瑟琳是怎么去的?"

"那有什么关系?"

"你尽管回答问题,懂吗?"

"我不知道——可能是坐地铁吧。她陪了安吉拉三天,睡在病床旁的一个垫子上,因为他们以为安吉拉随时都会死掉,没想到安吉拉一直没咽气,凯瑟琳只好回来拿换洗衣服,结果发现书稿散落在门垫上。"

"你确定她是星期二回家的吗?"罗宾问,斯特莱克正要问同样的问题,便惊讶地看着她。他还不知道书店老头和德国大坑的事。

"因为星期二晚上我在热线电话工作,"皮帕说,"我工作时,凯瑟琳给我打电话,号啕大哭,因为她把书稿整理好,读了奎因写我们的内容——"

"哦,那真是很有意思,"斯特莱克说,"凯瑟琳·肯特对警察说她从没读过《家蚕》。"

换了别的场合,皮帕那惊恐的表情肯定会令人发笑。

"你他妈的玩我!"

"是啊,你真是个不好对付的人,"斯特莱克说,"想都别想!"皮帕想站起来,他喝了一句,挡在皮帕面前。

"奎因是个——是个烂人!"皮帕喊道,仍然带着无奈的怒气,"是个骗子!假装对我们的作品感兴趣,一直在利用我们,那个满——满嘴谎话的混——混蛋……我以为他理解我的生活是什么样的——我们经常一聊就是几个小时,他鼓励我把自己的故事写出来——对——对我说他会帮我签到出版合同——"

斯特莱克感到一阵突如其来的厌倦。这种疯狂变成书会是什么样子?

"——其实他只是想讨好我,让我把所有私密的想法和情感都告诉他。还有凯瑟琳——他对凯瑟琳做的那些事——你根本不懂——我真高兴他家那臭女人把他杀死了!如果臭女人没有——"

"你凭什么口口声声说奎因的妻子杀死了他?"

"因为凯瑟琳有证据!"

短暂的停顿。

"什么证据?"斯特莱克问。

"你想知道吗!"皮帕嚷道,伴随着一阵歇斯底里的嘶哑的狂笑,"不告诉你!"

"既然她有证据,为什么不拿给警察?"

"出于同情!"皮帕大叫,"这种事你是不会——"

"喂,"玻璃门外传来一个哀怨的声音,"怎么还吵吵得这么厉害呀?"

"哦,该死。"斯特莱克说,克劳迪先生上楼来了,他模糊的轮廓凑近玻璃门。

罗宾走过去打开门锁。

"真是对不起,克劳迪先——"

说时迟那时快,皮帕从沙发上蹿起来。斯特莱克赶紧去抓,可是发力时膝盖疼得直打弯。皮帕把克劳迪先生撞到一边,夺门而去,噔噔噔跑下楼梯。

"别管她了!"斯特莱克看到罗宾想追上去,对她说道,"至少她的刀在我手里。"

"刀?"克劳迪先生惊叫道,他们花了十五分钟才说服他不要跟房东联系(卢拉·兰德里案之后斯特莱克名声大噪,平面设计师十分惶恐,生怕另一个杀人犯过来找斯特莱克,说不定会误打误撞走错办公室)。

"谢天谢地。"终于把克劳迪劝走之后,斯特莱克松了口气。他一屁股坐在沙发上,罗宾在电脑椅里坐下,他们面面相觑了几秒钟,然后开怀大笑。

"咱们一个唱红脸、一个唱白脸，干得不错。"斯特莱克说。

"我不是装的，"罗宾说，"我真的有点同情她呢。"

"我注意到了。我表现如何？差点被偷袭了！"

"她是真的想刺杀你，还是只是做做样子？"罗宾怀疑地问。

"她可能更喜欢这种想法，而不是这件事本身，"斯特莱克承认道，"问题是，不管刺杀你的是自编自导的傻瓜还是职业杀手，你都会一样送命。她以为通过刺杀我能得到——"

"母爱。"罗宾轻声说。

斯特莱克惊讶地望着她。

"她的亲生母亲抛弃了她，"罗宾说，"她肯定有过一段非常痛苦的经历，服用激素，以及手术前经历的天知道什么样的折磨。她以为自己有了一个新家，是不是？她以为奎因和凯瑟琳·肯特是她的新爸爸新妈妈。她告诉我们，奎因说把她看作自己的第二个女儿，并把她作为凯瑟琳·肯特的女儿写进书里。可是在《家蚕》里，奎因却向世人揭露她是个半男半女。奎因还暗示，在所有孝心的隐藏下，皮帕想跟他睡觉。

"皮帕的这个新爸爸，"罗宾说，"令她失望之极。但她的新妈妈还是好的，爱她的，可是新妈妈也遭遇背叛，所以皮帕决定要替她们俩报仇。"

看到斯特莱克脸上惊讶和赞许的表情，罗宾忍不住咧嘴笑了。

"你当初为什么要放弃那个心理学学位呀？"

"说来话长，"罗宾说，把目光转向电脑屏幕，"她年纪不大……也就二十岁，你说呢？"

"差不多吧，"斯特莱克赞同道，"真可惜我们还没来得及问她奎因失踪后那几天她做了什么。"

"不是她干的。"罗宾坚决地说，扭过头来看着他。

"是啊，你可能是对的，"斯特莱克叹了口气说，"剜掉奎因肚肠之后，再往他们家信箱里塞狗屎，这反差也太大了，仅凭这点就能说明问题。"

"而且她看上去没有那么强的策划和行动能力,是吗?"

"这评价有点保守了。"斯特莱克赞同道。

"你要向警察告发她吗?"

"不知道。也许吧。该死,"斯特莱克说着拍了一下额头,"我们都没弄清她为什么在书里唱歌!"

"我想我可能知道,"罗宾啪啪敲了一阵键盘,读着屏幕上的搜寻结果,"唱歌可以让嗓音柔和……变性人的发声练习。"

"仅此而已?"斯特莱克不敢相信地问。

"你想说什么——她不该生气?"罗宾说,"拜托——奎因是在当众讥笑一件非常私密的事情——"

"我说的不是这个。"斯特莱克说。

他蹙眉望着窗外,陷入沉思。雪下得很大很密。

过了片刻,他说:

"布里德灵顿书店是怎么回事?"

"天哪,我差点忘记了!"

罗宾把店员弄混十一月一号和八号的事告诉了斯特莱克。

"真是个老糊涂。"斯特莱克说。

"这话有点刻薄了。"罗宾说。

"他过于自信了,是不是?星期一总是一成不变,每个星期一都去朋友查尔斯家……"

"可是,我们怎么知道那是圣公会主教的夜晚,还是德国大坑的夜晚呢?"

"你说他声称在跟查尔斯讲奎因光临书店时,查尔斯打断了他,说了那个大坑的故事?"

"他就是这么说的。"

"那么奎因很可能是一号去的书店,不是八号。店主把这两个信息关联起来了。老傻瓜犯糊涂了。他希望在奎因失踪之后见过他,希望能帮助警方确定死亡日期,所以在潜意识里寻找理由认为那是作案时间段里的星期一,而不是一星期前那个毫不相干的星期一,那时还没有人对奎因的行踪感兴趣。"

"不过在他声称奎因对他说的那番话里,还是有一点蹊跷,不是吗?"罗宾问。

"是的,"斯特莱克说,"买些书看看,因为要出去散散心……这么说来,奎因在跟伊丽莎白·塔塞尔吵架的四天前就已经打算离开了?他是否已经打算去塔尔加斯路?据说这么多年他都讨厌和回避那个地方。"

"你会把这事告诉安斯蒂斯吗?"罗宾问。

斯特莱克讥讽地嗤笑一声。

"不,我不会告诉安斯蒂斯。我们没有真正的证据,证明奎因是一号而不是八号去书店的。而且,目前我和安斯蒂斯关系不太好。"

又停了很长时间后,斯特莱克突然说话,把罗宾吓了一跳:

"我要去跟迈克尔·范克特谈谈。"

"为什么?"罗宾问。

"原因很多,"斯特莱克说,"午饭时瓦德格拉夫跟我说的那些话。你能联系到范克特的代理,或找到其他联系方式吗?"

"好的,"罗宾说,做了个笔记,"知道吗,我刚才把那段采访又看了一遍,还是没能——"

"再看一遍,"斯特莱克说,"留点心。好好想想。"

他又陷入沉默,眼睛瞪着天花板。罗宾不想打断他的思路,就开始在电脑上查找是谁在代理迈克尔·范克特。

终于,斯特莱克在她敲打键盘的声音中说话了:

"凯瑟琳·肯特认为她拿到了利奥诺拉的什么把柄?"

"也许没什么东西。"罗宾说,全神贯注地看着她搜查的结果。

"她还'出于同情'把它留在手里……"

罗宾没有说话。她在范克特文学代理的网页上寻找联系人的电话号码。

"但愿那只是另一通歇斯底里的胡话。"斯特莱克说。

但他还是忧心忡忡。

第三十八章

关于毁灭的文字
竟然这么少。

——约翰·韦伯斯特,《白色的魔鬼》

有出轨嫌疑的布鲁克赫斯特小姐,仍然声称因患感冒而不能出行。她的情人,斯特莱克的客户,认为这有点离谱,侦探乐意赞同他的想法。第二天早晨七点钟,斯特莱克站在布鲁克赫斯特小姐在巴特西街的公寓对面,裹着大衣,戴着围巾和手套,可寒气还是渗透四肢。他刚才在路上去麦当劳买了三个鸡蛋麦满分,此刻正在吃第二个。

预报说整个东南部都有恶劣天气。街道上已经积了厚厚一层泛着青光的雪,没有星星的天空中正在飘落今天的第一批试探性的雪花。斯特莱克等待着,时不时活动活动脚趾,看自己是否还有感觉。住户一个接一个上班去,一步一滑地走向车站或钻进汽车,排气管的声音在压抑的寂静中显得特别响。三棵圣诞树从客厅的窗户里朝斯特莱克眨巴眼睛,虽然第二天才进入十二月,但橘红、翠绿和霓虹蓝色的灯光耀眼地闪烁着。他靠在墙上,眼睛盯着布鲁克赫斯特小姐公寓的窗户,跟自己打赌她在这种天气会不会离开家。膝盖仍然疼得要命,但是雪使整个世界放慢脚步，跟他自己的速度相配。他从没见布鲁克赫斯特小姐穿过低于四英寸的高跟鞋。在这种天气下，她可能跟斯特莱克一样丧失了行动力。

在过去一星期，寻找奎因凶手的事盖过了手头的其他案子，但他如果不想失去业务，必须积极跟进。布鲁克赫斯特小姐的情人是个富翁，如果对侦探工作感到满意，可能以后还会给斯特莱克带来大量业务。那个大款对年轻的金发美女情有独钟，那一大串金发美女（他们第一次见面时他就跟斯特莱克毫不隐瞒地坦白）从他这里拿走大笔的钱和各种贵重礼物，但最终都离开或背叛了他。他对人性的判断没有丝毫长进，因此，斯特莱克认为自己今后还会花许多时间去跟踪许多布鲁克赫斯特小姐，获得丰厚的利益。斯特莱克的呼吸在凛冽的空气里凝成白雾。他想，也许正是这种背叛刺激着这位客户，他以前结识过这样的人。这种品位在那些迷恋妓女的人身上表现得最充分。

九点差十分，窗帘微微动了一下。斯特莱克看似若无其事，非常放松，却以十分迅疾的动作举起藏在身体一侧的夜视照相机。

在布满积雪的昏暗的街道上，可以看见布鲁克赫斯特小姐的身影，穿着胸罩和内裤，其实她经过隆胸的乳房根本不需要支撑。在她身后的卧室暗处，走来一个没穿上衣的大腹便便的男人，用手捂了捂女人的一只乳房，惹得她咯咯笑着嗔骂。两人都转身回卧室去了。

斯特莱克放下照相机，查看自己的手艺。他抓拍的最能说明问题的那张照片，清楚地显示出一个男人的手和胳膊的轮廓，布鲁克赫斯特小姐笑着偏过身去，但拥抱她的那人的脸在阴影里。斯特莱克怀疑那个男人准备上班了，便把照相机塞进衣服里面的口袋，准备拖着笨拙的脚步追上去，并开始吃第三个麦满分。

果然，九点差五分，布鲁克赫斯特小姐的大门打开，那个情夫出来了，他除了年龄和那副财大气粗的样子，跟布鲁克赫斯特小姐的老板没有任何相似之处。一个光面皮包斜挎在身上，里面放得下一件干净衬衫和一把牙刷。斯特莱克最近经常看到这些包，已经开始把它们视为"奸夫的过夜袋"。这对男女在门前台阶上来了个法式接吻，但这个吻因寒冷和布鲁克赫斯特小姐衣着过于单薄而打了折扣。然后，布鲁克赫斯特小姐回到屋里，大肚腩出发朝克拉彭枢纽站走去，同时已经在打电话了，无疑是在解释因为下雪要迟到一会儿。斯特莱克让他走出二十米之后，从藏身的地方出来，拄着罗宾前一天下午体贴地从丹麦广场找回来的拐杖，跟了上去。

这次盯梢很容易，因为大肚腩只顾打电话，对什么都不注意。他们隔着二十米的距离，一起走下拉凡德山的缓坡，雪又下得紧了。大肚腩的手工皮鞋在雪地上打了几个滑。他到了车站，仍在滔滔不绝地打电话，斯特莱克很容易就跟他上了同一节车厢，然后假装看短信，用自己的手机给他拍了几张照片。

就在这时，一条真正的短信进来了，是罗宾发的。

> 迈克尔·范克特的代理刚给我回电话——迈·范说很高兴见你！他在德国，六号回来。提议格劳乔俱乐部，什么时间合适？罗

列车哐啷哐啷地驶进滑铁卢车站，斯特莱克想，这可真是见鬼了，这么多读过《家蚕》的人都想跟他谈话。以前什么时候嫌疑人这么急切地想跟一个侦探面对面坐下来呢？大名鼎鼎的迈克尔·范克特，想要跟发现欧文·奎因尸体的私家侦探面谈，他希望从这次面谈里获得什么呢？

斯特莱克跟在大肚腩身后下了车，尾随他走过滑铁卢车站湿滑的瓷砖地，天花板上乳白色的大梁和玻璃让斯特莱克想起泰邦府。大肚腩又来到寒冷的露天，仍然旁若无人地对着手机喋喋不休，斯特莱克跟着他走在泥泞而危险的人行道上，马路牙上堆着肮脏的积雪，两边是方方正正的玻璃和混凝土办公大楼，金融工作者穿着颜色灰暗的大衣，像蚂蚁一样匆匆忙忙地进进出出，终于，大肚腩拐进一座最气派的办公楼的停车场，显然是朝自己的汽车走去。看来，他觉得把宝马留在公司，比停在布鲁克赫斯特小姐公寓外面更加明智。斯特莱克藏

在近旁一辆大型越野车后面注视着，感到手机在口袋里震动，但没去管它，不想引起别人的注意。大肚腩有一个写了名字的停车位。他从后备箱里拿出几件东西，便朝大楼走去，斯特莱克悠闲地踱过去，墙上写着高管们的名字，他把大肚腩的全名和头衔拍了照片，以便给客户提供情报。

然后，斯特莱克返回办公室。他上了地铁，查看手机，发现那个未接电话来自他交情最久的老朋友，被鲨鱼咬伤过的戴夫·普尔沃斯。

普尔沃斯的老习惯是称斯特莱克为"迪迪"。大多数人以为这是讽刺斯特莱克的大块头（整个小学阶段，斯特莱克都是全年级，甚至高一年级块头最大的男孩），实际上这个称呼源自斯特莱克因为母亲漂泊四方的生活方式而经常中断上学。很久以前，容易激动的小个子戴夫·普尔沃斯有一次就这一情形对斯特莱克说，他就像一个"迪迪科伊"，这个词在康沃尔话里的意思是吉普赛人。

斯特莱克一下地铁就回了电话，二十分钟后他走进办公室，两人仍聊个没完。罗宾抬起头来刚要说话，看到斯特莱克在打电话，便只是笑了笑，又把注意力转向电脑屏幕。

"回家过圣诞节吗？"普尔沃斯问，斯特莱克走进里面办公室，关上门。

"可能吧。"斯特莱克说。

"到胜利酒吧喝几杯？"普尔沃斯怂恿他，"再泡一把詹妮弗·阿斯科特？"

"我从来没泡过詹妮弗·阿斯科特。"斯特莱克说（这是一个经久不衰的玩笑）。

"好吧，再试一次，迪迪，没准这次就能挖到金子。也该有人尝尝这颗樱桃了。说到姑娘，咱们俩谁都没泡过……"

谈话变成普尔沃斯说的一个个淫荡而搞笑的段子，都是关于他俩在圣莫斯的那些朋友的古怪行为的。斯特莱克不停地开怀大笑，没有理会"呼叫等待"信号，也没有查看是谁打来的。

"你跟野蛮大小姐复合了吗，伙计？"戴夫问，他惯常这样称呼夏洛特。

"没有，"斯特莱克说，"她要结婚了，再过……四天。"他算了一下。

"噢，好吧，你可得留神，迪迪，看她会不会从地平线上飞跑回来。她要是逃婚我一点也不惊讶。如果真是那样，你就长舒一口气吧，伙计。"

"是啊，"斯特莱克说，"好的。"

"怎么样，那就说定了？"普尔沃斯说，"回来过圣诞节？去胜利酒吧喝啤酒？"

"说定了，没问题。"斯特莱克说。

两人又口无遮拦地聊了几句，戴夫回去工作了，斯特莱克脸上笑意未消，查看一下手机，发现错过了利奥诺拉·奎因的一个来电。

他一边打开语音信箱，一边走回外间办公室。

"我又把迈克尔·范克特的纪录片看了一遍，"罗宾兴奋地说，"终于明白你——"

斯特莱克举起一只手让她别说话，因为利奥诺拉一贯呆板的声音在他耳边响起来，语气焦虑而迷茫。

"科莫兰，我他妈的被捕了。不知道怎么回事——谁也不跟我说——把我弄到了警察局。他们在等律师还是什么的。我不知道该怎么办——奥兰多跟艾德娜在一起——反正，我被弄到这儿来了……"

几秒钟的静音之后，信息断了。

"该死！"斯特莱克说，声音那么响，把罗宾吓了一跳，"该死！"

"出什么事了？"

"他们把利奥诺拉抓起来了——她为什么打给我，不打给伊尔莎呢？该死……"

他狠狠地拨通伊尔莎·赫伯特的电话，等待着。

"喂，科莫——"

"他们逮捕了利奥诺拉·奎因。"

"什么？"伊尔莎喊了起来，"凭什么呀？就凭带锁的储藏间里那块沾血的破布？"

"他们可能还拿到了别的。"

（凯瑟琳有证据……）

"她在哪儿，科莫？"

"警察局……应该是基尔伯恩，那儿是最近的。"

"万能的上帝啊，她为什么不给我打电话？"

"鬼才知道。她好像说他们在给她找律师——"

"没有人跟我联系呀——上帝，她能不能*动动脑子*？为什么不把我的名字告诉他们？我这就去，科莫，一定要把屎盆子扣在别人身上。你可欠我一个人情……"

斯特莱克听见砰砰的撞击声，模糊的说话声，和伊尔莎快速的脚步声。

"你把事情弄清楚后给我打电话。"他说。

"可能需要一段时间。"

"没关系，给我打。"

伊尔莎挂了电话。斯特莱克转向满脸惊愕的罗宾。

"哦，真糟糕。"罗宾低声说。

"我给安斯蒂斯打个电话。"斯特莱克说着，又一次狠戳手机。

可是他的老朋友没有心情发放福利。

"我警告过你，鲍勃，我警告过你会有这一步。是她干的，伙计。"

"你们拿到了什么？"斯特莱克质问。

"这不能告诉你，鲍勃，对不起。"

"是从凯瑟琳·肯特那儿拿到的？"

"无可奉告，伙计。"

斯特莱克懒得理睬安斯蒂斯例行公事的祝愿，啪的挂断电话。

"蠢货！"他说，"该死的蠢货！"

利奥诺拉现在置身于一个他鞭长莫及的地方。斯特莱克担心她不配合的态度和对警察的敌意会给审问者带来什么印象。他几乎可以听见利奥诺拉抱怨把奥兰多独自撇在家中，追问什么时候能回到女儿身边，并为警察打扰她凄惨单调的日常生活而愤愤不平。他担心利奥诺拉缺乏自卫本能。但愿伊尔莎能迅速赶到那儿，利奥诺拉还没来得及口无遮拦、不打自招地说丈夫忽视家庭，在外面乱交女友；还没来得及再次声明在丈夫的书加上封面之前从来不知道书的内容，因为这令人难以相信，反而会引起怀疑；还没来得及辩解她为什么突然忘记他们还有第二套住房，而丈夫的残骸就在那里腐烂，几星期无人过问。

下午五点钟过去了，伊尔莎还没有消息。斯特莱克望着窗外的大雪和渐渐暗下来的天空，坚持要罗宾回家。

"你听到消息就给我打电话，好吗？"罗宾央求他，一边穿上大衣，在脖子上围了一条厚羊毛围巾。

"好的，没问题。"斯特莱克说。

直到六点半，伊尔莎才给他回电话。

"再糟糕不过了，"她第一句话就这么说，声音疲倦而焦虑，"他们拿到了购买防护衣、橡胶靴、手套和绳索的凭证，在奎因的联合信用卡上。是从网上购买，用他们的信用卡支付的。哦——还有一件罩袍。"

"你他妈在开玩笑吧！"

"没有。我知道你认为她是无辜的——"

"是啊，没错。"斯特莱克说，明显在警告伊尔莎别想劝他改变立场。

"好吧，"伊尔莎疲倦地说，"随你的便吧，不过我想告诉你：她一直在给自己找事。一副凶巴巴的劲头，一口咬定东西是奎因自己买的。看在上帝的分上，是女士罩袍啊……卡上购买的绳索跟发现捆绑尸体的绳索完全一样。他们问她，奎因为什么需要罩袍和足以抵挡化学物渗漏的塑料防护服，她只是说：'我他妈怎么知道？'她没说两句话，就问什么时候能回家照顾女儿，脑子完全拎不清。东西是六个月前买的，送到塔尔加斯路——显然是有预谋的，这就跟发现她亲笔写了计划一样。她否认自己知道奎因的书是怎么结尾的，可是你朋友安斯蒂斯——"

"他也在那儿？"

"是的，他在审问。不停地问利奥诺拉是否真的以为他们会相信奎因从不谈论自己在写什么。利奥诺拉说：'我没注意。''这么说他还是讲过书里的情节？'车轱辘话反复问，消磨她的精力，最后她说：'嗯，他好像说过蚕茧被煮开之类的话。'安斯蒂斯仅凭这点就认定她一直在撒谎，她知道整个情节。哦，警察还在他们家后花园里发现了刚挖过的泥土。"

"我敢发誓他们会发现一只名叫傻先生的死猫。"斯特莱克吼道。

"那也阻止不了安斯蒂斯，"伊尔莎预言，"他百分之百确定是利奥诺拉，科莫。他们有权把她羁押到明天上午十一点，我相信他们准备起诉她了。"

"证据不够，"斯特莱克恶狠狠地说，"DNA证据呢？目击者呢？"

"问题就在这里，科莫，不说别的，光是那张信用卡账单就够要命的了。听我说，我是跟你站在一边的，"伊尔莎耐心地说，"你想听我一句实话吗？安斯蒂斯把宝押在这上面了，希望能把案子解决。媒体这么关注，我认为他感觉到了压力。不瞒你说，你在案子周围偷偷转悠，想独占先机，把他弄得非常恼火。"

斯特莱克发出呻吟。

"一张六个月前的信用卡账单，他们是从哪儿弄到的？从奎因书桌里搜走的那些东西，花了这么长时间才查点清楚吗？"

"不是，"伊尔莎说，"账单印在他女儿一幅画的背面。看样子是女儿几个月前送给奎因的一个朋友的，那朋友今天一大早把它交给了警察，声称他们刚看到背面，发现上面的内容。你刚才说什么？"

"没什么。"斯特莱克叹了口气。

"听着好像是'塔肯特'。"

"没那么遥远。我放过你吧，伊尔莎……谢谢你做的一切。"

斯特莱克垂头丧气地默默坐了几秒钟。

"混蛋。"他对着黑暗的办公室轻声说。

他知道是怎么回事。皮帕·米吉利有妄想迫害狂，在歇斯底里中认定斯特莱克受雇于利奥诺拉，要把谋杀罪嫁祸于人，她逃出斯特莱克的办公室后直奔凯瑟琳·肯特家。皮帕坦白自己戳穿了利奥诺拉声称没读过《家蚕》的谎言，催促凯瑟琳利用手里的证据扳倒利奥诺拉。于是，凯瑟琳·肯特扯下情夫女儿的那幅画（斯特莱克想象它用磁铁粘在冰箱上），匆匆赶到警察局。

"混蛋！"他又骂一遍，声音响了一些，然后拨通罗宾的号码。

第三十九章

> 我太熟悉绝望，
> 不知道如何希望……

——托马斯·戴克和托马斯·米德尔顿，《诚实的娼妓》

正如她的律师预言的，第二天上午十一点，利奥诺拉·奎因被指控谋杀了丈夫。斯特莱克和罗宾接到电话后，开始关注网上新闻，这件事像繁殖的细菌一样，每分每秒都在扩散。十一点半，"太阳"网站出现一篇长文，题为"肉店训练出的山寨罗斯·韦斯特"。

记者们一直忙着收集奎因作为丈夫的不良记录的证据。他的频频失踪是为了跟其他女人私通，他作品的性爱主题被掰开揉碎，反复剖析。凯瑟琳·肯特被挖了出来，受到记者的拦截采访和拍照，被定性为"奎因的红头发丰满情妇，情色小说作家"。

快到中午时，伊尔莎又给斯特莱克打来电话。

"她明天上法庭。"

"在哪儿？"

"伍德格林，十一点。我估计会从那儿直接去哈洛威。"

曾经有一段时间，斯特莱克跟母亲和露西住在离伦敦北部那所封闭女子监狱仅仅三分钟的一座房子里。

"我想见她。"

"可以试试，但我无法想象警察会让你靠近她，而且，科莫，我作为她的律师必须告诉你，看样子可能——"

"伊尔莎，现在我是她唯一的机会了。"

"感谢你对我的信任。"她讽刺地说。

"你明白我是什么意思。"

斯特莱克听见她叹气。

"我也在为你考虑。你真的想跟警察对着——"

"她怎么样？"斯特莱克打断了她。

"不好，"伊尔莎说，"跟奥兰多分开简直要了她的命。"

那天下午不断有记者和认识奎因的人打来电话，都迫不及待地想知道内部消息。伊丽莎白·塔塞尔在电话里的声音那么低沉沙哑，罗宾还以为是个男人。

"奥兰多在哪儿？"斯特莱克来接电话时，代理问道，似乎斯特莱克受托照料奎因家的所有成员，"她在谁那儿？"

"好像是跟邻居在一起。"斯特莱克听着她在电话里呼哧带喘的声音，说道。

"上帝啊，真是一团糟，"代理哑着嗓子说，"利奥诺拉……这么多年，兔子急了也咬人……真不敢相信……"

妮娜·拉塞尔斯的反应是明显松了口气，对此斯特莱克并不感到十分意外。谋杀案又退回到它合适的位置。它的阴影不再触及她，凶手不是她认识的人。

"他妻子确实有点像罗斯·韦斯特，是不是？"妮娜在电话里问他，他知道妮娜正盯着"太阳"网页，"除了是长头发。"

妮娜似乎在怜悯他。他没能破案。警察把他打败了。

"听我说，星期五我请了几个人过来，你想来吗？"

"对不起，来不了，"斯特莱克说，"要跟我弟弟一起吃饭。"

他知道妮娜认为他在说谎。他在说"我弟弟"前有一丝几乎不易察觉的迟疑，可能会被理解为停下来快速思考。斯特莱克不记得以前把阿尔说成是自己的弟弟。他很少谈论同父异母的兄弟姐妹。

那天傍晚,罗宾离开办公室前,把一杯茶放在正埋头研究奎因档案的斯特莱克面前。她几乎可以感觉到斯特莱克竭力掩饰的愤怒,怀疑这愤怒既针对安斯蒂斯,也针对他自己。

"还没有结束,"罗宾说,一边把围巾缠在脖子上,准备离开,"我们会证明不是她干的。"

以前有一次,在斯特莱克对自己的信心陷入低谷时,罗宾也用了复数代词"我们"。斯特莱克感谢这份道义支持,可是一种无能的感觉在干扰他的思绪。斯特莱克讨厌在案子周围徘徊,被迫眼巴巴地看着别人寻找线索、提示和情报。

那天夜里,他看奎因档案看到很晚,反复研究自己的调查记录,再次端详从手机里打印出的照片。欧文·奎因支离破碎的尸体似乎在寂静中向他发出信号,无声地呼吁公正和怜悯。有时,被害者身上带有凶手的信息,如同硬塞在僵死的手中的记号。斯特莱克久久地盯着被烧焦和剖开的胸腔、紧紧缠住手腕和脚踝的绳索,和像火鸡一样被捆绑和掏空的身躯,可是他不管怎么使劲看,除了已经知道的,再也没法从照片上发现别的。最后,他关上所有的灯,上楼睡觉去了。

星期四上午,要到客户黑美人那些贵得离谱的离婚律师事务所去,在林肯菲尔兹,这令他暂时松了口气,内心喜忧参半。斯特莱克巴不得在无法调查奎因谋杀案时有点事情做做,但同时又感到自己是被骗过来参加面谈的。那个轻佻的弃妇对他说,她的律师想听斯特莱克亲口说说怎么收集到了她丈夫不忠的大量证据。在能坐下十二个人的锃亮的红木桌旁,斯特莱克坐在她身边,她不停地提到"科莫兰终于弄清"和"科莫兰亲眼看见的,对吗?"偶尔还碰碰他的手腕。斯特莱克看到那位温文尔雅的律师几乎毫不掩饰的不耐烦,推断让自己出席并不是律师的主意。不过,律师似乎无意加快办事进程,考虑到每小时五百多镑的收费,这也可以理解。

斯特莱克去上厕所时,查看一下手机,在缩略图上看到利奥诺拉被带进又带出格林伍德刑事法院的照片。她受到指控，被警车押走了。媒体摄影师到了不少，但没有公众人士疾呼偿还血债。大家并不认为她杀害了一个公众非常关心的人物。

他刚要重回会议室，罗宾发来一条短信：

可安排你进去看利奥诺拉，今晚六点如何？

太好了。他回复短信。

"我本来以为，"他刚一坐下，他那轻佻的客户就说，"科莫兰往证人席上一站就很有威慑力。"

斯特莱克已经给律师看了他一丝不苟编辑的笔记和照片，它们详细记录了贝内特先生的每一次地下交易，包括他想出售公寓，私藏那串祖母绿项链。斯特莱克的记录做得这么详尽，两个男人都认为他没必要亲自出庭，这使贝内特夫人大失所望。实际上，律师看到贝内特夫人这么依赖侦探，简直无法掩饰自己的怨恨。他无疑希望这位富有的弃妇的轻轻爱抚和卖弄风情，最好是冲着穿定制的细条纹西服、头发斑白的他去的，而不是这个看上去像职业拳击手的瘸男人。

离开了那个空气稀薄的环境，斯特莱克松了口气，乘地铁返回办公室，很高兴在自己房间里脱掉西装。想到很快就能摆脱这个案子，拿到数额不菲的支票，他就满心欢喜，当初他就是为了支票才接下案子的。现在他可以把注意力集中在哈洛威那个瘦弱的、头发花白的五十岁女人身上了，在他路上买的那份《标准晚报》第二版上，利奥诺拉被吹捧为"性情胆怯的作家妻子，实为剁肉刀高手"。

"她的律师高兴了吧？"罗宾看到他又回到办公室，问道。

"可以理解。"斯特莱克说，盯着罗宾放在她小桌上的小型闪光圣诞树。树上装饰着小彩球和 LED 灯。

"怎么回事？"他简短地问。

"圣诞节呀，"罗宾说，淡淡一笑，但并无歉意，"我本来打算昨天摆上的，可是利奥诺拉被指控后，我就没有什么过节的心思了。不过，我帮你约了六点钟去看她。需要带上你的带照片的身份证——"

"干得不错，谢谢。"

"——给你买了三明治，我想你可能愿意看看这个，"她说，"迈克尔·范克特接受采访，讲了奎因的事。"

她递给斯特莱克一包奶酪泡菜三明治和一份《泰晤士报》，登有采访的那页专门折了一下。斯特莱克坐在会放屁的皮沙发上，边吃边看。那篇文章配了一张合成的照片，左边是范克特站在一栋伊丽莎白一世时期风格的乡村别墅前。照片是从下往上拍的，他的脑袋看上去不像平常那样大得不成比例。右边是奎因，戴着那顶插着羽毛的软毡帽，怪模怪样，眼神桀骜不驯，正在一个像是小帐篷的地方对着稀稀拉拉的听众讲话。

作者就范克特和奎因曾彼此相熟，并被认为才华相当这件事大做文章。

如今很少有人记得奎因那部突破性的作品《霍巴特的罪恶》，但范克特仍盛赞它是奎因所谓神奇野兽派的杰出代表作品。众所周知，范克特是个记仇的人，但我们谈论奎因作品时他却表现出了惊人的大度。

"总是很有意思，经常被低估，"他说，"我怀疑未来的批评家会比我们同时代的人更加善待他。"

考虑到二十五年前，范克特的第一任妻子埃尔斯佩思·科尔在读了一篇对她处女作小说的仿作之后自杀，范克特的这种出人意料的大度更令人惊讶。人们普遍认为，那篇揶揄之作的作者是范克特的亲密朋友和同道叛逆作家：已故的欧文·奎因。

"人几乎是在不知不觉中成熟的——这是岁月给你的补偿，因为怒气也耗尽了。我在最近的一部小说里，把我对埃丽之死的许多情绪都放下了，这部小说可以看作自传，虽然……"

接下来的两段斯特莱克跳过了，那似乎是在推销范克特的下一部作品，他从赫然出现"暴力"一词的地方继续往下看。

很难相信坐在我面前这位穿花呢外套的范克特，就是当年那个自封的文学朋克，他早期创作的那些别出心裁、充斥着无端暴力的作品，毁誉参半。

"如果格林厄姆·格林是对的，"批评家哈维·博德这样评论范克特的第一部小说，"作家的心里需要有一块冰，那么迈克尔·范克特无疑拥有很多块冰。读着《贝拉前沿》中的强暴场景，忍不住就会想象这个年轻人的内脏一定是冰做的。实际上，可以从两种角度来看《贝拉前沿》这部绝对十分出色和新颖的作品。第一种可能是范克特先生写了一部特别成熟的处女作，没有像一般的新手那样容易把自己植入英雄或反派角色。我们可能会为它的怪诞或道德观而摇头叹气，但没有人能够否认它的文采和艺术性。第二种可能则更令人不安，范克特先生或许并不拥有装冰块的器官，他这个不可思议的非人故事跟他自己的内心状况是相符的。时间——以及今后的作品——会告诉我们答案。"

范克特出生于河湾，是一个未婚护士的唯一儿子。他母亲仍居住在他从小长大的那座房子里。

"她在那里过得很开心，"范克特说，"她有一种令人羡慕的能力，在熟悉的环境中如鱼得水。"

他自己的家则远远不是河湾的一座排屋。我们的谈话是在一间长长的会客室进行的，满眼都是高档的迈森瓷器和奥布松地毯，窗外俯瞰着恩泽府开阔的庭园。

"这都是我妻子挑选的，"范克特不以为然地说，"我的艺术品位完全不同，只对庭园感兴趣。"房子旁边有一条大沟渠，准备打上混凝土地基，在上面放一个复仇女神的锈蚀金属塑像，他笑着说那是"冲动购买……复仇谋杀者……一件非常有力的作品。我妻子深恶痛绝。"

不知怎的，我们又回到采访开始时的话题：欧文·奎因令人发指的惨死。

"我到现在还没接受欧文被谋杀了,"范克特轻声说,"我像大多数作家一样,通过写作来弄清我对某一话题的感受。这是我们诠释世界、了解世界的方式。"

难道这意味着他会把奎因被害一事写成小说?

"我已经能听到人们在指责我品位低下和趁火打劫,"范克特笑着说,"我敢说,到了适当的时候,会出现痛失友情、最后一次交谈、解释和弥补的机会等等主题,但欧文的谋杀案已经变成了小说——是他自己写的。"

他是少数几个读过那本臭名昭著的书的人之一,书中似乎设计了这起谋杀案。

"我是在奎因尸体被发现的那天读到它的。当时我的出版商特别急着让我读——因为里面写到了我嘛。"虽然书里可能把他描述得很不堪,但他似乎真的没往心里去。"我没兴趣请律师。我强烈反对审查制度。"

从文学方面看,他认为这本书怎么样?

"它是纳博科夫所说的癫狂的杰作,"他微笑着回答,"在适当的时候,可能会有出版这本书的理由,谁知道呢?"

他肯定是在开玩笑吧?

"凭什么不应该出版?"范克特问,"艺术理应提供刺激,仅按这个标准,《家蚕》出色地完成了职责。是啊,凭什么不能出版呢?"这位文学朋克在他伊丽莎白一世风格的豪宅里这样问道。

"由迈克尔·范克特写前言?"我提议道。

"比这更离奇的事也发生过,"迈克尔·范克特咧嘴笑着说,"比这离奇得多。"

"万能的上帝。"斯特莱克喃喃地说,把《泰晤士报》扔在罗宾桌上,差点砸到那棵圣诞树。

"你看到了吗?他声称是在你发现奎因尸体那天才读到《家

蚕》的。"

"是啊。"斯特莱克说。

"他在说谎。"罗宾说。

"我们认为他在说谎。"斯特莱克纠正她。

斯特莱克恪守着不再打出租车浪费钱的决定,可是雪还在下,就乘上二十九路公共汽车,在逐渐加深的暮色中穿行。车往北开,带着斯特莱克在新铺的砾石路上走了二十分钟。在汉普斯特德路上走来一个面容憔悴的女人,身边跟着一个哭闹不止的小男孩。斯特莱克凭第六感猜测他们三人去的是同一个地方,果然,他和女人都起身在金顿路站下车,就在哈洛威女子监狱荒凉的墙外。

"你就要看见妈妈了。"女人对小男孩说,斯特莱克猜想那是她的外孙,尽管她看上去刚四十出头。

监狱周围是光秃秃的树和路旁草坪,都覆盖着厚厚的积雪,若不是那蓝色和白色的政府权威标志,以及便于警车通过的深嵌墙内的十六英尺高大门,这里可能会被看作一所红砖大学机构。斯特莱克加入探视者的人流,其中有些带着孩子,那些孩子拼命想在路边没被踏过的雪堆上踩出脚印。队伍缓缓地通过水泥已经磨损的赤褐色围墙,通过在十二月寒风中变成大雪球的吊篮。探视者大多是女人,斯特莱克在那些男人中显得鹤立鸡群,他不仅身材魁梧,而且看上去没有被生活打击得呆滞和麻木。一个有许多文身的年轻人走在他前面,穿着松松垮垮的牛仔裤,每走一步都微微踉跄。斯特莱克在战地医院看见过神经受损的病人,但他估计此人并未遭受过迫击炮的袭击。

负责检查身份证的壮硕女狱卒看了看他的驾驶证,然后抬头盯着他。

"我知道你是谁。"她眼神犀利地说。

斯特莱克猜想,是不是安斯蒂斯吩咐,如果斯特莱克来探视利奥诺拉就通知他。似乎有这种可能。

他故意去得早了些,不想浪费规定与客户见面的每一分钟。有了这份远见,他得以在儿童慈善机构开的访客中心喝一杯咖啡。屋里很明亮，气氛几乎可以说是欢乐的，许多孩子像老朋友似的问候那些大卡车和泰迪熊。跟斯特莱克一起下车的那个憔悴女人没精打采地注视着男孩在斯特莱克的大脚边玩一个机器人，男孩把斯特莱克当成了一尊庞大的塑像（底西福涅，复仇女神……）。

六点整，他被叫进探视者大厅。脚步声在光亮的地板上发出回声。大厅十分空旷，回响着金属和钥匙碰撞声，以及模糊的说话声，墙壁是混凝土砌块的，但犯人们画的色彩绚丽的壁画多少缓和了这里的空旷。大厅中央有一张低矮的、无法挪动的小桌，两边的塑料椅也是固定的，为了最大限度地减少犯人和访客之间的接触，防止传递违禁物。一个蹒跚学步的孩子在哭喊。狱卒站在墙边注视着。斯特莱克只跟男犯人打过交道，感到这个地方非常别扭。孩子们盯着面容憔悴的母亲，被啃过的手指不停地摆动、抽搐，隐约显露出精神疾病的迹象，服药过量、昏昏欲睡的女人蜷缩在塑料椅中……跟他熟悉的男子监狱完全不同。

利奥诺拉坐在那里，样子瘦小而脆弱，见到他时露出可怜巴巴的喜悦。她穿着自己的衣服，一套宽松的运动衫和长裤，使她显得更瘦弱了。

"奥兰多来过了。"利奥诺拉说。她眼睛很红，斯特莱克知道她哭了很长时间。"她不愿离开我。他们把她拽走了。都不肯让我哄哄她。"

她本来应该表现出愤怒和抗议，斯特莱克却开始听到对制度的逆来顺受。四十八个小时，使她懂得自己已经彻底失去力量和对所有事情的掌控。

"利奥诺拉，我们需要谈谈那张信用卡账单。"

"我从来没拿过那张卡，"她说，苍白的嘴唇在颤抖，"一直在欧文那儿，我从没拿过，除非有时需要去超市。他总是给我现金。"

斯特莱克想起她当初来找他就是因为没有钱用。

"我们家的财产都归欧文管，他喜欢那样，可是他又很粗心，从来不去核对账单和银行结算单，总是随随便便地往书房一扔。我经常对他说：'你得核对一下，可能有人会骗你。'但他总是不在意。他把什么都拿给奥兰多画画，所以那上面有奥兰多的画——"

"别管那张画了。肯定有除了你和欧文之外的什么人接触过那张信用卡。我们把几个人过一遍，好吗？"

"好吧。"利奥诺拉被吓住了，喃喃地说。

"伊丽莎白·塔塞尔监督过塔尔加斯路那座房子的装修，对吗？是怎么支付的？她复制了你们的信用卡吗？"

"没有。"利奥诺拉说。

"你能肯定？"

"是的，能肯定，我们提出给她信用卡，她说从欧文的下一笔版税里扣更方便，因为欧文随时都能拿到版税。他的书在芬兰卖得很好，我也不知道为什么，他们好像喜欢他的——"

"你想想，伊丽莎白·塔塞尔有没有哪一次修理那座房子用了信用卡？"

"没有，"她摇摇头说，"从来没有。"

"好吧，"斯特莱克说，"你能不能记得——仔细想想——欧文有没有在罗珀·查德用信用卡支付过什么？"

他惊讶地听见利奥诺拉说："有过，但不是在罗珀·查德。"

"当时他们都在那儿。我也去了。好像……大概……是两年前吧？也许没那么久……出版界的盛大宴会，在多尔切斯特。他们把我和欧文跟所有的小字辈安排在一桌。丹尼尔·查德和杰瑞·瓦德格拉夫都不在我们周围。反正，当时有个无声拍卖会，你知道的，你把你的投标写下来——"

"是的，我知道那是怎么回事。"斯特莱克说，竭力克制不耐烦。

"是为某个作家慈善机构募捐，想把作家从监狱里救出来。欧文投标在一座别墅宾馆住一星期，他中标了，要在餐桌上提交自己的信用卡信息。出版公司的几个年轻姑娘打扮得花枝招展，负责收钱。欧文把卡给了那个姑娘。我记得很清楚，因为欧文喝醉了，"她说，恢复一点以前的愠怒，"他为此付了八百英镑，为了显摆，假装自己跟别人一样能挣钱。"

"他把信用卡交给出版公司的一个姑娘,"斯特莱克问道,"那姑娘是当场在餐桌上记下信息,还是——"

"她那台小机器失灵了,"利奥诺拉说,"她就把卡拿走又送了回来。"

"当时还有其他你认识的人吗?"

"迈克尔·范克特跟他的出版商在一起,"她说,"在房间的另一头。那时候他还没有转到罗珀·查德。"

"他和欧文说话了吗?"

"不太可能。"她说。

"好吧,那么——"斯特莱克迟疑着,他们此前还没有谈过凯瑟琳·肯特的存在。

"他的女友随时都能拿到卡,是不是?"利奥诺拉似乎知道他的想法,说道。

"你知道她?"斯特莱克不动声色地问。

"警察说了一些,"利奥诺拉回答,表情淡漠,"外面总是有人。他就那德行。在他的写作课上勾搭她们。我以前没少骂他。他们说他是——他们说他是——他是被捆绑着——"

她又哭了起来。

"我知道准是个女人干的。欧文就喜欢那样。能让他兴奋。"

"在警察提到凯瑟琳·肯特之前,你知不知道她?"

"我有一次在欧文的短信上看到她的名字,但欧文说什么事也没有。说她只是他的一个学生。他总是那么说。对我说永远不会离开我们,离开我和奥兰多。"

她抬起瘦削、颤抖的手,从过时的眼镜下面擦了擦眼泪。

"但你从没见过凯瑟琳·肯特,直到那天她上门来说她姐姐死了?"

"那就是她?"利奥诺拉问,抽抽鼻子,用袖口擦擦眼睛,"很胖,是不是?没错,她随时都能拿到欧文的信用卡信息,不是吗?趁他睡着时从他的钱夹里拿出来。"

斯特莱克知道,他很难找到并询问凯瑟琳·肯特了。他相信,为了躲避媒体的关注,这个女人肯定已经逃离那套公寓。

"凶手用那张卡买的东西,"他改变策略,"是在网上订的。你家里没有电脑吧?"

"欧文从来不喜欢电脑,更喜欢他那台旧打字——"

"你从网上买过东西吗?"

"买过。"她回答,斯特莱克的心微微一沉。他本来希望利奥诺拉是那种近乎传说中的物种:电脑盲。

"你在哪儿买的?"

"艾德娜家,她让我借她的电脑给奥兰多订一套彩笔当生日礼物,那样我就不用去市中心了。"利奥诺拉说。

毫无疑问,警察很快就会把好心肠的艾德娜的电脑没收,拆得七零八落。

邻桌一个脑袋剃光、嘴唇刺青的女犯人,因为狱卒警告她坐在椅子上别动,突然朝狱卒嚷嚷起来。女犯人满嘴脏话,狱卒冲过来,利奥诺拉吓得缩到一边。

"利奥诺拉,还有最后一件事,"斯特莱克大声说,因为旁边桌上的吵嚷达到了高潮,"在欧文五号出走之前,他有没有跟你说过他打算离开?"

"没有,"她说,"当然没有。"

邻桌的女犯人在劝解下逐渐平静。来探视她的那个女人跟她有一样的刺青,只是不像她那么凶巴巴的,但狱卒走开时,她朝狱卒竖起中指。

"你能不能想起欧文说过或做过什么,暗示他打算离开一段时间呢?"斯特莱克追问,利奥诺拉用猫头鹰一般的眼睛注视着邻桌的女犯人。

"什么?"她注意力不集中地说,"没有——他从来不说——不告诉我——总是抬腿就走……他每次走之前为什么不能说声再见呢?"

她哭了起来，一只瘦削的手捂住嘴巴。

"如果他们把我一直关在监狱，渡渡可怎么办呢？"她哭着问斯特莱克，"艾德娜不可能照顾她一辈子。艾德娜管不了她。渡渡没把顽皮猴带来，但给我画了几张画，"斯特莱克一时摸不着头脑，后来断定说的是他去他们家时看见奥兰多怀里抱着的那只毛绒猩猩，"如果他们把我一直关在这儿——"

"我会把你弄出去的。"斯特莱克充满信心地说，其实心里并不是那么有底。可是让利奥诺拉有一线希望，支撑她度过接下来的二十四个小时，又有什么关系呢？

时间到了。斯特莱克离开大厅，没有再回头，他暗自纳闷，人老珠黄、性情乖戾的五十岁的利奥诺拉，拖着一个痴呆女儿，过着一种无望的生活，她身上究竟有什么东西激起了他的这股怒火，这份斩钉截铁的决心……

答案很简单：因为不是她干的。因为她是无辜的。

在最近八个月里，客户源源不断地推开印着他名字的雕花玻璃门，找他的理由惊人地相似。因为他们需要一位密探，一个武器，一种方式，帮他们重新调整某种平衡，或摆脱一些烦人的关系。他们是想寻求利益，觉得自己应该得到弥补或赔偿。归根到底，他们想要更多的钱。

而利奥诺拉之所以找他，是想让丈夫回家。这是一个源自疲惫和爱的简单愿望，即便不是为了出轨的奎因，也是为了想念爸爸的女儿。就因为她的愿望这么单纯，斯特莱克觉得有责任竭尽全力去帮助她。

来到监狱外面，寒冷空气的气味似乎不一样了。斯特莱克已经很长时间没有置身于服从命令是日常生活基础的环境中了。他脚步沉重地挂着拐杖，朝公共汽车站走去，感觉到自己是自由的。

三个坐在车厢后排、戴着驯鹿角发箍的年轻女人在唱歌：

> They say it's unrealistic,

but I believe in you Saint Nick ...①

该死的圣诞节,斯特莱克想,烦躁地记起要给几个外甥和教子买礼物,而他们的年龄他总是一个也不记得。

汽车在泥泞和积雪中呻吟着前进。斯特莱克模模糊糊地看见五颜六色的彩灯在布满水汽的窗外闪烁。他心里想着冤屈和谋杀,一脸的怒气,不用说话就使那些想坐到他旁边的人打消了念头。

---

① 他们说这不真实,但我信你是圣尼克……

第四十章

很高兴你没有起名；这并不值得拥有。

——弗兰西斯·博蒙特和约翰·弗莱彻，《冒牌者》

第二天，雨、雪和冰雹轮番敲打着办公室的窗户。中午时分，布鲁克赫斯特小姐的老板大驾光临，查看女友不忠的证据。斯特莱克把他送走后不久，卡洛琳·英格尔斯来了。她忙得不亦乐乎，正要去学校接孩子，但决定给斯特莱克送来新开张的金蕾丝绅士夜总会的卡，那是她在丈夫的钱夹里发现的。英格尔斯先生已答应远离艳舞舞娘、应召女郎和脱衣舞女演员，作为他们和好的必要条件。斯特莱克承诺去金蕾丝侦察一下，看英格尔斯先生是不是又经不住诱惑。卡洛琳·英格尔斯离开后，斯特莱克迫不及待地享用放在罗宾桌上的那包三明治，可是刚吃一口，他的手机就响了。

那位黑美人客户意识到他们的雇佣关系即将结束，就抛开所有的顾忌，邀请斯特莱克出去吃饭。斯特莱克仿佛看见罗宾一边吃三明治，一边偷偷发笑，同时假装目不转睛地盯着电脑。斯特莱克想礼貌地拒绝，先借口工作太忙，最后推说自己已经有女朋友了。

"你从没告诉过我。"黑美人说，口气突然变得冷淡。

"我想把私生活和工作截然分开。"斯特莱克说。

黑美人没等他礼貌地说一声再见,就挂断电话。

"也许你应该跟她出去,"罗宾假装天真地说,"只是要确保让她买单。"

"她肯定会买单的。"斯特莱克没好气地说,为了把浪费的时间补回来,一口塞进半个三明治。手机又响了。他暗暗叫苦,低头看是谁发来的短信。

他的心里一阵发紧。

"利奥诺拉?"罗宾看见他脸色变得凝重,问道。

斯特莱克摇摇头,嘴里塞满三明治。

短信只有五个字:

　　本来是你的。

跟夏洛特分手后,他没有换过号码。手机卡里面存有一百多个工作联系人,换号太麻烦了。这是八个月来夏洛特第一次跟这个号码联系。

斯特莱克想起戴夫·普尔沃斯的警告:

　　你得留神,迪迪,看她会不会从地平线上飞跑回来。她要是逃婚我一点也不惊讶。

今天是三号,斯特莱克提醒自己。她应该是明天完婚。

自打拥有手机后,斯特莱克第一次希望它有呼叫者定位功能。她是从那个该死的克洛伊的城堡发来短信吗?在检查教堂里摆放的鲜花和点心的间歇?还是站在丹麦街的拐角,像皮帕·米吉利一样盯着他的办公室?从一场这样豪华、这样知名的婚礼上逃跑,也算是夏洛特登峰造极的壮举了,是她麻烦不断、自毁声誉的生涯的最高顶点。

斯特莱克把手机放回口袋,开始吃第二个三明治。罗宾推断自己不便打听斯特莱克脸色突然变得阴沉的原因,便把自己的薯片包装袋揉成一团,扔进垃圾桶,说道:

"你今晚要去跟你弟弟见面,是吗?"

"什么?"

"你不是要去见你弟弟——"

"哦,对了,"斯特莱克是,"没错。"

"在河滨餐馆?"

"是啊。"

本来是你的。

"为什么?"罗宾问。

我的。真他妈见鬼。什么时候有过。

"什么?"斯特莱克说,模模糊糊地意识到罗宾问了他一句话。

"你没事吧?"

"没事,我很好,"他说,振作起精神,"你问我什么?"

"你为什么要去河滨餐馆?"

"噢,是这样,"斯特莱克说,一边伸手去拿自己那包薯片,"可能不太容易,但我想找某个亲眼目睹奎因和塔塞尔吵架的人谈谈。我想弄清奎因是不是在演戏,是不是一直在筹划自己的失踪。"

"你希望找到一个那天晚上在场的工作人员?"罗宾问,显然有些怀疑。

"所以我把阿尔带去,"斯特莱克说,"他认识伦敦每一家高档餐馆的每一位服务员。我父亲的孩子都这样。"

吃过午饭,他端着一杯咖啡走进自己的办公室,关上门。冰雹又在敲打窗户。他忍不住把目光投向下面冰天雪地的街道,隐约以为(希望?)能在那儿看见她,长长的黑发在苍白而姣好的面庞周围飘舞,一双带有斑纹的绿褐色眼睛抬起来望着他,恳求着他……然而,街上只有一些陌生人,裹得严严实实,抵御严冬的寒冷。

他真是百分之百疯了。夏洛特在苏格兰呢,而且她在那里要远远好得多。

后来,罗宾回家了,斯特莱克穿上夏洛特一年多前给他买的那套意大利西装,当时他们就在那家餐馆庆祝他的三十五岁生日。他披上大衣,锁上公寓门,在零度以下的寒冷中出门去乘地铁,仍然挂着拐杖。

圣诞节从他经过的每个橱窗向他发起攻击：晶莹闪烁的彩灯，一堆堆崭新的商品，玩具，工艺品，玻璃上的假雪花，以及各种圣诞节前大甩卖的招牌，在深度的经济萧条中徒添一种悲凄的音符。星期五晚上的地铁里，有更多圣诞节前的狂欢者：女孩们穿着滑稽可笑的亮片裙子，冒着体温过低的危险，跟全身裹得严严实实的男孩耳鬓厮磨。斯特莱克深感疲惫和情绪低落。

没想到从哈密史密斯走过去路这么长。他走上富勒姆宫路时，发现这里距伊丽莎白·塔塞尔家很近。可能是她建议在这家餐馆吃饭的，因为对她来说方便，而奎因从拉德布鲁克林的家中赶来却要走很远的路。

十分钟后，斯特莱克向右一拐，在黑暗中穿过空荡荡的、发出回声的街道，朝泰晤士河码头走去，他的呼吸凝成团团白雾。那座河滨花园，夏天有许多人在蒙着白布的椅子上就餐，此刻却被厚厚的积雪掩埋。再往前，泰晤士河闪着幽暗的光，冰冷刚硬，令人不寒而栗。斯特莱克拐进一个改造过的砖砌仓库，立刻就被灯光、温暖和喧闹所包围。

阿尔就在一进门的地方，靠在吧台上，胳膊肘撑着亮晶晶的金属台面，正跟吧台侍者聊得很投机。

他身高不到一米七八，作为罗克比的孩子来说算矮的，体重却有点超标。鼠褐色的头发往后梳得一丝不乱。跟他母亲一样是尖下巴，但遗传了父亲那种微弱的外斜视，这种斜视给罗克比英俊的脸庞赋予了一种特殊的魅力，也证明阿尔毫无疑问是他父亲的儿子。

阿尔一看见斯特莱克，就热情地大吼一声，冲过来拥抱他。斯特莱克拿着碍手碍脚的拐杖，正忙着脱大衣，对他的拥抱无法做出回应。阿尔往后退去，露出局促不安的神情。

"你怎么样，老哥？"

阿尔虽然一副滑稽的英伦范儿，但口音却是欧美的奇怪混合，这是他多年在欧洲和美洲之间来回游走的结果。

"还行,"斯特莱克说,"你呢?"

"也还行吧,"阿尔学他说话,"还行,不算太糟。"

他做了一个夸张的法国式耸肩。阿尔曾在萝实学院,那家瑞士的国际寄宿学校,接受教育,因此肢体语言仍依稀带有在那里接触到的欧洲大陆风格。不过,他的回答中蕴含着某种东西,某种斯特莱克每次跟他见面都能感觉到的东西:阿尔的负疚感,他的防范心理,似乎因为过得比哥哥优渥舒适而准备受到指责。

"你喝点什么?"阿尔问,"啤酒?来杯佩罗尼怎么样?"

他们在拥挤的吧台前并排坐下,面对摆满酒瓶的玻璃搁架,等候自己的座位。长长的餐馆里人头攒动,天花板上用工业金属塑造出别具风格的波浪,地毯是天蓝色的,远处那座燃烧着木头的大炉子活像一个巨大的蜂巢,斯特莱克环顾四周,认出一位知名雕塑家、一位大名鼎鼎的女建筑师,和至少一位著名演员。

"听说了你和夏洛特的事,"阿尔说,"真可惜。"

斯特莱克猜想阿尔可能认识某个跟夏洛特相熟的人。阿尔跟一大帮富豪打得火热,说不定其中就有人认识未来的克洛伊子爵。

"是啊,"斯特莱克耸了耸肩说,"这样也好。"

(他和夏洛特曾经坐在这里,坐在这家美妙的湖滨餐馆里,享受他们在一起的最后一个愉快的夜晚。四个月后,他们的关系分崩离析,四个月的伤害、煎熬、心力交瘁……本来是你的。)

阿尔叫住一个漂亮的年轻女子,跟她打招呼,她把他们带到餐桌旁。另一个同样漂亮的年轻男子给他们递来菜单。斯特莱克等阿尔点了酒水,又等侍者离开之后,才解释他们来这里的原因。

"四星期前的一个晚上,"他对阿尔说,"一个名叫欧文·奎因的作家跟他的代理在这里吵了一架。据大家说,当时整个餐厅里的人都看见了。奎因气冲冲地扬长而去,之后不久——大概几天之内,也可能就在当晚——"

"——被人谋杀了。"阿尔一直张着嘴听斯特莱克说话,此时插言道,"我在报纸上看见了。尸体是你发现的。"

从他的语调里可以听出，他渴望了解更多的细节，但斯特莱克未予理会。

"这里可能不会有什么发现，但我——"

"但凶手是他妻子呀，"阿尔不解地说，"他们已经把她抓了起来。"

"不是他妻子干的。"斯特莱克说，把注意力转向纸质菜单。他以前就发现，阿尔虽然从小就被各种关于父亲和家人的不实报道所包围，却似乎并没有把他对英国媒体的正当怀疑扩展到其他话题上。

阿尔的学校有两个校区，夏天在日内瓦湖畔上课，冬天去往格施塔德，下午溜冰、滑雪。阿尔是呼吸着价格高昂的山区空气长大的，身边围着一群名人的孩子。那些遥远的面目狰狞的小道消息，只是他生活中一个模糊不清的背景……至少，斯特莱克是这么解读阿尔跟他说过的关于小时候的寥寥数语。

"不是他妻子干的？"斯特莱克重新抬起头来时，阿尔说。

"不是。"

"哇。你又要来一次卢拉·兰德里案？"阿尔问，咧嘴绽出一个灿烂的笑容，他不对称的目光增添了一份魅力。

"正是这么想的。"斯特莱克说。

"你想要我找服务员打听打听？"阿尔问。

"一点不错。"斯特莱克说。

阿尔因为有机会为斯特莱克效劳而显得欣喜若狂，斯特莱克看了觉得既好笑又感动。

"没问题。没问题。我去给你找个体面的人。卢卢去哪儿了？她是个很机灵的家伙。"

点完餐后，阿尔悠闲地往卫生间走去，看能不能找到机灵的卢卢。斯特莱克独自坐着，喝着阿尔点的天娜干红，注视着穿白制服的厨师在开放式厨房里干活。他们都很年轻，技术娴熟，效率很高。火苗腾起，刀起刀落，沉重的铁锅被搬来搬去。

斯特莱克注视着弟弟阿尔闲庭信步地走回桌旁，身后跟着一个系白围裙的黑皮肤姑娘,心想,他并不笨,只是……

"这是卢卢,"阿尔说着,重新坐下来,"她那天晚上在场。"

"你还记得那场争吵吗?"斯特莱克问,注意力立刻集中到这个姑娘身上,她太忙了,没工夫坐下来,只是站在那里看着他,脸上带着淡淡的笑意。

"哦,记得,"她说,"吵得可大声了。整个餐馆一下子就安静了。"

"你还记得那个男人长什么样子吗?"斯特莱克说,急于证实她目睹的确实是那场争吵。

"很胖,戴一顶帽子,是啊,"她说,"冲一个灰头发的女人嚷嚷。是啊,他们吵得可厉害了。对不起,我得去——"

她说着就走了,去给另一桌的客人点餐。

"等她回来我们再把她抓住,"阿尔安慰斯特莱克,"对了,埃迪向你问好。真希望他也能来这儿。"

"他最近怎么样?"斯特莱克假装感兴趣地问。阿尔积极地想跟斯特莱克建立友谊,而他的弟弟埃迪却显得很淡漠。埃迪二十四岁,是自己组建的那个乐队的主唱。斯特莱克从未听过他们的音乐。

"他很了不起。"阿尔说。

两人沉默下来。开胃菜上来了,他们默默地吃着。斯特莱克知道阿尔在那些国际文凭课程上成绩优异。一天晚上,斯特莱克在阿富汗的军营帐篷里,从网上看见阿尔十八岁时的一张照片,他穿着奶油色的外套,胸前的口袋上有一个饰章,长长的头发飘向一侧,在日内瓦明媚的阳光下闪着金光。罗克比用胳膊搂着阿尔,满脸洋溢着慈父的骄傲。这张照片很有新闻价值,因为罗克比以前的照片都没有穿西服、打领带的。

"你好,阿尔。"一个斯特莱克熟悉的声音说道。

斯特莱克吃惊地看到,丹尼尔·查德拄着双拐站在他们面前,天花板上工业金属的波浪在他的秃顶上映出各种微妙的光斑。这位出版商穿着暗红色的敞领衬衫和灰色西服,在这群不修边幅的人中间显得时髦潇洒。

"哦,"阿尔说,斯特莱克看出他在努力回忆查德是何许人,"嗯——你好——"

"丹尼尔·查德,"出版商说,"我们见过,我跟你父亲谈过他自传的事。"

"哦——哦,没错!"阿尔说,站起来跟他握手,"这是我的哥哥科莫兰。"

如果说斯特莱克看见查德靠近阿尔时感到意外,那么跟查德看见斯特莱克时脸上显出的那份惊愕相比,他的意外根本不算什么。

"你的——你的哥哥?"

"同父异母的哥哥。"斯特莱克说,看到查德显得一头雾水,他暗暗感到好笑。他这个为钱卖命的侦探,怎么可能跟这个风流公子是亲戚呢?

查德本来是想接近一个能带来丰厚利润的大人物的儿子,结果却使自己陷入三个人的尴尬沉默之中。

"腿好些了吗?"斯特莱克问。

"哦,是的,"查德说,"好多了。那么,我就……我就不打扰你们用餐了。"

他离开了,在餐桌间灵巧地穿行,然后重新落座,斯特莱克看不见他了。斯特莱克和阿尔又坐下来,心想,人一旦到达一定层次,一旦甩开那些不能在高档餐馆和俱乐部拥有一席之地的人,伦敦城就会变得很小。

"想不起来他是谁了。"阿尔腼腆地咧嘴笑着说。

"他在考虑给他写自传,是吗?"斯特莱克问。

他从来不称罗克比为爸爸,但是在阿尔面前,他尽量记住不对父亲直呼其名。

"是啊,"阿尔说,"他们承诺给他一大笔钱。我不知道他是想跟那家伙合作还是跟别人。大概要找人捉刀代笔吧。"

在那一瞬间,斯特莱克猜想在这样一本书里,罗克比会怎么处理长子的意外受孕和有争议的出生呢？他想，也许罗克比干脆只字不提。那倒是斯特莱克求之不得的。

"知道吗，他仍然很想见你，"阿尔说，似乎鼓足勇气后才说出这话，"他很为你骄傲……读了兰德里一案的所有报道。"

"是吗？"斯特莱克说，扭头在餐馆里寻找卢卢，那个记得奎因的女服务员。

"是啊。"阿尔说。

"那他是怎么做的，挨个儿接见出版商？"斯特莱克问。他想起凯瑟琳·肯特，想起奎因本人，一个是找不到出版商，另一个被出版商给甩了。而那个年迈的摇滚巨星却能够随意挑挑拣拣。

"是啊，差不多吧，"阿尔说，"我不知道他是不是打算做这件事。我记得那个查德好像是别人推荐给他的。"

"谁推荐的？"

"迈克尔·范克特。"阿尔说，用一片面包把意大利调味饭的盘子擦干净。

"罗克比认识范克特？"斯特莱克问，忘记不直呼其名的决定。

"是啊，"阿尔说，微微皱着眉头，接着又说，"说实在的，爸爸每个人都认识。"

这使斯特莱克想起伊丽莎白·塔塞尔说过"我认为每个人都知道"她为什么不再代理范克特，但这两句话也有不同之处。在阿尔的这句话中，"每个人"意味着"大人物"：有钱、有名、有影响力。那些买他父亲音乐的可怜虫都是小人物，斯特莱克也在其中，他在抓住凶手、一鸣惊人之前，也是个小人物。

"范克特是什么时候把罗珀·查德推荐给——他是什么时候推荐查德的？"斯特莱克问。

"不知道——几个月前？"阿尔含混地说，"他告诉爸爸，他自己刚转到那里。拿到五十万预付金。"

"真不错。"斯特莱克说。

"他叫爸爸看新闻，说他转过去之后，出版界会传得沸沸扬扬。"

女侍者卢卢又出现了。阿尔又向她打招呼,她走过来,一副忙得脱不开身的样子。

"给我十分钟,"她说,"然后我就能说话了。给我十分钟。"

斯特莱克吃完猪肉,阿尔问起他的工作。斯特莱克看到阿尔由衷地感兴趣,不禁有些意外。

"你想念军队吗?"阿尔问。

"有时候想,"斯特莱克承认,"你最近在做什么?"

他有点淡淡的愧疚,没有早点问这句话。仔细想来,他并不清楚阿尔靠什么谋生,或是否自己养活自己。

"可能跟一个朋友合伙创业吧。"阿尔说。

那就是没工作,斯特莱克想。

"个性化服务……休闲机会。"阿尔喃喃地说。

"真不错。"斯特莱克说。

"如果真能办成,确实不错。"阿尔说。

停顿了一会儿。斯特莱克扭头寻找卢卢,这才是他来这里的目的,可是卢卢不见踪影,阿尔大概一辈子都没有像卢卢这么忙碌过。

"至少你有了信誉。"阿尔说。

"嗯?"斯特莱克说。

"是你自己闯出来的,不是吗?"阿尔说。

"什么?"

斯特莱克意识到餐桌上出现了单方面的危机。阿尔正用轻蔑和嫉妒混杂的目光看着他。

"唉,也没什么。"斯特莱克说,耸了耸宽大的肩膀。

任何更有意义的回答,听上去都会显得有优越感或苦大仇深,他也不愿鼓励阿尔尝试着跟他进行更加私人的谈话。

"我们中间,只有你不利用这个,"阿尔说,"那本来会在军队里对你有所帮助的,是不是?"

没必要再假装不知道"这个"指的是什么。

"也许不会。"斯特莱克说(偶尔,父亲吸引战友们的注意时,他遭遇的也只有怀疑，特别是他的样子跟罗克比几乎毫无相似之处）。

然而，他自嘲地想起这个寒冷的冬夜里他的那套公寓：两间半杂乱拥挤的房间，关不严的窗户。阿尔今晚可能住在上流住宅区，住在他们父亲的豪宅里。或许应该让弟弟看到独立自强的现实，免得他把一切想得过于浪漫……

"可能你认为这都是自怜自艾的抱怨？"阿尔问。

斯特莱克在网上看到阿尔毕业照的一个小时之前，刚跟一个伤心欲绝的十九岁二等兵谈过话，那小伙子不小心用机关枪射中他最好的朋友的胸膛和脖子。

"每个人都有抱怨的权利。"斯特莱克说。

阿尔似乎有点气恼，接着勉强咧嘴笑了一下。

卢卢突然出现在他们身边，攥着一杯水，敏捷地用一只手摘掉围裙，坐下来陪他们。

"好了，我有五分钟，"她开门见山地对斯特莱克说，"阿尔说你想知道那个笨蛋作家的情况？"

"是啊，"斯特莱克说，立刻专注起来，"你为什么说他是个笨蛋？"

"他自找的。"卢卢说着，喝了一口水。

"自找的——"

"当众大吵大闹。嚷嚷，破口大骂，但看得出来，是为了作秀。想让大家都听见，他需要听众。他可真不是个好演员。"

"你还记得他说了些什么吗？"斯特莱克问，一边掏出笔记本。阿尔在一旁兴奋地看着。

"一大堆呢。他骂那个女人婊子，说她跟他撒谎，说他要自己把书弄出来，给她一个难堪。可是他在享受吵架的过程，"卢卢说，"愤怒是装出来的。"

"那么伊丽——那个女人怎么样呢？"

"哦，她真是气疯了，"卢卢欢快地说，"她可不是装的。那个作家不停地上蹿下跳，挥舞着胳膊朝她嚷嚷，她的脸越涨越红——气得浑身发抖，简直没法克制自己。她说了一句什么，好像是'糊弄那个该死的蠢女人'，我记得就在那一刻，作家气呼呼地走了出去，留下那个女人买单，大家都盯着她看——她一副无地自容的样子。我真替她感到难过。"

"她没有跟出去吗？"

"没有，她付了账，然后去上了一会儿厕所。说实在的，我不知道她哭了没有。后来她就走了。"

"这非常有价值，"斯特莱克说，"你还记得他们互相说过别的什么话吗？"

"记得，"卢卢平静地说，"作家喊道，'都是因为范克特和他那该死的软蛋。'"

斯特莱克和阿尔都吃惊地盯着她。

"都是因为范克特和他那该死的软蛋？"斯特莱克跟着说了一遍。

"是啊，"卢卢说，"就是这句话让整个餐厅的人都沉默下来——"

"这一点也不奇怪。"阿尔吃吃笑着说。

"那个女人喊叫着想压倒他的声音，她完全被激怒了，但作家根本不吃这一套。他喜欢引人注意。在尽情享受那一刻。

"哟，我得走了，"卢卢说，"对不起。"她站起身，重新系上围裙。"再见，阿尔。"

她不知道斯特莱克的名字，冲他微微一笑，就匆匆走开了。

丹尼尔·查德正要离去，秃脑袋再次出现在人群中，周围是一些跟他同样年迈而优雅的人，他们一起往外走去，一边彼此交谈，频频点头。斯特莱克注视着他们离去，心里却在想别的事情，没有注意到自己的空盘子被收走了。

都是因为范克特和他那该死的软蛋……

蹊跷。

我没法摆脱这个荒唐的念头，认为是欧文自己干的，是他一手策划的……

"你没事吧,大哥?"阿尔问。

一张印着吻的纸条:我们俩的报应来了……

"没事。"斯特莱克说。

大量血腥和神秘的象征意义……激起那家伙的虚荣心,你想让他做什么都不成问题……两个阴阳人,两个沾血的口袋……一个迷失的美丽灵魂,他亲口对我这么说的……茧象征着作家,必须经历痛苦才能得到好东西……

就像螺帽终于找对螺纹,众多毫不相关的事实在斯特莱克脑海里旋转,突然间逐一归位,百分之百正确,不容置疑,无可争辩。他反复揣摩着自己的推理:完美,牢固,天衣无缝。

问题在于他还不知道怎样去证明。

第四十一章

你认为我的想法是为爱痴狂？
不，他们是在冥王星熔炉里锻造的烙印……

——罗伯特·格林①，《疯狂的奥兰多》

斯特莱克一夜睡得很不踏实，心情疲惫、沮丧而烦躁，第二天很早就起床了。他冲澡之前和穿好衣服后，都查看了一下手机短信，然后下楼走进空荡荡的办公室，因为罗宾星期六没来上班，不免感到有点恼火，毫无理由地觉得她的缺勤是工作不敬业的表现。这个早晨，罗宾如果在场，可以跟他产生很有益的互动。前一天晚上获得新发现之后，斯特莱克特别愿意身边有人陪伴。他考虑给罗宾打电话，但面对面告诉她更令他满足，在电话里说就没那么过瘾，特别是可能还有马修在旁边偷听。

斯特莱克给自己沏了杯茶，但后来埋头研究奎因的档案，把一杯热茶生生给放凉了。

沉默中，一种无力感在膨胀。他不停地查看手机。

---

① 罗伯特·格林（1558？—1592），英国作家和剧作家，作品对浪漫喜剧的发展有重要影响，如《弗里亚·培根和弗里亚·邦奇》和《詹姆斯四世》。他最知名的田园浪漫作品《潘多斯托》是莎士比亚《冬天的故事》的创作来源。

他想做点什么，但因为没有合法身份而束手无策，无权搜查私人财产，或强迫证人配合调查。他什么也做不了，只能干等星期一跟迈克尔·范克特面谈……他是不是应该给安斯蒂斯打电话，说一说自己的推理？斯特莱克用粗粗的手指梳理着浓密的头发，皱起眉头，想象出安斯蒂斯倨傲的反应。实际上他一点证据也没有。一切都是猜测——但我是对的，斯特莱克狂傲地想，他神经过敏。安斯蒂斯的智慧和想象力都不足以理解这样一个推理。这个推理解释了谋杀案的每一个诡异之处。在安斯蒂斯看来，这个推理跟那个简单的结论相比，实在是不可理喻，虽然那个认定利奥诺拉是凶手的结论充满自相矛盾和未解的疑点。

斯特莱克在想象中质问安斯蒂斯：请你解释，一个女人聪明到能把受害者的内脏不留痕迹地带走，却为什么又愚蠢到用自己的信用卡订购绳索和罩袍？请你解释，一位举目无亲的母亲，生活中唯一操心的就是女儿的健康幸福，却为什么又会冒终身监禁的危险？请你解释，她多年来对奎因的不忠和变态的性癖好忍气吞声，只为维护家庭的完整，却为什么突然决定对他痛下杀手？

不过，对最后一个问题，安斯蒂斯可能会有一个合理的答案：奎因打算抛妻弃子，去跟凯瑟琳·肯特生活。作家的生活一直是衣食无忧的，也许利奥诺拉断定，作为一个寡妇的经济保障，比捉襟见肘、朝不保夕的生活更好一些，因为她那不负责任的前夫会把大笔的金钱挥霍在第二任妻子身上。陪审团也会听信这种说法，特别是如果凯瑟琳·肯特出庭证明奎因曾答应跟她结婚。

斯特莱克担心他在凯瑟琳·肯特那儿已失去机会，当时他那样出人意料地出现在肯特家门口——回想起来，真是笨拙、无谓之举。他从肯特家黑暗的阳台上闪身而出，吓坏了她，也使皮帕·米吉利一下子就把他想象成利奥诺拉的邪恶帮凶。他应该做得更有技巧，慢慢地争取她的信任，就像对待帕克爵士的秘书那样，在关怀和同情的感染下，他就能像拔牙一样套出她的告白，而不是像法警一样强行闯入她的家门。

他又看了看手机。没有短信。又扫了一眼手表。刚过九点半。他觉得自己的注意力不由自主地被拽离这个地方,奔向克洛伊的城堡那座十七世纪教堂,而他希望并且需要留在这里,为了逮捕谋杀奎因的真凶而做那些不得不做的事情……

她可能在换衣服,无疑是一件价值几千英镑的婚纱。斯特莱克可以想象出她一丝不挂地站在镜子前,给脸化妆。他曾经上百次注视着她这么做。在梳妆台的镜子、宾馆房间的镜子前挥动化妆刷,她那样强烈地意识到自己的美,几乎可以说是一派率真。

时间一分钟一分钟地过去,夏洛特是否也在不断地看手机呢?现在通往圣坛的那条短短的路已经近在眼前,她觉得就要走过一个跳板吗?她是否还在等待,希望得到斯特莱克对她昨天那条五个字短信的回应?

如果他现在发一条回信……需要怎样才能让她转过身,背对那条婚纱(他可以想象婚纱像个幽灵一样挂在她房间的一角),穿上牛仔裤,把几样东西扔进旅行袋,然后偷偷溜出后门?钻进一辆汽车,脚上没穿高跟鞋,一路往南,奔向那个总是象征着逃离的男人……

"该死。"斯特莱克嘟囔道。

他站起身,把手机塞进口袋,倒掉最后一点冷茶,穿上大衣。让自己忙碌是最好的答案:行动一向是他的首选良药。

他相信凯瑟琳·肯特在被媒体发现后肯定躲到了朋友那里,而且他后悔那天突然出现在她门口,但他还是回到克莱曼·艾德礼府,只为证实自己的怀疑。无人应门,屋里的灯关着,似乎没有任何动静。

一阵凛冽的寒风顺着砖砌的阳台吹过来。斯特莱克正准备离开,隔壁那个一脸凶相的女人出现了,这次倒很愿意说话。

"她走啦。你是记者,对吗?"

"是啊。"斯特莱克说,他看出这个邻居听到记者两个字就兴奋,而且他不想让肯特知道他又回来过。

"你们写的那些东西,"她带着明显的幸灾乐祸说,"你们说她的那些话!对,她走啦。"

"知道她什么时候回来吗?"

"不知道。"邻居遗憾地说。在稀疏的、烫成小卷的灰发间,可以看见粉红色的头皮。"如果她再出现,"她建议道,"我可以给你打电话。"

"那太好了。"斯特莱克说。

他的名字最近刚出现在报纸上,因此不敢递上自己的名片。他从笔记本上撕下一页,写上自己的电话号码,和一张二十英镑的钞票一起递过去。

"谢谢,"她公事公办地说,"再见。"

他下楼时碰到一只猫,他相信就是上次被凯瑟琳·肯特踢了一脚的那只。猫用警惕但倨傲的目光注视着他经过。他上次碰到的那帮小青年不见了,如果他们最暖和的御寒服就是一件套头毛衣,今天可就太冷了。

一瘸一拐地走在湿滑的脏雪上需要耗费很多体力,有助于分散他纷乱的思绪。他问自己,这样挨个儿盘查一个个嫌疑者,到底是因为利奥诺拉,还是因为夏洛特。就让夏洛特继续走向她自己选择的牢笼吧。他不会给她打电话,也不会发短信。

到了地铁站,他掏出手机给杰瑞·瓦德格拉夫拨了个电话。斯特莱克相信这位编辑手里有他所需要的信息,他也是在河滨餐馆顿悟之后才知道自己需要这个信息的,可是瓦德格拉夫没有接电话。斯特莱克并不感到意外。瓦德格拉夫婚姻岌岌可危,事业停滞不前,还有一个不让他省心的女儿,凭什么还要接一个侦探的电话?你不希望生活变得更复杂,而且自己有选择权时,又何必再去找事呢?

寒冷,无人接听的响铃,锁着门的寂寥公寓:今天什么也做不成了。斯特莱克买了一份报纸,去了托特纳姆,坐在一位维多利亚风格设计师绘制的一幅性感女郎的图画下面,女郎身上轻薄的衣物跟植物缠绕在一起。今天斯特莱克感觉很奇怪,似乎是在一个等候室里消磨时间。往事像榴霰弹一样,永远地嵌进皮肉,因后来的事情而感染发炎……关于爱情和忠贞不渝的情话,极度幸福的时光,一个接一个的谎言……他看报纸上的报道，但注意力总是飘移开去。

妹妹露西有一次恼怒地问他："你为什么要忍受？为什么？就因为她漂亮？"

当时他回答："确实有这个原因。"

当然啦，露西以为他会说"不是"。虽然女人花那么多时间把自己弄得漂亮，但你不能对女人承认漂亮是很重要的。夏洛特很漂亮，是他见过的最漂亮的女人，他总是为她的美妙而惊叹，总是因此而心生感激，因为有佳人相伴而暗暗自得。

迈克尔·范克特曾说，爱情，是海市蜃楼。

斯特莱克把报纸翻过一页，对着财政大臣满脸阴沉的照片，却视而不见。难道夏洛特身上的那些东西都是他幻想出来的？难道他虚构了她的各种美德，为了给她令人惊艳的美貌增添魅力？两人认识时他十九岁。现在看来，年轻得令人难以置信，此刻坐在这间酒吧里的斯特莱克，体重增加了二十多斤，还丢了一条腿。

也许，他确实虚构了一个夏洛特，这个夏洛特只存在于他自己痴迷的脑海中，但是那又怎么样呢？他也曾爱过真实的夏洛特，那个女人在他面前脱光衣服，问他，如果她做了这个，如果她坦白了这个，如果她把他当成这个……他是否能依然爱她……直到最后她发现了他的底线，美貌、怒气和眼泪都不足以挽留住他，她便逃入另一个男人的怀抱。

也许这就是爱情，他想，在思想上跟迈克尔·范克特站在一边，跟一个无形的、尖锐苛刻的罗宾辩论。不知为何，在他坐着喝末日啤酒，假装阅读关于史上最寒冷冬天的报道时，罗宾似乎就坐在一旁审判他。你和马修……斯特莱克旁观者清，而她还蒙在鼓里：她跟马修在一起的状态，不是那个本真的她。

哪儿有把对方看得清清楚楚的情侣呢？像露西和格莱格的婚姻那样在郊区不断互相妥协？像源源不断找上门来的客户那样经历令人生厌的背叛和幻灭？像利奥诺拉·奎因那样对一个因是作家而"一俊遮百丑"的男人盲目效忠？或者，像凯瑟琳·肯特和皮帕·米吉利那样对这个傻男人怀有英雄崇拜？殊不知这个男人已像火鸡一样被捆绑和开膛破肚。

斯特莱克把情绪弄得很低落。第三杯酒已经喝了一半。就在他考虑要不要喝第四杯时，倒扣着放在桌上的手机发出一声蜂鸣。

酒吧里的人渐渐多起来，他慢慢啜饮啤酒，看着手机，跟自己打赌。站在教堂外，给我最后一次机会去阻止？或者，已经办完事，告诉我一声？

他喝完最后一点啤酒，才把手机翻过来。

祝贺我吧。杰戈·罗斯夫人。

斯特莱克盯着这句话看了几秒钟，然后把手机放进口袋，站起身，把报纸叠起来夹在胳膊底下，动身回家。

他拄着拐杖返回丹麦街时，突然想起他最喜欢的那本书里的话。书埋在楼梯平台上那一箱东西的底部，他已经很久没有读了。

……很难摆脱历时已久的爱：
很难，但你必须想办法做到……

折磨他一整天的烦躁不安消失了。他觉得很饿，需要放松。阿森纳队跟富勒姆队的比赛三点钟开始，在那之前还来得及给自己做一顿迟来的午饭。

然后，他要去见妮娜·拉塞尔斯。今天这个夜晚他可不愿意孤枕独眠。

第四十二章

> 马修：……一件古怪的玩具。
> 朱利亚诺：唉，用以模仿一只猿猴。
>
> ——本·琼生，《人人高兴》

星期一早晨，罗宾来上班，像打了一场硬仗之后一样疲惫，但为自己感到骄傲。

周末大部分时间，她和马修都在谈论她的工作。从某些方面来说（想来真是奇怪，毕竟在一起九年了），这是他们之间有过的最深刻、最严肃的一次谈话。这么长时间，她为什么不承认，早在认识科莫兰·斯特莱克之前，自己就对侦查工作怀有隐秘的兴趣？当她终于坦言十几岁时就有志从事某种刑事侦查工作时，马修显得非常吃惊。

"我以为这是你最不喜欢……"马修喃喃地说，声音低下去，但罗宾知道他指的是她从大学退学的原因。

"我只是一直不知道怎么跟你说，"罗宾告诉他，"我以为你会笑话我。所以，让我留下的不是科莫兰，其实跟他这个——这个人没有任何关系，"她差点说"男人"，幸亏及时把自己给救了，"是我自己。这是我想做的事。我爱这一行。现在他说要对我进行培训，马修，这一直是我梦寐以求的。"

谈话一直持续到星期天，内心矛盾重重的马修，终于像一块巨石一样有所松动。

"周末加班多吗？"他怀疑地问罗宾。

"不知道。需要的时候才会加班。马修，我爱这份工作，你能理解吗？我不想再假装了。我就是想干这一行，希望得到你的支持。"

最后，马修把她搂住，同意了。罗宾忍不住想到，母亲的去世使马修变得比以前容易沟通了一些，但她尽量不让自己为此感到庆幸。

罗宾一直盼着向斯特莱克汇报她跟恋人的这种成熟的进步，可是她来上班时斯特莱克却不在办公室。放在她桌上那棵华丽的小圣诞树旁边的，是一张简短的便条，斯特莱克用他个性鲜明、难以辨认的笔迹写道：

  没有牛奶了，出去吃早饭，然后去汉姆利玩具店，早点去，避开人群高峰。又及：知道是谁杀了奎因。

罗宾倒抽一口冷气。她抓起电话，拨了斯特莱克的手机号码，却只听到忙音。

汉姆利要十点钟才开门，罗宾觉得自己等不了那么久。她一遍遍地按重播键，同时打开电脑，开始处理邮件，可是斯特莱克的电话总是占线。罗宾把手机贴在耳边，打开一封封邮件。半小时过去了，一小时过去了，斯特莱克的号码仍然传出忙音。她开始感到焦虑，怀疑这是一个计谋，故意让她联系不上。

十点半，电脑"叮"的响了一声，显示收到一封邮件。邮件来自一个陌生的发件人：Clodia2@live.com，没有内容，只有一个标为FYI的附件。

罗宾仍然听着耳边的忙音，下意识地点开附件。一张大幅黑白照片立刻填满整个屏幕。

背景一片荒凉，阴霾密布的天空，一座古老的建筑物外。除了新娘，照片里的其他人都是虚的，新娘回眸直视着镜头。她穿着款式简洁的、长长的修身白色婚纱，一条长可及地的面纱用细细的钻石项圈固定。一头乌黑的秀发，在近乎凝固的微风中像薄纱一样飘扬。一只手被一个穿晨礼服的模糊身影握着，那个人似乎在笑，但新娘的表情却跟罗宾以前见过的任何一位新娘都不一样。她看上去伤心、孤寂、焦虑不安。一双眼睛直勾勾地盯着罗宾，似乎只有她们俩是朋友，似乎只有罗宾才能理解她。

罗宾放下耳边的手机，呆呆地看着照片。她曾经见过这张美艳惊人的脸庞。她们在电话里说过一次话：罗宾还记得那个低沉沙哑、魅力十足的嗓音。这是夏洛特·斯特莱克的前未婚妻，是罗宾曾经看见从这栋楼里跑出去的那个女人。

她真美啊。罗宾面对这个女人的容貌，莫名地觉得自惭形秽，同时又为她深邃的忧伤所震惊。她跟斯特莱克分分合合十六年——斯特莱克，满头小卷发，体格像拳击手，少了半条腿……其实这些都不重要，罗宾对自己说，一边痴迷地盯着这个无与伦比的惊艳而忧伤的新娘……

门开了。斯特莱克突然出现在她身旁，手里拎着两袋玩具，罗宾没有听见他走上楼，突然被吓了一跳，就像从小金库里偷钱被抓了个现行。

"早上好。"斯特莱克说。

罗宾赶紧去抓鼠标，想在他看见之前把照片关闭，可是她手忙脚乱地遮掩自己正在看的东西，反而把他的目光吸引到屏幕上。罗宾呆住，羞得无地自容。

"她几分钟前发来的，我不知道是什么，就打开了。真是……真是对不起。"

斯特莱克盯着照片看了几秒钟，然后转过身，把两袋玩具放在她桌旁的地板上。

"删了吧。"他说。语气没有悲伤，也没有愤怒，但很坚定。

罗宾迟疑一下，然后关闭文档，删除邮件，清空垃圾箱。

"谢谢。"斯特莱克说，直起身子，用他的态度告诉罗宾，他不想谈论夏洛特的婚礼照片。"我电话上有你三十来个未接电话。"

"是啊,你以为呢?"罗宾兴奋地说,"你留了纸条——你说——"

"我不得不接我舅妈的电话,"斯特莱克说,"整整一小时十分钟,念叨圣莫斯每个人的大病小病,就因为我跟她说我要回家过圣诞节。"

看到罗宾几乎毫不掩饰的失望,他笑了起来。

"好吧,但我们必须抓紧了。我刚发现,今天下午在我见范克特之前我们可以做一些事。"

他大衣没脱就在皮沙发上坐下,谈了整整十分钟,详详细细地把自己的推理摆在罗宾面前。

他讲完后,两人沉默良久。罗宾几乎完全难以置信地盯着斯特莱克,脑海里闪过老家教堂里那个天使模糊而神秘的身影。

"你有什么问题?"斯特莱克温和地问。

"嗯……"罗宾说。

"我们已经一致认为奎因的失踪不是一时冲动,对吗?"斯特莱克问她,"如果再加上塔尔加斯路的床垫——这么凑巧,在一座二十五年没人住过的房子里——还有,奎因消失的一星期前,对书店的那个家伙说他要离开,要给自己买点书看看——此外,河滨餐馆的女侍者说奎因冲塔塞尔大叫大嚷时并不是真的生气,他是在享受那个过程——我认为我们可以假设这是一场自编自导的失踪。"

"好吧。"罗宾说,斯特莱克推理的这一部分在她看来最容易理解。她想告诉斯特莱克,推理的其他部分都匪夷所思,却不知道从何说起。她凭着一股挑毛病的冲动说道:"可是,他不会把自己的计划告诉利奥诺拉吗?"

"当然不会。利奥诺拉到死也不会演戏。奎因就是想让她着急,这样利奥诺拉到处跟人说奎因失踪时才有说服力。说不定利奥诺拉还会报警,跑到出版商那儿大闹特闹,搅得人心惶惶。"

"但那一套根本不管用,"罗宾说,"奎因一直在闹失踪,谁也不当回事——他自己肯定也意识到了,光靠人间蒸发、躲进老房子是不可能让他一举成名的。"

"不错,可是这次他留下了一本书呀,他认为这本书会成为伦敦文学界的热门话题,是不是?他在拥挤的餐馆里跟代理大吵大闹,公开威胁要自行出版,已经吸引了很多人的注意。他回到家,在利奥诺拉面前上演了华丽出走的一幕,然后偷偷溜到塔尔加斯路。那天晚上,他毫不犹豫地把同伙放进屋,深信他们是一伙的。"

他们沉默了很长时间,然后罗宾大着胆子说(她不习惯对斯特莱克的结论提出质疑,总认为他永远不会错):

"可是你一点证据也没有,没法证明曾有一个同伙,更不用说……我是说……这都是……设想。"

斯特莱克又开始重申刚才已经说过的观点,但罗宾举起一只手阻止他。

"我已经听过一遍了,可是……你是根据别人所说的话推断的。根本就没有——没有物证。"

"当然有,"斯特莱克说,"《家蚕》。"

"那不是——"

"那是我们拥有的唯一一个也是最大的证据。"

"是你一直跟我说:手段和机会,"罗宾说,"是你一直说动机并不——"

"我一个字也没提到动机,"斯特莱克提醒她,"事实上,我并不能确定动机是什么,不过倒有几种猜测。如果你想拿到更多的物证,现在就可以帮我去弄。"

罗宾将信将疑地看着他。她在这里工作了这么长时间,斯特莱克从来没有请她去搜集证据。

"我想让你跟我一起去找奥兰多·奎因谈谈,"他说,一边从沙发上站起来,"我不想自己去做这事,她……怎么说呢,她脾气有点怪。不喜欢我的头发。她在拉德布鲁克林,住在隔壁邻居家,所以我们最好赶紧出发。"

"就是那个有学习障碍的女儿?"罗宾疑惑地问。

"是啊,"斯特莱克说,"她脖子上挂着一只猴子,是毛绒玩具。我刚才在汉姆利玩具店看见一大堆那样的猴子——实际上是睡衣袋。他们称之为顽皮猴。"

罗宾瞪着他,似乎担心他失去理智。

"我见到奥兰多时,猴子挂在她脖子上,她不停地凭空变出一些东西——图画,蜡笔,从厨房桌上偷走的一张卡片。我刚刚意识到她是从睡衣袋里拿出来的。她喜欢偷别人的东西,"斯特莱克继续说道,"她父亲活着时,她总是在他的书房里出出进进。奎因经常拿纸给她画画。"

"你觉得她挂在脖子上的睡衣袋里藏着凶手的线索?"

"不,但我认为她在奎因的书房里偷偷转悠时,可能有机会捡到《家蚕》的一点片段,或者奎因会给她一张最初的草稿,让她在后面画画。我要找的是带有笔记的纸片,几个废弃的段落,什么都行。是这样,我知道这听起来有点悬,"斯特莱克正确读懂了她的表情,"但我们进不了奎因的书房,警察已经把那里搜遍了,什么也没发现,我敢肯定奎因带走的那些笔记本和草稿都被毁掉了。顽皮猴是我能想到的最后一个地方了,"他看了看表,"如果我们想去拉德布鲁克林再赶回来见范克特,时间还蛮紧张的。"

"这倒提醒了我……"

他离开办公室。罗宾听见他上楼了,以为他肯定是去自己的公寓,却听到翻找东西的声音,便知道他是在楼梯平台的那些箱子里搜寻着什么。他回来时拿着一盒橡胶手套,显然是离开特别调查科前偷来的,还有一个透明的塑料证据袋,大小跟航空公司提供的装化妆品的袋子完全一样。

"我还想拿到一个至关重要的物证,"斯特莱克说,拿出一双手套,递给一头雾水的罗宾,"我本来想,在我今天下午跟范克特面谈时,你可以试着去弄弄看。"

他三言两语地说了想要罗宾去弄什么,并解释了原因。

不出斯特莱克所料,罗宾听他说完后,陷入惊愕的沉默。

"你在开玩笑。"最后她轻声说。

"没有。"

她下意识地用一只手捂住嘴。

"不会有危险的。"斯特莱克向她保证。

"我担心的不是这个。科莫兰,那也太——太可怕了。你——你真的不是开玩笑?"

"如果你上星期看见在监狱里的利奥诺拉·奎因,就不会这么问了,"斯特莱克脸色阴沉地说,"我们必须特别机智,才能把她从那里弄出来。"

机智?罗宾想,手里拎着那双软绵绵的手套,仍然感到为难。他提议的今天的那些活动都显得怪异、疯狂,最后一件事更是恶心。

"听我说,"斯特莱克说,突然变得十分严肃,"我不知道怎么跟你说,但我能感觉到。我能闻到,罗宾。所有这一切的背后,潜伏着某些疯狂、危险,但很有能力的人。他们通过激起傻瓜奎因的自恋,让他亦步亦趋地跟着他们走,有这想法的不止我一个人。"

斯特莱克把罗宾的大衣递给她,她穿上。斯特莱克把证据袋塞进衣服里面的口袋。

"不断有人告诉我,案子涉及另一个人:查德说是瓦德格拉夫,瓦德格拉夫说是塔塞尔,皮帕·米吉利太愚蠢了,真相就算在眼皮底下都辨不清,克里斯蒂安·费舍尔——好吧,他没被写进书里,所以看问题更客观些,"斯特莱克说,"他准确指出问题的关键,自己却浑然不知。"

罗宾拼命跟上斯特莱克的思路,对不能理解的部分心存疑虑,一边随着他走下金属楼梯,来到外面寒冷的街上。

"这起谋杀案,"斯特莱克说,点燃一根烟,两人一起顺着丹麦街往前走,"精心策划了很久,即使没有好几年,起码也有好几个月。仔细想想,真是天才之作,可惜精打细算过了头,聪明反被聪明误。你不可能像构思小说一样策划谋杀案。现实生活中总有一些细枝末节无法搞定。"

斯特莱克看得出罗宾并没有心服口服，但他并不担心。他以前就跟心存疑虑的下属一起工作过。两人一起走进地铁站，上了一辆中央线列车。

"你给你的外甥买了什么？"沉默良久之后，罗宾问道。

"迷彩服和玩具枪，"斯特莱克说，他挑选这些玩具的动机完全是为了把妹夫激怒，"我给提摩西·安斯蒂斯挑了一面特别大的鼓。他们会在圣诞节那天凌晨五点钟享受鼓声。"

罗宾虽然心事重重，还是扑哧一声笑了。

欧文·奎因一个月前逃离的那片安静的住宅区，像伦敦其他地方一样被积雪覆盖，屋顶一片洁白无瑕，脚下却是灰暗的脏雪。那个快活的因纽特人在酒吧招牌上笑眯眯地看着他们从下面经过，像寒冬街道的主神。

此刻站在奎因家门外的是另一位警察，马路边停着一辆白色的警车，车门敞开着。

"在花园里挖内脏呢，"靠近警车时，斯特莱克低声对罗宾说，警车里放着几把沾着泥点的铁锹，"他们在乱沼地一无所获，在利奥诺拉的花园里也不会有任何发现。"

"这可是你说的。"罗宾压低声音回答，有点害怕那个虎视眈眈、相貌英俊的警察。

"今天下午你会帮助我证明这一点，"斯特莱克悄声说，"早上好。"他朝那个站岗的警察喊了一句，对方没有回答。

斯特莱克似乎被自己疯狂的推理弄得干劲冲天，罗宾想，万一他是对的，那么凶杀案的荒诞怪异会超过那具被开膛破肚的尸首……

他们走上奎因家隔壁那座房子的门前小路，离那个站岗的警察只有几米远。斯特莱克摁响门铃，等了一会儿，门开了，出现一个矮矮的、一脸焦虑的六十出头的女人，穿着家常服和一双羊毛滚边拖鞋。

"你是艾德娜吧？"斯特莱克问。

"是的。"她胆怯地说，抬头看着斯特莱克。

斯特莱克介绍自己和罗宾，艾德娜紧锁的眉头松开了，露出可怜的如释重负的神情。

"噢,是你,我听说过你。你在帮助利奥诺拉,你要把她弄出来,是吗?"

罗宾恐惧地意识到那个英俊的警察就在几米开外,听到了这番对话。

"进来,进来。"艾德娜说,闪开身,热情地招呼他们进去。

"夫人——真对不起,我还不知道你姓什么。"斯特莱克说,在门垫上擦了擦脚(艾德娜家温暖、整洁,比奎因家舒适得多,但格局完全一样)。

"就叫我艾德娜吧。"她笑着对他说。

"艾德娜,谢谢你——知道吗,你应该先要求看证件再放人进家门的。"

"哦,可是,"艾德娜慌乱地说,"利奥诺拉跟我说起过你……"

但斯特莱克还是坚持让她看一眼自己的驾驶证,才跟着她顺着门厅走进一间蓝白相间的厨房,比利奥诺拉家的厨房亮堂多了。

"她在楼上,"斯特莱克解释说他们是来看奥兰多的,艾德娜说,"她今天不太高兴。你们喝咖啡吗?"

她脚步轻快地去拿杯子,一边嘴里不停地说话,像是孤单和压抑了很久,充满憋屈。

"别误会我,我不介意让她住在这儿,可怜的羔羊,可是……"她绝望地看看斯特莱克,又看看罗宾,一些话脱口而出,"可是多长时间是个头呢?你们知道,她们没有亲戚。昨天来了个社工,检查她的情况,说如果我不能收留她,就只能让她进收容所什么的。我说,你们不能那样对待奥兰多,她和她的妈妈从来没有分开过,没有,她可以留在我这儿,可是……"

艾德娜看了天花板一眼。

"她现在情绪很不稳定,非常烦躁。就想要妈妈回家,我能对她说什么呢?不可能跟她说实话,对不对?他们还在隔壁把整个花园刨了个遍,结果刨出了傻先生……"

"死猫。"斯特莱克压低声音告诉罗宾,泪水从艾德娜的眼镜后面冒出来,顺着她圆圆的面颊滚落。

"可怜的羔羊。"她又说一遍。

艾德娜把咖啡递给斯特莱克和罗宾后,上楼去叫奥兰多。她花了十分钟才把小姑娘劝下楼来,她出现时,斯特莱克很高兴看到顽皮猴被她抱在怀里。她今天穿着一套脏兮兮的运动服,满脸的不高兴。

"他的名字像个巨人。"奥兰多看见斯特莱克后,对着厨房的空气说。

"不错,"斯特莱克点着头说,"记性真好。"

奥兰多坐进艾德娜给她拉出的那张椅子,怀里紧紧抱着猩猩。

"我叫罗宾。"罗宾笑微微地看着她说。

"像一只鸟①,"奥兰多立刻说道,"渡渡是一只鸟②。"

"她的爸爸妈妈这么叫她。"艾德娜解释道。

"我们俩都是鸟。"罗宾说。

奥兰多望着她,然后站起身,一言不发地走出厨房。

艾德娜深深地叹了口气。

"她动不动就不高兴。你永远搞不清——"

可是奥兰多又回来了,拿着蜡笔和一个螺旋装订的绘图本,斯特莱克知道肯定是艾德娜为了哄她高兴而买的。奥兰多在厨房桌旁坐下,看着罗宾微笑,那笑容甜美、坦诚,罗宾看了感到一阵莫名的忧伤。

"我要给你画一只知更鸟。"她大声说。

"太好了。"罗宾说。

奥兰多画了起来,舌头咬在两排牙齿间。罗宾没有说话,看着图画慢慢成形。斯特莱克感到罗宾已经跟奥兰多相处得比他上次融洽了,就吃了一块艾德娜递过来的巧克力饼干,聊了几句下雪的事。

---

① 罗宾的读音跟英语里的"知更鸟"(Robin)一样。
② 奥兰多的小名叫"渡渡",跟英语里的"渡渡鸟"读音一样。

奥兰多终于画完了,把它从本子上撕下来,在桌上推给罗宾。

"真漂亮,"罗宾笑吟吟地看着她说,"真希望我能画一只渡渡鸟,可是我一点也不会画画。"斯特莱克知道这是一句谎话。罗宾很擅长画画,他见过她的涂鸦。"不过我必须给你点东西。"

在奥兰多热切目光的注视下,她终于掏出一个圆圆的小化妆镜,背面装饰着一只毫无特色的粉红色小鸟。

"给,"罗宾说,"你看,这是一只火烈鸟。也是一只鸟。送给你了。"

奥兰多微微张着嘴接过礼物,使劲盯着它看。

"对这位女士说谢谢。"艾德娜提醒她。

"谢谢。"奥兰多说,把镜子塞进睡衣袋里。

"这是一个袋子吗?"罗宾兴趣盎然地问。

"我的猴子,"奥兰多说,把猩猩抱得更紧了,"我爸爸给我的。我爸爸死了。"

"这真让我感到遗憾。"罗宾轻声说,暗自希望奎因尸体的画面不要一下子涌入脑海,他的躯干就像睡衣袋一样被掏空了……

斯特莱克偷偷看了看表。跟范克特约定的时间越来越近了。罗宾喝了几口咖啡,问道:

"你把东西藏在猴子身体里吗?"

"我喜欢你的头发,"奥兰多说,"黄黄的,亮晶晶的。"

"谢谢你,"罗宾说,"你那里面还有别的图画吗?"

奥兰多点点头。

"我可以吃饼干吗?"她问艾德娜。

"我可以看看你的其他图画吗?"奥兰多吃饼干时,罗宾问。

奥兰多迟疑了一会儿,打开她的猩猩。

她掏出一卷皱巴巴的图画,画在大大小小、各种颜色的纸张上。一开始,斯特莱克和罗宾都没有把纸翻过来,只是在奥兰多把图画摊在桌上时交口不迭地称赞,看到奥兰多用蜡笔和签字笔画的那幅颜色鲜艳的海星和跳舞的天使,罗宾提了几个问题。奥兰多得到他们的欣赏，喜不自禁，又从袋子深处掏出她的画画材料。一个用过的打字机色带盒出现了，灰色的长方形，细细的色带上有打字时留下的颠倒的文字。斯特莱克克制着想把它立刻藏于掌中的冲动，眼巴巴地看着它被埋在一罐彩色铅笔和一盒薄荷糖下面，在奥兰多摊开一幅蝴蝶图画时，他仍目不转睛地盯着那个色带。蝴蝶图画上可以看出背面有成年人留下的乱糟糟的笔迹。

奥兰多受到罗宾的鼓励，拿出更多的东西：一张贴画，一张门迪普丘陵的明信片，一个圆圆的冰箱贴，上面印着："当心！我可能会把你写进小说里！"最后拿给他们看的三幅图画，是画在质量较好的纸张上的：两张插图校样，一张封面打样。

"是我爸爸工作时给我的，"奥兰多说，"我想要它，丹尼查摸了我。"她说，指着一张色彩艳丽的图画。斯特莱克认出来了，是《喜欢蹦蹦跳的袋鼠凯拉》。奥兰多给凯拉添了一顶帽子和一个手袋，并用彩虹签字笔描了一遍公主跟青蛙说话的那幅图。

看到奥兰多这么爱说话，艾德娜感到很高兴，又去煮了一些咖啡。罗宾和斯特莱克意识到时间紧张，同时又知道不能惹得奥兰多大吵大闹，把她所有的宝贝都抢回去藏起来，他们一边说着话，一边拿起桌上的每一幅画，细细查看。罗宾看到什么可能有价值的东西，就递给身边的斯特莱克。

那张蝴蝶图画的背面潦草地写着一串人名：

萨姆·布莱维。艾迪·博伊奈？爱德华·巴斯金维？斯蒂芬·布鲁克？

门迪普丘陵的明信片是七月份寄来的，上面有一句短短的留言：

天气很棒，旅馆令人失望，希望写书顺利！爱你的 V

除此之外，就没有任何手写的东西了。奥兰多的几幅画斯特莱克上次来的时候看见过。一张画在儿童餐馆菜单的背面,另一张画在奎因家的煤气账单上。

"好吧,我们得走了。"斯特莱克说,喝完杯里的咖啡,礼貌地表示遗憾。他假装漫不经心地继续拿着多克斯·彭杰利《在邪恶的岩石上》的封面图。一个满身污泥的女人,懒洋洋地躺在悬崖峭壁包围的一处小湾的碎石沙地上,一个男人的影子横过她的下腹部。奥兰多在翻腾的蓝色海水里画了一些粗线条的黑鱼。那个用过的打字机色带盒就藏在图画下面,是斯特莱克悄悄推进去的。

"我不要你走。"奥兰多对罗宾说,突然变得焦虑,眼泪汪汪。

"我们玩得很好,是不是?"罗宾说,"相信我们还会再见的。你会留着那个火烈鸟镜子的,是吗?我有这张知更鸟的图画——"

可是奥兰多已经开始哀号和跺脚了。她不想再面对离别。在不断升级的骚动的掩护下,斯特莱克偷偷把打字机色带盒塞进《在邪恶的岩石上》封面图里,装进口袋,没有留下指纹。

五分钟后,他们来到街上,罗宾有点心绪烦乱,因为她走过门厅时奥兰多号啕大哭地想抓住她。艾德娜不得不拽住奥兰多的身体,不让她再跟着他们。

"可怜的孩子,"罗宾压低声音说,以免那个盯着他们的警察听见,"哦,上帝,太可怕了!"

"不过很有价值。"斯特莱克说。

"你拿到那个打字机色带了?"

"嗯哪。"斯特莱克说,扭头望了一眼,看那个警察已经不见了,才掏出仍包在多克斯封面里的色带盒,把它小心地倒进一个塑料证据袋。"还不止这个呢。"

"真的?"罗宾惊讶地说。

"可能是线索,"斯特莱克说,"也可能什么都不是。"

他又看了看表,加快脚步,膝盖疼得他咧了咧嘴。

"我得赶紧走了,不然见范克特就要迟到了。"

二十分钟后,当他们坐在驶往伦敦市中心的拥挤的地铁列车上时，斯特莱克说：

"你对今天下午要做的事情很清楚吧？"

"非常清楚。"罗宾说，但语气有所保留。

"我知道这不是件好玩的事——"

"让我感到烦心的不是这个。"

"就像我说的，应该不会有危险，"他说，托特纳姆宫廷路快到了，他准备起身，"可是……"

他不知为何又沉吟起来，微微皱着两道浓眉。

"你的头发。"他说。

"有什么不对吗？"罗宾说，敏感地抬起一只手。

"它让人看了忘不掉，"斯特莱克说，"你有帽子吗？"

"我——我可以买一顶。"罗宾说，感到一种莫名的心慌。

"记在小金库的账上，"斯特莱克对她说，"小心点总没错的。"

第四十三章

哎呀，这是怎样的一种虚荣！

——威廉·莎士比亚，《雅典的泰门》

斯特莱克走在拥挤的牛津街上，耳边不断飘来千篇一律的圣诞颂歌和应景的流行歌曲，然后往左一拐，进入比较安静和狭窄的迪安路。这里没有店铺，只有簇拥在一起的方块一般的大楼，门脸各不相同，有白色、红色和暗褐色，通向里面的办公室、酒吧、餐馆，或类似小酒馆的饭店。斯特莱克停住脚，让一箱箱红酒从运货卡车上被搬进餐饮入口。苏荷区是艺术界人士、广告商、出版商聚集的地方，圣诞节的气氛不太明显，特别是格劳乔俱乐部。

这是一座灰色的建筑，几乎没有任何特点，黑框窗户，朴素的凹凸栏杆后面摆放着修剪过的小盆景。这栋楼的品质不在于外观，而在于它是一家创意艺术主题的会员制俱乐部，只有少数人得以进入。斯特莱克一瘸一拐地跨过门槛，发现自己进了一个小门厅，柜台后面一个姑娘亲切地说：

"请问需要帮助吗？"

"我来见迈克尔·范克特。"

"哦，好的——您是斯特克先生？"

"是的。"斯特莱克说。

他被领着穿过一个长长的酒吧间，那些皮椅子上坐满午餐时饮酒的人。然后他走上楼梯，这时他又一次考虑到，在特殊调查科的经验无助于他进行这种没有官方身份和授权，而且是在嫌疑者地盘上的访谈，被访谈者有权终止谈话，无需理由，也无需道歉。特殊调查科要求其成员用一种固定的模式进行审问：人，地点，事件……斯特莱克从来不会忘记那种高效而刻板的方法，然而这些日子，他必须掩盖自己正在脑海里整理归档线索这一事实。采访那些自认为在给他帮忙的人时，需要运用另一些技巧。

斯特莱克刚走进第二个木地板酒吧间，就看见他的猎物，酒吧间里的沙发都是原色调的，摆放在墙上现代派画家的作品下方。范克特斜着身子坐在一张鲜红色的长沙发上，一条胳膊搭在沙发背上，一条腿微微翘起，显出一副夸张的休闲姿态。他硕大的头颅后面正好挂着达米恩·赫斯特[①]的一幅圆点绘画，就像一圈霓虹光晕。

这位作家一头浓密的黑发已微微有些泛白，五官轮廓粗重，一张大嘴旁边的法令纹很深。看到斯特莱克走近，他露出笑容。也许，这不是送给他认为与自己地位相当的人的笑容（他那副故意摆出的轻松架势，以及习惯性的烦躁表情，都使人不得不这么想），而是送给一个他希望施以恩惠的人的姿态。

"斯特莱克先生？"

也许他考虑过站起来握手，但斯特莱克的身高和块头经常使小个子男人打消起身的念头。他们隔着小木头桌子握了握手。斯特莱克很不情愿地在一个圆圆的实心大坐垫上落座，那对他的体格和酸痛的膝盖都不合适，但是别无选择，除非他愿意跟范克特一起坐在那张沙发上——那位置太像个安乐窝了，特别是作家还把胳膊搭在沙发背上。

他们旁边是一位过了气的光头肥皂剧明星，前不久还在BBC一部剧里扮演一个大兵。他跟另外两个男人高声谈论自己。范克特和斯

[①] 达米恩·赫斯特（1965— ），新一代英国艺术家的主要代表人物之一。

特莱克点了酒水,但没有接受菜单。斯特莱克见范克特不饿,不觉松了口气。他可没有钱再请别人吃午饭了。

"你是这里的会员多久了?"侍者离开后,他问范克特。

"从开业就是了,我是一位早期的投资人,"范克特说,"这是我需要的唯一一家俱乐部。如果有必要,我可以在这里过夜。楼上有客房。"

范克特有意识地用专注的目光盯着斯特莱克。

"我一直盼着见你。我下一部小说的男主人公是一个所谓反恐战争及反恐军事行动的老兵。等我们摆脱欧文·奎因之后,我很想向你讨教讨教呢。"

斯特莱克碰巧对名人想要操控别人时采取的一些做法略知一二。露西那个弹吉他的父亲里克,其实名气没有斯特莱克的父亲或范克特那么响,但大小也算个名人,足以使一个中年妇女看见他在圣莫斯排队买冰激凌时倒抽一口冷气,激动得浑身颤抖:"哦,天哪,你怎么在这里?"里克有一次对青春期的斯特莱克面授机宜,说想要勾引一个女人上床,最靠谱的办法就是跟她说你要写一首关于她的歌。迈克尔·范克特宣称他有兴趣在下一部小说里涉及一些有关斯特莱克的内容,似乎也是一种大同小异的策略。他显然不理解,对斯特莱克来说,看到自己被写成文字既不是一件新鲜事,也不是他所追求的。斯特莱克不冷不热地点点头,表示接受范克特的请求,然后拿出一个笔记本。

"你不介意我使用这个吧?可以帮我想起来要问你什么。"

"请随意。"范克特说,露出愉快的表情。他把刚才读的那份《卫报》丢到一边。斯特莱克看见一个瘦巴巴,但是很出名的老人的照片,即使颠倒着也能依稀辨认出来。标题是:平克曼九十华诞。

"亲爱的老平克,"范克特注意到斯特莱克的目光,说道,"我们下星期在切尔西艺术俱乐部给他开一个小型派对。"

"是吗?"斯特莱克说,一边找笔。

"他认识我舅舅。他们曾一起在军队服役,"范克特说,"我写出第一本小说《贝拉前沿》——当时我刚从牛津毕业——我那可怜的老舅想帮帮我的忙,就给平克曼寄了一本,他一辈子只认识这么一位作家。"

他说话斟词酌句,好像有个看不见的第三者在用速记法记录他说的每一句话。这个故事听起来像是预先排练过的,似乎讲过许多遍,也许确实如此,他是一个经常接受采访的人。

"平克曼——当时写了那个很有影响的'邦蒂大冒险'系列作品——对我写的东西一个字都不理解,"范克特继续说道,"但是为了让我舅舅高兴,把书递给查德图书社,真是无巧不成书,正好落在公司里唯一一个能读懂它的人的桌上。"

"意外的好运。"斯特莱克说。

侍者端来给范克特的红酒和给斯特莱克的一杯水。

"所以,"侦探说,"后来你把平克曼介绍给你的代理,是一种投桃报李?"

"没错,"范克特说,点了点头,像一位教师居高临下地表示很高兴注意到台下有一个学生认真听讲了,"当时,平克的几位代理总是'忘记'支付他的版税。伊丽莎白·塔塞尔这个人,不管你对她有什么看法,她还是很守诚信的——从生意角度来说,诚实守信。"范克特纠正自己的说法,一边小口喝着红酒。

"她也会参加平克曼的派对,是吗?"斯特莱克说,观察着范克特的反应,"她仍然是平克曼的代理,是吗?"

"对我来说,利兹参加不参加都无所谓。难道她以为我还对她耿耿于怀吗?"范克特说,脸上又露出那种刻薄的笑容,"不到一年,我就把她忘到了脑后。"

"当初你叫她甩掉奎因时,她为什么拒绝了?"斯特莱克问。

对方在跟他初次相遇的几秒钟后就提出想要见面的隐晦动机,因此,斯特莱克觉得不妨对他采取直接进攻的策略。

"我根本没有叫她甩掉奎因,"范克特说,仍然为了照顾那个看不见的速记员而放慢语速,"我解释说,只要奎因还在,我就不可能继续由她代理,然后我就离开了。"

"明白了,"斯特莱克说,他已经习惯这种钻牛角尖,"你认为她为什么让你离开呢?你是一条更大的鱼呀,不是吗?"

"公允地说,我认为跟奎因那条小黄刺鱼相比,我是一条大梭子鱼,"范克特得意地笑着说,"可是,你要知道,当时利兹和奎因睡到一起去了。"

"真的?这我可不知道。"斯特莱克说,咔哒把笔尖摁了出来。

"利兹到牛津上学,"范克特说,"这个身材魁梧的女汉子,此前一直帮着她爸爸在各式各样的北部农场阉割公牛什么的,迫不及待地想跟人发生关系,但谁也没多大兴趣。她对我有意思,不是一般的有意思——我们是学科搭档——詹姆士一世风格的美妙阴谋,专为泡妞设计——但我一直没有那么高风亮节去给她破处。我们一直只是朋友,"范克特说,"后来她开了代理公司,我把她介绍给奎因,谁都知道奎因喜欢捡别人剩下来的东西,我是从性的方面来讲。于是,不可避免的事情发生了。"

"很有意思,"斯特莱克说,"这事大家都知道吗?"

"不一定,"范克特说,"当时奎因已经娶了他的——怎么说呢,他的凶手,我想现在只能这么称呼她了,是吗?"他若有所思地说,"我觉得,在定义一种亲密关系时,'凶手'胜过'妻子',是不是?利兹可能威胁奎因,如果他像平常那样口无遮拦,透露她在床上的奇葩表现,会有怎样可怕的后果,因为利兹仍然痴心妄想我会回心转意,跟她同床共眠。"

斯特莱克不知道这是盲目的虚荣,还是客观事实,抑或两者兼而有之。

"她总是用那两只大大的牛眼睛看着我,等待,希望……"范克特说,嘴唇冷酷地扭曲着,"埃丽死后,她发现我即使在伤心欲绝时也不会对她网开一面。我估计她想到未来几十年都要独身禁欲,觉得无法忍受,就继续支持她的那个男人了。"

"你离开代理公司后，跟奎因说过话没有？"斯特莱克问。

"埃丽死后的最初几年，他在酒吧里看到我进来，总会匆匆溜走，"范克特说，"后来，他胆子慢慢大了，见我进来，会留在餐馆里，局促不安地偷偷看我几眼。没有，我认为我们没有再说过话，"范克特说，似乎对这件事没多大兴趣，"你好像是在阿富汗受伤的吧？"

"是的。"斯特莱克说。

可能对女人管用，斯特莱克想，那种刻意的专注目光。也许欧文·奎因也曾用跟这一模一样的饥渴、贪婪的目光盯着凯瑟琳·肯特和皮帕·米吉利，一边对她们说要把她们写进《家蚕》……她们想到自己及自己生活的一部分，将在一位作家的笔下永远定格，她们实在是激动得不行……

"当时是怎么回事？"范克特看着斯特莱克的双腿问。

"简易爆炸装置，"斯特莱克说，"塔尔加斯路是怎么回事？你和奎因共同拥有那座房子。你们不需要为了房子的事跟对方沟通吗？有没有在那儿互相碰上？"

"从来没有。"

"你有没有去那儿检查检查？你已经拥有它——差不多——"

"二十，二十五年，大概是吧，"范克特漫不经心地说，"没有，自从乔死后，我从没进去过。"

"我想警察已经为那个女人的话问过你了，她认为在十一月八号那天看见你在外面。"

"问过了，"范克特简短地说，"她弄错了。"

在他们旁边，那个演员还在大声地滔滔不绝。

"……以为我他妈的完蛋了，眼睛里全是该死的沙子，根本看不清他妈的应该往哪儿跑……"

"这么说，你从八六年就没去过那座房子？"

"是的。"范克特不耐烦地说，"我和欧文一开始就都不想要它。"

"为什么呢？"

"因为我们的朋友乔就死在里面，死状惨不忍睹。他讨厌医院，拒绝药物治疗。到他昏迷不醒时，那地方简直令人作呕，他曾经是阿波罗的鲜活化身，最后却瘦成一把骨头，他的皮肤……那种下场真是可怕，"范克特说，"而且丹尼尔·查德落井下——"

范克特的表情突然僵住。他做出一种奇怪的咀嚼动作，似乎在把没有说出口的话吃进肚里去。斯特莱克等待着。

"他是个很有意思的人，丹·查德，"范克特说，显然努力想从刚才不小心钻进的死胡同里掉头出来，"我本来认为，欧文在《家蚕》里对他的描写实在是不到位，没有好好利用这一机会——不过未来的学者不太可能探究《家蚕》里人物塑造的微妙之处，是不是？"说完他短促地笑了一声。

"你会怎么描写丹尼尔·查德？"斯特莱克问，范克特听了这个问题似乎很吃惊。他思忖了片刻，说道：

"丹是我认识的最没有成就感的人。他在一个自己有能力但得不到乐趣的领域工作。他渴望年轻男子的肉体，但最多只敢把他们画下来。他内心充满各种禁忌和对自己的怨恨，因此面对欧文对他的丑化，他的反应才会那么冲动和歇斯底里。丹以前受控于一个特别强势的母亲，他母亲是社交名媛，一心想让这个害羞得近乎病态的儿子接管家族企业。我认为，"范克特说，"我可以用这些内容写出很有意思的东西。"

"查德当初为什么拒绝诺斯的那本书？"斯特莱克问。

范克特又做出咀嚼的动作，然后说道：

"我还是喜欢丹尼尔·查德的。"

"我好像觉得某个时候曾经有过怨恨。"斯特莱克说。

"你这想法从何而来？"

"你在周年庆祝会上，说你'真没想到自己会'重回罗珀·查德。"

"当时你也在？"范克特敏锐地问，看斯特莱克点了点头，他又说，"为什么？"

"我在寻找奎因，"斯特莱克说，"他妻子雇我找他。"

"可是，我们现在知道了，那女人明明知道他在哪儿。"

"不，"斯特莱克说，"我认为不是她干的。"

"你真的这么认为？"范克特问，大脑袋往旁边一偏。

"是的。"斯特莱克说。

范克特扬起双眉，专注地打量着斯特莱克，似乎他是展柜里的一件古玩珍品。

"这么说，你没有因为查德拒绝诺斯的书而跟他翻脸？"斯特莱克问，又回到关键问题上。

短暂的停顿之后，范克特说：

"怎么说呢，没错，我当时确实对他有意见。至于丹为什么改变主意，不肯出那本书了，只有丹自己能告诉你，但我认为是因为当时乔的状况传得沸沸扬扬，激起英国中产阶级对他准备出版的那本冥顽不化的书的反感，丹以前不知道乔已是晚期艾滋病，一下子惊慌失措。他可不想跟澡堂子和艾滋病扯上关系，就对乔说不想要那本书了。那真是一种极为怯懦的做法，我和欧文——"

他又停顿一下。范克特已经多久没有把自己和奎因归为一个阵营了？

"我和欧文认为就是这件事要了乔的命。乔当时连笔都握不住，眼睛全瞎了，但还是拼命挣扎着想在死前把书写完。我们觉得这是支撑他活着的唯一动力。后来收到查德的信，说要解除合同，乔放下手中的笔，不到四十八小时后就撒手人寰。"

"跟你第一任妻子的情况差不多。"斯特莱克说。

"根本就不是一回事。"范克特一口否定。

"为什么？"

"乔那本书远远好得多。"

又是停顿，这次时间更长。

"这是从纯文学的视角看问题，"范克特说，"当然啦，也可以从其他角度来看。"

他喝完杯里的红酒，举起一只手，向侍者示意再要一杯。他们旁边的那位演员几乎连一口气都没喘，还在说个不停。

"……说：'说真的，你到底想让我怎么做，把我自己那该死的胳膊锯掉？'"

"那段时间对你来说肯定很难。"斯特莱克说。

"是啊，"范克特烦躁地说，"是啊，我想可以说是'很难'。"

"你失去了一位好朋友和一个妻子，就在短短——怎么说呢——短短几个月内？"

"短短几个月，是的。"

"那段时间你一直在写作？"

"是的，"范克特说，发出一声恼怒的、屈尊俯就的轻笑，"我那段时间一直没有停笔。写作是我的职业。如果你遇到一些私人困难，会有人问你是否还会留在军队吗？"

"恐怕不会，"斯特莱克并无怨恨地说，"你当时写了什么？"

"那些都没出版过。我放弃自己手上的作品，替乔把那本书完成。"

侍者把第二杯酒放在范克特面前，转身离开。

"诺斯的那本书需要做很多加工吗？"

"几乎不需要，"范克特说，"他是一位出色的作家。我调整几处粗糙的地方，对结尾稍加润色。他留下笔记，交代了自己的想法。然后我把书拿给杰瑞·瓦德格拉夫，他当时在罗珀工作。"

斯特莱克想起查德说过，范克特跟瓦德格拉夫妻子的关系过于密切，便决定谨慎行事。

"在那之前你跟瓦德格拉夫合作过吗？"

"我从未因为自己的作品跟他合作过，但我知道他是个有才华而且很出名的编辑，而且我知道他曾经喜欢过乔。我们共同编辑出版了《朝着路标》。"

"他做得相当出色，是不是？"

范克特的坏脾气一闪而过。他似乎对斯特莱克的提问方式颇感兴趣。

"是的，"他说，喝了一口红酒，"非常出色。"

"你现在转到罗珀·查德，却又不愿跟他一起合作了？"

"也不能这么说，"范克特说，脸上仍带着笑容，"他最近太贪杯了。"

"你认为奎因为什么把瓦德格拉夫写进《家蚕》？"

"我怎么可能知道？"

"瓦德格拉夫似乎一直对奎因很不错。很难理解为什么奎因觉得需要对他进行攻击。"

"是吗？"范克特问，一边仔细地打量着斯特莱克。

"跟我谈过话的每个人，似乎对《家蚕》里切刀这个人物都有不同的看法。"

"是吗？"

"大多数人似乎都对奎因竟然诋毁瓦德格拉夫感到愤怒。他们不明白瓦德格拉夫做了什么，到头来遭此报应。丹尼尔·查德认为，从切刀这个人物可以看出奎因有个合作者。"斯特莱克说。

"他认为究竟谁会跟奎因合作写出《家蚕》呢？"范克特短促地笑了一声说。

"他倒是有一些想法。"斯特莱克说，"另一方面，瓦德格拉夫认为切刀实际上是对你的诋毁。"

"但我是虚荣狂啊，"范克特笑着说，"这是大家都知道的。"

"为什么瓦德格拉夫会认为切刀是你？"

"你需要去问杰瑞·瓦德格拉夫，"范克特仍然面带笑容地说，"但我有一种奇怪的感觉，斯特莱克，你似乎认为自己心里有数。我告诉你吧：奎因真是大错特错了——他其实应该知道的。"

谈话陷入僵局。

"所以，这么多年来，你一直没能把塔尔加斯路的房子卖掉？"

"很难找到符合乔的遗嘱条件的买者。那是乔的一种不切实际的姿态。他是个浪漫主义者，理想主义者。

"我把我对所有这一切的感受——他的馈赠,这份负担,还有他令人心酸的遗嘱——都写进了《空心房子》里,"范克特说,很像一位演讲者在推荐补充读物,"欧文也表达了他的看法——差强人意——在那本《巴尔扎克兄弟》里。"

"《巴尔扎克兄弟》说的就是塔尔加斯路的那座房子,是吗?"斯特莱克问,他读了五十页,并未得到这样的印象。

"书中故事就发生在那里。实际上是说我们的关系,我们三个人,"范克特说,"死去的乔躺在墙角,我和欧文努力追随他的步伐,参悟他死亡的意义。就在那间画室里,我想——根据我读到的报道——你就是在那里发现奎因尸体的吧?"

斯特莱克没有说话,只是继续做着笔记。

"评论家哈维·博德称《巴尔扎克兄弟》'糟糕得令人心生畏惧、瞠目结舌、括约肌抽搐'。"

"我只记得有许多摆弄睾丸的描写。"斯特莱克说,范克特突然发出一声自然流露的、小姑娘般的窃笑。

"你读过,是吗?哦,没错,欧文对自己的睾丸很着迷。"

旁边的演员终于停下来喘口气。范克特的话在暂时的静默中传得很远。演员和跟他一起吃饭的两个同伴吃惊地盯着范克特,范克特则用他阴鸷的笑容回敬他们,令斯特莱克看了忍不住发笑。那三个人赶紧又开始说话。

"他有一个十分固执的想法,"范克特重新转向斯特莱克,"毕加索式的,你知道的,认为他的睾丸是创造力的源泉。他的生活和作品都沉迷于大男子主义、男性气质和男性生殖力。可能有人会说,对于一个喜欢被捆绑、被控制的男人来说,这是一种很奇怪的执念,但我认为是自然的结果……是奎因性自我的阴阳两面。你肯定注意到了他在书里起的那些名字吧?"

"血管和静脉瘤。"斯特莱克说,他又发现范克特微微有些意外,大概没想到斯特莱克这般模样的人居然也看书,并留意书中的内容。

"血管——奎因——是把精子从睾丸输送到阴茎的导管——是健

康、强壮、有创造性的力量。静脉瘤——是睾丸内扩张后的静脉,令人痛苦,有时会导致不育。奎因以他特有的粗鲁方式,影射我在乔死后不久感染了腮腺炎,实际上我病得很重,连乔的葬礼都没去参加,但他同时也影射了——正如你已经指出的——我当时是在十分困难的条件下写作。"

"你们那时候还是朋友吗?"斯特莱克问道。

"他开始写那本书时,我们——从理论上来说——还是朋友,"范克特说,咧嘴狞笑了一下,"但作家属于一个野蛮的品种,斯特莱克先生。如果你想得到终生不渝的友谊和无私的情意,就去参军,学会杀戮。如果你希望一辈子跟那些对你的失败幸灾乐祸的同行组成临时联盟,就写小说吧。"

斯特莱克笑了。范克特带着一种超然的愉悦说:

"在《巴尔扎克兄弟》获得的书评里,有几篇是我读到的最糟糕的书评。"

"你写书评了吗?"

"没有。"范克特说。

"你就在那个时候娶了你的第一任妻子?"斯特莱克问。

"是的。"范克特说。他表情的快速变化,就像动物身体被苍蝇叮了一下时的抖动。

"我只是想理清事情发生的顺序——诺斯死后不久,你就失去了你妻子?"

"死亡的委婉说法真有意思,不是吗?"范克特轻快地说,"我没有'失去'她。恰恰相反,我在黑暗中被她绊倒,她死在我们的厨房,脑袋扎在炉子里。"

"真是抱歉。"斯特莱克神色凝重地说了一句。

"唉,是啊……"

范克特又要了一杯酒。斯特莱克看出谈话到一个微妙的阶段,要么会有大量的信息流出来,要么什么都不会有。

"你有没有跟奎因谈过造成你妻子自杀的那篇恶搞的仿作?"

"我已经跟你说过了,自从埃丽死后,我再没有跟奎因说过任何话,"范克特平静地说,"所以,没有谈过。"

"不过你确定是他写的,对吗?"

"毫无疑问。奎因就像许多肚里没多少货的作家一样,非常擅长模仿别人的作品。我记得他恶搞过乔的一些东西,确实非常滑稽。当然啦,他并不打算公开讽刺乔,他跟在我们俩身边混,捞到了太多的好处。"

"有人承认在那篇仿作发表前看见过它吗?"

"没有人跟我说过这样的话,考虑到仿作带来的后果,谁要敢这么说倒真令人惊讶,不是吗?利兹·塔塞尔当着我的面否认欧文把仿作拿给她看过,可是我从小道消息得知利兹读到过发表前的仿作。我相信利兹怂恿奎因把它拿去发表。利兹疯狂地嫉妒埃丽。"

范克特停顿一下,做出一副轻松的样子说道:

"如今很难记得曾经有过一个时期,你要等着看到白纸黑字的评论才知道自己的作品遭到了批判。随着网络的发明,任何一个粗通文墨的傻瓜都可以成为角谷美智子[①]。"

"奎因一直否认写了那篇仿作,是吗?"斯特莱克问。

"是的,真是个没出息的王八蛋,"范克特说,显然没有意识到自己有失斯文,"奎因和许多自诩标新立异的人一样,是个嫉妒心强、极度争强好胜的家伙,特别需要别人吹捧。埃丽死后,他惶惶不安,生怕受到排斥。当然啦,"范克特说,带着明显的喜悦,"这种情况还是发生了。欧文跟我和乔形成一个三人组,他狐假虎威,沾光得了不少好处。乔死后,我跟他疏远,大家也就认清他的本来面目:一个想象力肮脏、风格怪异的作家,几乎所有的念头都是淫秽色情的。有些作者,"范克特说,"一辈子只能写出一本好书。欧文就是。他在《霍巴特的罪恶》里耗尽了全部的才华——这种说法他也会赞成的。后来

[①] 角谷美智子(1955—),日裔美国人,著名文学评论家,《纽约时报》的书评家,一九九八年获得普利策奖。

的所有作品都是毫无价值的自我重复。"

"你不是说你认为《家蚕》是一部'癫狂的杰作'吗？"

"你看了那篇文章，是吗？"范克特说，微微显出意外受到奉承的神情，"是的，没错，文学界一朵不折不扣的奇葩。我从来不否认欧文能写，只是他从未能够挖掘深刻或有意思的写作素材。这是一个令人惊讶的普遍现象。可是在《家蚕》里他终于找到了自己的主题，不是吗？每个人都恨我，每个人都跟我作对，我是个天才，却没人识货。整本书呈现的效果是怪诞和滑稽的，散发着怨恨和自怜自艾，却自有一种不可否认的魅力。还有它的语言，"范克特说，带着谈话到现在最为高涨的热情，"也是可圈可点。有些段落堪称他的巅峰之笔。"

"这些都很有价值。"斯特莱克说。

范克特似乎觉得很可笑。

"怎么会呢？"

"我有一种感觉，《家蚕》是这个案子的核心。"

"'案子'？"范克特微笑着问了一句。短暂的停顿后，他说，"你跟我说你认为欧文·奎因的凶手仍然逍遥法外，不是开玩笑吧？"

"不是，我依旧这么认为。"斯特莱克说。

"那么，"范克特说，脸上的笑容更明显了，"分析凶手的作品，不是要比分析受害者的作品更有价值吗？"

"也许吧，"斯特莱克说，"但我们不知道凶手是不是写作。"

"哦，如今差不多每个人都写，"范克特说，"全世界的人都在写小说，但却没有人读。"

"我相信人们会读《家蚕》的，特别是如果你给它写个前言的话。"斯特莱克说。

"我认为你说得对。"范克特说，笑容更加可掬。

"你究竟是什么时候第一次读到那本书的？"

"应该是在……让我想想……"

范克特似乎在脑子里计算。

"一直到奎因把书寄出来的下一个星期的中段，"范克特说，"丹·查德给我打电话，对我说奎因想暗示埃丽小说的那篇仿作是我写的，并动员我和他一起向奎因提出诉讼。我拒绝了。"

"查德给你读了书中的片段？"

"没有，"范克特说，脸上又露出笑容，"担心会把到手的宝贝给丢了，你懂的。没有，他只是大致讲了奎因的不实之词，提出可以让他的律师帮我起诉。"

"这个电话是什么时候打的？"

"是在……在七号晚上，应该没错，"范克特说，"星期天晚上。"

"就是你接受电视采访，谈你新创作的小说的那天。"斯特莱克说。

"你消息很灵通嘛。"范克特说着眯起眼睛。

"那个节目我看了。"

"知道吗，"范克特说，带着一种尖刻的恶意，"看你的外表，不像是个欣赏文艺节目的人。"

"我没说过我欣赏，"斯特莱克说，看到范克特似乎很赞赏他的反驳，他并不感到意外，"但我注意到你在电视上提到第一任妻子时，有一个口误。"

范克特没有说话，只是从酒杯上方注视着斯特莱克。

"你说'埃菲'，接着又纠正自己，说'埃丽'。"斯特莱克说。

"是啊，就像你说的——是一个口误。就算最伶牙俐齿的人也难免会有。"

"在《家蚕》里，你已故的妻子——"

"——叫'埃菲杰'。"

"这是一个巧合。"斯特莱克说。

"显然如此。"范克特说。

"因为七号那天你还不可能知道奎因管她叫'埃菲杰'。"

"显然不知道。"

"奎因的情妇拿到一份书稿，是奎因失踪后不久从她的门里塞进来的，"斯特莱克说，"你没有碰巧也提前拿到了一份吧？"

接下来的沉默抻得那么长。斯特莱克感到他好不容易在两人之间纺出的那根细线绷断了。没关系。他故意把这个问题留到最后。

"没有，"范克特说，"没有。"

他掏出钱夹，显然忘记先前宣称的要为下一部小说里的某个人物请教斯特莱克的事，斯特莱克并不为此感到丝毫遗憾。斯特莱克掏出现金，但范克特举起一只手，以明显唐突的口气说：

"不用，不用，让我来吧。那些关于你的新闻报道，都拿你今不如昔的状况大做文章。实际上，这倒使我想起了本·琼生：'我是一位可怜的绅士，一个士兵；在境况较好的时候，不屑于接受庇护。'"

"是吗？"斯特莱克愉快地说，把现金放回了口袋，"也使我想起了

> *Sicine subrepsti mi, atique intestina pururens*
> *Ei misero eripuisti ominia nostra bona?*
> *Eripuisti, eheu, nostrae crudele uenenum*
> *Uitae, eheu nostrae pestis amicitiae.*"

面对范克特的惊讶，他脸上没有笑容。作家迅速恢复镇静。

"奥维德？"

"卡图卢斯①，"斯特莱克说，借着桌子的帮助，从低矮的坐垫上站起来，"大致翻译如下：

> 那么，你就是这样偷偷地靠近我，
> 用酸侵蚀我的内脏，偷盗我最珍视的一切？

---

① 卡图卢斯（公元前约87—约54），古罗马诗人。出生于意大利北部的维罗那，青年时期赴罗马，殷实的家境使他在首都过着闲适的生活，并很快因诗才出了名。他传下一百一十六首诗，包括神话诗、爱情诗、时评短诗和各种幽默小诗。

是啊，唉，偷盗：可怕的毒药进入我的血液唉，侵害了我们一度拥有的情谊。"

"好吧，希望我们后会有期。"斯特莱克友好地说。他一瘸一拐地朝楼梯走去，范克特盯着他的背影。

第四十四章

> 他的伙伴和朋友都冲向军队
> 如同汹涌的激流。
>
> ——托马斯·戴克,《高贵的西班牙士兵》

那天晚上,斯特莱克在厨房兼客厅的沙发上坐了很长时间,几乎听不见查令十字街上的车水马龙,也听不见偶尔传来的提早参加圣诞派对的人们的模糊喊声。假肢已经拿掉,穿短裤坐着很舒服,伤腿的断茬没有了压力,膝盖的疼痛也已被双倍剂量的止痛片抑制住。一盘没有吃完的意大利面在他身边的沙发上凝固,小窗户外的天空变成天鹅绒般的深蓝色,夜晚真的来临了,斯特莱克虽然很清醒,却没有动弹。

看到夏洛特的婚纱照片似乎是很久很久以前的事。他一整天都没有再想到她。难道真正的治愈就这样开始了?她嫁给杰戈·罗斯,而他独自一人,在冰冷、昏暗的阁楼间里枯坐,苦苦思索一起精心设计的谋杀案的复杂细节。也许,他们终于回到了各自真正的归宿。

面前的桌上放着他从奥兰多那里拿来的深灰色打字机色带盒,装在透明的证据袋中,仍然被《在邪恶的岩石上》的封面打样包着一半。他已经盯着它看了至少半个小时,感觉就像一个小孩在圣诞节早晨面对一件神秘而诱人的包裹，那是圣诞树下最大的礼物。可是他还不能看，也不能碰，生怕妨碍从色带上可能会收集到的法庭证据。也许涉嫌篡改……

他看了看表。他对自己保证过，必须等九点半再打电话。对方忙了一整天工作，还要把孩子弄上床睡觉，还要安抚老婆。斯特莱克需要时间做充分的解释……

然而他的耐心是有限的。他费力地站起身，拿上办公室的钥匙，抓住栏杆，单腿跳跃，偶尔还不得不坐下来，就这样步履艰难地下了楼。十分钟后，他重新回到自己的房间，回到余温残留的沙发上，手里拿着小折刀，并戴上一副他先前给过罗宾的那种乳胶手套。

他从证据袋里小心翼翼地拿出色带盒和那张皱巴巴的封面插图，把仍用纸托着的色带放在摇摇晃晃的贴面桌上。他屏住呼吸，抽出折刀上附的牙签，小心插进露出来的那截脆弱的色带的两英寸之后。他细致地操作，把色带又拉出来一些。一些反着的文字显露出来，字母前后颠倒。

而且我以为自己了解艾迪这家伙

肾上腺素突然高涨，但斯特莱克只是满意地轻轻叹了口气。他用折刀上的改锥插进色带盒顶部的齿轮，灵巧地把色带重新拧紧，整个过程都没有用手触碰到色带盒，然后，他仍戴着乳胶手套，把色带盒重新放进证据袋。他又看了看表。再也等不下去了，他拿起手机，拨了戴夫·普尔沃斯的电话。

"时间不合适吧？"老朋友接听后，他问道。

"没关系，"普尔沃斯说，显得有点好奇，"什么事，迪迪？"

"需要你帮忙，伙计。帮我一个大忙。"

工程师远在一百英里之外，坐在布里斯托尔自家的客厅里，听侦探解释需要做的事情，一直没有打断他。斯特莱克终于说完了，电话那头一片沉默。

"我知道这个请求有点过分，"斯特莱克说，焦虑地听着电话里噼噼啪啪的杂音，"也不知在这样的天气是否可能。"

"当然可能,"普尔沃斯说,"不过,迪迪,我得看看什么时间能做。很快就有两天假……不知道佩妮会不会急着……"

"是啊,我也觉得那可能是个问题,"斯特莱克说,"我知道会有危险。"

"别侮辱我。我干过比这更狗血的事,"普尔沃斯说,"不是,佩妮想让我带她和她母亲去采购圣诞节礼物……别管她了,迪迪,你说这是生死攸关的事?"

"差不多吧,"斯特莱克说,闭上眼睛,咧开嘴笑了,"涉及生命与自由。"

"不去圣诞采购了,小伙子,那是老家伙干的事。包在我身上,我要是发现什么就给你打电话,好吗?"

"注意安全,伙计。"

"滚你的蛋。"

斯特莱克把手机扔在自己坐的沙发上,用双手揉搓着笑意未消的脸。他叫普尔沃斯做的事可能比抓住一条擦身而过的鲨鱼更疯狂、更无意义,但普尔沃斯是个喜欢冒险的人,而现在已经到了采取极端手段的时候。

关灯前,斯特莱克又读了一遍跟范克特的谈话记录,并在"切刀"这个词下面画了道横线,他画得那么重,力透纸背。

第四十五章

你没有注意到蚕的讽刺意义吗?

——约翰·韦伯斯特,《白色的魔鬼》

为了寻找证据,奎因家和塔尔加斯路的那座房子仍在被彻底搜查。利奥诺拉还关在哈洛威监狱。这已经变成了一场等待的博弈。

斯特莱克已习惯于在寒冷中一站几个小时,注视着关了灯的窗户,跟踪面目不清的陌生人;电话无人接,敲门无人应,毫无表情的脸,一无所知的旁观者;令人绝望的故意不配合。在这个案子里,还有一点使他分心,就是不管他做什么,背景里总有个细小的声音发出焦虑的哀鸣。

你必须保持距离,但总有人向你求助,总有一些不公正的事让你感到痛心。利奥诺拉关在牢里,脸色惨白,哀哀哭泣,她的女儿还蒙在鼓里,失去双亲,那么柔弱。罗宾把奥兰多的那幅画钉在桌子上方,因此,侦探和助理忙于其他案子时,一只快乐的红肚皮小鸟便会凝视着他们,提醒他们别忘了一个卷发小姑娘仍在拉德布鲁克林等待妈妈回家。

罗宾至少还在做一件有意义的事,不过她觉得自己让斯特莱克失望了。连着两天,她回到办公室时都一无所获,那个证据袋仍是空的。侦探提醒她必须格外小心，千万不能让人注意或想起她来。斯特莱克不想明说他认为罗宾多么容易辨认，虽然她已经把金红色头发塞在一顶小圆帽子下面。她长得太漂亮了。

"我真的需要这么谨慎吗？"罗宾不折不扣地听从他的盼咐，说道。

"别忘了我们在跟什么人打交道，罗宾，"斯特莱克没好气地说，内心的焦虑仍在哀鸣，"奎因不是自己把肠子掏出来的。"

他的一些忧虑其实很模糊。不用说，他担心凶手会逃跑，还担心他正在编织的脆弱的案情结构中有巨大的漏洞，目前他主要是通过自己的想象构筑整个案情，还需要物证来把推理落到实处，以免警察和辩护律师对它嗤之以鼻。但他同时还有别的担心。

斯特莱克虽然不喜欢安斯蒂斯给他贴上的"神秘鲍勃"这个标签，但他此刻确实预感到危险正在逼近，就像当时确凿无疑地预感到"北欧海盗"即将在周围爆炸一样强烈。人们称之为直觉，斯特莱克知道这其实是捕捉到了微妙的蛛丝马迹，在潜意识里顺点连线。在一团互不相干的证据中清晰地浮现出凶手的画面，那个形象阴森而狰狞恐怖：这起案件涉及痴狂的心态、极端的暴怒，以及一个精于计算、聪慧但深度变态的大脑。

如果他继续坚持调查，不肯放弃，随着他离目标越接近，提问的目的性越明确，凶手就越有可能在他造成的威胁中狗急跳墙。斯特莱克自信有能力识别和击退对方的进攻，但是，一个已表现出痴迷拜占庭式残忍的精神变态狂会采取什么应对措施，仍然令他想起来就心生不安。

普尔沃斯的假期过去了，没有什么切实的成果。

"先别放弃，迪迪。"他在电话里告诉斯特莱克。努力毫无结果，似乎并未使普尔沃斯灰心，反而激起他的斗志，这就是他的性格。"我星期一请个病假，再试一次。"

"我不能要求你这么做，"斯特莱克喃喃地说，心情沮丧，"来回开车——"

"是我主动提出来的,你这个没良心的假腿子混蛋!"

"佩妮会杀了你的。她的圣诞节采购怎么办?"

"我有可能在伦敦警察厅露面吗?"普尔沃斯说,他不喜欢首都及其居民,这是他长期坚持的原则。

"你真够哥们儿,伙计。"斯特莱克说。

他挂断电话后,看见罗宾调皮的笑容。

"有什么好笑的?"

"'伙计'。"她说,这听起来是私立公学的范儿,太不像斯特莱克了。

"不是你想的那样。"斯特莱克说。他讲起戴夫·普尔沃斯和那条鲨鱼的故事,刚讲到一半,他的手机又响了:一个陌生号码。他接了。

"是卡梅隆——嗯——斯特莱克吗?"

"说吧。"

"我是裘德·格雷厄姆。凯瑟琳·肯特的邻居。她回来了。"那个女性的声音高兴地说。

"真是好消息。"斯特莱克说,朝罗宾竖起两个大拇指。

"是啊,今天早晨回来的。有个朋友跟她在一起。我问她去了哪儿,她不肯告诉我。"那个邻居说。

斯特莱克想起裘德·格雷厄姆以为他是个记者。

"那个朋友是男的还是女的?"

"女的,"她回答的语气透着遗憾,"又高又瘦的黑皮肤姑娘,总是跟在凯瑟琳身边。"

"这对我很有帮助,格雷厄姆夫人,"斯特莱克说,"我——嗯——有劳你了,我待会儿给你往门缝里塞点东西。"

"太好了,"邻居高兴地说,"谢谢。"

她挂了电话。

"凯瑟琳·肯特回家了,"斯特莱克对罗宾说,"好像皮帕·米吉利跟她住在一起。"

"哦,"罗宾忍着笑说,"我,嗯,我猜想你现在后悔把她脑袋夹在胳膊底下了吧?"

斯特莱克无奈地笑了笑。

"她们不会理睬我了。"他说。

"是的,"罗宾赞同道,"应该是不会了。"

"利奥诺拉坐了牢,她们该满意了。"

"如果你把整个推理告诉她们,说不定她们愿意配合呢。"罗宾提议道。

斯特莱克摸着下巴,两眼失神地看着罗宾。

"不行,"他最后说,"我如果泄露了侦察目标,说不定哪天夜里就会被一把刀子刺中后背。"

"你在开玩笑吧?"

"罗宾,"斯特莱克说,微微有些焦虑,"奎因是被捆起来开膛破肚的。"

他坐在沙发的扶手上,扶手不像沙发垫那样传出刺耳的声音,但也在他的重压下轻轻呻吟。他说:

"皮帕·米吉利上次很喜欢你。"

"交给我吧。"罗宾立刻说道。

"不是你一个人,"斯特莱克说,"也许你可以把我也弄进去?今晚就行动怎么样?"

"没问题!"罗宾兴奋地说。

她和马修不是确定了新的规则吗?这是她第一次考验马修,她去打电话时信心十足。当她告诉马修不知道今晚什么时候回家时,马修的反应不能说是热情,但至少是毫不犹豫地接受了这个消息。

于是,那天晚上七点,斯特莱克和罗宾详细讨论了即将采取的策略之后,就分头出发了。罗宾先走十分钟,在寒冷刺骨的夜色中前往斯塔夫·克里普斯故居。

街区前的水泥空地上又聚集着一帮小青年,他们两星期前谨慎地、毕恭毕敬地让斯特莱克通过,但对罗宾就没那么客气了。罗宾朝楼房内的楼梯走去时,其中一个青年在她面前蹦跳着后退,邀请她入伙,夸她长得漂亮,嘲笑她的沉默,而他那些同伙在她身后的黑暗处评论她的背影,发出讥笑。走进水泥楼梯井时,那个青年的嘲笑声发出奇怪的回音。罗宾觉得他最多不超过十七岁。

青年为了取悦同伙,懒洋洋地横在楼梯井里。"我要上楼。"罗宾语气坚定地说,头皮却开始冒汗。他还是个孩子,罗宾告诉自己,而且斯特莱克就在后面。这想法给了她勇气。"请你让开。"她说。

青年犹豫一下,轻蔑地评论了她的身材一句,便挪开了。罗宾经过时以为他会伸手抓住自己,但他慢慢跑回同伙身边,他们都冲着她的背影骂一些难听的话,罗宾只管走上楼,来到通往凯瑟琳·肯特公寓的那个阳台上,为自己没被跟踪而松了口气。

屋里的灯亮着。罗宾站立片刻,鼓起勇气,按响门铃。

过了几秒钟,门谨慎地打开六英寸,里面站着一个中年女子,一头纠结的红色长发。

"凯瑟琳?"

"是,怎么啦?"女人疑惑地问。

"我有一个非常重要的情报要告诉你,"罗宾说,"你必须听一听。"

("别说'我需要跟你谈谈',"斯特莱克对她面授机宜,"也别说'我有问题要问你'。你的话听上去要对她有利。尽量不要告诉她你是谁。要显得很急迫,让她担心如果把你放走就会错过什么。你需要在她想清楚之前就闯进屋里。叫她的名字。建立一种私人关系。不停地说话。")

"什么事?"凯瑟琳·肯特问。

"我可以进去吗?"罗宾问,"外面很冷。"

"你是谁?"

"你需要听听这个情报,凯瑟琳。"

"你是——"

"凯瑟?"有人在她身后说。

"你是记者吗?"

"我是朋友,"罗宾灵机一动说道,脚尖迈过门槛,"我想帮助你,凯瑟琳。"

"喂——"

凯瑟琳旁边露出一张熟悉的苍白的长脸和一双褐色的大眼睛。

"她就是我跟你说过的那个人!"皮帕说,"在那男人手下工作的——"

"皮帕,"罗宾说,跟高个子姑娘目光对视,"你知道我是跟你站在一边的——有件事我需要告诉你们俩,非常紧急——"

她双脚的三分之二已经跨过门槛。罗宾凝望着皮帕那双惊慌的眼睛,让自己的表情显示出百分之百的可信和真诚。

"皮帕,如果不是认为非常重要,我不会过来——"

"让她进来吧。"皮帕对凯瑟琳说。她的语气很惶恐。

门厅拥挤不堪,似乎挂满衣服。凯瑟琳领罗宾走进一间开着小灯的小客厅,墙上贴着朴素的木兰花墙纸。褐色的窗帘挂在窗户上,但布料太薄了,透过它能依稀看见对面楼房的灯光和远处开过的汽车。旧沙发上蒙着一个有点脏的橘黄色沙发套,沙发底下是抽象旋转团案的地毯,廉价的松木咖啡桌上残留着一份外卖中餐。墙角有一张快要散架的电脑桌,上面放着一台笔记本电脑。罗宾看到两个女人正在一起装饰一棵小小的假圣诞树,突然感到一阵莫名的辛酸。地板上有一串彩灯,唯一的一把扶手椅里有许多装饰品。其中一个是印着"未来的大作家!"的瓷盘。

"你想干吗?"凯瑟琳·肯特不客气地问,双臂抱在胸前。

她用两只凶狠的小眼睛瞪着罗宾。

"我可以坐下吗?"罗宾说,不等凯瑟琳回答就径自坐下来。("在不失礼的前提下,尽量表现得像在自己家里一样,让她很难把你赶走。"斯特莱克这样说。)

"你想干吗?"凯瑟琳·肯特又问了一遍。

皮帕站在窗前,望着罗宾,罗宾看到她手里摆弄着一个圣诞树装饰品：一只穿着圣诞老人衣服的小老鼠。

"你知道利奥诺拉·奎因因谋杀而被捕了吗？"罗宾说。

"当然知道，"凯瑟琳指着自己丰满的胸脯，"就是我发现了那张订购绳子、罩袍和防护服的信用卡账单。"

"没错，"罗宾说，"这我知道。"

"绳子和罩袍！"凯瑟琳·肯特激动地说，"他肯定没想到，是不是？这么多年都以为那女人只是个邋里邋遢的……乏味无趣的小——小老太婆——结果看看她对他做了什么！"

"是的，"罗宾说，"我知道表面看来是这样。"

"这话什么意思，'表面看来'——"

"凯瑟琳，我是来提醒你：他们认为不是她干的。"

（"别说具体细节。只要能避免，就别明确提及警方，别涉及可以查证的说法，说得越模糊越好。"斯特莱克这样告诉她。）

"什么意思？"凯瑟琳厉声又问，"警察认为不是——"

"你能拿到他的卡，更有机会复制——"

凯瑟琳慌乱地看看罗宾又看看皮帕，皮帕紧紧攥着那个圣诞老鼠，脸色煞白。

"但斯特莱克并不认为是你干的。"罗宾说。

"谁？"凯瑟琳说。她似乎太困惑、太紧张，脑子都不好使了。

"她的老板。"皮帕高声对她耳语。

"他！"凯瑟琳说，又转过来针对罗宾，"他是替利奥诺拉工作的！"

"他认为不是你干的，"罗宾又说了一遍，"虽然有那张信用卡账单——虽然账单在你手里。我是说，这件事显得很蹊跷，但他相信你是偶然拿到——"

"是那孩子给我的！"凯瑟琳·肯特说，挥动着双臂，做出疯狂的手势，"他的女儿——是她给我的，我好几个星期都没翻过来看看背面，想都没想过。我太善良了，收了她那张一钱不值的破画，假装是个好东西——我太善良了！"

"这我理解。"罗宾说,"我们相信你,凯瑟琳,我保证。斯特莱克想找到真正的凶手,他不像警察,"("巧妙地暗示,不要明说。")"他不是一心只想再抓一个女的,就是奎因生前可能——你知道的——"

"跟她玩过捆绑游戏的女人"这句话悬在空中,没有说出口。

皮帕比凯瑟琳更善于领会。她十分轻信,而且容易紧张,眼睛看着似乎怒不可遏的凯瑟琳。

"也许我根本不关心是谁杀了他!"凯瑟琳咬牙切齿地咆哮。

"但你肯定不希望被逮捕——"

"我只听到你说他们对我感兴趣!新闻里根本就没提!"

"怎么说呢……不会提的,是不是?"罗宾柔声细语地说,"警察不可能开一个新闻发布会,宣布他们大概抓错了人——"

"信用卡在谁手里?那个女人。"

"通常是奎因自己拿着,"罗宾说,"能接触到它的不止是他妻子。"

"对于警察的想法,你怎么会知道得比我多?"

"斯特莱克在警察局有几个熟人,"罗宾不动声色地说,"他跟调查官理查德·安斯蒂斯一起在阿富汗待过。"

这个曾经审问过自己的男人的名字,似乎对凯瑟琳产生了影响。她又看了皮帕一眼。

"你为什么告诉我这个?"凯瑟琳问道。

"因为我们不想看到又一个无辜的女人被捕,"罗宾说,"因为我们认为警察在不相干的人周围转悠,浪费时间,还因为"("一旦下了钓饵,再添加一些利己主义的成分,让你的话显得更可信")"如果找到真凶的是科莫兰,"罗宾说,露出不好意思的神情,"显然会给他带来很大好处。再创辉煌。"她补充一句。

"是啊,"凯瑟琳说,一边连连点头,"这就对了,不是吗?他想出名。"

跟欧文·奎因在一起待了两年的女人,都会相信出名绝对是个天大的实惠。

"是这样，我们只想给你提个醒，让你知道他们在想什么，"罗宾说，"并请你帮个忙。但是显然，如果你不想……"

罗宾作势要站起来。

（"一旦把情况摆在她面前，就做出'听不听随你'的样子。她开始追着你时，你就成功了。"）

"我已经把我知道的一切都告诉警察了，"凯瑟琳说，看到个头比她高的罗宾站了起来，她似乎有些慌乱，"我没别的可说了。"

"是这样，我们不能肯定他们提的问题是否对路，"罗宾说，又一屁股坐在沙发上，"你是个作家，"她说，突然偏离斯特莱克给她准备好的轨道，把目光落在墙角的笔记本电脑上，"你能注意到细节。你比别人更能理解他和他的作品。"

这番突如其来的恭维，使凯瑟琳准备抛向罗宾的激愤之词（她已经张开嘴，准备把话说出来）从嗓子眼里缩了回去。

"那又怎么样？"凯瑟琳说。此刻她的凶悍有点虚张声势了。"你们想知道什么？"

"你能不能让斯特莱克进来，听听你要说什么？如果你不愿意，他是不会进来的，"罗宾向她保证（这种说法未经老板许可），"他尊重你拒绝的权利。"（斯特莱克并未说过此话。）"但他很想听听你亲口怎么说。"

"我可能说不出什么有价值的东西。"凯瑟琳说，又把双臂抱起来，但掩盖不住虚荣心得到满足的沾沾自喜。

"我知道这让你为难了，"罗宾说，"如果你帮助我们找到真正的凶手，凯瑟琳，你就有正当的理由上报纸了。"

这个保证在客厅里引起一些浮想——凯瑟琳接受热切的、这次是怀着崇敬之心的记者的采访，他们询问她的作品，也许会问：跟我们说说《梅丽娜的牺牲》吧……

凯瑟琳侧眼看了看皮帕，皮帕说：

"那个混蛋绑架了我！"

"是你想去偷袭他，皮普。"凯瑟琳说。她有些焦急地转向罗宾，"我可从没叫她那么做。她——我们看见他在书里写的那些内容——我们俩都……所以我们以为他——你的老板——是被雇来陷害我们的。"

"我理解。"罗宾违心地说，她觉得这种思路扭曲而偏执，但也许这就是跟欧文·奎因厮混带来的影响吧。

"她意气用事，不考虑后果，"凯瑟琳说着，用混杂着慈爱和嗔怪的目光看了看她的女弟子，"皮普脾气有问题。"

"可以理解。"罗宾虚伪地说，"我可以给科莫兰打电话吗？我说的是斯特莱克。请他过来跟我们见面？"

她已经把手机从口袋里拿了出来，低头看了一眼。斯特莱克给她发了一条短信：

在阳台上。冻死了。

她回复：

五分钟。

实际上，她只需要三分钟。凯瑟琳被罗宾的真挚和表现出的理解所感动，同时惊慌失措的皮帕也鼓励她让斯特莱克进来，看看最糟糕的结果是什么，因此，当斯特莱克终于敲门时，皮帕几乎是欣然前去开门。

随着斯特莱克的到来，客厅似乎一下子小了许多。斯特莱克站在凯瑟琳身边，看上去那么人高马大，而且几乎毫无必要地透出十足的男子气。凯瑟琳把圣诞装饰品拿开后，屋里只有一把扶手椅，斯特莱克坐进去，椅子顿时显得很小。皮帕退缩到沙发顶端，坐在扶手上，既恐惧又带有一点挑衅地瞟着斯特莱克。

"你想喝点什么吗？"凯瑟琳瞥了一眼穿着厚大衣的斯特莱克，他那双十四码的大脚敦敦实实地踩在她涡旋花纹的地毯上。

"来杯茶就好了。"他说。

她转身朝小厨房走去。皮帕发现自己单独跟斯特莱克和罗宾待在一起，顿时紧张起来，赶忙跟在凯瑟琳身后。

"她们主动给我倒茶了，"斯特莱克悄声对罗宾说，"说明你干得真漂亮。"

"她为自己是作家感到非常骄傲，"罗宾压低声音回答，"这意味着她能比别人更理解他……"

可是皮帕拿着一盒廉价饼干回来了，斯特莱克和罗宾立刻不做声了。皮帕回到沙发顶端的位置上，不住用怯生生的眼光瞟一瞟斯特莱克，就像她瑟缩在他们的办公室时那样，这目光也带有一种享受演戏的味道。

"真是太感谢你了，凯瑟琳。"斯特莱克看到她把茶托放在桌上，说道。罗宾看见一个茶杯上印着"保持淡定，认真校对"。

"再说吧。"肯特回了一句，抱起双臂，居高临下地瞪着斯特莱克。

"凯瑟，坐下吧。"皮帕劝道。凯瑟琳满不情愿地坐在皮帕和罗宾之间。

斯特莱克要做的第一件事，是巩固罗宾好不容易建立的脆弱的信任，直接进攻在这里是行不通的。因此，他开始应声附和罗宾刚才的话，暗示权威部门对逮捕利奥诺拉有不同看法，正在复查现有的证据。他避免直接提及警方，但每句话都在暗示警察局已经把注意力转向凯瑟琳·肯特。他说话时，一阵警笛声在远处回荡。斯特莱克又宽慰她说，他个人相信肯特是绝对无辜的，但认为她可以提供线索，而警方未能对此予以充分理解和合理利用。

"是啊，是啊，这你可能说对了。"凯瑟琳说。听了斯特莱克令人宽慰的话语，她并没有表现得放松下来。她拿起"保持淡定"的杯子，带着一副轻蔑的派头说："他们只想了解我们的性生活。"

斯特莱克记得，根据安斯蒂斯的说法，凯瑟琳在没有遭受过度压力的情况下，主动提供了这方面的许多信息。

"我对你们的性生活不感兴趣，"斯特莱克说，"显然奎因——恕我直言——在家里得不到他想要的。"

"很多年没跟老婆睡觉了。"凯瑟琳说。罗宾想起在利奥诺拉卧室找到的奎因被捆绑的照片，不禁垂下目光，盯着杯里的茶。"他们根本没有共同语言。他没法跟那女人谈论自己的作品，她也不感兴趣，压根儿就不在乎。他告诉我们——是不是？"她抬头看向旁边坐在沙发扶手上的皮帕，"那女人从来不曾好好读过他的书。他需要能在那个层次上跟他交流的人。他跟我能真正地探讨文学。"

"还有我，"皮帕说，突然开始滔滔不绝，"他对身份认同观念很感兴趣，你知道的，跟我一连几小时地探讨如果我从根儿上、从一生下来就弄错了——"

"是啊，他对我说，能跟一个真正理解他作品的人对话，是一种极大的安慰。"凯瑟琳大声说，盖住皮帕的嗓音。

"我也这么认为，"斯特莱克点着头说，"估计警察都没问过你这些吧？"

"是啊，他们只问我们是在哪儿认识的，我告诉他们：在他的创意写作课上，"凯瑟琳说，"关系是慢慢发展的，你知道，他对我的作品感兴趣……"

"……对我们的作品……"皮帕轻声说。

凯瑟琳长篇大论地讲述师生关系怎样逐渐演变为某种更加暧昧的东西，皮帕似乎一直像尾巴一样跟在奎因和凯瑟琳身后，只在卧室门口驻足停步。斯特莱克频频点头，做出饶有兴趣的样子。

"我写的是特色幻想小说，"凯瑟琳说，斯特莱克吃惊又有些好笑地发现，她现在说话的腔调像极了范克特：都是排练过的话，好像在念发言稿。一闪念间，他猜想有多少独自静坐写小说的人，曾在写作间歇喝咖啡时练习畅谈自己的作品，他想起瓦德格拉夫告诉过他，奎因曾坦率地承认用圆珠笔假装接受采访。"实际上是幻想/情色作品，但文学性很强。这就涉及传统出版了，你知道，他们不愿意冒险尝试前所未见的作品，只愿意出版符合他们销售类别的东西，如果你把几种风格糅合在一起，如果你创造出某种全新的东西，他们就不敢尝试……我知道那个利兹·塔塞尔，"凯瑟琳说这个名字的语气就好像它是一种疾病，"她对欧文说，我的作品太小众了。但这正是独立出版的意义所在，那种自由——"

"是啊，"皮帕说，显然急于贡献自己的价值，"确实如此，对于类型小说，我认为独立出版是一条可行之路——"

"只是我并不属于某一类别，"凯瑟琳说，微微蹙起眉头，"这是我的关键问题——"

"——可是欧文觉得，对于我的自传来说，我最好还是走传统的路子，"皮帕说，"你知道，他对性别认同特别感兴趣，对我的经历十分着迷。我介绍他认识了另外两个变性人，他提出要向他的编辑推荐我，他认为，你知道的，只要有适当的促销，一个从未有人讲过的故事——"

"欧文特别喜欢《梅丽娜的牺牲》。我每次写完一章，他简直是从我手里抢过去看的，"凯瑟琳大声说，"他告诉我——"

她讲到一半突然停住。皮帕因为被打断而露出的明显恼怒的神情，也滑稽地从脸上消失殆尽。罗宾看得出来，她们俩都突然想起在欧文热情洋溢地给予她们鼓励、关注和称赞的同时，那个恶妇和阴阳人的猥亵下流形象，正在她们热切的目光所看不见的一台旧电动打字机上慢慢成形。

"这么说来，他跟你说过他自己的作品？"斯特莱克问。

"说过一点。"凯瑟琳·肯特用单调的语气说。

"他写《家蚕》花了多长时间，你知道吗？"

"我认识他后的大部分时间都在写。"她说。

"关于这本书他说过什么？"

停顿了一下。凯瑟琳和皮帕互相看着对方。

"我已经对他说过了，"皮帕对凯瑟琳说，一边意味深长地看了斯特莱克一眼，"我说过他告诉我们这本书会不同凡响。"

"是啊。"凯瑟琳语气沉重地说。她抱起双臂。"他没有告诉我们结果会是这样。"

会是这样……斯特莱克想起恶妇乳房里流淌出的黏性物质。对他来说，这是书里最令人作呕的画面之一。他记得凯瑟琳的姐姐就死于乳腺癌。

"他有没有说过会是什么样？"斯特莱克问。

"他说了谎话，"凯瑟琳干脆地说，"他说会是作家的心路历程之类的，其实根本不是这样……他对我们说，在书里我们都是……"

"'迷失的美丽灵魂'。"皮帕说，这句话似乎已深深烙在她心里。

"是的。"凯瑟琳口气沉重地说。

"他有没有给你读过其中的内容，凯瑟琳？"

"没有，"她说，"他说他希望这是一部——一部——"

"哦，凯瑟。"皮帕难过地说。凯瑟琳用双手捂住脸。

"给。"罗宾温和地说，从自己的包里掏出纸巾。

"不。"凯瑟琳粗暴地说，猛地从沙发上站起身，冲进厨房。回来时拿着一卷厨房用纸。

"他说，"她继续说道，"他想来个出其不意。那个混蛋，"她说着又坐下来，"混蛋。"

她擦擦眼睛，摇摇头，长长的红头发飘动着，皮帕给她揉着后背。

"皮帕告诉我们，"斯特莱克说，"奎因把一份书稿塞进你家的门里。"

"是的。"凯瑟琳说。

显然皮帕已经供认了这个鲁莽之举。

"隔壁的裘德看见他这么做的。裘德是个好管闲事的女人，总是在刺探我。"

斯特莱克刚才又把二十英镑塞进那个好管闲事的邻居的信箱，感谢她让自己了解到凯瑟琳的动向，这时他问：

"什么时候？"

"六号凌晨。"凯瑟琳说。

斯特莱克几乎可以感觉到罗宾的紧张和兴奋。

"当时你大门外的灯还亮吗？"

"那些灯？已经坏了好几个月了。"

"裘德跟奎因说话了吗？"

"没有，只是从窗户里往外望。当时是凌晨两点钟左右，她不愿意穿着睡衣出来。但是她曾许多次看见奎因在这里出出进进，知道他长什——什么样子，"凯瑟琳抽泣着说，"穿着傻——傻乎乎的大衣，戴着帽子。"

"皮帕说有一张纸条？"斯特莱克说。

"是啊——'我们俩的报应来了'。"凯瑟琳说。

"纸条还在吗？"

"我烧了。"凯瑟琳说。

"是写给你的吗？'亲爱的凯瑟琳'？"

"不是，"她说，"就是那句话和一个该死的吻。混蛋！"她抽噎着。

"我去给大家拿点酒好吗？"罗宾出人意外地主动提议。

"厨房里有一些。"凯瑟琳回答，她用厨房卷纸捂着嘴巴和面颊，声音发闷，"皮普，你去拿。"

"你确定纸条是他写的？"斯特莱克问，皮帕跑去拿酒了。

"确定，是他的笔迹，到哪儿我都认得出来。"凯瑟琳说。

"你是怎么理解的？"

"不知道，"凯瑟琳有气无力地说，擦了擦流泪的眼睛，"我的报应，因为他要跟老婆复合？还是他自己的报应，跟每个人算总账……包括我？没骨气的混蛋，"她说，无意间重复了迈克尔·范克特的话，"他可以跟我说呀，如果他不愿意……如果他想结束……为什么要那么做呢？为什么？而且不光是我……皮普……他假装关心，跟皮普探讨她的生活……皮普经历过一段非常艰难的日子……我是说，她的自传算不上了不起的杰作，可是——"

皮帕拿着几个叮叮作响的酒杯和一瓶白兰地回来了，凯瑟琳立刻噤声。

"我们本来留着它配圣诞节布丁的，"皮帕说，灵巧地打开白兰地的瓶塞，"给你来些，凯瑟。"

凯瑟琳要了不少白兰地，一口气喝光。酒似乎达到预期的效果。她深吸一口气，挺直后背。罗宾接受了很少一点，斯特莱克谢绝了。

"你是什么时候读那份书稿的？"他问凯瑟琳，凯瑟琳已经又给自己倒了一些白兰地。

"就在我发现它的那天，九号，当时我回家来拿衣服。我一直在医院陪安吉拉……自从篝火夜之后，他就一直不接我的电话，一个都不接，我已经跟他说了安吉拉病情恶化，还给他留了言。那天我回到家，发现地板上散落着书稿。我想，怪不得他不接电话，难道是想让我先读读这个吗？我把书稿拿到医院，一边读一边照看安吉拉。"

罗宾能够想象到，坐在临终姐姐的病床旁，读着恋人对她的描写，那会是一种什么感觉。

"我给皮普打电话——是不是？"凯瑟琳说，皮帕点点头，"把他做的事告诉了皮普。我一直给他打电话，但他还是不接。后来，安吉拉死了，我就想，管他呢，我来找你吧。"白兰地使凯瑟琳苍白的面颊泛出血色。"我去了他们家，我一看见那女人——他老婆——就知道她没有说假话。他确实不在。于是我叫那女人告诉他，安吉拉死了。他以前见过安吉拉，"凯瑟琳说，脸又变得扭曲。皮帕放下自己的酒杯，用胳膊搂住凯瑟琳颤抖的肩膀，"我以为他至少能意识到他对我做了什么，当我正在失去……当我已经失去……"

在那一分多钟里，房间里只听见凯瑟琳的啜泣声，和楼下院子里那些小青年模糊的喊叫声。

"对不起。"斯特莱克得体地说。

"这对你肯定是极大的打击。"罗宾说。

此刻，一种脆弱的凝聚力把他们四人拴在一起。他们至少有一点共识：欧文·奎因做的事很不地道。

"我来这里就是为了求助于你的文本分析能力。"斯特莱克说，凯瑟琳已经擦干眼泪，两只眼睛在脸上肿成细缝。

"你这话什么意思？"她问，罗宾在唐突的语气后面听出一种得意。

"奎因在《家蚕》里写的一些内容我不能理解。"

"其实不难，"她说，又一次在不知不觉中说了跟范克特同样的话，"它可不会因为晦涩难懂而获诺贝尔奖，是不是？"

"不知道，"斯特莱克说，"里面有一个特别令人感兴趣的角色。"

"虚荣狂？"她问。

斯特莱克想，她肯定会立刻得出这个结论。范克特大名鼎鼎。

"我想到的是切刀。"

"我不想谈论这个角色。"她说，语气之刺耳令罗宾吃了一惊。凯瑟琳看了皮帕一眼，罗宾看到她俩的眼神明显闪了一下，像是共同守着一个秘密。

"他假装好人，"凯瑟琳说，"假装有一些东西是神圣的。结果他却……"

"似乎谁也不愿为我解读切刀这个角色。"斯特莱克说。

"因为我们中间有些人良心未泯。"凯瑟琳说。

斯特莱克看向罗宾，催促她把任务接过去。

"杰瑞·瓦德格拉夫已经告诉科莫兰说他是切刀。"罗宾试探性地说。

"我喜欢杰瑞·瓦德格拉夫。"凯瑟琳执拗地说。

"你见过他？"罗宾问。

"前年圣诞节，欧文带我去参加一个派对，"她说，"瓦德格拉夫也在。可爱的男人。当时喝了几杯。"她说。

"他那时候就喝酒了？"斯特莱克突然插嘴问道。

这是个失误。他鼓励罗宾把任务接过去，就是因为觉得罗宾看上去没那么令人生畏。他的插话使凯瑟琳把嘴闭上了。

"派对上还有别的有意思的人吗？"罗宾问，一边小口喝着白兰地。

"迈克尔·范克特也在，"凯瑟琳立刻说道，"别人都说他傲慢，但我觉得挺有魅力的。"

"噢——你跟他说话了吗？"

"欧文要我尽量离他远点儿，"她说，"但我去上卫生间，回来时跟范克特说我非常喜欢《空心房子》。欧文知道肯定不高兴，"她带着一种可怜的满足，"总是说对范克特的评价过高，但我认为范克特很出色。反正，我们聊了一会儿，后来就有人把他拉走了。没错，"她挑衅地说，似乎欧文·奎因的幽灵就在这屋里，能听见她在称赞他的死对头，"范克特对我很和气。他祝我写作顺利。"她喝着白兰地说。

"你跟他说了你是欧文的女朋友吗？"罗宾问。

"说了，"凯瑟琳说，脸上带着扭曲的笑容，"他笑了起来，说'我对你深表同情'。他根本没往心里去。看得出来，他对欧文已经不在意了。没错，我认为范克特是个好人，是个优秀的作家。人难免会嫉妒，是不是？当你成功的时候？"

她又给自己倒了一些白兰地。酒杯端得很稳，若不是面颊上泛起红晕，根本看不出一点醉态。

"你也喜欢杰瑞·瓦德格拉夫。"罗宾几乎是漫不经心地说。

"哦，他很可爱。"凯瑟琳说，她此刻处于亢奋状态，对奎因可能攻击的每个人都赞不绝口，"可爱的男人。不过他当时醉得非常、非常厉害。他待在旁边一个房间里，大家都躲着他，你知道的。塔塞尔那个坏女人叫我们别管他，说他满嘴胡言乱语。"

"你为什么说塔塞尔是坏女人？"罗宾问。

"势利的老太婆，"凯瑟琳说，"瞧她跟我说话，跟每个人说话那架势。但我知道是怎么回事：她生气是因为迈克尔·范克特在那儿。我对她说——当时欧文去看看杰瑞是否有事，不管那坏老太婆怎么说，欧文不愿让杰瑞在椅子上醉得不省人事——我对她说：'我刚才在跟范克特说话，他很有魅力。'她听了很不高兴，"凯瑟琳沾沾自喜地说，"不愿知道范克特对我和颜悦色，而对她避之不及。欧文告诉我，那女人以前爱过范克特，但范克特根本不愿搭理她。"

她津津有味地说着这些八卦，虽然都是陈年旧事。至少在那个晚上，她是圈内人。

"我跟她说完那些话，她就走了，"凯瑟琳满足地说，"讨厌的女人。"

"迈克尔·范克特告诉我,"斯特莱克说,凯瑟琳和皮帕立刻盯住他,急于听到那位著名作家说了什么,"欧文·奎因和伊丽莎白·塔塞尔曾经好过一段。"

她们都惊呆了,一阵沉默后,凯瑟琳·肯特突然大笑起来。毫无疑问是发自内心的笑:沙哑的、几乎是喜悦的狂笑声在房间里回荡。

"欧文和伊丽莎白·塔塞尔?"

"他是这么说的。"

皮帕看到凯瑟琳·肯特突然爆发出这样强烈的喜悦,听到她的笑声,不禁也眉开眼笑。凯瑟琳倒靠在沙发背上,上气不接下气,似乎从心底里感到乐不可支,笑得浑身颤动,白兰地洒到裤子上。皮帕被她的歇斯底里感染,也大笑起来。

"绝对不可能,"凯瑟琳喘着气说,"一百万……年……也不……可能……"

"那应该是很久以前的事了。"斯特莱克说,可是凯瑟琳继续发出由衷的粗声大笑,红色的长头发不停地抖动。

"欧文和利兹……不可能。绝对不可能……你们不了解,"她说,一边擦着笑出来的眼泪,"欧文认为利兹是丑八怪。如果真有事,他会告诉我的……欧文把他睡过的每个人都跟我说了,他在这方面可不像个绅士,对吗,皮普?如果他们真有事,我会知道的……真搞不懂迈克尔·范克特是从哪儿得来的消息。绝对不可能。"凯瑟琳·肯特说,怀着发自内心的欢乐和十足的信心。

笑声使她变得放松。

"可是你不知道切刀到底是什么意思,对吗?"罗宾问她,一边果断地把空酒杯放在松木咖啡桌上,好像准备告辞。

"我从没说过我不知道,"凯瑟琳说,仍然因长时间的狂笑而气喘吁吁,"我当然知道。只是这么对待杰瑞太可怕了。这个该死的伪君子……欧文叫我不要跟任何人提,结果他自己却把事情写进《家蚕》……"

不需要斯特莱克目光的提醒，罗宾就知道应该保持沉默，因为凯瑟琳被白兰地刺激得情绪大好，美美地享受着他们对她的注意，并因了解文学界大腕的敏感隐私而沾沾自喜……现在就应该让这些因素发挥作用。

"好吧，"她说，"好吧，是这样的……

"我们离开时欧文告诉我的。那天晚上杰瑞醉得很厉害，你知道，他的婚姻面临破裂，已经许多年了……那天晚上参加派对前，他和菲奈拉非常激烈地吵了一架，菲奈拉告诉他，他们的女儿可能不是他的，可能是……"

斯特莱克知道接下来是什么。

"……范克特的，"在恰到好处的戏剧性停顿之后，凯瑟琳说道，"大脑袋的侏儒，女人想把孩子流掉，因为不知道是谁的，明白了吗？长着土拨鼠犄角的切刀……

"欧文告诉我不许乱说。'这不是闹着玩的，'他说，'杰瑞爱他的女儿，那是他生命中唯一美好的东西。'但他回家的一路上都在谈这件事。翻来覆去地谈论范克特，说范克特发现自己有个女儿会是多恼恨，因为他从来不想要孩子……还跟我胡扯什么要保护杰瑞！为了报复迈克尔·范克特，真是不择手段。不择手段。"

第四十六章

利安得奋力挣扎；周围海浪汹涌，
　　把他拖向海底，
　　　那里散落着珍珠……

——克里斯托弗·马洛①，《海洛和利安得》

斯特莱克庆幸那瓶廉价白兰地发挥了奇效，也庆幸罗宾兼有头脑清醒和态度亲切两个特点。半小时后，他连连称谢地跟罗宾告别。罗宾怀着喜悦和兴奋的心情，回家去见马修。现在再看斯特莱克关于欧文·奎因凶手的那套推理，她的态度比先前温和了一些。这一部分是因为，凯瑟琳·肯特说的话与之没有任何矛盾，更主要是因为，在两人共同完成这次审讯之后，她对自己的老板有了特殊的好感。

斯特莱克回到自己的阁楼房间时，情绪则没那么高涨。他只喝了茶，而且比以前更坚信自己的想法，但他能提供的证据只有那个打字机色带盒：这肯定不足以推翻警方对利奥诺拉的指控。

星期六和星期天夜里结了硬硬的霜冻，但白天耀眼的阳光会从云

---

① 克里斯托弗·马洛（1564—1593），英国诗人，剧作家。曾一度入狱。后被人刺死。共写了七部剧本，均属悲剧或带有悲剧意味的历史剧，革新了中世纪的戏剧，在舞台上创造了反映时代精神的巨人性格和"雄伟的诗行"，为莎士比亚的创作铺平了道路。

层后面射出来。雨把阴沟里的积雪变成瘫软的雪泥。斯特莱克独自在公寓和办公室里沉思，没有接妮娜·拉塞尔斯打来的电话，并拒绝了去尼克和伊尔莎家吃饭的邀请，借口有案头工作要做，实际上是愿意自己待着，不想跟别人谈论奎因的案子。

他知道自己的行为仍在遵循一种专业标准，其实在离开特别调查科之后，这种标准就不再适用了。从法律上来讲，他完全可以把自己的怀疑告诉任何人，但他仍把它们当成机密一样严守。这既是一种长期的习惯，更主要是因为（别人可能会发出讥笑）他十分认真地认为，凶手可能会听说他在想什么和做什么。在斯特莱克看来，要确保那个秘密情报不泄露，最保险的做法是不把它告诉任何人。

星期一，那个水性杨花的布鲁克赫斯特小姐的老板兼男友又来了，他的受虐倾向进一步升级，竟然想知道那女人是否像他强烈怀疑的那样，在某个地方还藏着第三个情人。斯特莱克心不在焉地听着，心里却在想戴夫·普尔沃斯的行动，现在那似乎是他最后的希望。罗宾花了许多时间想搞到斯特莱克叫她去找的证据，但她的努力仍然毫无结果。

那天晚上六点半，斯特莱克坐在公寓里，天气预报说这个周末又有严寒天气，突然，他的手机响了。

"你猜怎么着，迪迪？"普尔沃斯的声音顺着劈啪作响的线路传来。

"你没骗我吧？"斯特莱克说，因为期待，他突然感到胸口发紧。

"东西找到了，伙计。"

"天哪。"斯特莱克低声叹道。

其实想法是他的，但他那么震惊，就好像这件事是普尔沃斯独立完成的。

"装在袋子里等着你呢。"

"我明天一早就派人来取——"

"我得回家好好洗个热水澡了。"普尔沃斯说。

"伙计，你小子可真——"

"我知道我厉害。回头再讨论我的功劳吧。我他妈都快冻死了,迪迪,要回家了。"

斯特莱克打电话把这消息告诉罗宾。罗宾跟他一样欣喜若狂。

"好的,明天!"她信心十足地说,"明天我一定把它弄到手,我要确保——"

"别草率行事,"斯特莱克劝道,"这不是比赛。"

那天晚上他几乎没合眼。

罗宾直到下午一点才出现在办公室,斯特莱克听见玻璃门响和罗宾叫他的声音,心里就明白了。

"你没有——"

"有了。"罗宾气喘吁吁地说。

她以为斯特莱克会拥抱自己,那样就突破了一道他以前从未接近的界限,然而,他突然冲上前不是来拥抱她,而是去拿桌上的手机。

"我给安斯蒂斯打个电话。我们成功了,罗宾。"

"科莫兰,我认为——"罗宾刚要说话,但斯特莱克没有听见。他匆匆返回自己的办公室,关上门。

罗宾坐进电脑椅里,心里觉得很不安。门那边隐约传来斯特莱克忽高忽低的声音。罗宾焦虑地起身去卫生间,洗了洗手,对着水池上方那块带有裂纹和斑点的镜子,观察给自己带来不便的金灿灿的头发。她回到办公室坐下,却没有心思做任何事,注意到那棵艳俗的小圣诞树的电源没有打开,就把它打开,等待着,一边心不在焉地咬着拇指指甲,她已经许多年不这么做了。

二十分钟后,斯特莱克从自己的办公室出来,咬牙切齿,脸色很难看。

"该死的蠢货!"他一开口就骂道。

"不!"罗宾惊讶地说。

"他根本听不进去,"斯特莱克说,激动得根本坐不下来,瘸着腿在这封闭的空间里走来走去,"他把带锁的储藏间里找到的那块沾血的破布拿去化验,上面有奎因的血迹——这有什么大不了的,可能奎因几个月前把自己割伤了。他那么痴迷自己的那套混账推理——"

"你跟他说了吗,只要他弄到一份许可证——"

"白痴!"斯特莱克吼道,一拳砸得金属文件柜连连震动,罗宾吓了一跳。

"但他没法否认——一旦法医鉴定出来——"

"那才是最要命的,罗宾!"斯特莱克突然冲着她大发雷霆,"除非他在法医鉴定结果出来之前就开展搜捕,不然什么也不会找到!"

"可是你跟他说了打字机的事吗?"

"既然这样一个简单事实都不能让那笨蛋清醒一点——"

罗宾不敢再提别的建议,只是看着他眉头紧锁地走来走去,不敢把自己内心的担忧告诉他。

"妈的,"斯特莱克第六次走回她的桌旁,吼道,"采取威慑战术吧。没有别的选择。阿尔,"他喃喃地说,又把手机掏了出来,"和尼克。"

"尼克是谁?"罗宾问,拼命想跟上他的思路。

"他娶了利奥诺拉的律师,"斯特莱克说,重重地按着手机上的按键,"老哥们儿……是个肠胃科医生……"

他又回到自己的办公室,砰的关上门。

罗宾的心跳得像打鼓一样,为了给自己找点事做,她把水壶灌满,给两人都沏了茶。她等待着,杯里的水慢慢放凉了。

十五分钟后,斯特莱克出来,显得平静了一些。

"好了,"他说,抓起自己的杯子,喝了一大口,"我有了个计划,需要你的配合。你准备好了吗?"

"当然!"罗宾说。

他简明扼要地把自己想做的事讲了一遍。这是个宏大的计划,需要足够的运气。

"怎么样?"斯特莱克最后问道。

"没问题。"罗宾说。

"我们可能不需要你。"

"好的。"罗宾说。

"另一方面,你可能是关键。"

"明白。"罗宾说。

"真的没问题吗?"斯特莱克问,专注地看着她。

"绝对没问题,"罗宾说,"我愿意,真的愿意——只是,"她迟疑地说,"我认为他——"

"什么?"斯特莱克厉声问道。

"我认为我最好练习一下。"罗宾说。

"哦,"斯特莱克打量着她说,"对,有道理。我估计要到星期四呢。我这就去查查日期……"

他第三次钻进里间办公室。罗宾回到自己的电脑椅上。

她迫切希望在抓捕欧文·奎因凶手的行动中发挥作用,但是,她在被斯特莱克的厉声追问吓住之前想说的那句话是:"我认为他可能看见我了。"

第四十七章

哈，哈，哈，你就像蚕，被自己的劳动成果缠绕。

——约翰·韦伯斯特，《白色的魔鬼》

在老式街灯的映照下，切尔西艺术俱乐部前脸的那些卡通壁画显得十分诡异。长长一排低矮的普通白色房屋连为一体，彩虹斑点的外墙上绘着马戏团的怪物：一个四条腿的金发女郎；一头把饲养员吞入腹中的大象；一个穿条纹囚服的脸色苍白的柔术演员，脑袋似乎钻进了自己的肛门。俱乐部位于一条树荫密布、冷清而优雅的街道，在漫天大雪中显得格外幽静。大雪怀着复仇之心卷土重来，在房顶和人行道上迅速堆积，似乎凛冽的严冬从未有过那次短暂的间歇。在整个星期四，暴风雪越下越大，此刻透过路灯映照下的纷飞雪花看去，古老的俱乐部配上这些新绘制的彩色粉笔画，显得特别虚幻缥缈，像纸板上的风景，像错视画派的作品。

斯特莱克站在老教堂街外的一条暗巷子里，注视着他们一个个到来，参加那个小规模聚会。他看见年迈的平克曼在面无表情的杰瑞·瓦德格拉夫搀扶下，从出租车里出来，丹尼尔·查德戴着毛皮帽、挂着双拐站在那里，不自然地点头、微笑，表示欢迎。伊丽莎白·塔塞尔独自打车过来，摸索着掏车费，被冻得瑟瑟发抖。最后露面的是迈克尔·范克特，由司机开车送来。他不慌不忙地从车里出来，整了整大衣，迈步走上门前的台阶。

雪花密集地飘落在侦探浓密的卷发上，他掏出手机，拨通同父异母兄弟的电话。

"喂，"阿尔说，声音里透着兴奋，"他们都在餐厅里了。"

"多少人？"

"有十来个吧。"

"我马上进来。"

斯特莱克拄着拐杖，一瘸一拐地走过马路。他报出姓名，并说自己是邓肯·吉尔菲德的朋友，他们便立刻放他进去了。

阿尔和吉尔菲德就站在一进门不远的地方。吉尔菲德是一位著名摄影师，斯特莱克之前与他从未谋面。吉尔菲德似乎有些摸不着头脑，不知道斯特莱克是什么来头，也不明白熟人阿尔为什么要拜托自己——这家鬼魅怪异的俱乐部的成员，去邀请一位他根本不认识的客人。

"我的兄弟。"阿尔给他们作介绍，语气显得很骄傲。

"噢，"吉尔菲德茫然地说，他戴着跟克里斯蒂安·费舍尔同款的眼镜，稀疏的头发剪到齐肩的长度，"我记得你兄弟要年轻一些。"

"那是埃迪，"阿尔说，"这是科莫兰。以前当过兵，现在是侦探。"

"噢。"吉尔菲德说，看上去比刚才更迷惑了。

"非常感谢，"斯特莱克同时对两个男人说，"再给你们买份饮料？"

俱乐部里人声嘈杂，非常拥挤，只能间或瞥见软塌塌的沙发，和炉膛里噼啪燃烧的木头。天花板低矮的酒吧间的墙上贴满印刷品、绘画和照片，有点像乡间住宅，温馨舒适，却略显杂乱邋遢。斯特莱克是房间里最高的男人，可以越过人头看见俱乐部后面的窗户。窗外是一座很大的花园，在室外灯光的映照下，有的地方亮，有的地方暗。苍翠的灌木丛和潜伏在丛林间的石头雕像，都被厚厚的积雪覆盖，像糖霜一样柔滑、纯粹。

斯特莱克走到吧台,给两位同伴要了红酒,同时往餐厅里看了一眼。

吃饭的人坐满几条长长的木头餐桌。他看见了罗珀·查德公司的聚会,旁边是一对落地窗,玻璃后面的花园泛着白色的寒光,显得阴森诡异。九十岁高龄的平克曼坐在桌首,十来个人聚在一起为他庆生,其中几个斯特莱克没有认出来。斯特莱克看到,安排座位的人把伊丽莎白·塔塞尔跟迈克尔·范克特远远隔开。范克特对着平克曼的耳朵大声说话,对面坐着查德。伊丽莎白·塔塞尔坐在杰瑞·瓦德格拉夫旁边,两人没有交谈。

斯特莱克把红酒递给阿尔和吉尔菲德,然后回到吧台去端自己那杯威士忌,刻意让罗珀·查德公司的聚会尽收眼底。

"哎呀,"传来一个声音,银铃般清脆,但说话的人似乎比他矮很多,"你怎么在这儿?"

妮娜·拉塞尔斯站在他身边,还穿着上次给他庆祝生日时的那件黑色吊带裙。从她身上丝毫看不到以前那种咯咯傻笑的轻佻劲儿。她看上去一脸怨气。

"嗨,"斯特莱克惊讶地说,"没想到能在这儿看到你。"

"我也没想到。"她说。

自从夏洛特婚礼的那天夜里,他为了摆脱对夏洛特的思念而与妮娜同床共枕之后,已经一个多星期没回她电话。

"这么说你认识平克曼。"斯特莱克说,他面对明显感觉到的敌意,努力找话题跟对方闲聊。

"杰瑞要离开了,我接管了他的几位作者。平克曼是其中之一。"

"祝贺你。"斯特莱克说。妮娜还是面无笑容。"怎么瓦德格拉夫仍然来参加聚会?"

"平克曼喜欢杰瑞。那么,"她又问,"你怎么在这儿?"

"受人之托,忠人之事,"斯特莱克说,"查明是谁杀了欧文·奎因。"

妮娜翻了翻眼珠，显然觉得他是拿自己的坚持开玩笑。

"你是怎么进来的？这里只接待会员。"

"我有个熟人。"斯特莱克说。

"看来你不想再利用我了？"妮娜问。

斯特莱克不太喜欢自己映在她那双老鼠般大眼睛里的形象。不可否认，他不止一次利用了她。这使妮娜感到自己廉价、屈辱，他不该这么对待她。

"我想那样可能太老套了。"斯特莱克说。

"是啊，"妮娜说，"你想得没错。"

她转身离开他，走回餐桌，坐进最后一个空位子，身边是两位斯特莱克不认识的职员。

斯特莱克正好处于杰瑞·瓦德格拉夫的视线里。瓦德格拉夫看见了他，斯特莱克注意到这位编辑突然睁大角质框眼镜后面的双眼。查德看到瓦德格拉夫呆若木鸡的目光，在座位里扭过身，便也清楚地认出了斯特莱克。

"怎么样？"阿尔在斯特莱克身边兴奋地问。

"太棒了，"斯特莱克说，"那个叫吉尔什么的家伙呢？"

"他喝完酒就走了。不知道我们到底想干什么。"阿尔说。

阿尔也不清楚他们为什么来这里。斯特莱克只对他说今晚需要进入切尔西艺术俱乐部，可能还需要搭一个车。阿尔那辆鲜红色的阿尔法罗密欧蜘蛛跑车就停在外面不远处的马路上。刚才斯特莱克从低矮的车身里钻出来时，膝盖疼得钻心。

正如他设想的那样，罗珀·查德公司聚餐桌上一半的人都强烈地意识到了他的存在。斯特莱克从自己所站的位置能清楚地看到他们映在黑色落地窗中的影子。两个伊丽莎白·塔塞尔从两本菜单上瞪着他，两个妮娜故意不理他，两个秃顶油亮的查德各自招来一位侍者，在他们耳边低语。

"那就是我们在河滨餐厅见过的秃顶家伙吗？"阿尔问。

"是的，"斯特莱克说，笑眯眯地看着那个真实的侍者跟他的镜中幻影分离，朝他们走来，"我估计我们要被盘问有什么资格在这里了。"

"非常抱歉，先生，"侍者走到斯特莱克身边，低声问道，"请问——"

"我是阿尔·罗克比——和我哥哥一起来见邓肯·吉尔菲德。"没等斯特莱克回答，阿尔就愉快地说道。他的语气表示出惊讶：竟然有人来找他们的麻烦。他是个养尊处优的有魅力的年轻人，文凭无可挑剔，走到哪儿都受欢迎，他轻松随意地把斯特莱克归为一家人，也赋予了他同样理所应当的特权。阿尔那张窄窄的脸上闪动着乔尼·罗克比的眼睛。侍者赶紧低声道歉，抽身离去。

"你想给他们制造紧张氛围吗？"阿尔盯着那边出版公司的餐桌，问道。

"试试看吧。"斯特莱克笑微微地说，小口喝着威士忌，注视着丹尼尔·查德发表一通显然是向平克曼表示祝贺的枯燥呆板的讲话。卡片和礼物从桌子底下拿了出来。大家微笑地看着年迈的作家，同时也不安地扫一眼从吧台盯着他们的这位黑黢黢的大汉。只有迈克尔·范克特没有扭头张望。他也许不知道侦探在场，也许没有因此受到干扰。

开胃菜端到他们面前时，杰瑞·瓦德格拉夫站起身，离开餐桌向吧台走来。妮娜和伊丽莎白用目光追寻着他。瓦德格拉夫去卫生间的路上只朝斯特莱克点了点头，回来时却停住脚步。

"看见你在这里很意外。"

"是吗？"斯特莱克说。

"是的，"瓦德格拉夫说，"你……嗯……让人感到不安。"

"对此我也没有办法。"斯特莱克说。

"你可以试着别死盯着我们。"

"这是我弟弟阿尔。"斯特莱克说，没有理会他的请求。

阿尔笑容满面，伸出一只手，瓦德格拉夫握了握，显得有些不知所措。

"你把丹尼尔惹恼了。"瓦德格拉夫直视着侦探斯特莱克的眼睛，说道。

"真遗憾。"斯特莱克说。

编辑揉了揉乱糟糟的头发。

"好吧,既然你是这个态度。"

"真奇怪你竟然关心丹尼尔·查德的感受。"

"其实不是,"瓦德格拉夫说,"但他如果心情不好,能让别人都觉得生活不开心。为了平克曼,我希望今晚一切顺利。我不明白你来这里做什么。"

"想来送个东西。"斯特莱克说。

他从内侧口袋里掏出一个白色的信封。

"这是什么?"

"是给你的。"斯特莱克说。

瓦德格拉夫接过去,看上去完全摸不着头脑。

"有件事你应该考虑一下,"斯特莱克说,在嘈杂的酒吧里凑近这位迷惑不解的编辑,"知道吗,范克特在妻子去世前患过腮腺炎。"

"什么?"瓦德格拉夫莫名其妙地问。

"一直没孩子。可以肯定他不能生育[①]。我认为你可能会感兴趣。"

瓦德格拉夫目瞪口呆地望着他,找不到话说,然后便走开了,手里仍攥着那个白色信封。

"那是什么?"阿尔兴奋地问斯特莱克。

"第一套方案,"斯特莱克说,"等着瞧吧。"

瓦德格拉夫重新在罗珀·查德餐桌旁坐下。他打开斯特莱克递给他的信封,旁边的黑色落地窗中映出他的影像。他疑惑地从里面抽出第二个信封。这个信封上潦草地写着一个名字。

编辑抬头看着斯特莱克,斯特莱克向他扬起双眉。

杰瑞·瓦德格拉夫迟疑了一下,转向伊丽莎白·塔塞尔,把信封

[①] 成年男子患腮腺炎有可能导致不育。如果双侧睾丸均发炎萎缩,就可能失去生育能力。

递给了她。伊丽莎白看着上面的字，皱起眉头。她立刻朝斯特莱克投来目光。斯特莱克微微一笑，朝她举举酒杯。

一时间，伊丽莎白似乎不知道该怎么办，接着，她推了推坐在她旁边的姑娘，把信封递了过去。

信封传到桌子那头，然后，递到对面的迈克尔·范克特手里。

"好了，"斯特莱克说，"阿尔，我要去花园里干一桩大活儿。你留在这里，让手机开着。"

"他们不让用手机——"

阿尔看到斯特莱克的表情，赶紧纠正自己：

"没问题。"

第四十八章

蚕为你耗尽她黄色的丝？为你毁灭了她自己？

——托马斯·米德尔顿,《复仇者的悲剧》

花园里很荒凉,寒冷刺骨。斯特莱克踩在齐脚脖子深的雪中,感受不到寒意正渗入右边的裤腿。平常聚集在平整草坪上吸烟者的人们,都选择了去街上。他在凝固的白色中踏出一条孤独的沟壑,周围是一片肃穆无声的美,最后他停在一个圆圆的小池塘旁,池水已冻结成灰白色的厚冰。一尊胖乎乎的丘比特青铜雕像坐在一个巨大的蛤壳中央。它戴着雪做的假发,手中的弓箭没有瞄向能射到人的地方,而是直指漆黑的苍穹。

斯特莱克点燃一根烟,转身望着灯光耀眼的俱乐部窗户。那些就餐者和侍者就像剪纸在明亮的屏幕上移动。

如果斯特莱克对那个男人判断正确,他一定会来。对于一个作家,一个痴迷于把经历变成文字、酷爱恐怖和怪异主题的人来说,这难道不是一个非常诱人的机会吗?

果然,几分钟后,斯特莱克听见一扇门打开,传来音乐和谈话声,随着门关上声音又立刻低弱下去,接着是轻轻的脚步声。

"斯特莱克先生?"

黑暗中范克特的脑袋显得格外的大。

"到街上去不是更方便吗？"

"我愿意在花园里做这件事。"斯特莱克说。

"明白了。"

范克特的语气里微微有些笑意，似乎他打算至少暂时迁就一下斯特莱克。侦探猜想，在一桌焦虑不安的人中间，作家被单叫出来跟这个害得大家不安的人谈话，这对追求戏剧感的作家是有吸引力的。

"怎么回事？"范克特问。

"尊重你的意见，"斯特莱克说，"询问对《家蚕》的评论分析。"

"又来了？"范克特说。

他愉快的心情随着双脚一同冷却。雪下得又密又急，他把大衣裹得更紧一些，说道：

"关于那本书，我想说的都已经说过了。"

"关于《家蚕》，我听说的第一件事，"斯特莱克说，"就是它使人联想到你的早期作品。恐怖和神秘的象征主义，没错吧？"

"那又怎么样？"范克特说，把手插进口袋。

"结果，随着我跟一个个认识奎因的人谈话，越来越清楚地发现，大家读到的那本书跟奎因自己声称在写的东西只是依稀有些相似。"

范克特的呼吸在脸前形成一团白雾，模糊了斯特莱克隐约看到的轮廓粗重的面容。

"我甚至还见过一个姑娘，说她听过书中的部分内容，但那部分内容没有出现在最后的书稿里。"

"作家经常删改，"范克特说，一边移动着双脚，肩膀耸起来贴近耳朵，"欧文删改的力度再大一些会更好。实际上，有几部小说可以完全删掉。"

"书里还出现了他所有早期作品的翻版，"斯特莱克说，"两个阴阳人。两个沾血的麻袋。那些不必要的性描写。"

"他是个想象力有限的人，斯特莱克先生。"

"他留下一篇潦草的笔记，上面有一些看上去像是人物的名字。

其中一个名字出现在一卷用过的打字机色带上,那是在警察封锁书房之前拿出来的,可是在最后完成的书稿里却没有那个名字。"

"那是他改变主意了。"范克特不耐烦地说。

"那是个普通的名字,不像完成的书稿里的名字那样有象征性或代表性。"斯特莱克说。

他的眼睛渐渐适应黑暗,看见范克特五官粗重的脸上露出一丝淡淡的好奇。

"满满一餐厅的人目睹了可以说是奎因的最后一餐,以及他的最后一场公开表演,"斯特莱克继续说道,"一位可靠的目击者说,奎因嚷嚷得整个餐厅都能听见,说塔塞尔不敢代理那本书的原因之一是'范克特的软蛋'。"

他不能肯定出版公司那些惶恐不安的人是否能清楚地看见他和范克特。他们的身影跟树木和雕像融为一体,但意志坚决或不顾一切的人,仍然能够通过斯特莱克香烟的那一星点亮光辨别他们的位置:那是神枪手的准星。

"问题是,《家蚕》里没有任何内容是关于你的阴茎的,"斯特莱克继续说道,"也没有任何内容写到奎因的情妇和他那个年轻的变性人朋友是'迷失的美丽灵魂',而他跟她们说过要那样描写她们。而且,谁会往蚕上泼酸呢,一般都是把它们煮沸取茧子。"

"所以呢?"范克特又问。

"所以我被迫得出这个结论,"斯特莱克说,"大家读到的《家蚕》,跟欧文·奎因写的那本《家蚕》不是同一本书。"

范克特不再移动双脚。他一时怔住,似乎在认真考虑斯特莱克的话。

"我——不,"他说,几乎是在自言自语,"那本书是奎因写的。是他的风格。"

"真奇怪你这么说,因为对奎因的独特风格比较敏感的其他人,似乎都在书里发现了另一种陌生的声音。丹尼尔·查德认为是瓦德格拉夫。瓦德格拉夫认为是伊丽莎白·塔塞尔。克里斯蒂安·费舍尔说是你。"

范克特像平常那样松弛而傲慢地耸了耸肩。

"奎因想模仿一位更优秀的作家。"

"你不认为他对待那些真人原型的方式有点奇怪的不统一吗？"

范克特接受了斯特莱克给他的烟和火，此刻默默地、饶有兴趣地听着。

"奎因说他的妻子和代理都是他身上的寄生虫，"斯特莱克说，"这话令人不快，但任何一个人都会对那些靠自己挣钱养活的人抛去这样的指责。他暗示情妇不喜欢动物，并且含沙射影地说她在制造垃圾书，还令人恶心地暗指乳腺癌。奎因那位变性人朋友得到的嘲讽是发声训练——而那姑娘声称已经把自己写的传记拿给奎因看过，并把自己内心最深处的秘密都告诉了奎因。奎因在书里指责查德事实上杀害了乔·诺斯，还粗鲁地暗示查德实际上想对乔做什么。另外，他还指责你对你第一任妻子的死负有责任。

"所有这一切，要么是众所周知，大家早就议论纷纷的，要么就是一种随意的指控。"

"但这不能说明这样写对人不造成伤害。"范克特轻声说。

"同意，"斯特莱克说，"这本书给了许多人仇恨奎因的理由。但是，书里唯一真正透露的一个秘密，就是暗示你是乔安娜·瓦德格拉夫的父亲。"

"我告诉过你了——差不多告诉过你了——在我们上次见面的时候，"范克特说，语气显得很紧张，"那个指控不仅是无稽之谈，而且根本不可能。我不能生育，其实奎因——"

"——其实奎因应该知道的，"斯特莱克赞同道，"因为你患腮腺炎时，你和他表面上关系还不错，而且他已经在《巴尔扎克兄弟》那本书里嘲笑过这件事了。这就使得切刀所受的那个指责更显奇怪了，不是吗？似乎那是某个不知道你不能生育的人写的。你读这本书时，丝毫没有想到这些吗？"

大雪纷纷地落在两个男人的头发上、肩膀上。

"我认为欧文根本不在意是真是假，"范克特吞云吐雾，慢悠悠地说，"烂泥沾身洗不掉。他就是把烂泥到处乱甩。我认为他是想尽可能多地制造麻烦。"

"你认为他就是因为这个才早早寄了一份书稿给你？"范克特没有回答，斯特莱克便继续说道，"这是很容易查清的，你知道。快递员——邮政公司——都会有记录。你还是告诉我吧。"

沉吟良久。

"好吧。"范克特终于说道。

"你什么时候拿到的？"

"六号早晨。"

"你是怎么处理它的？"

"烧掉了，"范克特简短地说，跟凯瑟琳·肯特完全一样，"我看得出来他想干什么：故意激起一场当众争吵，最大限度地宣传自己。这是失败者的最后一招——我可不打算满足他。"

随着花园的门再次被打开和关上，又传来一阵室内的喧闹声。犹豫不决的脚步蜿蜒踏过积雪，然后，黑暗中浮现出一个高大的人影。

"我说，"伊丽莎白·塔塞尔裹着一件毛领厚大衣，沙哑着嗓子问，"这外面在做什么呢？"

范克特一听见她的声音，就想转身回去。斯特莱克猜想他们上次是什么时候在少于几百人的场合与对方见面的。

"稍等片刻，好吗？"斯特莱克请求作家。

范克特迟疑着。塔塞尔用低沉嘶哑的嗓音对斯特莱克说话：

"平克曼惦记迈克尔了。"

"有些事你不妨了解一下。"斯特莱克说。

雪簌簌地落在树叶上，落在冰封的池塘里，丘比特坐在那儿，把他的箭对准天空。

"你认为伊丽莎白的写作'是拙劣的衍生品'，对吗？"斯特莱克问范克特。"你们都曾学习詹姆斯一世时期的复仇悲剧，因此你们的写作风格有些相似。但是我想，你非常善于模仿别人的作品。"斯特莱克对塔塞尔说。

他早就知道，如果他把范克特叫走，她肯定会跟过来，早就知道她会担心他在外面的黑暗中会告诉作家什么。她一动不动地站在那里，雪落在她的毛领子上，落在她铁灰色的头发上。斯特莱克就着远处俱乐部窗户透出的微弱的光，依稀能够辨认出她面部的轮廓。她那紧张而空洞的目光着实令人难忘。她有着鲨鱼那样呆滞、无神的眼睛。

"譬如，你把埃尔斯佩思·范克特的风格模仿到了极致。"

范克特无声地张大嘴巴。在那几秒钟里，除了落雪的簌簌声，四下里只有伊丽莎白·塔塞尔肺部发出的勉强可以听见的呼哨声。

"我从一开始就认为，奎因一定抓住了你的什么把柄，"斯特莱克说，"你根本不像那种会让自己变成私人提款机和打杂女仆的女人，也不可能选择留下奎因、放走范克特。言论自由什么的都是胡扯……那篇模仿埃尔斯佩思·范克特的小说、害得她自杀的讽刺作品，是你写的。这么多年来只有你的一面之词，说欧文把他写的文章给你看过。实际情况是反过来的。"

四下里一片寂静，只有大雪不断堆积的簌簌声，和伊丽莎白·塔塞尔胸腔里轻轻发出的奇怪声音。范克特目瞪口呆，看看代理，又看看侦探。

"警察怀疑奎因在敲诈你，"斯特莱克说，"但你编了个感人的故事糊弄他们，说你借钱给奎因是为了奥兰多。超过四分之一个世纪以来，你一直在还欧文的债，是吗？"

他想刺激伊丽莎白说话，可是她一言不发，继续直勾勾地瞪着他，在惨白的、相貌平平的脸上，一双空洞的黑眼睛像两个黑洞。

"我们一起吃饭时，你是怎么描述你自己的？"斯特莱克问她，"'一个百分之百清白的老处女'？不过你给自己的失意找到了一个发泄口，是不是，伊丽莎白？"

范克特原地动了动，伊丽莎白那双疯狂而空洞的眼睛突然转向他。

"那滋味好受吗，伊丽莎白？奸淫和杀戮你认识的每一个人？恶毒和淫秽的总爆发，向每个人报仇雪恨，把自己描绘成那个无人喝彩的天才，狂砍乱劈每一个拥有更成功的爱情生活、和更美满的——"

黑暗中一个声音在轻轻说话，斯特莱克一时不知道它来自哪里。那声音奇怪、陌生、尖厉而病态：是一个疯女人想要表达无辜和仁慈的声音。

"不，斯特莱克先生，"她轻声说，像一位母亲告诉困倦的孩子不要坐起来，不要挣扎，"你这个可怜的傻瓜。你这个可怜的人。"

她强发出一声笑，引得胸腔剧烈起伏，肺里传出呼哨声。

"他在阿富汗负了重伤，"她用那种怪异的、温柔低缓的声音说，"我认为他有炸弹休克症。脑子坏掉了，就像小奥兰多一样。他需要帮助，可怜的斯特莱克先生。"

随着呼吸加速，她的肺部咻咻作响。

"你应该买个面罩的，伊丽莎白，是不是？"斯特莱克问。

他似乎看见她的眼睛变得更黑、更大，两个瞳仁随着肾上腺素的激增而放大。那双男性般的大手弯曲成爪子。

"以为自己设计得很周到，是吗？绳索，伪装，保护自己不受酸液侵蚀的防护服——但你没有意识到你会因为吸入烟雾而身体受损。"

寒冷的空气使她的呼吸更加困难。在惊慌中，她的声音仿佛充满性的亢奋。

"我想，"斯特莱克说，带着恰到好处的冷酷，"这简直把你逼疯了，是不是，伊丽莎白？最好希望陪审团能相信那一套，是不是？真是浪费生命啊。你的事业泡汤了，没有男人，没有孩子……告诉我，你们俩之间有没有过失败的媾和？"斯特莱克注视着那两人的轮廓，直言不讳地问，"这个'软蛋'……让我听了觉得这才是欧文在那本真的《家蚕》里对现实的影射。"

那两人背对着亮光，他看不见他们的表情，但他们的肢体语言给了他答案：立刻避开对方，转过来面对他，像是表示出某种统一战线。

"这是什么时候的事？"斯特莱克问，注视着伊丽莎白黑乎乎的轮廓。"在埃尔斯佩思死后？可是后来你又移情别恋菲奈拉·瓦德格拉夫，是不是，迈克尔？看得出来，保持那种关系并不麻烦，是不是？"

伊丽莎白倒抽一口气。似乎斯特莱克击中了她。

"看在老天的分上。"范克特吼了一句。他已经对斯特莱克很恼火了。斯特莱克没有理睬这句含蓄的指责。他仍然在伊丽莎白身上下功夫，不断刺激她，而在大雪纷飞中，她那咻咻作响的肺在拼命地获取氧气。

"奎因在河滨餐厅忘乎所以，开始大声嚷嚷那本真的《家蚕》里的内容，肯定把你给激怒了，是不是，伊丽莎白？而且你还警告过他，书的内容一个字也别透露？"

"疯了。你真是疯了，"她耳语般地说，鲨鱼般的眼睛下挤出一丝笑容，黄色的大板牙闪闪发光，"战争不仅让你变成残废——"

"很好，"斯特莱克赞赏地说，"这才是大家跟我描述的那个盛气凌人的女强人——"

"你跛着腿在伦敦转悠，一心就想上报纸，"她喘着粗气说，"你就跟可怜的欧文一样，跟他一样……他多么喜欢上报纸啊，是不是，迈克尔？"她转身向范克特求助，"欧文是不是酷爱出名？像小孩子躲猫猫一样玩失踪……"

"你怂恿奎因去藏在塔尔加斯路，"斯特莱克说，"那是你的主意。"

"我不想再听了，"她轻声说，大口呼吸着寒冷的空气，肺里发出声声哨音，然后她提高音量，"我不听，斯特莱克先生，我不听。没有人会听你说话，你这个可怜的蠢货……"

"你告诉我，奎因贪婪地想得到称赞，"斯特莱克说，也把音量提高，盖过伊丽莎白想要压倒他的高亢尖利的独白，"我想，他几个月前就把他构想的《家蚕》的全部情节告诉了你，我想，书里以某种方式写到了这位迈克尔——也许不像虚荣狂那么粗俗低级，而是因不能勃起而受到嘲笑？'你们俩的报应来了'，是不是？"

正如他预料的那样,伊丽莎白听了这话倒抽一口冷气,停止她那癫狂的独白。

"你告诉奎因《家蚕》听上去非常出色,会成为他最优秀的一部作品,会获得巨大的成功,但他最好对书的内容保持沉默,千万不要声张,以免惹来官司,也便于一旦公开后引起轰动。这个时候,你一直在写你自己的那个版本。你有足够的时间把它写好,是不是,伊丽莎白?二十六年独守空房,作为牛津的高材生,你到现在能写出一大堆书了……可是你会写什么呢?你根本就没有过完整的生活,是不是?"

伊丽莎白脸上闪过赤裸裸的愤怒。她的手指在弯曲,但她控制住了自己。斯特莱克希望她屈服,希望她妥协,但那双鲨鱼般的眼睛似乎在等待机会,等待他露出破绽。

"你根据谋杀计划精心创作了一部小说。掏空内脏和用酸泼洒尸体,并没有什么象征意义,只是用来妨碍法庭取证——但每个人都把它看成了文学。

"你还让那个愚蠢而自恋的混蛋与你共谋,一起策划了他自己的死亡。你告诉他,你有一个绝妙的主意,可以让他达到最大限度的名利双收:你们俩上演一场公开的争吵——你说那本书太有争议了,不能出版——然后他就闹失踪。你就开始散布关于那本书内容的传言,最后,当奎因让别人找到他时,你就保证他一举成名,大红大紫。"

伊丽莎白在摇头,可以听见她的肺部在费力地喘气,但那双呆滞的眼睛仍然死盯着斯特莱克的脸。

"他交了书稿。你推迟了几天,一直等到篝火夜,确保有许多美妙的声音转移别人的注意力,然后你把几份假的《家蚕》递给费舍尔——为了让更多的人议论这本书——递给瓦德格拉夫和这位迈克尔。你假装上演一场公开争吵,之后跟踪奎因去了塔尔加斯路——"

"不。"范克特说,显然已无法控制自己。

"是的,"斯特莱克毫不留情地说,"奎因没想到要害怕伊丽莎白——那可是他本世纪东山再起的同谋者啊。我认为,他几乎忘记了这么多年他对你所做的一切是敲诈,是不是?"他问塔塞尔,"他已经养成了一种习惯,缺钱问你要,你有求必应。我怀疑你们早已不再谈到那篇仿作,而当年正是它毁了你的生活……

"你知道我认为奎因让你进屋后发生了什么吗,伊丽莎白?"

斯特莱克不由自主地想起了那一幕:拱形的大窗户,屋子中央的尸体,像一幅狰狞可怖的静物图。

"我想,你让那个天真、自恋的可怜虫摆姿势拍宣传照片。他当时跪着吗?真书里的主人公是在恳求或祈祷吗?或者,他像你的《家蚕》里那样被捆绑起来?奎因喜欢那样,是不是,被捆绑着摆造型?他被捆绑后你很容易走到他身后,用那个金属制门器砸碎他的头,是不是?在附近烟火声的掩护下,你把奎因打昏,用绳子捆起来,剖开他的身体——"

范克特惊恐地发出一声窒息的呻吟,可是塔塞尔又说话了,装出一副安慰的腔调,低言细语:

"你真应该去看看病了,斯特莱克先生。可怜的斯特莱克先生。"接着,斯特莱克吃惊地看到她探过身,想把一只大手搭在他落满雪花的肩头。斯特莱克想起这双手曾经做过的事,本能地往后一退,她的胳膊落空了,重重地垂在身体旁边,条件反射般地攥紧手指。

"你把欧文的内脏和那部真正的书稿装进一个大帆布袋。"侦探说。伊丽莎白已经离他很近,他又闻到了香水和常年抽烟混合的气味。"然后,你穿上奎因的大衣,戴上他的帽子,离开了。去把伪《家蚕》的第四份书稿塞进凯瑟琳·肯特的信箱,为了最大限度地增加嫌疑者,也为了诬陷另一个女人,因为她得到了你从未得到的东西——性爱,友情。她至少有一个朋友。"

伊丽莎白又假笑一声,但这次笑声里透着躁狂。她的手指仍在一屈一伸,一屈一伸。

"你和欧文肯定会特别投缘,"她低声说,"是不是这样,迈克尔?他是不是会跟欧文相处得特别投缘?变态的幻想狂……人们都会笑话你的,斯特莱克先生。"她喘得更厉害了,惨白、僵硬的脸上,

467 | 蚕

瞪着那双呆滞而空洞的眼睛。"一个可怜的瘸子,想再次制造成功的轰动效果,追赶你那大名鼎鼎的父——"

"所有这些你有证据吗?"范克特在纷飞的雪花中问道,他因为不愿相信而声音粗哑。这不是写在纸上的悲剧,不是舞台上的死亡场景。他身边站着学生时代的密友,不管后来的生活对他们做了什么,但想到他在牛津认识的那个难看、蠢笨的姑娘,竟然变成了一个能犯下诡异谋杀案的女人,他觉得实在无法忍受。

"是的,我有证据,"斯特莱克轻声说,"我找到了另一台电动打字机,跟奎因那台的型号完全一样,裹在一件黑色罩袍和沾有盐酸的防护服里,还放了石头增加重量。我碰巧认识一个业余潜水员,他几天前把它捞了上来。它原先一直沉在圭提安某处臭名昭著的悬崖——地狱之口底下,多克斯·彭吉利那本书的封面画的就是那个地方。我想,你去拜访彭吉利时,她领你去看了那里,是不是,伊丽莎白?你是不是拿着手机独自回到那里,跟她说你需要找个信号好的地方?"

她发出一声恐怖的呻吟,像一个男人肚子被打了一拳发出的声音。刹那间,没有人动弹,接着塔塞尔笨拙地转过身,磕磕绊绊地跑起来,离开他们身边,返回俱乐部。门打开又关上,一道长方形的橙黄色亮光闪了一下,随即便消失了。

"可是,"范克特说,往前跨了几步,又有些狂乱地扭头看着斯特莱克,"你不能——你得去阻止她!"

"我想追她也追不上呀,"斯特莱克说,把烟蒂扔在雪地上,"膝盖不给力。"

"她什么事都做得出——"

"可能是去自我了断。"斯特莱克赞同道,掏出手机。

作家呆呆地望着他。

"你——你这个冷血的混蛋!"

"你不是第一个这么说的人,"斯特莱克说,一边按下号码,"准备好了吗?"他对着手机说,"咱们撤。"

第四十九章

> 危险，像星星一样，在黑暗中最为闪亮。
>
> ——托马斯·戴克，《高贵的西班牙士兵》

大块头女人从俱乐部前面那些抽烟者身边走过，慌不择路，脚在雪地上微微打滑。她在黑暗的街道上跑了起来，毛领子大衣在身后扇动。

一辆亮着"空车"信号的出租车从一条小路开出来，女人疯狂地挥动双臂招呼它。出租车停下来，车前灯投射出两道圆锥形的灯光，其间闪动着密集飘落的雪花。

"富勒姆宫路。"那个暗哑、低沉、抽抽搭搭的声音说。

车子缓缓驶离人行道。这是一辆旧车，玻璃隔板上布满划痕，并因车主多年抽烟而被熏得有些发黄。街灯掠过时，可以从后视镜里看见伊丽莎白·塔塞尔，用两只大手捂着脸，不出声地啜泣，浑身颤抖。

司机没有问是怎么回事，而是隔着乘客望向后面的街道，那里可见两个正在缩小的人影，正匆匆穿过积雪的马路，奔向远处一辆红色的跑车。

出租车到了路口向左一拐，伊丽莎白·塔塞尔仍然捂着脸痛哭。

司机感到那顶厚厚的羊毛帽让她头皮发痒，不过在几小时的漫长等待中，她也幸亏头上戴着它。驶上国王路后，车子开始加速，车轮想把又厚又硬的粉末状积雪碾成雪泥，暴风雪无情地肆虐着，使路况变得越来越危险。

"你走错路了。"

"临时改道，"罗宾谎称，"因为下雪。"

她在后视镜里与伊丽莎白的目光短暂对视了一下。伊丽莎白扭头看去，那辆红色的阿尔法罗密欧还远得不见影儿。她狂乱地盯着周围掠过的建筑物。罗宾能听见她胸腔里传出的诡异哨音。

"我们方向走反了。"

"马上就拐弯了。"罗宾说。

她没有看见伊丽莎白·塔塞尔去拉门，但听见了。车门都上了锁。

"你让我下车吧，"她大声说，"让我下车，听见没有！"

"这种天气，你不可能再打到车了。"罗宾说。

他们本来指望塔塞尔心绪极度烦乱，不会这么快就注意到车往哪儿开。出租车快到斯隆广场了。距伦敦警察厅还有一英里多路呢。罗宾的目光又扫一下后视镜。阿尔法罗密欧是远处的一个小红点。

伊丽莎白已经解开安全带。

"停车！"她喊道，"停车，让我下去！"

"这里不能停，"罗宾说，语气平静，内心却很紧张，因为伊丽莎白已经离开座位，用两只大手摸索着玻璃隔板，"我不得不请您坐下来，女士——"

隔板滑开了。伊丽莎白的手抓住罗宾的帽子和一把头发，她的脑袋几乎跟罗宾的脑袋并排，表情刻毒。罗宾汗湿的头发遮住了眼睛。

"放开我！"

"你是谁？"塔塞尔尖声问，攥紧那把头发摇晃着罗宾的脑袋。"拉尔夫说看见一个金发女人在翻垃圾箱——你是谁？"

"放开！"罗宾大喊，塔塞尔的另一只手抓住她的脖子。

在她们后面两百码开外，斯特莱克冲阿尔吼道：

"把你该死的脚踩下去，出事了，你看——"

前面的出租车在路上急速地扭来扭去。

"它在冰上总是掉链子。"阿尔叹道，阿尔法打了个滑，出租车全速拐进斯隆广场，从视线中消失了。

塔塞尔半个身子挤到出租车前面，撕裂的嗓子里发出尖叫——罗宾一边牢牢把住方向盘，一边单手还击她——因为头发和大雪，她看不清方向，而且塔塞尔此刻用两只手掐住她的喉咙，死命地挤压——罗宾想找到刹车，可是出租车猛然向前跃起，她才意识到踩的是油门——她透不过气来——双手都松开方向盘，想掰开伊丽莎白勒得越来越紧的手——行人失声尖叫，一记剧烈的震动，接着玻璃碎裂，金属撞击水泥的声音震耳欲聋，撞车时安全带勒紧带来一阵剧痛，然而她在沉落，一切都变成黑色——

"该死的车，别管它了，我们得赶紧行动！"在商店警报器的叫声和零散的旁观者的喊声中，斯特莱克冲阿尔吼道。阿尔把阿尔法歪歪斜斜地停在马路中央，距离那辆撞进一个玻璃橱窗的出租车一百码左右。阿尔跳出车去，斯特莱克挣扎着站起身。路上的一伙行人——其中几个戴着黑色领结，是参加圣诞节派对的，刚才在出租车蹿上马路牙时慌忙闪开，此刻目瞪口呆地注视着阿尔在雪地上奔跑，一步一滑，差点摔倒，冲向撞车现场。

出租车的后门开了，伊丽莎白·塔塞尔从后座上冲出来，拔腿就跑。

"阿尔，抓住她！"斯特莱克吼道，仍然在雪地里挣扎着走，"抓住她，阿尔！"

萝实学院有一支出色的橄榄球队。阿尔习惯了接受命令。他快速冲刺，用一个完美的抱摔把塔塞尔放倒在地。随着砰的一声脆响，塔塞尔撞在积雪的马路上，引得旁观的许多女人尖声表示抗议，阿尔把骂骂咧咧挣扎着的塔塞尔摁在地上，喝退那些想来搭救她的侠义男士。

斯特莱克不受所有这些的影响：他似乎在慢动作奔跑，努力不让自己摔倒，跌跌撞撞，冲向那辆毫无声息、透着不祥的出租车。大家的注意力都集中在阿尔和挣扎、咒骂的塔塞尔身上，谁也顾不上去关心那个出租车司机。

"罗宾……"

罗宾倒向一边，仍被安全带固定在座位上。她脸上有血，听到斯特莱克叫自己的名字，她含混地发出呻吟。

"谢天谢地……谢天谢地……"

警笛声已经在广场回荡，盖过商店的警报器，也盖过惊愕的伦敦人一浪高过一浪的抗议声，斯特莱克解开罗宾的安全带，罗宾想要下车时，斯特莱克把她轻轻推回出租车里，说道：

"待着别动。"

"她知道我们不是去她家，"罗宾喃喃地说，"她马上就知道了我走的路不对。"

"没关系，"斯特莱克喘着气说，"你已经把警察给招来了。"

广场周围光秃秃的树上闪烁着钻石般耀眼的彩灯。大雪纷纷扬扬，落向逐渐聚集的人群，落向戳在破碎橱窗里的出租车，落向歪歪斜斜停在马路中央的跑车，这时，警车停下，警灯的蓝光映在地面散落的碎玻璃上，警笛被商店警报器的声音淹没。

当同父异母兄弟大喊着解释他为什么躺在一个六十岁女人身上时，如释重负、筋疲力尽的侦探，在出租车里重重地坐在搭档身边，发现自己——情不自禁、全然不顾品位地——大笑起来。

一星期后

第五十章

> 辛西娅：你说，恩底弥翁，这一切都是为了爱？
> 恩底弥翁：是的，女士，然后诸神给我送来一个女人的恨。
>
> ——约翰·黎里，《恩底弥翁：又名月中人》

斯特莱克以前从未拜访过罗宾和马修在伊灵的公寓。他坚持让罗宾放假休息，从轻微脑震荡和勒杀的伤害中恢复过来，但罗宾不愿意。

"罗宾，"斯特莱克在电话里耐心地告诉她，"我反正也得让事务所关门。记者把丹麦街都挤爆了……我目前住在尼克和伊尔莎家。"

但是，他在去康沃尔之前必须见见她。罗宾打开大门时，他高兴地看到她脖子和额头上的瘀伤已经褪去，变成发黄的淡青色。

"你感觉怎么样？"他问，在门垫上擦着双脚。

"太棒了！"她说。

房间很小，但充满温馨，弥漫着她身上的香水味，他以前对这香味没怎么留意。也许已有一星期没有闻到，使他对此变得敏感了。她领他走向客厅，那里像凯瑟琳·肯特家一样贴着木兰花墙纸，他饶有兴趣地发现一本《调查讯问：心理学与实践》倒扣在一张椅子上。墙角有一棵小圣诞树,上面挂满白色和银色的装饰品,就像斯隆广场的树一样,那些树构成了报纸上被撞毁的出租车照片的背景。

"马修缓过劲来了吗?"斯特莱克问,一屁股坐在沙发里。

"我不能说我没见他这么开心过,"她回答,咧开嘴笑了,"喝茶?"

她知道他喜欢什么味道:颜色浓得像木焦油。

"圣诞礼物。"她端着茶托回来时,斯特莱克对她说,递给她一个没有任何特点的信封。罗宾好奇地打开信封,抽出一沓钉在一起的打印材料。

"一月份的侦察课,"斯特莱克说,"这样你下次从垃圾箱里掏出一袋狗屎时,就不会被人注意到了。"

她很开心地笑了。

"谢谢。太感谢了!"

"大多数女人都希望收到鲜花。"

"我不是大多数女人。"

"是啊,我注意到了。"斯特莱克说着,拿起一块巧克力饼干。

"他们拿去做化验了吗?"她问,"那些狗屎?"

"做了。都是人体内脏。她在一点点地给它们解冻。他们在杜宾狗的狗食碗里发现了痕迹,剩下的都在她的冰箱里。"

"哦,天哪。"罗宾说,脸上的笑容隐去了。

"犯罪天才,"斯特莱克说,"偷偷溜进奎因的书房,把她自己用过的两卷打字机色带丢在书桌后面……安斯蒂斯终于屈尊把它们拿去检验了,上面根本就没有奎因的DNA。奎因从未碰过它们——因此,上面的东西不是他打的。"

"安斯蒂斯还跟你说话,是吗?"

"当然。他很难跟我断绝关系。我救过他的命。"

"看得出来,不然会搞得很尴尬,"罗宾赞同道,"那么,他们现在接受你的整个推理了?"

"现在案子已经非常清楚,他们就知道要找什么了。塔塞尔差不多两年前买了那台一模一样的打字机。用奎因的信用卡购置了罩袍和绳索,趁工人们在那房子里干活时送过去。这么多年,她有许多机会能拿到奎因的信用卡。上厕所时大衣挂在办公室……开完派对后送他回家,趁他熟睡或上厕所时偷偷把卡从钱夹里掏出来。

"塔塞尔太了解他了,知道他一贯马马虎虎,从不核对账单之类的东西。她弄到了塔尔加斯路的钥匙——很容易复制。她查看了整座房子,知道有盐酸。

"非常出色,但过于精雕细刻,"斯特莱克喝着黑乎乎的浓茶说,"目前似乎正对她实行防自杀监控。最变态的部分你还没听到呢。"

"还有什么?"罗宾担心地说。

她虽然盼望见到斯特莱克,但经过一星期前的那些事情之后,仍然觉得有些脆弱。她挺直后背,鼓起勇气面对斯特莱克。

"她还留着那本该死的书。"

罗宾对着他皱起眉头。

"你说什——"

"跟内脏一起放在冰箱里。上面血迹斑斑,因为她是把它跟内脏一起装在帆布袋里带走的。那是真正的书稿。是奎因写的《家蚕》。"

"可是——为什么——"

"只有天知道了。范克特说——"

"你见过他了?"

"见了短短一面。他断定自己早就知道是伊丽莎白。我可以跟你打赌他的下一部小说会写什么。反正,他说塔塞尔不会忍心毁掉一本原创的书稿。"

"拜托——毁掉书的作者她倒是狠得下心!"

"是啊,但这就是文学,罗宾,"斯特莱克咧嘴笑着说,"你再听听这个:罗珀·查德十分迫切地要出版这本真书。范克特来写前言。"

"你是在开玩笑吧?"

"才不是呢。奎因终于要有一本畅销书了。别露出这副表情,"斯特莱克看到罗宾不相信地摇头,就情绪振奋地说,"有许多值得庆贺的呢。《家蚕》一旦上架,利奥诺拉和奥兰多就会财源滚滚了。

"这倒提醒了我,还有一样东西要给你。"

他把手伸进放在身边沙发上的大衣内侧口袋,掏出一卷仔细收藏的图画,递给罗宾。罗宾展开图画,脸上绽开笑容,眼里泛出泪花。两个卷头发的天使一起跳舞,上面用铅笔细心地写着一行文字:送给罗宾,爱你的渡渡。

"怎么样?"

"太棒了。"罗宾说。

他已经应利奥诺拉的邀请去过南条路的那座房子。利奥诺拉和奥兰多手拉手在门口迎接他,顽皮猴还像往常一样挂在奥兰多的脖子上。

"罗宾呢?"奥兰多问,"我要罗宾也来。我给她画了一幅画。"

"那位女士出事故了。"利奥诺拉告诉女儿,一边退到门厅,让斯特莱克进屋,同时一直紧紧拉着奥兰多的手,似乎害怕有人会把她们再次分开。"我告诉过你的,奥兰多,那位女士做了一件非常勇敢的事,出了车祸。"

"利兹阿姨是坏人,"奥兰多告诉斯特莱克,在门厅里倒着往后走,仍然跟妈妈手拉手,但一直用那双清澈的绿眼睛盯着斯特莱克,"就是她把我爸爸害死的。"

"是啊,我——嗯——我知道。"斯特莱克回答,他又有了似乎一见到奥兰多就会产生的那种无力感。

他发现隔壁的艾德娜坐在厨房的桌子旁。

"哦,你真聪明,"艾德娜一遍又一遍地对他说,"那真是太吓人了,不是吗?你那可怜的搭档怎么样了?真是可怕,不是吗?"

"上帝保佑她们吧。"罗宾听他详细描述了这个场景后说道。她把奥兰多的画摊在他们之间的咖啡桌上,紧挨着侦察课的详细材料,这样就能两样同时欣赏了。"阿尔怎么样了?"

"兴奋得都快飘飘然了,"斯特莱克沮丧地说,"我们给了他一个虚假的印象,觉得上班族的生活很刺激。"

"我还挺喜欢他的。"罗宾笑微微地说。

"是啊,是啊,你得了脑震荡嘛,"斯特莱克说,"普尔沃斯对于要去警察局别提多开心了。"

"你真是交了几个非常有趣的朋友,"罗宾说,"你要花多少钱才能把尼克爸爸的出租车修好?"

"账单还没收到。"他叹了口气说。"我想,"他吃了几块饼干之后,看着他送给罗宾的礼物,又说道,"恐怕在你去学侦察课时,我得另外雇一个临时秘书。"

"是啊,我想也是,"罗宾赞同道,迟疑一会儿,又补了一句,"希望她水平很差。"

斯特莱克大笑着站起来,拿起大衣。

"我不用担心。闪电不会击中同一件东西两次。"

"在你的许多绰号里,有没有人叫你那个?"他们走回门厅时,她问道。

"叫我什么?"

"'闪电'斯特莱克?"

"这可能吗?"他问,示意自己的伤腿,"好吧,圣诞快乐,搭档。"

在那短短的一霎,拥抱的想法悬在空中,但她假装男人一般伸出手去,斯特莱克握了握。

"祝你在康沃尔玩得开心。"

"也祝你在马沙姆开心。"

斯特莱克在松开她的手的一瞬间,迅速把手一拧。没等罗宾反应过来,斯特莱克已经吻了她的手背。然后,他咧嘴笑着挥挥手,离开了。

致谢

以罗伯特·加尔布莱斯的身份写作,让我获得了一种纯粹的快乐,下面这些人都帮助我获得了这种快乐。我要对他们表示衷心感谢。

感谢SOBE、迪比和"后门那个人",没有你们,我不会创作出这部作品。咱们下次策划一起抢劫案。

感谢戴维·雪莱,我那无与伦比的编辑,积极捍卫和追随直觉和感性。感谢你把工作做得这么出色,认真对待所有重要的事情,并且像我一样觉得其他事情也都很有趣。

感谢我的代理尼尔·布莱尔,他欣然答应帮助我实现成为新人作者的野心。你真是个百里挑一的人。

感谢里特尔和布朗出版公司的所有工作人员,你们在不知道罗伯特为何许人的情况下,那么辛苦而充满热情地编辑出版了他的第一部小说。还要特别感谢有声读物团队,你们在罗伯特暴露其真实身份前,就把他推到了顶尖的位置。

感谢罗娜和斯蒂夫·巴恩斯,他们使我得以在贝霍斯酒店小酌,核查马默杜克·瓦维尔爵士的坟墓,弄清了罗伯特的家乡应该读作"马沙姆"而不是"马谢姆",避免我今后可能会遇到的许多尴尬。

感谢菲迪·亨德森、克里斯蒂·考林伍德、菲奥娜·夏普科特、安吉拉·米尔恩、艾莉森·凯利和西蒙·布朗,没有他们的辛勤努力，我不会有时间创作《蚕》，也谈不上其他的一切。

感谢马克·哈钦森、尼克·斯通希尔和丽贝卡·索尔特，我今天之所以还残存一些理智，实在是拜他们所赐。

还要特别感谢我的家人，特别是内尔，我对他的谢意是区区几行文字无法表达的，感谢他这么支持我创作血腥的谋杀题材。

The Silkworm

ROBERT GALBRAITH